मैत्रेयी पुष्पा

मैत्रेयी पुष्पा का जन्म 30 नवम्बर, 1944 को अलीगढ़ ज़िले के सिकुर्रा गाँव में हुआ। आरम्भिक जीवन ज़िला झाँसी के खिल्ली गाँव में बीता।

बुन्देलखंड कॉलेज, झाँसी से हिन्दी साहित्य में एम.ए. किया। आप हिन्दी अकादमी, दिल्ली की उपाध्यक्ष रहीं।

प्रकाशित कृतियाँ : *चिन्हार, गोमा हँसती है, ललमनियाँ तथा अन्य कहानियाँ, पियरी का सपना, प्रतिनिधि कहानियाँ, समग्र कहानियाँ* (कहानी-संग्रह); *बेतवा बहती रही, इदन्नमम, चाक, झूला नट, अल्मा कबूतरी, अगनपाखी, विजन, कही ईसुरी फाग, त्रिया हठ, गुनाह-बेगुनाह, फ़रिश्ते निकले, नमस्ते समथर* (उपन्यास); *कस्तूरी कुंडल बसै, गुड़िया भीतर गुड़िया* (आत्मकथा); *वह सफ़र था कि मुक़ाम था* (संस्मरण); *खुली खिड़कियाँ, सुनो मालिक सुनो, चर्चा हमारा, आवाज़, तब्दील निगाहें* (स्त्री-विमर्श); *फ़ाइटर की डायरी* (रिपोर्ताज)।

फ़ैसला कहानी पर टेलीफ़िल्म *वसुमती की चिट्ठी* और *इदन्नमम* पर *मंदा हर युग में* धारावाहिक का प्रसारण।

प्रमुख सम्मान : *सार्क लिट्रेरी अवार्ड*, द हंगर प्रोजेक्ट (पंचायती राज) का *सरोजिनी नायडू पुरस्कार*, *मंगला प्रसाद पारितोषिक*, *प्रेमचन्द सम्मान*, हिन्दी अकादमी का *साहित्यकार सम्मान*, मध्य प्रदेश साहित्य परिषद का *वीरसिंह जूदेव पुरस्कार*, *कथाक्रम सम्मान*, *शाश्वती सम्मान*, उत्तर प्रदेश हिन्दी संस्थान का *महात्मा गांधी सम्मान* आदि।

सम्पर्क : 104, महागुन मार्फ़ियस, प्लॉट नं. ई-4, सेक्टर 50, नोएडा–201303 (उ.प्र.)।

यह पेपरबैक संस्करण
मूल पुस्तक की,
बिना किसी काट-छाँट के,
अविकल प्रस्तुति है

इदन्नमम

मैत्रेयी पुष्पा

राजकमल पेपरबैक्स

पहला पुस्तकालय संस्करण
किताबघर, नई दिल्ली द्वारा
1994 में प्रकाशित

राजकमल पेपरबैक्स में
पहला संस्करण : 1999
नौवाँ संस्करण : 2023

राजकमल पेपरबैक्स : उत्कृष्ट साहित्य के जनसुलभ संस्करण

राजकमल प्रकाशन प्रा.लि.
1-बी, नेताजी सुभाष मार्ग, दरियागंज
नई दिल्ली-110 002
द्वारा प्रकाशित

शाखाएँ : अशोक राजपथ, साइंस कॉलेज के सामने, पटना-800 006
पहली मंजिल, दरबारी बिल्डिंग, महात्मा गांधी मार्ग, प्रयागराज-211 001
1, अनमोल सोराबजी संतुक लेन, धोबी तलाव, मरीन लाइंस, मुम्बई-400 002

वेबसाइट : www.rajkamalprakashan.com
ई-मेल : info@rajkamalprakashan.com

विकास कंप्यूटर एंड प्रिंटर्स
ट्रॉनिका सिटी-201 102
द्वारा मुद्रित

मूल्य : ₹499

IDANNAMAM
Novel by Maitreyi Pushpa

ISBN : 978-81-267-0356-2

दादा और कक्को के लिए

ओ३म् भूर्भुवः स्वः।
अग्निर्ऋषि पवमानः पांचजन्यः पुरोहितः।
तमीमहे महागयं स्वाहा।
इदमग्नये पवनाय। इदं न मम।

(हे परमात्मन्, तू सर्वव्यापक, सर्वज्ञ, अन्तर्यामी है।
तू ही प्रजातन्त्र का पुरोहित और पंचायत का प्रेरक है।
जिसका यशोगान कर विद्वान भव-बाधा से विमुक्त हो जाते हैं,
यह आहुति उसी परमेश्वर के लिए है, मेरे लिए नहीं।)

अप्प दीपो भव

महानगरीय मध्यवर्ग की संघर्ष करती और पाँवों के नीचे जमीन की तलाश करती कथा-नारियों के बीच गाँव की मन्दा एक अजीब निरीह, निष्कवच, निश्छल, संकल्प-दृढ़ नारी का व्यक्तित्व लेकर उभरती है—बाढ़ के बीच धीरे-धीरे उगते टीले या द्वीप की तरह, मगर वह द्वीप नहीं है, उसके साथ है एक भरी-पूरी दुनिया—रूढ़ियों, परम्पराओं, अभ्यासों, आकांक्षाओं-ईर्ष्याओं से भरी—एक-दूसरे के अधिकार झपटते, कुचलते, चूसते और न्याय की रक्षा करते लोगों की जिन्दगी। मन्दा को इन्हीं के बीच रहना और रास्ता निकालना है। उसकी लड़ाई दुहरी है, औरत होने की और वंचितों के अधिकारों की...

बऊ (दादी), प्रेम (माँ) और मन्दा...तीन पीढ़ियों की यह बेहद सहज कहानी तीनों को समानान्तर भी रखती है और एक-दूसरे के विरुद्ध भी। बिना किसी बड़बोले वक्तव्य के मैत्रेयी ने गहमागहमी से भरपूर इस कहानी को जिस आयासहीन ढंग से कहा है, उसमें नारी-सुलभ चित्रात्मकता भी है और मुहावरेदार आत्मीयता भी। हिन्दी कथा-रचनाओं की सुसंस्कृत सटीक और बेरंगी भाषा के बीच गाँव की इस कहानी को मैत्रेयी ने लोक-कथाओं के स्वाभाविक ढंग से लिख दिया है, मानो मन्दा और उसके आसपास के लोग खुद अपनी बात कह रहे हों—अपनी भाषा और लहजे में, बुन्देलखंडी लयात्मकता के साथ...अपने आसपास घरघराते क्रेशरों और ट्रैक्टरों के बीच।

मिट्टी-पत्थर के ढोकों या उलझी डालियों और खुरदुरी छाल के आसपास की सावधान छँटाई करके सजीव आकृतियाँ उकेर लेने की अद्‌भुत निगाह है मैत्रेयी के पास—लगभग 'रेणु' की याद दिलाती हुई। गहरी संवेदना और भावनात्मक लगाव से लिखी गई यह कहानी बदलते, उभरते 'अंचल' की यातनाओं, हार-जीतों की एक निर्व्याज गवाही है...पठनीय और रोचक।

कामना करता हूँ कि 'विशिष्ट और महत्त्वपूर्ण' होने का बोध जगाने से पहले ही मैत्रेयी कुछ और इतना ही सहज लिख डालें—सेमिनारों-गोष्ठियों में जगमगाते शहरी रचनाकार होने के प्रलोभनों से अपने को बचाए रखते हुए...

—राजेन्द्र यादव

एक

बेर की कँटीली झाड़ियों और गूलर के पेड़ों से आच्छादित गैल से निकलकर बैलगाड़ी सड़क पर आ लगी।

सड़क-सड़क चलते ही लिपी दीवारोंवाले घरौंदों की खपरैलें तथा बीच गाँव में बने पक्के अटाओं की झिलमिलाती सफेदी दिखाई पड़ने लगी।

छतों पर झुके पेड़ रूखों की हरियाली को देखकर बैलों को हाँकते हुए पक आई उम्र के गनपत बोले, ''लो बऊ, आ गया श्यामली गाँव।''

सुनते ही बऊ के गेहुँआ रंग के बूढ़े चेहरे पर हड़बड़ाहट छा गई। ऐनक नाक के ऊपर से नीचे को सरक आई, नाक में पहनी सतबुँदिया लौंग के ऊपर। उन्होंने होंठ सिकोड़ लिये, जिसके कारण नाक अधिक नुकीली सी दीखने लगी।

चश्मा साधकर उन्होंने निगाह तेरह वर्षीय मन्दाकिनी पर डाली जो गाड़ी में बिछे खेस पर बेसुध सो रही थी और फ्रॉक सिकुड़ जाने से जिसकी जाँघें खुल आई थीं।

''फिराक नहीं बदली मोंड़ी ने ! बिराने गाँव में ऐसे ही...उघारे गोड़े ! सिलवार-कुरता पहर लेती तो ठीक रहता।''

''बखत ही नहीं मिला होगा। नहीं तो मन्दा फिराक पहरकर आनेवाली नहीं थी। हमारे दुख के कारण बोल नहीं पाई स्यात।''

''आग लगै मोरी बूड़ी छाती कों ! पथरा पर गए बुद्धि पर ! खयाल ही नहीं किया कुछ। ऐसी सिर्रिन बाबरी हो गई।''

''लो जिन्दगी-भर गिरिस्ती अकेले खेंची। महेन्द को पाल-पोसकर बड़ा किया अकेली ने ही, और आज ऐसी निबल हो उठी ! कतई हिम्मत छोड़ बैठी !'' बऊ एकालाप में डूबी थीं।

''लै आज तोय कौल है महेन्द की मताई ! पराए गाँव का सीवान नाँखने जा रही है, जो आँख से कबहुँ अँसुआ डारै।'' बऊ ने सौगन्ध धरी अपने ही ऊपर। अपनी छाती पर हथेली जमा ली, जैसे प्रण ले रही हों। साथ ही मोह के गीलेपन से प्रयत्नपूर्वक अपने चित्त को झटके से उखाड़ लिया। कटी जड़ों में टीसते दर्द को पीती हुई वे आगे बढ़ी चली जा रही हैं।

ऊँचे मन्दिर के पास से बैलगाड़ी ने सड़क छोड़कर गाँव के भीतर को मोड़ लिया।

चौड़ी गली से गुजरती, नालियों को नाँखती उनकी गाड़ी पंचमसिंह के द्वार से जा लगी।

कुछ देर गनपत यों ही बैलों की रास थामे खड़े रहे।

न उनको ही कुछ सूझा, न बऊ को।

बऊ का मन अजीब-सी दुविधा में फँसा है कि यहाँ आकर आज उन्हें चैन की साँस लेनी चाहिए या इस अपरिचित गाँव में अपने प्रति और भी सचेत, सतर्क हो जाना चाहिए।

जिस बोध से चली थीं, वही डगमगाने लगा।

उन्होंने अपनी दुश्चिन्ता को काटने का प्रयास किया--पंचमसिंह ने जान लिया होगा कि अब हमारा धनी-धोरी गाँव-आनगाँव में कोई है नहीं। तभी तो बुला लिया अपने यहाँ। तभी जिम्मेदारी लेने का वचन दिया है। महीन धागे-सी रिश्तेदारी कह लो या उनका बड़ा कलेजा, नहीं तो कौन पड़ता है किसी भी आपदा में !

वे अपने-आपको समेटती-सहेजती बोलीं, ''गनपत, तुम ऐसे ही काये ठाड़े रह गए ? गाड़ी खोलो।''

गनपत ने गर्दन मोड़कर देखा, ''लो, तुम उतरो तो सही। गाड़ी का मुख नीचे को नबाना पड़ेगा।'' कहकर गनपत अपने नाटे कद के कारण उछलते हुए उतर पड़े। सिर के काले-सफेद बालों में चमकता पसीना पोंछने लगे और फिर अँगोछा गर्दन के आसपास लपेट लिया।

बऊ ने चश्मे की कमानी नाक पर ठीक से बिठाई। धोती के पल्ले को सही किया, चेहरे पर माथे तक का घूँघट सरकाकर मन्दाकिनी को झकझोरकर जगाने लगीं।

''मन्दा ! उठ बिटिया ! उठ तौ !''

वह हड़बड़ाती हुई उठ बैठी।

साँवली रंगत के स्निग्ध गालों पर मोटे खेस की बुनावट के निशान उभर आए हैं। कड़क धूप से देह तप गई है। गर्दन पर बिखरे बाल पसीने से तर हैं। मुख तमतमाकर लाल हो आया...कैसा भेस हो गया है मोंड़ी का। बऊ भीतर तक पिघल उठीं।

सिर पर हाथ फेरती हुई बोलीं, ''मौं पोंछ डालो बेटा।''

उसकी अधमुँदी पलकों के बीच पुतलियाँ चैतन्य नहीं हो पा रहीं। नींद का गहरा प्रभाव है। कुछ देर ऊँघती हुई बैठी रही। सिर दोनों बाँहों और घुटनों पर टिका लिया।

बऊ ने फिर टहोका, ''उठो बिन्नू।''

मन्दाकिनी पलकें मूँदे हुए ही बोली, ''बऊ, आ गया श्यामली ?''

''और क्या ! आ नहीं गया !''

''उतरें बऊ ?'' कहते हुए उसने अपनी सीपी-सी आँखें खोल दीं।

''लो, इतेक देर से हम और क्या कह रहे हैं। पर पहले अपनी फिराक ठीक-ठाक कर लो,'' बऊ ने बच्ची का कन्धा थपथपा दिया।

वह खड़ी हो गई। अपनी हरे रंग की फ्रॉक झाड़-झूड़कर नीचे को सरका ली। खेस के नीचे से नीली पट्टीवाली हवाई चप्पल निकालीं, पहनकर खड़ी-खड़ी, हाथ फेर-फेरकर अपने बालों को ठीक करने लगी, ज्यों कंघी से ओंछकर एक-से कर रही हो।

उधर के पहिए पर पाँव टिकाकर बऊ उतरीं और इधर की ओर से मन्दाकिनी। बऊ कुछ देर तक लम्बी कद-काठी के चलते अकड़ी हुई कमर को सीधी करने के यत्न में खड़ी रहीं। फिर पाँवों में पहने चाँदी के लच्छे, जो आपस में उलझ से गए थे, ठीक से बिठाए।

गनपत ने दोनों बैलों के रस्से नीम के तने से बाँध दिए। पिछौरा में बँधा चारा उनके सामने खोलकर रख दिया और गाड़ी का जुआ झुकाकर एक ओर को टिका दिया। अपना अँगोछा कन्धे पर डालकर हाथ से पसीना पोंछते हुए बैलों के पास ही जमीन पर जा बैठे।

उनके बैठते ही बऊ कड़क आवाज में बोलीं, ''द्वार खटकाओ गनपत।''

अपनी आवाज में समायी बुलन्दी पर उन्हें स्वयं अचरज हुआ। लगा कि वे तो आज उसी लय में बोल रही हैं, जैसे अपनी बाखर में मईदारों को हुक्म सुनाया करती थीं और जिसे कुछ समय से भूलती जा रही हैं।

मन्दाकिनी ने निगाह घुमा-घुमाकर चारों ओर देखा। वीरानी को देखकर पूछने लगी, ''यहाँ तो कोई भी नहीं है बऊ ! तुम तो कहती थीं, पंचमसिंह दादा के घर में बहुत, बहुत सारे लोग हैं !''

बऊ ने अपनी धोती का पल्ला अच्छी तरह से कमर में खोंसा, नरम आवाज में बताने लगीं, ''खेत कटनई के दिन हैं बेटा, सब जने खेतों, खलिहानों में होंगे। घर की जनी-मानसें भी रोटी-पानी लैकें वहीं गई होंगी।''

बच्ची दो क्षण कुछ सोचती रही, सहसा चुप्पी तोड़ती हुई बोली, ''हमारा खेत तुमने क्यों नहीं कटबाया बऊ ? कौन कटबाएगा ?''

बऊ के भीतर पैनी धार उतर गई, क्या उत्तर दें इस प्रश्न का ? दो पल निरीह-सी देखती रहीं, फिर गहरा श्वास भरती हुई कहने लगीं, ''भगवान कटबाएगा अब ! सब उसी पनमेसुर के ऊपर छोड़ा है।''

दादी का सूक्त वाक्य सम्भवतः बच्ची की समझ में नहीं आया। वह उन्हें उसी तरह प्रश्नवाचक नजरों से देखती रही।

कलईपुती दीवारें। किशमिशी रंग की चिकनी और पीतल की पीली कील-ठुकी किवाड़ें। मन्दाकिनी छू-छूकर देखने लगी।

घने नीम के हरियल वृक्ष की ओर देखती हुई बोली, ''बऊ, अपने द्वार जैसा ही लग रहा है न इस घर का द्वार ?''

बऊ ने 'हाँ' कहते हुए सिर हिलाया और महीन-सी हँसी हँस दीं, ''सब जिमींदारों की हवेलियों की गढ़त एक-सी होती है स्यात।''

दोबारा-तिबारा किवाड़ें भड़भड़ाने पर भारी चरमराहट के साथ द्वार खुला। किवाड़ों के बीच एक महिला खड़ी दिखाई दीं।

वे साँवली रंगत और मझोले कद की हैं। बीच की उम्र है। तरुणी न वृद्धा। हरी फूलदार किनारीवाली गुलाबी रंग की धोती पहने हुए। घूँघट माथे तक है। गले में सोने की हँसुली चमक रही है। बऊ ने उन्हीं पल-छिनों में सारा कुछ देख लिया।

''सीताराम !'' गनपत ने उनसे झुककर अभिवादन किया।

''खुसी रहो, कहाँ से ऽ ऽ ऽ ?'' उनका एक हाथ किवाड़ पर टिका था।

''सोनपुरा से। महेन्दसिंह की मतारी हैं हमारे रंग। उनकी बिटिया मन्दा भी,'' गनपत ने तर्जनी से इंगित कर दिया।

सुनकर एक पल को महिला का मुख विवर्ण हो आया।

कुछ देर अवाक् खड़ी रहीं।

जब सँभलीं तो पूछा, ''जो मारे गए थे, वे ही महेन्दसिंह ? वे, जिनकी जनी...''

गनपत ने स्वीकृति में सिर हिलाया।

''दइया !'' उनके मुख से अनायास ही निकल पड़ा।

बाहर की ओर गौर किया तो देखा कि कुछ दूरी पर एक वृद्धा, लगभग बारह-तेरह वर्ष की बच्ची को अपने से सटाए खड़ी हुई हैं। उनका हाथ बच्ची के सिर पर है और स्वयं कुछ झुकी हुई सी।

अभिवादन के लिए वे आगे बढ़ीं और बऊ के चरणों में झुक गईं।

अधबीच ही रोक लिया बऊ ने। कन्धे पकड़कर ऊपर उठा लिया।

''पाँव जिन छुओ। रिस्ते में तुम हमारी भतीजी लगती हो। पंचमसिंह के घर से ही हो न ? देवगढ़वारी ?''

''हओ।''

''हम तुम्हारे पिता की फुआ की बेटी हैं, और यह हमारी पोती,'' कहकर बऊ ने मन्दाकिनी को हाथ पकड़कर आगे कर लिया।

''भीतर आ जाओ,'' वे दोनों के आगे हो लीं।

पौर में खटिया नवाती हुई सोच में बिंध गईं, दादा ने तो इनकी आवाजाई को लेकर कुछ कहा नहीं। क्या करें? क्या दुआरे से ही वापस कर दें या अपरिचित बनी रहकर किवाड़ें बन्द कर लें? अब जो भी हो, द्वार आई पाहुनी हैं। स्यात रहना भी हो इन्हें यहाँ, कि जाना हो...

खटिया बिछी तो बऊ बैठ गईं। मन उठंग है। अधबीच लटका हुआ। मन्दाकिनी सहमी-सी एक ओर को खड़ी अपनी लाल रिबन बँधी मोटी चोटी से खेल रही है।

वे बच्ची के पास पहुँच गईं, ''सरमा रही हो तुम ? हम कक्को हैं। घर-गाँव के सब लरका-बिटिया हमें 'कक्को' कहकर बुलाते हैं, तुम भी कक्को कहो।'' उन्हें मन्दाकिनी को देखकर ममता उमड़ आई। उसकी पीठ को सहारा देती हुई वे खटिया तक ले आईं और अपने से सटाकर बिठा लिया।

वे देखती रहीं, बच्ची की आँखें कजरारी, घनी लम्बी बरौनियोंवाली हैं, जिन्हें वह पटर-पटर झपका रही है। खानेवाला मुँह छोटा है, ऊपर का होंठ धनुष की तरह कटावदार और ललामी लिये हुए। मुख पर झलकती उम्र के मुकाबले कद लम्बा है। टेढ़ी माँग निकालकर बाल सँवारे हैं और एक लट अंडे की-सी बनगतवाले चेहरे पर बार-बार झूल जाती है, जिसको सिर झटककर वह पीछे कर लेती है।

''बहू जा बिटिया कों छोड़के चली गई,'' वे बऊ से मुखातिब हुईं।

बऊ कुछ न बोलीं, जैसे चुप्पी के परदे में स्वयं को छिपा रही हों।

''पानी ले आवें हम। प्यास लगी होगी,'' कहकर वे भीतर चली गईं।

मन्दाकिनी खटिया पर बैठी-बैठी अपने लटके हुए पाँवों को हिलाने में लगी थी, ज्यों पंजों को झुला रही हो।

बऊ ने देखते ही टहोका, ''सूधे बैठ जा मन्दा ! पाँव नहीं हिलाते, दोस होता है।''

उसने अपने पाँवों की हरकत उसी दम रोक दी और पूछने लगी, ''दोस क्यों होता है बऊ ?''

बऊ से कोई उत्तर न बन पड़ा।

कक्को ने पानी-भरा लोटा बऊ को थमा दिया। बऊ ने पानी का रंग देखा और बोलीं, ''जे तो सरबत है। इतेक हमसे नहीं पिबेगा। मन्दा भी इसी में से पी लेगी। और जिन लाना।''

''हमारे गनपत कक्का पिएँगे लाओ हम दे आएँ,'' मन्दा ने कहा।

वे विहँस उठीं, ''तुम काये ? हम दे आते हैं।''

कक्को खटिया के पाँयते बैठ गईं। अब क्या बातें करें? किस छोर को गहें ? कहाँ से आरम्भ करें ? और कहाँ अन्त ? दुख-विपता की बातें चलाना क्या आसान काम है ? जबकि मालूम हो, सामने बैठा मनिख ठहरी हुई पीर में फिर से बहने लगेगा।

किस हिम्मत से छेड़ें बऊ के दुख का प्रकरण...वे चुप बैठी रहीं।

बातें बऊ से भी नहीं बन पा रहीं। पराया गाँव। बिरानी माँटी। अनचीन्ही धरती और अजनबी आसमान...जिधर को दृष्टि जाती है, अलगाव-सा झरता दीखता है।

बऊ गुमसुम बैठी रहीं।

देखती रहीं, मन्दा का मुख मलिन है। बाल उलझे हुए। फ्रॉक पर जगह-जगह मटमैले धब्बे लगे हैं।

उसका ध्यान भी अपनी फ्रॉक पर है।

बऊ की गर्दन में हाथ डालकर, कान के पास मुँह ले जाकर कहने लगी, "उठो बऊ, बक्सा खोलो। हम कपड़ा बदलेंगे।"

उन्होंने धीरे से उसका हाथ दबा दिया, "अबै नहीं। तनक गम खाओ। रुकने-बैठने का ठौर..."

अब वे दोनों बरामदे में खेस बिछाकर बिठा दी गईं।

"बऊऽऽ !" मन्दाकिनी ने अपनी फ्रॉक दिखाकर फिर ध्यान दिलाया।

"मन्दा, तुम भी बड़ी जिद्दिन हो। कह तो रहे हैं, अबै कहाँ से निकार दें तुम्हारे उन्ना कपड़ा ? कितै धर के खोलें बक्सा ?" बऊ खीजी-सी फुसफुसाई।

घर की स्त्रियाँ अपने कामों से फुर्सत पाकर उनके पास आ बैठीं।

बातें चल उठीं। मिल-जुलकर उसी विपत्ति की परतें उखाड़ी जाने लगीं, जिससे वे कतई बचना चाहती थीं।

"लो भाग तो देखो कि इतेक मुसीबत।"

दूसरी बोली, "भाग-कुभाग की क्या बात, इनकी बहू ने ही संग नहीं दिया, तो फिर कोई गैर कैसे समझेगा इनकी पीर ?"

मन्दाकिनी देख रही है, इन औरतों की गोदों में बच्चे हैं। छाती से दूध चूसते हुए बच्चे। गोदी में बैठकर खुश होनेवाले बच्चे। एक-दो गोद में बैठकर भी रोनेवाले बच्चे, जिन्हें वे अनजाने ही थपथपा देती हैं और छूटी हुई बात का छोर गहकर बऊ को फिर खींच लेती हैं चर्चा में।

"जीजा के संग भग गई," एक ने कहा।

"भग कहाँ गई अपहरन हुआ है बेचारी का," दूसरी ने तर्क दिया।

"अई, नोंनें रहो। अपहरन काहे। अपहरन होता तो बऊ का न हो जाता। जे भी तो भर ज्वानी में विधवा हुई थीं। जे कहो कि मस्तानी हती। ज्वानी की मारी। सो बिना खसम के रहाई नहीं आई।"

बऊ की भीतरी परतें छिलने लगीं। सुनते-सुनते आँखों में नमी आ गई। मन्दाकिनी कुछ देर उन औरतों को घूरती रही। उसके होंठ भिंच गए, आँखें बड़ी और पनीली-सी दीखने लगीं। बऊ को अधिक उदास देखकर उनके घुटने पर अपना सिर टिका दिया।

सहसा वे सब द्रवित-सी हो गईं, बोलीं, "देखो तो, मोंड़ी हिंरस उठी। कैसी कठकरेज मतारी हती कि छोड़ गई पुतरिया-सी बिटिया कों। चिरइया-परेबा तक नहीं छोड़ते अपने अंडी-बच्चा।"

साँझ हो आई।

आँगन से धूप सरककर दीवारों पर पहुँच गई।

एक ही जगह पर बैठे रहने के कारण मन्दाकिनी ऊबने लगी। बऊ को संकेतों में समझाने लगी कि चलो बऊ !

वे अनदेखा किए बैठी रहीं। दादा की प्रतीक्षा है उन्हें। आ जाते तो रुख का पता चलता। भले ही सहमति है, लेकिन उनका सन्देही मन कई तरह से सोचने लगता है। न जाने किस तरह से लें उनके आने को? हँसी-खुशी में पाहुनी बनकर थोड़े ही आई हैं, संकटों में उलझी आगन्तुका हैं। ऐसे में कौन कर सकता है स्वागत ? अपने ही किनारा कर जाते हैं दुःख-तकलीफ के बखत।

फिर दादा कहीं यह न सोचने लगें कि मातौन तो आदर को भी खा गई। हमने झूठे को कहा और वे साँचे को चली आई।

दिन डूबने में जो घंटा-डेढ़ घंटा बचा है, वह उन्हें बहुत लम्बा और भारी लग रहा है। काटे नहीं कट रहा।

मन्दाकिनी की दृष्टि अब कहीं और है।

स्कूल से बच्चे लौट चुके हैं। माँओं से खाने की माँग कर रहे हैं। कक्को से घी और शक्कर के लिए जिद कर रहे हैं। सब्जी देखकर मुँह बिचका रहे हैं।

कुछ बस्ते रखकर पनारे पर मुँह-हाथ धोने में लगे हैं।

उसे अजनबी निगाहों से देख रहे हैं। अनचीन्हे भाव से घूर रहे हैं।

उसने अपनी फ्रॉक के घेर को घुटनों पर से खींच-खींचकर दोनों टाँगें ठीक प्रकार ढक लीं और खेस के ऊपर भली प्रकार बैठ गई।

बऊ बोलीं, ''तुम ज्यादा न तानना फिराक कों, फट जाएगी।''

कतार बनाकर बोरियाँ डाली गईं। परसी हुई थालियाँ उनके आगे रखी गईं। थालियों में आलू-बैंगन का साग, दही का कटोरा, घी से चुपड़ी हुई ठंडी रोटियाँ। मिर्च और आम का अचार।

बच्चों ने मिलकर स्वर साधा :

आलू भटा की तिरकाई
नाचै मुन्ना की मताई

फिर सब हँस पड़े।

मन्दाकिनी खिलखिलाती हुई पीछे तक हँसती रही।

सबका ध्यान उसकी हँसी पर ठहर गया।

वह एकदम चुप हो गई।

कक्को ने उसे हाथ पकड़कर उठा लिया, ''चलो, तुम भी खा लो।''

अपनी पंक्ति में उसे बैठे हुए खाते देखकर लड़के विचित्र भाव से हँसने लगे।

आपस में कान पर मुँह रखकर कुछ कह रहे हैं, जिसे वह सुन तो नहीं पा रही, लेकिन समझने की कोशिश कर रही है।

इस तरह का व्यवहार उसे बिल्कुल अच्छा नहीं लगा। थाली लेकर जल्दी ही उठ गई और पनारे पर रख आई।

लौटकर बऊ के पास आ बैठी। बेचिन्हार स्थान, अपरिचित चेहरें जैसे उसे दुखी और तंग करने पर तुले हैं। उसे सुगना की याद आने लगी। सात-आठ साल की सुगना उसके साथ ही साथ लगी रहती थी। स्कूल से लेकर तालाब-पहाड़ सब जगह संग। सुगना की चोटी से खोलकर यह लाल रिबन काकी ने चलते समय उसकी चोटी में बाँध दिया था। हड़बड़ी में कंघी-रिबन मिले ही नहीं थे उसे। बऊ ताला लगाने की जल्दी जो मचा रही थीं।

वह गाड़ी में बैठकर चली थी तो सुगना रोने लगी थी। जगेसर कक्का ने डपट दिया था काकी को कि चलो अपने घरै। आँखों में आँसू भरे सुगना कभी पिता की ओर देखती, कभी उसकी ओर।

''बऊ, सुगना के पिताजी हैं, जगेसर कक्का। पिताजी हैं तो हर समय डाँटते क्यों रहते हैं ?''

बऊ कुछ न बोलीं।

वह रिबन को ही देख रही है। सुगना का गोरा मुख याद आ रहा है कि अचानक बच्चों के झुंड में से कोई स्वर सुनाई पड़ा :

एक फूल की चार कली, रानी डोले गली-गली।

ये क्या चिढ़ा रहे हैं उसे ? और नहीं तो क्या ? उसने मारे गुस्से के उन शैतान बालकों की ओर पीठ कर ली। तमतमाई-सी बैठी रही।

घर के पुरुष लौटने लगे।

बऊ की ओर अजनबी-सी दृष्टि डालते हुए निकलने लगे। वे भीतर की ओर बढ़ते हुए पाँवों को देखती रह जातीं। अपने प्रति उठी शंका के कारण धड़कन तेजी से चलने लगी। बेचिन्हार स्थिति तीखी और नुकीली होकर चुभने लगी। ऐसी ही उपेक्षा मिली तो ?

एक बार को तो पछतावा होने लगा उन्हें। उम्मीदें जड़ उखड़े पौधे की तरह मुरझाने लगीं।

उसी समय देवगढ़वारी आकर बोलीं, ''बऊ, दादा आ गए।''

वे चौकन्नी होकर सँभल गईं।

दादा का लम्बा इकहरा बदन, गोरी रंगत, अधेड़ उम्र को लाँघता हुआ भव्य

व्यक्तित्व। धोती-कुर्ता पहने हुए वे आँगन में खड़े हैं।

वे पास को बढ़ आए।

''सीताराम !''

''खुसी रहो।''

''कित्ती बेराँ आना हुआ आपका ?''

''दोपहर तक पहुँच गए थे हम यहाँ।''

वे उनके पास ही धरती पर आ बैठे। राजी-खुशी पूछने लगे। बिटिया को पास बुलाकर दुलराने लगे।

उनकी बातें सुनकर बऊ के मन में किंचित् आशा का संचार हुआ। बुझी हुई ज्योति रोशनी की लकीरें पाने लगी।

''आप घबराना नहीं मातौन। इस गाँव की सीमा में आ गई हो अब। डर-भय निकाल दो अपने हिरदय से।''

दादा के कहते ही बऊ का कलेजा गड्डमड् होने लगा, ज्यों किसी निजता-भरे हाथ ने उनकी लड़खड़ाहट को सम्बल प्रदान किया हो। कृतज्ञता के संवेगों को अपने भीतर सँभालना कठिन हो गया। आत्मीयता सँभाले नहीं सँभली तो आँखों की कोरें भीग आईं। विपत्ति के समय कोई है उनका। कोई है उनके साथ-साथ।

फिर हूक क्यों उमड़ती है ? यह समय क्या इस तरह धीरज खोने का है ? क्या कहेंगे इस घर के लोग ? क्या सोचेंगे ?

यही न कि पूरी एक अवस्था जीकर यह बूढ़ी औरत जीवन को जाँच-परख नहीं पाई। केवल भलर-भलर रोना सीखी, उम्र तपाकर।

भीतरी आवेगों पर काबू किए वे चुप बैठी रहीं।

दादा चुप्पी तोड़ते हुए बोले, ''आप भारी चिन्ता में हो स्यात। सोच में डूबी हो। अरे भाई, हमने कही न, अब आपकी इज्जत-आबरू और हमारी हया-शरम सब एक है। इस चौखट की परतिष्ठा है। गाँव की आन है।''

बऊ चेतकर उनकी ओर देखने लगीं। झुर्रियों-भरा चेहरा धीरे-धीरे तनाव से मुक्त होकर कोमल हो आया और उसी पल ऐसा महसूस हुआ, जैसे इस अँधेरे-भरी सुरंग में कोई उजली हवा बह रही है। झुलसते तन-मन को किसी सात्त्विक लय ने सहलाया है। कोई पीठ पीछे खड़ा है अपना बनकर।

दो क्षण बाद दादा स्वयं कराहते हुए से बोले, '' अस्पताल हो गया आपका बैरी। वहीं से उठी विनास की अगिन।

'' बऊ, आदमी बड़ा बेबस जीव है। वह आदमी के हाथों ही मारा जाता है। स्यार जिनावर तक अपनी जाति का शिकार नहीं करते, मगर आदमी केवल आदमी को ही खाना चाहता है। उसी को मिटाने पर तुला रहता है। बुद्धिमान होकर भी

बुद्धिहीन साबित होता है।''

वे ठोड़ी पर उँगली रखे सुन रही हैं। क्या कहें, क्या बताएँ ? भीतर से उफनकर आता है कितना कुछ, लेकिन खौलकर कंठ में ही भरा रह जाता है। अभिलाख यार-दोस्त ही तो थे महेन्द के, पर नहीं देखी गई महेन्द की बड़ी-बड़ाँ। देखते-देखते ही दुसमन हो गए। विरोधी पाल्टी में जा मिले। बिराने गाँव के होकें इतेक ईर्खा भाव...

बऊ क्या-क्या सोच रही हैं, दादा कैसे जानें ? वे तो अपनी सोची बता रहे हैं, '' राजकाज की भाखा समझना तुम्हारे-हमारे बस की नहीं है मातौन। काहे से कि जब तक हम एक बात समझ पाएँ, तब तक तो हमारे नेता लोग चार पहेलियाँ और धर देते हैं हमारे सामने। वह भी ऐसे, जैसे कुनैन को शक्कर में लपेट दिया हो। सरकार और विपक्षी दलों का गोरखधन्धा मछेरे का जाल-सा फैला है। कहाँ-कहाँ तक बचे आदमी।

'' वे लोग, जीभ-जुबान से लोकसभा-विधानसभा में लड़ते हैं। स्याही-कलम से अखबारों में, और करम-आचरण से हम-औरों के बीच मचवाते हैं महाभारत। इन्हीं सबकी भरपाई कर रहे हैं हम लोग। कुपरिनाम भोग रहे हैं।''

वे एकालाप-सा करते हुए खोखली हँसी हँस दिए, '' लो यहाँ मार-काट मचवाकर सोग मनाते हैं दिल्ली-लखनऊ में। अँसुआ बहाते हैं सोक सभाओं में। हमारे विनास का ढोल पीटते हैं अखबारों में। कितेक भाग्यी हैं हम। जाँच-कमीशन बैठ जाता है तुरन्त।

'' सोनपुरा में भी महिना-खाँड़ खूब आवाजाई मची रही नेता लोगन की। बऊ, तुमने तो वे-वे महापुरुष देखे होंगे, जो कभी देख नहीं सकती थीं अपने इस जनम में।''

बऊ ध्यानपूर्वक सुनती रहीं, भले ही कुछ बातों का मरम उनकी बुद्धि में नहीं ठसा।

दादा अपनी राजनीतिक चर्चा को विराम देते हुए बोले, ''अच्छा, अब यह बताओ कि आपकी बहू को रतन यादव जबरन उठा ले गया या वह अपनी राजी से गई है ?''

बऊ का ठोड़ी पर टिका हाथ माथे पर जा पहुँचा, जैसे कह रही हों कि कोई नहीं उठा ले गया, सब हमारे कपाल का खेल है। इसी में ईश्वर ने खींच दी हैं उलटी लकीरें। निःश्वास खींचते हुए बोलीं, '' को जाने, उनके मन की तो वे ही जानें। हाँ, इतेक जरूर है कि महेन्द के मरते ही लोग चील-गिद्ध की तरह टूटे थे।

'' औरों की तो कहें क्या ? एक बेर तो गिन्नीसिंह ने खबर भिजवाई थी बामौर से, कि प्रैम अखेल-अल्हड़ हैं अबै। लम्बी उमर कों कैसे...चाहें तो हम बछिया कराकें विदा...

" तो समझ लो दादा कि बहू ने तीन दिना तक अन्न ग्रहन नहीं किया। रोती रही महेन्द कों याद कर-करकें। कोसती रही उस असगुनियाँ अस्पताल कों और अपनी तकदीर कों।

" फिर डकौली से सन्देस मिला सुगर माते का कि प्रेम राजी-वाजी चली आवें, नहीं तो...

"पर नहीं डरानी बहू। वा ने हमारी तक हिम्मित बाँधी। कहती थी, बाई, बकने दो ठठरीबँधों को। भूँकने दो कुत्तों की तरह। हाथी को तो अपनी ही चाल चलनी होती है। हमारे जाने डिकौली के पिरधानजी ने धमका दिया था सुगर माते कों, सो फिर नहीं भेजी ऐसी बेजाँ खबर।

" हाँ दादा, इतनी अवस्स कहेंगे कि रतनसिंह ने जादू फेरा था उस पर।"

"मातौन, अचम्भा लगता है हमें, वे टाउन-एरिया के चेरमैन हैं, और हरकतें ऐसी।"

"अचम्भे की बात भलें हो, पर रूप बुरई चीज होत है दादा। फिर वा के संग में धन-माया। आदमी बौरा न जाएगा ? प्रेम देखी नहीं तुमने। असपेर के गाँवों में इतेक खबसूरत जनी न होगी," कहकर बऊ सोच में पड़ गईं अचानक फिर कुछ उमड़ आया, " हमें तो सक-सन्देह तब पड़ा जब रतनसिंह के आने पर सिर्रिन बावरी-सी हो जाती थी। लो, उनकी सूरत दिखानी और भूल गई आगे-पीछे की लाज-लिहाज। फिर नहीं सुरत की मोंड़ी कहाँ है, कि काम-धाम कब होगा, कि डुकरो कितै डरीं ?

" तो कितेकऊँ बेर हम से कलह भई," कहते-कहते बऊ अचानक चुप हो गईं। माथे के सलवटों और आँखों के आसपास की सिकुड़नों से लग रहा था, बऊ आहत हैं।

" हम भी कहाँ लों देखते वा की लीला। निछावर होकें जुट जाती थीं सेवा-टहल में। बरन-बरन के पकवान देख लो, घर-द्वारे की साफ-सफईयत।

" जौन पौडर-किरीम, साज-सिंगार त्याग चुकी थीं, सो अपना लए।

" बताओ, बिटिया का संग-साथ, माँ को ऐसा करना चाहिए ?

" ऐसा क्या दुक्ख था हमारे घर में जिसे रतनसिंह हर लेते ?

" घर की मालकिन बना कें राखी थी हमने। नाज-पानी की चाबी-कुची गहाके।

" हम तो सौ बातों की एक बात जानते हैं कि अपहरन करकें लै गए हों या खुद्द भगी हों, पर मोंड़ी के पीछें पुलिस काहे के लाने दौड़ा दी ?

" अब काहे बात का हक्क माँग रही है बिटिया का ? भगते बखत याद नहीं आई मन्दा ?" कहते-कहते बऊ रुआँसी हो उठीं।

दादा ने प्रसंग बदल दिया, "कोई डाकधर आया अस्पताल में ?"

बऊ अपनी व्यथा से उबरने के लिए दो क्षण मौन बैठी रहीं। फिर अपनी ऐनक को सँभालती हुई बोलीं, " कौन आएगा असगुनिया अस्पताल में? खुलते-खुलते

चार-पाँच लहासें हो गईं !

" एक बेर सुनी कि आज-कल्ल में ही डाकधर आनेवाले हैं। पर पूरे दो महीना निकल गए, कोई नहीं आया। और जब आए तो बस ढूँक कें चले गए। रहने-रुपने की नौबत ही नहीं आई।

" लोग कहते हैं कि गाँव में रहने डाकधर नहीं आ सकते। हम तो यह कहते हैं दादा कि डाकधर नहीं आ सकते थे तो बिल्डंग बनाई ही काहे के लाने ? का हाथी-घोड़ा बाँधने थे सिरकार कों? या हमारे महेन्द के पिरान चाहिए थे नासियों को ?"

दादा ने अपने नंगे सिर पर हाथ फेरा। नुकीले खिचड़ी बालों को सहलाते हुए बोले, "मातौन, दुरभाग तो यही है कि जिस सरकार ने अस्पताल बनाया था, तब के बाद वह सत्ता में आई ही नहीं। जिस विरोधी पार्टी ने दंगा कराया था वह उस अस्पताल को क्यों चलने देगी ? उनका बस चले तो बोंडरी समेत गिरवा दें। किवाड़-टाटी जलवा दें। राज-काज में बस यही रह गया है अब !"

बऊ ने अपनी धोती का पल्ला सिर पर सँभालकर ओढ़ लिया, जो उनके सफेद बालों पर पीछे तक खिसक गया था।

आवेश में समाई सी बोलीं, " लूहर में जाय वो अस्पताल। असल बात तो अब मन्दा को बचाने की है।

" आप ठहरे समरथ। पुलिस के दलबल से भिड़ लेंगे। वकील-जज्जों से बातचीत कर सकते हैं, इतेक जानते हैं हम।"

देवगढ़वारी कक्को आश्चर्य से देखती रह गईं।

ब्यारू का समय हो गया और बीत गया।

थाली परोस दी गईं और ठंडी हो गईं।

घर के भीतर खलबली है।

गोविन्दसिंह कका जू बऊ के आने का आशय जानकर दादा का भरपूर विरोध कर रहे हैं, " जे डुकरो अपने घर की व्यथा इस गाँव में ले आईं ! कहीं होता है ऐसा कि किसी के हक के लिए कोई दूसरा अपना मूँड़ चिराए !

" अभी कुछ नहीं बिगड़ा दादा, तुम समझा-बुझाकर लौटा सकते हो इन्हें सोनपुरा।"

दादा अवाक्।

क्या कह रहा है गोविन्दसिंह ? खोटे समय में पीठ दिखाना हमें शोभा देता है भला ! विपदा क्या मुँह देखकर आती है ? फिर किसी को तो बढ़ना ही पड़ेगा आगे। कोई तो सामना करेगा ही। सभी कायर हो जाएँगे !

दादा को लगा, जैसे कका जू अज्ञानवश कह गए हों यह बात, इसलिए समझाते हुए बोले, "बऊ हमने बुलाई हैं गोविन्दसिंह। लौटाने के लिए नहीं बुलाईं।"

मगर कका जू तो बिफरने की मुद्रा अख्तियार करने लगे, "तो तुम लड़ोगे रतन यादव से ?"

"अरे !" उनकी सिकुड़ी हुई आँखों और फूलती हुई चपटी नाक पर क्रोध का दबदबा देखकर दादा चकित रह गए। बताओ, यह नहीं जानता यह बात कि लड़ना क्या तलवारों-बन्दूकों से है ? या लाठी-भाले चलाने हैं ? मुकदमा ही तो लड़ना है, सो लड़ लेंगे। तमाम केस लड़े हैं अब लों।

समझाने को तो तमाम बातें समझाईं, मगर कका जू मानें तब न। उनके मन में तो अनेक शंका-आशंकाएँ गिद्ध-चीलों की तरह मँडरा रही हैं, "पुलिस चक्कर काटेगी कल्ल से। कहाँ-कहाँ तक छिपाते फिरोगे मोंड़ी को ? यह बात तो तुम भी जानते हो दादा कि माँ के रहते दादी को हक्क नहीं मिलेगा मोंड़ी का। बहू के आगे डुकरो हर हालत में हल्की बैठेगी। फिर रोज-रोज के हलफ बयान..."

निरुत्तर कर दिए दादा।

अब क्या बहस करें इस मूरख से यह सोचकर अपनी धोती बदन पर डालते हुए बढ़ गए आसन की ओर।

थाली के सामने जा बैठे। लोटे में से आचमन किया। प्रभु का नाम लिया। पत्नी से बोले, "गोविन्दसिंह की थाली नहीं परसी क्या ?"

देवगढ़वारी शायद खाना रखे-रखे ऊब गई थीं, तनिक झुँझलाते हुए बोलीं, "तुम औरों को बहस-मुबाहिसे से फुर्सत मिले तब न। लो, अबै से ही ठनने लगी तो आगे..."

कका जू बेमन ही सही, मगर आ बैठे। हाथ धोते हुए तनिक व्यंग्य से बोले, "भौजाई, यह तो वही बात हुई न, मियाँ-बीवी राजी और क्या करेगा काजी ? पराए फटे में टाँग अड़ाने चले हैं दादा। दादी, मतारी और बिटिया। हम कौन कि खामखाँ !"

दादा के मुख में जाता कौर अधबीच ही ठहर गया। वे टुकड़े को थामे हुए बोले, "एक बेर सुनो कि हजार बेर, सरणागत को ठुकराना हमारा धरम नहीं है भाई। बऊ विपता की मारी आई है, बच्ची को सुरक्षित रखना तो हर हाल में है।"

"बहुत ठीक। आप धरम-करम निभाओ। काहे से कि धरम का ठेका आपने ही लिया है।"

दादा को अचरज भी हुआ और क्रोध भी आया, " गोविन्दसिंह, तुम ऐसे अधम-मूरख कब से हो गए ?

" और यह हमें समझाना क्या चाहते हो ? हानि-लाभ ? सही-गलत ?

उचित-अनुचित हम नहीं जानते क्या ? तुम्हारे मुकाबले कम दुनिया देखी है हमने ?

" खैर, तुमसे जुबान लड़ाना मूरखता ही होगी। "

फिर धीरे से समझाते हुए बोले, " गोविन्दसिंह, मुकदमे में जो पैसा लगेगा, उसे तो मातौन ही खर्च करेंगी। बीस एकड़ खेती की उपज कम नहीं होती। उनके पास कमी तो आदमी की है।

" कहाँ से लावें अपना हितू, पैरोकार, सुभचिन्तक। इसकी ही कमी है आज के जमाने में। ऐसे में हमें पीछे न खींचो। अधरम होगा यह। और भइया, हर समय बनियों की तरह मूल-ब्याज का हिसाब-किताब भी सोभा नहीं देता, ठाकुर रघुबंसियों को, अहीर यदुबंसियों को।

" बस, तुम इतना करना कि सोनपुरा की खेती देखते रहना। जुताई, बुवाई, कटाई और फसल की बिक्री तुम्हारे सुपुर्द रही ! पइसा-टका का हिसाब रखना। "

कका जू का गेरुआ चेहरा तनिक नरम पड़ा। चपटी नाक का फूला हुआ आकार सामान्य हो गया तथा होंठों की फड़कन शान्त हुई।

वहाँ से उठते हुए बोले, "अब जो आपको दिखाय सो करो। राय-सलाह देना हमारा फरज था, सो निभा दिया। कल के दिन फिर हमसे न कहना कि..."

दादा भोजन की थाली उठाकर खड़े हो गए। पनारे की ओर जाते हुए वहाँ खड़ी पत्नी से बोले, "देवगढ़वारी, बऊ के रहने का प्रबन्ध चीफ साब के घर करा दो। खाना बनाकर पहुँचाती रहना। हम अभी चीफ साब से बात करते हैं कि खयाल राखें मातौन और बिटिया का।"

उन्हें पत्नी पर पूरा भरोसा है। वे साथ नहीं छोड़ेंगी। चाहे पूरा घर...

देवगढ़वारी सीधी चीफ साब की बखरी की ओर चल दीं। कका जू कुछ भी कहें, कितना ही विरोध करें मगर वे कुछ नहीं कहेंगी। वे तो घरनी हैं, घर की सुख-समृद्धि की तरह ही आफत-विपत भी निभानी है उन्हें। पति की दया-नीति से चलते वे क्या मर्माहत नहीं हुईं ?

उनको याद आता है उन दिनों का माहौल...कैसे कँटीले दिन थे ! कैसी दुखदायिनी रातें ! घर के आदमी तो आदमी, औरतों ने भी कमी नहीं छोड़ी थी, जब दादा धोबिन को ले आए थे कि जिस दिन गौरा बहू आई थी अपना गाँव छोड़कर।

गौरा के आने पर तो घर में शक-सन्देहों के साँप-सपोले रेंगने लगे थे। विष उन्हीं की छाती में उतारा गया था। देवरानियाँ उनकी पाथर-निष्ठा पर ऐंठभरे बोलों की रस्सी बेदर्दी से घिसने लगीं, " जिज्जी, कौन सी माटी की बनी हो तुम ? और सरीखी होती तो रन कर देती। बताओ, धोबिन ही क्या कम थी जो एक बेड़िनी और उठा लाए दादा।

" चार बीघा चाँप बैठी है धोबिन। अब देखो कि गौरारानी कितना लिखवाती

हैं अपने नाम।

'' दादा भी एक ही ठहरे। बुढ़ापे के किसन-कन्हाई। अच्छी सूरत देखी और रपट बैठे कीचा में। धँस गए गिलाए में,'' कहकर देवरानी बुझे चूल्हे को फुँकनी में फूँकने लगी।

उन्हें लगा, अंगारे राख के नीचे नहीं, उनके कलेजे में दहके हैं। तीन बातें कहकर छोटी ने तीन कटारी मारी हों जैसे। पति की ऐसी अवज्ञा ! इतने लांछन !

वे भभक उठीं, '' तुम तो बिलात कह गईं बैन ! कहनी-अनकहनी। जेठ की मान-मरजादा तियाग दी तुमने। पर यह बताओ कि हम कैसे तियाग दें अपने आदमी का संग ? हमारा तो अनादर नहीं किया उन्होंने। ले आए सो ले आए। होगी दुखिया। पिन्दोला है मरद। और गौरा की सुगढ़ देह ! बस, हो गई परलय, आन परी विपता। गौरा ने क्या-क्या कुभोग नहीं भोगे। रच्छ्या नहीं कर पाया जनानिया। नातर अपनी देहरी छोड़ सकती है कोई जनी ? अच्छी सूरत के कारन चैन नहीं लगने देते वा गाँव के गुंडा। और अजस देखो कि गुंडई की खिलापत में लोग बोलते नहीं। गाँव में हिजड़ा-खसिया बसते हों जैसे !

'' पर इतेक निसाखातिर रहो छोटी, जो, कूँड-किरिया धरती गौरा को दादा देंगे, सो अपने हिस्सा में से देंगे। तुम्हारे हिस्सा से नहीं कटने देंगे हम। जोगी कों ब्याह गए तो बैरागिन होना ही पड़ेगा हमें। ''

देवरानी मखौल उड़ाती हुई सी बोली, ''हओ, ऐन हो जाओ साधुन बाबिन। हम कौन से रोकन जा रहे। तुम्हारी जै रहै जिज्जी।''

वे चीफ साब के घर बिठा आई हैं बऊ को।

भोर की भूखी होंगी फुआ। उन्होंने जतन से थाली परोसी, कटहल की तरकारी, आलू का साग, रोटी और कटोरों में खीर। फुर्ती से सब सामान उठाया और कमरे में जा पहुँचीं।

फर्श पर कथरी बिछाए बऊ गहरी नींद में सोई हैं। लालटेन का मद्धिम-सा पीला प्रकाश कमरे में फैल रहा है। उनका पोपला मुख साँसों के आवागमन के साथ खुलता, बन्द होता है।

साथ ही मन्दा, दादी के गले में बाँहें डालकर लिपटी पड़ी है। चेहरे पर पसीना छाया हुआ है। बाल भीग आए हैं।

वे खड़ी-खड़ी देखती रहीं। जगाने की हिम्मत नहीं हुई।

थालियाँ ढक दीं। पानी की गगरी पर लोटा औंधा दिया। खड़ी ही खड़ी पंखा झलने लगीं, सोते हुओं के ऊपर।

बऊ की आँख रात के समय खुली।

न मालूम कितने पहर बीत गए ?

बाहर अँधेरा घिरा है। कमरे में लालटेन की रोशनी है।

उन्हें लगा, वे अपने घर में ही सो रही हैं, लालटेन धीमी जलती छोड़कर। मगर मन में कोई दूसरा विचार कौंधा, जो धड़ककर उनकी आँखों में आ समाया। आँखें फाड़-फाड़कर देखती रहीं इधर-उधर।

लेटे ही लेटे छत, दीवारों को पहचाना। एकाएक झटका सा लगा विचारों में, यह अपना घर तो नहीं है। फिर कहाँ हैं हम ?

श्यामली !

श्यामली ! वे उठकर बैठ गईं।

दाईं ओर को सोई हुई मन्दा को देखा।

लालटेन के पीले से उजाले में थाली ढकी हुई दिखाई दीं।

भूखे ही सो गए हम ! मन्दा ने खाया नहीं कुछ। और गनपत ?

वे धीरे से उठीं और निकलकर बरामदे में आ गईं। देखा कि गनपत तो बेसुध सोए पड़े हैं। वे लौट आईं।

"मन्दा ! ओ मन्दा !"

"हूँ," वह करवट बदलकर फिर सो गई।

"उठो, रोटी खा लो। भूखे पेट नहीं सोएँ चाहिए, बुरए सपने आते हैं बिटिया। बर्राटे में डरा जाओगी।"

वह कठिनाई से जागी। बड़ी देर ऊँघती हुई आँखें मूँदे बैठी रही।

बऊ जिद करती रहीं, मगर वह लोटा में से पानी पीकर फिर सो गई।

गनपत को जगा दिया बऊ ने।

वे खाते रहे चुपचाप।

सामने आई थाली का निरादर न हो, बस इसलिए बऊ ने भी मुँह जुठार लिया, नहीं तो भूख तो उनकी भी हिरा गई थी। थाली ज्यों-की-त्यों ढक दी।

चारपाइयों पर दरी-चादर बिछे हैं। तकिए रखे हैं।

वे खटिया पर जा लेटीं। मन्दाकिनी को भी लिटा लिया पास बिछी चारपाई पर। लालटेन बुझा दी।

अभी तक तो आँखें नहीं खुल रही थीं, परन्तु अब पूरी तरह चेत में थी मन्दाकिनी। अँधेरे में रग-रग चैतन्य हो उठी।

लेटी-लेटी सोच में उलझी रही। दिन की बातें याद आने लगीं। साथ ही कई प्रश्नों ने घेर लिया उसे। पूछे बऊ से ? हाँ, बऊ बता देंगी, पिताजी कैसे मर गए ? अस्पताल क्यों उजड़ गया ? क्या हुआ था ऐसा ?

दो

"बऊ, पिताजी कैसे मर गए ?"

"हैं ऽ ऽ !"

"पिताजी। बताओ न बऊ, कैसे..."

बऊ की आँखें अँधेरे में खुली रह गईं। लो, आज जा मोंड़ी को क्या औरियायी ? बाप के मरने की बाबत काहे पूछ रही है ? और क्या बता देवें जा राईभरी कों ?

ऐसा जबर सवाल कर बैठेगी मन्दा, लो हम क्या जानते थे ? झूठी-साँची भी नहीं गढ़ सकते इस बखत। और न जे मोंड़ी माननेवाली है, किस्सा-कहानी जैसी बातें। जे तो बात में से बात निकालेगी।

बऊ चुप पड़ी रहीं।

"बऊ ? तुम सो गईं ?" मन्दाकिनी ने पुकारा।

वे नहीं बोलीं। बात आई-गई हो जाएगी सो बस फिर नहीं याद रहेगी इसे। हम तो जे ही सोच रहे हैं कि तनक उमर में उस हादसे को बताएँगे तो न जाने क्या से क्या सोच बैठे ! कैसा असर ले अपने मन पर ! कच्ची मिट्टी है, टेढ़े-मेढ़े साँचों से बचाकर रखना चाहिए लरका-बिटिया को। बस, जई कोसिस हती हमारी, और जई कोसिस में भगे हैं यहाँ तक।

"बऊ !" मन्दाकिनी ने झकझोर दिया बऊ को।

तो बिना जाने सोएगी नहीं मन्दा। हम जानते हैं इसके सुभाय को, जौन हठ पकरी सो पकरी, फिर नहीं डिगा सकता कोई। कितेक समझाई है कि बिन्नू, ऐसा जिद्दी सुभाय न राखो। आगे-आगे क्या जाने किन-किनकी बात माननी परें। और तुम बिटिया की जात, घर-गृहस्थ कैसे चलाओगी ऐसे जिद्दियाकें।

बऊ जब तक चुप रहीं, मन्दाकिनी उनकी बाँह को हिलाती ही रही, अपनी खटिया पर लेटी-लेटी उन्हें टहोकती रही।

नहीं चाहती थीं बऊ कि उस दुखद स्थिति में फिर से डूब जाएँ, जिसे याद करके सालों से रोती आ रही हैं।

फिर भी कहने के लिए तैयार करने लगीं अपने-आपको, जैसे हलक में उँगली डालकर उलटना हो हलाहल और डूब जाना हो फिर उसी विष में।

शोक-कथा की त्रासदी में एक बार फिर डूबने लगीं बऊ, 'दुरभाग तो देखो कि पूत की मौत का बरनन करनेवाली मतारी और सुननेवाली बिटिया !'

"सो तुम्हें नहीं पता बेटा !" बऊ ने मन्दा के सिर पर हाथ धर दिया।

"पता तो है बऊ, पर सारा कुछ पता नहीं," धीमे स्वर में कहकर उसने बऊ की गर्दन में अपनी दाईं बाँह डाल दी।

" दादा क्या कह रहे थे बऊ ? सरकार ! पार्टी ! विरोधी पार्टी ! नेता ! मन्त्री ! अखबार ! इनमें से किसने मारा पिताजी को ?

" अस्पताल के कारण दंगा क्यों हुआ ?

" चौहद्दी की ईंटों को उखाड़कर कौन ले जाएगा ? "

बऊ ने गहरी साँस ली, " बेटा, यह तो हम पक्की तौर पर नहीं कह सकते कि किसने मारा, किसने मरवाया महेन्द को। गाँववाले भी अटकलें ही लगाते हैं। जो हत्यारे का पक्का पता होता या मरवानेवालों को चीन्हा-जाना होता तो पकड़े न जाते वे लोग।

" अस्सपताल का उद्घाटन था उस दिन। तुम्हारे पिता ने पूरी इमारत कलई से पुतवाई थी। किवाड़ों पर रंग-रोगन कराया था। लो देख लो कि गाँव में नई हवा चलने लगी। जैसे नया उन्ना महकता है न, वैसी बास फैल गई। जगर-मगर कर रहा था अस्सपताल।"

मन्दाकिनी ने कल्पना में उतार लिया अस्पताल को। उसकी आँखें अँधेरे कमरे में झिलमिलाने लगीं।

" भारी मंच बना था बेटा ! बहुत ऊँचा।

" अस्पताल को घेरकर सफेद तम्बू तनवाया था। इतना बड़ा कि हजारों आदमी समा जावें।

" महेन्द उरई से माला ले आए। कोई एक माला नहीं, इतेक कि लो हमारा आधा गाँव पहर लेता। सो गमक उठा अस्सपताल। लगा कि पास में गेंदावाड़ी उग आई है। अपनी जिन्दगी में इतेक फूल हमने कभी देखे नहीं।

" महेन्द बोले, 'बाई, मन्तरीजी आएँगे उद्घाटन करने। तुम अच्छी धुतिया पहर लेना। नंगे पाँवों मत आना। जनी-मानसों को साफ उन्ना कपड़ा पहरवाकें बिठवा देना।'

" एक पत्थर ले आए मन्तरीजी के नाम का। तुमने देखा होगा बिटिया ! सामने के खम्भे में ही तो जड़ा है। मोंड़ी-मोंड़ों ने कीचा-माटी पोत दी हो तो खबर नहीं। काये से कि हम अस्सपताल की तरफ हेरते नहीं। "

"नहीं बऊ, ऐन साफ है। हमने पढ़ा है, उत्तर प्रदेश के मुख्यमन्त्री श्री कमलाप्रसाद के कर-कमलों से..."

" बेटा, उस दिन देखतीं अपने पिता की खुसी, जिस दिन अपने गाँव में अस्सपताल बनने की खबर मिली थी। उरई से अखबार संग लेकर आए थे कि गाँव के लोगन को दिखा सकें, ऐन उनकी आँखों के सामने धर दें।

" चौंतरे पर रोज ही जुड़ते थे लोग। महेन्द को तब तक चैन नहीं आता था, जब तक चौपाल पर बातें न कर लें। अस्सपताल की चर्चा न कर लें।

“ खुद ही पढ़-पढ़कर सुनाया। दिखाया।

“ जिनकी समझ में नहीं भरा, उन्हें हरफ-हरफ दोबारा, चौबारा समझाया। अरथाया।

“ जब सोरह आना साँची मान ली गई बात तो लोग पूछने लगे कि भइया, कहाँ बनेगा अस्सपताल ? कौन से ठौर ? कौन कोने में ?

“ हड़क दिया महेन्द ने, ‘ है, सिर्रियो ! कहाँ कितै क्या ? कोई झुपड़िया-मड़इया है कि डाल लो चाहे जहाँ। छा लो चाहे जैसे।

“ ‘रकबों जमीन चाहिए।

“ ‘कारीगर लगेंगे। तमाम मजूर जुटेंगे। ईंटें, बालू, बजरी, तमाम ताम-झाम। मोंटरें-ठेला अलग। ’

“ मुँह बाए रह गए लोग।

“ अब जो पिरधान हैं न, वे बोले, ‘जमीन कौन देगा ?’

“ जगेसर ने तुरन्त अपनी अकल बघारी, ‘गिराम-समाज की है तो सही, दै राखेंगे उसी में से।’

“ महेन्द उनकी बात काटकर बोले, ‘नहीं, ग्राम समाज की काहे को देंगे ? बीघा-दो बीघा देकर कंगाल हो जाएँगे क्या हम ? बी.डी.ओ. साहब चेता गए हैं हमें कि घूरों के पास जमीन न बता देना। जंगल तरफ की आबोहवा ठीक रहेगी रोगियों के लिए।’

“ गिराम-समाज की जमीन में बनाने को तो वे कितनी ही चीजें सोचे बैठे थे। कहते थे, बिटियों का स्कूल बनवाएँगें। बीज-भंडार और ढोरों का अस्सपताल।

“ लोग हँसने लगे, ‘लो भइया तो गाँव को एट कोंच उरई जैसा कसबा बनाने की सोच रहे हैं।’

“ हाथ का अखबार धरती पर फटफटाकर बोले महेन्द, ‘देखते जाओ, एट कोंच से ज्यादा चमकदार हो जाएगा अपना गाँव। भूल जाओगे कि बीहड़ में बसते थे कभी। आठ-आठ कोस पैदल चलते थे।’ ”

बऊ ने आवाज दी, “मन्दा ! सो गई क्या ?”

“नहीं बऊ !”

“ बेटा, सुनते थे कि ऐमैलेजी खुद्द कह गए थे कि इस गाँव में अस्पताल बनाना लाजिमी है। विन्ध्याचल की पहाड़ियों में बसे कई गाँवों के बीच में पड़ता है सोनपुरा।

“ महेन्द कहते थे लोगों से कि लो, अब कट गए दुक्खों के दिन। डाकधर-कम्पोटर आया करेंगे गाँव में ही। आया नहीं, रहा करेंगे। दवा-गोली, मल्लिम-पट्टी बँटा करेगी। अब नहीं जाना एट कोंच।

“ न बैलगाड़ी की फिकर, न निगने-चलने का रोना। लंघिन आदमी भी पहुँच

जाया करेगा डाकधर के पास।

" द्वारिका बोले, 'सबसे अच्छी बात है कि सिरकारी डाकधर फीस नहीं माँगता। उलटा अपने पास से दवा-दारू देता है।'

" अस्सपताल खुलने की खबर सुनकर असपेर के गाँवों में अपने सोनपुरा की इज्जित बढ़ने लगी। लोग पाँत-पंगत खाने जायँ तो सिर उठा-उठा कें बखानें, एक-एक को पकड़कर सुनाएँ, कि भइया, ईसुर न करे किसी को बीमारी हो, पर देह का क्या भरोसा ? हारी-दुखारी होते देर ही क्या लगती है, सो आना-जाना तो बना ही रहेगा।

" सोनपुरा का आदमी हाट-बाजार भी मिले तो खमा डिकौली, गोंती झखनवारा तमाम गाँवों के लोग जुहार करें।

" उस दिन भारी भीड़ थी। झवरा, भलौटा, डुडी, कुड़री तक का आदमी आया था।

" मोटरें, जीपें, पुलिस-गाड़ी !

" मन्तरीजी आने ही वाले थे। सब लोगों की आँखें रस्ता में लगी थीं। झूठे को कुछ गड़बड़ाया तो साँचे को मोंटर समझें आदमी। बाल-बच्चा भगे चले जावें दूर तक। मन्तरी-सन्तरी तो आए नहीं, और मारपीट मचने लगी अचानक।"

"मारपीट !"

" हाँ बेटा, मारपीट क्या, दंगा-फसाद हो गया। देखते-ही-देखते भीड़ उठकर खड़ी हो गई। भागमभाग मचने लगी।

" महेन्द बीच-बिचाव करने में लगे थे।

" उसी बेराँ महेन्द की मूँड़ में किसी ने डंडा मारा। हमने अपनी आँखों देखा। मारता ही चला गया। फिर दो-तीन जने मारने लगे।"

"वे कौन थे बऊ ?" मन्दाकिनी उठकर बैठ गई।

" को जाने बेटा ? गाँव के तो नहीं थे। न हम चीन्ह पाए। हम क्या, कोई नहीं पहचान सका उन्हें, बेचिन्हार आदमी थे।

" ठठरी बँधे महेन्द के लाने ही आए थे, हमारे जाने।

" बेहोस होकें गिर गए लला।

" ऐन भगदड़ मची थी। कुचल-पिचल कें दो बच्चा मर गए। गोपालपुरा के दसई बसोर और पल्टू कोरी ने भी प्रान तज दिए। उन्हें गोली मारी और अन्त में महेन्द को गोली...

" तोता की तरह उड़ गया मोरा लाल...

" सोनपुरा का पिंजरा खाली पड़ा रह गया बेटा...अनाथ हो गया अस्पताल... सबसे मोह माया तोड़ गया मोरा हंस !"

बऊ अँधियारे में आँसू बहाए जा रही थीं। मन्दाकिनी उन गरम आँसुओं से

भीतर तक तप गई।

"बिटिया, फिर तो पुलिस-गारद, छान-बीन, हलफ-बयान..."

बऊ की नाक से सुन-सुन की आवाज निकलकर कमरे में फैल गई।

"छः महीने खूब ऊधम मचा रहा बेटा। कबहूँ फोटू-खिंचइया तो कबहुँ अखबार वारे। कबहुँ नेता लोग, ऐमैले...।"

बऊ कुछ देर चुप्पी में डूबी पड़ी रहीं। दुःख की पीड़ा ताजा होकर कसक रही है छाती के भीतर। बोला नहीं जा रहा। कंठ रुँध गया है।

मन्दाकिनी की दो पुतलियाँ अस्पताल के अँधेरे कमरों में जा टकराईं, खट्-खट्।

बऊ ने आवाज दी, "सो गई क्या मन्दा ?"

वह निरुत्तर है कि सोई हुई, बऊ अनुमान नहीं लगा पाईं।

"सो जा बेटा !" कहकर हाथ बढ़ाकर मन्दाकिनी का सिर सहलाती रहीं। टटोलती रहीं बालों को।

...और सोच के अनन्त सागर में डूब गईं सोनपुरा की मातौन।

सच में ही अपने-आप चली गई प्रेम ? लोगों का मनना है कि बहू का खोट नहीं है। बऊ हैं असल जड़। वे अन्धी-बहरी बनी रहीं

जवान-जहान बहू के तौर-तरीकों को नहीं चीन्ह पाईं ? अपने तरीके से ही सोचती रहीं हर बात। अपने बराबरवाले पलड़ा में धरकर तोलती रहीं उसे।

कम-से-कम इतना तो जान लेना चाहिए था कि प्रेम के लिए महेन्द के मरते ही खतम हो गया था सब कुछ। सूख गई आसपास की हरियाली। बीहड़-बीरान में भटक रही थी वह पिरेत की आतमा-सी।

वह रातोरात नहीं सो पाई महीनों, सालों। चाहनाओं के जंगल में अकेली लावारिस की तरह बिफरती रही, हाथ बढ़ाती रही जिस-तिस की ओर...

नहीं तो गनपत क्या झूठ बोल रहे थे ?

सुनकर ही आए होंगे पुरा-मौहल्ला में। एकाएक उन्हें क्रोध आने लगा।

लोग कह रहे थे कि डुकरो अच्छें नहीं रख़ती थीं बहू को।

लो, कैसे रखा जाता है अच्छी तरह ? कौन सी कमी थी उसके लिए ? सातऊ सुक्ख थे। बस, खसम ढूँढ़कर हो नहीं दे पाए हम। सो भाग छूटीं।

भगी हैं तो भगें। कोई राँड़-विधवा होती है तो क्या भग देती है ?

देहरी की आन इतेक ही समझी ?

हम ऐन दुःख समझते थे उसका, पर जीजा के संग ऐल-फैल की आजादी तो दे नहीं सकते थे। अपनी बाखर में रंगरलियाँ तो नहीं रचाने देते। ज्वानी जोर मार रही थी रंडी की तो मोंड़ी के सामने ही बहनोई के संगै...

गर्रानी ने यह नहीं सोची कि नाम के आगे खेती लिखी है, सो उड़ाए लिये जा

रहे हैं खसम जू। दूनी कीमती दिखाई दे रही है ज्वानी। बऊ ने गहरा साँस खींचा, एक बार फिर महेन्दसिंह की मूर्खता पर पश्चात्ताप किया। लला से कितनी कही थी कि जर-जोरू इकट्ठी मत होने दो। नास की निसानी हैं। अपने ही नाम राखो जमीन। हाथ न कटाओ।

...पर वे, वे तो अन्धे हो गए थे ! वा बेड़िनी के रूप की पट्टी बँधी थी आँखों पर।

क्या-क्या याद आता चला जा रहा है ! पीर दूनी हो गई उस दिन की याद करके। पिरधान पुलिस बुलाने की भागदौड़ मचा रहे थे और लोग मस्खरी कर रहे थे। जगेसरा ठठरीबँधा रखता है किसी का लिहाज ? मगन दर्जी और पिरैम के लिए कैसी भद्दी बातें कह गया, 'उमाना (नाप) देती थी प्रेम भौजी मगन को। इंच-इंच नपवाती थी देह। क्या गजब का जोबन था ! मगन ही क्यों, रामरतन कोरी के संग देख लो ! तला के पास बबूल के झुंडों में अपनी आँखों से देखा है दोनों को। अपन ने तो घबरा के आँखें मीच लीं भइया।'

याद करते ही बऊ का रोम-रोम दहक उठा। बताओ लो, ऐसी बेमरजाद हो गई थी घाट-करी।

जगेसरा महाचांडाल। उसकी कुभाखा सुनकर लगता था कि कानों के परदे फट जाएँगे। कहता था, 'बऊ, तेरौ कौल, प्रेम भौजी चमेली खसिया से गोलियाँ मँगाती थी कि पेट में बच्चा न रह जाए। क्या करें, मन चलायमान है भौजी का और आँखें चंचल। पर कुछ तो दुक्ख भी है महेन्द भइया का, तभी तो रामरतन के कन्धे पर सिर रखकर रोया करती थी।'

उन्हें काटो तो खून नहीं। फक्क पड़ गई थीं ये बातें सुनकर। लो, उसी को दुक्ख था ! हमारा बेटा नहीं मरा था क्या ? हम तो नहीं रोए किसी के कन्धे पर टिककर !

द्वारिका नहीं धीरज रख सके। काँप गए क्रोध से। डपटने लगे जगेसर को, 'बहू-बिटिया की बाबत ऐसी बदजुबान। कीरा परेंगे तुम्हारे। परलोक बिगरेगा अधरमी। अबै महेन्द होते तो तुम बजा पाते गाल ? ठोक देते अबै तक।'

जगेसर खीं-खीं करके हँसने लगा, 'कक्का, तुमको बड़ा दुक्ख हुआ !'

रतनसिंह आने-आने लगे तो छोड़ दिया इधर-उधर हेरना। लोगों का कहना-सुनना भी बन्द हो गया था। हम सोचते थे, सुधर गईं हैं अब तो।

...पर क्या पता था कि खुलकर नहीं बोलता कोई, चैरमैन के आगें। बोले भी कैसे, सो जानते-बूझते भी सच नहीं बताया किसी ने।

वे तो उसके रंग-ढंग देखकर ही बिफर पड़ीं, 'जे तुमारे जीजा हैं तो जीजा की तरह रहें, मर्द-मानसों की तरह द्वार-चौपाल पर बैठें, यहाँ घर में क्यों घुसे रहते हैं ? लोग क्या कहेंगे ? इज्जित-आबरू का खयाल है कुछ ?'

वह पान चबाती हुई लापरवाही से बोली, 'बाई, तुम अपने दिमाक में सक-सुबह का कीड़ा न रेंगाओ। जे फितूर न पालो अपने मगज में, विरथाँ कुढ़ती रहोगी।' कहती हुई वह पनारे पर पीक थूक आई।

बहू का रूप बऊ की घृणाभरी आँखों में झिलमिलाने लगा। काहे को पान चबाती थी बेड़िनी ? होंठ तो खुद ही रसीले थे, जैसे पान की पीक रिसती रहती हो।

रार जान-बूझकर नहीं बढ़ाई बऊ ने। गाँव तमाशा देखेगा, इस डर से अपनी ही जीभ को लगाम दे ली।

...लेकिन तू-तू मैं-मैं कितेक दिना तक बची ? आज सोचती हैं बऊ तो कई-कई गुना व्यथित हो उठती हैं। उस दिन बरकाई तो अगले दिनों में हो पड़ी। मन्दा बीमार थी उन दिनों। लंघिन हो रहे थे मोंड़ी कों, और उसे लगन लगी थी रतनसिंह के यहाँ ब्याह में जाने की। बोली, 'बाई हमारा हार निकाल देना।'

'हार ! सो काहे को ?' चकित सी पूछ बैठीं वे।

'पहनने के लिए,' कहकर वह धुतिया चुनियाने लगी।

'तुम पहरोगी ?'

'हाँ, हम।'

'एन लै लो हार। हार नहीं और भी जेबर। पर तुम्हें इतेक खयाल नहीं कि मन्दा आठ दिना से बुखार में तप रही है। तुम्हें तो सोंख-मौज के मारे आजकल कुछ दिखाई ही नहीं दे रहा, ऊँच न नीच। बताओ, विधवा राँड़ जनी...'

बस, इतना सुनना था कि ऐसे देखने लगी जैसे कच्ची चबा जाएगी हमें। और जाकें सूधी कोठा में जा लेटी। अंसनपाटी लिये पड़ी रही। नाइन से सिर और गोड़े मसकवाती रही।

बऊ आज याद करती हैं तो हृदय डूबने लगता है।

भोर की होन में वे उठी थीं। देखा कि दरवाजा खुला पड़ा है। खटिया खाली है प्रेम की...उनकी टाँगें काँपने लगीं। आँखों के आगे अँधेरा छा गया।

वे जान गईं कि आज बहू...लेकिन कैसे हल्ला करतीं कि मेरे महेन्द की दुल्हन रतन यादव के संग...कि इस गाँव के जमींदार सुभाग सिंह की पुत्रवधू भाग गई उस नीच के संग !

बऊ ने अनुभव किया, उनकी आँखों में आज भी आँसू बह रहे हैं। धोती के छोर से पोंछते हुए सोचने लगीं कि तुम होते महेन्द के दादा तो देख न पाते ऐसा अजस। बहू को टुकड़ों-टुकड़ों में काट डालते या अपनी आँखें फोड़ लेते। तुम्हारी आन-बान याद है, ज्यों की त्यों याद है आज भी...

वह दिन...पालकी में बैठकर एरच जा रहे थे हम। कहारों की लापरवाही से झरप तनिक ऊँची उठ गई, बस कहारों को पीट डाला था, हमें जाने नहीं दिया था तुमने !

हम तो काँप उठे थे। भले ही पाँव का अँगूठा तक न दिखा था किसी को, लेकिन तुम्हारी आँखें मशाल की तरह जलती हुई देखी थीं।

बऊ ने सहसा बाहर की ओर देखा। उजियारा सा हो आया है। सोचते-सोचते ही सरक गई रात। मुसलमान हैं इस गाँव में, तभी तो मस्जिद से अजान आ रही है। वे उठकर बैठ गईं।

कागा-चिरइया बोलने लगे। जंगल-झाड़ी न मालूम किस दिशा में जाना होगा ? हम बेध्यानी में भूल ही गए, नहीं तो देवगढ़वारी से पूछ लेते रात ही।

तीन

बऊ जान गई हैं, दादा सबसे बड़े हैं। वे बाहर के काम करते हैं। बिलाक, थाना, तहसील, जिला, शहर के सारे काम। वैसे अफसर-अहलकारों से बातचीत करनी गाँव में केवल तीन जनों को आती है—दादा, मोदी लल्ला और चीफ साब। नए लड़के भी हैं, जो अँगरेजी बोल लेते हैं, मगर उनका गरम मिजाज नहीं जँचता दादा को, सो आगे नहीं आने देते उन्हें।

दादा से छोटे हैं गोविन्दसिंह कका जू। घर के खजाने की चाबी रहती है उनके पास। खेती देखते हैं। फसल की पूरी जिम्मेदारी उठाते हैं। कद-काठी से दादा की तरह ही लम्बे हैं। मोदी हँसते हैं कि असल अहीर तो गोविन्दसिंह ही हैं, चौड़ी नाक, छोटी-छोटी आँखें, रंगत गेहुँआ। तम्बाकू की पीक से किशमिशी हुए मसूड़े। मूँछें नहीं रखते।

और सबसे छोटे अमरसिंह। घर में दाऊजी कहलाते हैं। छोटे-दुबले। पीली रंगत है चेहरे की। बीमार लगते हैं। देवगढ़वारी कहती हैं कि अमरसिंह लला को तपैदिक हो गई थी, तभी से देह नहीं पनप पाई। बदपरहेजी हैं, सो दवा से छुटकारा नहीं मिल पाता।

आजन्म कुँआरे। दाऊजू बरेदिया का काम सँभालते हैं। पन्द्रह भैंसें, दस गायें, बाकी लबारे हैं उनके चारज में।

स्वभाव से कोमल, निरीह। पूरे परमहंस। आए दिन कछियाने में बसोरों के गरीब घरों में भौजाइयों से छिपाकर दूध दे आते हैं। बदले में फटकार पड़ती है घर में।

संयुक्त गृहस्थी में एकाध अनाथ-सनाथ भी, जिनमें डबल बब्बा हैं। खुलकर तो नहीं, लोग दबे स्वर में कहते हैं कि वे लखना डाकू हैं।

कहीं सच भी लगती है यह बात।

मशाल की तरह जलती हुई लाल आँखें। ऊँचे साँवले माथे पर सिन्दूरी लम्बा तिलक। सिर के खिचड़ी बाल कन्धे तक। घनी लम्बी सफेद दाढ़ी और बैल के पूँछ-सी

झावे की तरह खिचड़ी मूँछें। खाकी कमीज और पंचा (धोती का आधा भाग) पहनते हैं डबल बब्बा।

ऐसी विकराल छवि और काम—इस घर में मजदूरी !

देवगढ़वारी बताती हैं, आए थे तो मजूरी माँगने लगे।

पूछताछ हुई तो बेपरवाही से बोले, ' डरो नहीं हमसे, पुलिस-मुलिस नहीं है हमारे पीछें। वैसे तुम्हें का करने है हमारी जनमपत्री कौ ?...और फिर जागीर नहीं माँग रहे हम।

' वचन देते हैं कि तुम्हारी बाखर में कभी नहीं उरेंगे। हमारे कारन कोई हानि नहीं होगी तुम्हारे घर-गाँव को। '

बोलते-बतियाते नहीं है किसी से। कभी-कभी तो भरम होता है कि कोई मौनी बाबा तो नहीं हैं वे।

रोटी खाते समय तो एकदम मौन। देवगढ़वारी रोटी की टिपनियाँ-पतीली में साक और लोटा भर दूध धर देती हैं उनके पास। मन-मर्जी से लेते रहें।

रात के समय दादा ने अपने बड़े से पक्के चबूतरे पर गाँव के मुख्य लोगों को जोड़ लिया। कुछ सोचकर वे चबूतरे से बरामदे में आ गए और बरामदे में से उठकर भीतरी कमरे में।

इस आपातकालीन बैठक का उद्‌देश्य बऊ के आने का आशय बताना था, सो कहने लगे, " भइया, तुम्हारे भरोसे अपना सोनपुरा तियागा है, हवेली-सी बखरी छोड़ी है इन्होंने।

" निस्ठा और उदारता में कमी न लाना। बिटिया यहाँ रहती है, यह बात गाँव के बाहर न जाने पाए।

" कहो हो मोदी, ठीक कह रहे हैं हम ? "

मोदी ने चुनौटी से चूना निकालकर हथेली पर रखे तमाखू में मिलाया, रगड़ा और फंकी मार ली। दाँतों को भीतर और निचले होंठ को बाहर करके बोले, "डाडा, है टो यह असम्भव बाट, पड़ है सोड़ह आना साँची।" और उठकर पिच्च से चबूतरे के नीचे थूक आए। फिर स्पष्टतः बोले, "बिल्कुल ठीक कह रहे हैं आप।"

बऊ को गनपत बताते हैं, गाँव में अकेले बनियाँ हैं मोदी लल्ला। एक ही घर है उनकी जात का। छोटे भाई सिकन्दरपुर में रहते हैं।

सन्तानविहीन मोदी से उनके छोटे भाई लछमीदास ने कई बार जिद की है कि वे सिकन्दरपुर चलें। वहीं रहें। बाल-बच्चों में मन लगा रहेगा वहाँ। यहाँ तो दोनों प्रानी निपट अकेले। मोदिन ठहरीं आँधरी।

घर-बाहर संकट-ही-संकट।

'बेंच डारो लल्ला श्यामली की खेती।'

मोदी फीकी हँसी हँसते हैं, ' लो, जा ऐन कही ! हमें परदेसी करने पर तुले हैं लछमीदास। तुम तो मामा ने बचपने से ही बुला लिये थे, सो तुम्हारा गाँव-घर वही हो गया—सिकन्दरपुर।

' ...पर भइया, हम तो यहीं रहे-बसे हैं। पूरी जिन्दगी काढ़ी है इन्हीं गलियों में, पुरा-बखरी में। ध्यान रमा है नर्सरी में, बावड़ी में। यहाँ की रज से बनी है हमारी काया। सिरजी है हमारी आतमा।

' अब तो गाँव तभी छूटेगा, जब साँस टूटेगी।'

गहरे साँवले रंग के मोदी लम्बे और छरहरे हैं। बड़ी-बड़ी सफेद मूँछें। चमकदार लम्बी आँखें। गले में तुलसी की दुलड़ी माला पहनते हैं। सफेद धोती-कुर्ता धारण किए हुए हैं।

बऊ के पास बैठी देवगढ़वारी हँस उठती हैं, " बऊ, मोदी लल्ला तैयार होकर मोंठ झाँसी जाने के लिए निकलते हैं तो दादा सिहाकर छेड़ते हैं, 'तुम तो अपने गाँव की सोभा हो मोदी।'

" और लो, नहला पै दहला ! मोदी लल्ला तुरन्त उत्तर देंगे, 'और तुम नहीं हो श्यामली के सिंगार ! इतेक उमर हो गई दादा, तुम्हारा रंग जनियों की तरह आज भी उजला है। होंठन की लाली फीकी नहीं पड़ी।

" ' तमासे में मछलदे बनते थे, पहली भौजाई की धुतिया पहनकर।

" ' जवानी का सोंख अभी तक नहीं तियागा तुमने। मूँछें अब भी नहीं बढ़ने देते। गोरों के जमाने से ही सोंखीन रहे हो।'

" दादा हँस पड़ते हैं।"

बऊ पूछती हैं, "देवगढ़वारी, पहली से एक ही मोंड़ा है दादा का ?"

"हओ बऊ, विकरम ही हैं। पाँच-छः साल के मिले थे हमें।"

"और तुम्हारे, सिरीकान्त और मीरा ?"

"हमारे-तुम्हारे क्या बऊ, सब दादा के ही हैं—विकरम, सिरीकान्त और मीरा। आदमी-औरत का क्या अलग और क्या साझा ?"

"सो तो है।"

" बऊ, चीफ साब मोदी की तरह गाँव के अकेले मुसलमान हैं। साथ में उनके छोटे भाई बन्ने रहते हैं। बखरी से बखरी लगी है दोऊ भइयों की।

" समथर रियासत के चीफ थे अनवर हुसैन। वहीं रहा रहते थे। समथर महाराज ने वहीं बस जाने का पिरबन्ध किया था इनके लिए। मगर अम्मा बेगम मानीं ही नहीं। कहने लगीं, जहाँ डोली में बैठकर आई थीं, वहीं से अरथी उठेगी। खाविन्द की देहरी नहीं छोड़ेंगी।"

बऊ ने गहरी साँस ली।

"रियासतें टूटीं तो चीफ साब यहाँ आकर अपनी किसानी में रम गए। महींदारों से खेती करवाने लगे। बन्ने को मोंठ के स्कूल में मास्टरी मिल गई। ब्याह हो गया। छोटी बेगम हमीरपुर की हैं और बड़ी राठ की।"

बऊ ने देखा है चीफ साब का दालानोंवाला घर। रही हैं उनके परदादार कमरे में। दादा के इसी बैठका के पिछवाड़े पड़ता है, जहाँ सब जुड़े हैं। एक झरोखा है बातचीत करने के लिए। अम्मा बेगम और देवगढ़वारी अक्सर बातें करती हैं उसमें झाँककर।

घर के ठीक सामने नीम के पेड़ तले मस्जिद है, जिसमें पुरुष सदस्य नमाज पढ़ा करते हैं।

चीफ साब शेरवानी और अलीगढ़ी पाजामा पहनते हैं। कपड़ों का रंग सफेद रहता है। सिर पर काली गोल टोपी।

दादा, मोदी और चीफ साब तीनों दर्जा छः तक मोंठ के जूनियर हाईस्कूल में पढ़े हैं, जो अब इंटर कॉलिज है।

अपने कार्यकाल में चीफ साब भले ही अलग रहे हों, लेकिन अब तो बरसों से यह आलम है कि ब्याह-कारज, खुशी-गमी, केस-मुकदमा, जहाँ भी जाना हो तीनों जने संग ही जाते हैं।

दादा के हाथ में छाता, मोदी के हाथ में छड़ी और चीफ साब के कन्धे पर खादी का झोला रहता है। लोग दूर से ही पहचान जाते हैं—लो, वे आ रहे हैं, छाता, डंडा, झोला !

चुनाव नहीं होने देते गाँव में। कहते हैं, आजादी का जश्न हमने अपनी आँखों देखा है। भइया, इस आजादी को सँजोकर सुरक्षित रखो, सँभाले रहो। गुलामी बड़ी पीड़ाओं, कठिनाइयों के बाद कट पाई है।

निर्विरोध चुनाय के पक्ष में रहते हैं सदा।

उनका मत है कि वोटों के कारण पार्टीबन्दी होती है गाँव में। बस्ती का विभाजन होता है।

कहते हैं कि हमारे लिए तो पंचायतें साँची। जो बात कहनी है, खुलकर कहो। निधड़क जाहिर करो अपनी मंसा। दुःख-दर्द बताओ। प्रधान ग्रामवासियों का पिता सदृश हुआ। सन्तान पिता से जिद-हठ नहीं करेगी तो फिर किससे माँगेगी अपना हक्क ?

वोट देने की बात तो भइया, ऐसी ही हुई, जैसे कड़वी ककड़ी को पेट में रखे रहें। कंठ में लौटा-लौटाकर जुगाली करते रहें और जोड़ते रहें विष। पचाते रहें चुनाव तक।

और चुनाव के दिन मौहर ठोक कें कागज घोंपि आए मतपेटिका में। कर दिया पीठ पर वार। काढ़ लिया बदला।

न मीत का पता, न बैरी का। ऊपर से भले ही भले। मिठबोला चुनाव हुआ यह ?

लो, घर में भी वोट गिरने लगें तो ऐसे ही छदम का माहौल हो जाय।

बऊ कहती हैं, धरती-आसमान का अन्तर है।

सोनपुरा और श्यामली में फरक-ही-फरक है।

यहाँ की तो रीति-रसम ही अलग हैं। शहरों में कुछ भी होता रहे, अँगरेजी पढ़े लोग न मानें जाति-बिरादरी, पर अपने गाँवों-पुरवों में ऐसी अनीत नहीं है अभी।

आज भी बसोर बड़ी जात के कुएँ पर नहीं चढ़ते। नीचे कीचड़-काँद में बसोरिनें गगरी टिकाए बैठी रहती हैं। फुर्सत पड़ने पर भरे जाते हैं उनके घैला-गगरी। घंटों बैठी बतियाती रहती हैं पनिहारियों से। और फिर वे ही पहुँचाती हैं बातों का ओर-छोर हर घर में।

हाँ, चमारों ने अवस्स कुएँ बनवा लिए हैं, सो भी गाँव बाहर।

श्यामली की बात अपने सोनपुरा में जाकर बतावें तो साँची नहीं मानेगा कोई। है ही अचरज !

अब तक वे नहीं पहचानती थीं, नहीं जान पाईं कि कौन आदमी किस बिरादरी का है। लेकिन चीफ साब का कमरा छोड़कर आई हैं तब से तो...

अब जिस कमरे में रहती हैं, उसी के आगे बना है पक्का बरामदा और आगे पक्का चिकना चौंतरा।

मंगल के मंगल होता है उस पर कीर्तन।

देखकर वे तो दाँतों तले उँगली दबाए रह गई।

मझोली कद-काठी और ठोस बदन, गहरी साँवली रंगतवाला, कहीं मिठू ही तो नहीं है ? बसोर का मिठू !

ऐसा ही लगता है, घनी मूँछों में से चमकते सफेद मोती-से दाँत। घुँघरिया बार। तेल डालकर अच्छी तरह ओंछ आया है।

उन्हें भ्रम हुआ है शायद। ऐसा हो सकता है कहीं ?

चलो कुआँ-घाट की बात तो दीगर ठहरी, पर पूजा-ध्यान, भजन-कीर्तन में नीच बिरादरी का क्या काम ? आराधना में तो सुद्धता जरूरी है। पवित्तरता बताई गई है।

उन्होंने मन्दाकिनी को बुलाया, ''देख तो मोंड़ी, यह पहला भजन किसने उठाया? कहीं ऐसा तो नहीं कि बुढ़ौती की आँखों पर यह चस्मा भी झूठा पर गया हो। हेर नहीं पा रहे हम ठिकाने से।''

''बऊ, मिठू कक्का गा रहे हैं।''

वे भौचक !

लेउ, अब क्या कर देवें ! उसी ने आरम्भ किया है पहला भजन? जैसे पंडित-पुजारी करते हैं पूजा-पाठ की सुरुआत।

अब तो हम सही-सही ही देख रहे हैं। ढड़कोले चमार हैं, जो हरमुनियाँ पर आड़ा-तिरछा होकर झूम रहा है। वो ही तो है। तनक गेहुँआ रंगत लिए निमोंछिया। बड़ी-बड़ी जुलफें। ऐन पहचान गए हम।

कीर्तन चल रहा है :

मैं सुमिरों सिरी गणराज,
मेरे कीरतन में विघन परै नाऽऽ।
कीरतन में विघन परै ना,
मेरे कीरतन में विघन परै नाऽऽ ॥ मैं सुमिरों...

दूसरा भजन तो रामकिसुन कुम्हार ने उठाया है :

विन्ध्य प्रदेश जिला टीकमगढ़
नगर ओरछा ग्राम,
कि जहँ पर राजे ऽ ऽ सिरी भगवाऽऽन।

मन्दाकिनी बोली, ''बऊ, छः क्लास पढ़ा है रामकिसुन। देखो ढोलक कौन बजा रहा है ?''

''अमरसींगा है हमारे जानें। घिची (गर्दन) मटका-मटका के बजा रहा है ढोलकी। ऐन ढड़कोले और मिठू के बीच में बैठकर,'' बऊ ने पहचान लिए दाऊ जू।

''अमरसिंह दाऊ जू कितनी अच्छी ढोलक बजाते हैं बऊ !''

''बेटा, हमारे ख़याल में चौंतरा पर गाँव-भर जुड़ा है। हर घर का एक-एक जन। श्यामलाल, अर्जुन, चतुर्भुज, मोदी, चीफ साब, पन्नी माते। लों, इतनों को तो हमीं चीन्हते हैं।''

''दइया ! कोई देख ले तो जात में से डार दे न इन्हें ! धन्न है रे दादा के राज ! श्यामली गाँव ! गांधी जुग ले आए हैं।''

''काहे हो गनपत, इतै के तो ऩेम-कायदा ही अलग हैं। अवरन, सवरन सब एक ! चमार-बसोरों से पारहेज नहीं ! किसी दिन पनका मेहतरानी को भी बिठा लेंगे संग-संग !''

गनपत उकडूँ बैठे-बैठे ही बोले, ''तुम देखती नहीं बऊ, ब्याह-कारज तक में चमरटोला की पंगत सबसे पहले बिठाएँगे। और फिर उन्हीं के ऐंगर लोधी-कुरमी बैठ जाते हैं। यादव, छत्री और संग-संग पुजारी महराज भी !''

बऊ ने कुहनियों तक हाथ जोड़ दिए, ''जै रहै बामन देवता तुम्हारी। तुम तो पराए गाँव से आकर भुगतते हो सातौं जात को। ऐसी क्या बीधी है यहाँ आवे की।

नोंने अपने गाँव में रहो पंडित बनकें।''

मन्दाकिनी हँस पड़ी, ''बऊ, किसे सुना रही हो ? पुजारी महाराज तो अपने गाँव में होंगे इस समय।''

''हम तो जा गाँव की रीत को हाथ जोर रहे बेटा !''

गनपत हाथ उठाकर समझाने की मुद्रा में बोले, ''जे ही तो बात है बऊ, एकता है इन लोगन में। देख लो, रतन यादव का राच्छतपना जानकर भी लड़ने-मरने को तैयार हो गए हैं सब-के-सब।''

बऊ की आवाज धीमी पड़ गई, ''ठीक कह रहे हो गनपत ! चार बासन होते हैं तो वे भी खटकते-बजते हैं, पर यहाँ के लोग तो माला के मनकों की तरह हैं, जहाँ के तहाँ !''

''और का। अब जे ही देख लो कि हमारे आने की खबर सबको है, पर मरजाल है कि बात मुख के कढ़ जाय। बाहरी आदमी को पता पड़ जाय,'' गनपत बाल्टी उठाकर कुएँ की ओर चल दिए।

''बऊ, हमारा मन नहीं लगता यहाँ,'' मन्दाकिनी का मुख रुआँसा हो आया।

'' मन्दा, हम जानते हैं, तुम उखड़ी-उखड़ी रहती हो। पर क्या करें, लोगढ़ियों की सी गृहस्थी है बेटा, लुहार गाड़ीवानों की तरह। बसाव-ठहराव किस तरियाँ आवै।

'' तुम जान-चिन्हार भी तो नहीं करतीं किसी से ! '' बऊ दुखित स्वर में बोलीं।

वह चुप बैठी रही।

न जाने बऊ के मन में क्या घुमड़ने लगा। चेहरा कठोर हो गया बैठे-ही-बैठे। आँखें जलने लगीं, एक बिन्दु को घूरती रहीं वे।

बऊ ऐसे ही अप्रसन्न हो उठती हैं। उसे सुनाकर तमाम बातें कहेंगी।

''ऐसी छिनार किसी की मतारी होगी ? जो बिटिया कों छोड़ कें भग जाय ! खसम कर जाय !''

वह बऊ का मुख देखती रह जाती है। यह अचानक क्या हो गया बऊ को ? गाली क्यों देने लगीं अम्मा को ? अम्मा क्या सुन रही हैं ? फिर किसको सुना रही हैं बऊ ?

''अम्मा गई कहाँ हैं बऊ ? उन्हें तो भड़िया (चोर) उठा ले गए हैं।''

बऊ की आँखों से चिनगारियाँ छूटने लगीं, '' हओ ऐन ! पाँच हाथ की जनी कों कोई ऐसे ही उठा ले जाएगा !

'' अब तो बेटा, ऐन पक्की हो गई बात। हाकिमों के सामने कबूल गई कि हम तो अपनी मर्जी से आए थे। किसी ने अपहरन नहीं किया हमारा।

"और भट्टीछोत ने हमारे ऊपर दोख मढ़ दिया कि सास हमारी बिटिया को जबरन राखें हैं !"

वे गनपत की ओर मुखातिब हुईं, "लो देख लो गनपत ! सब जानते थे कि बहू गऊ-सी सूधरी है, बेजुबान। अब झेलो वा के पैने सींग। कैसें पिंजरा में पाले तोता-सी पढ़ गई है। बोलन लगी जीजा की बानी !

"खसम करने की ऐसी लगन लगी थी रंडी कों !

"...पर इतेक हम भी जानते हैं गनपत कि रतनसिंह डार-डार तो दादा पात-पात। हथकड़ी-बेड़ी डरबाकें बँधवा लाएँगे छिनार को।"

मन्दाकिनी बऊ को तरेरी हुई निगाहों से घूरती रही। फिर उठकर बाहर चली आई।

दादा बैठे थे चबूतरे के किनारे पर, बोले, "बाहर न निकला करो। तुहारी मतारी ने रपोट कर दी है। पुलिस खोज रही है तुम्हें।"

चार

मन्दाकिनी कान देकर सुनने लगी।

"दादा ने चीफ साब से आधी रात तक सलाह करी है बऊ ! ऊपरवाले कमरे में लालटेन जलती हमें देर रात तक दिखाई पड़ती रही। हम समझ गए कि दादा को चैन नहीं है। पराई जिम्मेदारी बज्जुर से भारी होती है। तुम्हारी और मन्दा की चिन्ता में पड़े रहते हैं दादा," कक्को बऊ से बतिया रही हैं।

"हर किसी से कह भी तो नहीं सकते अपने जी की बात। हमसे ही पूछते रहे कि देवगढ़वारी, पुलिस से कैसे बचावें मोंड़ी कों ? कहो तो तुम्हारे मायकें...

"या चीफ साब से करें कछू मसवरा।

"हमने तो बऊ, अपनी बुद्धि के हिसाब से ठीक-ठीक समझा दिए कि मायके तो हम ऐन ले जा सकते हैं। टैक्टर से चलके रात-रात में पहुँच लेंगे, या मोंटर से भी ज़ायँ तब भी काल पहुँच ही जाएँगे। पर तुम जानो, चीफ साब राज-काज में रहे हैं। अकल की बात बताएँगे।

"दादा बोले, 'खुफियागीरी भी जानते होंगे, छिपाकर रख सकते हैं बिटिया को।'

"सो बऊ, चीफ साब को टेरने हम ही गए थे।

"आते ही दादा बोले कि बताओ अनवार, कोई उपाय।

"'कैसा उपाय ?' चीफ साब कैसे समझें इतेक जल्दी।

"'मन्दा के बन्दोबस्त का, छिपाकर रखने का।'

" सुन तो लई उनने, पर देर तक चुप्पी साधे रहे।

" कुर्सी पर बैठे सोच से में डूब गए।

" दादा ने हमारी तरफ ऐसे देखा, जैसे यह जाँच रहे हों कि देख लो, चीफ भी चुप्प लगा गए। सोच में पड़ गए। पराई विपता से बचना चाहते हैं हमारे जाने।"

"देवगढ़वारी, इसमें झूठ क्या है ?" बऊ व्यथाभरी आवाज में धीरे से बोलीं।

" नहीं बऊ ! उन्होंने तुरन्त कहा कि दादा, आप हमारी बात मानो तो कहें। बतावें।

" बऊ, आँधरे को क्या चाहिए, दो आँखें, दादा बोले, 'लो जल्दी बताओ।'

" सो उन्होंने अनवरी, अपनी बहन के घर भेज देने को कह दिया। 'दादा, बिटिया समझो, बहन जानो। समथर भेज दो दोनों को। अनवरी का विश्वास करना। आपकी गोद में खेली है। कलेजे से लगाकर रखेगी आपके राज को।'

" 'समथर ! जान तो नहीं जाएगा कोई ?' दादा को तुरन्त विसवास नहीं बँधा।

" 'अब भरोसा न तोड़ो आप।'

" चीफ साब रात के समय रुकना नहीं चाहते थे सो उसी बखत चले गए।

" दादा सो तो गए, पर भोर भए फिर एक नई फिकर !

" बोले, 'देवगढ़वारी, हमको चिन्ता भी है और उलझन भी।'

" 'सो कैसी ?'

" 'यही कि मुसलमानों के घर का खाना-पीना देखकर डुकरो हल्ला न कर दें। छुआछूत फैलाई तो दबी-ढकी बात कितने दिन छिपेगी ?' "

बऊ बीच में बोल पड़ीं, "लो हम यहाँ नहीं रहे चीफ साब के कमरा में ? पर हाँ, अंडा-गोस से छुआ-भिड़ा तो नहीं खा सकते हम।"

"सो तो हम जानते हैं, तुमारा घराना कैसा रहा है बऊ ! टीकमगढ़ के मंसबदारों के यहाँ तमाम रसोइया लगे रहते थे। सुनाते थे हमारे दद्दा कि उनकी फुआ राजघराने में ब्याही थीं। अलग-अलग थी रसोई। गोस-मांस की अलग और साक-सब्जी की अलग। वे जमाने तो और ही रहे होंगे बऊ। आज के दिन का किसे पता था ?"

बऊ कुछ न बोलीं, निःश्वास भरकर रह गईं।

बऊ ने मन्दाकिनी को पहले ही समझा दिया कि मोंड़ी, उनके घर का मत खाना। भले भूखी रहना पड़े। कहीं गोस-मोस खा लेवे।

वैसे ऐसा हुआ नहीं। अनवरी बुआ ने उनके रहने का प्रबन्ध ऊपर की अटारी

में कर दिया। खाना किसी ब्राह्मण के घर से आता है। बोल रखा है कि पाकिस्तान के अब्बा हुजूर के दोस्त की बीवी आई हुई हैं, हिन्दू क्षत्रिय हैं।

जो बऊ ने समझाया था, जिस बात के लिए रोका-टोका था, वही बात नहीं निभ सकी मन्दा से। छुपती-छुपती अनवरी बुआ के बावर्चीखाने में पहुँच जाती है। उनके साथ सालन और रूमाली रोटी खाना अच्छा लगता है। बाकी साग-सब्जियों के बारे में पूछताछ नहीं करती।

अन्त में पान की फरमाइश।

सावन के महीने में दिन-भर झर लगा रहता है। रात के समय बूँदों का झमाझम शोर खपरैल पर बजता रहता है। बूँदें कमरे में घुस आईं। खटिया भीग गई।

नींद नहीं आती मन्दाकिनी को।

आँखें मूँदे पड़ी है कब से। पलकों के भीतर पुतलियाँ हलचल मचाए हैं।

अपना घर याद आने लगा। द्वार पर खड़ा नीम का पेड़ ! अम्मा ! सुगना ! नन्ही-सी सुगना।

अम्मा मोटी रस्सी का झूला डाल देती थीं उसके लिए। रंगीन फूल-पत्तोंवाली पटली अम्मा टीकमगढ़ से खुद लेकर आई थीं।

सुगना उस पर बैठने के लालच में उसे बिठाकर खूब देर तक झोटे दिया करती।

बिजली की कड़क के साथ ही उजाले में मेंह दीखने लगा। अँधेरे में आकाश से बूँदों का टूटना महसूस होता है।

उदासी घिरने लगी मन में।

बऊ को जगा ले ?

अम्मा का नाम लेगी तो रिसा जाएँगी बऊ।

शायद बऊ जागी हुई हैं। बोलीं, ''मन्दा, नींद नहीं आई ?''

''नहीं, नहीं आती।''

उसने नियन्त्रण रखा अपने ऊपर। झूले की बात करते हुए भी केवल इतना पूछा, ''बऊ, हमारे नीम पर झूला पड़ा होगा ?''

''को जानें बेटा !''

''बऊ, सुगना झूल रही होगी ? अबकी बार हमारी पटली उसने ले ली होगी। अपने घर ले जाएगी बऊ !'' वह रुआँसी हो आई।

''कैसे ले जाएगी ? हम ताला लगाकार आए हैं। हींगभरी सुगना कैसे खोल लेगी ?''

दिन में मन्दाकिनी जंगले पर बैठी रही।

खपरैल के ऊपर से धारों में पानी गिर रहा है। गली में जल-ही-जल। उसे एक बात और याद आ गई।

'' बऊ, बरसात में ही तो होती हैं भुँजरियाँ। अपने गाँव में इन्हीं दिनों तो बोई जाती थीं। रक्षाबन्धन के दिन निकाली जाती थीं।

'' बऊ, तुम तो कह रही थीं, सावन है। फिर क्यों नहीं बोये गेहूँ के दाने ? फूटे घड़े नहीं मिले ?

'' हम अनवरी बुआ से ले आते हैं। आधा घड़ा फुड़वाकर गोबर-मिट्टी भर लाएँगे। तुम बोओगी न ? ''

बऊ चुप्पी निगलती रहीं। बिटिया को निहारती रहीं। बचपन भी कैसी अनमोल नियामत है ? बड़े-से-बड़े हादसों से बेअसर निकल जाता है। बीते हुए को भूल-बिसराकर किलकने लगता है फिर से।

वे उदास स्वर में बोलीं, ''बेटा, बाहर न कढ़िए तें।''

मगर बऊ की आँखों से बचती-बचाती वह तितली की तरह उड़ गई

लौटकर आई तो बऊ का मुँह लटका हुआ है। गुस्सा हैं बऊ। कहना नहीं मानती मन्दा, बात नहीं सुनती।

उसके हाथ में थमी कटोरी में गेहूँ हैं। दुपट्टे में मिट्टी। संग-संग शकील आया है। छोटा सा शकील लोटे में पानी लाया है।

पीछे-पीछे अनवरी आ गईं, फूटा घड़ा और कंडे उठाए हुए।

भुँजरियाँ बो दीं बऊ ने, अनवरी बुआ ने।

रक्षाबन्धन है आज !

राखी और भुँजरियों का त्योहार !

अनवरी बुआ सुबह-सवेरे ही शकील को लेकर आ गईं।

नन्ही-सी काली शेरवानी पहनी है शकील ने और चीफ काका के पाजामा जैसा ही छोटा सा सफेद पाजामा। सिर पर हरी जाली की नन्ही-सी टुपिया।

''शकील !'' उसने आवाज देकर आँख से इशारा भी किया कि हमारे पास आओ।

''आदाब जिज्जी !'' हँसी में उसके नन्हे दाँत खिल पड़े। शकील उसके निकट आ गया।

''लिफाफे में क्या है ?'' मन्दाकिनी ने उसकी टोपी पर हाथ रखकर पूछा।

शकील माँ की ओर देखने लगा।

मन्दाकिनी उसके गाल पर हल्की सी चपत जड़ते हुए बोली, ''दिखाओ।''

''राखी।'' शकील ने चपल पलकें झपकाकर लिफाफा दिखाया।

''लाओ इधर, हम तुम्हें राखी बाँधें।''

राखी बँधवाते समय शकील नीचे का होंठ दाँतों से दबाता हुआ मुस्कुराता रहा। कौतुकभरी निगाह से देखता रहा, चमकीली राखी की छिटकी हुई किरनों को। झिलमिलाती अपनी नन्ही कलाई को।

माँ ने समझाया, ''मौहल्ले में जाए तो कहना कि पाकिस्तानवाली जिज्जी ने बाँधी है।''

''अम्मी, जिज्जीवाला जोड़ा हमारे साथ में पकड़ाओ। हम देंगे। आप नहीं,'' वह जिद करने लगा।

मन्दाकिनी ने कपड़ों का पैकेट वहीं खोल डाला।

गरारा-कुर्ता ! सितारोंवाली गुलाबी चुन्नी !

देखते ही वह हिरन हो गई। हाथ में लेकर, छाती से चिपकाए हुए ऊपर-नीचे कुलाँचें भर आई। शकील पीछे-पीछे भागता रहा।

शकील को खूब चूमा। खूब चूमा।

''अनवरी बेटा...'' बऊ ने बुआ को छाती से लगा लिया। बऊ की आँखें नम हो गईं।

धानी रंग की भुँजरियाँ हैं मन्दाकिनी की। खूब लम्बी। खून घनी। जैसे खेत में एक फुट लम्बे गेहूँ के घने पौधे खड़े हों।

शकील छू-छूकर देखता है, कैसी नरम ! कोमल! हरी-हरी !

वह भुँजरियों का घड़ा छज्जे पर रखकर शकील के साथ बैठी रही। नीचे झाँककर देखा, गली में रंग-बिरंगे कपड़े पहने औरतें सिर पर भुँजरियों के घड़े रखकर सावन के गीत गाती हुई माता के मन्दिर की ओर जा रही हैं। गीतों से गली गूँजने लगी।

उसका मुख मुरझा आया।

''क्या हुआ जिज्जी ?'' शकील उसकी आँखों को पढ़ने लगा।

''शकील, हमारे गाँव में भी सब आदमी माता के मन्दिर के पास लैन बनाकर बैठे होंगे। सब बिटियाँ भुँजरियाँ बाँट रही होंगी। कका, भइया, दादा सब पाँव छू रहे होंगे उनके। ससुरालों से आ गई होंगी सब बिटियाँ...''

शकील की समझ में कुछ नहीं आया। वह हरे पौधों को छूता रहा। मन्दाकिनी का मन हुआ की शकील की बाँह पकड़े और भाग जाए। मिल जाए उन्हीं औरतों में, जो गाती हुई जा रही हैं। जो भुँजरियाँ सिराएँगी। जो माता के मन्दिर में शीश झुकाएँगी।

''दिखाना जिज्जी मेहँदी ?'' शकील ने प्रसंग बदल दिया।

उसने दोनों हाथ शकील के सामने फैला दिए।

''चलो जिज्जी, बऊ को दिखा आओ,'' शकील उसका हाथ पकड़कर भीतर घुस आया, जहाँ बऊ खटोले पर बैठी किसी सोच में डूबी हैं।

शकील ने दबे पाँव जाकर बऊ की आँखें बन्द कर लीं।

वे छोटे-छोटे हाथों को टटोलकर बोलीं, "ओ लला सकील !"

उनकी आँखें मूँदे-ही-मूँदे शकील पूछने लगा, " बऊ, तुम पहचान गईं हमको ?

" बऊ ! देखो जिज्जी की मेहँदी ! " शकील के मकई के दानों जैसे दाँत खिल पड़े।

बऊ हरष उठीं।

गुलाबी हथेलियों पर लाल-लाल बूटे। गरारा-कुर्ता और सिर पर से ओढ़ा हुआ झिलमिलाता दुपट्टा।

मन्दा ! इतनी जल्दी-जल्दी बढ़ रही है !

भुँजरियों के दूसरे ही दिन चल देना है उसे। वह उदास है।

बऊ उसकी उम्र सँभाल रही हैं—पन्द्रहवें में है मन्दा।

सवेरे की बस से वह बऊ के साथ श्यामली आ गई।

रास्ते-भर शकील याद आता रहा। छोड़ता ही नहीं था।

कहता था, 'मैं भी जाऊँगा पाकिस्तान।'

उसने कहा था, 'भेज दो बुआ।'

बुआ चाहते हुए भी नहीं भेज पाईं। कहने लगीं, 'मन्दा, सब समझ नहीं जाएँगे कि तुम कहाँ से...! भाईजान से हमारा सलाम कहना। देवगढ़वारी कक्को से भी।'

वह गरारा-कुर्ता ही पहनकर आई है।

बस में बऊ खूब गुस्साईं उसकी पोशाक पर। तरह-तरह की हिदायत देती रहीं, "बड़ी हो गई हो, नोंनें धुतिया पहरा करो।"

"वह झुँझला उठी, ठीक है, धोती पहनने जैसा ही तो है गरारा-कुर्ता पहनना। बऊ भी धोती की रटन लगाए रहती हैं।

अनमने भाव से सड़क पर उतरी। ऊबे हुए पाँवों से अपने कमरे की ओर बढ़ने लगी। फिर वही कमरा। फिर वही अकेलापन, वही ऊब, खीझ !

नीम की छाँव में पड़े तख्त पर एक लड़का बैठा है। दुबला और लम्बा। गोरी रंगत। घुँघराले काले बाल। हल्की नीली कमीज और सफेद पाजामा पहने हुए है।

वह बोल पड़ी, "बऊ, जो बैठा है न, वह मकरन्द है।"

"मकरन्द !"

"हाँ बऊ! जो दारोगाजी, अरे विकरमसिंह ! देवगढ़वारी कक्को का लड़का, उन्हीं का बेटा है यह।"

"अच्छा, विकरमसिंह का ! दादा का पोता ! यह यहाँ क्यों रहता है ? इलाहाबाद में क्यों नहीं रहता मताई-बाप के पास," बऊ चलते-चलते ही इतने प्रश्न कर गईं।

"बऊ, तबादले होते हैं उनके। इसकी पढ़ाई अटक जाती है बीच में। सो यहीं रहकर पढ़ता है," कक्को बता रही थीं। बतियाते हुए वे तख्त के पास आ गईं।

मकरन्द का ध्यान न जाने कहाँ अटका है ? पेड़ पर बैठे पखेरू को गौर से देखने में तल्लीन है शायद।

मन्दाकिनी ने जमीन पर झुककर एक कंकड़ उठा लिया।

बऊ ने आगे जाकर ताला खोलना शुरू किया और उसके मकरन्द की ओर निशाना बाँधकर कंकड़ उछाल दिया। अचूक सन्धान पीठ से जा टकराया–टक्।

हड़बड़ाकर मकरन्द पीछे देखने लगे।

वह खिलखिलाकर हँस पड़ी। हँसती रही। हँसती ही गई। सहसा चुप हो गई। फिर गम्भीर मुद्रा बनाकर बोली, "सिऽ ऽ, जोर से लग गया !"

मकरन्द ने बेहद तीखी निगाह से देखा और उठकर घर के भीतर चले गए।

बऊ कमरे की चौखट से ही डपटने लगीं, "कोई कंकरा-पथरा मार दिया क्या ? मोंड़ा ऐसे क्यों देखता गया है? मन्दा, तुम्हारी सैतानी कब जाएगी ? बिराने गाँव में तो अपने लच्छिन छोड़ो। क्या कहेंगे लोग कि इतेक बड़ी मोंड़ी को तरीका नहीं है।"

दिन दूसरा है। वही समय है लगभग। मकरन्द वहीं बैठे हैं, उसी जगह। मन्दाकिनी ने भीतर से देख लिया। वृक्ष का बसेरा करते पंछियों को देख रहे हैं। कमरे की ओर भी कई बार देखा है इस बीच। खोए-खोए से क्यों बैठे हैं ?

सहसा एक कंकड़ी उनके पाँव के पास आ गिरी। उनकी निगाह वहीं जा टकराई जहाँ से सम्भावित थी यह कंकड़ी। मन्दाकिनी की शैतान हँसी उड़ी चली आ रही है उन तक। निगाहें उलझी हैं उनकी पलकों में। वे हड़बड़ा गए। उठकर कल की तरह ही घर चल दिए।

मन्दाकिनी भागती हुई बाहर आ गई। उनके पास आकर बोली, "फिर चल दिए, क्यों ?"

"तुमने कंकड़ क्यों मारा ? मैं पेड़ पर सोनचिरइया ढूँढ़ रहा था। तुम मेरा ध्यान भंग करती हो," उनकी नाक फूल उठी।

मन्दाकिनी जैसे तरस खाती हुई बोली, "सच्ची ! चिरइया उड़ गई ! उड़ जाने दो। मेरे साथ खेलो।"

वे चुप।

"अच्छा, मत खेलो, बातें करो," वह तख्त पर बैठ गई, "तुम पढ़ते हो ?"

वे चुप।

"बोलो।"

“नहीं, तुमसे नहीं बोलता। तुम्हारे पीछे पुलिस लगी है तुम्हारी अम्मा को डाकू ले गए। सबको डर लगता है तुमसे,” एक साँस में कह गए मकरन्द।

वह बैठी रह गई, ठगी-सी, स्तब्ध-सी—डर लगता है !

मकरन्द को भीतर जाते हुए देखती रही। मन उदास हो गया। बैठे-बैठे देर हो गई। सोचते-सोचते हलकान...सच ही तो कह रहे हैं मकरन्द। एकदम सच। बुरा क्यों लगा उसे ? किसी बालक पर है उसके जैसा पहरा ? पड़े हैं किसी के पीछे सिपाही ? किसी की अम्मा इस तरह गई हैं अपने बच्चे को छोड़कर ? वह खेलने-कूदनेवाली बिरादरी से इसी कारण काटकर फेंक दी गई है। इसी कारण अछूत और बेमेल है वह।

बोझिल पाँवों को खींचती हुई कमरे की ओर चल दी।

एक घड़ी-भर पहले की झलमलाती हँसी पक्के फर्श पर चूर-चूर होकर बिखर गई। धरती पर शिथिल हुई पड़ी रही। बऊ के कहने पर भी नहीं उठी। बऊ ने देख लिया, मन्दा की आँखें गीली हैं।

उठी तो लगा, कोई कँटीला द्रव खौल रहा है मन में।

“बऊ, अम्मा नहीं आएँगी अब ?”

वृद्धा की आँखें फिर कठोर हो गईं, “आवेंगी तो यहाँ राखेगा कौन उसे ? तुम्हें अम्मा की याद काहे को सताने लगी बेटा ?”

वह उच्छ्वासों में घिर आई। ये बऊ ! बऊ तो अम्मा से सम्बन्धित हर प्रश्न को कतरने के लिए कैंची लिये खड़ी हैं।

“मैं अम्मा के पास जाऊँगी बऊ ! लिबाकर लाऊँगी उन्हें।”

बऊ की भौंहें मगज में चढ़ गईं, “ पास जाएगी ? लिवाकर लाएगी ? उस रंडी को। उस ठगिनी को? उसी के कारन तो छूटा है घर-गाँव। उसी बेहया के कारन भेजना पड़ा था हमें यहाँ सन्देस। माँगनी पड़ी सरन और भीख लेनी पड़ी प्रानों की। नहीं तो हम दम-में-दम रहते अपनी चौखट न छोड़ते।

“ कितनी कोसिस करी हमने कि दरोगा-सिपाही दौड़ ले जायँ रतन यादव के घर। खोज लावें तुम्हारी मताई कों।

“ पर हुआ उलटा ही। उसके यार रतन ने हमारी पीछें छोड़ दिए कूकर। फिर यहाँ न आते तो क्या करते ? बँध-खिच कें थाने जाते ? बुढ़ौती में काटते कारावास ? ”

मन्दाकिनी सहमकर रह गई।

बऊ के भीतर उमड़ता लावा उसके क्रोध से कई गुना ज्यादा उबलनेवाला है, ज्यादा धधकनेवाला है, ज्यादा बिखरनेवाला है !

वहाँ से उठकर बखरी की ओर जाने की सोच रही थी कि कुसुमा भाभी ने टेर लिया पौर में।

मन्दा के बोल अब भी गूँज रहे हैं बऊ के कानों में।

'मैं लिबा लाऊँगी अम्मा को...अम्मा को लिबा लाऊँगी मैं !'

बऊ के कान सनसना उठे। वे नहीं झेल पा रहीं उन सलाखों की कौंचन, जो बिटिया ने अनजाने ही उनके कानों में भर दी। उस दिन का अपमान ! वह पीड़ा असहनीय दर्द..छटपटा उठीं बऊ।

उठकर मन्दाकिनी के पास आ गईं, जो खटिया पर अनमनी-सी लेटी थी। वे पायँते आकर बैठ गईं।

उसकी बाँह छूते हुए बोलीं, " मन्दा बेटा, तुम तो अब निरख-परख रही हो हमारी दिसा-कुदिसा। हम तो कब से झेल रहे हैं। इतेक सूधरी नहीं है मताई कि तुम्हारी नुगरिया पकरें चली आवेगी।

" प्रेम का ही लोटिस था वह।

" हमारी अपनी बहू के वकील का लोटिस," बऊ के मुख पर क्रूर कठोरता उतर आई।

" पिरधान लला ने बाँच के सुनाया था हमें, कि डुकरो राजी-वाजी हमारी बिटिया को नहीं देगी तो फिर पुलिस जाएगी सोनपुरा। दौड़ दई जाएगी बखरी में और मन्दा को बरामद करकें लै आएँगे सिपाही। और बऊ हिरासत में...

" हमारे हाथ में कागद देते बखत लला के हाथ काँप रहे थे और हमारा कलेजा। जैसे पैनी दराँती से खोल रहा हो कोई हमारा सीना। वो पैगाम तोड़े दे रहा था हमारी मुट्ठी। तुम्हारी मताई का जबर यार हमें धूरा में मिलाने पर उतारू था !"

मन्दाकिनी झटके से उठकर बैठ गई।

बऊ का क्रुद्ध विलाप जारी रहा, " एक ही घर की दो जनी ! एक ही ड्योढ़ी की सास-बहू ! ऐसा दुसमनाई ! ऐसी गहरी खुन्दक ! और ऐसी बेरहम दूरी ! लो, अब कहाँ जावें ? कितै करें निरवाह ? कौन गुफा में दुका देवें मन्दा कों ? कौन सुरंग से निकर जायँ कहूँ दूर देस...

" आसपास कोई दीखता नहीं था।

" मोरे महेन्द होते तो क्या ठूँठों में अकेले कडुरते रह जाते हम ? सो सोच लई बिन्नू, कि दया-माया छोड़ महेन्द की मताई ! विनती-गुहार की लुंजपुंज केंचुरी त्याग और खोज कोई निसकंटक गैल।

" अपने पिरधान लला की कोई मानता नहीं, बिरथाँ है उनकी मूँछों की ऐंठ। देखवे-भर का है गोरा रौबदार मुख, दमदार देह। हमारे जाने भीतर करेजा तो धरा है लिड़इया, खरगोस का !

" थाने-चौकी पै गुहार-पुकार पौहचाकें देख ली। ऐन हड़ गए तो सोच लिया कि अन्धे-बहरे हैं पुलस-थाने।

" कहो तुमने क्या देखा नहीं, जई टीन ने बक्सा में चार-छः उन्ना-कपड़ा डाल लाए। चादर-खेस लपेट लाए। भरे घर से चलता बिछुड़ता आदमी कितेक समेट सकता है ? सब भगवान भरोसे छोड़ा। बस, जमापूँजी गहना-गुरिया धर लिया कि क्या जाने कैसा बुरा बखत देखना पड़े अपनी मड़इया से कढ़कें।"

मन्दाकिनी ने अपनी ठोड़ी दोनों घुटनों पर टिका ली। कहीं एक बिन्दु को घूरती हुई सी बैठी रही।

बऊ की आँखें भर आईं। आवाज टूटने लगी, " बखरी का ताला लगाकें कुची सलूका की जेब में डारी तो हमारी आत्मा टूँक-टूँक हो गई बेटा ! लम्बी जिन्दगानी जी है वहाँ। होस ही सँभाला समझो उसी बखरी में। ब्याह कों आए थे तो पालकी में से ओली में भरकर उतारा था पिरभुआ की दादी ने। सुक्ख-दुखों की धूप-छाँव तो आती-जाती रही पर ऐसी मालुम नहीं थी, इतेक भैयावनी आँधी चलेगी कि हम उड़ जाएँगे तिनकों की तरह...और बीहड़-वीरान हो जाएगा हमारा आँगन।

" अपनी देहरी से छिटक लिए तो द्वारिका लला ने अँसुआ भरकें हाथ गह लिया हमारा। बोले, 'जा तो रही हो मातौन, पर लौट आना जल्दी। तुम्हारी रच्छा नहीं कर पा रहे, दुरभाग है हमारा। अबस आदमी की सिरकार-दरबार भी नहीं सुनती। चालबाज होता पिरधान तो अबै तक सत्रह दरोगा आ गए होते। गाँव के लोग हिम्मित हार बैठे हैं। सिरकारी तमासा इन लोगों को पहले ही दहला चुका है। सो छिमा कर देना अपनी भूमि की मट्टी को," कहकर चुप हो गईं वे।

सोचती रहीं बऊ, आगे बोलीं, "उस बखत लगा था कि द्वारिका लला की नाटी-कमजोर काया से लिपटकर रो लें। विदा माँग लें। सिसक-सिसककर कि मन में ठाठें मारता तूफान कुछ तो थमे।"

छुटता हुआ मोहल्ला ! दूर होता जाता गाँव ! विलग होते खेत-क्यार ! कितना बेरहम रबइया था ! संग-संग कड़वे कटाव का सिलसिला चलने लगा। अस्पताल पर आते ही बूढ़ी आँखों में भरे आँसू भीतरी ताप से खौलने लगे। नजर पर धुआँ-सा छा गया। याद है बऊ को।

अचानक मन्दा ने टहोका, "हम लौटकर आएँगे बऊ ?"

उनका दुःख दूना हो गया। चोटी गूँथती, रिबन बाँधती बिटिया को बेबस निगाह से देखती रहीं।

गनपत ने गाड़ी रोक दी।

"बऊ, बब्बा का थान आ गया, माथा नबा दो मन्दा का।"

वे उतर पड़ीं। पल्ले को माथे पर सरकाती हुईं ऐसे पहुँचीं जैसे दहाड़ मारकर गिरेंगी पति की समाधि पर—'तुम्हारे पीछे किसी तरियाँ समेट-सहेज लिया था। तुम्हारी जैसी इज्जित-आबरू, आन-बानवाली जिन्दगी जीने का हौसला बनाया था, साहस

जुटा लिया था हमने। आज बेबस-लाचार...' बऊ का करुण विलाप याद है मन्दा को।

'तुम्हारी जाँगा खड़े होकें राईभरे महेन्द को पाल-पोस लिया। किसी ने कन्नी उँगरिया नहीं उठा पाई तुम्हारी शान की खिलाफत में।

'...पर तुम्हारा महेन्द सूधा-साधा जोगी-बैरागी कढ़ा। लुटने-लुटाने के मोह को नहीं त्याग पाया। नए जमाने की हवा को नहीं चीन्ह पाया। और न वा बेड़िनी कों...

'उसी कारण आज छूटी जा रही है तुम्हारी बाखर की ड्योढ़ी !

'वनबास, अब देखो कितने दिन का बदा है भाग में,' बऊ एकालाप में डूब गईं।

"बऊ !"

"ओ बऊ !" मन्दा हिलाने लगी उन्हें।

उनकी तन्द्रा टूटी।

वे...वे तो यहाँ हैं ! श्यामली में। सोनपुरा में नहीं थीं सो ? नहीं, यहीं इस कमरे में हैं।

"बेटा, हमें सुरति न लगाया करो सोनपुरा की," बऊ ने हाथ जोड़ दिए।

खट्-खट् !

खट्-खट् !

किवाड़ों पर महीन-सी दस्तक है। या भ्रम हो रहा है उसे ?

मन्दाकिनी उठकर किवाड़ों पर जा पहुँची।

कौन हो सकता है ?

कोई नहीं !

आएगा भी कौन ! बहुत से बहुत गनपत कक्का।

बहुत से बहुत देवगढ़वारी कक्को।

बहुत से बहुत कुसुमा भाभी।

किवाड़ें खोलते ही देखा—मकरन्द !

हाँ, मकरन्द !!

उन्हीं कपड़ों में, जो तीन दिन पहले पहने थे। वैसे ही बाल, जैसे तीन दिन पहले काढ़े थे। वे चप्पलें, जो तीन दिन...! मगर वह बेरुखी नहीं, जो तीन दिन पहले...

वह दोनों किवाड़ों के बीच खड़ी रही। ऐसे ही चुपचाप।

वे बोले, "बाहर आओ।"

वह चुप।

"तुम बाहर नहीं आईं उस दिन से ?"

उसने केवल सिर हिला दिया अर्थात् 'नहीं'।

"आओ फिर।"

"क्यों ?"

"ऐसे ही।"

"तुमको तो डर..."

"धत्!"

"सच, डर नहीं लगेगा मुझसे ?" उसे विश्वास नहीं हो जैसे।

मन्दाकिनी बरामदे में निकल आई।

"मैं क्या खेलूँ तुम्हारे साथ, तुम तो लड़की हो।"

"जो लड़की-लड़का दोनों का खेल हो। वैसे मैं लड़कों के खेल खेल सकती हूँ। खेल नहीं, लड़कोंवाले काम कर सकती हूँ।"

मकरन्द अवाक्।

वह अपनी रौ में थी, "अच्छा, यह बताओ, तुम्हें ट्रैक्टर चलाना आता है ?"

"नहीं।"

वह उसी दिन की तरह खिलखिलाकर हँस पड़ी।

मकरन्द झेंप गए।

"मुझे आता है। अपनी ननिहाल में सीखा था मैंने।"

मकरन्द ने लापरवाही से सिर झटक दिया, "ट्रैक्टर ! यों ही सीट पर बिठा दिया होगा तुम्हें।"

"मुझे दौड़ना आता है, अपने स्कूल में फस्ट आती थी। और मछली पकड़ना भी। हमारे गाँव के तालाब में मछली...नाई का पिरभुआ तो कछुए तक पकड़ लाता है।"

उसकी बात काटते हुए मकरन्द पूछ बैठे, "तुम पढ़ी हो ?"

"कक्षा पाँच तक," उसने तुरन्त सगर्व उत्तर दिया।

"बस ?"

मकरन्द की 'बस' उसे बड़ी बुरी लगी। बड़ी तुच्छ। गम्भीर स्वर में बोली, "कक्षा पाँच तो सबसे ऊँची कक्षा है हमारे स्कूल की !"

"होगी ! हमारे श्यामली में आठ तक का स्कूल है। जूनियर हाईस्कूल श्यामली, जिला झाँसी। देखा है सड़क पर ?"

वह कुछ देर चुप रही।

...लेकिन गाँव-से-गाँव की तुलना हो रही है। भला वह पीछे कैसे रह जाए ? छोटी क्यों पड़े ? गाँव कमतर क्यों माना जाए ?

आगे बोली, ''हमारे गाँव में पहाड़ है। ताल है। हैं यहाँ ?''

मकरन्द ने बेपरवाही से कहा, ''पहाड़ से क्या होता है? फिर वह क्या गाँव में होता है ? गाँव के बाहर होता है। उसके लाभ क्या हैं ? हमारे यहाँ तो पोस्ट ऑफिस है। किताब में पढ़े होंगे 'डाकघर के लाभ'।''

मन्दाकिनी का मुख तमतमाकर टमाटरी रंग का हो गया। होंठ फड़कने लगे। आँखें मकरन्द के चेहरे से लड़ रही हों जैसे। उसे लगा कि वह छोटी उम्र के बच्चों की तरह लड़ रही है। और ऐसे ही मकरन्द।

फिर भी बहस के शिखर पर चढ़कर बोली, ''हमारे गाँव में अस्पताल है।''

''अस्पताल !''

''हाँ, बड़ा सा अस्पताल। हमारा अस्पताल !''

मकरन्द आँखें फैलाकर कहने लगे, ''अस्पताल !''

''हाँ।''

''तुम्हारे पिताजी डॉक्टर थे ?''

''नहीं, हमारे पिताजी तो प्रधान थे। बऊ से पूछ लेना।''

''अच्छा, यह बताओ, कितना बड़ा है ?''

''खूब बड़ा। यहाँ से सड़क तक,'' वह खुश थी। मकरन्द को हरा दिया उसने।

''अच्छा, कितने डॉक्टर हैं ? कितनी नर्सें ?''

इस सवाल ने उसे कमजोर कर दिया। अब क्या कहे ? वह चुप।

''गिनती नहीं की कभी ?'' मकरन्द का प्रश्न पर प्रश्न।

वह चुप।

''पता नहीं तुम्हें ?'' यह तीसरी मात।

मन्दाकिनी की आँखों में सोच-ही-सोच फैल गई। क्या बता दे अब ? जीती बाजी हारी जा रही है। चलो, बता देती हूँ।

''डॉक्टर-नर्सें नहीं आए अभी।''

''बिना डॉक्टर का अस्पताल ?''

''बिना डॉक्टर का।''

''बिना कम्पाउंडर का ?''

उसने नामालूम सी स्वीकृति में गर्दन हिलाई।

मकरन्द खिलखिलाकर हँस पड़े। हँसते ही गए, ''बिना डॉक्टर का कैसा अस्पताल ?''

फिर वही हँसी। वैसी ही हँसी।

उसके मुँह में पित्त जैसी कड़वाहट घुल गई। कंठ तक भर आया तिक्त विष सरीखा द्रव। तिलमिला गई। कटीली नजर से देखने लगी मकरन्द की ओर।

''तुमने ऐन अच्छा अस्पताल बताया ! अजब ! अनोखा !'' फिर क्रूर उपहास।

अनायास ही उसकी आँखें मिदुरा आईं। पलकें झपकाकर भी आँखों की नमी और पुतलियों पर फैले आँसू के कणों को नहीं छुपा पाई।

''तुम तो रोने लगीं !'' मकरन्द कोमल हो आए।

''नहीं,'' उसने दृढ़ता दिखाते हुए कहा।

मकरन्द उसके पास देर तक खड़े रहे, चुपचाप और पछताते से। मुख पर दुःख की-सी लकीरें उभर आईं। जैसे उसे पहुँचाई ठेस पर शर्मिन्दा खड़े हों।

''मन्दा ! चलो बऊ के पास। आओ, आ जाओ।''

दोनों भीतर आ गए।

मकरन्द को आया देखकर बऊ ने धोती का पल्ला माथे पर खिसका लिया। सहसा मन्दाकिनी हँस पड़ी।

''बऊ, मकरन्द हैं ये तो। तुम घूँघट क्यों घाल रही हो ?''

''सो ?'' बऊ खटिया से उतरकर जमीन पर बैठ गईं।

कोई खेल नहीं हुआ उस दिन। वे दोनों बातें करने लगे फिर से।

कल आने की कहकर चले गए मकरन्द।

फिर एक सिलसिला। आने-जाने का। बतियाने का। बहस का और...!

धीरे-धीरे अबूझ परिवर्तन लगने लगा, मन में, देह में, इच्छाओं में, क्रियाकलापों में।

आते हैं मकरन्द। जाते हैं मकरन्द। हमेशा आसपास ही रहते हैं मकरन्द। दाएँ-बाएँ, आगे-पीछे से मकरन्द घेरे रहते हैं उसे। मकरन्द के स्कूल आने-जाने का समय मालूम कर लिया है मन्दाकिनी ने। देवगढ़वारी कक्को से सब कुछ पूछ लिया है उनके बारे में।

वह सवेरे जल्दी से उठ जाती है। बऊ के संग-संग नहा-धो लेती है। उन्हीं के संग ही बैठ लेती है पूजा पर।

और उसके बाद—आ खड़ी होती है बाहर। चबूतरे की सीढ़ियों से लगकर मिलन की आशा बाँधकर। मकरन्द स्कूल जानेवाले होंगे। मकरन्द निकलने ही वाले होंगे। मकरन्द आनेवाले ही होंगे। वह टकटकी लगाए देख रही है—भीतर की ओर।

बऊ ने उसी समय पुकारा, ''ओ मन्दा ! मोंड़ी, सुई-डोरा कहाँ धरे हैं ?''

'ये बऊ भी इसी समय...'

वह जल्दी से आई, सुई-धागा खोजने लगी।

नहीं मिला।

''बऊ, हमें नहीं मिल रही सुई।''

''बेटा, तुम ढूँढ़ तो भीतर रही हो और चितै रही हो बाहर को।''

"अच्छा बऊ, हम अबै आए। अच्छी तरह ढूँढ़ देंगे।"

वह तुरन्त भागकर उसी स्थान पर जा खड़ी हुई, सीढ़ियों के पास।

बऊ ने फिर पुकारा, "मन्दा ! बिना बटन का सलूका हम कब नों पहरेंगे, पिन लगा-लगा कें।"

वह बहरी हो गई।

टनू, टनन टन, टन टन।

साइकिल की घंटी बजी। चौकन्नी हो गई मन्दा। उसने तनिक तिरछे होकर देखा, हाँ, मकरन्द आ रहे हैं। वे बाहर निकले कि मन्दाकिनी की आँखें मुस्कुराने लगीं।

आँखें मिलते ही मुस्कुरा पड़े मकरन्द !

सीने में तेज धुकधुकी जोर-जोर से बज रही है, नगाड़े की तरह।

वे आ रहे हैं मेरी ही ओर।

एक हाथ से साइकिल का हैंडिल थामे हुए, साइकिल उसी की ओर मोड़ते हुए। मोड़ दी। उससे भिड़ाने की सीमा तक आ गए पास ! वह छिटककर दूर खड़ी हो गई। आँखों में अनकही झिड़की लिये हुए। सिर्री हो गए क्या ?

प्यार और शरारत-भरी निगाहों से देखते हुए न जाने किस अर्थभरी मुस्कुराहट में खिल आए मकरन्द।

"ऐ, डर गईं ?" उन्होंने पहिए का रुख दूसरी तरफ मोड़ दिया।

"धत् !"

वे जाने लगे। उनकी पीठ पर चिपके चले जा रहे हैं बेचैन पगलाए-से दो नयन।

पुलकित हो उठा है रोम-रोम! मुस्कुराने लगा है भीतर समाया सब कुछ।

खड़ी-खड़ी देखती रही। अव्यक्त उमंगों-तरंगों को आँखों में भरे वहीं जमी रह गई जहाँ तक दिखते रहे, देखती रही। जब तक निगाह में छाए रहे, पिछियाती रही मन्दा।

बऊ का काम दोगुने उत्साह से किया।

बऊ से बातें चौगुनी हौंस से कीं। सैकड़ों गुनी फूल में विचरती रही।

सलूका में बटन झटपट लगा डाले। कब से फटी धोती चटपट सी डाली। टाँके-टाँके पर प्रकट होते रहे मकरन्द। रोम-रोम में सिहरते रहे मकरन्द।

सारा दिन खोई-खोई सी फिरती रही। साँझ की प्रतीक्षा में बौरानी-सी, कमरे, बरामदे और चबूतरे पर, पौर, गली और कुएँ पर डोलती रही मन्दाकिनी।

मकरन्द ने बताया मन्दाकिनी को—उनको स्कूल से आकर भोजन करना भारी लगता है। घर नहीं रुकते वे। कक्को पुकारती रह जाती हैं, "ओ लला ! सुनो तो ! तुम तो अधखाया ही छोड़कर भाग छूटे। टाठी में अन्न नहीं छोड़ते। ऐसे गद-बद देते

चलते जाते हो, जैसे बऊ तुम्हारे लाने लड़ुआ बाँधे बैठी हों !''

वे पलटकर देखते हैं। आँखों में मुस्कुराते हैं। कक्को की झिड़की सुनकर यकायक खिलखिलाकर हँस पड़ते हैं।

इस सिलसिले के चलते उनकी समझ में भी कहाँ आता है कुछ !

कि कौन दौड़ाता है उन्हें ?

कि कौन खींचता है डोर पकड़कर ?

कि कौन बाँध लेता है अनदेखे पाश में ?

बड़ी अजीब बात है, कितनी देर बैठे रहते हैं बऊ के कमरे में, पर नहीं भरती मन्दाकिनी को देखने की इच्छा। नहीं तृप्त होता मन। नहीं लौटते पाँव घर की ओर।

भोर हुई। शाम हुई ! रात हुई ! समय कैसी तेजी से बीत रहा है !

स्कूल में दोपहरी...दो दिन के बराबर लम्बी हो जाती है। गाँव की ओर लौटने का लमहा कितनी देर में आता है। पल-छिनों की छोटाई और युगों की लम्बाई का अन्तर समझने लगे हैं वे।

प्रकाश चिढ़ने लगा है।

चन्दर सूँघता रहता है। टटोल-टटोलकर कुछ पूछना चाहता है।

समय-असमय पकड़ेगा और इर-फिरकर मन्दा की बात चला देगा।

कहता है, ''बड़ी दोस्ती चल रही है आजकल।''

प्रकाश के अव्यक्त संकेत उनकी समझ से नितान्त परे हैं। उनकी भाषा के अर्थ दुर्लभ और दुरूह हैं। उसके अपने गढ़े हुए। अपने रचे हुए।

कहता था, ''कौन सा खेल चल रहा है मन्दा के संग ? ताश, चौपड़ या कुछ और...'' कहकर चन्दर को अर्थपूर्ण नजर से देखते हुए आँख मिचका देता है। और हँस पड़ते हैं दोनों।

वे सन्न रह गए। ऐसे अभद्र इशारे ! आँखें फेरकर उठ लिए चुपचाप। अपने हमउम्र ककाओं से चिढ़ उठे हैं मकरन्द।

बऊ देखती रह जाती हैं—

'' मन्दा, तुम्हारे पाँवों में फिरकी लग गई है बेटा।

'' उड़ी-उड़ी फिरती हैं तें !

'' चिहक-महककर बोलती है !

'' कपड़ों को रच-पचकर पहरती है !''

बऊ ऊपर के वाक्य कहकर पोपले मुख से मुस्कुराने लगीं।

मन्दाकिनी ने बऊ को देखा और खुद भी हँस पड़ी।

"तुमने तो न जाने कितनी बातें खोज लीं ? हम क्या पहले नहीं पहनते थे कपड़े ?" कैसी बड़ों की तरह गम्भीर बातें करने लगी है मन्दा ?

बऊ ने तुरन्त कहा, "ना बेटा, तुम्हारे पीछे पड़े रहते थे हम, कि इन जटा-जूट हो पाए बारों में ककई फेंर लो। पर कहाँ...अब देख लो कि दिन में तीन बेर ओंछती हो। बार सम्भारे पीछे कितेक लम्बी चुटिया लगती है तुम्हारी। कहते हैं न कि बार-सिंगार, बार-जंजार।"

सच ! उसे भी बऊ की बातें सच सी लगीं।

लगता तो है, सारा कुछ रंग-रचा सा ! धरती, आकाश, हवा, बादल, पाँखी-परेबा, कमरा, बरामदा और चबूतरा। सब कुछ रंगीन।

"बऊ, हम पढ़ने जाया करेंगे," उसने उत्साह में भरकर कह डाला।

"पढ़बे !"

"हाँ बऊ ! यहीं के स्कूल में। छः में दाखिल हो जाएँगे।"

बऊ दो क्षण मौन हुई देखती रहीं।

"कल से ही जाएँगे बऊ ! मकरन्द किताबें ला देंगे मोंठ से। पइसा दे देना।"

"बेटा, ना ! ना मन्दा !"

"ना ! क्यों बऊ ?"

"बिटिया, और बालकों को होड़ जिन करो। तुम्हारा बाहर कढ़ना ही मुसीबत हो पड़ेगा मन्दा ! फिर क्या मालूम कि हम कितेक दिना तक रह पाते हैं जम कें। कब उखड़ना पड़े यहाँ से..."

धीरे-धीरे उसका तरंगित उत्साह विलीन होने लगा। चुप बैठी बऊ को देखती रही। फिर निर्बल स्वर में बोली, "तो बऊ, हम कभी नहीं पढ़ सकेंगे ?"

"को जाने मन्दा ? वैसे तुम अनपढ़ थोड़ेई हो। पाँच किलास..."

कुछ नहीं हो सकेगा आगे। बस, पाँच किलास ही रह जाएगी शिक्षा। उसे ऐसा लगा।

सुबह-सवेरे नहा-धोकर, बालों में तेल डालकर चोटी गूँथती। धुले फ्रॉक-शलवार पहनती, दुपट्टा करीने से ओढ़कर मकरन्द की साइकिल के संग-संग उनसे सड़क तक बतियाती चली जाती।

विदा करके स्कूल दीवार से लगकर लिखते-पढ़ते बच्चों को देखा करती। रोज का यह सिलसिला बना लिया उसने। रात से ही सवेरा होने की प्रतीक्षा किया करती।

आज लौटते में राह चलते कोई पूछने लगी, "कहाँ गई थीं मन्दा ?"

"स्कूल तक।"

"काये बिन्नू, तुमने देखी थीं अपनी मतारी ?

"ददूदा की याद है तुम्हें ?"

वह मौन खड़ी रही। बोलने को शब्द सँजोने की कोशिश करते-करते भीतर झार-सी उठने लगीं।

“ऐन देखी हुइयें अम्मा, पर अब तो...” पूछनेवाली स्वयं ही उत्तर देकर अपनी राह चली गई।

कमरे में आते ही बऊ खिसियाने लगीं। कमरे की बुहारी करती हुई झाड़ूवाला हाथ रोककर वहीं बैठी रह गईं। बोलीं, “आ गईं तुम !”

उसे अजीब लगा, बऊ तीखी निगाह से क्यों देख रही हैं ?

“देख मन्दा, मतारी नों जाना है तो खुद्द चली जा। वहाँ स्कूल के करकें ठाड़ी हो कें पुलस को काहे न्योंत रही ?”

“पुलिस !”

“हाँ, पुलस पकरकें लै जायगी, तब ही मानोगी ?”

“ बऊ, ऐसे ही ले जाएगी पुलिस ? मैं पुलिसवालों के हाथ आऊँगी ? मेरे माथे पर लिखा है कि मैं मन्दा हूँ? कि मैं ही अम्मा की बेटी हूँ? स्कूल के पास खड़ी किसी भी लड़की को कैसे बाँध ले जाएगी पुलिस ?

“ बऊ...मैं कितने दिनों तक बन्द रहूँगी ? ”

उसकी आवाज में विवश चीख-सी समाहित हो गई और क्रोधित हुई पाँव पटकती-सी चूल्हे की ओर बढ़ गई।

बऊ ने जिद करके उसे उठा दिया, “चलो, तुम रामायन उठा लाओ। हम रोटी बनाएँगे और तुम रामायनजी पढ़कर हमें सुनाती जाना। राम का नाम लेने से संकट कटते हैं बेटा !”

हाँ, ठीक ही तो कहती हैं बऊ, सिपाही उससे थोड़े ही पूछेंगे कुछ ? वे तो अम्मा की रिपोट पर...उसका मन टूटने लगा। खुद ही साथ क्यों नहीं लिबा गईं अम्मा, जो दारोगा-सिपाही...

बरामदे में कक्को और बऊ की बतलावन सुनाई देने लगी।

“बऊ, तुम बूढ़ी-बाढ़ी, काहे के लाने झंझट करती हो चूल्हा सुलगाने का ? घर में इतेक जनों की रोटी बनती है, तुम तीन प्रानी क्या भारी हो हमें ?”

“देवगढ़वारी, न सही भारी, पर हमें तो लगता है कि हम तुम औरन को कष्टा-ही-कष्टा देवे आए हैं,” बऊ ने फुँकनी से जलते अंगारों को फूँका।

“काहे के कष्टा बऊ ? सो न सोचो तुम। जे दिन तो तुम्हारे सुख-आराम के थे, पर भाग की रेख मेंटें नहीं मिटती,” कक्को बऊ को उठाकर स्वयं रोटी बनाने बैठ गईं।

बऊ ने गहरा निःश्वास खींचा। कंडों को फोड़कर चूल्हे में नए सिरे से जमाने लगीं, बोलीं, “बेटा, जे भी सुख ही है। सोनपुरा में झेली विपता से नापो तो परम

सुख हैं जे ।''

''ठीक कह रही हो बऊ, बड़े दुःख के आगे छोटा दुःख-सुख समान ही लगता है।''

उसने मन लगाकर रामायण बाँची।

कक्कों के संग बखरी में चली गई। मकरन्द के ऊपरवाले कमरे में जाकर हिन्दी की दो किताबें ले आई, जिनमें कहानियाँ थीं। वीरांगनाओं की कहानी। वीर बालकों की कहानी।

पढ़ते-पढ़ते साँझ हो गई।

लो, मकरन्द आ गए।

उसने देखा, वे बरामदे में खड़े हैं।

वह बाहर निकल आई।

''इधर आओ मन्दा !'' वे कोने में बुलाने लगे।

आई तो बोले, ''यहाँ नहीं। ढुरऊ बखरी में आ जाना।'' कहकर लम्बे-लम्बे डग भरते चले गए।

वह चाबी-भरे खिलौने की तरह पीछे-पीछे पहुँच गई।

ढुरऊ बखरी की लम्बी पौर में दोनों ओर को भूसा भरा है। केवल बाहर से आँगन में जाने को रास्ते के तौर पर कुछ जगह छोड़ी हुई है।

मकरन्द के हाथ में कुछ दबा है। हाथ पीछे की ओर छिपा रखा है।

''हाथ में क्या है ?'' वह चपल बालक की तरह पूछ बैठी।

''अपना हाथ आगे करो। हथेली फैलाओ।''

''नहीं।''

उन्होंने जबर्दस्ती उसका हाथ पकड़कर उसकी हथेली पर अपनी मुट्ठी खोल दी।

''यह तुम्हारे लिए।''

अधैर्य और उत्सुकता दबाए न दबी; लिफाफा देखा तो रंगीन पिन, रिबन और हरे रंग की कंचई नन्ही सी शीशी।

''हमारे लिए !''

वे शरमाए-से खड़े रहे, चुपचाप। देखते रहे, मन्दा की आँखों में कलियाँ खिल उठी हैं। चंचल और शोखीभरे रंग उतराने लगे हैं।

विमोहित-सी देख रही है मन्दा।

वे और सकुचा गए। नीचे को मुख किए, जमीन पर आँखें गड़ाए कहने लगे, ''हमारे स्कूल में लड़कियाँ लगाती हैं। तुम भी लगाना। तुम्हारे लिए छठी कक्षा की किताबें भी...''

कमरा। बरामदा। द्वार। किवाड़।

गमक ही गमक है। सब जगह सुगन्ध।

ज्यों वहाँ बहती हवा में डाबर आँवला केश तेल बहा दिया हो। कि अतर घोल दिया हो। कि खसबोई किंछ दी हो।

चम-चम-चम !

रेशमी काले बालों में सितारे पलकें झपक रहे हैं। कि जुगनू झिलमिला रहे हैं।

नहीं, नहीं, रंगीन पिन। उसके केशों के बीच चमकती तरइयाँ।

बार-बार दर्पण देखती है मन्दा।

निराट सिर्रिन हो गई, कि बौरा गई ! कि मदहोश !

बऊ झुँझलाकर बोलीं, "बिन्नू बाबरी काहे हो चलीं। हम कुछ कहते हैं, तुम कुछ और सुन लेती हो। कब से कह रहे हैं कि धुतिया निचुरी धरी है, खूँटी पर टाँग आओ, सो सूख जाय।"

वह चेती। उठकर धोती सुखाने लगी।

...मगर उसके बाद फिर एक सपना। फिर एक कल्पना। फिर एक आधा सच ! फिर पूरा सच !

वह धरती पर बैठी है, अपने गाँव की धरती पर। आसपास नन्हे-नन्हे अंकुर उग आए हैं। भुँजरियों के जैसे कोमल, नरम, धानी रंग के अँखुए ! इमली के विशाल हरियल वृक्ष पर परेबा शोर मचा रहे हैं।

दो नभचर आसमान में उड़ने की कोशिश कर रहे हैं।

कौन हैं दो नभचर ? किसकी उड़ान है सरग पर ?

एक मन्दा।

एक मकरन्द !

बऊ पास आ गईं, बोलीं, "मन्दा, कछू कही तुमने ?"

वह चौंकी, "नहीं तो !"

"तुमने खसबाइया तेल लगाया है, हमारे जाने ?"

"हाँ। हाँ बऊ !" वह सोते से जागी हो जैसे।

" खसबोइया तेल जिन लगाया करो। ऊपर की हवा हो लेगी संग। भूत-पिरेत का इस उमर में बड़ा डर रहता है बेटा ! चढ़ती उमर को ही ले दाबता है पिरेत। फिर सारी उमर नहीं छूटता।

" पर जा बताओ कि वा अरा में रखी सिसी कहाँ से आई ? और जे किलफें ? " बऊ ने क्लिपों को छूकर देखा।

"बऊ, मकरन्द लाए थे, मोंठ से। किताबें भी लाए हैं।"

"अच्छा !"

वे सोच में पड़ गईं।

फिर उठीं और मन्दा के हाथ पर पाँच रुपया और कुछ रेजगारी रखती हुई बोलीं, "ऐसा करो, जे पइसा दे आओ। मुफ्त में नहीं लेते किसी से चीज।"

वह तुरन्त भागकर गई बखरी के भीतर। मकरन्द के मिलते ही उनकी पैंट की जेब में अपना हाथ घुसा दिया। बऊ ने जितने पैसे दिए थे, सब खोंस आई। और रुकी नहीं फिर।

मकरन्द अरे, अरे करते रह गए। कुछ दूर तक पीछे भी आए, लेकिन कहाँ हाथ आई मन्दा ?

मन्दाकिनी ने उँगलियों पर गिना, पूरे चार दिन। सोमवार की शाम से लेकर आज बृहस्पतिवार की साँझ हो गई। नहीं आए मकरन्द। पूरे चार दिन से नहीं आए ! क्यों नहीं आए ? सो पता नहीं ! किससे पूछे अब ?

वह दीवार में बनी अलमारियों और गड़ी खूँटियों पर पाँव टिकाकर अपने कमरे की छत पर चढ़ गई।

यहाँ से देखना है आज। यहाँ से तो रेल की पटरी और सड़क दोनों दिखाई देते हैं।

हाँ, चार बज गए अब। डाकगाड़ी आ रही है।

डाकगाड़ी पटरियों के ऊपर से धड़धड़ाती निकल गई।

अब उसका मुख सड़क की ओर है। पटरी की ओर पीठ किए खड़ी है मन्दा। बऊ ने नीचे से देखा।

"बिन्नू, ऊपर चढ़ी का करहीं तुम ?"

"बऊ, किताब पढ़ रहे," ऊपर से उत्तर आया।

हर साइकिल पर निगाह टिक जाती, फिर सवार को पहचानती है।

नहीं, यह नहीं। यह भी नहीं। यह भी नहीं।

साइकिल-सवारों पर आँखें टिकाए-टिकाए साँझ उतरने लगी।

अँधेरा घिर गया। पेड़ों पर झुकी कालिमा को देखते-देखते घबरा गई। चिन्ता होने लगी, क्या आज लौटे ही नहीं मकरन्द ? नहीं लौटे तो क्यों नहीं लौटे ?

उधर बऊ की आवाज !

"मन्दा, रात हो आई बेटा, उतर आओ। काऊ दिना तुम हाथ-गोड़े टोर लोगी। सीढ़ी-नसैनी बिना चढ़ती-उतरती हो।"

बऊ को भी चैन नहीं है। घड़ी-घड़ी पूछेंगी। बुलाएँगी। जानती तो हैं कि जाएगी भी कहाँ वह। यही छत है ले-देकर। वह चबूतरा और वही कमरा।

"आ रहे हैं हम," उसने झल्लाया-सा उत्तर दिया।

बखरी में जाकर पता करे ?

नहीं, बखरी में नहीं जाएँगे। बखरी में प्रकाश वगैरह होंगे। कौन उलझेगा उनसे। उनकी बेहूदी बातों को सुनने से अच्छा है, यहीं...

कका जू से कह देगी किसी दिन इनकी बेहयाई।

मगर कैसे ?

जो शब्द वे बोल जाते हैं, वह बोल सकती है ? कोई भी लड़की कह सकती है उसी भाषा में ? काश, कह पाती। काश, बता पाती।

पर मकरन्द के दूने बैरी हो उठेंगे। कहते तो हैं मकरन्द कि मन्दा, तुम मेरे साथ सड़क तक न आया करो, इन लोगों ने पढ़ना-लिखना मुहाल कर रखा है मेरा। गन्दी भाषा बोलते हैं।

वह सूनी-सूनी आँखों चबूतरे पर खड़ी रही।

कहीं चले गए होते तो मालूम चल जाता। कक्को कुछ तो कहतीं।

अगर यहीं हैं तो क्या गलती बन गई मुझसे ? क्यों नहीं मिलते ?

क्या खता हुई ? क्यों दे रहे हैं ऐसा बेरहम दंड ? क्यों भोग रहे हैं स्वयं इतनी कठिन सजा ?

जानते भी हैं कि मन्दा उन्हें खोजने-ढूँढ़ने उनकी बखरी तक नहीं आ पाएगी। आवाज देकर पुकार नहीं सकेगी। फिर क्यों ओझल हो गए आँखों से...?

मन बुझने लगा उसका, किसी का क्या दोष ? मेरी अम्मा ही बैरिन हो गईं।

अब कैसे कहूँ कि तुम नहीं बताओगे तो जानूँगी कैसे ?

नहीं बोलोगे तो समझूँगी किस तरह ?

मैं निपट अजान मकरन्द...उसे लगा, सिर पटक-पटककर रोए। चीख-चीखकर पुकारे। जहाँ भी हों, बस किसी तरह चले आएँ।

पानी की कनियाँ पुतलियों पर छा गईं। मोतियों की लड़ी गालों पर लुढक आई। ऊपर से अँधेरा।

लट्ठे पर टँगी लालटेन के मुट्ठी-भर प्रकाश में कोई आता दिखा। एक साइकिल बैल से टकराते-टकराते बची। आवाज आई है भिड़ने की।

अँधेरे में बैल हाँकनेवाले का स्वर उसने सुन लिया। मकरन्द !

वह आँखें पोंछती हुई भाग छूटी और सीधे साइकिल के पास जाकर रुकी "मकरन्द !...कहाँ थे ?" उसने पीछे से साइकिल का कैरियर पकड़ लिया।

"हटो ! जाने दो !" उन्होंने पीछे देखे बिना ही झिड़क दिया।

वह पकड़े ही खड़ी रही। उनकी कठोर आवाज बड़ी विचित्र लगी। नाराज क्यों हैं ?

"हम कहते हैं, छोड़ो।"

"नहीं, हम नहीं छोड़ेंगे।"

मकरन्द ने साइकिल वहीं टिका दी, दीवार से सटाकर। बस्ता उतारकर घर की ओर चल दिए।

पगली हो गई मन्दा। एकदम सिर्रिन !

लपककर द्वार रोक लिया। बाँहें फैला दीं, "नहीं जाने दूँगी। अब नहीं जाने दूँगी मकरन्द !"

मकरन्द ने उसकी बाँह कसकर पकड़ी और जा पहुँचे ढोरवाली बखरी में, जहाँ कोई न था। जहाँ अँधेरा था। जहाँ वे एक-दूसरे को देख तक न पा रहे थे।

"हाथ छोड़ो।"

"नहीं।"

एकदम मकरन्द ने अपनी बाँहों के घेरे में ले लिया उसे।

वह चौंक गई।

कसमसाने लगी।

"रह लीं हमारे बिना ?" अपनी छाती से उसे चिपकाकर पूछ रहे थे मकरन्द।

वह मछली की तरह छिटककर दूर हो गई।

वह पुनः बाँहों में समेटते हुए बोले, "हमारी दी गई चीजों की कीमत लौटाई मन्दा...? वापस कर दिया हमारा प्या..."

उत्तर में फिर से मकरन्द के सीने पर सिर टिका दिया मन्दाकिनी ने।

"मन्दा !"

"ओ मन्दाऽऽ..."

कुछ ही देर पहले कुएँ के पास गली में भट्-भट् करता ट्रैक्टर रुका था। कोई पुकार रहा है उसे।

ट्रैक्टर की सर्चलाइट दो आँखों की तरह जल उठी। रोशनी हो गई गलियारे में।

"गनपत, कक्काऽऽऽ..." वह बाहर आ गई।

"बेटा, इतै हतीं तुम ? हम कब से ढूँढ़ रहे हैं। चलो जल्दी। बैठो ट्रैक्टर में।"

"ट्रैक्टर में।"

"हओ। बऊ बैठी हैं। पूछने-बताने का टैम नहीं है जे।"

आँधी की तरह मन्दाकिनी को उड़ा ले जा रहा है ट्रैक्टर। अँधेरे में गली से होता हुआ सड़क की ओर मुड़ गया समस्त शोर।

भौंचक्के से देखते रह गए मकरन्द।

पाँच

सूरज ढल रहा है।

घनेरे वनों में सुनहरी किरणों की लाल चमक करधई और खैर की फुनगियों को रँग रही है।

रोशनी पलाश, सेमल और कदम्ब के फूलों में भटक रही है।

और भटक रही है मन्दाकिनी।

बबूल और सागौन की छतनार छाया में अँधेरा ही अँधेरा।

चारों ओर कँटीली झाड़ियाँ ही झाड़ियाँ।

मन्दाकिनी गढ़ी की कँगूरेदार छत पर खड़ी थरथरा रही है। आसपास फैले निर्जन एकान्त में जंगली पंछियों की कर्णभेदी चिचियाहट...मनोरम गन्ध से भी भय लग रहा है। कहीं करौंदी कुंज में कोई प्रेत तो नहीं बसता ? बऊ कहती हैं, खसबोई पर रीझ जाते हैं भूत-प्रेत। हवा के तेज झोंकों में कोई चुड़ैल उड़ा रही हो सुगन्ध।

मन्दाकिनी ने इधर-उधर देखा। नहीं, कोई नहीं। लगा था, पीछे कोई छाया-सी खड़ी है।

वह जल्दी-जल्दी नीचेवाली छत पर उतर आई, जहाँ बऊ ने दालान में रहने की व्यवस्था की है।

निचली मंजिल की झरोखादार गौखें धरती से काफी ऊँची हैं। ओरछा का किला धुँधला-सा दिखाई देता है, ज्यों अँधेरे में विशालकाय हाथी बैठा हो।

गनपत कक्का कहते हैं, "तुंगारण्य के जटा-जूट और सात धाराओं में बहती बेतवा यहीं पास में हैं।"

मगर कहाँ ?

मन्दिर की दीवारें भी दिखाई नहीं देतीं। अजीब हैं गनपत कक्का। कुछ पता तो है नहीं, बनेंगे बड़े जानकार।

कहते हैं, ओरछा के राजा विश्राम के लिए आते थे इस गढ़ी में। बिल्कुल झूठी बात लगती है, इस डाँग में केवल शिकार के लिए आते होंगे।

उसने नीचे को झाँका। अचानक सीने में धक्-धक् जोरों से होने लगी। खाई है कि मौत का कुआँ।

अनजाने ही सोनपुरा की याद आ गई उसे। श्यामलीवाला कमरा प्रकट हो आया मन में। घने छाँवदार वृक्ष कैसे निर्भय होकर झूमते हैं। साँझ-सवेरे-दोपहर सब यहाँ के दिन से अलग ! सुगना और मकरन्द। सोनपुरा में एक रह गया तो श्यामली में दूसरा। वह क्यों छिटककर आ पड़ी यहाँ ? इस निष्ठुर वातावरण में ? ताप और छाँव से कटकर ? मीतों से छिटककर ?

बऊ खुले बरामदे में चूल्हा सुलगा चुकी हैं।

तीन ईंटों को लम्बाई-चौड़ाई में सटा-बिठाकर चूल्हा निर्मित कर लिया है। अपने सोनपुरा में जब लोगड़िया आते थे, वे गाँव के बाहर अपनी गाड़ियों के पास इसी तरह के चूल्हे बना लेते थे। वहीं लोहा तपा-पीटकर औजार ढालते थे।

बऊ कहती हैं, बखत तपा रहा है हमें।

उसी समय गनपत आ गए।

मन्दाकिनी भागकर उनके पास पहुँच गई, ''कक्का, तुम इतनी देर में...साँझ ढल गई कब की। लिड़इया बोलने लगे। बऊ कहती हैं, ये लिड़इया बोल रहे हैं, सुनो। पागल लोमड़ी होती है लिड़इया ? लिड़इया का बोलना असगुन माना जाता है।''

कक्का बोले, ''हओ, लिड़इया के ऐंगर न चली जाना। लो, जे सौदा बऊ को पकरा आओ। दाल-मसाले हैं। जे गगरी हैं पानी के लाने। आलू ले आए हैं। काहे से कि जंगली फलों के इलावा तो यहाँ कुछ मिलनें नहीं है।''

वह बऊ के पास आ गई।

कुप्पी की पीली रोशनी फैली है छोटे से दायरे में।

थाली में आटा मँड़ा रखा है। बऊ दोनों हाथों के बीच लोई दबाकर थपथपाती हुई रोटी बना रही हैं।

वह गौर से देखने लगी, दादी के हाथ मांसविहीन झुर्री पड़ी त्वचा और नीली नसों के जाल से ढके हैं। रोटी थपथपाते समय बाँहों की खाल झूलती हुई हिल रही है। आँखें धुँधलाई हुईं और घायल-सी। जलती आग के सामने पड़कर तप रहा है झुर्रीभरा चेहरा।

बऊ सोच में बिंधी हैं।

किस सोच में ?

अम्मा के सोच में।

अम्मा के बारे में बातें नहीं करतीं बऊ, पर सोचती सबसे ज्यादा उन्हीं के विषय में हैं। आँखों में ऐसी जलन उनको ही याद करके आती है।

कचहरी में मिलने पर आमना-सामना होने पर भी नहीं बोलतीं-बतियातीं। कैसे मुँह फेर लेती होंगी ?

बऊ कहती हैं, '' वो कैसे करेंगी हमसे बातें ? किस मुख से ? जिन्दगानी की आढ़-मरजादा साध पाईं ? ज्वानी का जोस नहीं डाट पाईं सो धर लिया बेड़िनी किसब, तज गईं आदमी की देहरी। अब सात जनम धर लें तबहू नहीं हो सकतीं महेन्द की चौखट जोग।

'' रंडी कहती हैं कि बिटिया का माँगना जाइज है। वा तो ऐसें ही जाइज है जैसे तेरा भाग जाना। ''

''बऊ, उठो तुम। आग के पास ज्यादा देर बैठने से तुम्हारा चश्मा तप जाता है। फुँकनी से आग फूँकने पर नाक से सरक जाता है। उठो। हम बना लेंगे रोटी।''

''हओ ! तुमने जरूल बना ली। बिना उल्सा-बिलना के बेल पाओगी रोटी ? तुम तो खा लो बेटा ! सब दिन की भूखी होगी।''

''हमने खा लिया बऊ !''

''खा लिया ?''

उसने अपनी चुन्नी में बँधे बेर आगे कर दिए।

''तुम जंगल में गईं थीं क्या बेटा ?''

''बऊ, नीचे ही झरबेरी हैं।''

बऊ बड़ी सी गोल रोटी हथेली पर थामे रह गईं। तनिक डपटती-सी बोलीं, ''अपने प्रानों को नहीं डराउतीं तुम ?''

''रात में डर रहता है बऊ ! न जाने कौन-कौन से जानवर बोलते हैं ! तुम तो सुनती होगी। रात-भर सोती ही कहाँ हो ! देवी-देवता सुमिरती रहती हो। बऊ, सोनपुरा के कुलदेवता यहाँ आ जाएँगे रक्षा करने ! वे सोनपुरा में ही नहीं कर पाए।''

बऊ ने रोटी तवे पर डाली, कराहती-सी बोलीं, ''सोनपुरा में तो कुल रहा न कुल के देवता ! अब तो यहीं संग-साथ रह गया है—उद-बिलावों का ! लिड़इया-टिटैहरियों का !''

''बऊ, तुम हमारी बकसिया खोलो।''

''रोटी खा लो, खोल देंगे। वैसे क्या धरा है तुम्हारा बक्सा में ?''

''अच्छा लाओ, कुची हमें दो। दिखाते हैं क्या धरा है।''

उन्होंने सलूका की जेब में से चाबी निकालकर थमा दी।

''बऊ, देखो, कितेक छोटी सी रामायण ! यह दादा की है। मकरन्द ने हमें दी थी। हम तुम्हें पढ़कर सुनाया करेंगे बऊ ! डर नहीं लगेगा फिर।''

वे मन्दाकिनी की ओर स्पृहता से देखने लगीं, ''सुनाना बेटा !'' फिर अपनी चिन्ता व्यक्त करते हुए बोलीं, ''लो, श्यामली से कोई जल्दी ही नहीं आया तो आटा-दाल भी खतम हो जाएगा। पइसा बड़ा जाएँगे।''

''पइसा बड़ा जाएँगे तो बड़ा जाने दो। हो जाने दो खतम। हम तो नहीं बड़ाए जात। अबै हैं जिन्दा,'' डबल बब्बा अपनी थाली लेकर बऊ के सामने बैठ गए।

''जब तक हम हिना हैं, आप चिन्ता-फिकर नहीं करना। एक-एक गाँव-घर कौ पतौ है हमें, सो खँगार लाएँगे एक दिना। आधी जिन्दगी खाती रहोगी तब भी नहीं बड़ाएगा रुपइया-पइसा। बानियों का इलाका है।''

बऊ देखती रह गईं।

''ठठरा बँधे डबल, तें डाकू ही रहा।''

उत्तर में कुछ न बोले डबल बब्बा, मुस्कुराते हुए रोटियाँ खाते रहे। फिर चुपचाप पनारे पर बैठकर अपनी थाली माँजने लगे।

मन्दा वहीं आ गई। उन्हीं के पास बैठ गई। बोली, ''बब्बा, तुम मकरन्द को लिबाकर ला सकते हो ?''

उन्होंने अपना भीगा हाथ मूँछों पर फेरा।

''मकरन्द ! अरे हम मकरन्द के बाप को उठा लावें हिना।''

''हओ, नासपिटे बाप को उठाके देखना, हथकड़ी डार देगा तोरे हाथों में।''

''बऊ, जे लोग हथकड़ी-बेड़ी गरीबों को पहराते हैं। समरथ को पकरना इनके बस का नहीं। पन्द्रह बरस रहे हैं हम बागी।''

''कौन ? कौन हैं ये दोनों ?''

कुसुमा भाभी। लम्बी-दुबली, घूँघट घाले, गठरी उठाए कुसुमा भाभी ही तो हैं। संग में दाऊ जू। झोला लटकाए और एक पोटली लिये दाऊ जू।

''बऊ...दाऊ जू आ गए ! कुसुमा भाभी !''

मन्दाकिनी उल्लास में भरी चिल्लाती हुई गढ़ी के नीचे उतर गई। खरपतवार फलाँगती हुई, कँटीली झाड़ियों को नाँखकर बऊ के पास जा पहुँची।

बऊ झरने की सी पतली धारा के पास बैठी अपनी धोती खँगाल रही थीं।

''मन्दा, तें हाँफ काहे रही ? बोल तो सही,'' वे हाथ रोककर पूछने लगीं।

''बऊ, कुसुमा भाभी आ गईं ! दाऊ जू आ गए। आ गए बऊ,'' उसकी बड़ी-बड़ी आँखें खुशी से चमकने लगीं। कहकर चटपट उसी गति से लौट पड़ी। सीढ़ियाँ चढ़ आई।

भाभी के गले लिपट गई। साँवली लता-सी बाँहों में बाँध ली कुसुमा।

''कितने दिन हो गए। हम अकेले !''

कुसुमा का स्नेह छलकने लगा। मन्दाकिनी के कन्धों को सहलाते हुए बोली, ''मन्दा, दूबरी हो गईं तुम तो। खाना ठीक से नहीं खातीं हमारे जानें।''

वह उनके कन्धे से सिर हटाते हुए बोली, ''अच्छा नहीं लगता कुछ। अब तुम आ गई हो। खा लेंगे।''

''भाभी ! तुम्हें कैसे पता चला कि मन्दा यहाँ...?''

कुसुमा हँसते हुए बोली, ''तुम्हीं अकेली जानती हो क्या इन बीहड़ों का अता-पता। हमें भी चिन्हार है बिन्नू, कंटकभरी गैल की। तुम अकेली ही नहीं भटक रहीं बिन्नू, इस वखत हम भी जानते हैं बिलात बातें।'' कहते-कहते कुसुमा उदास हो आई।

भाभी क्या कुछ जानती हैं ? कैसी टूटी-टूटी बातें कर रही हैं भाभी। दुखी हैं भाभी !

मन्दाकिनी ने दो बोरे बिछा दिए। लोटे में पानी ले आई और पानी के संग में लाई के लडुआ भी, जो गनपत कक्का ओरछा की हाट से लाए थे।

विभोर-सी बोली, ''तुम तो थकी लग रही हो भाभी, खा लो, पानी पी लो। फिर लेट लेना। यहीं बोरे पर। खटियाँ-पिढ़ियाँ नहीं हैं यहाँ।'' साँवले मुख पर उजली हँसी बिखर गई।

कुसुमा खड़ी-ही-खड़ी बोली, ''हम हाथ-पाँव धोएँगे पहले। मोंटर की बास से हमारा जी उमथा जाता है। लग रहा है उसी का तेल भरा है हमारे हलक में।''

नहा-धोकर, खा-पीकर आराम की घड़ियों में बोरों पर लेट गईं दोनों जनी। कुसुमा ने मन्दाकिनी की ओर करवट ले ली।

वह भाभी की बाँह थामकर उनकी कलाई में पहनी हुई चूड़ियाँ गिनने लगी। बारह-बारह। हरे रंग की कामदानी चूड़ियाँ। भाभी की नरम दुबली गेहुँआ रंग की कलाई भरी-भरी लग रही है। चूड़ियों के पीछे गुदना है। गुदना में लिखा है भाई का नाम, और पति का नाम यशपाल सिंह।

मन्दाकिनी ने पढ़ा तो कुसुमा ने बाँह छिटका ली।

''अच्छा भाभी, सो जाओ,'' कहकर मन्दाकिनी ने आँखें मूँद लीं।

''बिन्नू, हम तो रात को ही सोएँगे अब।''

जैसे कुसुमा ने उसके मन की बात भाँप ली हो। मन्दा खुद ही नहीं सोना चाहती। पलकों को चैन कहाँ ? निगाहों में प्यास-सी उमड़ पड़ी है। कान न मालूम कितना कुछ सुनने को आतुर हैं।

उसने बात छेड़ने का छोर ढूँढ़ा।

''भाभी, तुम्हें किसने भेजा यहाँ ? किसी ने कहा तो होगा ?'' मन्दाकिनी ने भाभी के पेट पर धर दी अपनी हथेली।

''दादा ने,'' कुसुमा सीधी लेटे-ही-लेटे बोली। फिर सहसा उठकर बैठ गई।

''दादा न भेजते तो और कौन भेजता बिन्नू?''

मन्दाकिनी जैसे जानती हो, इसी तरह देखती रही भाभी की ओर।

'' तुमको भेज तो दिया रात के बखत, पर दादा बड़े घबड़ाए मन्दा, कैसे-कैसे बिलबिलाए ! कक्को ने बताया हमें, रात-भर विलाप किया है दादा ने–' सारा गाँव क्या, असपेर-भर यही कहेगा कि सामर्थहीन और अविवेकी पंचमसिंह। रच्छा नहीं कर पाए मोंड़ी की। बचा नहीं पाए सोनपुरा की मातौन को। मुख दिखलाने जोग नहीं रहे हम... ।

'' ' हमारा दिल बैठ रहा है, घबराहट बढ़ रही है।

'' ' हे रामजी ! अगिन परीच्छा में पिरवेस ही किया है अभी तो...।'

'' कक्को बोलीं, 'तुम सो तो जाओ। भोर देखना कि क्या कर सकते हो।'

'' ' नींद आवे तब न सोवें। लगता है सीने में दाँय चल रही है, खुरों से खूँद रहा है कोई,' वे उठकर बैठ गए।

'' ' है कहाँ मन्दा, हमें बताओ तो ?' कक्को ने झुँझलाकर पूछा।

'' ' सुकूपुरा के मन्दिर में। देवगढ़वारी, तुम बताओ, हमने कोई गलती तो नहीं की ? वहाँ तो सुरच्छित ही रहेगी। हमारे दद्‌दाजी ने चन्दरसेखर आजाद तक को जैसे जगह बताई थी, जब वे अपने भगवानदास माहौर के संग फिरंगियों से छिपते फिरते थे।'

'' कक्को बोलीं, 'ऐन बताई होगी और ऐन बचकें निकल गए होंगे चन्दरसेखर, पर अब क्या वे जमाने धरे हैं? जब आदमी का ईमान था। कोई देख लेता तो खबर नहीं देता फिरंगियों को। अब तो लोगों के कान और जीभ एक ही समझो। दोनों इन्दिरियों ने अपना धरम खो दिया है।'

'' 'तो अब ? किससे करें सलाह ?'

'' कक्को ने पूछा, 'मोदी से करी थी बात ?'

'' 'मोदी ! मोदी से क्या बात करते ? उनके पास तो वो ही सिकन्दरपुर और वो ही बामौर। दुनिया जानती है मोदी के ठौर-ठिकाने। देवगढ़वारी, तुम कहो तो डबल से पूछ देखें।'

'' 'डबल !' कक्को चौंक पड़ीं।

'' 'काहे, जानता न होगा क्या छिपने-दुकने के स्थान ? बागी रहा है।'

'' 'ऐन जानता होगा। पूछ देखो।' कक्को ने हामी भर दी।

'' वे भोर तक का सन्तोष नहीं कर पाए। आधी रात से ज्यादा रही होगी। पंचा कन्धे पर डाला और आसमान की ओर देखते हुए बाहर निकल गए। कक्को पीछे-पीछे चली आईं। ठाड़ीं रहीं दरवज्जे की किबाड़ों से लगकर।

'' दादा के आने की सरसराहट से ही डबल जाग पड़े।

'' बोले, 'को है भइया ?'

'' दादा दबे स्वर में तुरन्त बोले, 'डबल, हम पंचमसिंह !'

'' कक्को कहती हैं, दादा डर गए थे उस दम कि क्या पता आदमी की पैछर पाते ही ओंघ-नींद में झपट पड़े। मार-पीट कर बैठे। समझे कि अपने अड्‌डे पर सो रहा है, और कोई मुखबिर आ गया है। बागी डाकू ठहरा। सपने भी ऐसे ही आते होंगे डबल को।

'' 'को ? दादा !' डबल उठकर बैठ गए।

'' 'हाँ, हम। तुम तो बड़ी सजग नींद लेते हो।''

" डबल खड़े हो गए। तनिक हँसते से बोले, 'बागी को स्वान निन्द्रा बको ध्यानम् का पाठ करना चाहिए।'

" दादा चकित से बोले, 'विद्वान भी हो !"

" डबल ने खटिया के ऊपर हथेली पटपटाई, "आप बैठो यहाँ। पर इतेक रात गए...सब ठीक-ठाक तो है ?'

" 'ठीक ही तो नहीं है डबल।'

" 'का दिक्कित है ?'

" 'दिक्कित नहीं, विपता कहो,' दादा का स्वर और दब गया।

" 'मन्दा सुकूपुरा के मन्दिर में है। अब बोलो कि कैसी होवे ? रतन यादव के आदमियों को भुजोंद की डाँग में देखा है लोगों ने।'

" डबल सुनकर कुछ बोले नहीं। देर तक मौन बैठे रहे।

" दादा बोले, 'डबल, हम इतेक दुविधा में और तुम बोल नहीं रहे !'

" वे फिर भी ध्यानमगन बने रहे।

" दादा को जितनी जल्दी निदान चाहिए था, डबल उतना ही बखत बर्बाद कर रहे थे।

" दादा को लगा, जैसे अपने मन की बात डबल से कहकर उन्होंने भारी भूल की है। यानी गलती पर गलती। इसका क्या भरोसा ? क्या विश्वास ? है तो डाकू ही न। कक्को बताती हैं कि भले ही उन्हें दादा का मुख और उस पर आते-जाते भाव नहीं दिख रहे थे, पर उनके मन की दसा समझ रही थीं वे।

" कक्को ने भी मन-ही-मन सोच लिया कि लो, जे ऐन अच्छी भई, जे क्या जानते नहीं थे कि डाका डालनेवाला आदमी विसवासघात तो करता ही है, संग में अपनी आतमा से भी करता है गद्दारी।

" क्या मालूम क्या-क्या घुमड़ रहा हो इसके मन में । खुद ही न ले उड़े मोंड़ी को। कहीं पहुँचा देवे दुसमन के पास।

" कक्को के मन में वई कहावत, कि 'परदेसी की प्रीत रैन का सपना, दिया कलेजा काट हुआ नहीं अपना' भँवीरी की तरह भँवरने लगी। लो अचानक कहाँ से औरियायी जा कहावत ? वहीं से जहाँ से विधना भला-बुरा रच रही है। कक्को डर रही थीं कि कहीं किसी अनरथ का आगाज तो नहीं हो रहा हमें।

" सौ बातों की एक बात, जल्दीबाजी। उतावलापन ! इसी में मारा जाता है आदमी। कक्को के मन में खदबदाहट मची थी। वे भीतर आ गईं।

" दादा ने कक्को को बताया, डबल उनके और नजदीक सरक आए।

" कान पर मुख ले जाकर बोले, 'तो फिर बता देवें अस्थान।'

" 'हओ, बताओ,' दादा ने आधे मन से कहा।

" और डबल ने पूरे मन से पूरे आस-विसवास से बताया, 'ओरछा के जंगल में एक गढ़ी है। कंचना घाट के बा तरफन। बेतवा की ओर पिरथीपुर के रस्ता में। ऐन निरदन्द होकें भेज दो वहाँ। कोई नहीं जान सकता। बीहड़ डाँग में कौन जाएगा अता-पता लगाने ?'

" दादा ने सोचा, कह तो ठीक रहा है। पर रात का बखत है, डबल का मुख नहीं देख पा रहे वे। दिन होता तो चेहरे से पढ़ लेते कि उनके दिए भरोसे में कितनी गहराई है। बात में कितना दम है।

" आवाज से पूरा-पूरा नहीं थाहा जा सकता आदमी।

" डबल बोले, 'दादा, आपके मन में असमंजस है स्यात। भरोसा डगमगा रहा है आपका।'

" दादा कक्को को बताते हैं, 'है कि नहीं हैरानी की बात, लो हम तो चीन्ह नहीं पाए उसका भीतरी भाव और वो ससुर जान गया। हमारे भीतर उठता अविसवास उसने देख लिया !'

" बोला, 'भरोसा राखो दादा। हम पन्द्रह साल बागी रहे हैं। इतेक भी समझ लो कि बागी हो जाना, घटियों में कूद जाना एक बात है और बागी बने रहना, उस धरम का निरवाह करना दूसरी बात।

" 'लो, मुक्खमन्तरी हा-हा न खाते तो हम न करते समरपन। हमने तो जा 'सोची थी कि सिरकार-दरबार का निरादर नहीं करें चाहिए। सोई राख लई उनकी बात। पर हमें पता नहीं था कि सिरकार भी पच्छपात करती है...खैर छोड़ो ! आप तो कुविचारों का त्याग करो।'

" दादा को लगा, ऐसे तो रात पूरी गुजर जाएगी और हम भँवर में ही फँसे रहेंगे। सो अन्तिम निरनय लेते हुए बोले, 'अब तुम यह बताओ डबल कि वहाँ की राह-गैल कैसे जानेंगे ?'

" 'कैसे जानेंगे ? आपकों क्या करना है जान-समझकर ? हम जाएँगे बिटिया के संग। पौंहचाकर आएँगे। साधू का भेस धरेंगे हम, काहे से कि वनरखा चीन्ह सकते हैं हमें। ठहरे तो हम अपराधी ही। सिरकारी अन्याय-दुभांत नहीं देखी गई सो कूद परे दुबारा के घटियों में। तुम्हारे यहाँ तो छिपकर ही रह रहे हैं हम।'

" दादा को उस बखत जैसे कुछ सुनाई न दे रहा हो। डबल बब्बा की कथा पर ध्यान नहीं दिया।

"और बिन्नू, डबल चले आए यहाँ तुम्हें और बऊ कों लैकें।"

कुसुमा कहकर चुप हो गई। मन्दाकिनी उठकर बैठ गई गुमसुम।

न जाने क्या याद कर रही हैं भाभी ? कैसे पूछे वह कि और कुछ ! और कोई। मेरे आने के बाद मकरन्द...

भाभी ने कथा क़ा छोर फिर पकड़ा, " विन्नू, तुम तो पहुँची ही होगी यहाँ, तब तक दादा दूसरी चिन्ता में डूब गए। एक नई फिकर चमगादड़ की नाईं तड़तड़ाने लगी उनके मगज में।

" 'विनास काले विपरीत बुद्धि' यह कहावत कहते थे दादा और पछताते थे कि हमारी बुद्धि भिरस्ट न होती तो क्या डकैत के हवाले कर देते मोंड़ी को? मन्दा की जिम्मेदारी डबल पर डाल देते ? बऊ के रहने की विवस्था, वा विवस्था-विरोधी से करवाते ?

" कक्को और दादा की आँखें तो जैसे गली-दरबज्जे से जुड़ गईं। जुड़ गईं कि पिराने लगीं, बाट हेरते-हेरते।

" दादा ने तिबारा-चौबारा पूछा कि अब तो लो आठ दिना भए जाते हैं, उस मंगल को गए थे और लो फिर मंगलबार। डबला लौटकर नहीं आया !

" कक्को ने हौसला दिया, 'नहीं आया तो न आने दो। होगा तो उनके संग ही। तुम काहे पींजरा में परे प्यासे सुआ से छटपटा रहे हो ? धीरज राखो।'

" 'कितेक धीरज राखें ? महिना खाँड़ का धीरज तो हम बाँध नहीं सकते। हमारे मन में तो अमंगल भरता जा रहा है ! कुछ हो-हुबा पड़ा तो यहाँ ठौर, न नरक में। बताओ, अब कैसे उबरें हम ? कौन खींच सकता है हमें अतल खाई के सामने से ?'

" भोर ! दोपहर ! रात !

" घड़ी काटे न कटती थी। किसी से कहने-सुनने के भी नहीं। दादा अकेले ही अकेले बर्राने लगे, 'देवगढ़वारी, हम तो हो गए सिर्री ! अब तुम ही अपनी बुद्धि दौड़ाओ। करो कोई उपाय कि मातौन और बिटिया की खबर...'

" हम ऊपरवाले कमरा की झाड़ू-बुहारी कर रहे थे और दादा बाहर छत पर खटिया पर बैठे अपने पछतावे में लगे।

" हमने कक्को को बताया तो वे भगी चली आईं। ऐसे बैहाने से काहे बोल रहे ? सोए नहीं हैं कई दिनों से।

" कक्को ने हाथ गहा। कन्धे थपथपाए, 'तुम चलो। हम भी चलेंगे तुम्हारे संग। कितै है पनमेसरी गढ़ी ? पर एक बेर हमारे कहने से मिठू को भेजकर देख लो। वो ले आएगा राजी-खुसी। नहीं तो फिर हम...'

" वे चौंके, जैसे पूरे होस में हों।

" 'हम भी जानते हैं कि मिठू विसवास का आदमी है। जाँचखोरा भी है। ला सकता है जल्दी-से-जल्दी खबर। किसी तरह भी हो, पूरा हालचाल जानकर ही आएगा। पर हम दूध के जले छाछ को फूँक-फूँककर पी रहे हैं। डबल से हमको यह उम्मेद नहीं थी। फिर एक और आदमी को इस गोपनीय बात में कैसे सामिल कर लें ?'

" कक्को झुँझला उठीं, 'तो तज दो पिरान और छाछ कों फूँकते रहो। हितू-मीतों

की कसौटी पर कसते रहो। हम कह रहे हैं न कि मिठू के मुख से बात नहीं कढ़ सकती, ऐन जाँचा-परखा आदमी है।'

'' मन्दा, साँझ तक और डबल की इन्तजारी रही। नहीं लौटे तो भोर भए ही कक्को ने मिठू को पठा दिया।

'' दादा की अधीरता भड़कती रही। उपासे-तिरासे बैठे रहे। ऐन कक्को कहती रहीं कि कलेऊ कर लो। कछू पेट में डार लो। पर मजाल है कि टाठी को हाथ लगावें। पानी में तुलसीदल और चार बतासे डार कें पिबाती रही गौरा। पाँव-हाथों की मालिस करती रही।

'' और लो, खुदऊँ भूखी बैठी रही गौरा,'' कहकर हँस पड़ीं कुसुमा, '' राम-राम भजकर कटा वह दिन।

'' देवता सुमिर-सुमिर कें गुजारी घड़ी।

'' साँस में साँस तब आई जब देवदूत की तरह मिठू कक्का तुम्हारी कुसलात लैकें पहुँचे।

'' जैसे ही पालागन सीताराम करते हुए मिठू की आवाज सुनी तो जैसे दादा का जाता हुआ दम लौटा।

'' फुर्ती से उठे।

'' मिठू को एकान्त में ले गए और तमाम सवाल पूछ डाले।

'' बिलात तो बिगड़े, रिसाए, 'मिठू, मन्दा और बऊ, गनपत तो ऐन नोनें बता रहे हो तुम। पर वो बेईमान डबला कहाँ है? सारे कों छोड़ें नहीं। बागी की औलाद !'

'' 'दादा, तुम वा जंगली डबल के चक्कर में कैसे बिंध गए ? सिर्री है निराट। बताओ, लेकर तो पहुँच गया, अब छोड़कर कैसे आवे ? सो बैठा है वहीं।'

'' 'ऐसा संकट है वहाँ !' दादा धरती पर ऊकड़ूँ बैठे चौंक पड़े।

'' 'कछू न पूछो,' मिठू कहकर चुप हो गए।

'' 'अरे मरवा डारे !' दादा की आँखों में अनदेखा भय फैल गया।

'' 'हम कैरये कि संकट ही संकट समझो। बीहड़ डाँग धरी ! निराट जंगल ! कोसों कोस आदम जात नहीं। वा पगला ने इतेक नहीं सोची कि कैसे रहेगी डुकइया। मोंड़ी।

'' ' पर वा सोचे भी काहे को। वाए तो जंगल में मंगल दिखाई देत हैं। जिन्दगी कढ़ी है घटियों में। बँध कें रहता तो अपने घर न रहता। हम गए तो हमें भी नहीं मिला। न जाने की से मिलन-भेंटन करता फिर रहा है ?

'' ' दादा, मन्दा तो वा बियाबान में अधपगली हो चली है। हिरानी-सी चितैउत है इतै-उतै। हम चले तो पिछौरिया पकर कें रोने लगी। कहती थी, मिठू कक्का, तुम्हें हमारा कौल, संग ले चलो अपने।

'' ' राम दुहाई दादा ! गंगा सों। हमें तो जई लगी कि ससुर जो होगी सो देखी

जाएगी, मोंड़ी कों लिवाएँ चलें।

" ' रतन यादव से बचा लोगे तो साँभर-चीते खा जाएँगे। फोआभरी जान कों इतेक जबर सजा ! ' कहकर मिठू बहुत उदास हो गए।

" दादा अपराधी की भाँति देखते रहे मिठू को। दोसी बने बैठे रहे।

" 'दादा, डुकरो यहाँ से बुरई परीं वहाँ। स्यार-जिनावर की बात भी छोड़ो तो डाकू-भड़िया ! चार पइसा खूँट में बाँधकें ले गई होंगी। कोई छीन-झपट ले जाय तो क्या फिर भीख माँगेंगी ? श्यामली से कोई न पहुँचे तो भूखों मरना धरा है। दिखइया-सुनइया तक कोई नहीं। गनपत कह रहे थे कि डबल अपने पहले ठिकाने पर गए हैं। कोई डाकू-माकू बचा होगा तो कह आएँगे कि खयाल राखे गढ़ी में रहती बऊ और मन्दा का।'

" 'है ऽ ऽ, तोपे माता पर जाय डबल ! ऐसा मूरख !' दादा उबल पड़े।

" 'और गपनत। गनपत है तो सही। वो तो समझदार है।'

" मिठू हँस पड़े। इतनी विपता में भी हँसे। सफेद दाँत चमकाते रहे कुछ देर तक। फिर अपनी काली मूँछों पर हाथ फेरते हुए गम्भीरता से बोले, 'अकेली बुद्धि भी कौन काम की ? है तो चार फुटिया जोधा। मछरा भरी जान है। मुठी में भींचकर मसल देगा कोई। आप तो ऐसे समझ रहे हो जैसे जबर-जोर मलेटरिया सिपाही पहुँचा दिए हों।' "

"भाभी, पानी पीयोगी ?" मन्दाकिनी ने बातों को विराम देने की गरज से कहा। कैसा उलझा हुआ ताना-बाना लिपट गया चारों ओर। उसे लगा जैसे बिंधती जा रही है। उसके कारण कितने लोग भागे फिर रहे हैं इधर-उधर।

पानी पीकर कुछ देर चुप्पी छाई रही।

मन्दाकिनी आँखें मूँदकर लेट गई। कुसुमा अपने झोले में कुछ खोजने लगी। शायद जो खोज रही थी, वह नहीं मिला। कहीं दाऊ जू को जो झोला पकड़ाया था उसमें तो नहीं ?

मन्दाकिनी उठ बैठी, "भाभी, क्या खोज रही हो ?"

"तुम्हारे लाने पेड़ा लाए थे बिन्नू ! लगता है, दाऊ जू वाले झोले में।"

"ले लेंगे। दाऊ जू सो रहे हैं अभी।"

कुसुमा मन्दाकिनी की ओर देखती रही। न जाने किन निगाहों से निरखती रही।

"क्या देख रही हो भाभी ?"

" कुछ नहीं मन्दा ! यह सोच रहे हैं कि तुमसे कहें भी कि न कहें? सुनकर तुम्हें सुख मिलेगा कि दुःख देंगे हम तुम्हें ?

" मकरन्द की आँखें सूनी और बियाबान हो उठी हैं बिन्नू। लला ऐसे बेहाल हो जाएँगे हमने सोचा नहीं था।

“ दादा मिठू से पूछ रहे थे तो मोंड़ा क्या जाने कहाँ होकर सुन आया सारी बातें। हमसे बोला, ‘ काकी, घने जंगल के बीच मन्दा अकेली है। क्यों भेजा ? मारकर खा जाएँगे जंगली जानवर।

“ ‘ काकी, अँधेरा छा जाता है हमारी आँखों के आगे। रोशनी में भी हमें कुछ दिखाई नहीं देता।’

“ फिर कक्को के पास चौका में जा पहुँचे और गुस्सा से फट पड़े, ‘तुमने क्या कहा था हमसे ? मन्दा रिश्तेदारी में गई है। तुम झूठ बोलीं ? क्यों बोलीं झूठ ?’ कक्को को कन्धे पकर के हिला डाला। चेहरा किरोध से तन गया !

“ भवें माथे पर चढ़ गईं, ‘सुनती हो कक्को ! अब हम जाएँगे मन्दा के पास। बऊ के पास।’

“ कक्को बच्चा की जिद-हठ समझती रहीं और लालटेन की बत्ती ठीक करते-करते ही कहने लगीं, ‘पढ़ाई छोड़कें जाओगे लला ?’

“ ‘हाँ।’ लालटेन की रोशनी में उनका गेरुआ मुख तमतमा रहा था, ‘तुम दादा से कह दो कक्को कि मकरन्द का मन है जंगल देखने का। मिठू को एक बेर और भेज दें हमारे संग।’

“ कक्को दहल-सी गईं।

“ नरमाई से समझाकर कहने लगीं, ‘आँहाँ लला, दादा के लिए एक और संकट न खड़ा करो। वे भेजेंगे नहीं तुम्हें।’

“ वे कक्को को तीखी निगाहों से घूरते रहे। फिर उठकर ऊपरवाले कमरे में चले गए। कक्को डर गईं, कहने लगीं, ‘कुसुमा, इस मोंड़ा का क्या भरोसा, कहीं इसकूल से ही न भग दे।’

“ मकरन्द ने रात का खाना नहीं खाया।

“ मीरा झल्ला पड़ीं, ‘खाता क्यों नहीं ? कैसा दुबला होता जा रहा है। कौन फिकर में घुल रहा है तें ? तुम्हारी मतारी हमको दोस देगी कि अच्छा खाने को नहीं देती। तुम बीजभरे के लच्छिन नहीं जानेगी।’

“ चूल्हे के पास बैठी कक्को मीरा को डपटने लगीं, ‘मोंड़ी, तें काहे चेंट रही मकरन्द से ? भूख लगेगी तो खा लेगा।’

“ ‘बाई, हम काहे को चेंट रहे हैं? ये रो रहा है। क्या हो गया है इसे ? तुमने कुछ कहा क्या ? खाता-पीता क्यों नहीं है ?’

“ मकरन्द हमारे पास आ गए। हमारी खटिया पर आ लेटे। गुस्से में तो भरे ही थे, बोले, ‘काकी, मीरा बुआ लुघरियाऊ (आग लगानेवाली) हैं। मैं देख लूँगा उन्हें। मँगाएँ तो सही पाउडर-क्रीम, कंघा-तेल। इतनी ऊँची आवाज में जानबूझकर बोली हैं। प्रकाश ने सुन लिया होगा न सब कुछ। वह तो ऐसे ही चिढ़ाने के, तंग करने

के बहाने खोजता है।'

'' वहीं सो गए। सो क्या गए, करबट बदलते रहे ! मन खुरदरा हो आया। सिर दुखने लगा। हमसे बोले, 'काकी, बहुत दर्द है, दबा दो।'

'' सबेरे उठे तो लगा, कुछ ठीक है।

'' बाहर जा खड़े हुए। कुछ देर बाद ही लौट आए। अनमने-से बैठे रहे। हम कलेऊ की रोटी बना रहे थे। चूल्हे की राख को कुरेदते हुए बोले, 'काकी, सामनेवाला कमरा देखा क्यों नहीं जाता ? सूना, इतना सूना क्यों लगता है ? उजाड़ और खाली-खाली। तुम्हें भी लगता है काकी ?'

'' हम क्या कहते बिन्नू ? जवाब तो था, पर नाता ऐसा नहीं है कि कुछ समझाते। बेटा के ठौर है। बेटा की पीर तो मतारी को बहुत होती है बिन्नू, भले उस पर बात न कर पाए।

'' हम तो द्वार झार रहे थे, सो सुनते रहे।

'' दादा ने उन्हें अपने पास बुलाया और बोले, 'दूबरे काहे हो गए तुम ? निपनियाँ दूध नहीं मिलता ? अमरसिंह से बोलना कि दाऊ जू, हमारे लिए कक्को को अलग से दूध दिया करो। पढ़ाई में ज्यादा महनत लगती है। दिमाकी काम ठहरा।'

'' दादा की बात पर हमको हँसी आ गई बिन्नू, वे दूध की बातों से होते थे खुस ? नीम की छाल को नाखूनों से खरोंचते रहे।

'' फिर बोले, 'दादा, हम वहाँ चले जायँ ?'

'' 'कहाँ ?'

'' 'जहाँ बऊ गई है। गढ़ी देखेंगे ओरछा की। किला और राम मन्दिर।'

'' दादा ने हँसकर उत्तर दिया, 'ओरछा चले जाओ। गढ़ी में जाकर क्या करोगे ?'

'' मकरन्द का मुख रुआँसा हो आया।

'' 'स्कूल का क्या होगा ?' दादा ने फिर पूछा।

'' 'छुट्टियाँ हैं।'

'' 'मन्दा गुइयाँ है तुम्हारी ?' पूछकर दादा हँसे। घिसे हुए झिरीदार दाँत चमकाकर कुछ देर हँसते रहे।

'' मकरन्द सकपका गए।

'' देह में ज्यों झुनझुनी चढ़ी हो। परेसान-से खड़े-खड़े नीचेवाला होंठ काटते रहे।

'' 'पढ़ाई में मन लगाओ लला।'

'' दादा के बोल सुनकर कुछ देर खड़े रहे, फिर भारी कदमों से अपने कमरे में चले गए। खटिया पर जा लेटे।

'' हम जैसे ही भीतर पहुँचे तो बोले, 'काकी, दादा क्या कह रहे थे गुइयाँ ? हट्ट ! लड़कियाँ गुइयाँ होती हैं कोई ? लड़के-लड़के होते हैं एक-दूसरे के दोस्त।'

" हमने मरजाद छोड़कर छेड़ा, 'लला, फिर मन्दा कौन है तुम्हारी ? बताना तो।' हमें हँसी आ गई।

" 'क्या मालूम ?' वे मुस्कुरा पड़े।

" 'काहे, गुदगुदी लग रही है क्या बताते में ?'

" सुनकर जोर से हँसे और हमारे कन्धे पर चपत मारकर मोदी लल्ला को टेरने चले गए," कुसुमा हँसती रही।

बऊ आ चुकी थीं। कहने लगीं, "अमरसिंह जाग गया है। गनपत से हमने उसके लिए दूध मँगा लिया था। काहे से कि रोटी तो वह खाता नहीं है। मन्दा बेटा, दूध गरम करो और दे दो दाऊ जू कों। वे तो भूखे होंगे। हम सब तो अफरे पेट बैठे हैं।"

मन्दाकिनी चली गई और बऊ आ बैठीं कुसुमा के पास। पूछती रहीं राजी-खुशी। घर-गाँव के समाचार।

"हमें जे तो नहीं मालुम थी कि तुम आओगी कुसुमा, पर इतना अवस्स जानते थे कि मिठू श्यामली जाकें पठाएँगे किसी-न-किसी कों।"

मन्दाकिनी आकर पूछने लगी, "शक्कर नहीं मँगाई बऊ ?"

बऊ कुछ सोचती रहीं, फिर बोलीं, "हमारे जाने गनपत भूल गए होंगे। तुम्हारी रामायन-भागवत ढूँढ़ते कहाँ याद रहती है सामान की।"

कुसुमा बोली, "हम लाए हैं बऊ ! दाऊ जू के झोला में ही होगी। कढ़बा लो।"

कुसुमा को उस लिफाफे की भी याद आई, जो मकरन्द ने दिया था, लेकिन बऊ के सामने उसने कोई चर्चा नहीं करनी चाही।

मन्दाकिनी दाऊ जू को दूध दे आई तो बोली, "बऊ, तुमने नहीं सुनी दादा कितेक चिन्ता में रहे हैं।"

"अरे, उनने मोदी लल्ला को बुला लिया," कुसुमा ने बात फिर आरम्भ कर दी, "दादा बोले, ' मोदी, हम दुखी और चिन्तित हैं। एक काम सही करते हैं तो दूसरा गलत हो जाता है। मति-भिरम-सा होने लगा है, सो अब तुम बता दो कि किस विध मन्दा की रखवाली करें और किस तरह केस लड़ें ?

" ' इतने मुकदमा लड़ने के बाद आज हमने हिम्मत हारी है। तुम्हें पता नहीं कि मन्दा और बऊ किस खतरा...में।'

" ' हमें सब पता है,' मोदी लल्ला धीमे से बोले।

" ' पता है ?

" ' किसने बता दिया ?' दादा की आँखें फैल आईं।

" ' जिसने तुम्हें बताया, उसी ने। मिठू तुम्हारी चिन्ता में पहुँचा था हमारे पास। कहता था, लल्ला, तुम भी विचारो कुछ। दादा अकेले क्या-क्या करें ?

" ' सो आप घबड़ाओ नहीं। इतेक करो कि अपने आदमी राखो वहाँ।

नातर-डुकइया डर के कारन ही दम दे देगी। पिरान तज देगी।' मोदी तमाखू हाथ पर रगड़ते रहे।

" 'तुम बोलो, बताओ कि किसकों भेजें ?' दादा अपना सिर धीरे-धीरे सहलाते हुए पूछने लगे।

" 'हम।'

" मोदी सोच में पड़ गए।

" ध्यान में रमे-से बैठे रहे।

" दादा बोले, 'अमरसिंह को पौंहचा देवें ? काहे से कि गोविन्दसिंह के जाने का तो सवाल ही नहीं उठता। वे जाएँगे भी नहीं, और फिर खेत-क्यार की देखभाल। अमरसिंह कमजोर देह के ठहरे। मौके-चौके भिड़न्त हो जाय तो मुकाबला नहीं कर सकते।'

" मोदी लल्ला ने हाथ लापरवाही से झटका, 'अरे दादा, मुकाबला कौन कर रहा है वहाँ। फिर यहाँ ढोर-बछेऊ तो बरेदिया चराते रहेंगे।

" 'एक काम यह और कि रोटी बनाने के लिए भी किसी को भेज दो। बूढ़ी डुकरो कहाँ तक थोपेंगी इनके पेट के लिए, और न मोंड़ी के बस की। माना कि अमरसिंह तो दूध ही पीते हैं, फिर भी आना-जाना तो लगा ही रहेगा। और फिर जनी-मानसों का मन लगा रहेगा आपस में।'

" 'मिठू हो आया करेंगे बीच-बीच में। हम-तुम भी देखकर आ सकते हैं।'

" कक्को बोलीं, 'कुसुमा, तुमको जाना है गढ़ी। 'हमने 'हाँ' भर दी है दादा से।'

" दादा दुखी होकर कहने लगे, 'यहीं कौन से सुख-साके धरे हैं माधोंपुरावाली बहू को। सो डाँग-जंगल में जाने के लिए अनखाएगी कुसुमा।'

" कक्को कहती हैं, दादा बिलात देर बतियाते रहे। फिर-फिर कर वे ही परेखे। वे ही पछतावे।

" 'देवगढ़वारी, कद-काठी से लम्बी, इकहरे बदन की बहू। गेहुँआ रंगत है, काली-साँवली भी नहीं। नैन-नकस भी बुरे नहीं बताता कोई। फिर गोविन्दसिंह के मोंड़ा यशपाल के मन काहे नहीं भरी ? काहे को त्यागा कुसुमा को ?'

" 'तुम कहती हो कि रूप के कारन नहीं, धन-माया के लोभ में त्यागा है। कोई कमी थी हमारे यहाँ खाने-पीने की ? ठीक है, गरीब की बिटिया थी, तो क्या ठुकरा देते हैं ?'

" कक्को ने झिड़का, 'अब तुम कब तक रोओगे अपने भइया-भतीजों के कुकरमों को। उनकी करनी, उनके संग।'

" 'देवगढ़वारी, कुसुमा हमारे करेजा में फँसी फाँस की तरह सालती है। उसे ब्याहकर लाए थे हम। कोई फरज बनता है हमारा। हमारे न्याय को ललकारती है, चुनौती देती है कि दादा, तुम अधरमी ही हो, भले पंचायत में न्याय करो, निरदोस

दीन-गरीबों की ओर से केस-मुकदमे लड़ो, पर है तो चिराग तले अँधेरा।

" 'है। है अँधेरा।

" 'नीम चढ़ा करेला निकला यह घर !

" 'विस-ही-विस ! करुआहट ही करुआहट !'

" बऊ, जब दादा ने सुनी थी कि भतीजे ने दूसरा ब्याह कर लिया तो नस-नस फटने लगी थी उनकी। वे होते तो क्या होने देते सहज ? पर विधना को जो मंजूर था, होकें रहा। अधरम होना था, सो दादा के जाने की भी घड़ी बना दी होनी ने। पन्नी माते को लैकें ग्वालियर के अस्पताल में जाना पड़ा उन्हें।

" हम तो थे नहीं बऊ, कक्को कहती हैं कि खबर मिलते ही टूट पड़े दादा। रोकने पर भी नहीं रुके। जैसे कोई देवता भर गया हो सरीर में। खूँटी पर टँगी रायफल उतारी और भगे कका जू के पीछे। भूँजे देते थे। वह तो कक्को झपट पड़ी। कुछ बच्चों ने रोके।

" फिर क्या ! एक आवे, एक जाय। तमाम गाली-गुफ्तार !

" 'सब बातों में पूछता है। राय लेता है। सगाई के बखत तो कोई बोलता तक नहीं, फिर यह ब्याह कैसे हो आया हमारे बिना ? छिपकर भाँवरें कैसे डाल लाया गोविन्दसिंह ? बेटा को पत्नी-त्याग की एवज में दूसरा ब्याह रचवाकर इनाम दिया है अघोरी ने ! पराई जाई की आतमा सता कें कौन से नरक में जाना चाहता है पापी ?'

" कक्को ने समझाया कि कौन मानता है तुम्हारी सिच्छा-दीच्छा। अपने नैमधरम अपने मगज तक राखो। बहुत बन लिये बड़े। अब छोटे-बड़े की मान-मरजाद कहाँ राखते हैं लोग ? जे तो एक दिन होना ही था, तुम कहाँ लों रोकते ?

" 'फिर आँधरों को कन्धा चढ़ाकें दुनिया दिखाना चाहते हो ! कुसुमा तुम्हारे लाने ही तो अच्छी है, सुगढ़ है, खानदानी है। यसपाल की मतारी नहीं मानती यह बात। वह तो कहती है हमारे मोंड़ा के मेल की नहीं है बहू ! हिजड़ा-खसिया की सी बनगत है वाकी। बाल-बच्चा की आस नहीं है माधोंपुरावारी से। निरबंसिया रह जाएगा यसपाल। और न घर हमारी हैसियत का। पाहुनों के लाने ढंग के बासन-बिलिया तक नहीं हैं माधोंपुरावारों के।' " कुसुमा भाभी बताते-बताते अधरोई हो उठीं।

" बऊ, दादा का मन जलकर भसम हो गया। ठंडी राख को कुरेदते से बोले, 'अच्छा, अब हमारी हैसियत से गोविन्दसिंह अलग मानता है अपनी हैसियत। धन के लोभ में मरा जा रहा है। और बहू पर दोस मढ़ रहा है।'

" कक्को बोली, 'सो उनने खूब भर लई अपनी हवस। खूब लूटी है धन-माया। मौहरें, रुपइया, मोंड़ा के लाने, बुलट मोटरसाइकिल। पिरकास के लाने तक रेडुआ आया है। माधोंपुरावारे कहाँ लों सेंग करते ?' "

कुसुमा ने उच्छ्वास भरा और बऊ उदासी में डूब गई।

रात हो आई।

अँधेरा फैल गया। लगा कि अकेली गढ़ी साँय-साँय कर रही है। बऊ लालटेन मिलका रही हैं। मन्दाकिनी रात के खाने के लिए चूल्हे के पास लकड़ी जुटाने लगी।

कुसुमा ने चुपचाप एक लिफाफा उसके हाथ में थमा दिया।

वह चौंकी।

''मकरन्द लला ने दी है यह चिट्ठी,'' कुसुमा फुसफुसाकर बोली।

वह उठकर खड़ी हो गई। मुट्ठी में दबा लिया कागज।

लिफाफे पर अँधेरे में आँखें गाड़कर भी कुछ न दिखा। बस, टटोलती रही उसे। स्पर्श करती रही। छूकर महसूसती रही मन्दा।

मौका लगते ही लालटेन उठाई और भीतर चली आई।

उँगलियाँ काँपती हैं। कागज थरथरा रहा है। धड़कन जोर से बज रही है।

रामायण के बीच रख ली चिट्ठी।

निगाहों पर छा गई मकरन्द की लिखावट—'मन्दाकिनी देवी'।

भाभी बोलीं, '' बिन्नू, पिरकास हमें सड़क तक पिछियाते आए कि भाभी, मकरन्द ने तुम्हें क्या दिया है ? एक कागज दिया है न ? हमें दिखाओ।

'' लो, हमें काहे को दिखानी थी। साफ कह दिया, मकरन्द से माँगकर काहे नहीं पढ़ लिया था कागज ?

'' खोलो तो सही बिन्नू। हम भी सुनें, लला ने क्या लिखा है ? उनने जाना कि काकी चली गईं सो बिलबिलाते से फिर रहे थे।

'' हमारे कोठा में उझककर बोले, 'काकी !' हमारे उत्तर पर कहने लगे, 'तुम्हारी चुरियाँ बज रही थीं कुसुमा काकी, सो हमने जान लिया कि तुम अभी हो यहाँ।' ''

इतनी जल्दी ! कैसे खोले ? सोचती है मन्दा। हथेलियों के बीच में यह पत्र साँस ले रहा हो जैसे। प्यार से वह सहला रही हो किसी कोमल पाँखी को। कितना-कितना कहने को उतावला है कोई ! क्या-क्या पढ़ने को उत्सुक है वह। क्या-क्या सुनने को तरस रहे हैं कान।

सच तो है न ?

सपना तो नहीं ?

''बिन्नू, तुम तो माटी की मूरत बनकर बैठी रह गईं ! सुनाओगी नहीं? अरे, हम तो रस्ता में ही पढ़ डारते। पर धरे तो हैं अनपढ़-मूरख। और ऐसे ही दाऊ जू। कागज पर लिखे आखरों के सामने आँधरे !''

मन्दाकिनी ने भाभी पर निगाह टिका दी। उनकी बिन्दी चमक रही है। छोटे से माथे से लेकर पतली नाक तक प्रसन्नता छलकी है। ठोड़ी में गड्ढा गहरा गया है। होंठ मुस्कुरा रहे हैं आँखों के बीच काजल हँस रहा है। पलकें चपलता से झपक रही

हैं भाभी !

उसने जतनपूर्वक चिट्ठी खोली। ध्यान से पढ़ने लगी :

"प्रिय मन्दा !" प्रिय ! प्रिय ! प्रिय ! अरे, यह क्या हुआ उसे ? अटक क्यों गई ?

उसके होंठों पर मुस्कुराहट छलक आई। भाभी के सामने कैसे...मन ही मन गुनने लगी मन्दाकिनी।

प्रिय मन्दा,

तुम कहाँ चली गईं ? कौन गाँव ? कौन दिशा ? नहीं पता। खबर केवल इतनी है कि तुम कहीं जंगल में...ओरछा के आसपास।

...लेकिन मुझे तो हर ओर दिखाई देती हो तुम। दिखाई न देतीं तो तुम्हारे कमरे की ओर बार-बार क्यों जाता मैं ? कमरे की किबाड़ों के पीछे तुम्हारे पाँवों की सरसराहट सुनाई पड़ती है। तुम्हारी छवि स्पष्ट दिखती है। लगता है कि तुम बुला रही हो मुझे। कानों में आवाज रहती है तुम्हारी।

मेरी बकसिया, जो दादा के पलंग के नीचे रखी है न, तुम्हें याद होगा, तुमने उसमें सीपियाँ रख दी थीं, जिन्हें तुम अपने गाँव की नदी से लाई थीं। वे रखी हैं। छूता हूँ तो लगता है, वे तुम्हारी उँगलियों की पोरें हैं। नहीं, वे तो सीपियाँ हैं। है न ?

रात में सोती नहीं होगी तुम, जैसे यहाँ नहीं सोया करती थीं। देर तक पढ़ने के बाद ऊपर से नीचे झाँकता था, तो तुम बरामदे में खटिया पर बैठी दिखाई देती थीं।

मुझे नींद नहीं आती अब। सारी रात जागता ही रहता हूँ, ऐसा लगता है। खुली पलकों से अँधेरे को काटना बड़ा कठिन है। यही आकाश होगा मन्दा, तुम्हारे यहाँ ! ये ही सितारे ! चन्द्रमा !

जब तुमसे नाराज था न, तब भी नींद नहीं आती थी। रात गए तक घर भी नहीं लौटता था। उसी की सजा दे गईं !

तुम्हारा पता नहीं मालूम। मिठू कक्का से कुछ बातें सुनी थीं। मुझे देखते ही कहने लगे, 'जाओ लला, यहाँ से। तुम बच्चे हो, तुम न सुनो। कहीं मुख से निकल जाय कोई बात।'

मैं रोज-रोज इन्तजार करता हूँ तुम्हारा।

तुम आओगी, उस दिन हम...

तुम्हारे आने पर मैं स्कूल में रहूँ तो तुम वही बकसिया खोलना, बहुत सारी चिट्ठियाँ मिलेंगी तुम्हें, जिन्हें मैं तुम्हारी याद आने पर लिख लेता हूँ।

मैं अकेला हूँ मन्दा। प्रकाश से बातें करने को बिल्कुल जी नहीं करता। वह तुम्हारे और तुम्हारी अम्मा के बारे में कैसी-कैसी बातें करता है ! छिः ! कहने के बाद

चन्दर की ओर देखकर खीं-खीं करके हँसता है। मैं जानता हूँ, मुझे जलाने के लिए करता है सारा कुछ। मैंने जलती लकड़ी से मारा था उसे।

मन्दा, अब मैं कभी भी गुस्सा नहीं हूँगा। कभी भी नहीं। महाबीर बब्बा का कौल भरा था मैंने मंगल के दिन।

बहुत पछताता हूँ मन्दा !

आठ दिन ऐसे ही गँवा...

ऐसा कहाँ पता था कि...

आओगी न ? बहुत जल्दी करना आने में। सड़क से गुजरनेवाली हर मोटर को देखकर लगता है कि उसमें से तुम उतरोगी।

तुम्हें भी इतनी ही याद आती है मन्दा ?

क्षमा सहित,

प्रतीक्षा में

मकरन्द सिंह

कुसुमा मन्दाकिनी के मुख पर आते-जाते भावों को ध्यानपूर्वक निरखती रही।

"अरे ! बिन्नू, तुम रो क्यों रही हो ? अँसुआ काहे आ गए ? ऐसा क्या लिख मारा लला ने ? जिन रोओ। अँसुआ पोंछो। ऐने मजे में हैं मकरन्द।"

उसने अपने दुपट्टे से आँसू पोंछ डाले। देर तक सुन-सुन करती रही, जैसे जुकाम हो गया हो। नाक लाल होकर चमकने लगी।

कुसुमा मन्दाकिनी का हाथ पकड़े हुए बऊ के पास आ गईं।

कुसुमा ने देखा, बऊ बासन समेट रही हैं।

" छोड़ो बऊ, अब हम करेंगे चूल्हा-चौका। तुम तो नोंने खा-पीकें राम का नाम भजो।

" कितेक दूबरी हो गई हो बऊ ! साँची बात है, इतै बीहड़ में क्या धरा है खाबे के लाने। दूध न घी। क्या मालूम हती कि इस डाँग पनमेसुरी का भी अन्न-जल बदा है भाग में।' " कुसुमा ने माथे से हाथ लगाया।

"बदा ही होगा बेटा ! फिर जहाँ दादा भेजेंगे, तहाँ जाना पड़ेगा।"

"ऐन सही कह रहीं तुम। पर उतै दादा ही कौन से चैन में हैं। पराई जिम्मेदारी आसान नहीं होती बऊ !"

"पहले के मुकाबले आधी खुराक नहीं रही दादा की। घर में दिन-रात की दाँती कलह और खाएँ जात हैं। हिरसे रहते हैं।"

मन्दाकिनी ने भाभी की लाई गठरी खोल डाली। बऊ देखते ही डपटने लगीं, "जा मोंड़ी कों चैन नहीं है घड़ी भर का।"

"बऊ, देखो, भाभी श्यामली से खाना समेत बना लाई !"

"बना न लाते बिन्नू, यहाँ क्या बजार धरा था, या गिरस्ती थी। हमने तो जई सोची कि जंगल में...। बिन्नू, कबहूँ कोई आए-जाए तो किल्लत परेगी न, सो दो-चार बासन-मासन भी घर लाए।"

"बऊ, देखो, अचार भी ! बड़ी पापड़," मन्दाकिनी फिर किलकी।

कुसुमा ने थाली परोस दी, बोली, "लो, दाऊ जू कों दे आओ।"

छह

बऊ ने देखा, मन्दा नहाकर कपड़े सुखा रही है।

' ऐन बढ़ गईं बेटा तो। मताई की लम्बाई लै रहीं। महेन्द तो बीच के-से कद के थे। बस, रंग लिया है बाप का, साँवला। सोलह की पूरी हो गईं सत्रह में...

' बेटी की देह, बाग की बेल। बढ़ते देर क्या लगती है।'

उन्होंने नितान्त गोपनीय तरीके से कुसुमा को हाथ के झाले से संकेत दिया। पास बुला लिया।

"इतै आओ बहू, हमारे नजीक।"

वे लगभग सटकर बैठ गईं।

"कुसुमा, मन्दा से कहो कि अब सिलवार-कुरता नहीं सोहते। नोंने धुतिया पहरा करें।"

"बऊ, कितनी भी फुसफुसाओ। हम सब सुन रहे हैं। फीता लेकर, नापती रहा करो हमें। और मगज धुनती रहो भीतर ही भीतर कि मोंड़ी बड़ी हो गई, अब ब्याउ- सादी..."

बऊ चौंककर देख उठीं। जा कितै से परकट हो परी !

"गनपत कक्का से कह रही थीं न तुम ? यह नहीं कि मन शान्त राखें। चलो चटाई पर बैठो। हम रामायण लेकर आ रहे हैं। ज्ञान-ध्यान की बातें सुनो।"

कुसुमा भाभी नहा-धोकर पास आ बैठीं।

मन्दाकिनी रामायण पढ़ने बैठ गई। बऊ अपना चश्मा लगाकर गौर से देखते हुए बोलीं, "बेटा, राम-वन-गमन की चौपाई बाँच दो।"

"राम-वन-गमन !"

"हओ मोरी पुतरिया !" बऊ हाथ जोड़े बैठी थीं।

" कितनी बार सुनोगी बऊ ? तुम तो हमें वन-गमन के आगे ही नहीं बढ़ने देतीं। यह भी तो सुनो कि सुग्रीव की सेना ने राम के साथ मिलकर सागर कैसे पाटा था।

कोई पाट सकता है बऊ ? नदी तक पर पुल बनाना तो कठिन लगता है।

" सेतुबन्ध रामेश्वर का वर्णन सुनो। लंका-दहन भी सुनाएँगे।"

बऊ ने अपना पल्ला सिर पर से ठीक-ठाक किया और अच्छी तरह पालथी मारकर बैठ गईं। गनपत कक्का हाथ जोड़कर आ बैठे और दाऊ जू भी। भाभी नाक तक घूँघट घालकर बैठी हैं। मन्दा ने एक नजर सबको देखा।

"चलो सुरू करो बिटिया ! जौन दोहा तुम सुनाना चाहो सुना दो," गनपत कक्का कहकर ध्यानस्थ-से आँखें मूँदकर बैठ गए।

बाँधा सेतु नील-नल नागर। राम-कृपा जसु भयउ उजागर।
बाँधि सेतु अति सुदृढ़ बनावा। देखि कृपानिधि के मन भावा ॥

बऊ विभोर हुई सुन रही हैं। आगे सुनाती गईं। आगे की राम-कथा तस्वीर बन गई। राम, सीता और पवनपुत्र की छवि आँखों में तिर आई। उनके कोये भर आए।

मन्दाकिनी ने पढ़ना रोक दिया।

"बऊ, तुम रोने क्यों लगीं ? हमने तो ऐसी चौपाई सुनाई नहीं कि तुम दुखी हो जाओ। सेतुबन्ध सुनकर हिम्मत नहीं बँधी तुम्हारी ?"

बऊ ने तुरन्त आँखें पोंछ लीं।

"तुम तो आगे पढ़ो बेटा !"

"पहले अँसुआ पोंछो।"

कुसुमा पिघल गई, "बिन्नू, आ जाते हैं परेखे। याद हो परती है अपनी जिन्दगानी।" घूँघट की आड़ करके बऊ को समझाने लगी फिर, "बऊ, हिम्मत राखो। धीरज धरो। राजा दसरद पे भी परी थी विपता। अटूट दुक्ख ! अपन तो साधारन पिरानी ठहरे।"

मन्दाकिनी ने दूसरा अध्याय आरम्भ कर दिया।

बऊ हरष आईं। कथा समाप्त होते ही बोलीं, "गनपत तें तो मोरो पवन-सुत है। साच्छात अंजनी-सुत। हनुमान।"

मन्दा कहती, "बऊ, हम पाँचों लोग कलियुग में नहीं, त्रेता युग में रह रहे हैं। बेतवा के किनारे फैली विकट डाँग और उसमें यह गढ़ी। पंचवटी समझ लो। तपोवनी मान लो। जनकपुर और अयोध्या दूर रह गए बऊ !"

दाऊ जू हँसने लगे, "मन्दा, तुम तो मुनि वसिस्ट हो हमारी। ज्ञान-ध्यान देनेवाली। अकल की पुतरिया।"

उसने रामायण को कपड़े में लपेटकर रख दिया। फिर आरती गाकर चीनी का प्रसाद बाँट दिया।

बऊ गनपत कक्का और दाऊ जू के लिए खाना परोसने लगीं और लो, गलती से डबल बब्बा की थाली भी लगा दी। ध्यान ही नहीं रहा कि वे चले गए।

कुसुम ने टोका, "बऊ, जे तीसरी टाठी ?"

मन्दाकिनी ने सबकी नजर बचाते हुए मकरन्द की चिट्ठी खोल ली।

सहसा हँसी आ गई उसे।

बऊ से तो कह रही थी कि बार-बार वन-गमन सुनती हो और खुद ? कितनी बार पढ़ेगी इस कागज को ? कितनी बार देखेगी इन हरफों को ?

लेकिन देख रही है मन्दाकिनी। सुबह, दोपहर, शाम, रात।

रात के एकान्त में। चन्द्रमा की जुन्हाई में।

अक्षर नहीं दिखते, पर वे बन्द हैं हथेली के बीच कोमल और कुलबुलाते हुए। चन्द्रमा बनकर छाए हैं आकाश पर। तारों की तरह चमकते हैं। पलकें झपका-झपकाकर देखती हैं उसे। किरणों के साथ बरसते हैं उसके ऊपर। उजली चट्टानों में हँसते हैं। अटा-कँगूरे, द्वार-दरवाजों पर चिपक गए हैं, सुनहरी इबारत में। मकरन्द के लिखे अक्षर।

जंगल ने क्रूरता त्याग दी है।

तुम्हारे पत्र की कोमल चाँदनी ओढ़ ली है मकरन्द।

मैं कैसे लिख भेजूँ यह सब ? किसके हाथ पठाऊँ सन्देश ?

"मन्दा ! ओ मोंड़ी ! आज का उपास है, तो भोर से अन्न त्यागें बैठी हैं। यहाँ हम रोटी धरें बैठे और तुम अटरिया पै जा चढ़ीं।"

बऊ की टेर सुनकर वह चंचल हिरनी की-सी कुलाँचे भरती नीचे चली आई।

खाते-खाते एकाएक हाथ रुक गया।

चिट्ठी तो ऊपर ही रह गई ! आधा खाना छोड़कर भागी। धड़धड़ाती हुई चढ़ने लगी।

दो सीढ़ी नीचे ही थी कि कुसुमा भाभी दीख पड़ीं !

भाभी ! यहाँ ऊपर !

और दूसरा कौन है ?

दाऊ जू ! दाऊ जू तो भाभी से भिड़कर बैठे हैं। सटे हुए !

दो क्षण स्तब्ध-सी खड़ी रही वह।

बतिया रही हैं भाभी !

उसी बीच खनकती हँसी फैल गई छत पर। दबी-दबी स्निग्ध खिलखिलाहट ! दाऊ जू क्या गुदगुदा रहे हैं भाभी को ?

क्या कह रहे हैं दाऊ जू ?

क्या पूछ रही हैं भाभी ? उसने उनकी बतलावन पर कान सटा दिए ! नहीं, भाभी ही कह रही हैं कुछ।

"दाऊ जू, राम के संगै सीता गई थीं वनोवास में। पर तुम तो सीता के संग

चले आए तपोवनी में।''

''इतै आओ कुसुमा ! यहाँ हमारे करकें। नजीक आओ, तुम्हें हमारा कौल।''

दइया ! दाऊ जू अपनी ओर खींच रहे हैं भाभी को ! वह बर्फ-सी जमने लगी।

''और कितेक पास दाऊ जू ? कितेक नजीक ?''

भाभी यथासम्भव समीप चली गईं। देह से देह सटाकर...

अब पसीना-सा आने लगा है उसे। हाथ ठंडे हुए जा रहे हैं। रोम-रोम काँटे-सा खड़ा हो गया मन्दा के शरीर में।

वे भाभी का हाथ अपने हाथ में लेकर कह रहे हैं, ''अब बोलो, क्या कह रही थीं तुम ?'' और भाभी को चूम...

उनकी ठोड़ी उठाकर पूछ रहे हैं, ''तुम्हें अकेली छोड़ देते वनी में ? बहौत दिना अकेली तपी हो सिर्रिन। तुम्हारे वनवासी एकान्त में किसी को तो हिस्सा लेना चाहिए। हम तो भाग्यी ठहरे कुसुम ! परम सौभाग्यी ! तुम्हारा संग-साथ हुआ कि जीवन सुफल ! ऐसा रंग रचा, मन भाया होता है संसार ! साँची कुसुमा, अब तक न जाना था।'' वे भाभी के ऊपर झुक गए।

मन्दाकिनी खड़ी नहीं रह पा रही। देह में अजीब तरह की लहरें उठ रही हैं। मदहोश-सी नीचे उतर आई। लेकिन फिर...फिर चढ़ गई सीढ़ियाँ !

अन्देशा हुआ, भाभी ने देख तो नहीं लिया ?

नहीं, नहीं देखा। ज्यों मन्दा के कानों में आ रही है यह आवाज कि कुसुम बेसुध है।

कुसुमा उन्मादिनी है।

कुसुमा मौन है !

और भूले-खोए-से हैं दाऊ जू !

एक अनहद नाद बज रहा है चारों दिशाओं में। शाश्वत स्वरों की झंकार हो रही है, धरती से आकाश तक। बड़े-बड़े शब्द किताबों में पढ़े हैं मन्दा ने, आज सारे-के-सारे साकार हो रहे हैं ?

दाऊ जू ने झूमकर कुसुमा भाभी को बाँहों में बाँध लिया।

''कुसुमा, अकेली सीता जू धरती में समा गई थीं। हम तुम्हें भूमि-समाधि नहीं लेने देंगे। देह धरी है तो देह का हक्क भी होता है कुसुमा ! देह की जरूरत भी !''

''दाऊ जू, तुमने तो पूरे सुखसागर का सत्त निचोरकर घट भर लिया ! मरम छू लिया दाऊ जू ! यह ककराभरी छत नरम गदेला हो गई ! पोर-पोर से नेह निचुरता है !'' कुसुम भाभी नाजुक बेल-सी लिपटी हैं।

''पगलू, हमने तो अब जाना है कि औरत धरती जैसी होती है। सारे भार को फलों की तरह समेटती हुई इमरतदान देती है आदमी को।''

भोर हुई। आँखें उनींदी थीं। मन्दा को जगाया।

कुसुमा ने अँगड़ाई ली। लता की तरह बाँहें फैला दीं। सामने फैले वन में कलियाँ चटक रही हैं। दाएँ-बाएँ, आगे-पीछे रंग ही रंग। लाल, पीले, हरे, नीले।

बऊ ने देखा, दाऊ जू तो सूरज कढ़े तक नीचे खटिया पर बेहोस होकर सो रहे हैं, आज इसे ऐसी घनघोर नींद आई है !

कुसुमा नीचे उतरकर नहाने के प्रबन्ध में जुट गई।

मन्दाकिनी कौतुकभरी दृष्टि से निहारती रही भाभी को। भाभी श्यामली में तो दाऊ से हाथ-भर लम्बा घूँघट घालती थीं !

भाभी भोर से ही नहा लीं। सूरज भगवान को जल ढार रही हैं। नीचे की माटी माँग से छुआ ली। तुलसी ढारीं, परिक्रमा की। आँखें बन्द किए खड़ी हैं। पतली कमर और पेट पर लिपटी धोती की तिन्नी सलीकेदार तरीके से नीची बँधी है।

नरम धूप का शरारती टुकड़ा उनकी लौंग पर चमकने लगा। चिलक यहाँ-वहाँ नाचने लगी—चमकीले चँदोबे की तरह ! बड़ी सी लाल बिन्दी दिपदिपा रही है उनके घने बालों के नीचे सँवलाए-से माथे पर। भाभी ने सिन्दूर भरा है सीधी माँग में।

भाभी का ऐसा सुन्दर रूप ! पहले तो न था, आज तो जगमगा उठा है !

मन्दा ने खूँटी पर टँगे शीशे में अपनी सूरत देखी। चेहरा किसी बच्चे के बासी मुख-सा मैला। बिना धुला-पुँछा।

वह तुरन्त नहाने चली गई।

भाभी से धोती माँग ले गई।

गुलाबी फूलों की पीली धोती पहनकर जलघरा से बाहर निकली तो चूल्हे के पास बैठी कुसुमा ठगी-सी रह गई। होंठ खोले देखती रही।

"बिन्नू, तुम कितेक बड़ी लग रही हो ! कितेक लम्बी !"

वह पास आ बैठी। भाभी पतीली में से गिलास में चाय छान रही हैं। वह सोचती रही, रात की बात ! बड़ों की तरह नियन्त्रण किए रही खुद पर। मगर उत्सुकता दबाए न दबी।

छोटे बच्चे की तरह पूछ बैठी, "भाभी, तुम बोलती हो दाऊ जू से ?"

"हट्ट !" कुसुमा चौंकती हुई देखने लगी।

"झूठ न बोलो भाभी !" वह अर्थपूर्ण ढंग से मुस्कुरा दी।

कुसुमा भाभी का चेहरा लाल और गुलाबी हो गया। पलकें उठाए नहीं उठ रहीं।

"ए ऽ ऽ, तुम्हारे पाँव परें बिन्नू ! कह न बैठिओ किसी से। बिरथाँ हल्ला होगा। घर में रार-कलह मचेगी।"

"यसपाल भइया मारेंगे तुम्हें ?" मन्दाकिनी ने चपलता से पूछा।

कुसुमा चुप बैठी रही।

कचहरी !

हाँ, कल दस बजे तक कचहरी पहुँचना है।

बऊ को झाँसी जाना है, भोर ही।

''मन्दा बिन्नू, चीफ साब आ गए। वे ही लिवा जाएँगे बऊ को।''

मन्दाकिनी ने देखा, भाभी घूँघट करे बता रही हैं उसे।

वह बऊ को देखने लगी। उनके माथे पर शिकन-ही-शिकन ! बातों का स्वर बहुत धीमा है। गुस्सा में हैं बऊ। क्या हो पड़ा ऐसा ? बीच-बीच में सोच में डूब जाती हैं। पोपले मुँह के होंठ चला रही हैं...निगाह शून्य में अटकी है।

चीफ काका कुछ गम्भीर बातें बता रहे हैं शायद।

अचानक बेचारापन त्यागकर बऊ अक्खड़ हो उठीं। जोर-जोर से कहने लगीं, '' चीफ, तुम फिकिर जिन करो। लड़ने दो उस कंजरी को। और ऐन लड़ा लेवे अपने यारों को। जब तक इस काया में पिरान बाकी हैं, लड़ेंगे हम भी। पूरी जिन्दगानी हमने लड़ाई लड़ी है। हँसी-खेल नहीं है जिमींदारिन बने रहना। वैसा ही रौब-रुतबा रखना। आनबान से रहे हैं।

'' यह न सोचै कि डर के कारन उस बेड़िनी को सौंप दूँगी अपनी बिटिया। अपने महेन्द की निसानी। अपने कुलकी वंसबेल,'' बऊ ने नाक पर चश्मे को साधा और दृढ़ता से देखने लगीं।

सचमुच बऊ क्रोध में हैं। उनका बूढ़ा शरीर काँपने लगा। उनकी गर्दन में उभरी नसें ऐंठ गईं। भवें चश्मे की कमानी से निकलकर माथे पर जा पहुँचीं और माथे पर अनगिनत पतली-पतली रेखाएँ खिंच आईं।

अम्मा पर इतना गुस्सा !

चीफ काका शान्त करने में लगे हैं, ''आप इतनी परेशान क्यों होती हैं ? अपना दिल छोटा न करिए। हम लोग क्या पीछे हटनेवाले हैं ?''

बऊ शान्त हुईं तो उसने राहत की साँस ली।

चीफ साब के पास पहुँचकर चुपचाप नीचे पड़े बोरे पर बैठ गई, जहाँ दूसरे बोरे पर वे बैठे थे।

उचित अवसर जानकर पूछने लगी, ''चीफ काका, हम कब चलेंगे श्यामली ? बऊ के झाँसी से आने के बाद ?''

''नहीं बिटिया, लेकिन जल्दी ही चलोगी।''

''जल्दी कब ?''

''बहुत जल्दी।''

''काका, हम हमेशा के लिए नहीं पूछ रहे। केवल एक दिन, एक दिन के लिए लिबा चलो। वहाँ होकर उसी दिन लौट आएँगे।''

''एक दिन को क्यों बिटिया, हमेशा को ही ले जाएँगे। यहीं थोड़ेई पड़ी रहोगी ?'' चीफ साब अपनी काली टोपी सिर पर लगाते हुए बोले।

वह न जाने कब उठ आई ? ऊपर कब आ बैठी ? एक ख़याल आता है तो एक जाता है। मकरन्द की याद न आती तो विनती करती चीफ काका से ? कहती ? मौहलत माँगती एक दिन की ? चाहने पर भी मन क्यों नहीं मानता ? रोकने पर भी क्यों नहीं रुकता ?

उसने आँखें मूँद लीं। नमी को पलकों में रोक लिया।

बऊ कहती हैं, ''बस, जाएँगे एक दिन। मन्दा, इस उजाड़ में सदा नहीं रहेंगे। वे अच्छे दिन नहीं रहे तो ये बुरे दिन भी नहीं ठहरेंगे।''

गाँव की याद महीनों आती रही। मन उजड़ा-उजड़ा रहा। पुलिस का आतंक सताता रहा। मकरन्द को पाकर भूलने लगी थी। मकरन्द को देखकर पीड़ा की जगह आनन्द मिलता था।

क्या मालूम था कि राधा की तरह एक दिन अकेली...या सीता की तरह हो जाएगा वनवास...या मीरा की तरह विरह का विष...

भाभी ने झकझोर डाला, ''बिन्नू घाम-ताप का भी खयाल नहीं ! आँखें मीचे बैठी हो कि सो गईं ? कलेऊ की सुरति नहीं रही तुम्हें ? चलो नीचे।''

उसने आँखें खोल दीं।

भाभी टकटकी लगाकर देखती रहीं। फिर उसके घुटनों पर हाथ टेककर वहीं बैठ गईं।

''अरे ! अब कौन सा दुक्ख लग गया तुमको ? काहे घुल रही हो भीतर ही भीतर ? मुख से बोलो। हमें बताओ।''

''देखो, चीफ साब एक बुरका लाए हैं। बऊ बुरका ओढ़कें जाएँगी बस में।''

मन्दा पगली-सी बैठी रही। खोई-खोई आँखों देखती रही कुसुमा भाभी को और फिर रुके हुए आँसू बहने लगे।

सहम गई कुसुमा। समझ गई, बुरका की बात पर रो उठी है बिन्नू। हाँ, ठीक तो है, भाग में जे बहरूपियापन बदा था।

कुसुमा समझाने लगी, '' बिटिया, बऊ के ऊपर कोई गोली न घाल दे, हिफाजत से ही ले जानी पड़ेंगी कचहरी तक।

''चीफ काका को खाना देने हैं। उतर आओ नीचे।''

नीचे आईं तो अपनी गलती पर ध्यान गया, ''और लो, हमारी बुद्धि को देखो, इतेक खयाल नहीं किया कि चीफ साब बिना निवाज पढ़ें खाना नहीं खाएँगे।''

कुसुमा ने झटपट कोठे में चादर बिछा दी। लोटा भर कर पनारे पर धर दिया।

''कह दो मन्दा, चीफ साब अपनी पूजा कर लेवें।''

चीफ काका ने कुल्ला किया। नमाज पढ़ी। मन्दाकिनी देखती रही। जैसे अनवरी बुआ के फूफा करते थे, ठीक वैसे ही उठना, बैठना, झुकना। हाथ उठाना, दुआ पढ़ना।

उसे लगा वह इस वन-खंड में नहीं, अनवरी बुआ के घर खड़ी है। चीफ काका से शकील के बारे में पूछेगी।

बऊ ने टोका, ''उतै काहे ठाड़ी मोंड़ी ? देख नहीं रहीं, चीफ साब अपना भजन कर रहे हैं, विघन न डारो।''

वह वहाँ से हटी और चीफ साब का झोला उठा लाई।

''हमें लगता है भाभी, चीफ काका भी खाना बनवाकर लाए हैं।''

कुसुमा झोले में से पाटली को निकालकर टटोलने, थाहने लगी।

''हमें लगता है, गोस है बिन्नू, वैसे ही महक रहा है।''

''हट्ट !''

''तेरौ कौल। खोलकें दिखाते हैं।''

''तुम खाती हो भाभी ?''

''हमारे मायके में तो सब खाते हैं। अपनी बिरादरी में तो खाया जाता है। जा तो श्यामली में ही है, परवायरी पंडिताई।''

थाली आगे आई तो चीफ साब के पास अमरसिंह दाऊ जू आ बैठे। खाने की वस्तुओं को ललचाई हुई निगाह से देखते रहे।

नहीं रहा गया तो बोले, ''चीफ भइया, हमें भी चिखा दो तनक। देखें तो सही, भौजी बेगम कैसा बनाती हैं ?''

चीफ साब ने हँसते हुए थाली सरका दी।

''मन्दा बिटिया, माधोपुरावाली दुल्हन से कहो, अमरसिंह के हिस्से का खाना हमारे लिए परोस दे।''

दाऊ जू तुरन्त बोले, ''हओ कुसुमा, दै राखो हमारे हींसा का खाना-माना।''

कुसुमा घूँघट में हँसने लगी।

'' लो बिन्नू देख लो, दाऊ जू तो ऐन गोसखोर कढ़े। कोई सुनेगा तो मानेगा साँची ? दादा बचपन से इन्हें निखालस दूध पर राखें हैं। दिक्क भई तब से रोटी नहीं खाई दाऊ जू ने। का भई कि कबहूँ तनथोरी चीख लई।

'' दो भैंसियाँ इन्हीं के नाम चढ़ी हैं। भलें घर में बच्चन कों कमी बेसी हो जाय, पर इनकी पूर्ति तो करनें ही करनें हैं। और इतै, जे का-का नहीं खा रहे !''

बऊ ने देखा तो धक् से रह गईं।

''है ऽ ऽ, तोरी नास हो जाए अमरसींगा ! तें गोस खावे में जुटौ है ! अपनी हारी-बीमारी का खयाल नहीं ! फिर उखर आएगी दिक्क। दादा तो सब विधि-जतन से राखें हैं कि तुम्हारी देह निरोग रहे, और तुम...!''

कुसुमा बोली, "बऊ, दाऊ जू के कानों में तो ऊपर तक तेल भरा है सो तुम्हारी कही-सुनी सब रपट रही है परदों से। खाने में दते हैं; जैसे सालों के भूखे हों।"

चिड़िया घोंसले में बार-बार जाती है, आती है। नन्ही चोंच में दाना थामकर नए जन्मे लुंज-पुंज शिशु की चोंच में धर देती है। छौना इसी आस में देर तक चोंच फाड़े रहता है कि अम्मा-चिड़िया आएगी।

नन्ही बच्ची की तरह कौतुकपूर्ण निगाहों से देख रही है मन्दाकिनी। कब से चल रहा है यही क्रम। दाऊ जू दालान में आए और ताली पटपटाकर भगाने लगे, "हैऽऽ ! हाऽऽ ! हुईऽऽ !"

"दाऊ जू!" धरती में सोई हुई मन्दाकिनी उठकर बैठ गई।

दाऊ जू तुनके, "इन चिरइयन ने आफत मचा राखी है। देखो तो टाठी में तिनका ही तिनका। खान-पियन समेत नहीं दे रहीं।"

कुसुमा बोलीं, "बिन्नू, तुम कितेक देर से हेर रही हो जे घोंसला। खाया-पिया नहीं कुछ भी। राम जी की माया तो देखो, चिरइया-परेवों को भी कैसे मोह जाल में बाँध दिया है ! अपने हिरदै के टूक जानकर पालते हैं अपने छौनों को। लो इन्हें कौन कमाई खानी है बाल-बच्चन की। हम कैरए कि आदमी से दो हींसा नोंने तो पखेरू जिनावर ही होते हैं।"

मन्दाकिनी अनमनी से लेटी थी सवेरे से। अम्मा की याद ही आ रही है आज। ऊपर से यह चिड़िया ! बखरी में अम्मा रहती थीं तो ऐसा ही लगता था, जैसे बसा हुआ घोंसला है। चिड़िया उड़ जाय, घोंसला टूट जाय तो गिरकर मर नहीं जाएगा चिड़िया का बच्चा ?

अम्मा के चले जाने पर लगा था कि आज पिताजी भी...बहुत रोई थी उस दिन। बऊ की गालियाँ, जो अम्मा के लिए थीं, अपने ऊपर झेली थीं। कोई भूल ही हुई होगी, नहीं तो किस बात की सजा मिली हमें...दुश्मनी तो बऊ के संग ठनी थी, बदला हमसे क्यों लिया अम्मा ने ? उन्हें याद नहीं आती होगी हमारी ? वे चिड़िया जैसी अम्मा नहीं थीं...?

मन बुझा-बुझा-सा है, फिर भी वह उठी। बऊ के जाने के बाद गढ़ी में केवल तीन जने बचे हैं—वह, कुसुमा और दाऊ जू ! दाऊ जू खा-पीकर जा लेटे कोठा में। भाभी काम निपटा रही हैं जल्दी-जल्दी। चलो भाभी तो यहाँ आकर खुश हैं।

उसे हँसी आ गई। उस रात—वह फिर मुस्कुरा पड़ी।

भाभी से बोली, "तुम्हारा मन तो लग गया यहाँ, हम तो समझ रहे थे कि कहीं ऊब न जाओ।"

चूल्हे के पास से बर्तन उठाते हुए हाथ रोक लिया कुसुमा ने, ''तुम हो तो मन न लगेगा ?''

''हम हैं कि...'' वाक्य अधूरा छोड़कर हँसने लगी मन्दाकिनी। अजीब-सी निगाहों से देखने लगी भाभी को।

कुसुमा ने बर्तन वहीं रख दिए और देखती रही उसकी ओर। विमुग्ध भाव में मिला-जुला कौतूहल ! जैसे बहुत कुछ कहना चाहती हो, लेकिन आखर न जुट रहे हों। किस भाषा में पूछे ? किस बोली में कहे अपने मन की बात ?

बर्तनों को सिमटाकर कोठे में आ बैठी कुसुमा, जहाँ मन्दाकिनी रामायण के पन्ने पलट रही थी।

''बिन्नू, कितेक बेर पढ़ चुकी पूरी-की-पूरी रामायन ?''

उसने मुख उठाया, सीपी-सी सजल आँखों से देखती रही भाभी को। फिर बोली, ''बहुत बार। रट गई है। न देखें तब भी बोलते जाएँगे चौपाई, दोहा। तुम नहीं आई थीं तो बखत काटने का साधन ही क्या था ? यही रामायण, भागवत।''

'' बिन्नू, तुम्हारी रामायन में हमारे मन की बातें लिखी हैं ? तुम ही बताओ, हमारे मन में सब कुछ उलटा काहे होता जा रहा है ? अँधियारा ज्यों-ज्यों बढ़ता है, भीतर जुन्हैया छिटकती जाती है। बिन्नू, इँधेरे पाख में पूरनमासी का चाँद दिखाई देता है हमें ! तुम कहती हो कि बियाबान डाँग में स्यार-बिलावों के सिवा कुछ नहीं ! और हमें...हमें तो देवताओं का बास लगता है, इस गढ़ी में, जंगल में और चारऊ तरफ।

'' मन्दा, कोई नदी, भरी नदी ज्यों तटबन्ध तोड़कर बह छूटी हो। अथाह जल फैल रहा हो और हम बूड़ रहे हों उसमें। अपनी इच्छा से, पूरे समरपन से डूबे जा रहे हैं ! इसका तन्त लिखा है तुम्हारी किताब में ? हमारे जाने नहीं लिखा।

'' तुमसे यह बात कहें कि न कहें? पूछें कि न पूछें ? बताएँ कि न बताएँ ? यही सोचते थे हम, पर भीतर से छलकती होंस रुकती ही नहीं !''

मन्दाकिनी एकटक देखती रही भाभी को।

'' बिन्नू, यह जल निरमल है या मैला ? पवित्तर है या पाप का ? इमरत है कि बिस ? नहीं जानते हम। तुम्हारी रामायन में लिखा भी होगा तो लिखनेवाला यह नहीं जानता कि आदमी जब प्यासा होता है, प्यास से मर रहा होता है, तो कहाँ देखता है, कहाँ सोचता है, कहाँ करता है कोई भेद ? कोई अन्तर ?

'' अकेले थे हम मन्दा ! निपट अकेले ! झुलस-झुलसकर मर रहे थे। प्यासे तड़प रहे थे ! दाऊ जू आ गए हमारे बीहड़ में। सीतल झरना होकें बहने लगे। उजाड़ जिन्दगानी के टूटे-फूटे मन्दिर में ज्यों पिरभू देवता का रूप धरकर खड़े हो गए हों ! बस...सोई हम उनकी सरन में जा गिरे जोगिन-तपसिन की तरह !

'' दाऊ जू तो खुद चकित हैं। भौंचक से देखते हैं, कहते हैं, तुम नित-नित नए

रूप धरती हो कुसुमा ! हमें छकाती हो। मनाती हो और...और... ''

महावर-बिन्दी में रची-बसी कुसमा भाभी सिन्दूरी हो उठी। जैसे रौशनी फैल गई हो उनके मुख पर।

भक् से उजाला हुआ उनकी आँखों में। गेहुँआ रंगत उजली अलौकिक चाँदनी-सी चमक उठी। कितनी बदल गईं भाभी ! ज्यों फूलों से लदी छतनार बेल हों। गमक फैली है उनके आसपास। बातें छनक रही हैं मन्दाकिनी के मन में नूपुरों की तरह।

जहाँ मन्दाकिनी रामायण लेकर बैठी थी वहीं दाऊ जू भी आ गए। कुसुमा भाभी से बचकर तनिक दूर को बैठ गए। भाभी ने नाक तक घूँघट सरका लिया। उनका नीचे का लाल होंठ घूँघट में से झिलमिला रहा था।

मन्दाकिनी ने गम्भीर होकर पल्ला सिर पर डाला और रामायण पढ़ने लगी।

दाऊ जू बीच में ही अनुरोध करने लगे, ''बिटिया, वो भजन सुनाओ, जिसमें सीता जू रामचन्द्रजी से मिलती हैं, देखती हैं। तुम एक दिना खटिया पर लेटी-लेटी गा रही थीं।''

उसे हँसी आ गई। बोली, ''दोहा तक की चौपाइयाँ पढ़ लें, फिर सुना देंगे।''

मुस्कुराती हुई गाने लगी मन्दाकिनी :

चलो सजनी, राम आ गए बगीचा।
जब से परी राम की छँइयाँ
नैन भये बेचैन री गुँइयाँ
छोड़े भवन, हमें भा गए बगीचा।
चलो सजनी...

दाऊ जू कनखियों से देख रहे हैं भाभी को।

घूँघट में लरज रहा है भाभी का निचला होंठ। घनी बरौनियोंवाली छोटी-छोटी आँखें चपल गति से झपक रही हैं भाभी।

भजन के बाद मन्दाकिनी रामायण पढ़ने लगी।

प्रसंग बदल गया। जनकजी धनुष तोड़ने की घोषणा करने लगे। वहाँ जुड़े राजा-महाराजा भारी धनुष से जूझ रहे हैं। और दाऊ जू हैं कि अभी तक बगीचा में।

''दाऊ जू, अब आरती गाओ,'' उठकर खड़ी हो गई मन्दाकिनी।

वे अचरज से बोले, ''ए ऽ ऽ, और नहीं बाँच रहीं ?''

''सब दिन, सब रात बाँचें क्या ?'' रामायण के बीच उसने झुकते हुए मोरपंख रखा और छोटी सी थरकुलिया में दीपक रखकर आरती गाने लगी।

रात को सोते समय अकारण और अनचाहे ही प्रश्न कर बैठी वह, "भाभी, कोई पूछे कि दाऊ जू तुम्हारे क्या लगते हैं तो क्या..."

चुप लेटी रही कुसुमा। आसमान में फैले अनगिनत तारों में उलझाए रही आँखें। फिर कुछ सोचती हुई बोली, " काहे को पूछती हो, सब तो बता दिया। कहना नहीं चाहते थे फिर भी कह दिया। मलाल भी है हमें कि तुम कुँआरी कन्या, काहे को कहीं वे बातें ? पाप के भागी हुए हम।

" ...पर मन्दा, कहते हैं न, दुःख बाँटने पर हल्का होता है और खुशी किसी को भागीदार बनाने से दूनी हो जाती है। सो उसी के चलते हो गया हमसे यह अनरथ।

" बिन्नू, सौ बातों की एक बात है, नाते-सम्बन्ध का नाम बताएँ, गढ़ें सो बेकार है। साँचा नाता तो प्यास और पानी का है।

" हमारी देह प्यासी थी कि दाऊ जू का मन अतिरपित था, सो बस...कारन जरूर अलग-अलग थे। दादा ने अतिके दुलार में रख दिया दाऊ जू को बिरमचारी। देह रुगैलू थी सो दादा ने सोचा कि इच्छाएँ भी बीमार होंगी। पर होता है कहीं ऐसा ? ऐन थे बीमार, पर थे तो भरे-पूरे पुरिख।

" बस, ऐसे ही हम...जनी के घायल दरप-मान को लिए फिर रहे थे सो दया और तरस की केंचुली फेंककर परगट हो गई दूसरी कुसुमा। और उसी के चलते दाऊ जू की बाँहों में समा गई हमारी अधकुचली चाह।

" आगे से कुछ न पूछना मन्दा ! हमें पाप में न डालना।"

नहा-धोकर पीली धोती में सजी है मन्दाकिनी। माथे पर चन्दन की गोल बिन्दी। नाक में सफेद नग की लौंग। लम्बी चोटी में बनेले फूल लगे हैं नारंगी रंग के। बरत है आज बिन्नू का।

आसन पर बैठी रामायण बाँच रही है :

अनुज वधू भगिनी सुत नारी।
सुनि सठ कन्या सम ये चारी॥

चौपाई सुनकर कुसुमा और दाऊ जू ने साथ-साथ देखा परस्पर। देखते ही जैसे हड़बड़ा गया हो दाऊ जू का परम पौरुष ! विचलित हो उठी हो कुसुमा के भीतर बसी परम्पराओं में बँधी नारी।

विकलता की धार में बहती-सी कुसुमा अचानक जीवट के घास-पात को पकड़कर किनारे आ लगी। सँभलकर खड़ी हो गई।

मन्दाकिनी फिर दोहराती है—अनुज वधू, भगिनी, सुत नारी।

कुसुमा ने बीच में ही रोक दिया, "बिन्नू, हमें एक बात समझाओ, अरथाओ कि ये रिस्ते-नाते, सम्बन्ध और मरजाद किसने बनाई ? किसने सिरजी है बन्धनों की रीत ? जो नाम लेती हो उनने ? मनु-व्यास ने ? रिसियों-मुनियों ने ? देवताओं ने कि

राच्छसों ने ?''

मन्दाकिनी पढ़ना रोककर भाभी को गौर से देखने लगी। क्या उत्तर दे इन सवालों का ?

''भाभी, ये रीति-रिवाज तो उन्होंने ही बनाए हैं, जिनने ये किताबें लिखी हैं, जिनके ऊपर ये किताबें लिखी गई हैं।''

'' गलत बनाई हैं मन्दा। एकदम पच्छपात से रची हैं।

'' बताओ तो अगिन साच्छी धरकें गाँठ बाँधने का क्या मतलब ?

'' पति और पतनी को साथी-सहचर कहें तो विरथा है कि नहीं ?

'' कितेक उलटा है बिन्नू, बेअरथ ! यह सम्बन्ध बड़ा थोथा है।

'' लो, एक तो खूँटे बाँधा पाँगुर, दूसरा सरग में उड़ता पंछी।

'' ढोर और पंछी सहचर नहीं हो सकते मन्दा...''

मन्दाकिनी भाभी की बातें ध्यान से सुनती रही। फिर बोली, ''हाँ, हम भी मानते हैं यह बात।''

''जरूर मानती होगी बिन्नू। हम जानते हैं, तुम उमर में कम सही पर विपत झेलने में कम नहीं। सही-गलत का साँचा सार तो विपत झेलकर समझ में आता है।''

''छत से उतर आओ मन्दा ! घाम में न बैठो। बरसात की घाम में कागा भी करिया पर जाते हैं।''

बऊ ! हाँ, बऊ आ गईं ! बऊ की आवाज है यह।

नीचे उतरकर मन्दाकिनी ने बऊ की अँकवार भर ली।

वे खटिया पर बैठी बिटिया की पीठ पर हाथ फेरती रहीं। अचानक आँखें नम हो आईं।

क्या बात है ?

कोई बात है अवश्य।

करुआहट है बऊ के मन में। कुसुमा ने चेहरा देखते ही भाँप लिया।

''बऊ, तुम दुखी-दुखी क्यों लौटी हो ?'' कहते हुए कुसुमा ने चाय का गिलास उन्हें थमा दिया और पास बैठ गई।

''क्या बताएँ !'' बऊ ने गहरी साँस ली, ''बुरे गिरह आगें-आगें चलते हैं। क्या मालुम थी कि बहसा-बहसी हो परेगी। विरथा मुँह-बाद ! खोटे नछत्तर जो ठहरे !''

मन्दा उतावली-सी पूछ बैठी, ''किससे हो पड़ी बहस ?''

''बऊ, लड़ाई हो पड़ी प्रेम से ?'' कुसुमा ने सवाल किया।

''अरे नहीं। प्रेम तो अबकी तारीख में आई ही नहीं। वे मिल गए विकरमसिंह,

मकरन्द के पिता। दरोगाजी।''

''उनसे क्या बँटा है बऊ, सो कहन-सुनन...'' कुसुमा पंखा झलने लगी बऊ के ऊपर।

धोती के छोर से गिलास पकड़े बऊ चाय से उठती भाप को फूँकने लगीं और उसी भाप में खो गई उनकी निगाह। कुछ देर सोचती रहीं। फिर बोलीं, ''कुसुमा, बात ही ऐसी थी। बताओ, विकरमसिंह को यह बात हमसे क्या पूछनी थी कि मुकदमा जीतते हैं तो जमीन किसके नाम लिखोगी ?''

''किसके नाम ? कहो, उन्हें क्या करना है यह पता लगाकर ?''

'' जई तो हम कैरए बऊ कि ऐसी बातें पूछनी हैं तो अपने पिता से पूछें। दादा देंगे इस बात का उत्तर।

'' हम क्या कह देते ? जई कहने परी कि बेटा, ईसुर जैसा कराएगा तैसा करेंगे।

'' लो, इतनी सुननी थी कि आपे से बाहर हो गए दरोगाजी। दादा बैठे थे, उनका लिहाज भी नहीं किया। बकने लगे अंट-बंट। लो हमने भी सुना दी खरी-खरी। अपनी पिस्तौल काढ़कें बोले, 'बऊ, ईसुर नहीं, जो यह कराएगी, वह करना पड़ेगा।'

'' दादा ने हाथ पकरकर एक तरफ बैठाए। गारी-मारी भी दईं तमाम,'' कहकर बऊ ने गिलास धरती पर रख दिया। चाय पीने की अनिच्छा जताने लगीं।

कुसुमा का चेहरा कठोर हो आया, ''आग लगै ! पढ़े-लिखे हैं कि लट्ठ-गँवार ! ऐसे बोला जाता है बड़े-बूढों से ? मुलहिजा नहीं है उनमें।''

वह बऊ के पाँवों के पास गई, टाँगों को सहलाती हुई बोली, '' तुम दुखी जिन होओ बऊ। हौसला राखो। तुम्हारी हिम्मत से तो हमें तक हिम्मत है। तेरौ कौल बऊ, तुम्हें देखकें हौसला जोर लेते हैं।

'' खोजी मरते हैं वे तो। आ गए होंगे कका जू के सिखाए-पढ़ाए में। पर उनके कहने से होता क्या है ? बकने दो।''

बऊ ने कपाल पर हाथ धर लिया। दुःख जताती हुई सिर को दाएँ-बाएँ हिलाने लगीं, '' कहने से कुछ हो न हो, पर हमारा जी घबराता है। क्या जाने किसके मन में क्या है ? हम तो घोंसला से निकले पाँखी हैं कुसुमा ! राह में कौन कब मार गिराए, क्या भरोसा ?

'' गोविन्दसिंह की क्या मौरूसी दाबी है, सो खार खाएँ हैं हम से।''

पंखा की बेंटी हाथ में पकड़कर कुसुमा गोलाई में घुमाने लगी, ''दुष्ट पिरकिरती ठहरी बऊ। हमने क्या मौरूसी दाबी थी ? कि गाएँ मारी थीं कका जू की ? सो बाप-बेटा ने मिलके काग उड़ाउनी कर दई हमें ! लोभ-लालच खाए जाते हैं, सो रौरियाते फिरते हैं। एक दिन खुद्द भोगेंगे अपनी करनी। देख लिओ तुम।''

''सो गईं बऊ ?''

मन्दाकिनी ने लढ़ियाकर उनके गले में बाँहें डाल दीं और बऊ से लिपटकर लेट गई। उनके पाँवों में पाँव फँसाकर।

बऊ ने गहरा साँस लिया, ''मन्दा, अबै जाग रही है बेटा ?''

''बऊ, तुम आज की बात से दुखी मत होना। केस निपटते ही हम चले जाएँगे अपने गाँव। अपने सोनपुरा।''

''अब देखो बेटा, क्या-क्या बदा है अपने भाग में।''

''कुछ नहीं बदा बऊ। बस, चले जाएँगे अपने घर। पता है, फिर क्या करेंगे ? अस्पताल को सजाएँगे। डॉक्टर लिबा लाएँगे।''

उस संकटकाल में भी बऊ को हँसी आ गई।

''मन्दिया, तें क्या-क्या सोचती है। तनक उमर में बड़ी-बड़ी चिन्ता समो ली हैं अपने जी में। डाकधर क्या रस्ता चलतें मिल जाएँगे, जो लिबा लाएगी ? कहाँ से लिबा लाएगी ?''

मन्दाकिनी ने एक हाथ बऊ की गर्दन के गिर्द से खींच लिया और उँगलियाँ नचाती हुई बोली, ''जहाँ से आते हैं वहाँ से। शहर से। मैं जाऊँगी शहर। पिताजी भी तो गए होंगे झाँसी। तभी तो बनवाया होगा अस्पताल।''

''मकरन्द कहते थे कि दादा ने कितनी कोशिश की, फिर भी नहीं बनवा पाए अस्पताल।''

''बऊ, तुम जल्दी निपटवा लो अपना मुकदमा।''

बऊ कराहते हुए बोलीं, ''मुकदमा निपटने पर भी क्या मालुम बिटिया, तुम किसके हिस्से आओ ?''

''किसके हिस्से ? बऊ, तुम अम्मा से डरती क्यों हो ? तुम तो बिरथा ही लड़ रही हो। मैं अम्मा को तनक देर में समझा सकती हूँ। पिताजी के अस्पताल के बारे में बताऊँगी, वे क्या फिर भी रोकेंगी मुझे सोनपुरा में रहने से ?''

''ईसुर करे, महामाई चाहे तो ऐसा ही हो। पर मन्दा तें जानती नहीं है अपनी मतारी को।''

''बऊ, तुम अम्मा से दोस्ती काहे नहीं कर लेतीं ?''

सात

सवेरा हुआ। पाँखी जागे, जिनावर जागे। पेड़, रूख और पात-फूल जागे। गढ़ी की बसावट में जगार पड़ गई।

"हो गई मियाद पूरी। वनवास खतम हुआ ! राम-राम कर लो पनमेसुरीगढ़ी कों। आज अपने घर...आज श्यामली जाना है।"

गनपत कक्का और दाऊ जू की बातें मन्दाकिनी ने सुनीं तो सच न लगीं।

"जाना है श्यामली ? क्या भाभी, चल रहे हैं ?"

सामान बँधते देखकर वह चुलबुली चिड़िया-सी चहकने लगी, "भाभी, तुम तो अनमनी हो। काहे ? आज तो श्यामली ! लाओ, हम बँधवाते हैं। तुम्हारी तबीयत ठीक नहीं भाभी ?" कुसुमा की शिथिल गति देखकर वह चकित थी।

"गनपत कक्का, पुटरिया में हमारे बेर धरे कि नहीं ? हमने कितने जतन से सुखाए थे। और तुम छोड़े दे रहे हो," वह बेरों की पोटली सहेजकर धरने लगी, मकरन्द के लिए।

बऊ एकालाप में डूबी हैं, "साँची कहते हैं, जनी की जात चिरइया जोनि की होती है। तिनका-तिनका से घोंसला बसाए बिना नहीं मानती। आए थे तो दो झोल्ला लाए थे और लो आज देख लो कि पूरी गिरिस्ती का असबाव।"

दाऊ जू ने छः-सात गठरिया बाँध लीं। उठवाने ही वाले थे कि...मिठू कक्का ! सीताराम कहकर बऊ का अभिवादन किया मिठू ने।

घाम के कारण मिठू कक्का का मुख ताँबिया पड़ गया है। साँस तेज चल रही है। पीठ पर कमीज पसीने से तर है।

सब चकित हैं। क्यों और कैसे आए हैं ये ? हड़बड़ी में क्यों हैं ?

दाऊ जू बोले, "क्या श्यामली से ही गदबद देते चले आए हो, सो हाँफ रहे हो !"

मिठू कक्का शान्त हैं। दो क्षण चुप बैठे रहे, फिर बोले, "गदबद काहे ! ऐन मोंटर में बैठे कें आए हैं।" अपनी लाल साफिया से मुख पर छाया पसीना पोंछने लगे।

"लाओ, पानी पिबा दो बिन्नू !"

मन्दाकिनी बऊ के पास रखा लोटा उठा लाई, जो रास्ते के लिए निकालकर रखा था। गगरी में से बचा-खुचा पानी ओंझ लिया और डालने लगी कक्का की अँजुरी में।

पानी की धार कोहनी पर होकर बहने लगी। मन्दाकिनी हँसते हुए बोली, "कक्का, जो भड़ियायी करता है उसकी कोहनी चुचाती है। तुमने क्या चुराया है ?"

वे लोटा भर पानी पीने के बाद बोले, "लो सुन लो, बिन्नू क्या कैरयीं ! तुम्हें भड़िया दिखते हैं हम ? कर सकते हैं चोरी ?" कहकर वे हँस दिए। गहरे साँवले चेहरे पर उजले दाँत चमक उठे।

एकाएक हँसी थम गई। मिठू गहन-गम्भीर मुद्रा में धरती पर टिककर बैठ गए। चुप्पी में ही निकल गई कुछ देर।

लोग उसकी चुप्पी से आतंकित हो आए। बऊ चिन्तित-सी ऐसे देखने लगीं ज्यों पूछना चाहती हों कि किस कारण से भगते आए हो अचानक। रोकने आए हो कि

लिबाने या कोई और सन्देश ?

वे धीमे से बोले जैसे कोई अन्य कान देकर सुन रहा हो उनकी बातें, " हमें इस कारन भगाए हैं देवगढ़वारी कक्को ने कि गाँव के कुछ आदमी मुखबिर हो गए हैं। रात को सुना कि पन्नी माते का मोंड़ा रतन यादव के आदमियों के संग आया था और अपने घर रोके हैं वे लोग।

" दादा गाँव में हैं नहीं। चीफ साब की अन्नो बीबी की पक्यात गई है, सो मोदी और दादा महोबा गए हैं।"

दाऊ जू मुँह बाए देखते रहे गए। गनपत कक्का की आँखें खुली की खुली। बऊ कपाल पर हाथ रखकर बैठ गईं, "लो, अब क्या करें ? यहीं रुकें या..."

मिठू बोले, " दादा बता गए थे बिरगवाँ जाना है यहाँ से।"

अमरसिंह दाऊ जू की आँखों में क्रोध-सा उबल आया, "पन्नी को पुरानी रंजिस याद आ गई होगी। सब कका जू की करतूत है, भरनी न पड़ेगी अब। नहीं तो पन्नी माते ऐसा नहीं कर सकते थे। हम क्या, गाँव में कोई नहीं सोच सकता कि माते ऐसा अजस करेंगे।"

मिठू बोले, " दाऊ, तुम ठीक कहते हो। सोरह आना साँची। अपने पन्नी माते गऊ आदमी हैं। पर लरका...वो तो है अतीचाल ! बाप को तनक नहीं सेंटता ? कहता है, 'तुम दादा की चापलोसी करते हो। तुम करते रहो गुलामी, हम नहीं रहेंगे धौंस में।'

" उस वेराँ रिसा गए पन्नी माते। खिच्याकर बोले, 'इज्जित को चापलोसी कहते हो तुम ! अदब-कायदा को गुलामी मानते हो ! हमको गैल न बताओ, काल के छोकरा !'

" सुनाने को तो ऐन सुना दीं, पर लगता है बऊ, आदमी हारता है तो अपनी औलाद से। अपने ही रकत से होता है पराजित। लों चुप्प होकें रह गए अपने माते। सो अब श्यामली तो जाना नहीं है। बिरगवाँ के लाने मोंटर पकरो।"

यात्रा रात-भर हुई।

अन्तिम बस मिली थी भिंड की।

उसके बाद बिरगवाँ के लिए पाँच-छः मील कच्चे की चलाई।

मन्दाकिनी की मन उखड़ा हुआ है। कुसुमा आधे मन से चल रही है। श्यामली जाते-जाते रह गई मन्दा। और कुसुमा को आधे रास्ते में छोड़कर चले गए दाऊ जू। अपने और भाभी के मन की स्थिति जानती है मन्दाकिनी।

मिठू कक्का और गनपत की तेज चाल को न कुसुमा पिछिया पा रहीं और न बऊ और मन्दाकिनी।

उजियारी न होती तो अँधेरी गैल पर कुछ न सूझता। पगडंडी दीख रही है, फिर भी कँटीली झाड़ियों में मन्दाकिनी की धोती बिंधकर फट गई। छुड़ाते समय हाथों में काँटे चुभ गए। नोकें टूट गईं मांस में गड़कर। वह कराह उठी।

खीज उठी, "चले जाने दो कक्का को। देखो तो बऊ कितने पीछे रह गईं !"

सीवान तक पहुँचते-पहुँचते सब साथ आ जुड़े। एक-सी हलचल और एक-सा ही सहमापन चेहरों पर है। देह में सिहरन और कलेजों के भीतर धुकधुकी की लय भी एक-सी है सम्भवतः। अनजाने गाँव में अपरिचित राहगीर...कोई पूछ बैठा तो ?

बिरगवाँ छोटा-सा गाँव है। मुश्किल से सौ घर। कच्ची भीतें और खपरैल की छतों का पुरवा। यसपाल की दूसरी पत्नी का मायका। बऊ कहती हैं, कुसुमा का सौतेला पीहर है।

छोटी भाभी के भाई भारत मामा ने ही मन्दा को सुरक्षित रखने का वचन दादा को दिया है।

इस गाँव में इकलौता पक्का घर उन्हीं का है।

सब लोगों के रहने का प्रबन्ध उसी पक्के घर के पड़ौस के टपरानुमा घर में हुआ है।

भोर होते ही मिठू कक्का को श्यामली लौटना है।

और दूसरे दिन गनपत बऊ को लिबाकर झाँसी जाएँगे।

कुसुमा भाभी ने पक्के घर से मेलजोल बढ़ा लिया है।

मन्दाकिनी हँसती है, "भाभी, तुम तो यहाँ कँदेला घालकर बिन्नू बनी फिरती हो। घूँघट, न कमर में पल्ला खोंसना।"

"और क्या, छोटी का मायका सो हमारा मायका। हमारे भी कका भइया ठहरे जे लोग," कुसुमा हँसती है।

जिस घर में सब ठहरे हैं, उस घर की घरनी पूछती हैं, "कुसुमा बिटिया, तुम्हें बुरा नहीं लगता यहाँ ? मन कड़वा तो होता होगा बिरगवाँवालों की तरफ से ? इनने तुम्हारी छाती पर धर दी अपनी बिटिया !"

कुसुमा भाभी लापरवाही से उत्तर देती हैं, " छोड़ो, इसमें इनकी क्या खता भौजाई ? कोई ब्याहने न आता तो अपनी बिटिया को श्यामली उपत कर पहुँचाने तो जाते नहीं।

" खोट तो हमारे मतारी-बाप का था। वे गरीब काहे को थे ? गरीब थे तो अपनी बिटिया के लिए सुख के सपने काहे देखे ? सपने देखे ही थे तो मान-परतिष्ठावाले घर के लिए उतना दहेज काहे नहीं जुटा पाए ? काहे नहीं कर पाए घर-वर की इच्छा पूरन ?

" सजा तो भुगतनी ही पड़ेगी भौजाई... "

लाल चेहरा और तपती देह !

खटिया पर निढाल पड़ी है मन्दाकिनी। बेहोश-सी।

कुसुमा ने छूकर देखा तो घबरा उठीं।

वह बार-बार पूछती हैं, "बदन पिरा रहा है बिन्नू ? दो घूँट चाय पिओगी ?" उत्तर नहीं देती मन्दा।

कुसुमा चाय बना लाई। जबरन पिला दी।

चाय पी तो चैन पड़ा कुसुमा को। चलो कुछ गया तो पेट में।

लेकिन...

तनिक देर भी नहीं रुकी पेट में। मन्दा पनारे पर गई और उलटी कर आई। कुसुमा लोटा में पानी लेकर भागी।

"लो, कुल्ला कर लो बिन्नू !" पीठ सहलाते हुए अँजुरी में पानी डालने लगी।

"हिम्मत नहीं हारते। अँसुआ पोंछ डारो।"

मन्दाकिनी को भरपूर साहस दिया, लेकिन कुसुमा भीतर-ही-भीतर दहलने लगी। घर की मालकिन से बोली, " भौजी, ज्यादा बीमार हो गई तो क्या होगा ? दवा-गोली का पिरबन्ध ? भारत भइया तो वैसे ही दूर स्कूल में पढ़ाते हैं। हफ्ता लग जाता है आने में।

" भिंड ठहरी यहाँ से साढ़े तीन-चार कोस।

" पैदल निगाई-चलाई।

" डाकू-भेड़ियों का डर !"

"अब ?"

कुसुमा का ध्यान दाऊ जू की ओर जा पहुँचा। मन्दाकिनी से बोली, " ऐन, हैं दाऊ जू भी ! श्यामली के लाने ऐसें भगे हैं, जैसे मताई-दद्दा बाट हेरें बैठे हों, कि मोंड़ी-मोंड़ा रो रहे हों, कि गोरी धन बैठी हों निरजला।

" कहते थे भैंस ब्याएगी। जैसे दाऊ जू से पूछकर ब्याएगी ! या उन्हें ही नरा (नाल) काटना है पड़िया का !

" ठहरे तो बरेदिया ही न !

" ग्वाल बाल। किसन महाराज के कुटुम्बी। उन्हें भी लाख मिल गया मथुरा का राज, रुकमिन और सतभामा जैसी रानी-पटरानी, पर मन कहाँ रमा ? भटकते-तरसते रहे। गोकुल की गली और गाय-बच्छों के संग-साथ को ललचाते रहे।

"जै हो बरेदिया महाराज !"

"भइया, इस घर के आदमी कहाँ हैं ?"

कुसुमा ने मईंदार से पूछा और एक नजर फिर मन्दा पर डाली, "आज तीसरा दिन हो गया, बुखार नहीं उतरा। छिन-भर को भी नहीं। रात-भर जागी हैं।"

"जिज्जी, आदमी कहाँ धरे इस घर में कि तुम्हारे संग...भारत भइया हैं सो पढ़ाने गए हैं अन्त गाँव। दद्दा हैं सो आँधरे। कका के घर कैलास हैं, सो वे साँझ तक आएँगे भिंड से।"

"तो तुम चलो हमारे संग। नै लाओ बैलगाड़ी। बिन्नू ज्यादा दुखारी है।"

बीहड़ में बढ़ती बैलगाड़ी में बैठकर कुसुमा ने दाएँ-बाएँ आँखें पसारकर देखा तो पलकें खोले रह गई, " ओ मतारी ! हैं तो हम भी इतईं के, पर जा बियाबान को क्या कहें ! रात के समय जे भरका नहीं दिखाने थे। मट्‌टी के जितेक ऊँचे ढूह, उतेक ही नीची खाई ! पेड़ न रूख ! कँटीले झूँड़-ही-झूँड़ !

" काहे भइया, यहाँ तो दूर-दूर तक गाँव-गिराम नहीं ! आदमी जात की छाया तक नहीं दिखाई पर रही ! लो हमारे भीतर तो पनचक्की-सी चलन लगी है, घबड़ाहट के मारे। तुम्हें नहीं डर लगता ?"

गाड़ीवान ने पैनियाँ की कील बैल की पीठ में चुभोते हुए है ऽ ऽ, आ, आ, सूधे ! कहते हुए गाड़ी की गति तेज कर दी। फिर बोला, "जिज्जी, डर-भै मानें तो रहें कैसे ? भगकें कहाँ जावें ?"

"कोई डाकू-माकू तो नहीं आता-जाता गाँवों में ?" अपना संशय धरा कुसुमा ने।

गाड़ीवान ने लापरवाही से उत्तर दिया, "डाकू ! अब डाकू कहाँ धरे ! अब तो उठाईगीरा हैं ससुर ! कहो, गैलारों को लूट लें, पईसा-मईसा छिना लेवें।

"लखना डाकू आता-जाता है, सो आज नों किसी के हाथ नहीं आया। फूल डोल के मेला में हल्ला था कि घंटा चढ़ाने आएगा माता के मन्दिर में, सो पूरी पुलिस तैनात हो गई। पर कौन घड़ी आया और चढ़ाकर चला गया, कौन पता पर पाया किसी कों। सिपाही-दरोगा सब टापते रह गए। जाने काहे पीछे लगी है पुलिस ? अब क्या वे डाका डालते हैं ! पर है असल डाकू। बागी।"

लखना। कुसुमा की भय से कंटकित देह में सिहरन दौड़ गई।

एकाएक ध्यान में कौंधा, लखना ! अपने डबल बब्बा ! कहते तो हैं लोग, अपने डबल, लखना !

कुसुमा भयमिश्रित मुस्कान में बुदबुदाई, "मोरे डबल बब्बा, तुम तो ऐन परगासी कढ़े। उतै मजूरी और इतै पुलिस से जड्ड !"

...और मन्दाकिनी की ओर देखते ही कुसुमा चिन्ता में डूबने लगी, देखो तो बिन्नू का मुख ऐसा हो गया है जैसे खून निचुर गया हो ! निराट पीरा...

अब डाकू-भड़ियों की फिकर करें कि मन्दा को देखें।

सरकारी अस्पताल में दिखा दिया, तसल्ली हुई, लेकिन सरकारी डॉक्टर बिरगवाँ आने को तैयार नहीं। अपनी परेशानी बताई, फीस भरने का वादा किया, मगर डॉक्टर नहीं माना। बोला, ''ऐसी ड्यूटी नहीं करते हम।''

वैद्यजी की दुकान पर पहुँच गई कुसुमा।

चलते समय कह आई, ''रोज-के-रोज चले आएँ आप। फीस की चिन्ता न करना। लाचारी समझो हमारी।''

झोला में से चादरी निकालकर, लकड़ी बँधवाकर गाड़ी पर परदा तनवा दिया। मुख सूख गया है बिन्नू का। पानी का घैला भी रख लेना चाहिए।

रास्ते में मन्दाकिनी कुछ चेती-सी लगी। कमजोर स्वर में बतियाने लगी, ''भाभी, हमारे गाँव से एरच तो और ज्यादा दूर है। सो भी अच्छा अस्पताल नहीं है वहाँ। उरई कोंच जाने की तो सोचना ही मुश्किल है, ज्यादा बीमार आदमी के लिए। सबर करके बस झेलते रहो वहीं-के-वहीं। मरने की बाट हेरते रहो !''

''बिन्नू, उस अस्पताल को क्यों नहीं चलवा लेतीं बऊ ?''

'' बऊ ! बऊ का बस चले तो आग लगा दें उसमें, पिताजी के कारण बऊ नहीं हेर पातीं उधर...

'' हम लौटकर अपने गाँव जाएँगे न, तब कायलेवाले महाराज के पास जाएँगे। वे बता सकते हैं कुछ-न-कुछ उपाय। बऊ कहती हैं कि वे विद्वान और गुनी हैं ! ''

''अच्छा बिन्नू, अब मुँह ढाँपकर सो जाओ। बैदजी ने ज्यादा बोलने को नाहीं करी है।''

आराम पड़ रहा है। तबीयत सँभल रही है।

उठने-बैठने लगी है मन्दा।

नियमित रूप से आ रहे हैं वैद्यजी।

...मगर आज क्या हुआ ? सूरज मूँड़ पर चढ़ आया, अभी तक नहीं आए ! इस समय तक तो आकर लौट भी जाते थे।

कुसुमा ने एक बार फिर शीशी को धूप की ओर करके देखा, हाँ, एक ही खुराक बची है और एक ही पुड़िया रह गई है !

देखते-देखते कल का दिन गया।

और आज का भी...

मन्दा बेचैन है। छूकर देखा, तच उठी है मोंड़ी !

तो क्या फिर भिंड ? सोचते ही कुसुमा को ताप चढ़ आया।

खाना तो क्या, पानी तक नहीं पिया। मुँह सुखाए पूछती फिरी कि कोई भिंड

जानेवाला मिल जाय।

हताश होकर मन्दाकिनी के पास आ बैठी।

"ऐ, लो ! बिन्नू तो भूखी लेटीं। मन्दा, कुछ खा लो बिटिया। दो चमची दलिया कि दाल का पानी। दूध भी नहीं पिया तुमने। कमजोरी व्यापेगी।"

"भाभी, हमसे ज्यादा बीमार तो तुम लग रही हो," उसने दुर्बल हँसी हँस दी।

कुसुमा निःश्वास भरती हुई कहने लगी, "हमें कुछ नहीं होता बिन्नू ! बिमारी न मौत। तकलीफ न छुटकारा। देह धरे के डंड हैं, सो भोगने हैं हर सूरत में।"

"भाभी, अब दाऊ जू नहीं आएँगे ?"

"को जाने बिटिया !" कुसुमा झटके से उठ गईं।

भाभी !

दोपहर की भिंड गई हैं और अभी तक नहीं आईं !

रात हो आई।

अँधेरा-ही-अँधेरा फैल गया चारों ओर...वह अकेली !

आँखें फाड़कर निबिड़ अन्धकार में टटोलती रही, कोई महीन-सी किरन दीख पड़े। लेकिन कालिमा के अतिरिक्त कुछ भी नहीं ! धरती से आसमान तक अँधियारे का स्याह वितान तना है ! सरसों के दानों की तरह फैले हैं निरर्थक तारे।

कुप्पी जले तो रोशनी हो।

...मगर जले कैसे ? कौन जलाएगा ? अँधियारे में कौन आएगा ? हाथ को हाथ नहीं सूझता।

मन्दाकिनी दम साधे लेटी रही।

ऊबकर इधर-से-उधर करवट ले लिया।

लगा कि द्वार खुला। खोला है किसी ने। आया है कोई। वह आशान्वित-सी पूछ उठी, "कौन !"

उत्तर नहीं मिला।

"भाभी ! ओ भाभी !"

"..."

"कौन है ? भाभी !"

"मन्दा, हम हैं कैलास।"

"मामा ! ओ मामा ! पहले ढिबरी। अँधेरा है यहाँ। रोशनी कर दो।"

वे अन्दाजे से दीवारों को टटोलते हुए खटिया के पास चले आए। बोले, "तुम अकेली हो ?"

और पायताने आ बैठे धीरे से।

"मन्दा ! तुम्हें बुखार चढ़ा है ?"

वह चुप पड़ी रही।

"लाओ, दिखाओ हाथ।"

वह उसी मुद्रा में सुन्न-सी लेटी रही।

"माथा दुःख रहा होगा ! लाओ दबा दें।"

"नहीं। नहीं दुःख रहा।"

वे आगे की ओर सरक आए। टटोलकर सिर सहलाने लगे।

वह रह-रहकर सिर झटकने लगी।

"अच्छा, पाँव दबा देते हैं।"

"नहींऽऽ..." उसकी भयभीत-सी आवाज निकली, "मामा, ढिबरी क्यों नहीं जलाते तुम ?"

"अच्छा, ढिबरी जलाते हैं हम। माचिस है हमारे पास।...पाँव पिराते होंगे सिर्रिन !"

"नहीं मामा ! तुम जल्दी से उजाला कर दो। जी घबराता है हमारा।"

उन्होंने धोती में ढके पाँव अपनी ओर खींच लिये, दबाते हुए बोले, "माचिस नहीं मिल रही हमें।"

"मामा, पाँव छोड़ दो। छोड़ दो मामा !"

"पगली ! आराम नहीं पड़ रहा ? अच्छा लग रहा है न मन्दा ?"

मन्दाकिनी को लगा, पूरा शरीर जलने लगा है, धू-धू करके ! लपटें उठ रही हैं देह में।

पंजों और पिंडलियों से सरकते-सरकते हाथों की यात्रा आगे बढ़ने लगी। घुटनों से बढ़कर जाँघों पर...

मन्दा, बोलती क्यों नहीं? सहलाना अच्छा लग रहा है न ? तुम ऐसे ही लेटी रहना। लेटी रहो ऐसे ही।"

हाथ आगे ! और आगे...

"नहींऽऽ...नहींऽऽ...नहींऽऽ...नहीं मामाऽऽ !"

उसने लातें जोर-जोर से चला दीं, जितना बल था उतरी जोर से।

अँधेरे में वे पीछे को लुढ़क पड़े, सिर पाए से टकरा गया।

...मगर अब की बार...अब की बार नहीं चूके कैलास मामा।

पकड़ अधिक मजबूत। संसी से भी कठोर गुँजलक।

वह मछली-सी छटपटाने लगी।

अबस टाँगें, बेबस हाथ उठाए न उठे।

बीमार देह प्रतिरोध करते-करते निरस्त हो गई।

...और पूरा-का-पूरा मरदाना शरीर मन्दाकिनी के ऊपर उलट पड़ा। वह चीख उठी, जैसे दीवार ढही है। आसमान टूटा है। दब गई मन्दा। देह पिसकर चूरन हुई जा रही है...

"छोड़ो ! छोड़ोऽऽ...मामाऽऽ...छोड़ दो !" किसी तरह आवाज कौंधी।

स्वर को कठोर हथेलियों ने मजबूती से पूरी तरह भींच डाला। कच्ची देह पर परिपक्व मजबूत शरीर कस गया।

मुख गरम साँसों से जलने लगा। मूँछों के बाल नागफनी के काँटों की तरह होंठ और गालों को छीलने लगे।

साँस घुटने लगी। प्राण जाने लगे।

...कि सहसा, अचानक कई जुगनू चमक उठे एक साथ।

कुसुमा भाभी ने टॉर्च की रोशनी तेज कर दी।

" मन्दा, बिन्नू, ढिबरी नहीं जराई ? इँधेरा-ही-इँधेरा ! और जे...?

" को है रे तें ? मोंड़ी की खटिया पर..." भाभी ने टॉर्च का चँदोबा पुरुष के ऊपर लगा दिया।

"ओ तेरी नास हो जाए। ठठरी बँधै तुम्हारी ! हुलकी परै तुम पै...। मोरी मतारी, जे कैलसवा ! कैलास मास्टर ! अब तोय नहीं छोड़ेंगे हम।"

अपने बचाव के लिए जो लाठी भिंड को लेकर गई थी, कैलास पर दे मारी। मारती गई, मारती ही गई।

कपड़े ठीक करके भागता तब तक तो पाँवों की हड्डियाँ तोड़ डालीं।

" लेउ, साँकल लगी देखकें हम तो बड़ी काकी की पौर में से निकल आए कि बीमार मोंड़ी कैसे खोलेगी द्वार ! क्या खबर थी कि जे राच्छत पेंड़ें बैठा है मोंड़ी को।

" कीरा परें तुम्हारे। मन्दा मामा कहकें टेरती है, सो भी नहीं खयाल किया ? फिर काहे को बहन-भानिज मानने का स्वाँग भरते हो ? राच्छत ! कुकरमी ! अधरमी ! "

"अम्माऽऽ...ओ अम्माऽऽ !" मन्दाकिनी कराहने लगी।

"मन्दा, बिन्नू !" छाती से लगा ली कुसुमा ने।

"हमारा जी घबरा रहा है भाभी ! लगता है किसी ने गँड़ासे से काट दी है देह। कटे टुकड़े टीस रहे हैं ! आह ! दरद-ही-दरद...खून-ही-खून !"

रोते हुए काँपते स्वर में बोली, "हमारी अम्मा के पास पहौंचवा दो हमेंऽऽ..."

"हओ बिटिया, नहीं रहेंगे यहाँ। अभी जाते हैं भारत के पास। पूछें तो सही हिजड़ा की औलाद से कि जई साके पर राख रहे हो तुम हमें ! इन नकटों के लिए

ही विसवास दिया था दादा को ?''

मन्दाकिनी एकाएक चीख पड़ी, ''नहींऽऽ...हमें अकेली छोड़कर कहीं मत जाना भाभी !'' उसने कुसुम का पल्ला पकड़ लिया।

''नहीं जाएँगे बिन्नू। तुम्हें अकेली नहीं छोड़ेंगे। तुम जिन घबराओ। तुम बैठी काहे हो, लेट जाओ। हम तुम्हारे संग लेटते हैं। उस नठुआ से कल्ल कर लेंगे अपना हिसाब-किताब।''

कुसुमा साथ लेटी सिर सहलाती रहीं उसका। फिर बोलीं, ''बिन्नू, उठ सकती हो तुम ? जे कपड़ा बदल डालतीं।''

मन्दाकिनी हिलकी बाँधकर रोने लगी।

भाभी के सीने में सिर घुसा लिया।

''रोते नहीं हैं। हिम्मत करकें उठो। हम तो हैं संगे।''

वह उठी तो टाँगें बुरी तरह काँपने लगीं। भाभी का सहारा लिये खड़ी रही। कुसुमा कपड़े बदलती रही।

कैलाश मास्टर को, भारत को, इस घर को, गाँव को, धरती-आकाश को गरियाती रहीं, श्राप देती रहीं कुसुमा।

फिर नन्ही बच्ची की तरह थपथपाकर सुलाने लगीं मन्दाकिनी को। मन्दा फफककर रो पड़ी, ''भाभी, अब कहाँ...कहाँ जायँ हम...?''

''बिन्नू, अपने मन में तनिक भी भय मत लाना। झिझक-हिचक में मत रहना। जो हुआ उसे भूल जाना। डर मत मानना कभी। जिन्दगानी में, इतनी बड़ी जिन्दगी में अच्छा-बुरा घट जाता है बिटिया, उसके कारन मन में गाँठ लगाने से क्या फायदा ? जो तुमने किया ही नहीं, उसके लिए अपने को दोसी क्यों मानना ? उस कुकरम की भागीदार, मन्दा, तुम तो बिल्कुल नहीं ! तनक देर पहलें और आ जाते हम, तो खसिया बना देते नासमिटे कों !''

पूरी रात नहीं सो सकीं दोनों जनी।

भोर हुई तो चूल्हे की राख भरकर कुसुमा द्वार पर आ गईं।

दो क्षण राख का तसला लिये खड़ी रहीं।

गौर से देखा, जिस बैलगाड़ी में कल वह गई थीं, उसी में एक व्यक्ति लँगड़ाता हुआ कठिनाई से चढ़ा और कराहता हुआ लेट गया।

बैलगाड़ी भिंड की ओर चली गई।

''अब नहीं रहना यहाँ।''

मन्दाकिनी बोली, ''भाभी, श्यामली नहीं। वहाँ अब...'' कहते-कहते आँखें भर

आईं। होंठ भींच लिये उसने।

"अरे ! श्यामली काहे नहीं ? किसका डर है वहाँ ? किससे झिझक रही हो बिन्नू ? किसके जवाबदेह हैं हम ?" कुसुमा के होंठ कस गए। नथुने फड़कने लगे। जल्दी-जल्दी सामान बटोरने लगी।

" इतना दुःख काहे को मन्दा ? हमने तुम्हें कितना समझाया है, पर तुमने तो रो-रोकर बुरा हाल कर लिया। आँखें लाल गुड़हल हो गईं। ज्यों रकत भरा हो कोयों में। जो तुमने किया ही नहीं उसका दोस अपने ऊपर क्यों ले रही हो ?

" अपराधी तो वह है, जिसने यह अजस...छल-बल से कुकरम...छुतैला और अपवित्तर भी वही हुआ—कुढ़िया कैलास मास्टर ! और उसकी जात हुई मैली, जो हम पर धोखे से करती है हमला !

" ऐसे मरदों को माफ तो हम नहीं करेंगे बिन्नू ! वे कौन होते हैं इस अनहोनी का फैसला करनेवाले ? हमको नीची निगाह से हेरनेवाले ?

" तुम पाथर न बनो। नोंने हँसो-खेलो। हौसला राखो, हिम्मत से जियो। वैसे ही, जैसे अब तक रही हो। अपनी जिन्दगानी के सही-गलत का निरनय तो हमें ही लेना है बिन्नू। काट फेंको जीवन से इस कुघड़ी को। तुम अच्छत हो मन्दा।

कुसुमा ने बिस्तर बाँध लिये। झोला में उन्ना कपड़ा भर लिये। हद है श्यामलीवालों की, इन कुकरमियों को दे गए हैं हमारा जिम्मा। हम भी गुलाम नहीं हैं उनके, जो उनको पूछकर ही चलें यहाँ से। हुकुम की बाट हेरें। हैं !

भारत चकित रह गए, "जिज्जी, तुम जा रही हो ? दादा ने हमारी जिम्मेदारी पर भेजा था मन्दा को। उनसे बात करे बिना नहीं जाने देंगे तुम्हें।"

" एऽऽ भारत ! जिस दिन हम आए थे, उस दिन भी देखा होगा कि मन्दा को लिबाकर हम आए थे, और उसके साथ ही रह रहे हैं। दादा ने किया होगा तुम्हारा विसवास, हमें नहीं है तुम्हारा रत्ती-भर भरोसा।

" तुम्हारे गाँव का मास्टर ऐसा कुपढ़-अज्ञानी ! थू है ! धिक्कार है !

" हमारी फिकर छोड़ो भइया, अपने गाँव के बीमार मगजवाले आदमियों का ऐलाज करबाओ," कुसुमा विद्रूप हँसी हँस पड़ीं।

"लो वे बैदजी आ गए," कहती हुई वह वैद्यजी के पास चली गईं।

आठ

नीचा घूँघट किए एक औरत दीवार से लगी खड़ी है।

गिनती बोलते हुए बच्चों का स्वर सहसा थम गया।

घर के बालकों ने गौर से देखा।

कु-सु-मा काकी ! कुसुमा भाभी !

वे कक्षा छोड़कर चटपट दौड़े। सड़क पर आ गए और झोला-गठरी उठाकर घर की ओर भाग चले।

कुसुमा पर्दानशीन बहू की आभिजात्य चाल से चलने लगी। मन्दाकिनी, जिसे कमजोरी के कारण नीम के नीचे बिठा दिया था, हाथ पकड़कर उठा ली और अपने आगे कर ली, "बिन्नू, चलो अगाई।"

मगर घर में घुसते ही सवाल ! हर नजर, हर होंठ पर प्रश्न !

लोगों की आँखों में आश्चर्य और क्षोभ !

बिना बताए, बिना पूछे, बिना आज्ञा लिये चली आई कुसुमा !

दादा नहाते समय बाल्टी में लोटा डुबा रहे थे। लोटे को पकड़े ज्यों-के-त्यों थम गए। देखते रह गए—कुसुमा ! कुसुमा ही तो चली आ रहीं हैं।

आते समय कुसुमा की निगाह पड़ी थी मोदी लल्ला की पौर में, वे अनाज-भरी बोरी सिल रहे थे। सूजा-सुतली पकड़े पौर में से ढूँके, किसी से पूछ रहे थे, "कुसुमा और मन्दा कढ़ गईं के द्वार के अगाई से ?" यह कुसुमा ने अपने कानों सुना।

चीफ साब नीम के नीचे तख्त पर बैठे थे। आँखें फैलाकर बोले, "अल्लाह ! माधोंपुरवाली दुल्हन ! अभी तो नहीं आना था इसको।"

बच्चे झोला-गठरी आँगन में पटककर स्कूल लौट गए। कुसुमा उसी सामान को सहेज रही थीं। घर की जनी मानसें दाएँ-बाएँ से निकलती रहीं, तीखी नजर से देखा तो जरूर, परन्तु पूछा किसी ने नहीं कि तुम किस कारन, कि काहे विस भगी चली आईं ? कि चलो तुम हटो, थक-हार गई होगी, हम छोरते हैं सामान।

वह अपने कोठा में आ गईं। दुखद विस्मय में डूबी घुटनों को बाँहों में बाँधे बैठी रहीं। ऐसा जड़ रवैया ! इतना रूखापन ! गेल के गैलारे को भी दो घूँट पानी की पूछ लेते हैं।

अकस्मात् जड़ता टूटी। सास आईं और बिफरने लगीं, "दो दिना के लाने बाहिर का कढ़ गईं, खुद कों मुखिनी समझ बैठीं। अपने आप करने बैठ गईं फैसला ! दादा के ऊपर मान रही हो अपन कों।"

कुसुमा उदास और स्थिर दृष्टि से देखती रहीं।

सास बोलती रहीं, बोलती ही गईं, तब उत्तर दिया कुसुमा ने, "तुम जितेक निरदन्द समझ रही हो उतेक हते नहीं हम। ठीक-ठाक होता तो रहने में कोई उजर हती हमें ? रह ही रहे थे। हम तो डाँग में रह आए, वह तो फिर भी गाँव था। बसावट थी वहाँ।"

"गाँव हतो तो कौन सी गाज गिरी थी वहाँ ? अरे चिरइया तक नहीं पा सकती

थी मोंड़ी का पता !'' सास हाथ नचाते हुए बोलीं।

कुसुमा ने सारा रोस पी लिया हो जैसे, सहज भाव दर्शाती हुई बोलीं, ''आफत तो जे ही थी कि वहाँ जिनावर नहीं, आदमी बसते थे। बाई, कुछ न पूछो तो सही रहे। कुछ न सुनो तो भली-भला।''

बऊ को देखते ही मन्दाकिनी की आँखें उमड़ आईं।

''बऊऽऽ...हमें छोड़कर क्यों चली आईं तुम ?'' दादी की गर्दन में बाँहें डालकर वह रोने लगी।

बऊ उसका सिर सहलाने लगीं, '' मन्दा ! रोती हो ! बीमारी के मारे कितनी कमजोर हो गई हो ! करिया रंग हो गया है !

'' बेटा, अकेली काहे कों छोड़ आते ? जे कहो कि करम-काँकरी है हमारे जीवन में ! हथेरी पर कटी-फटी लकीरें काढ़ी हैं भैमाता ने, सो सूधी गैल नहीं मिल रही हमें,'' बऊ ने एक हाथ कपाल पर रख लिया।

उसी समय किवाड़ों पर हल्की-सी दस्तक हुई।

मन्दाकिनी आँखें पोंछती हुई एक ओर हो गई।

बऊ ने उझककर देखा।

''आओ लला, आओ,'' बऊ देखते ही बोलीं।

मन्दाकिनी चाहकर भी आँखें नहीं उठा पाई। सीने में धड़कन बहुत तेज हो गई। घबराहट-सी लगने लगी। पलकें नहीं उठा पाई। न मालूम किस तरह हल्की-झाँई दिख गई। तुम तो बहुत लम्बे हो गए मकरन्द। बस, खड़े ही रहोगे ! और फिर उसका मन बहुत-बहुत रो लेने को हुआ। भीतर से हूक उमड़ने लगी और आँखें भर आईं फिर से।

बऊ ने खटिया आगे को सरका ली।

'' तुम तो ठाड़े ही रह गए लला ! मन्दा से सरमा रहे क्या ? आओ, बैठो खटिया पर।

'' क्या लाए हो कचुल्ला (कटोरा) में ? ''

वे मुस्कुराते हुए बोले, '' दलिया। लो पकड़ो बऊ !

'' मन्दा, कब आईं ? ''

मकरन्द की आवाज कतई बदली हुई लगी उसे। पुरुषों की जैसी, मोटी।

''बिलात देर की ! कुसुमा ने नहीं बताई ?'' उत्तर बऊ ने दिया और हाथ पकड़कर उन्हें खटिया पर बिठा लिया।

मन्दाकिनी उनकी ओर देखना चाहकर भी नहीं देख पा रही, न जाने क्यों ? मन में लौट-लौटकर आ रहा है बिरगवाँ ! रात ! एकान्त ! अँधेरा ! बुखार ! और देह को

टटोलता, जकड़ता कैलास मास्टर...आह ! आह !

यह सब क्यों याद हो पड़ा ! भाभी ने तो वह लमहा भूल जाने का कौल दिया था। वचन धरवाया था। फिर ?

बीभत्स विचार को झटकने की कोशिश में चटाई पर बैठे मकरन्द को कनखियों से देखा। कब से आशा लगाई थी इस पल की ! कतई बदले-बदले से लग रहे हैं। मूँछें उग आई हैं महीन सी। चेहरा कुछ अधिक लम्बा हो गया है। रंग कुछ सँवलाया-सा। लेकिन मैं...कहाँ-कहाँ से कितनी-कितनी बदल गई ! फिर याद हो आई वह काली रात !

कुछ देर चुप रहने के बाद चारपाई की रस्सियों को टटोलते हुए मकरन्द बोले, "मन्दा, तुम तो गढ़ी से बिरगवाँ चली गई थीं ?"

उसने चौंककर देखा। लगा कि मकरन्द के कन्धे ढह पड़े। खूब रो ले। 'गई थी, गई तो थी। सबके साथ गई थी मकरन्द, लेकिन लौटी तो अकेली...निपट अकेली !' मगर कुछ न बोली। सूनी-सूनी आँखों से देखती रही। पपड़ाए होंठों को जीभ फेरकर भिगोती रही। भीतर कुछ थरथराता रहा, काँपता रहा।

"अकेली आई हो ?" ऐसे पूछा, ज्यों सूखी धारा में कोई शीतल झरना मिला जा रहा हो और बहाए ले जा रहा हो वे जहर-बुझी यादें।

"तुम्हारे इम्तहान हो गए ?" पहला प्रश्न पूछा मन्दाकिनी ने।

"हाँ, बारहवीं में आ गया। साइंस ले ली थी। बायलॉजी। डॉक्टरी पढ़ने के लिए बायलॉजी लेनी होती है।"

वह देखती रही गुमसुम-सी।

वे गम्भीर हो गए।

"तुम डॉक्टर बन जाओगे ?" महीन स्वर में मन्दाकिनी ने पूछा।

वे किंचित् मुस्कुरा दिए।

बऊ बड़े सोच-विचार के बाद बोलीं, "लला, दरोगा नहीं बनोगे ?"

वे जोर से हँस पड़े, "बऊ, दरोगा बनने लायक ताकत नहीं है मुझमें। देख रही हो, दुबला हो गया हूँ।"

बिरगवाँ में घटी घटना और यहाँ चलता तनाव ! कुसुमा भाभी के मन में चैन नहीं।

मन्दाकिनी से भी कह दिया, "बिरगवाँवाली घटना बऊ को नहीं बतानी बिन्नू ! विरथा कलेस होगी बऊ के जी को। जो बतानी है, हम खुद बता देंगे।"

कुसुमा बोलीं, "बऊ, कका जू हरदम मुँह लटकाए रहते हैं हँड़िया की तरह। चटकते रहते हैं कोयलों की तरह। लो आज बेजाँ भभक गए !"

बऊ की दोनों भौंहें माथे के बीच में जुड़ गईं, ''काहे को बहू ?''

''काहे को क्या, दादा से बोले कि मूरख हो तुम। सबका विसवास जल्दी कर बैठते हो। पन्नी माते को अपना हितू समझते थे, उन्हीं ने खबर करी है पुलिस को। उन्हीं का मोंड़ा मिला था हमें एरच में, उसी के सिखाए हुए आदमियों ने लूटीं हमारी अनाज की बोरियाँ। पुलिस आवे वारी है, सो हो जाओ तैयार !''

बऊ की साँसें सूली पर चढ़ गईं, '' फिर पुलिस ! कुसुमा, यह रतना खेती के पिछाई हमें गली-गली काहे को नचा रहा है। एक मन तो आता है कि लूहर में जाय सब जमीन-जायदाद। आग लगै। हम तो जोगिन-बाविन होकें निकर जायँ कितऊँ।

'' इतना तो हम भी जानते हैं कि बिटिया की दरकार किसी को नहीं है। सब हमारी धरती पर आँखें गड़ाए बैठे हैं।''

'' बऊ, लो और सुनो, दुख तो होगा, पर क्या करें? बिना कहे भी नहीं रहा जाता। और नहीं बताएँगे तो तुम्हें ही अँधेरे में राखेंगे हम।

'' रतन यादव ने प्रेम अपने ममिऔरे भइया के लानें बैठार ली हैं !''

''भइया के लानें !'' बऊ की आँखें फैल गईं।

''साँची बऊ !'' कुसुमा अपनी गर्दन छूकर बोली।

बऊ चुप बैठी रहीं कुछ देर। चेहरा घृणा से भर गया।

''लेउ, हम अभी क्या कह रहे थे? तब तो पिरथीराज की तरह घुरवा पर चढ़ाकें ऐसे अपहरन कर लै गए थे, जैसें अब जी नहीं सकते थे संजोगिता के बिना। बड़ी जल्दी भर गया मन ! ऊब गए ! सो थरप दीं भइया कों।''

''बऊ, अब तो मन्दा के मतारी-बाप वे ही हुए न ? तुम तो बस अपने नाम चढ़ी धरती सम्भारो। तियागो माया-मोह,'' कहकर कुसुमा उदास हो गई।

बऊ दीन-सी हो आईं। आवाज की लय काँपने लगी, ''बेटा...हमारे नाम है ही कितनी ? मन्दा के नाम पर ही है बड़ा हिस्सा। जब तक मोंड़ी नाबालिग है सो समझ लो हमारा हक्क है।''

''बऊ, जो प्रेम जीत गईं तो चली जाएगी मन्दा भी,'' कुसुमा ने निःश्वास छोड़ा।

बऊ के होंठ सूखे पत्ते की तरह काँपने लगे। फूलती-पिचकती नाक पर असहाय-सी ऐनक टिकी है। देर तक बऊ चिन्ताग्रस्त बैठी रहीं, दुखी दिखती रहीं।

...लेकिन अचानक ही उनके चेहरे पर कठोरता तन आई। झुर्रियाँ गहरा गईं। होंठ कुछ अधिक पतले होकर क्रूर से लगने लगे।

हथेली पर हथेली मारते हुए बोलीं, ''लड़ने दो। अब वह हमारी बहू किस बात की ? हमारे महेन्द की दुल्हन मर गई हमारे लिए ! खतम ! जब वा ने मन्दा के बाप की आन नहीं राखी तो मन्दा की मतारी बनने का भी क्या हक्क ?''

कुसुमा हल्के से मुस्कुरा पड़ी, ''बऊ, यह हुई न बात। हम जानते थे, तुम साहस

छोड़नेवाली नहीं हो। और न लाचार-निरास होनेवाली। बूढ़ी हड्डियों में कड़क है। ऐसे ही नहीं निकरीं घर से। और फिर हिम्मत क्यों छोड़े इंसान ? आपा क्यों घटाए ?''

''हाँ तो बताओ कुसुमा, क्या कह रहे थे गोविन्दसिंह ?''

वह झिझकी। अब और नहीं। बऊ ने जैसे-तैसे हिम्मत थामी है।

बऊ ने हाथ का पंजा नचाया, ''भूल-भुलइयाँ में न डारो हमें। हम जिन पर विसवास करते हैं, उनमें एक तुम हो और एक देवगढ़वारी। बातें ज्यों-की-त्यों बता दो हमें।''

कुसुमा सोचकर अनमनी सी हो उठी। बऊ तो जिद ठानने लगीं। सुनकर कोई अनरथ न कर बैठें।

''बताओ माधोंपुरावारी, डरो जिन। हमारी साँसें नहीं टूटी जातीं सुनकें।''

'' क्या बता दें बऊ, कका जू की तो नीत-अनीत सब एक-सी है। कहते थे, आज तीन साल हुए जाते हैं, कोरट-कचेहरी लड़ते-लड़ते। कितने दिन और चलेगा मुकदमा ? कब तक लुटोगे बकीलों-गवाहों में? और कब तक रखाते रहेंगे हम सोनपुरा की बखरी ?

'' वहाँ आदमी जान हथेली पर रखकर बैठता है। गाँव के आदमी ठहरे गीदड़। डर के मारे घरों में घुसे रहते हैं। प्रधान रतन यादव के नाम से थर-थर काँपता है।

'' कहे देते हैं हम, छोड़ आएँगे फिर चाहे प्रेम रहें या उसका आदमी।

'' दादा दोसी-अपराधी की तरह बैठे सुनते रहे। उत्तर नहीं दिया।

'' कका जू कड़ककर बोले, 'ज्वाब दो हमारी बात का।'

'' दादा कुछ देर जमीन पर उसी तरह उकड़ूँ बैठे रहे, फिर बोले, 'जो तुम्हें अच्छा लगे सो करो गोविन्दसिंह। जोर-जबर्दस्ती तो कर नहीं सकते तुमसे। लेकिन ऐसी बात है कि जब तक पक्ष में फैसला नहीं होता, केस तो हम लड़ेंगे। झाँसी क्या, हाई कोट, सुपरीम कोट तक जाएँगे हम। तुम्हारे साथ देने न देने से फरक नहीं पड़ेगा।'

'' 'दादा, मुकदमा का चस्का बुरा होता है। जुआ से भी बुरा। सट्टे से भी बढ़कर। बर्बादी न कराओ घर की,' होंठ बिगारकर बोले कका जू।

'' 'अब जो भी हो,' दादा दृढ़ हो आए।

'' 'अच्छा, एक बात बताओ, क्या मिल जाएगा हमें केस लड़कर ? हारेंगे तो महनत गई बिरथाँ। और जो जीत गए तो हवेली से लेकर खेतों तक बऊ का हक्क। हुई न पराए फटे में टाँग अड़ानेवाली बात।'

'' दादा जमीन पर तिनके से आड़ी-तिरछी लकीरें काढ़ते हुए सुनते रहे। हाथ रोककर बोले, 'तुम क्या चाहते हो, जायदाद तुम्हें सौंप दें ?' ''

बऊ बैठी की बैठी रह गईं। मुँह खोले और आँखें काढ़े।

कुसुमा चाहकर भी नहीं जा सकी। बऊ को अकेले छोड़ना ठीक नहीं, बड़ी चिन्ता में घिर आई हैं।

सारा दोष दादा का है।

कका जू ही नहीं, सारा घर माने बैठा है यही। नहीं, सारा घर नहीं, कुछ लोग। कक्को ऐसा कतई नहीं मानतीं। अमरसिंह दाऊ ऐसा सपने में भी नहीं सोचते।

लेकिन बलभद्र, यशपाल, कका जू ! इनके चेहरे बोझिल हैं जैसे कोई गरूह भार ढो रहे हों।

दादा हैरानी से देखते हुए बोले , " हमारा यही दोष है कि इन लोगों की तरह लाभ-हानि का हिसाब नहीं धँसता हमारे मगज में। यही खोट है कि गणित नहीं आने दिया जीवन में। उन सबको यही दुःख है कि इनकी अभिलाखा से अलग है हमारे लाभ की इबारत।

" ठीक है, गोविन्दसिंह मानें हमें अविवेकी। साबित करते रहें मूरख, अज्ञानी। लेकिन लगता है कि इसी मूरखता के चलते जिन्दा हैं हम। इसी प्रकृति के सहारे प्रानवान है हमारी जीवन-बेल।"

एकालाप करते हुए वे नहाने के लिए उठ लिए।

आकर गीली धोती खूँटियों पर सुखा दी। गमछा पहनकर चबूतरे पर बैठ गए।

फिर बहने लगे तपती लहरों के बीच अकेले ही। किसी शीतल किनारे की खोज में बढ़ते रहे आगे-ही-आगे।

जैसे ही कका जू दीखे, हाथ के संकेत से बुला लिए, "गोविन्दसिंह, यहाँ आओ। बैठो।"

कुछ ठहरकर बोले, "मन पर बोझ न बढ़ाओ। बस, इतनी रख लो हमारी बात कि यह किस्सा किनारे लग जाय। संसय-आसंकाएँ पालने से अपना ही मन दुखता है। या फिर तुम्हीं बताओ, कुछ तो सोचा होगा तुमने भी।"

कका जू उठकर खड़े हो गए। सूरज की ओर देखते हुए बोले, "दादा, इधर बरामदे में आ जाओ। धूप तीखी है यहाँ।" फिर आगे सरककर बोले, "हमारी मानोगे ?"

"मानने की होगी तो अवस्स मानेंगे। ऐसे ही तो नहीं पूछ रहे।"

"देखो दादा, हमने खूब सोच-विचार कर लिया है। एक ही गैल बचती है सुरच्छित।"

"सो क्या ?" दादा घुटने पर बाँह रखकर टोहने लगे कका जू को।

"मन्दा की सगाई कर लो।"

"सगाई !" चकित हो पड़े दादा।

"किससे ?"

"किसी भी लरका से। अपने घर में।"

"किसी भी लरका से !"

कका जू ने हिम्मत दी, "फिर तुम कहो, मत कहो, हम जिन्दगी-भर लड़ते रहेंगे। इलाबाद-दिल्ली तक जा सकते हैं। सरीर और पइसा दोनों से राजी।"

अवाक् रह गए दादा। देखते रह गए कका जू को। गोविन्दसिंह बड़े ज्ञानी हो तुम ! संसारी बातों में इतने चतुर ? ऐसे दुनियादार...एकाएक बोल पड़े।

अपने-आपको रूबरू किया दादा ने, बोलो पंचमसिंह, मानते हो कि नहीं ? अपनी इंसानियत के बदले दूसरे की देह गिरवी धरते हो कि नहीं ? मदद-सहायता के नाम पर शोषण करते हो कि नहीं ?

बऊ और बच्ची को खदेड़ते हुए दुरासयी लोगों के साथ मिलकर बहती गंगा में हाथ धोते हो कि नहीं ?

बोलो पंचमसिंह, बोलो ! जवाब दो।

कोई जवाब नहीं सूझा। अपने-आपको उत्तर देना असम्भव लगा उन्हें। पत्थर की मूरत-से बैठे रहे। कका जू बोले, "हम इसी मारे ज्यादा नहीं कहते कि तुम्हारा क्या विसवास ? भड़क पड़ो ! जिद्दिया जाओ ! काहे से कि साठ पार के आदमी का भरोसा नहीं रहता। वह क्या सुने और क्या कर बैठे। तभी तो कहते हैं सठियानी बुद्धि !"

बहुत सावधान हो गए कका जू।

"दादा, हम अकेले ही नहीं कह रहे यह बात। घर में सबसे पूछ देखो। बलभद्र तो अभी छुट्टी पर हैं। सब देख रहे हैं, सलाह कर लो उनसे। और न मानो तो विकरम को इलाहाबाद चिट्ठी भेजकें बुला लो। दरोगा-अहलकार ठहरे वे। यसपाल से पूछ देखो।"

दादा ने भाई की बातें ध्यानपूर्वक सुनीं और जवाब सुना दिया, " हम क्या जानते नहीं कि ये सब आँख-कान रहते भी अँधरा-बहरा हैं। घर के लोग तुमसे बाहर जानेवाले नहीं। बलभद्र तुम्हारा ही बेटा ठहरा। विकरम ऐन हमारा लड़का सही, पर हानि-लाभ के मामले में तुम्हारा ही समर्थन करेगा। और यसपाल...अन्यायी, अधरमी ! अकेले अमरसिंह कितनी पटिया पलट लेंगे ?

" सोचते हैं कि गाँव में सलाह कर लें। विकरम-बलभद्र कौन होते हैं अपनी राय-सलाह देनेवाले। हमारा संग तो दे रहे हैं गाँव के लोग। कहते हैं न, जल की एक लहर भी गद्दारी कर जाए तो पूरा जखीरा डूब जाता है। सो देख लो, कैसा परन निभाया है बच्चा-बच्चा ने !"

गाँव की बात आते ही कटखने हो आए कका जू और हठी हो गए दादा।

"गोविन्दसिंह, कल के दिन गाँव के लोग यह कहेंगे कि मुसीबत की मारी बऊ को तब सहारा दिया था जब जमीन हड़प ली। खेती कब्जे में कर ली।"

झल्ला उठे कका जू, "लो, खेती की बात कहाँ से ले आए तुम ?"

"तब क्या मोंड़ी को भी परमारथ में ब्याह रहे हो तुम ?"

कका जू अपना अँगोछा फटकारते हुए वहाँ से उठ लिये।

दादा ऊपर के कमरे में अशान्त मन बैठे रहे। कक्को से बोले, " इतनी बेजाँ बात पर अड़कर क्या सिद्ध करना चाहते हैं गोविन्दसिंह ? यही कि खोखली होती है आत्मा ? पोला-ही-पोला है करुणा और हमदर्दी का रिस्ता।

"पर मुस्किल तो यही है, गोविन्दसिंह की जरूरत को हम नकारें कैसे ? गैर-मुनासिब हित और स्वार्थों को त्याग दें तो उससे भला कोई नहीं। किस साहस से रह रहे हैं पराए गाँव में ! कैसे टकरा रहे हैं बैरी दुस्मनों से !"

कक्को धीरज देते हुए कहने लगीं, "क्या धरा है तू-तड़ाक में। चुप्प ही बने रहो।"

"हाँ, ठीक कह रही हो तुम। अपने छत्रसाल ने कहा है, मौन से बड़ा कोई तप नहीं।"

कहीं आते-जाते नहीं दादा। ऊपरवाले कमरे में बन्द रहते हैं। कुसुमा कहती है कि अन्न त्यागे पड़े हैं। अनसन। उपासे।

यह बात कुसुमा बहू के मुख से क्या निकली, पूरे गाँव में फैल गई। जुबान-जुबान पर चढ़ गई। और गाँव के लोग आ जुड़े दादा के चबूतरा पर।

काछिन रोज सदाबहार के फूलों के गुच्छे लाती है और दो घड़ी बतियाने के लिए कुसुमा के पास बैठ लेती है।

सो मुख से निकल ही गया कि बहन, तुम्हें फूल-पत्र और पूजा-पाठ की पड़ी है, यहाँ तो अन्न का दाना नहीं गया दादा के मुख में। पूजा की थाली और रोली-बताशा दो दिन से ज्यों-की-त्यों धरे हैं।

आज तीसरा दिन !

मोदी लल्ला, चीफ साब और पन्नी माते रोज आते हैं। वैसे ही आज भी आए, कह-सुन गए। अपनी बुद्धि के अनुसार समझा गए और निकटता के हिसाब से मना भी गए।

मिठू भी चिन्तित हैं। जब से सुना है, चैन नहीं। लेकिन क्या करे कोई, भाई-भाई के बीच बोलने का हक बनता ही कहाँ है।

मोदी से पूछ बैठे मिठू, "लल्ला, समझाए दादा ?"

"ऐन समझाए। मान लिया गोविन्दसिंह को ऐसी शर्त नहीं रखनी चाहिए पर दादा एक बार पूछ तो देखते बऊ से। किनारे आई नाव के डाँड़ खींचने में कहाँ की बुद्धिमानी है ?"

चौथा दिन।

मोदी से नहीं रहा गया। खाए बिना रह जाएँगे मगर कहे बिना नहीं, ऐसी आदत

है मोदी की।

कका जू से बोले, "यार गोविन्दसिंह, अपने भाई का दया-धरम तुम जानते नहीं क्या ? उनके कारन गाँव के आदमी तो हेठा काम करते हिचकते हैं, फिर तुम तो...। और फिर बऊ उपतकें कहतीं तो बात ठीक थी। तुम्हें सोभा नहीं देता अपनी तरफ से कहना।"

कका जू मोदी लल्ला को कुछ देर अपनी बात कहने की छूट दिए रहे। चुपचाप सुनते रहे। फिर बोले, " तुमने भी ऐन कह दी लल्ला ! हम हेठा काम कर रहे हैं ! ये जो गांधी महातमा जू का स्वाँग भर रहे हैं न, सो इनका ढोंग बहौत बड़ा काम है !

" डुकरो का तारन तरन करने चले हैं। यह नहीं देख रहे कि अपना काम-धाम छोड़ कें सब घर लगा है इस परमारथ में ! पइसा लुट रहा है सदावरत में ! और तुम, पर उपदेस कुसल बहुतेरे !

" करकें देखो लल्ला, तब पता चले कि डुकइया का निरवान कितेक महँगा है। जसगाथा कितनी अकरी है।

" सोचकें देखो कि ऐसी खेती, जिसका एक छोर हम और दूसरा रतन यादव पकड़ें हैं, खींचतान कैसी होगी ?"

मिठू बोले, "दादा को ही समझाओ लल्ला ! कारावास में बन्द होने से तो कुछ सधेगा नहीं।"

पाँचवीं भोर !

किरणों ने आकाश घेर लिया। सलेटी रंग में मिली लालिमा बिखरी है क्षितिज पर। मस्जिद में अजान उठे पहर-भर बीत गया होगा। कुसुमा नहा-धोकर शंकरजी ढारने आ गई। प्रभाती भजन में बँधी स्वर-लय बऊ के कानों तक आ रही है।

रात-भर सोच में डूबी रही हैं बऊ। लगता है कि सोईं ही नहीं। झपकी लगी हो तो याद नहीं। अनेक आशंकाएँ घुमड़ती रही हैं मन में। अपने-आपको घिसती रही हैं कसौटी पर। गनपत से बोलीं, "...गाँववाले यही कहेंगे न कि बहू को वापस लेने गई थीं और बिटिया को भी...

'कहने दो। कहने को तो लोग इससे कई गुना धारदार और नुकीला सुनाते रहे हैं हमें। बोली मारते रहे हैं चलते-फिरते।' अपने आप से कहा बऊ ने।

वे उठकर चबूतरे पर निकल आईं। खुली हवा में साँसें लेने लगीं। अपने निर्णय पर पछताना तो नहीं पड़ेगा ? पड़ेगा तो पछता लेंगे, सही-गलत जो भी होगा अपना किया होगा। अपना सोचा होगा। एकालाप में उलझी हैं।

वे आगे बढ़ गईं।

गनपत बाहर आ गए। बोले, "सबकी निगाह में दोषी ठहरने के डर से जा रही हैं या अपना मुख उजला करने या असलियत में चाहती हैं ऐसा कुछ।"

''ईश्वर जाने। यह सोचने की वेला नहीं है। असल बात तो यह है कि अब ताकित ही नहीं बची अपने आपसे जूझने की। यह तो उसी दिन सोचना था, जब आसा अभिलाखा लिये इस चन्दन वन में पाँव धरा था। काहे भूल गईं कि भुजंगों का वास भी होगा इन सँदली रूखों में।''

अभी नहीं।

लौट आईं। स्नान-ध्यान किया। सूरज भगवान को जल चढ़ाया। हरि सुमिरन करके अपने संकल्प को पक्का किया। मन्दा को कब की जगा गई थीं, अब तक नहाई या नहीं ?

देखा कि बिटिया सामने से आ रही है। सफेद धोती-ब्लाउज पहने हुए और बाल खोले। पानी-भरी बाल्टी उठाए।

''बेटा, तुम जे बाल्टी तो धर दो और जल्दी से हमें रामायन जू की चार चौपाई सुना दो। चित्त ठिकाने नहीं है हमारा।''

''सबेरे-ही-सबरे कौन सी फिकर में पड़ गईं तुम ? लो, ये फूल पकड़ो। चौपाई खतम करें सो चढ़ा देना ठाकुर जू पर :

कुपथ निवारि सुपंथ चलावा।
गुन प्रकटे अवगुनहि दुरावा ॥
लेत देत मन संक न धरई।
बल अनुमान सदा हित करई ॥''

बऊ माथा झुकाए बैठी रहीं। विनती और प्रार्थना में लीन। अपने सही-गलत को भगवान पर छोड़ती हुई।

''मोरी मन्दाकिनी सरापी गई वनकन्या जैसी हो गई पिरभू ! तपसिनी। इसके भाग-कुभाग सब तुम्हारे अरपन...,'' ठाकुर जू को धोक लिया बऊ ने।

अन्त में बऊ चल दीं। जा पहुँची दादा की बखरी में और सीढ़ियाँ चढ़के उस कमरे में आ गईं जहाँ दादा खटिया पर अचेत-से लेटे थे।

पुकारा, ''लेटे ही रहोगे क्या ? भोर हो गई।''

कक्को ने दादा के कान के पास होंठ ले जाकर कहा, ''बऊ आई हैं सामने खड़ी हैं, आँखें खोलो।''

''हैंऽऽ...'' कमजोर स्वर निकला।

''बऊऽऽ...तुम !''

'' हाँ, हम। इतना दुःख देने नहीं आए थे सोनपुरा से। हमारे कारन भूखे-प्यासे...पिरानों को न किलसाओ। आतमा न तिजाओ और हमारे सिर धरे पापों को ज्यादा भारी न करो कि उठाए न बने।

''आदमी से करो गिला-सिकवा या ताने-उराहने। रोटी से क्या बैर ? अन्न से

क्या दुसमनाई ? हमने तो पहली बेर देखी है आपकी आँखों में लाचारी, सो लाचारी नहीं सोभा देती आपको।''

बऊ ने देवगढ़वारी को आज्ञा दी, ''जाओ, टाठी परस लाओ। आज हम अपने हाथ से...'' अनचाहे ही कंठ अवरुद्ध हो गया। बोल नहीं निकला।

बऊ चकित हो आईं अपने-आप पर। हमें आज दादा के रूप में महेन्द क्यों दिखाई दे रहा है? उसी तरह का हठी और जिद्दियाया हुआ !

ये दादा बोल रहे हैं, ''बऊ, आप न कहतीं तो हम नहीं मानते किसी की बात, भलें मर जाते भूखे-प्यासे या मनवा लेते अपनी बात।''

''अब बोलो, किस बात का बुरा मान बैठे ? क्या कह दिया गोविन्दसिंह ने ?''

''क्या बतावें आपको...''

'' जिन बताओ। मालुम है सब। सुनी है हमने। समझी है अच्छी तरह से।

'' इनमें रूठने-लड़ने की क्या बात थी ? हम तो सोच रहे थे कि भइया-भइया की रार है सो कितेक देर की ? क्यों बीच में परें ?

''मन्दा सादी जोग है। ब्याह भी करना है।''

दादा अबोध बालक की तरह देखते रहे बऊ को।

'' बोलो, कुँआरी राखोगी मोंड़ी को ? सम्बन्ध नहीं करोगे ?

'' और करोगे तो जात-बिरादरी में ही खोजोगे न लरका ?

'' फिर जे ही घर काहे नहीं ?''

दादा भौंचक !

''क्या कह रही हो मातौन ? आगा-पीछा नहीं सोचा ? हमारा स्वारथ नहीं पहचाना ? गोविन्दसिंह की मंसा नहीं समझीं ? या नजरन्दाज कर रही हो जान-बूझ कें ? विवश होकें ? या हमें असहाय मान कें ?

''नहीं-नहीं, ऐसा नहीं होगा। घिरकर या घेरकर कोई सुकर्म भी नहीं करना चाहिए। सत्पुरुषों की नीति के विरुद्ध पड़ती है यह बात।

''ऐसे नहीं ! सम्बन्ध होगा तो आपकी इच्छा से होगा। जहाँ चाहेंगी वहाँ होगा। जिसे पसन्द करेंगी उससे होगा। कन्या पक्ष का यह हक कोई नहीं छीन सकता,'' उनका क्षीण स्वर तेज हो गया।

''दादा, यह बड़प्पन ठहरा आपका। आपकी दया-माया और न्याय-धरम। बस, इसी का कायल है आदमी। तुम्हारी इसी नीत के सहारे बँधा है गाँव।''

''नहीं मातौन, फर्ज है हमारा।''

बऊ हाथ उठाकर बोलीं, ''ठीक है, आप अपना फरज निभाओ और हमें अपनी मंसा बताने दो।''

वे उठने की इच्छा जताने लगे। देवगढ़वारी ने उन्हें उठाकर बिठा दिया और पीठ

को सहारा देकर उनके पीछे बैठ गईं।

वे उत्सुक और सचेत हुए देखते रहे बऊ के मुँह की ओर।

"दादा, अपनी बिटिया की इच्छा देखते हुए और अपनी राय बताते हुए हम यही कहते हैं कि मकरन्द सिंह को डार दो हमारी ओली (गोद) में।

"और मन्दाकिनी आज से आपकी हुई।"

नौ

मन्दाकिनी की सीपी-सी आँखों में अनुपम चमक है। भवों के धनुष पलकों के ऊपर खिंचे हैं। कजरारी चपल पुतलियाँ थिर नहीं हैं आज ! पान की पीक रची है होंठों पर। उबटन से देह गमक रही है। साँवली मन्दा में रम्भा अप्सरा प्रवेश कर गई हो जैसे। गुलाबी रेशम की साड़ी पहनी है। गले में हार पहना दिया है देवगढ़वारी कक्को ने। पाँवों में महावर। माथे पर लाल बिन्दी। कुसुमा देख-देखकर विभोर है। बऊ ने राई-नौंन उतार दिया।

मन्दाकिनी की पक्यात है।

मकरन्द की सगाई है आज।

रमतूला बजा, टूऊँऽऽ, टूऊँऽऽ

बुलउआ दिए गए।

कुसुमा का स्वर मंगल गीतों में सबसे ऊपर उभर रहा है :

सिया बारी बनरी रघुनन्दन बनरे,
को को बरातै जाँय मोरे लाल।

कक्को गा रही हैं। मीरा नहीं बैठ पा रहीं औरतों के बीच। सामान की लेबादेई में चकरघिन्नी-सी घूम रही हैं।

मोंठ के बाजार से बूँदी के लड्डू आए हैं। बऊ ने देखा, छावें भर-भरकर कोठे में रख दी हैं।

मोंठवाले दुबे जू को गुप्त निमन्त्रण भेजा गया है कि सीताराम चेयरमैन को पता न चल जाय, रतन यादव उनका रिश्तेदार बैठता है। गाँववालों को चौकस कर दिया है।

आटे और हल्दी को मिलाकर चौक पूरा गया। चौक के चारों कोनों पर अँजुली भर-भरकर अनाज डाला गया है। दूब धरकर सगुन साधे हैं।

पुजारी महाराज ने मिट्टी की गोल डली पर कलावा बाँधकर गणपति की स्थापना की है। जलभरा लोटा मँगाया है। आम्र-पत्तों का गुच्छा उसमें डुबोकर मंगल

कलश बना लिया।

बऊ आटे का चौमुख दीवला बना लाईं। घृत और बाती डालकर चार लौ उजियार दीं। हाथ जोड़कर आँखें मूँद लीं।

प्रार्थना कर रही हैं, "हे मेरे पिरभू, मेरे ठाकुर जू, मोरे देहरे बब्बा और कुल के इतर-पितर, मन्दा और मकरन्द की जिन्दगानी में हमेस चारों दिसाएँ ऐसे ही उजियारी रहें।"

दादा चिन्ता व्यक्त कर रहे हैं, "विकरम नहीं आ सके। कोई कठिन ड्यूटी लगी है, थाने से बाहर ! और न बहू आई। वह अपने मायके गई है इन दिनों। कहा तो है कि आ जाएगी। मगर अब तक..."

"सबको जोड़ते-बटोरते तो बहुत बखत लग जाता। गाँव-भर के सयाने लोगों ने यही राय दी कि जो करना है जल्दी और चुपचाप कर लो, फिर सौ झंझट उठें। केस-मुकदमा का मामला ठहरा।"

पुजारी महाराज स्वच्छ-सफेद, चादर पर गद्दी बिछाकर विराजमान हैं। गणपति पर रोली-अक्षत छिड़कते हुए मन्त्रोच्चार करने लगे :

मंगलम् भगवान विष्णु मंगलं गरुड़ध्वजः।
मंगलम् पुण्डरीकाक्षाय, मंगलाय तनो हरिः ॥

वे मन्त्रों के बीच ही बोले, "पुत्र को बुलाइए दादा !"

गौरवर्ण मकरन्द सफेद वायल का कुर्ता और सफेद पाजामा पहनकर आए हैं। नाई साथ में है। वे चौक पर पुजारी महाराज के सामने बैठ गए। यशपाल भइया ने उनके काले घुँघराले बालों पर रूमाल ढक दिया। मन्दा खिड़की से सारा कुछ देख रही है। पुजारीजी ने रोली का टीका लगा दिया।

उसे विश्वास नहीं होता, कहीं सपना तो नहीं ! सपना नहीं तो सच भी नहीं है यह। बऊ लपकते कदमों से भीतर आ गईं। जल्दी-जल्दी बकसिया खोली। बटुआ निकाला। बटुआ के सिकुड़े हुए मुख से लटकती एक डोरी खींच दी। नन्ही-सी काले रंग की डिबिया निकली है उसमें से। बऊ खोलने लगी हैं, डिबिया नहीं खुलती।

डिबिया गनपत कक्का ने खोली है। डिब्बी में से मैली-सी सुनहरी मोहर निकालकर बऊ अभिभूत-सी देख रही हैं।

"गनपत, कितने जतन से बचाकर धरी थी आज के औसर के लानें। मोरी मन्दा के तिलक के लानें !"

मोहर हाथ में दबाकर ले गईं वे और हाथ जोड़कर वहीं जा बैठीं, जहाँ सारे जने विराजे हैं। मन्दाकिनी की काजल-भरी आँखें खिड़की पर जड़ी हैं।

मकरन्द का टीका करते समय बऊ के मुख पर हौंस-हुलास और उदासी का मिला-जुला भाव है। कुछ याद हो आया है उन्हें। कंठ रुँध आया है शायद। संकेत

के सहारे गनपत कक्का बुला लिए हैं। बऊ काँपती-सी आवाज में बोलीं, "टीका कर दो लला का। भइया-बाप की जगह तुम्हीं हो हमारी ओर से। श्यामलीवालों की भेंट करो।"

बऊ ने ग्यारह और पाँच-पाँच रुपइया बँटवाए।

मिठू कक्का ने जोर से रमतूला बजाया : टूँऊऽऽ, टुऊँऽऽ, टु टु टूऊँऽऽ...

सगाई की घोषणा हुई। सारे गाँव ने सुनी। धरती, आकाश, वायु, अग्नि, जल ने सुनी। गाँव के ग्रामदेवता और कुलदेवताओं ने सुनी। खेत-खलिहान, घर-आँगन ने सुनी।

लड्डू बटने लगे। बताशे और फूल बिखेरे गए। असीसें दी गईं।

मन्दाकिनी की उतावली-आतुर निगाहें बाहर लगी हैं। मकरन्द के माथे पर लाल टीका !

उजले माथे पर उसके नाम का कुंकम ! उनका कमल मुख ! अवधपुर हो उठी श्यामली। साक्षात् राम का रूप धारें हैं मकरन्द ! जैसा रामायण में पढ़ते हैं, ठीक उसी तरह के—नव कंज लोचन, कंज, मुख, कर कंज, पद कंजारुणम्।

नाई बोला, "मकरन्द भइया को उठाएँ महाराज ?"

"हाँ, सगुन सात, छींक पात माता के पास ले जाओ सबसे पहले। गोद में रखे फूल-फल उन्हीं की गोद में रखे जाएँगे—'मात्रै समर्पयामि'।"

उठते हुए मकरन्द ने दाएँ-बाएँ देखा, आगे-पीछे देखा। सबकी नजर बचाकर इधर-उधर निहारा।

नाई बाँह पकड़े खड़ा है। जल्दी मचा रहा है भीतर ले जाने की।

मीरा बुआ बोलीं, "ओ मकरन्द, चलो तो जल्दी। भीतर बाई (माँ) बैठी हैं ओली पसारें। सिया सुन्दरी जू को पीछे ढूँढ़ लियो। वैसे वे झाँक रहीं खिड़की में से। हेरो।"

मकरन्द झेंप गए। सहसा खिड़की पर लगी किवड़िया की आड़ से कोई द्युति चमकी। मन्दा का साँवला मुख जगमगा रहा है।

हरष उठे मकरन्द। नयनों के सन्धान किवड़िया पर जा लगे।

मन्दाकिनी की आँखों में सितारे तैर रहे हैं। आसपास जुन्हैया बिखरी है। चारों ओर उजियारा।

कुसुमा भाभी और मीरा बुआ घर की औरतों के साथ मिलकर कन्या-पक्षी गीत गाने लगीं :

छोटी-सी बनरी के लम्बे-लम्बे केस,
सो खेलें बबुल दरबार भलें जू।
कै तुम बेटी मेरी साँचे में ढारीं,
कै गढ़ी सकल सुनार भलें जू।

बऊ स्वयं गाने लगीं :

चार कहार जब खेपी रे पालकी
बिटिया ने रुदन मचाए मोरे लाल।
झरप उठाकें बेटी देखन लगीं
माय के कौ कोऊ न दिखाय मोरे लाल।

गाते-गाते बऊ का गला भर आया। आँखें नम हो गईं।

मन्दाकिनी को सुगना की याद आने लगी। बड़ी हो गई होगी सुगना भी।

कुसुमा भाभी कहती हैं ,"प्रेम बहू का सन्देशा आया है।"

"क्यों आया है ? किसलिए आया है ? क्या उस पर पहुँच गई खबर ?" दादा पूछ रहे थे।

खबरुआ हाथ जोड़कर विनत हुआ खड़ा रहा। अवसर देखते ही बोला, " दादा, वैसे मरजी आपकी ठहरी, पर प्रेम भौजी ने यह कहा है कि विनती करना हमारी ओर से, भीख माँगना, दादा एक बार हमारी बिटिया का मुख हमें दिखा देवें। भगवान उनको सात जनम तक सतजुगी सन्तान दे। ऐन सुपात्तर पूत।

" समझ लें उनकी बहन, उनकी बेटी कह रही है, कर रही है गुहार...बस, एक बेर अपनी आँखें हेर लेवें मन्दा कों।"

कनपटी पर हथेली टेके दादा सोच में बिंधे रहे।

कक्को से बोले, " एक ख़याल आता है तो एक जाता है। तरह-तरह की संका। भाँति-भाँति के सन्देह ! लो, जिससे बचते-बचते आज तक की घड़ी काटी है उसी के आगे कर दें मोंड़ी को ?

" हुए न हम मूरख !

" एकदम सिर्री !

" यह बात वैसे न तो सोचने-समझने की है, न बुद्धि-विवेक लगाने की। सौ बातों की एक बात ठहरी कि दिल पसीजा नहीं और विपता आई नहीं। अब तक का केस-मुकदमा सब अकारथ। महनत-पइसा बेकार।

" नहीं-नहीं, दया-माया के जाल में नहीं बिंधना। क्या मालूम प्रेम बंगाले की जादूगरनी जैसा स्वांग भर रही हो। और क्या पता कि रतन यादव की चाल हो।"

कक्को ध्यान से सुनती रहीं, घट में धरती रहीं बातें। नहीं रहा गया तो बोलीं, "हमें तो किसी की चाल नहीं दीख रही। हमारे जानें किसी दुःख के चलते भेजी है ऐसी खबर। कौनऊँ बेबसी में करी पुकार ? आज तक काहे नहीं बुलाई थी बिटिया ?"

दादा अचरज से देखते रहे, जैसे देवगढ़वारी बिना जाने-समझें जनियों के पक्ष में बोलते हुए कह रही हैं यह सब। ममता-मोहबस हो गई है प्रेम बहू की ओर।

''क्या खाविन्द करके विवस हो उठीं प्रेम ?'' दादा हँसे, ''कैसी बातें करती हो मीरा की मतारी ? सहारा पाकर वह लाचार काहे को होने लगी ?'' उन्होंने खटिया से नीचे लटके पाँव ऊपर को सिकोड़ लिये।

कक्को के माथे पर ढलका हुआ पल्ला आँखों तक था, उन्होंने ऊँचे को सरकाया और बोलीं, ''तुम्हें तो हम...। तुम पर बड़ा भरोसा था हमें और समझते थे कि तुम पुरिख हो कें भी जनियों की भीतरी विथा समझते हो। पर...''

''पर क्या ?'' दादा प्रश्नवाचक निगाह से देखने लगे।

दादा के प्रश्न को अधूरा छोड़कर वे भीतर गईं ज्यों कुछ याद आ गया हो। लौटीं तो हाथ में दूध से भरा गिलास था, जो उन्होंने दादा को थमा दिया।

फिर पास ही धरती पर बैठ गईं, विचारती हुई कहने लगीं, ''इतेक नहीं समझते कि हिफाजत की कितेक बड़ी कीमत होत है ? चाहे राजा से परजा को मिले, चाहे पुरिख से जनी कों, बात एक ही है। ताबेदारी एक ही सी करनी परती है। और जई ताबेदारी के चलते फजीहत और बिटम्ना भी...! क्या जानें किस मोल बिकी हो प्रेम ? क्या-क्या सह-झेल रही हो ?...और कौन कगार से भेजनी परी हो जे पिराथना ?''

दादा चकित। घोर आश्चर्य में, ''देवगढ़वारी। ऐसी बातें कैसे कर रही हो। प्रेम की पच्छदारी में केस-मुकदमा के खतरा भी भूल गईं ! हमारा संकलप नहीं याद तुम्हें ?''

''ऐन याद है। काहे नहीं याद ?''

''लो मुल्ला की दौड़ मसजिद तक, सो हम तो जा रहे हैं मोदी के पास। उनसे भी पूछते हैं कि वे क्या कहते हैं इस बात पर,'' दादा मोदी के पास चले गए।

इतनी रात गए काहे को आए हैं दादा?

कोई जरूरी बात या गम्भीर समस्या ही होगी। यह बात जैसे मोदी समझ गए हों। दादा के लिए खटिया बिछा दी और स्वयं पौर में बनी चबूतरेनुमा जगह पर बैठ गए।

दादा ने प्रेम बहू की खबर के बारे में बताया तो मोदी एक बार को समझे ही नहीं, आँखें फैलाकर ऐसे देखते रहे जैसे दादा कोई सपना सुना रहे हैं उन्हें।

''बुलाया है। किसे बुलाया है ? किसने बुलाया है ?'' वे हैरानी से बोले।

''प्रेम बहू ने ! मन्दा को !''

मोदी भौंचक ! वह गुमसुम रहे कुछ देर।

फिर कुछ सोचते हुए बोले, '' अरे वाह ! छोड़ कें खुद भगीं। पुलिस में रिपोट खुद ने करी। कचेहरी में दावा कर दिया। और अब बुलाया है। आज बिटिया की याद लगी है। है न मसखरी की बात।

'' दादा, तुम इस बात पर क्या गौर कर रहे हो। अचरज है हमें तो। और तरस

आ रहा है तुम्हारी बुद्धि पर ! खबरुआ से कहो कि लौट जाय अपने घरै। और तुम भी देखो अपना काम। बखत बर्बाद करने में क्या धरा है।

" मन्दा मिलेगी उससे ?

" बऊ भेजेंगी अपनी नातिन को ?

" ऐन जाल बिछा रही है वह चलते पुर्जा औरत ! समझा करो दादा !"

दादा को हँसी आ गई, "मोदी, तुम तो ऐसे लड़ रहे हो जैसे हम ही प्रेम हों। तनिक ठंडे दिमाक से सोचो और यह जाँचो कि साँची में बिटिया का मोह है, या कोई...क्या मालुम कि राजीनामा।"

"हओ, राजीनामा काहे ! कोरा षटयन्त्र है, जाँचना-परखना क्या इसमें ? किनारे आई किस्ती को मँजधार में न बहाओ।"

मोदी लल्ला की तरह ही चीफ साब ने भी कहा, "कतई साजिस लगती है।"

खबरुआ वापस जाने लगा। चलते-चलते बोला, "दादा, हम लौटकर तो जा ही रहे हैं, पर इतेक समझ लो कि सब बातें हम बता नहीं सकते। थोरे में जान लो, भौजी किसी विध भी मन्दा से मिलना चाहती हैं। हमें आधी रात को बुलाया था अकेले में। हिचकियाँ बँधी थीं रोते-रोते। बोल नहीं पा रही थीं भौजी। कोहनियों से खून रिस रहा था। माथे पर गूमड़ उठे थे। लम्प के उजेरे में इतना ही देख पाए हम। रोते-रोते यही बोला कि दादा बिसवास न करें तो तुम श्यामली में बन्धक बने रहना। मन्दा वापस पहुँच जाय तब छोड़ दें तुम्हें वे।"

मोदी की बड़ी-बड़ी आँखें खुली रह गईं। आगे जवाब नहीं बना खबरुआ की बातों का। मन पिघल आया। है तो कोई गम्भीर बात ही...

दादा बोले, "देवगढ़वारी कैसे जान-समझ गईं, वहाँ बैठी प्रेम बहू की विथा ? कैसे चीन्ह ली उनने अनदेखी बिटम्ना ? मोदी, बस जई बात से हम पूछ रहे थे तुमसे।"

मोदी कहने लगे, "दादा, और सोच लो, समझ लो, विचार लो।"

खबरुआ से पूछने लगे, "आसपास रिस्तेदारी है कहूँ ?"

"भुँजोद में हमारे भइया की ससरार है," वह निरीह भाव से बोला।

मोदी आश्वस्त हुए, दादा को भरोसा बँधा।

"माता कुमाता नहीं होती भले पूत कपूत हो जाय। सनतान से दुस्मनी नहीं करेगी। फिर लोग जाएँगे संग। अपनी जगह बताएँगे। और हमारा आदमी ही प्रेम को लाएगा भी। देखें कैसे करती है धोखा," मोदी ने योजना बता दी।

दादा हँसते हुए बोले, "मोदी, तुम बादाम की तरह हो। ऊपर से कठोर, भीतर से नरम। चलो, बऊ से पूछते हैं क्या कहती हैं ?"

जाड़े के आरम्भ के दिन।

धूप की ऊष्मा अच्छी लगती है। पेड़-पातों पर धूल नहीं होती, उनके सातों रंग चमकते हैं। नदी-सरोवरों में शान्त जल भरा है। विस्तृत खेतों में उगे हंरियल पौधों का शैशव काल है।

ऐसे में सैदनगर जा रही है मन्दाकिनी।

हल्की वसन्ती धोती पहनकर और गहरे पीले रंग का शाल ओढ़कर बड़ी-बड़ी लग रही है वह। बऊ आते समय चितैयी तक नहीं उसकी ओर। कुसुमा भाभी ने ही धोती और शाल दी और बोलीं, "बिन्नू, अच्छी तरह जाओ। मतारी की आँखें जुड़ा जाएँगी। तिरपित हो लेगी उनकी आतमा। ऐन छोड़ गई पर भूल थोड़े ही गई हैं।"

मिठू कक्का, चीफ काका और मोदी लल्ला साथ जा रहे हैं। खबरुआ अम्मा को लिबाने गया। वे अपने मायके जानै का बहाना करके आएँगी। गनपत कक्का संग चल रहे हैं। डबल बब्बा भी। डबल बब्बा के पास रायफल है, जो पिछोरा में छिपी है।

दादा ने डबल को पौर में बुलाकर समझाया था कि बेबात ही न कर बैठना फैर। तुम्हारा क्या भरोसा तनक बात पर रोश खा जाओ। भले मानुस की तरह शान्त रहना।

बस सैदनगर पर आकर रुक गई।

उतरकर चल पड़े सब लोग। मन्दाकिनी ने देखा, मन्दिर-ही-मन्दिर दिखाई पड़ रहे हैं यहाँ। बीच-बीच में मस्जिदें भी !

मोदी लल्ला बोले, "बिटिया, तुम तो रामायन बाँचती हो, लो पहचानो, मन्दिर-मस्जिद ! कहाँ से भजनों की धुन आ रही है और कहाँ से तीसरे पहर की नमाज की अजान !"

"हओ लल्ला !" मन्दाकिनी ध्यान देकर सुनने लगी भक्ति-ध्वनियों को।

लाल रंग से पुते मन्दिर के आगे बने चबूतरे पर एक वृक्ष के नीचे बसेरा लिया। वहीं साथ लाई चादर बिछाकर बैठ गए सब लोग।

बाद में चीफ काका नमाज पढ़ने चले गए।

मोदी लल्ला डबल बब्बा और मिठू कका को बतला रहे हैं, "देख रहे हो ये मन्दिर-मस्जिदें ! लो, आज तक हिन्दू-मुसलमानों का कभी दंगा नहीं हुआ यहाँ। आपसी बैरभाव भी नहीं देखा किसी ने। चीफ तो हर साल आते हैं ईद के बखत। भेदभाव का टंटा ही नहीं।"

मन्दाकिनी को कुछ-कुछ याद है, जब अम्मा थी, तब वह आई थी यहाँ। सोनपुरा से नजदीक ही पड़ती है यह जगह। अम्मा के साथ बऊ भी आई थीं।

अक्षरा देवी, रक्तदन्ता देवी, ऐसे ही नाम थे शायद। वहाँ गए थे हम लोग। अम्मा ने सैयद बाबा के चबूतरे पर मनौतियाँ मानी थीं। नारियल चढ़ाया था ! पेड़ से पटका बाँधा था। परसाद बाँटा था।

वह बहुत थक गई थी, चला नहीं जाता था, अम्मा अक्षरा देवी की पहाड़ी तक उसे बहला-फुसलाकर बातों में लगाकर ले गई थीं।

अम्मा के साथ सरोवर में नहाई थी।

बऊ जल्दी मचाए थीं कि रात न हो जाय। रात के समय यहाँ कोई ठहरता-बसता नहीं। बऊ चर्चा चलने पर अब भी बताती हैं कि महात्मा विट्ठलदेव ठहरे थे मन्दिर में, तो देवी ने साक्षात् दर्शन दिए थे उन्हें। तब से लोग डरने लगे हैं।

अब चर्चा चलती है तो वह हँसती है। लो बऊ, यह अच्छी बात हुई फिर पत्थर की मूरत को तो पूजेंगे लोग और देवी साक्षात् प्रकट हुई तो पास नहीं फटकेंगे।

अम्मा के संग लाल पहाड़ी पर भी गई थी। रक्तदन्ता देवी के कुंड में कितने बड़े-बड़े कछुए थे। कितना गहरा नाला था ! अब भी होगा, कछुए भी होंगे। राँटा (चरखा) कातनेवाली मस्जिद में भी गए थे। अम्मा ने चुनरी खरीदी थी। एक अपने लिए, एक सुगना की अम्मा के लिए। यहाँ चुनरियों की सुन्दर छपाई होती है।

आज फिर अम्मा !

उसकी आँखें चमकने लगीं।

मोदी पूछने लगे, ''बिटिया, सोनपुरा से आने के बाद नहीं मिलीं न तुम्हारी माँ ?''

''नहीं !''

सोचती है वह, कहाँ मिलीं ? एक बार कचेहरी गई थी, तब कुसुमा भाभी ने कहा था कि आज तुम्हारी अम्मा मिलेंगी तुम्हें। बऊ नाहीं करें, तब भी बात कर लेना। कब की बिछुड़ी हैं बिचारी।

बऊ ने सुन ली थी कुसुमा भाभी की बात।

बोली थीं, 'बिचारी लगती है तुम्हें, वो हत्यारी !'

अम्मा नहीं मिली थीं या जानबूझकर दूर रखा गया था उसे। वह तो एक वाक्य रटकर ले गई थी, 'हम अपनी दादी के साथ रहना चाहते हैं जज साहब।'

...और उसे बोलकर चली आई।

लो, गनपत कक्का आ गए। अम्मा का पता लगाने गए थे।

मोदी से बोले, ''लल्ला, प्रेम पहाड़ी बारे मन्दिर के पास ठाड़ी हैं। कहो तो यहाँ...''

चीफ साब बोले, ''चलो वहीं।''

वह आगे बढ़ती जा रही है। सामने तीनों ओर पहाड़ दीख रहे हैं। एक ओर नरम सूरज चमक रहा है। बाकी दोनों ओर पहाड़ों की छाया पड़ रही है। लाल पहाड़ों का

रंग हरा और ताँबिया-सा लग रहा है। दूर को एक मन्दिर ! सफेदी से पुता हुआ ! और उसके पास एक स्त्री-छाया-सी खड़ी है। गोद में क्या कोई शिशु...?

हाँ, अम्मा वह रहीं।

अम्मा ! कितने दिनों बाद दीखी हैं !

दूसरे पिता से जन्मी उस बहन को भी लाई हैं, जिसकी बाबत बऊ ने सुनाई थी कि तुम्हारी बहन...

बऊ उस रात सोई नहीं थीं। विकल-बेचैन हुई खटिया पर करवटें बदलती रही थीं। कई बार पानी पिया। अँधेरे में गन्दी-भद्दी गाली मुख से फूटी सो बकती रहीं, जैसे बौरा गई हों, पागल हो गई हों बऊ। उसके यहाँ आते समय भी आगबबूला हो उठी थीं, 'जायदात लैकें खसम कर गईं। अब हिया पिराने लगा। हेज दिखा रहीं ! याद आने लगी मन्दा ! काहे को याद आने लगी ? हर साल के तो जन रही है ! लला बाइयन के क्या टोटे हैं वा के लानें ?'

वह पास आ गई। बिल्कुल समीप।

सामने माँ खड़ी हैं।

हाँ, अम्मा ! ठगी-सी। होंठ खोले अपलक देखती हुई।

आँखों से शब्द झर रहे हों जैसे—मन्दा ! मोरी मन्दाकिनी ! मोरी बिटिया !

सामने खड़ी हो गई मन्दा। यह अम्मा हैं ! कितनी बदल गईं अम्मा ! चेहरे की रंगत बुझ गई। मलिन मुख और छिक्कल-सी देह। हाथों की खुरदरी खाल...इकलाई किनारी की सफेद धुतिया में लिपटी हुई...

...कोटरों में धँसी आँखें और काँपती चितवन।

अम्मा ! बऊ जाकर क्या-क्या कहती थीं ? लोगों से क्या-क्या सुनती हूँ...पर मैं कैसे मानूँ अम्मा कि तुम सम्पन्न घराने की छत्रछाया में हो। रानी-महारानियों की तरह रहती हो। अपने-आप चुना था तुमने यह जीवन। स्वयं चली गई थीं सब कुछ त्यागकर।

अम्मा, तुम तो रोने लगीं ! आँसू बह रहे हैं।

आँखों से बहते झर को पोंछ डालो। धीरज बाँधो। साहस रखो। तुम्हारे सामने तुम्हारी मन्दा...

अनमोल समय को यों न गँवाओ। कुछ कहो, कुछ सुनो। कहीं पढ़ा है, मोहलत में मिली घड़ी बड़ी छोटी होती है !

बऊ तो कहती थीं, अदालत के कठघरे में तुम तनकर खड़ी होती हो। कचेहरी में दर्प से चलती हो। गर्व, घमंड और अहंकार की बोली बोलती हो। बऊ को सुनाती हो चुभनी बातें।

पर मैं कैसे मानूँ अम्मा...ये सूखी हथेलियाँ ! ये बिवाई फटे पाँवों में ढेढ़े-तिरछे

बिछिया ! निस्तेज मुख पर धुँधलाती बिन्दी !

तुम इतनी टूटी हुई...तुम्हारी यह दीनता बऊ पर वार करती होगी ?

हो सकता है, बऊ को लगता हो ऐसा। महसूस करती हों वे कचोट, लेकिन वे क्यों नहीं समझतीं कि ऐसा भी तो हो सकता है कि बोल तुम्हारे हों, शब्द किसी और के !

देह तुम्हारी रहती हो, अकड़ किसी दूसरे की !

चाल तुम्हारी अवश्य होगी, दर्प-घमंड उधार का होता होगा अम्मा !

हम भी इस विडम्बना से कहाँ अछूते हैं ? फिर तुम ही खड़ी-खड़ी क्यों धँसती जा रही हो जमीन में, अपराध-बोध से क्यों दबी जा रही हो ? स्वयं को सजा दे रही हो, आखिर क्यों ?

बोलो न अम्मा !

मैं तो खड़ी-खड़ी जड़ हो गई ! पथरा गए होंठ ! जीभ पर लकवा मार गया है। शरीर भी सुन्न...बोलना चाहती हूँ मगर क्या बोलूँ ? क्या कहूँ तुमसे ? कैसे उबारूँ तुम्हें ?

चुप्पी कसती गई। भीतर-बाहर वार्तालाप का मौन पोखर बन गया।

नन्ही बहन के रुदन ने निःशब्दता को तोड़ा।

माँ बैठ गईं धरती में।

पास में मैला-सा एक पटका बिछा लिया। बच्ची लिटा दी उस पर। थपथपाने लगीं थपकी से उसका रोना शान्त हो गया।

"बैठो बेटा।"

महीन-सा स्वर है माँ का।

वह चुपचाप बैठ गई, जहाँ आँखें मूँदे बच्ची सो रही थी।

माँ उसे निहारती रहीं कुछ देर, फिर बोलीं, "भूल तो नहीं गईं ? पहचान गईं न बिटिया..."

अधिक देर न देखा गया माँ की ओर। भीतर से हूक-सी उमड़ने लगी, आँखों में तरल बनकर छा गई। दूसरी ओर देखने लगी मन्दाकिनी।

"बेटा, तुम...जी छोटा न करो !"

अम्मा की आँखें लबालब भरी हुई हैं। पानी-भरी चुप्पी फैली है नजर पर जैसे कहने-सुनने के परे की बेबस हवा ठहर गई हो दोनों के बीच।

चुपचाप सलूका की जेब में से मैले कपड़े में बँधी एक नन्ही सी गाँठ निकाली। जतन से खोलने लगीं। खोलकर कोई चीज हाथ में भींच ली। वह समझ सी गई, अँगूठी है शायद।

वे उसके सिर पर हाथ फिराती हुई पीठ तक ले आईं। पीठ पर हाथ धरे बैठी

रहीं। कुछ कहना चाहती हों जैसे, ऐसा मुख हो आया उनका।

"हाथ लाओ," घने दुलार में बोलीं।

देखती रही मन्दाकिनी। माँ को एकटक निहारती रही।

"लाओ, हाथ आगे करो," स्नेहसिक्त आग्रह था माँ का।

उसने बिना कुछ बोले हाथ बढ़ा दिया।

माँ ने मुँदरी पहनाकर उसका हाथ अपनी आँखों से लगा लिया। प्यार का अतिरेक जताते हुए चूम लिया।

"सुहागवती रहो बेटा," कहकर उन्होंने आँखें अपने आँचल में पोंछ डालीं। फिर उसके सिर पर हाथ धरे बैठी रहीं।

वह काँपने-सी लगी। कतई निस्सहाय-सी बैठी रहीं। अब वह क्या करे अम्मा के लिए ?

कुछ न बना तो पूछ बैठी, "तुम हमें छोड़कर..."

उन्होंने लपककर छाती से लगा लिया अपनी मन्दा को।

"माफी दे दो बिटिया...अपनी अम्मा को माफी..."

वह सिसकती हुई माँ के आँचल में सिमट गई। अपनेपन की गर्माहट समेटती रही। लगा कि कभी कोई क्लेश मन में हुआ ही नहीं। कुछ घटा ही नहीं अभी-अभी जन्म हुआ है उसका। नई अक्षत् है वह। पवित्र। गंगा के जल की तरह निर्मल।

मुँदरी को देखा। कई बार देखा। हल्की सी खुदाई है ठप्पे के ऊपर। लिखा है—'महेन्द्रसिंह'।

"लला के लिए है बिटिया, उन्हें ही दे देना। होने को तो बहुत कुछ था, पर इस घड़ी..." वे आगे कुछ न बोल पाईं।

वह चकित थी, उन्हें कैसे पता चली सगाई की बात ?

छोटी बहन को प्यार से गोदी में उठा लिया। हिला-हिलाकर खिलाने लगी। मन में आया कि पूछ ले, कितने महीने की है ?

न जाने क्यों साहस नहीं हुआ।

केवल इतना बोल पाई, "क्या नाम है इसका ?"

माँ कहीं दूसरी ओर देखने लगीं।

दूसरी बार उसके विषय में कुछ भी पूछने की धृष्टता नहीं की। बच्ची रोने लगी तो माँ की गोद में धर दी, पोटली की तरह।

"बड़ी जल्दी हो गया बखत ! बीत गई घड़ी !" अम्मा चीफ काका को आते हुए देखकर बोलीं।

काका कहने लगे, "बिटिया, दिन बूड़ने को आया, चलना चाहिए अब। माँ से

बातेंचीतें कर ली होंगी तुमने।''

गनपत कक्का को खड़े देखकर अम्मा ने लम्बा सा घूँघट खींच लिया। उठीं और चरण छुए कक्का के। कक्का की आँखें नम हो आईं।

''अब...चलूँ अम्मा ?'' उसकी आवाज भर्रा गई।

घूँघट में से पानी बरस रहा है।

सूरज पहाड़ के पीछे डूब रहा है। किरणें लाल चिनगारी की तरह छिटक रही हैं। क्षितिज पर अँधियारा घिरने लगा।

पगडंडी की बजरी पाँवों में गड़ने लगी।

वह बहुत आगे निकल आई।

पीछे मुड़कर देखा, दूर एक धुँधली-सी छाया शिशु को बाँहों में लपेटे अविचल खड़ी उसी की ओर देख रही है। जब तक वह मोड़ नहीं मुड़ गई, अम्मा क्षितिज पर उगे धब्बे-से दिखाई देती रहीं।

दस

तिन के फूल तिनही के दाने,
चन्दा उगे बड़े भुनसारे।
सारे वारे फूल सिराए,
काठ कठीले काठे से,
पाँचों भइया पंडा से।
छटई बहन ईंगुर सी।

सुआटा के गीतों से मन्दाकिनी की आँख खुल गई। हाथ की अँगूठी को देखते-देखते रात में देर से नींद आई थी। अम्मा-ही-अम्मा दिखलाई पड़ती हैं आँखों के सामने। उन्हीं के बारे में सोचती रही है जब तक।

हथेली भीगी हुई लगती है। अभी तक सूखा नहीं उनका लिया हुआ चुम्बन।

आश्विन मास का शुक्ल पक्ष है।

तारों की छाँव में सप्त ऋषिमंडल चमक रहा है। पंक्ति बनाए तीन तारे झिलमिला रहे हैं।

सब बिटियाँ तो कब की सुआटा पर पहुँच गईं। बऊ ने हमें जगाया ही नहीं। कानों में फिर गूँजा, 'तीन फूल तिनही के दाने !'

वह उठ खड़ी हुई। मुँह धोया, बाल सँवारे। साड़ी ठीक से बाँधी।

"बऊ, हम जा रहे हैं सुआटा खेलने," कहकर वह तेज चाल चलती हुई जा पहुँची कुम्हार कक्का के चबूतरे पर।

दीवार पर सुआटा बना है। मिट्टी की देह, कौड़ियों की आँखें। टूटी चूड़ियों के होंठ, भौंहें। नन्ही लकड़ी की नाक। दरपन के टूटे टुकड़ों से बनाई गई है जड़ाऊ पोशाक।"

वह बालिकाओं के बीच जा बैठी। गीत सुनती रही, फिर गवाने लगी, और नए सिरे से गाने लगी अपना गीत :

कि नारे जिजी के घर पर फरीं तुरइयाँ
को टोरै को खाय।
कि नारे जिजी के घर पै मेले लिबउआ,
लाये महोबिया पान।
कि नारे होंठिया रची है, जिभिया रची है,
राचे बत्तीसो दाँत।

बूढ़ी कुम्हार काकी अपनी देहरी पर बैठी सुनती रहीं। टूटे हुए दाँतों के कारण मुख पर हाथ रखकर हँस पड़ीं।

"ऐन गवनारी हो मन्दा ! पर जे बताओ कि सुआटा बिटिया खेलती हैं कि बहुएँ ?"

वह लजा गई, "काकी, हम क्या बिटिया नहीं हैं ?"

"सगाई हो गई है ! अब तो बहू भयीं जा गाँव की।"

बालिकाएँ समवेत स्वर में हँसने लगीं। मन्दा को चिढ़ाने लगीं।

कोई एक बोली, "मन्दा जिज्जी, घूँघट घाल लो।"

मन्दाकिनी के सिर पर ओढ़ी हुई धोती नीचे सरका दी किसी बच्ची ने। घूँघट नाक तक खिंच आया।

वह तुनक पड़ी, "अच्छा, हटो तो ! तुम न घाल लो। तुम्हें ज्यादा सौक है दुलइया बनने का। सो बन जाओ बहू !"

सवेरे कुसुमा भाभी मिलीं, कहने लगीं, "दाऊ जू दबाई नहीं खाते टैम से !"

दाऊ जू की तबीयत ठीक नहीं है। सो भाभी गहरी उदासी में सिमटी खड़ी रहीं। फिर दाऊ जू की चिन्ता...

" क्या करें बिन्नू, अस्पताल में भरती रहकर आए थे सो ठीक दिखाई परते थे, पर अब...दादा कहते हैं, अपरेसन होगा। दाऊ जू को साँस नहीं आती ठीक से। ऐसे उसाँस भरते हैं जैसे कोई जकड़ा हुआ चरखा जबर्दस्ती खींच रहा हो। भीतर-ही-भीतर

रुई की तरह धुन रहा हो पसुरियों को। हमारा तो जी घबराता है बिन्नू।

"दाऊ जू अब तो अस्पताल भी नहीं जाना चाहते !"

मन्दाकिनी ने अपनी बात होंठों में भींच ली। अब कैसे कहे कि भाभी, कातिक अन्हालो। सब जनी जाएँगी कल से मोदी की बावड़ी पर। दिन निकलने से पहले ही नहाना होता है।

नहीं हुई हिम्मत। कुसुमा का कुम्हलाया हुआ मुख देखकर चुपचाप रह गई वह। भाभी के संग दुःख में डूबी हुई...

दो क्षण बाद भाभी बोलीं, "हम दूध का कटोरा लेकर कोठा में गए थे कि भूखे होंगे। देखा कि बेजाँ कराह रहे हैं। बिन्नू, हम तो घबरा गए।

"पूछा कि क्या हुआ दाऊ जू ? वे उठने को कहने लगे। नहीं उठा गया तो कल्हारते हुए ही बोले, 'माधोंपुरा...वारी...हमें...उठाओ। हमारा...जी...बहुत...घबराता है। पिरान...उड़ते... हैं। अब साँस नहीं...'

"हमने उनके मुख पर हाथ धर दिया कि असगुनियाँ बातें मुख से न काढ़ो। उठाकर बिठा दिए और पीठ पाछें बैठकर दूध का कटोरा मुख से लगा दिया।

"लौटने लगे तो पल्ला गह लिया हमारा, फिर कलाई कसकर पकड़ ली। हाथ छुड़ाएँ तो छोड़ें नहीं। लो, इतेक बल कहाँ से आ गया ! हम वहीं बैठ गए खटिया के पास धरती में। बिलात समझाए कि दाऊ जू, घर में सब जने हैं। कोई देख लेगा तो हम इस सेवा से भी हाथ धो बैठेंगे। वैसे ही तो सक-सुबा करते हैं नास परे ! सूँघते डोलते हैं।

"बिन्नू, हमारी बात तो कान धरी नहीं, उलटे हमें ही समझाने लगे कि सिर्रिन सब हैं तो हुआ करें। हमारा तो कोई नहीं है। कहते-कहते अँसुआ भर आए आँखों के गड्ढों में।

"द्वार खुला था। हमने उढ़का दिया। वे ऐसे देखते रहे जैसे थिर निगाहें अब हटेंगी नहीं हमारी देह से। पूछा कि क्या देख रहे हो दाऊ जू, तो बस लिपट गए। छोटे बच्चे की तरह सिसकते रहे। फिर बोले, 'कौल धरो, रोज आओगी। गाँठ बाँध लो यह बात। हम तुम्हारे बिना तलफ-तलफकर मरना नहीं चाहते। पिरान कढ़ें तो तुम्हारी ओली में...बीमार आदमी जनी की कितेक संगत चाहता है यह तुम हमारा खाली करेजा छूकर देखोगी तो जान लोगी। जीना चाहते थे कुसुमा ! तुम्हारे लाने कुछ घड़ियों की मोहलत और मिल जाती तो...साँसों की डोर छोटी पड़ रही है माधोंपुरावारी...' कहकर आँखें मूँदे हमारा हाथ पकड़े लेटे रहे।

"बिन्नू, तुमसे क्या छिपा है ? सब जानती हो। हमारा सत-असत, पाप-पुन्न। पर इतेक जरूर है कि दाऊ जू के लाने अमर-जल की तरह हम हर रात हाजिर रहते हैं वे तिरपित रहें। अफरे रहें। हाँफते-काँपते जीते रहें, और क्या चाहिए हमें ? सो

मन्दा, मौत को ढकेलकर जीवन की चाह जोड़ रहे हैं दाऊ जू। जाने हमारी पिरीत में बल है कि उनके विसवास में हौसला, जमराज अभी तक तो दूर खड़ा है बिन्नू ! वे बीमार और हम अधमरे, बदहवास उसी कोंठा में, उसी खटिया पर हरस-खुसी, सुख-सुरग, आनन्द-मंगल लेकर जी रहे हैं।''

कुसुमा ने कातिक नहाया।

मन्दाकिनी से बोली, ''बिन्नू, तुम कहती हो तो टालेंगे नहीं। पिछले जनम में कोई पुन्न-जस न कमाया होगा। पूजा-पाठ न किया होगा। तभी तो इतना-इतना दुक्ख...!''

''भाभी ! ठीक हो जाएँगे दाऊ जू।''

मोदी लल्ला की बावड़ी पर जुड़ती हैं सब सखियाँ। पूजा करती हैं। गनेस, तुलसी और गौरा-पार्वती के भजन गाती हैं। अपनी चादर के छोर में गीले चावल बाँधती हैं।

लो, ग्वाल-बाल आ गए छेड़ने !

रोक लीं सब सखियाँ !

गाने लगे :

कन्हैया माँगता दान दही कौ
नहात में चीर हरें सब ही कौ
गोपिका क्यों इतरानी रे...

सखी जवाब देती हैं, मन्दा गाती है, कुसुमा गाती है :

चोर तुम नन्दा बबा के लाला
कंस से जाय कहें ब्रज बाला
करो तुम क्यों मन मानी रे...

कातिक नहान में झूठ नहीं बोला जाता। एक-एक बात सच बतानी पड़ती है। सखियों के बीच अन्तरंग सम्बन्ध भी खोलने पड़ते हैं। नहीं तो पाप लगता है। जिसको पाप लगेगा उसके चावलों में अंकुर फूट आएँगे।

समूह में से कुछ बताने लगीं, ''ए जू, हमें कुत्ता ने छू लिया।''

हँसी का फव्वारा फूट पड़ा।

कुसुमा अपनी चादर के छोर में गीले चावल बाँधती हुई बोली, ''हमें भी कुत्ता ने छू लिया है।''

फिर से खिलखिला पड़ीं सखियाँ।

''अच्छा बताओ, और किस-किसको कुत्ता ने छुआ है ?''

हँसते-हँसते गम्भीर हो गया सखियों का पूरा समूह।

"कुसुमा ! तुम्हें कुत्ता ने !" किसी ने हक्क-बक्क तरीके से पूछा।

कुसुमा लाज से लाल होने लगी। घूँघट तनिक नीचे को सरका लिया। आँखें शरमा गईं।

"तो यसपाल तुम्हारे संग भी सोने-बैठने लगे !"

वह चुप।

"साँची कहो। खुशी की बात है यह। तो चलो बहन, कर ली तुम्हारी भी कदर। नहीं तो बाहर फेंकी जूती को कौन पहनता है फिर से।"

मन्दा और कुसुमा की नजरें मिलीं। रोष उभर आया दोनों के चेहरे पर।

"तुम्हें हमारा कौल है बताओ, कब से ?" कोई एक बोली।

वह चुप।

"चलो रहने दो। यह बताओ कि कब छुआ, दिन में या रात...?"

बरजा किसी ने, "अब छोड़ो भी, दिन और रात क्या ? छाती पर सौत झेलना आसान नहीं। यह तो इस बिचारी का ही करेजा था बज्जुर का, सो सहती रही। रार न तकरार। ताने न उराहने !"

तेली की सरजू हँसने लगी, "ओ मन्दा, तुम्हें तो नहीं छू लिया मकरन्द ने ?"

"हट्ट !" मन्दाकिनी ने गुस्से से देखा सरजू की ओर और कुसुमा की पीठ के पीछे दुबकने लगी।

कुसुमा उसे अपनी आड़ में दुबकाते हुए बोली, "ऐसे न छेड़ो सरजू ! अबे कुँआरी कन्या ठहरीं।"

कुसुमा ने कनखियों से देखा, मन्दा उदास तो नहीं हुई। घबराई तो नहीं ?

गाँव-भर में चर्चा हो गई। यसपाल ने माधोंपुरावाली बहू को अपना लिया। बारह बरस बाद घूरे के दिन भी फिरते हैं, सो फिर गए !

कुसुमा गौरा बहू से बोली, "जिज्जी, तुम क्यों नहीं अन्हाती कातिक। उठ तो भोर से पहले ही जाती हो।"

"कुसुमा, ऐन नहा लेवे कातिक, पर ससुरे वा कुत्ता का हिसाब कौन देगा। बेकार अपनी छीछालेदर करावें। किस-किस कुत्ता का नाम लेंगे रोज-रोज ?" कहते-कहते गौरा का मुख उदास हो गया। कुसुमा देखती रह गई।

सोमवार की भोर है।

कुसुमा ने व्रत रखा है।

नहा-धोकर शंकर जी ढारे। तुलसी पर जल चढ़ाने गई। वहीं जी उमथाने लगा। मिचली-सी उठी।

वह खड़ी की खड़ी रह गई।

फिर मिचली ! ओ मतारी ! उलटी आएगी।

उलटी आई। उलटियों का सिलसिला चल निकला। उसी सिलसिले में से कुछ लम्हे छोटी ननद चुरा ले गई।

सरग पताल हो गई छोटी ननद। कुसुमा ठगी-ठगी-सी देखती रह गई। पूरे घर में फैल गई बात।

राम दुहाई, तेरौ कौल, महामाई की सौं खा-खाकर सबको बता आई छोटी ननद।

बेटी से माँ तक, माँ से छोटी तक, छोटी से यसपाल तक...अब क्या होगा ? पति ! क्या करेगा पति ? कौन सा दंड देगा ? कुसुमा कई तरह से सोचती, निरवारती, गुत्थियों को।

घनघोर परिवर्तन हुआ।

आशा के विपरीत, यशपाल, जो सीधे सरिया-सा तना रहता था, कच्ची डाल-सा लचक गया। नबने-झुकने लगा। भूख लगने पर रोटी की थालीं कुसुमा से ही परसवाता। पानी उसी से माँगकर पीता। कपड़े कुसुमा से ही धुलवाता।

माँ देखतीं, इतना तो कभी छोटी पर भी निर्भर नहीं हुआ !

कक्को ने दादा से कह दिया, "लो आ गए ठिकाने। बेटाजी कों अच्छी लगने लगी माधोंपुरावारी। पीछे-पीछे फिरते हैं अब तो कुसुमा के।"

दादा को विश्वास नहीं हुआ, बोले, "तुमने अपनी आँखों देखा है? बोलता-चालता है ?"

कक्को पति को हैरत से देखती हुई बोलीं, "लो, हम तुमसे झूठ बोलेंगे ! बहू कों दिन चढ़े हैं, तुम कह रहे कि अपनी आँखों से !"

दादा ने कुर्ता पहना। एक सूत लम्बे सफेद बालों में तेल डाला और गुनगुनाते हुए बाहर निकल गए।

मीरा की शादी की बात है यह।

तब ही तो मचा था तूफान। अन्धड़ ने पूरे घर को घेर लिया था। मन्दाकिनी और बऊ ही क्या, न जाने किस-किसने सुन ली हो असल बात।

कुसुमा बोरी में से पिरिया भर-भरकर गेहूँ निकाल रही थी। धोने के लिए कुएँ पर जा रही थी। गेहूँ धोते-धोते वह भरी सरदी में पसीने से नहा उठी। सास खड़ी देख रही थीं।

वे पास आईं और चिन्ता करती हुई बोलीं, "तुम काहे को लगी हो? जाओ, कोठा में जा लेटो। भारी वजन उठाने से बीमार हो जाओगी।"

"बाई, घुमेर से लग रही थी, अबै ठीक भई जाती है," वह सँभलती हुई खड़ी हो गई। धोती की तिन्नी झाड़ दी। खड़ा नहीं रहा गया तो चल दी घर की ओर।

धरती पर बोरा बिछाकर कोठा में लेट गई। आँखें मूँद लीं।

आहट-सी हुई कि चौंक पड़ी कुसुमा भाभी।

आँखें खुलीं तो देखा, यशपाल ! किवाड़ों की कुंडी लगाकर खड़े हैं पास। ऐन नजदीक आन बैठे।

कुसुमा उठकर बैठ गई। घूँघट ओढ़ लिया।

यशपाल ने भींच लिया उसको। बताती हैं कुसुमा भाभी। ऐसा भींचा, जैसे कोई प्रान काढ़ देना चाहता हो। गर्दन पर कसाव ऐसा कि साँस रुक गई। छटपटाने लगीं वह।

न जाने किस समय कंठ इतना मुक्त हुआ कि भयानक चीख निकल गई। किसी ने बाहर से दरवाजा पीटा। जोर-जोर से धक्का दिए जैसे किवाड़ें तोड़ देना चाहता हो। यशपाल ने खोलकर देखा, मकरन्द खड़े थे।

"क्या हुआ काकी को ?" कहते हुए वे लपककर कुसुमा काकी के पास पहुँच गए। देखा कि कुचली चिड़िया-सी पड़ी हाँफ रही हैं। मकरन्द उस दिन कुसुमा के पास ही बैठे रहे।

दिन कैसे-कैसे कटा !

रात कैसे-कैसे हुई !

"दाऊ जू !" वह कुप्पी आले में रखती हुई बोली।

"कौन, कुसुमा ?" मुट्ठी-भर प्रकाश में आँखें खोल दीं दाऊ जू ने।

उसने किवाड़ों की कुंडी भीतर से बन्द की और दाऊ जू के पास आ गई। किवाड़ों की झिरी ढकने के लिए धोती लटका दी।

दाऊ जू के पाँव दबाते हुए बोली, "हमें अब यहाँ नहीं रहना।"

"काहे ?" दाऊ जू का कमजोर चकित-सा स्वर फैल गया कोठे में।

"डर लगता है।"

"किससे कुसुमा ?"

"उनसे, अपने पति से। दाऊ जू, वे मार डालेंगे, हमें और बच्चे को।"

"मार डालेंगे? कहाँ जाओगी फिर ?"

"माधोंपुरा," कहते हुए तेजी से पाँव दबाने लगी।

दो क्षण की चुप्पी के बाद दाऊ जू बोले, "चली जाओ। न रहो यहाँ। कतई न रहना इन राच्छसों में।"

"पर दाऊ जू, तुम तो इतेक बीमार..." उठकर उसने कुप्पी बुझा दी।

"हमारी चिन्ता छोड़ो। इस बखत तुम यहाँ दहशत में मत रहो। भौजाई देख लेंगी हमें। दादा हैं।"

घने अँधेरे में भी दाऊ जू जैसे स्पष्ट दिखाई दे रहे हों। कमजोर और पीले ! हड्डियों के कंकाल मात्र ! कुसुमा का दिल भर आया।

"दाऊ जू, तुम्हें छोड़कर भी तो चैन नहीं..." बहुत कुछ कहने को था, मगर कंठ से निकलकर होंठों से फूटा ही नहीं ! उनकी देह से सटी सिसकती रही।

"सिर्रिन ! अधीर नहीं होते। तुम्हें हमारा कौल, जाओ। तुम ठीक रहोगी तो हम अपढारे ठीक हो जाएँगे। और हमारी हालियत ज्यादा बिगड़ी तो खबर करा देंगे तुम्हारे पास। अपने तेली की सरजू का सासरा है तुम्हारे मायके के नजदीक। सरजू बता रही थी हमें।"

दाऊ जू को बाँहों में भरे लेटी थी कुसुमा कि उसी समय उनको खाँसी उठी। तेज खाँसी। पसली तोड़ देनेवाली खाँसी।

उसने झटपट उठकर कुप्पी उठाई।

खून-ही-खून। थूक में खून। धक् से रह गई कुसुमा।

बाहर राख लेने निकली थी। लगा कि किवाड़ों के पास से कोई छाया-सी गुजरी है। पाँवों की धीमी चाप बजी है।

वह अनदेखा करके निकलने लगी कि गर्दन दबोच ली किसी ने।

"साली ! हरामजादी ! बदफैल !"

चीख निकल गई कुसुमा की। कक्को जाग पड़ीं। वह छोड़कर भाग गया। वह हाँफती रह गई।

अब रोज-रोज...पहरेदारी होगी। समझ लिया उसने।

मायके जाने के लिए कपड़े-लत्ते झोला में भर लिये।

जी टूटने लगा। कक्को पास लेटी रही। आधी रात से ज्यादा गुजर गई।

धीरे से उठी और दाऊ जू को छाती से लगाकर सुबकती रही। मोह तोड़ते नहीं बनता...! फिर-फिरकर याद आएगी।

भोर ही उठी और बोली, " मन्दा बिन्नू, हमारे पीछे दाऊ जू का खयाल...हर हफ्ता चिट्ठी लिखना बिन्नू।

" तुम्हारा जस रहे बिन्नू ! " आँखें पोंछ लीं कुसुमा ने।

मन्दाकिनी जानती है—दाऊ जू को अब कुछ नहीं सूझ रहा।

रात में ही नहीं, दिन में भी अँधियारा रहता है उनकी आँखों के आगे। कुसुमा भाभी ले गईं आँखों का प्रकाश। हिरदय की ज्योति।

दादा कहते हैं, "अपरेसन..."

दाऊ जू एक बार कुसुमा भाभी को बुला लेना चाहते हैं।

लेकिन अब ?

दाऊ जू कहते हैं, " बखत नहीं बचा अब। जिन्दगानी की घड़ी छोटी पड़ी रही है। भले छिपावें दादा। झूठी दिलासा दें भौजाई, हम अपना अखीरी बखत पहचान गए हैं।

" मन्दा, जीवन हिसाब माँग रहा है हमसे। एक-एक छिन का हिसाब। बुरे और अच्छे करमों का लेखा-जोखा ! बिटिया, कुसुमा के रिनी जाएँगे हम, सो दादा को टेर दो हमारे पास। हम एक ही अरज करना चाहते हैं कि हमारा हिस्सा कुसुमा के नाम लिखवा दें," कहकर आँखें मूँद लीं दाऊ जू ने।

उसे लगा, दाऊ जू ही नहीं, वह स्वयं उतर गई है ठंडे अँधेरे में, जहाँ रोशनी की लकीर तक नहीं। दाऊ जू के संग भटक रही है वह भी।

मन्दाकिनी ने झटपट चिट्ठी लिखी और सरजू के घर दे आई।

कुसुमा भाभी क्या आईं घर में हलचल मच गई।

दादा न्याय पर उतर आए।

यशपाल की आँखों से खून बरसने लगा।

चचिया सास, फुफुआ सास, छोटी ननद, बड़ी ननद, तमाम लोग जुड़े हैं दाऊ जू की बीमारी में। सबके सामने कठघरे में खड़ी कुसुमा। सबने जवाब माँगा है जीवन का, उसके चरित्र का, उसके पाप-पुण्य का, उसके सही-गलत का, जायज-नाजायज का।

"कुसुमा किस-किसको उत्तर दें? किस-किसको हिसाब दें अपने तरसते-तड़पते जीवन का ? किससे डरें ? किससे सहमें ? किससे सच कहें, किससे झूठ ?"

जैसे ही पूछा कि भाइयों का कौल खाकर बता कुसुमा, यसपाल कबहूँ नहीं आया तेरे हिरकाँय (पास) ?

कुसुमा भाभी ने घूँघट में से एक नजर सास को देखा, फिर सबको निहारा और सिर हिला दिया, अर्थात् 'नहीं, कभी नहीं !'

सनाका पड़ गया। स्तब्ध रह गए सबके सब। जैसे यह दिन न होकर रात का सन्नाटा हो। घर न होकर बीहड़ जंगल हो। बियाबान सुनसान हो। सबकी आँखें फटी रह गईं।

सहज-सामान्य कोई रहा तो वे थे दादा, वे थीं कक्को, वह थी मन्दाकिनी...और वह था यशपाल !

दादा ने दाऊ जू के पास बुला ली कुसुमा। बोले, "अमरसिंह, हेरो बहू आ गई। आँखें खोलो अमरसिंह ! जो कहना चाहते हो कहो। भय, लज्जा, लिहाज, संकोच इस बखत की चीज नहीं है भइया...ये तो जीवन रहते के नेम-धरम हैं। आखिरी छिनों

को निरभय होकर जिओ। जैसे तुम निराकार हो।''

दाऊ जू ने प्रयत्नपूर्वक आँखें खोलीं। आँखों में आँसू भरे थे, जो दोनों कोरों से दाएँ-बाएँ ढुलकने लगे।

कुसुमा के घूँघट में मेंह बरस रहा है।

दाऊ जू का सिर सहला रहे हैं दादा। पाँयते बैठी हैं कक्को। और लोग बच रहे हैं। छुतहा रोग होता है तपेदिक। मरते समय छोड़कर निकलता है शरीर को और लग जाता है आसपास जुड़े लोगों को। बन्धु-बान्धव, सगे-सम्बन्धी छूत के डर से खड़े हैं दूर।

दाऊ जू का हाथ उठा। पाटी से लगी खड़ी कुसुमा की ओर बढ़ा कि साँसें लम्बी पड़ने लगीं। गति मन्थर हो गई। डोर कटने लगी। हाथ बिना स्पर्श करे ही कटे अंग-सा छाती पर गिर पड़ा।

कुसुमा भाभी अवाक् ! अछूती ! अक्षत !

दाऊ जू का परमहंस उड़ गया !

कक्को का कलेजा फटने लगा हो जैसे। भाभी को छाती से लगाकर जार-जार रो उठीं।

दादा से देखते नहीं बन रहा। लुटी-लुटी-सी बैठी है माधोपुरावाली बहू ! आँखों में पत्थर जड़े हों जैसे। रोती नहीं कुसुमा !

लोग तोलते रहे, उसका शोक जायज है या नाजायज, वैध है या अवैध, उचित है या अनुचित, सत्य है या झूठ। मन्दाकिनी का हाथ थामकर जो रोई तो रोती ही गई। भूखी-प्यासी बेसुध हुई पड़ी रही दाऊ जूवाले कोठा में।

दादा की जिद है कि अमरसिंह का हिस्सा कुसुमा को मिले। यशपाल हठ पकड़े हुए हैं कि दाऊ जू की जमीन पर पूरे घर का हक है।

दादा ने कका जू को समझाया, यशपाल से प्रार्थना की, ''ऐसे निठुर अन्यायी न बनो। घर की बहू है। कोई आन नहीं। मरते हुए की चाह मत ठुकराओ। बेटा यसपाल, अपने कका को उनकी मौत के बाद माफी दे दो। जैसे तुम्हें छिमा कर दिया था कुसुमा ने।''

यशपाल बिगड़ पड़ा, '' अब नहीं कर रहे नीत-अनीत का खयाल ? इस बदफैल ने इज्जत-आबरू, मान-मर्यादा धर दी धोकर ! और तुम हो कि बन रहे हो उसके ही पैरोकार !

'' खून पी जाऊँगा इस दुष्टिनी का। या पीट-पीटकर गाँव से बाहर कर दूँगा कुलटा को,'' यशपाल के गोरे माथे पर पसीना छलछला आया। साँसें तेज।

दादा की आँखें जलने लगीं, होंठ काँपने लगे, ''खबरदार जो आगे जुबान चलाई। अपने मुख से ही पीट रहे हो ढिंढोरा ! बादर में धूरा न उल्लाओ, उलटकर तुम्हारी

आँखों में गिरेगी।''

माँ बेटे को बरजने लगी, ''किरोध न करो लला ! मार-पीट तो बिल्कुल नहीं। इस छँटी हुई का क्या भरोसा, पुलिस-थाने पहुँच जाय।''

''बाई, दूर कर दो इसे हमारी आँखें के सामने से और कह दो कि इस घर में तभी रुक सकेगी जब इस हराम से छुटकारा...'' भर्रा गया यशपाल का स्वर। नथुने काँपने लगे।

मन्दाकिनी को लगा, भाभी आँखें बन्द किए, जीभ सिये विष पिए जा रही है और रोक रही है कंठ में ही।

सास बोली, ''दाऊ के सिर जिन डारै अपने कुकरम ! जिसका है सो तेंही जाने।''

''जाने साली किसका पाप...'' कहकर यशपाल ने थूक दिया।

लाज-लिहाज त्यागकर चीख पड़ी वह ''ओ नकीले ! खैर मना कि बच्चा दाऊ जू का है। नहीं तो यह किसी का भी होता, जात का, आन जात का। गैल चलते आदमी का।

'' तुम होते कौन हो हमारी नाकेबन्दी करनेवाले ?

'' तुम्हें क्या हक...कुत्ता की जात नहीं गिनते हम तुम्हें। ''

''जुबान खींच लूँगा तेरी। चली जा सीधे अस्पताल और खतम करा...''

''नहीं जाऊँगी ! कभी नहीं ! आकास-पाताल एक हो जायँ तो भी नहीं।''

यशपाल ने कुसुमा की गर्दन दबोच ली।

कक्को दौड़ीं, ''अरे, अरे ! सत्यानासी ! हम ले जाते हैं अस्पताल। चल तू ही कर ले अपने मन की। मारे तो मत डारे।''

प्रचंड धूप में चली गई कुसुमा।

माधोपुरा के लिए बस में बिठा दी कक्को ने।

''बेटा, सिया जू का सा वनवास समझना। यहीं तुम्हारे लाने कौन से सुख-साके धरे हैं।''

लौटकर देवगढ़वारी कक्को ने सच भी कहा और प्रिय भी, ''कुसुमा डाकधरनी के पास होकर मायकें चली गई।''

कुसुमा भाभी चली गई।

मन्दा उदास हो गई।

किससे कहे अपने मन की बात ? अम्मा से मिलकर आई है, तब से बऊ भी टेढ़ी-टेढ़ी बोलती हैं।

हाथ की मुँदरी उनकी बूढ़ी आँखों को फोड़ती रहती है। बऊ की भकुरी हुई निगाह अँगूठी को छेदती रहती है। मन्दाकिनी जानती है कि बऊ अम्मा के बारे में सख्त सरिया की तरह अकड़ाए रहेंगी अपने विचारों को ! लचकने की आशा नहीं की जा सकती उनसे।

वह भी सहमत रहती यदि उसने अम्मा की दशा अपनी आँखों न देखी होती। बऊ को बताओ तो झूठ मानती हैं, विश्वास नहीं कर पातीं कि अम्मा बऊ के मुकाबले कई गुनी पैनी धार पर चल रही हैं। क्यों इतनी भ्रमित-सी हैं अम्मा, जैसे अँधेरी सुरंग में भटक गई हों, गैल नहीं मिल रही हो उन्हें।

आज बऊ का कोप शिखर पर है।

उससे बोलीं, ''लाओ मुँदरी। तुमसे उतारकर नहीं धरी जाती तो फेंक दें तला में।''

बऊ की आँखों की झार से झुलस गई वह। हट गई उनके सामने से। उँगली में पहनी मुँदरी धोती के पल्ले से ढक ली।

बऊ भी क्या करें, वे भी अपने भगोड़ेपन से तंग आ गई हैं। समझौते कर-करके बदहवास-सी हो चुकी हैं। अपमान और तिरस्कार से पीड़ित हैं। पराधीन होने की कुंठा खाए जाती है उन्हें।

उन्हें आज भी बखरी में आते-जाते सुनाई पड़ जाता है, 'असगुनी डुकरो जहाँ पाँव डारेंगी वहीं पटरा ! सत्यानास ! पोले पाँव की है डुकइया ।'

तिलमिला उठती हैं बऊ।

परन्तु अम्मा की इस निशानी का निरादर करने का तो किसी को अधिकार नहीं, उसे न किसी और को।

जिसके लिए दी है, उसे ही सौंप देनी चाहिए।

मकरन्द की प्रतीक्षा दोपहर से कर रही है। बऊ की आँख बचाकर किसी तरह सड़क पर आ गई है।

परीक्षा के दिनों में जल्दी लौट आते हैं, न मालूम आज क्यों...

वह घर की ओर लौटने लगी।

टन टन टनन टन !

घंटी लगातार बज रही है। पीछे मुड़कर देखा मन्दाकिनी ने। ब्रेक मारते हुए पैडिल पर पाँव रखकर उतर पड़े मकरन्द। साइकिल का हैंडिल थामकर खड़े हो गए।

''यहाँ कैसे ? किसका इन्तजार कर रही थीं धूप में जल-जल कर ?'' वे शरारत से मुस्कुराने लगे।

''लो अपनी ही कहे जाओगे। बोलने का मौका दो तब तो कहूँ मैं अपनी बात।''

''कहो, कहो।''

वह चुप खड़ी रही। जितने विषाद में सवेरे से डोल रही थी वह तो मकरन्द से

मिलते ही पानी पड़े नमक की तरह घुलकर लुप्त हो गया। एक-दूसरे को देखते ही भूल जाते हैं सारी व्यथा। वरन् मकरन्द के चेहरे पर भी परीक्षा का तनाव होता।

वह संकेत से उन्हें स्कूल में ले गई।

बरामदे के खम्भे की आड़ में खड़ी रही।

"लाओ हाथ। आगे बढ़ाओ उँगली," ऐसे हुकुम देने लगी जैसे मकरन्द छोटे बच्चे हों।

पहनाकर बोली, "ऐसे चकित होकर क्या देख रहे हो, अम्मा ने तुम्हारे लिए ही दी है। सँभालकर रखना।"

वह चल दी।

"अरे ! इतनी जल्दी भगने लगीं तुम ?" ऐसे हाथ बढ़ाया जैसे पकड़कर रोक लेंगे।

"बऊ देख रही होंगी। कह रही थीं कि मन्दा, आज टेक नहीं लगा रहा तुम्हें, कहाँ डावाँडोल हुई फिर रही हो ?"

वैसे केस की तारीख चार दिन बाद थी।

मोदी, चीफ साब, दादा और पन्नी माते तैयार थे। एक से एक मजबूत गवाह जुटाया था।

पर यह अप्रत्याशित खबर !

अनसोचा सन्देश !

प्रेम बहू ने केस वापस ले लिया।

ले लिया जी ले लिया। हाँ, बिल्कुल ले लिया।

स्कूल में बैठे मास्साब और गाँव के अन्य लोग इस चर्चा में अपने काम छोड़-छोड़कर व्यस्त हैं।

"पर भइया, कैसे ?"

"इतने जबर आदमी से जूझ ली ! है तो अचम्भा ही अचम्भा !"

"अकेली प्रेम बहू !"

केस छिड़ा था तो आसपास गाँवों के लोग श्यामली की ग्रह-दशाओं का कुपित योग मान बैठे थे। राहु-केतु का प्रकोप समझ रहे थे। और कई जगह से सन्देश आए थे कि दादा ग्रह-शान्ति के लिए भागवत बिठा दें।

"तीन विधवाओं की जमीन चाँपे बैठा है रतन यादव। किसी को भगाकर तो किसी को बहला-फुसलाकर। और उससे बढ़कर है उसका बेटा राजू यादव। यह पट्ठा पिस्तौल की नोक पर कराता है सारे काम। वकील-जज्ज सब उसके बस में," मास्साब का वक्तव्य था।

"लो, मिठू आ गए। इन्हें होगा सारा कुछ पता," वहाँ जुड़े लोगों की आँखें मिठू की ओर फिर गईं।

"काहे भइया, तुम्हें तो पता होगा, प्रेम कैसे बदल गई ? कैसे अड़ गई ? कैसे हो गया उसका हिरदय-परिवर्तन ?"

मिठू बोले, "लो, हमें तो अब पता लगा है, दादा और मोदी ही बातें कर रहे थे कि कितनी-कितनी मार सही है, बेइज्जती बर्दाश्त करी है प्रेम ने।"

सरजू का बाप किसोरा तेली कहने लगा, "हओ ऐन करी हैं। सुनी तो हमने भी थी, पर भइया, हम तो इस कारन नहीं बोले कि कहीं दादा वगैरह कुपित न हो बैठें कि मुकदमे की बाबत बातें फैलाते हैं लोग।"

"लो, हमारी ससुराल के लुहार की रिश्तेदारी है वहाँ। वही कह रहा था कि प्रेम केस वापस लेने की बात करती है, सो रस्सों से पीटते हैं कसाई। पीठ पर नीले-काले निशान लुहारिन ने खुद देखे हैं। हत्यारे रोटी तक को तरसाते हैं। उन्ना कपड़ा तक नहीं देते पहरने को।"

मिठू की आँखों में उदासी की जगह दृढ़ता आ गई, बोले, " लो, कितनी भी जातना दे ली, कुगत कर ली फिर भी प्रेम बयान बदलकर मानी ! अरे, जनी की जात के बिरोबर कोई मूरख भी नहीं होता और जो अकल पा जात तो आदमी को भंगी बनाकर रख दे !

" प्यार-पिरीत में मारी जाती है बैयर। कहते हैं न कि जनी प्यार के पीछे और आदमी पैसे के पीछे पागिल हो जाता है।

" पर अपने दादा भी संकल्पी आदमी ठहरे। लो ऐन गुंडा बने रहे रतनसिंह यादव चैरमैन और राजू यादव कॉलेज का पिरसीडेंड, दादा से बस चला उनका ? भइया, नैम-बरत में सोई बड़ी ताकित होती है। "

परन्तु बऊ नहीं मानतीं यह बात। कतई नहीं मान सकतीं।

"इतेक भोरी नहीं हती कि केस वापिस लै लेती। छिनार हारने लगी तो हट गई पीछे।"

न मानें बऊ ! बिल्कुल न मानें। मन्दाकिनी तो मानती है। अपनी अम्मा का देर से आना दुरुस्त आना मानती है मन्दा।

बऊ ने कुलदवेता सुमिर डाले। मनौती और परसाद का स्मरण किया। बोली, "बिन्नू, हमें तो लग रहा है, आज भारी गठरिया उतर गई मूँड़ से। मन रुई के गोले सा हल्का हो गया। पर..."

मन्दाकिनी हँसने लगी, "अब 'पर' क्या, 'लेकिन' क्या ? क्या बऊ ? अपनी

मन्दा को गोदी में बिठाओ और बाँध लो उन्ना-कपड़ा। चलो, अपने गाँव लौट चलिएँ। अब कोई नहीं छीनेगा तुम्हारी बिटिया।''

बऊ का लकीरों-भरा चेहरा कपास-सा कोमल हो आया। आँखें नम। लेकिन यह नहीं कहा जा सकता कि बऊ बहुत प्रसन्न हैं, बहुत खुश। कोई खन्दक अब भी खुदी है बऊ के मन में।

ग्यारह

रामप्रसाद विनीत लड़का है। मोदी लल्ला ने दादा और चीफ साब से सलाह करके उसे बुलाया है। मोदिन का भतीजा है। बुआ की देखभाल करता है। फूफा का आज्ञाकारी है और मोदी लल्ला के भतीजों की आँखों का काँटा।

अभी ब्याह हुआ है अगहन में और मोदिन ने फाग तक में मायके नहीं जाने दी बहू।

है कि नहीं अन्धेर। गाँव की औरतें यही कहती हैं। बहू भी यही मानती हैं। बहू खिन्न है।

''मन्दा बिन्नू, है कि नहीं अन्धेरे ?'' बहू ने पूछा।

''भाभी, अन्धेर काहे का, मोदिन काकी तुम्हारी आँखों से देखना चाहती है, परव-त्यौहार, फाग-वसन्त अग-जग। जब से हम इस गाँव में आए हैं, त्यौहार के दिन पूरी-पपरियाँ-गुझिया बना जाते हैं, देवगढ़वारी कक्को के संग। आँधरी मोदिन काकी कैसे बनावें ? अब तुम आ गई हो। फाग नहीं मनाओगी ? पकवान नहीं बनाओगी ?''

नर्मदा !

बहू को नर्मदा नाम मन्दा ने ही दिया है। रोटी-छुआई के दिन औरतों ने तो अनेक नाम निकाले थे, जैसे हुकुम दुलइया, प्यारी दुल्हन, ज्ञान दुलइया, अतर दुलइया। बहू को कतई पसन्द नहीं आए पुरानी चाल के नाम। वह पुकारने पर नहीं निकली कोठे के बाहर।

मन्दा बोली, ''काकी, तुम अपने जमाने के नाम काढ़ रही हो ! भाभी ऐसे नाम से बाहर निकलेंगी भला !''

काकी-आजियों ने मन्दाकिनी की बात पर आश्चर्य व्यक्त किया, ''अये लो, इनसे नोंने नाँउ और का होत ? बिन्नू, नाँउ तो ऐसे ही धरे जाते हैं। तुम काढ़ दो नई चाल को नाँउ।''

औरतों ने नाम का जिम्मा मन्दाकिनी को दे दिया और खिचड़ी खाकर पाँच-पाँच

रुपए से पाँव छुआ लिए।

तब से मन्दाकिनी बहू को बहुत भाने लगी। मन की भाषा पढ़ लेती है मन्दा ! बहू नर्मदा मन्दाकिनी के संग-साथ हँसती-बोलती है। अपने मन की कहती है। उसकी सुनती है। अन्तरंग सखी हो गई मन्दा। बहू निछावर रहती है मन्दाकिनी पर।

फाग है। होली है रंगों का त्यौहार।

धरती पर वसन्त है ! जन-जन उल्लसित है।

मन्दाकिनी के मन में सरसों फूल उठी है। तितली उड़ती हैं, चिड़ियाँ चहकती हैं। पौधे हरे रंग परं पीली चादर ओढ़े खड़े हैं ! आकाश निर्मल नीला। सूरज गुनगुना। चन्द्रमा शीतल। भोर सुनहरी, रातें श्यामा। होली है। फाग है। वसन्त है।

पूरणमासी को होली-पूजन और परमा को शोक दिवस। रंग न गुलाल। दौज को खेली जाएगी होली। मन्दाकिनी क्या, सब जानते हैं यह बात। परमा के दिन झाँसी को अँगरेजों ने हथिया लिया था और आक्रोश में रानी ने और प्रजा ने होली नहीं बनाई थी। तब से द्वितीया को खेली जाती है फाग !

मृदंग बजा, रमतूला कूका, झाँझ बजीं। फागें गाई गईं :

मन डारें अटापै काहे ठाडी
मन डारें...

मकरन्द सवेरे से यहाँ-वहाँ डोल रहे हैं। बऊ के कमरे की ओर अनेक बार घूम गए, मन्दा दिखाई नहीं दी। कहाँ गई मन्दा ?

सबके सामने बोल-बुला नहीं सकते। सगाई होने से रिश्ते की निकटता न मिलने की मजबूरी हो गई है। लाज-लिहाज हो गया।

बऊ समझ गईं। जान गईं उनकी बेचैन चाल-ढाल का मिजाज।

"लला, मन्दा मोदी के घर तरफ गई है।"

गाँव के लड़के खड़े हैं मोदी के द्वार पर। नई भाभी से होली खेलेंगे। मकरन्द उन्हीं में शामिल हो गए, दाएँ-बाएँ, आगे-पीछे !

लड़कियाँ हाथों में रंग छिपाए पौर में आ घुसीं, "निकलो नर्मदा भाभी !"

मन्दाकिनी खड़ी हैं—साँवले मुख पर चपल आँखें। गुलाबी धोती में आज बहुत अच्छी लग रही है मन्दा। आँखों में काजल लगाया है। मुख निखरा हुआ है। होंठ गुलाबी।

टेसू के फूलों का पीला रंग। हौदी भरी है पीले पानी से।

एकाएक बहू ने जलघरा में से पीला रंग उलीचना आरम्भ किया। सारी ननदें सराबोर कर दीं। सँभलने का अवसर ही न दिया।

आँखें नचाते हुए बोलीं, "जब चली जाओ बिन्नू अपने भाइयों के ढिंग। ले लेवें

तुम्हारी झाँकी। धोती-बिलाउज देह से चिपक गए हैं।''

मीरा आश्चर्यपूर्वक बोली, ''मन्दा, तुम काहे ठाड़ी रह गईं। भिगो नहीं पा रहीं नर्मदा कों। एरच तरफ की पच्छदारी कर रही हो ? जे तो गलत बात है। डारो रंग।''

कचनार-सी नर्मदा हँसने लगीं, ''मन्दा के सोनपुरा और हमारे मायके में अन्तर ही क्या है। वैसे भी मकरन्द लला के रिश्ते से देवरानी लगीं, बहन हुई हमारी।''

कबीर ! कबीर ! कबीर !

लो, देवर आ गए।

लड़कों ने रँग डाला बहू को। कोई कपोलों को सहला रहा है तो कोई उसे बाँहों में भींच रहा है। कोई ब्लाउज के नीचे उघड़ी कमर पर गुलाल मल रहा है।

मोदिन परेशान-सी आँखें झपकाती हुई बोलीं, ''लला, ज्यादा हाय-हुड़दंग नहीं। बीमार हो जाएगी बहू। हम तो रोटी को भी बैठे रहेंगे।''

''मोदिन काकी, हम अपने घर से रोटी बनवा लाएँगे।''

''चलो, नासपरे ! अब तक नहीं लाते थे खाना बनवाकें !''

नर्मदा भाभी ने मकरन्द पर रंग उड़ेल दिया।

''लला, सरमाए से काहे ठाड़े हो ? हमें भी छू लो कि मन्दा से ही अकेले में खेलोगे फाग ? अब लाओ फगुआ,'' बहू ने अपनी रँगी हुई कोमल हथेली फैला दी मकरन्द के आगे।

एक पुरा से दूसरा पुरा, एक आदमी से दूसरा आदमी फाग खेलने में मस्त है।

मौका मिलते ही मकरन्द खींच ले गए मन्दाकिनी को। ऊपरवाले कमरे में मनमरजी से रँग डाला। गालों पर, बाँहों पर, मन्दा चिल्ला पड़ी, ''ऐ ! शैतानी नहीं !''

''रामदुहाई ! गंगा सौं ! गंगा सौं दादा !''

मिठू की साँस नहीं थम रही, ज्यों भागकर आए हों। हँफियाते हुए बोले, ''लड़कों ने भारी उत्पात मचाया है दादा ! बन्ने मास्टर के घर में घुसकर बिटियों को पकर लिया ! उन पर जबर्दस्ती रंग डाला है। और तमाम बदसलूकी...छेड़-छाड़ ! कहते नहीं बन रही हमसे...मुख से नहीं कढ़तीं बद बातें ! कुर्ता-गिरारे और डुपट्टा फर डारे।''

दादा को सच न लगा।

मुँह बाएँ मिठू की ओर देखते रहे गए।

कक्को की समझ में कुछ-कुछ आया तो गालियाँ देने लगीं।

''लो, होरी करें हमारे मुख से कोसना कढ़ रही है ! ठठरी बँधे मोंड़ियन की नोचा-खसोटी करवे पहुँच गए !''

''कौन था मिठू ?'' दादा पूछने लगे।

जैसे कक्को अनुमान गई हों, मिठू से पहले ही बोलीं, ''अपने घर के पिरकास और चन्दर हुनें होंगे। और गाँव में कौन की हिम्मत है कि बिटियों तरफ चितै सके ! अपने घर के तो समझते हैं कि दादा की आड़ में सत्रह खून माफ !''

मिठू ने समर्थन किया, ''सोरह आना साँची कैरई कक्को !''

दादा की शिराएँ कसने लगीं। भीतर-ही-भीतर टूटने लगा कुछ, बोले, ''ऐसा अधरम ! बहन-बेटियों के संग लुच्चपन !''

डंडा उठा लिया उन्होंने। आँगन में खड़े होकर दहाड़ने लगे, ''ओ लला पिरकास ! कढ़ो बाहर। तुम्हारी बहन मीरा ठाड़ी हैं, कक्को बैठी हैं, ले आओ रंग। खेलो होरी ! फाड़ो उन्ना-कपड़ा।''

मन्दाकिनी दादा को बाहर खींच ले गई।

''दादा ! काहे को अपना गला दुखाते हो। वे तो सब भाँग पिये हैं। देखो, हमारी चुरियाँ फोड़ डालीं पिरकास ने।''

दादा ने देखा, खून बह रहा है मन्दाकिनी के हाथ से।

जलते-कुढ़ते साँझ हो आई। अपने जमाने याद कर-करके मन मथते रहे।

किसी ने कहा, ''दादा, चीफ साब आ गए। आपको टेर रहे हैं। बाहर चबूतरे पर बैठे हैं।''

उनकी नजरें अपने आप ही झुक गईं। कक्को से बोले, ''अब कैसे मिलें ? मीरा और बिब्बन में भेद ! उनकी बिटिया और अपनी पुत्री में अन्तर ! क्या जवाब देंगे हम ?''

बाहर निकलकर आए तो चीफ साब ने उनके माथे पर गुलाल लगाया। बदले में उनका कँपकँपाता हुआ हाथ उठा। दोनों गले मिले। कलेजा भिड़ा, मगर उनकी आँखें आहत थीं, ज्यों आज चीफ और उनकी छाती के बीच कुछ करक रहा है।

मन्दाकिनी स्वयं चकित है। कैसे चली आई सवेरे-ही-सवेरे ! यह भी नहीं सोचा कि इतवार का दिन है। प्रकाश, चन्दर, विजय वगैरह सब घर ही होंगे। देखकर कहेंगे कुछ अवश्य। वह चलते-चलते ठिठक पड़ी। लौट सकती है अब भी।

नहीं, मकरन्द उदास थे कल। पूछ रहे थे कि मन्दा, तुम्हें तुरन्त अपने गाँव जाना है ? मैं कैसे रहूँगा ? यहाँ सब सूना हो जाएगा। वीरान...

''हाँ, जाना है। मगर कका जू जाने दें तब न। कहते हैं, पूरा हिसाब करके जाओ। अबकी बार की पूरी फसल...'' यह बात मकरन्द नहीं जानते शायद।

''तुम्हारे मन में यहाँ रहने की इच्छा नहीं है मन्दा ?'' वे भोले भाव से पूछते हैं।

''इच्छा है, लेकिन सोनपुरा में बहुत कुछ अधूरा पड़ा है। घर-बखरी वीरान और अस्पताल...कोशिश करके देखेंगे, शायद कुछ हो सके। पिताजी ने उसी की खातिर

प्राण दे दिए !''

वह सोचती हुई आगे बढ़ गई और सीढ़ियाँ चढ़कर खुली छत पर आ गई।

कमरे में घुसते ही दिखाई दे गए। चन्दन का टीका लगाए मकरन्द पूजा पर बैठे हैं। अनन्य भक्त की तरह आँखें मूँदे। हाथ जोड़े।

वह खड़ी रही। प्रार्थना में विघ्न डालना उचित नहीं।

खिड़की से धूप घुस आई है। मकरन्द को खबर ही नहीं कि उनके सिर तक आ रहा है ताप। वह आड़ करके खड़ी हो गई।

''मन्दा, तुम !'' उन्होंने आँखें खोल दीं।

''आज तो भगवान हमसे पूजा के बीच ही प्रसन्न हो गए ! इतनी जल्दी दे डाला वरदान ! आँखें खोलते ही सामने...'' वे आह्लादित हुए कहने लगे।

वह शरारत से देखती हुई मुस्कुरा पड़ी।

''हमें तो नहीं देता प्रभु ऐसा वर। दर्शन के लिए यहाँ तक आना पड़ता है।''

वे हँस पड़े, ''एक वर को दो जगह बाँटने लगे भगवान तो अन्तर्यामी किस बात के हुए ?'' उठे खड़े हुए मकरन्द। किवाड़ें बन्द कीं और आगे बढ़ आए।

वह उतनी ही पीछे हट गई।

खीजते हुए बोले, ''आई ही क्यों थीं, जाओ !''

पास आई तो उसके कन्धे पर अपनी बाँहें रख दीं।

''हट्ट ! कोई देख लेगा !'' वह कसमसाई।

गिरफ्त कसती चली गई। मुख से मुख सट गया, बोले, ''अभी तो भगवान देख रहा है। साक्षी है हमारा।'' ढीठ हो आए वे।

''छोड़ो ! चीख निकल जाएगी मेरी !'' वह छिटककर अलग हो गई।

''मन्दा, चली तो नहीं जाओगी अपने गाँव ? कैसे रहूँगा तुम्हारे बिना...!'' फिर वही वेदनाभरा वाक्य...

मकरन्द की आँखों में याचना भर आई कि सहसा कानों के पर्दों पर ज्यों कोई धमाके छोड़ने लगा। चौंक पड़ी मन्दाकिनी। हड़बड़ा गए मकरन्द।

''कपटी ! ढोंगी ! स्वार्थी ! दादा, तुम स्वार्थी हो। शादी-ब्याह तो किसी से भी हो सकता था—प्रकाश से, चन्दर से, विजय से। सब बराबरी के ठहरे। एक उमर के। पर अपने नाती के आगे तुम्हें क्यों याद रहते दूसरे लड़के।''

एकसाथ दोनों नीचे झाँके।

यह...? सहमकर एक-दूसरे की ओर देखने लगे।

''कका जू !'' मकरन्द चकित हुए बोले।

"..." उसने नीचे का होंठ काटते हुए, डरी हुई निगाह से देखा।

कका जू की दनकार-पर दादा का शान्त स्वर जैसे रेंग रहा हो, "गोविन्दसिंह, बिटियावाले की भी तो कोई इच्छा होती है। वर के चुनाव का हक उसी का होता है। बऊ की ऐसी ही इच्छा थी।"

" बऊ की इच्छा ! बऊ की इच्छा ! बहुत सुन चुके हम। बऊ पुलिस से जूझी हैं ? रतन यादव से लड़ी हैं? सेंत-मेंत में अपनी इच्छा जताएँगी ! फैसला होते ही तैयार हो गईं समेटने को ! अरे वाह !

" दादा, तुम्हें उस मोड़ी से मकरन्द का ब्याह करना है सो ऐन खुसी से करो। पर इतेक समझे रहना कि जायदात तुम अकेले नहीं हड़प सकते। घर के अंडी-बच्चों तक का हिस्सा होगा। हम पागिल-सिर्री नहीं हैं, जो बैठ जायँ हाथ-पाँव झार कें।"

भौचक देखते रह गए दादा, फिर बोले, "यह हड़पने की बात...! सगाई भी तो तुम्हारे ही कहने से की थी गोविन्दसिंह। लड़े-जूझे तो सभी हैं। फिर मोदी, चीफ साब और पन्नी माते भी हिस्सा माँगें तो ? मिठू और डबल लड़ें तब ?"

"विक्रमसिंह और उनकी पत्नी रात ही आए हैं। विक्रमसिंह वहीं आँगन में खटिया पर बैठे हैं। वे वर्दी में हैं।

कका जू की बातें सुनकर सन्न-से हैं।

कका जू के रवैए पर क्षुब्ध दरोगिन ने कक्को को बुलाया अपने पास। रुआँसी हो आईं। एक-एक बात बताने लगीं कका जू के बारे में।

" महिने-भर परे रहे इलाबाद। पूरे तीसौ दिन समझाया था मकरन्द के पापा को कि अपना भला चाहते हो तो अपने बेटे को बऊ के फन्दे से निकाल लो।

" सगाई नहीं, अजगरी गुँजलक समझो। दिन-दिन मोंड़ा की घिची (गर्दन) में फन्दा कसता ही जाएगा।

" तुम्हारे दादा ठहरे धरमातमा जीव। पूरे परमहंस !

" बटवारे की रूपरेखा तो तुमने समझ ली होगी।

" बऊ का हिस्सा तो है ही। मोंड़ी अभी एक साल तक नाबालिग है। डुकरो का क्या विश्वास किसको दै राखे। बऊ अब सोनपुरा में अकेली तो रहना चाहेंगी नहीं, किसी रिश्तेदार को ही राखेंगी संग। सो तमाम भतीजी-भतीजे हैं उनके।

" कक्को, मकरन्द के पापा ने तो यह भी कहा कि भतीजे हैं, तो मुसीबत के समय क्यों नहीं आए पच्छदारी करने ?

" कका जू बोले, ' नहीं आए ! यह कहो कि बुलाए नहीं। मरने-पिटने के लिए वह अपनों को काहे बुलातीं ? जूझने के लिए हम थे तो सही। मुफ्त के ताबेदार।

" ' और यह भी सुन लो कि घर-भर का पइसा लगा है भइया ! दादा अकेले का त्तो था नहीं। सो किस-किससे आँखें चुराएँगे। हिस्सा तो सबका करेंगे। तुम सोच

रहे होगे, अकेले मकरन्द को मिल जाएगा सैकड़ों बीघे रकबा। सो सपने में भी मत सोचना।'

" इनका गुस्सा तो तुम जानती हो कक्को !

" किरोध में भरकर कोहनी तक हाथ जोड़ दिए कि हम कुछ नहीं सोच रहे कका जू। हमारे मकरन्द को बरी करो इस बवाल में से। हम तो शामिल भी नहीं हुए थे सगाई में।

" कका-जू बोले, 'किसी दिन रतन यादव गर्दन और दबा जाएगा तुम्हारे लड़के की। रोरियाता फिर रहा है आज-काल। उसकी योजना मेट दी प्रेम ने।' " दरोगिन हाथ जोड़ते हुए बोलीं, " सो कक्को, हम नहीं माँग रहे कुछ। हम तो अपने मकरन्द की सलामती चाहते हैं।

" और तुमसे बतावें क्या, मोंड़ी की बाबत तो हमने इलाबाद बैठे-ही-बैठे ऐसी-ऐसी बातें सुनी हैं कि..."

"कैसी ?" कक्को चौंक पड़ीं।

"फिर बताएँगे सुभीते से," दरोगिन ने ऐसे मुँह मटकाया जैसे मन्दाकिनी के चरित्र की कुगाथा वे अपने सीने में दबाए बैठी हैं।

कक्को ने एक-एक बात कह दी। बऊ से राई-रत्ती बता दी।

सकते में आ गईं बऊ। त्यौरियाँ जलने लगीं। आँखों पर चश्मा ठीक से बिठाती हुई और सूखे पोपले होंठों पर जीभ फिराती हुई बोलीं, " देवगढ़वारी, कितना आया, कितना खरचा, यह हिसाब गोविन्दसिंह लिखे धरें हैं, तो है हमारे पास भी। हम भी जानते हैं अपनी खेती की पैदावार की नाप-तोल। और मन्दा से लिखाते गए हैं वकील-जजों की फीस। गवाहों का खर्च। वे दिखावें तो सही हमें हिसाब।

" पर हम तुम्हारे अहसान के बदले में हल्के-ही-हल्के मान रहे हैं खुद को। हर हाल में हल्के।

" उपकार का भार तो धन-माया के वजन से भारी होता है हमारे विचार में।

" रही विकरम की बहू की बात, सो अब फैसला उसके हाथ में है। बेटीवाला तो सगाई-सम्बन्ध, ब्याह-शादी करता है, उसे निभाना, चलाना लड़केवाले की विवेक-बुद्धि और व्यवहार पर रहता है।

" वैसे विकरम सिंह पढ़े-लिखे समझदार आदमी हैं। सोच-समझकर चलें तो सब ठीक ही रहेगा। इतै-उतै की सुनें नहीं।

" कच्चे कान रखना घातक होता है देवगढ़वारी !"

दरोगिन ने घरवालों की सारी बातें सुनीं। गौर किया और साथ-ही-साथ विश्लेषण भी। कका जू की कही बातों की जुगाली करती रहीं और मौका देखकर उगल दीं पति के सामने :

" सोचा नहीं था कि घर जाकर ऐसा कलहखाना मिलेगा, मकरन्द के पापा ! यहाँ तो महाभारत मचा है भइया-भइया में ! हम ही हैं कि गूँगे-बहरे बने हुए हैं। संग में आँधेरे भी। पर दादा समझें तब न ! समझाए भी कौन ? मानेंगे किसी की ? हम हैं सो घूँघट-परदा में। अब तो सुसरे ऊँगट-घूँघट में दम घुटने लगा है हमारा।

" कौन कहे कि अपने पाँवों में जाल बिंधाया सो ठीक है। पर उतनी दूर से हमें क्यों फाँस लिया ? हमने क्या माँगा था किसी से ?

" जीत गए होंगे रतन यादव से, अपने भाई से जीतकर दिखाएँ। अपने घर पर विजय पाएँ। सो नहीं है बस में। ऐन दिखा रई हमें।

" हमारे लड़के की जान जोखिम में रहे, वह कैसा ब्याह? इलाबाद में तो तुम खूब तड़क रहे थे, दादा का मुख देखते ही हो गए सान्त ! पटा गया उफान ? "

स्वर टूटने लगा दरोगिन का, " सच्ची, एक ही लरका है हमारा, वह भी यहाँ...ऐसे। कोठी बनवाई है, इसी बच्चे के लिए ही न। विरथाँ है सब। मोंड़ा तो यहाँ धूरा-माटी में पड़ा है। अकारथ है तुम्हारी दरोगाई। दुनिया के पाप-पुन्न करके कमाया है पइसा। किस काम की तुम्हारी धन-माया ?

" लो, अब तक बहुत सहन कर गए हम। अब तो पानी सिर से ऊपर आ गया है। मकरन्द के प्रानों के लाले पड़ रहे हैं ! हमें चैन कैसे मिले ? "

पत्नी मच्छर की तरह कान पर निरन्तर भिनभिना रही है। सोए न सोने दे। आधी रात से ज्यादा बीत गई होगी। झुँझलाहट होने लगी।

वे बोले, "तुम बेमतलब की बातें क्यों..."

" बेमतलब ? तुम्हें बेमतलब की बातें लग रही हैं ! तुम भी पूरे भड़भड़िया हो। सुनी और गुर्रान लगे, फिर भूल गए। ऐसे सुलझते हैं मुसीबत के फन्दा ? सुन लिया और गुना कुछ नहीं ! कैसे दरोगा हो तुम ?

" सौ बातों की एक बात सुन लो कि हम अपना लरका अब यहाँ छोड़ नहीं सकते। पढ़ाई वहीं कराएँगे, इलाबाद में। "

"देखो, सो जाओ। हम दादा से नहीं माँग सकते मकरन्द को। पीछे कुछ भी कहते रहें हम। पिता के आगे अपने लड़के की बात...नहीं, हम नहीं कहेंगे।"

" तुम काहे को माँगोगे ? तुम ठहरे बाप सो तुम्हें क्या पीर ? मताई बनकें देखो, पता चल जाएगा औलाद की पीर क्या होती है।

" हमारा तो जी चैन में नहीं है। अच्छा, यह बताओ कि मकरन्द की उमर सादी-ब्याह की है ? और मोंड़ी, वो मकरन्द से भी बड़ी लगती है। मेमना की तरह

लगता है मोंड़ा मन्दा के सामने...ऊँट के गरे बकरी न बाँधो।

" तभी तो हवलदार की जनी इलाबाद में हँसती है कि बहनजी, तुम्हारे यहाँ तो छटी पुजें पीछे, सगाई-ब्याह पहले !" देसेगिन खटिया पर उठकर बैठ गई।

"तुम भी हवलदार की औरत की बातों में आ गईं !" वे लेटे-लेटे ही बोले।

"हम किसी की बातों में नहीं आए। बस, इतेक हमारी तरफ से कह दो दादा से कि दादा का अधिकार अपनी औलाद तक था। अब हमारी सन्तान पर है हमारा हक्क, टाँग न अड़ावें।"

विक्रमसिंह ने अपनी खटिया पर विपरीत दिशा में करवट ले ली। झुँझलाकर बोले, "हम तो असल स्थिति जाँचने आए थे। क्या पता था कि तुम कैकेयी की तरह वर माँगने अड़ जाओगी।"

"हम कैकेयी लग रहे तुम्हें ?" वे लगभग रोने ही लगीं।

कक्को ने सुन लीं सारी बातें।

वे दोनों कोठे में सो रहे थे और कक्को दादा की खटिया के पास धरती में कथरी बिछाकर लेटी थीं। जलघरा में पानी लेने गईं तो यह प्रसंग सुनाई पड़ गया। खड़ी रहीं कुछ देर। सुनती रहीं पति-पत्नी की बातें।

"बहू कह रही है यह बात ?" दादा को विश्वास नहीं हुआ, "हमारे रहते बहू भरोसा खो बैठी ? इतनी सालों केस चल गया, बाल बाँका हुआ किसी का ? किसी पर आई है आँच ?"

कक्को बोलीं, "लो, तुम तो ऐसा अचरज कर रहे हो जैसे अनहोनी कर रही हो बहू, तुम पर भरोसा न करके। अरे, वह विकरम तक पर विसवास तो कर नहीं रही। वा के मगज में तो गोविन्दसिंह लला की बातें भर गई हैं।"

वे खटिया पर उठकर बैठ गए और तोलते रहे भूत से वर्तमान तक, वर्तमान से भविष्यत् तक।

"देवगढ़वारी, हमने वचन दिया था बऊ को। आज टूट रहा है। कल उसके अनचाहे कुपरिणाम...क्या होगा मन्दा का ? कैसे झेल पाएँगी बऊ ?"

अनायास ही करुणा उमड़ने लगी, "देगढ़वारी, बऊ ने क्या बिगाड़ा है हमारा ? अपनी इच्छाओं का गला घोंटकर सिर टेकती रही हैं इस चौखट पर ! क्या जीवन-भर जुद्ध पर जुद्ध लड़ती रहेगी महेन्द की मतारी ?

" गोविन्दसिंह क्यों नहीं अफरे ? कितना चाहते हैं ? घर में कमी तो नहीं।

" कोई सुविचार दो बहू को।"

वे तारों की छाँव में ही नहा आए। पूजा कर ली और फिर आ बैठे अपनी खटिया पर।

कक्को से बोले, "देवगढ़वारी, आज तो हमने जीवन-भर की जुड़ी उपासना के बदले वरदान माँग लिये। आज हम ऐसे जोधा होना चाहते हैं कि मनचीता कर पाएँ।"

कक्को ने देखा वे उधर बढ़ गए, जिधर विक्रम सोए हैं। उन्होंने वहीं से टोका, "वहाँ कहाँ जा रहे हो, बहू होगी।"

वे लौटने लगे।

विक्रम ने ही बुला लिये, "दादा, आ जाओ।"

"विकरम, जाग रहे हो तुम ?"

"हाँ, नींद नहीं आ रही, आओ, बैठो !" वे उठकर बैठ गए।

वे दो क्षण चुप बैठे रहे कि शायद विक्रम ही पूछे कुछ।

हाँ, पूछ लिया उन्होंने, "दादा, क्या बात है ?"

वे अनुनय करने लगे, "विकरम, हमने सुनी कि...तुम समझाओ बेटा ! बहू को हमारा भरोसा दो।"

"समझाया है दादा ! भरोसा भी दिया है। सोचता हूँ कि अब जाने भी दो। कल को कोई बात हो गई तो आपके सिर कलंक...कका जू का कोप अलग। घर की एकता ही टूट गई तो क्या रह जाएगा हमारा परिवार ?" उन्होंने एक साथ कह डाला।

"विकरम, मन्दा और बऊ...! क्या होगा उनका ?"

"बऊ अपने गाँव जाएँगी दादा ! मन्दा को तमाम लड़के मिल जाएँगे। ब्याह तो नहीं हो गया अभी। आप क्यों घबराते हो ?"

"स्यात् तुम ठीक ही सोच रहे हो लला," उनका स्वर भारी हो गया। घिसटते कदमों से चले आए।

कक्को फिर उठकर बैठ गईं।

"तुम सोते काहे नहीं ?"

"बस ऐसे ही...। देवगढ़वारी, हमारी आत्मा फुँक रही है।"

कुछ देर मौन रहने के बाद फिर बोले, "तुम एक बेर कहकर देखो बहू से कि मकरन्द को भले ले जाय, सम्बन्ध क्यों तोड़ती है ? बच्चे का ब्याह तो कभी-न-कभी होगा ही। मन्दा जैसी बिटिया मिलेगी फिर ?"

कक्को जैसे भरी बैठी थीं, अँधेरे में ही हाथ नचाती हुई बोलीं, " पराए लरका-बिटिया पर तुम्हारा क्या जोर ? सगाई-सम्बन्ध राखें न राखें, उनकी मरजी। कौन पूछ रहा है तुम्हें ? किसको है तुम्हारी बात की चिन्ता ?

" जा विकरम की बहू को यह बात कौन याद दिवाए कि तुम्हारे बाप जू हमारी हैसियत के मुकाबले क्या थे ? कोरे फाटकदार ! हती कोई बराबरी ? फिर भी विकरम के दादा जू ने बचन दिया था सो मोहरें-अशरफियन की थैली लिये लोग लौटा दिए।

और ऐसे ही सिकिल-सूरत में विकरम के मुकाबले पासंग नहीं हैं मकरन्द की मताई।''

मकरन्द ने सारी बातें सुन लीं। खटिया से उठकर कक्को के पास आ गए। उनकी पीठ से लगकर बैठ गए और बोले, ''कक्को, हम नहीं जाएँगे, कहे देते हैं।''

''लला, हमने तो ऐन कह ली तुम्हारी मताई से कि मकरन्द की पढ़ाई का खयाल करो। सो कह रही थीं कि इम्त्यान हो तो गए। आगे यहाँ नहीं पढ़ाना हमें। सब सोच-समझ कें आई हैं वे।''

''कक्को, तुम कह देना किसी तरह, नहीं जाना हमें। हम भाग जाएँगे।''

दादा बोले, '' नहीं बेटा, नहीं ! ऐसा न कहो। हमारी चिन्ता न करो। तुम्हारे माता-पिता पहले हैं और हम पीछे। देखो मकरन्द, हम नहीं चाहेंगे कि तुम कोई जिद-हठ करो। बात बिगड़ेगी बेटा ! तुम्हें हमारा कौल, कलेस नहीं होनी चाहिए।

'' और सुनो, हिम्मत से मुकाबला करो इस बात का। भाग क्यों जाओगे ? डरपोक हो तुम ? सामना करना सीखो।''

मकरन्द आहत-से बोले, ''दादाऽऽ...कौल मत धराओ। कौल तोड़ देंगे हम।''

दादा उनके सिर पर हाथ रखकर बोले, ''तुम बहादुर हो, कौल निभाओगे।''

सूरज तपने लगा। सवेरे से ही तीखी धूप फैली है। गर्दभरी हवाएँ चलने लगीं मुट्ठी-भर छाँह नहीं है इस चबूतरे पर। चलते-फिरते पाँव जलते हैं। झुलस गई है तलवों की खाल...फिर भी न जाने क्यों मन्दाकिनी से कमरे में नहीं बैठा जा रहा।

इलाहाबाद जा रहे है मकरन्द ! उसे सन्देश बड़ी भोर मिल गया। सच न लगा था। लेकिन...सच है !

विश्वास न करने से बदल तो नहीं जाएगा कुछ। असल बात तो असल ही रहेगी। झुठलाने से क्या होगा ? परदा डालने से अपनी आँखें ही तो छिपाई जा सकती हैं, जो घटित हो रहा है उसे तिरोहित कैसे किया जा सकता है।

तपते फर्श पर पाँव जलाना, रोम-रोम झुलसाना अच्छा लग रहा है, सुखकर प्रतीत होता है। कोई आग जले और भस्म कर दे उसे। धरती फटे और लील जाय उसका अस्तित्व।

दो दिन पहले ही तो...मेरे बिना रहने की बात को लेकर व्याकुल थे और आज ? मुझसे पहले ही चल दिए !

बऊ जर्जर कबूतरी-सी हाँफ रही हैं। दरोगिन सगाई की मोहर लौटा गईं। देख-देखकर पंख नुची गौरैया-सी बिखर गई हैं बऊ। फड़फड़ाहट में सिर पटक रही हैं, ''सगुन दरोगिन को नहीं दिया था हमने, फिर वह फेरनेवाली होती कौन है ? सम्बन्ध मकरन्द से किया था। बिटिया दादा को सौंपी थी। लौटाने का ऐलान उसने

कैसे किया ?''

मन्दाकिनी खड़ी नहीं रह पा रही। टाँगें काँप रही हैं उसकी। उस प्रलय की रात के बाद आज फिर याद आ रही है वह बीभत्स घटना...वह खल और मादाभक्षी कैलास...बिरगवाँ का नरक और आज...!

बऊ वहीं आ गईं, बोलीं, ''बिटिया, हमें विकरम के पास तक लै चल। दो बातें कहनी हैं।''

वह एकाएक बिफर पड़ी, ''नहीं...आधी बात भी नहीं !''

बऊ की आँखें ऐनक में से गिरी पड़ रही हैं। होंठों की कोरों में फेन भर गया है।

''काहे नहीं ? तुम तो बेटा, ऐसे कह रही हो जैसे कुछ हुआ ही नहीं। उनके आगे भी बेटी है। हम तो यही सुनाएँगे कि तुम भूलना मत विकरम, बिटिया ब्याहोगे तब याद करोगे कि तुमने किसी के संग क्या व्यौहार किया था।''

मन्दाकिनी लगभग जमीन पर ढह पड़ी, ''तुम्हारे पाँव पड़ें बऊ, चुप रहो।'' कहकर माटी के पुतले की तरह सन्न-सी बैठी रही। बऊ किस चीज की बनी हैं ? आपदा-विपदा, सुख-दुःख के संग बहनेवाली ! कौन सुन रहा है इनकी गुहार ? सोचते-सोचते उठकर कमरे में चली गई मन्दाकिनी।

भीतर घुटनों में मुँह गाड़े बैठी रही। धुआँ-सा घुट रहा है छाती में।

बऊ ने झकझोर दिया, ''बैठे-बैठे काम नहीं चलेगा बिटिया ! देख तो सही, मकरन्द कहाँ हैं ? अब ही जा रहे हैं या देर में ? कोई खबर तो लगे। दो बातें कर लें उनसे। पूछें तो सही उनके मन की। हमें उम्मेद है, अनचाहे ही जा रहे होंगे लला। जबरन ले जा रहे होंगे मताई-बाप।''

उसने फटी-फटी आँखों से देखा बऊ को। कैसे कह रही हो, क्या होगा देखकर ? क्या होगा मिलकर ? अब क्या बननेवाला है ? उन्होंने भी तो कुछ कहा होता। आए होते पास। क्या मालूम दुखी हैं या खुश ?

मन्दाकिनी नहीं उठी तो बऊ ने गनपत को भेज दिया और स्वयं अधीर-बेचैन हुई डाँउ-डाँउ डोलती रहीं, बित्ते-भर जगह में।

लौटे तो रुआँसे थे गनपत। बोल फूटता न था।

अन्त में हताश-से बोले, ''मकरन्द तो सड़क ताईं कढ़ गए। बस की इन्तजारी हो रही वहाँ। जाने में अब क्या देरी है !''

वह आँखें मूँदे, घुटनों पर सिर टेके अब भी बैठी थी। तड़-तड़ चटक उठा सीना ! कोई हवा दे रहा है भीतरी धधकन को।

बऊ करुण हो आईं, ''वे नहीं आए तो न सही बेटा ! बच्चा हैं, हड़क दिए होंगे मताई-बाप ने। मन्दा, तें तो हमें लै चल। लला कों विदा को करिआवें। जाती बिरियाँ हेर लेवें मुख। क्या मालुम कि जे अभागी आँखें फिर कब...''

मन्दाकिनी जड़-वज्र-सी बैठी रही। 'बऊ, तुम्हारे पास कितने औजार हैं? स्वयं को ही चीरने को तर्क-वितर्क, दया-क्षमा की धारदार आरी लिये फिरती हो और समय-असमय चलाने लगती हो अपनी ही छाती पर। बेहिचक अपने ही खंड-खंड करती रहती हो बऊ !'

बऊ ने फिर टहोका, "उठ तो मन्दा ! बखत देख बेटा ! छिन-छिन बलवान है, घड़ी को ऐसे निबल न बना। पल-पल का हिसाब माँगती है जिन्दगी। पछताना रह जाएगा बिटिया...।"

बऊ की बात आक्रोश और आवेश से कट नहीं सकी। वह यन्त्रवत् उठी। उघड़ा सिर ढक लिया। जाने का मन बनाया ही था कि सामने से आते हुए मकरन्द पर निगाह पड़ी। साँस खींचे रह गई। सीने में धड़कन ढोल की तरह बजने लगी।

मकरन्द ने बऊ के पाँव छुए। भर्राई हुई आवाज में बोले, "चलते हैं बऊ !"

"रुक नहीं पाए लला ? किसी तरियाँ भी ? किसी जुगत से ?" वे कातर हो आईं। कोयों में पानी चमकने लगा।

"इस समय तो जाना ही...आगे शायद..." मन्दाकिनी को कनखियों से देखते हुए बोले।

डूबती हुई बऊ ने जैसे किनारे के घास-पात पकड़ लिये हों, "आगे क्या बेटा ? आगे उम्मेद राखें हम ? इन्तजारी करै मन्दा ? बाट..."

कका जू आ गए उसी समय, बोले, "चलो मकरन्द !"

मन्दाकिनी अटल खड़ी रही। टाँगों में कम्पन उठते हुए भी अविचल।

बऊ सड़क तक जाने की जिद करने लगीं।

"तुम चली जाओ बऊ, हम हरगिज नहीं जाएँगे।" उसके होंठ क्रूर हो आए।

बऊ विकल हो उठीं, "ना ! ऐसा गजब न करना मन्दा ! विदा की घड़ी ही याद रह जाती है। अपना कोई जहाँ तक दीखे, वहाँ तक निहारते हैं बिटिया ! अब के बिछुड़े जल्दी ही मिलावें मोरे ठाकुर जू। हमसे पूछ मन्दा, अपने बालक का दुःख कितेक भारी होता है !" बऊ का स्वर फटने लगा।

मन्दाकिनी आगे-आगे चल दी। बऊ उसका कन्धा थामे झुकी हुई-सी पीछे चलने लगीं।

सड़क पर खड़े लोगों की नजर एक साथ उठी।

बऊ ने देखा, दादा, मोदी लल्ला, पन्नी माते, चीफ साब और मिठू देख रहे हैं उनका आना। 'लाचार और दीन-से क्यों हो गए ये लोग? हारे से काहे को खड़े हैं ? जबकि यह भाव तो विकरम और कका जू के मुख पर होना चाहिए,' बुदबुदा उठीं बऊ।

बऊ ने नाक पर चश्मे की कमानी सीधी की और एक-एक को देखा बारी-बारी से। दादा आगे बढ़ आए, उनकी ही ओर। विवश हुए कहने लगे, "मातौन, कोयल

और कागा की कहानी सुनी होगी, आज अपनी आँखन देख भी लो।''

वऊ के मुख का दैन्य न जाने कहाँ तिरोहित हो गया। दादा से समभाव नहीं रख पाईं। कठोर और दृढ़ स्वर में बोलीं, ''आप काहे को अपराधी बने ठाड़े हो ? पराया दोख अपने माथे मढ़कर दूसरी बेर भूल कर रहे हो। हमने तो कुछ नहीं कहा आपसे। हम भी जानते हैं कि अपने खून से लड़ना कितना दुसवार होता है !''

मकरन्द ने देख लिया, मन्दा आँखों में सैलाब रोके खड़ी है। आगे बढ़े परन्तु माँ ने बाँह पकड़ ली, ''हमारी तरफ हेरो मकरन्द ! दादा की आन राखो। अबै तो डुकरो भासन-उपदेस देकर भरमा रहीं दादा को। पीछे समझ पाएँगे। कुटुम की तबाही का कारन न बनो।''

''अम्मा ! कोई तबाही नहीं हो रही,'' उन्होंने बाँह झटक दी।

मन्दाकिनी बधिर बनी खड़ी रही उसी जगह। सूत-भर भी नहीं हिली।

बस आ गई।

मकरन्द सामान की चढ़ा-उतराई के बीच मन्दाकिनी के पास दौड़ के आए, बोले, ''पहले आँसू पोंछो। हौसले से रहना। मैं पढ़ने जा रहा हूँ। मेहनत करूँगा। डॉक्टर बनूँगा। तुम्हारे गाँव आऊँगा मन्दा ! तुम्हारे अस्पताल में। रोना नहीं, तुम्हें हमारा कौल।'' जैसे वाक्यों को गिनकर बोल गए मकरन्द।

मन्दा सुनती रह गई। सूक्तों की तरह गुनती रही, अनसमझ की तरह।

भरी हुई आँखें पोंछ डालीं। सिर पर चीफ काका का हाथ अनुभव हुआ। मोदी लल्ला की आँखें सान्त्वना बन गईं।

दादा की छाती से लगी मन्दा देखती रही, जाती हुई बस को...धूल और धुएँ के गुबारों को। खिड़की से झाँकता रहा मकरन्द का मुख। ओझल होते-होते अधिक स्पष्ट होती गई आकृति ! आईना हो गया है मन !

बावरी हो गई मन्दा !

उन्ना-कपड़ों की सुरति-सुधि नहीं !

बाल रूखे सेवार से और देह जड़ पाथर ! गली में तथा कुएँ पर जुड़ी औरतों के वीच चर्चा। बातें-ही-बातें। खेत-खलिहान में काम करती सखी-सहेलियों के बीच यही वार्तालाप होता है इन दिनों, जैसे धरती पर उगती और आकाश से झरती हो गाथा !

कक्को पनघट पर जुड़ी औरतों को व्यथा बताती हैं, ''कुछ बोलती-बतियाती नहीं मोंड़ी। साँचा दुक्ख तो जे ही है ! टेरो तो फटी-फटी आँखों देखती रहेगी। बहौत हुआ तो सूखे सफेद होंठ काँपने लगते हैं, मगर उत्तर नहीं कढ़ता मुख से। कहीं दानी तो नहीं...''

आँधरी मोदिन काकी नर्मदा को पकड़कर आई हैं मन्दा को देखने, "है ! लूघर लगै ऐसे पढ़े-लिखेन कों। अतल दुक्ख दै गए मोंड़ी कों।"

कक्को ने आँधरी मोदिन के पाँव छुए और कथा आगे बढ़ाई, "विकरम की बहू कहती थीं कि जे कल्लू-चुरैल हमारे मोंड़ा के संग बाँध दई। बताओ मोदिन जिज्जी, कहूँ साँवरी है मन्दा ?"

"न साँवरी। मोंड़ी की बोली-वानी ऐन ऊजरी है। मन दरपन सौं साफ है !" आँधरी मोदिन ने अपने मन के नयन खोल लिये।

नर्मदा बोलीं, "हओ, दरोगिन ऐन सिमथर की महारानी है ! सीसा दे राखतीं कक्को कि हेर लो अपनी सिकिल और तब कहो जे बातें।"

कक्को का स्वर कराह में बदल गया, "गरब है, कहत हती कि ऐसी तो नौकरानी नहीं राखेगा हमारा मकरन्द। बताओ, सेन्दुर-सी बिटिया को अनेक दोख मढ़ गईं।"

मोदिन को उठाती हुई नर्मदा बोलीं, "वे भगवान कों नहीं डरातीं। सोचती हैं कि जग जीत लिया। अब तुमसे क्या कहें कक्को, हमें मिली थीं सो कहती थीं, 'जे मोंड़ी तनक उमर में बीस घटिया नाँखी है, गाँव-गाँव रही-बसी है, भला बची होगी अच्छत कुँआरी। हमें तो बता गए हैं बिरगवाँ के कैलास मास्टर कि सती-सावितरी नहीं है वा सोनपुरा की मोंड़ी। दरोगिन अपने लरका को अलग कर लो वा से। सो बैन, हम तो ले जाकें रहेंगे अपने मकरन्द को।' "

कक्को का स्वर झुलसने लगा, आग पीती हुई-सी बोलीं, " जा की नास हो जाय ! पापी ! कुकरमी को कुसुमा लँगड़ा तो करिआयीं, अब जुबान में कीरा डारन लगे। कैलास कुढ़िया !

" जब ही कहती थी विकरम की बहू कि जा गंगाजली कों तुम ही सहेजो। हमारे मोंड़ा कों तो मुकत करो कक्को। "

नर्मदा आँधरी मोदिन का हाथ पकड़कर ले जाते हुए ठहर गईं। कक्को के कान के निकट मुख ले जाकर बताने लगीं, "अब तुम्हारी तो बहू ठहरी दरोगिन। नहीं तो, हमारे पीहर में ममाना है उनका, सो जानते हैं हम उनकी कारोंच-कथा। ऐन सती-सावितरी हैं वे ! न खुलवाओ हमारा मुख।"

बारह

कुसुमा भाभी कहती हैं कि वे किसी जनम में डबल बब्बा की बेटी रही होंगी !

कुसुमा भाभी को डबल बब्बा अपने पिता काहे को लगते हैं ?

बऊ कहती हैं, " काहे को...अरे बई भूमि की हैं। जहाँ वे जनमें हैं, बई

जल-माटी, ताप और हवा से बना है कुसुमा का सरीर और मन। फिर मिमता तो उपजेगी ही।

" पर बेटा...यह सम्बन्ध ऐसा ही समझो जैसा गौरा-पारवती का नाता रहा अपने पिता परवतराज हिमालय से। आसपास तो रहे, पर संग नहीं। तपसिन हो गईं गौरा तो बस छाँह-सी बनाए रहे उन पै। ऐसा ही हाल डबल का रहा। "

हाँ, ऐसा ही तो...सोचती है मन्दाकिनी। कुसुमा भाभी ऐसा ही मानती हैं। सदा ऐसा ही काहे को हुआ कि वे आए और कुसुमा भाभी चल दीं। कुसुमा भाभी आईं और वे चल दिए। क्या गढ़ी में, क्या बिरगवाँ के मेले में और क्या उस रात...

घने अँधेरे में दो चमचमाती आँखोंवाली बस से उतरी थीं कुसुमा भाभी। कोहरे और धुन्धभरी कड़कती ठंड में कुछ देर सुन्न-सी खड़ी रहीं।

माता के मन्दिर के सहारे कोंड़ा दहक रहा था। पन्नी दादा के घर के दो आदमी बैठे थे आग को घेरकर। बातों में लगे थे सम्भवतः।

वे आँखें गाड़-गाड़कर पहचानने लगे। चीन्ह गए और बोले, "बहू है।"

उठे और पास आकर एक ने हाथ से बकसिया ले ली, द्वार तक पहुँचा गए। जाते समय बोले, "बेटा, द्वार खुलवा लेना, हम खटकाएँगे तो सौ बातें उठाएँगे इस घर के लोग, सो बहू, तुम खुलवाओ द्वार।"

बन्द दरवाजे पर दस्तक दी।

कुसुमा भाभी खटखटाती रहीं। देर हो गई थपथपाते हुए, कोई नहीं आया भीतर से। ठंड के कारण वे काँपने लगीं। कान सनसना रहे थे। किवाड़ों से लगकर भीतर की सरसराहट को सुनने लगीं। निस्तब्ध सन्नाटा था। बच्चे को थपथपाते हुए एक बार फिर दस्तक दी।

बाहर सोए हुए डबल जाग पड़े।

बोले, "को है ?" और उठकर तुरन्त ही लट्ठे पर टँगी लालटेन की बत्ती ऊँची कर दी।

रोशनी की चौंध से या डबल बब्बा की भारी और तेज आवाज सुनकर गोद का बालक रो पड़ा।

"बच्चा !" वे उत्कंठा बनाए हुए दरवाजे पर आ गए।

लम्बी कद-काठी को पहचानते हुए-से बोले, "कहूँ कुसुमा है का ? माधोपुरा वारी ? बहू ?"

कुसुमा भाभी ने बच्चा डबल बब्बा की बाँहों में थमा दिया। घूँघट सँभालकर उनके चरणों में झुक गईं।

डबल बच्चे को लिपटाए अभिभूत-से खड़े रह गए।

चेत आया तो हिलोर लेती हुई आवाज में बोले, "बेटा, खुसी-आनन्दी रहो।

फलो-फूलो। सुख-चैन में रहो मोरी पुतरिया।''

बब्बा ने उसी उत्तेजना में द्वार कसकर भड़भड़ा दिया और बहुत जोर की आवाज मारी, ''किबारें खोलो यशपाल !''

''को है बब्बा ?'' भीतर से प्रत्युत्तर आया।

''बहू है। खोलो जल्दी !''

किवाड़ खुल गए।

चौखट के बाहर खड़ी थीं कुसुमा भाभी।

देहरी के भीतर यशपाल।

वह हतप्रभ-सा देखने लगा।

कुसुमा भाभी उसी तरह खड़ी रहीं, पर्दा किए, बकसिया थामे।

''इस घर से क्या नाता ? यहाँ काहे को आई है यह कुलच्छिनी ! हैं ! यहाँ काहे को ?''

दरवाजा भाभी के मुख पर दे मारा यशपाल ने।

डबल बब्बा आश्चर्य से बोले, ''अरे ! जे का कै रए बहू से ?'' देर तक खड़े-खड़े देखते रहे। फिर क्रोध आया, ''दरवाजौ काहे कों बन्द कर लऔ ?''

बच्चे को कुसुमा भाभी की गोद में देकर दो लातें मारीं किवाड़ों में, ''ओ कका जू की औलाद, सूधें द्वार खोल दो ! गंगा सौं हम किबार-टाटी तोर कें माँय मेक दें।''

भीतर से चिल्लाया यशपाल, ''डबल बब्बा, तुम जाओ। सोओ। रात के बख्त मगज न खाओ।''

''अरे, सोबें! कैसे सोबें ? खोल नातर...'' उन्होंने फिर लातें मारी किवाड़ों में। मुक्के मारे। हथेली ठोंकी।

''डबल बब्बा, पागल हो गए हो ?'' भीतर से वही स्वर।

''हओ ! हम पागिल हो गए हैं ! कि तें हो गओ सिर्री ! बहू कों रात के बखत द्वारे से दुतकार रहौ अधरमी ! खोल द्वार ! हम कह रहे हैं, खोल द्वार। किरोध न दिवा हमें...''

किवाड़ फिर भी नहीं खुले। डबल बब्बा की चीख-पुकार व्यर्थ।

फिर क्या...डबल के हाथ में ईंट-पत्थर, फरुआ-खुरपी, डंडा-लकड़ी, जो आया, वही दे मारा। मारते ही रहे। तोड़ते रहे भारी-भरकम, कीलदार किवाड़ों को।

कक्को उठकर भागीं। आँखें भिड़भिड़ाते हुए द्वार खोल दिया।

''क्या हो पड़ा डबल ? क्यों चिल्ला रहे हो ?''

''देवगढ़वारी, जे कसाई...बहू कब से जाड़े में ठिठुर रही है। बच्चा लीला पड़ा जा रहा है !'' डबल ने दाँत पीसते हुए बताया। उनकी आँखें जल रही थीं। मुख भयानक हो आया।

यशपाल डबल के ऊपर चढ़ बैठा, "हम देखें तुम्हारा किरोध। ज्यादा मुँह लग गए हो। चमरिया से चाची कही, चौका में चली आई !"

"जुबान सम्भार के बोल मोंड़ा !" डबल की त्योरियाँ चढ़ी थीं।

यशपाल ने जूता उतारकर डबल के सिर में लगातार आठ-दस बार मारा। "साले, सारा डकैतपना झाड़ दूँगा।"

फिर क्या था, डबल ने यशपाल को पकड़ लिया। पीटा, इतना पीटा कि मुँह से खून। नाक से खून, खून-ही-खून। अधमरा कर दिया, मगर नहीं रुके।

घर-भर जाग पड़ा। कुहराम मच गया।

कुसुमा भाभी का बेटा रो-रोकर हलकान हुआ जा रहा था।

दादा ने भागकर डबल को पकड़ा। जैसे-तैसे रोका।

"तुम डाकू ही रहे डबल ! गम खा जाते। मार-काट काहे कों मचा डाली।"

कका जू गरजे, "साले डबला, निकर यहाँ से, हम तेरा मुख नहीं देखना चाहते। इसी बखत भाग!"

डबल ने जमीन पर थूक दिया। जाते-जाते बोले, "गोविन्द सिंह, इस घर का पानी भी नहीं पीना चाहते हम। मानसों की ऐसी बेकदरी, इतनी बेइज्जती ! हमने अपने डकैत जीवन में भी कभी नहीं देखी।"

और डबल चले गए।

"कुसुमा ?"

"तुम इतेक रात में...!" पाँवों पर झुकी कुसुमा भाभी को आशीर्वाद देते हुए देवगढ़वारी कक्को पूछ उठीं।

वे ककिया सास के पास सिमटकर बैठ गईं।

"मन मैला न करो। हिम्मित राखो। तुम्हें तो बहुतों का सामना करना है, मूक बछिया कब तक बनी रहोगी।"

भोर होते-होते घर में क्या, गाँव-भर में चर्चा फैल गई कि माधोंपुरावाली गोद में लला लेकर आ गई है।

मुख देखते ही छोटी ने अपने किवाड़ बन्द कर लिए। देवरानियाँ-जिठानियाँ छोटी को चिढ़ाने लगीं, "सौत तो आटे की भी बुरी होती है। लो सम्भारो, हिस्सेदार ले आईं तुम्हारे लिए।"

सामने ही सास आ रही थीं, कुसुमा चरण छूने बढ़ीं। वे अनदेखी करके दूसरी ओर को मुड़ गईं।

कुसुमा भाभी को बड़ा दुःख हुआ, बच्चे की ओर किसी ने देखा तक नहीं ! छुआ

नहीं ! उलटे मुँह बिचकाया। वे आँखों में आँसू भरे चुपचाप बैठी रहीं, जैसे कहना चाहती हों कि अपनी उपेक्षा पर इतनी वेदना कभी नहीं हुई। इस अबोध के लिए ऐसी निर्ममता नहीं सही जा रही। क्यों निर्दयी हो गए हैं ? इस बालक ने क्या बिगाड़ा है ? लेकिन बोलीं केवल इतना ही, "बिन्नू, पागल है मेरा मन ! बावरा ! इन तिलों में तेल कब था, जो...कक्को बहौत नहीं हैं क्या नेह-दुलार के लिए ? दादा हैं। तुम हो !"

उसने बच्चे को गोदी में ले लिया।

"क्या नाम है भाभी इसका ? क्या कहकर पुकारती हो ? यह तो राजकुँवर है, कुँवर।"

"बिन्नू, तुम्हारे बिना हम क्या कहकर पुकारते ? लो, आज से पुकारेंगे, कुँवर !" भाभी की आँखें झिलमिला उठीं।

"बिन्नू !"

"..." मन्दाकिनी बच्चे को खिलाने में तल्लीन थी।

मन्दा !

वह देखने लगी कुसुमा की ओर, जैसे हर प्रश्न का उत्तर देने के लिए अपने को तैयार कर लिया हो।

"मकरन्द..." भाभी ने आगे कुछ भी नहीं कहा। उनकी छोटी-छोटी आँखों में दुख उमड़ने लगा।

वह बच्चे को घुटनों पर हिलाती हुई सूनी-सूनी आँखों देखती रही कुसुमा की ओर। जैसे सब कुछ रीत गया हो। कुछ बचा ही नहीं कहने-सुनने को...

"मन्दा, तुमने रोका नहीं ? कुछ कहा नहीं ?"

"क्या कहती मैं ? फिर जिसे जाना है उसे कौन रोक सकता है ? इसी तरह जब आना होगा तब भी कोई नहीं रोक पाएगा।"

"हाँ, ठीक कह रही हो बिन्नू ! हम समझते थे, तुम इतेक ही हिम्मित से काम लोगी। कैसे-कैसे पाँसे पड़े होंगे सो भी हम जानते हैं, पर इतना भी समझते हैं कि हमारी मन्दा ज्ञानवान है, सुख-दुख में भेद नहीं मानेगी। इन दुरबुद्धियों की परवाह नहीं करेगी।"

कुसुमा ने देखा, मन्दाकिनी की लाल-लाल आँखों में चिनगारियों का सरोवर है, पर होंठों पर हँसी है। हँसी के बीच जैसे मेघ उमड़े हों, पर पलकें नहीं छलकतीं। बहादुर है मन्दा। हौसला है उसके जिगर में।

आँगन में धूप फैली है।

कुसुमा बोरा बिछाकर बैठ गई।

ऊन की लच्छियाँ रखी थीं, उनके गोले बनाने लगी।

मन्दाकिनी नहा-धोकर आ गई। बोली, " भाभी, हम बनाएँगे स्वेटर। नर्मदा भाभी के घर एक रिश्तेदारनी आई हैं दतिया से, उनका लला बड़ा अच्छा स्वेटर पहन रहा है।

" नर्मदा भाभी तो कह रही थीं कि मन्दा, टीप लो बुनाई, लेकिन हम ऊन कहाँ से लाते ! अब जाएँगे उनके घर। "

मन्दा का ध्यान भाभी के कानों पर गया।

'भाभी, जे झुमकी ! अच्छी हैं। खूब जँच रही हैं तुम्हारे गोल चेहरे पर। बनवाईं ?"

कुसुमा उदास हो गई।

" मन्दा, हम नहीं पहनना चाहते थे। हमारी भौजाई नहीं मानीं। बोलीं, लला भए हैं, पछ (छोछक) में कुछ तो देते। जाता तो सबके लिए है। पर अब...बस, तुम्हारे कानों में ये पहनाए देते हैं।

" सो बिन्नू, भौजाई का मन नहीं मार पाए हम। उतार देंगे। या तुम पहन लेना। "

"भाभी, हमें तो तुम्हारे कानों में ही अच्छे लग रहे थे। हम क्या..."

किसी आहट ने ध्यान भंग किया।

देखा, छोटी खड़ी है, गोद में लड़की है।

सुनकर बोली, "बेसरमाई की भी हद है ! लो, गई तो ऐसे थीं कि जैसे दद्दा हीरालाल के जनमते ही राजपाट नाम लिख देंगे। नहीं हुआ निभाव। आन गिरीं फिर यहीं।"

वह आहत हो आई। घुटनों में फँसी लच्छी पर घूमता हाथ रोककर बोली, " बैन, राजपाट ही होता तो हमारे पाँव पर पाँव धरकर तुम आ जातीं इस घर में ? छोटी, मुँह तक भरे भाव को न खरोंटो ! बिरथाँ घिनापन हो।

" साँची कहता था हमारा भइया कि कुसुमा, न जा उन कसाइयों में। बच्चा यहीं पल जाएगा।

" वह तो हम ही नहीं माने, सो कहकर चले आए कि भइया, यह बच्चा केवल पल जाने के लिए ही नहीं जनमा। "

"आए-होय ! सिमथर का राज जीतने को जनमे हैं जे हजारीमल !"

छोटी की धारदार बात कुसुमा के कलेजे में गड़ गई।

"यहाँ-वहाँ से जन लिए सो समझ रही हो कि हिस्सा बँटा लोगी ! भूल रही हो माधोपुरावाली जिज्जी तुम," छोटी चढ़कर बोलने लगी।

"यहाँ-वहाँ से !" कुसुमा अनजान-सी बोली।

''और क्या, ब्याहे की सन्तान है यह हरामी !'' छोटी ने होंठ बिचका दिए।

कुसुमा का चेहरा विद्रूप हो आया। कड़वाहट हलक तक भर आई।

'' हमारे कुँवर तो नहीं हैं ब्याहे की सन्तान, यह बात तो हम गा-गाकर कह रहे हैं।

'' ...पर बैन, तुम अपनों का सबूत दे दो कि तुम्हारे सात फिरे खसम से ही जायन्दा हैं। कोई कसौटी हो तो दिखा दो घिसकर।

'' रही हिस्सा-बाँट की बात, सो निसाखातिर रहो, हम तुम्हारा कुछ नहीं बँटाएँगे। हमारे कुँवर के पिता का तो तुम्हारे हिस्से से कई गुना बड़ा हिस्सा है, घर में और खेत में। फिर छोटे हिस्से पर क्यों जाएँगे हम ?

'' दाऊ जू का बेटा तुम्हारी खेरीज-खाते के टुकड़ों में से क्या बँटाएगा ? और ठीकरों में से तुम क्या दे पाओगी ?

'' दिलिद्दरों से बाँट-बँटाई ! है न मखौल की बात !''

छोटी का तन-बदन जल उठा।

सास पीठ पीछे न जाने कब से खड़ी थीं, फुफकारती हुई झपट पड़ीं, मुँह भींच दिया कुसुमा का, ''कहना यह बात फिर से ? चलाना अब की बेर जुबान ? चली आई हिस्सेदारिन की...''

वह झटके से उठकर खड़ी हो गई, ''अब क्या कहें बड़ी-बूढ़ी से ?'' अपने कोठे में घुसकर कुँवर के कपड़े तहाने लगी। रोस आँखों से झरने लगा।

सास पीछे-पीछे चली आईं।

हाथ नचा-नचाकर बोलीं, ''कीरा परेंगे तेरे। परलोक बिगरेगा। रंडी, जे जनम तो गया ही मुँह मारते, अगला भी गाड़ दिया पाप में।''

यशपाल आ पहुँचा तभी।

''क्या बक रही है यह ?''

''बेटा, देख तो, भट्टी लगी है दाऊ जू का नाम उछारने !''

''ओ ऽ ऽ, अपने कुकरम अपने संग ही बाँधे रह। ऐसे स्वाँग भरकर नहीं ले पाएगी दाऊ जू का हिस्सा,'' यशपाल का जहरीला स्वर गूँजा।

अपने को रोकते-रोकते कुसुमा फट पड़ी, ''बहुत सुन ली ! सुभकरमी ज्यादा बोले तो...और रोक लेना अपनी मतारी को, अपनी लुगाई को। हमारे ऐंगर न झाँकें।''

दाँत पीसती हुई सास चिल्लाई, ''देख तो ! एक तो छिनारपना, ऊपर से मुँह जोरी !''

''बाई, चली जाओ यहाँ से ! अपनी इज्जत अपने हाथ राखो,'' कुसुमा ने हाथ जोड़े।

सास ने चोटी पकड़कर झँझोड़ डाली, " रंडी छोत ! खसम कराउनी ! तें बड़ी जबर-जुवान हो गई है। किसी को बोलने नहीं देती। हओ, दादा के घमंड में फूली है, वे जरूर मान लेंगे तेरी कही।

" बताओ, बाल-बिरमचारी दाऊ पर मढ़ रही है, अपनी करनी ! मरे मूँड़ पर धर रही है पाप-गठरिया।

" ऐसी सतवादिन हती तो अगिन साच्छी करती। बछिया कराती, फिर दिखाती अपनी करिया सिकिल, गाँव भर को।

" देखते तो सही गाँव के लोग कि पिता समान ससुर तक नहीं छोड़े कलमुँही ने !"

कुसुमा देखती रही। आँखों की पुतलियाँ अंगारे हो गईं। झार से तन-बदन जलने लगा।

" अगिन साच्छी करके ही आए थे तुम्हारे पूत के संग। सात भाँवरे फिर कें ! लिहाज रखा उसने ? निभाया सम्बन्ध ?

" दूसरी बिठा दी हमारी छाती पर !

" अँधेर पीते रहे तुम लोग ! खाक है बूढ़ेपन पर !

" उस दिन से कोई सम्बन्ध, कोई नाता नहीं रहा हमारा ! जो ब्याहकर लाया था उससे ही कोई ताल्लुक नहीं तो इस घर में हमारा कौन ससुर और कौन जेठ ?

" उमर के नाते अदब कर रहे हैं, तुम हमारी सास होने का भरम न रखना।"

कका जू पौर में खड़े-खड़े बहू का ऐलान सुन रहे थे। चुपके से बाहर का दरवाजा मूँद आए, कि माधोंपुरावाली का ऊँचा स्वर चौखट के पार न हो जाय।

अब ?

वे यशपाल से बोले, "इस दुस्साहसी बहू से ज्यादा न चेंटो। इतेक मत उलझो। कल के दिना बिटियों के शादी-ब्याह करने होंगे, माथा ऊँचा नहीं कर पाएँगे। कोई क्या कहेगा कि इनके घर में..."

वे आगे बढ़े और कुसुमा के कोठे के द्वार पर जा खड़े हुए।

"बहू, तुम ही गम खा जाओ। अपनी सास और यशपाल की बात पर कान न धरो। तुम गैर नहीं, बहू हो इस घर की। कुटुम-परिवार, यह घर तुम्हारा नहीं क्या ? जैसा चाहोगी, हो जाएगा।"

कुसुमा पीठ फेरे सुनती रही। दो क्षण बाद मुड़कर देखा, कका जू कुँवर को गोदी में लिये दरवाजे की ओर जा रहे थे।

आज प्रकाश मकरन्द के जूते पहने था। मन्दाकिनी की निगाह गई तो भीतर-ही-भीतर खलबला गई। उनकी किताबें भी कर दी होंगी इधर-उधर। कपड़े भी...।

ऊपरवाली खिड़की में से कमीज झाँक रही है किवाड़ पर टँगी है शायद। कक्को कहती हैं, बिटिया, एक दिन ऊपरवाले कमरे में मकरन्द का सामान ठीक से समेट के रख आओ।

वह निःश्वास भरकर रह जाती है। ऊपर जाने की हिम्मत नहीं जुटती। सहेजने को हाथ नहीं उठेंगे...

लेकिन आज ! आज नहीं रुका गया। गुस्से से भरी जा पहुँची कक्को के पास।

''कक्को, मकरन्द के जूते ?''

''पिरकास पहरें देखे होंगे तुमने। हम ले लेंगे वापिस। तुम किरोध न करो। आओ, यहाँ आओ। लो बची-खुची रोटी सेंक लो। हमारी तो आँखें हो गईं कमजोर, दिखाई नहीं परता कुछ। घुटना अलग पिराने लगा है।''

वह यन्त्रवत् चूल्हे के पास जा बैठी। रच-रचकर रोटियाँ बनाने लगी। मकरन्द गुस्सा हुआ करते थे, तुम निराट गँवार हो मन्दा ! किताबें बेकार मँगाई हैं तुमने। पढ़ती तो हो ही नहीं। कक्को के चूल्हे-चौका में लग जाती हो।

कुसुमा भाभी वहीं आ गईं।

''लो कक्को, आज तो मन्दा बिन्नू निपटाए देती रोटी-पानी।''

वह क्षीण-सी हँसी हँस दी।

उद्विग्न है मन्दा ! गमगीन। बहुत उदास।

''लो, क्या हो पड़ा आज? बिन्नू, क्या हो पड़ा ?''

एकान्त में खटिया पर लेटी मन्दाकिनी को भाभी चिन्तित होकर टटोलने लगीं।

''कुछ भी नहीं। बस, ऐसे ही रोने को मन हो रहा है। होता है न कुसुमा भाभी, कभी-कभी ऐसे ही रो लेने का मन हो आता है !''

'' बिन्नू, हमें न भरमाओ। मन्दा, सब जानते हैं हम। दुःख जब लबालब भर जाता है तो छलकता है बिटिया, ऐसे ही नहीं आता रोना। यादों की आँच से भीतर भरी टीसें हो जाती है पानी-पानी...!

'' पर बिन्नू, तुम तो इतेक हिम्मत से रह रही थीं, अचानक अधीर... ''

मन्दा ने एक कागज का टुकड़ा भाभी के सामने कर दिया।

''यह ? चिट्‌ठी है क्या ?'' भाभी ने कुँवर के मुख से अपनी छाती निकाली। ब्लाउज नीचा किया और खटिया पर लिटा दिया बच्चे को।

''पढ़कर सुनाओ बिन्नू !''

'' नहीं पढ़ पाऊँगी। रोना आता है। मकरन्द का मन नहीं लगता वहाँ। खाना-पीना भी नहीं अच्छा लगता। लिखा है, अम्मा-पापा बहुत अजनबी लगते हैं। गीता अपरिचित-सी लगती है। गीता पूछा करती है तुम्हारे बारे में। बताते समय बहुत तकलीफ होती है।

'' लिखा है, तुम्हारा रिबन मेरी बकसिया में चला आया है मन्दा ! लाल रंग का है। मैंने छिपाकर रख दिया है।''

''रिबन ?''

''हाँ, सुगना की अम्मा ने हमें गाँव से चलते समय दिया था भाभी !''

''हम इलाहाबाद नहीं जा सकते भाभी ? एक बार मिल आते। देख लेते मकरन्द को,'' वह कुँवर के पास लेटी-लेटी पूछने लगी।

''बहुत याद आती है ?'' भाभी उसके बालों पर हाथ फिराने लगीं।

उत्तर में उसने अपना पल्ला आँखों पर डाल लिया।

'' ज्यादा याद नहीं करते किसी को। उसका मन बेचैन हो जाता है। पराई देहरी पर इस तरह नहीं जाते। दरोगिन आदर-मान देने से तो रहीं। मकरन्द को दुख दोगी तुम ?

'' मान रखना सीखो मन्दा। हमारे पास मान ही तो एक पूँजी है। वही हमारा बल है बिटिया।

'' दर्द-पीर आँखें मूँदकर पी जाओ। वही विस तुम्हारी हिम्मत बनेगा एक दिन। उसी के सहारे खड़ी हो जाओगी।''

''भाभी !'' मन्दाकिनी चकित रह गई, ''रामायण तो हम पढ़ते थे, तुमने ऐसी गुन ली कि...!'' वह उठकर बैठ गई।

''रामायन तो जाने गुनी कि नहीं गुनी बिन्नू, पर जिन्दगानी के उतार-चढ़ाव सिखा गए सारी बातें। जूझते-जूझते जीवन ही गुन डाला।''

''भाभी, हमारी गलती क्या थी ?''

''गलती ? अब इतेक बिचारी न बनो मन्दा ! इतनी नादान नहीं। गलती-दोस तो वह खोजे जो अपराधी, दोसी हो, कमजोर हो। लोभी, लालचियों और बेईमानों के आगे तुम अपने को निरदोष साबित करना चाहती हो ? सो कैसे हो पाएगा ? अपमान-अवज्ञा न करो अपनी आन-बान की !''

वह चुपचाप लेटी रही। सोच में डूबी रही। फिर बोली, ''हमने तो बऊ से कहा है भाभी कि जमीन दे दो इनको।''

'' किनको बिन्नू ? जिनके पास मकरन्द है उनको ? उन्हें जमीन नहीं चाहिए, उन्हें तो दया-माया की आँख दे दे कोई।

'' जिनको जायदात चाहिए उनके पास मकरन्द नहीं है।

'' पर इतेक सुन लो मन्दा कि हम तुम्हारी हिम्मत जानते हैं, आयन्दा आँखों में अँसुआ न देखें। सोचना छोड़ दो इन राच्छसों के बारे में।''

''मन्दा !''

''हाँ बऊ !''

''सोई नहीं बेटा ?''

''नींद नहीं आ रही थी,'' बोलकर मन्दाकिनी ने करवट ले ली।

''बऊ, तुम भी तो नहीं सोतीं।''

''बेटा, हमें तो भिरम-सा होने लगा है। झूठे को भी झपकी लगे तो चौंककर जाग जाते हैं। लगता है, मन्दा रो रही है। स्याह अँधेरे में सिसकियाँ कानों के परदों से चमगादड़ की तरह टकराती हैं। रो तो नहीं रही थीं बेटा ?''

''नहीं।''

''समझ में नहीं आता कि अपनी मन्दा का चैन हम कहाँ से खोज लावें। किते से ले आवें मकरन्द कों ?''

''बऊ, तुम कैसी बातें करती हो ? हमें काहे का दुःख ?''

''दुःख। तुम हमें भिरमाती हो बेटा ! आए तो थे तुम्हें बचाने। पर...बचते-बचते ही मारे गए। वो नटिनी पहले ही कचेहरी-दरबार न करती तो यह नौबत आती ?'' बऊ पुरानी बातें करती हुई न जाने कब सो गईं। मन्दाकिनी को नींद नहीं आई।

भोर हुई तो देखा, बऊ बम्बा नाँखकर रेल लाइन के पास बैठी हैं। कब से ऐसे ही बैठी हैं। लौटने का मन ही नहीं कर रहा क्या !

मन्दाकिनी वहीं आ पहुँची।

''बऊ, हमने देख लिया, तुम यहाँ बैठी हो। चबूतरे पर खड़े होकर हमें तुम्हारी सफेद धोती दिखाई पड़ रही थी।''

''इतनी दूर तक चली आई तुम्हारी निगाह ?''

'' और क्या ! चलो, यहाँ क्यों बैठी हो ? घाम तेज होने लगी है।

'' क्या सोच रही हो बऊ ?'' वह खड़ी-खड़ी पूछने लगी।

'' बेटा, और क्या सोचेंगे, बस यही कि अपना भाग ईसुर ने टेढ़ा कर दिया है, भैमाता ने काऊ कुघरी में रची थीं हमारे करम की लकीरें ? पहले तो जीवन को बचाने की हड़बड़ी थी, अब जिन्दगी झेलने की पीर...

''लाख जतन करे पर छीजती ही चली गई सुख-सान्ति।''

बऊ ने आकाश की ओर अपने सिकुड़ी त्वचावाले हाथ उठा दिए, ''ओ मेरे संकर, महादेव, मोरे देहरे बब्बा, आज तक जो कुछ तुम्हारी उपासना-ढारना करी हो उसके बदले कोई कहे कि माँग महेन्द की मताई, जो चाहे सो माँग ले।

''...तो रामदुहाई, हम तीन लोक के सुख-वैभव के बदले अपनी मन्दा का सुख माँगेंगे।''

मन्दाकिनी दादी का हाथ पकड़कर उठा लाई।

किसी दुविधा में हैं दादा। बऊ ने अन्दाज लिया है कि वे कुछ कहना चाहते हैं। कका जू भी ऐसी स्थिति में हैं, लेकिन बऊ उनकी ओर ध्यान नहीं देना चाहतीं और न उन्हें कुछ कहने-सुनने का अवसर ही दिया है उन्होंने।

मन्दाकिनी ने बऊ के विचार सुने तो असमंजस में पड़ गई। क्या बात होगी ? दुविधा के लिए बचा ही क्या है ?

कक्को और बऊ को बातें करते सुनने लगी सन्ध्या समय...

"बऊ, दुविधा में रहते हैं दादा। रात-दिवस उनके मन में मन्दा की उदास सूरत तूफान मचाती रहती है। कह रहे थे, बताओ, बुलाई थीं अपने भरोसे, और...! अब तो वे यही सोचेंगी कि दादा ने अपने शिकारगाह में छोड़ दिए हम। और दौड़ा दिए जे अहेरी..."

देवगढ़वारी अपने मन की बात कहें भी तो कैसे ?

"क्या है दादा के मन में ?" बऊ ने एकान्त समझकर धीरे से पूछा।

कक्को ने भी आवाज धीमी कर ली, "बऊ, कैसे कहें, कहते नहीं बनती। पर बात में बुराई भी नहीं है कोई। तुम्हें भी दुख नहीं रहेगा। मन्दा भी भूल जाए इस राछरे (नाटक) को। सगाई-सम्बन्ध टूटने की बात भी नहीं उठे। बस, यही हम चाहते हैं, यही दादा।"

"अरे, तुम कहो तो," बऊ उतावली-सी बोलीं।

"यही कि पिरकास से कर दो सम्बन्ध।"

"पिरकास से ?" बऊ की गहरी आँखें बुरी तरह फैल गईं।

"हाँ बऊ !" कक्को की आकृति दयनीय हो आई।

बऊ कुछ सोचती रहीं। निगाह स्थिर किए देखती रहीं कहीं शून्य में।

" बऊ, पूछ लो मन्दा से। हमने तो कुसुमा से कही थी कि तें भाभी-भौजाई का रिश्ता मानती है, पूछ तो सही। सो उलटी हमसे ही गुस्सा हो पड़ी कुसुमा कि पुतरा-पुतरियों का खेल समझा तुमने कक्को ! वाह ! जो कका जू इच्छा करें, और तुम लोग पूरन करते जाओ।

" अब बऊ सगाई-सम्बन्ध तो संजोग की बात है। जुड़ते भी हैं और टूट भी जाते हैं। तुम तो ऊँच-नीच समझती हो बऊ ! मन्दा ठहरी अल्हड़-अबोध। और वैसी ही कुसुमा। तुम बड़ी-बूढ़ी हो, समझाओ।"

"देवगढ़वारी, हम तो तुम्हीं पर छोड़ते हैं। लो, तुम कह लो या दादा समझा लेवें। काहे से कि हम जानते हैं, मन्दा और वरन की मोंड़ी है।"

" बऊ अगिन-परिच्छा में न खींचो दादा को। वे तो समझो मुख छिप़ाते फिरते हैं। पहले परब-त्यौहार खाते नहीं थे मन्दा की बिना। अब मोंड़ी को बुलाना भी चाहो तो नाँहीं कर देते हैं।

" कहते हैं कि हमसे आगे-पीछे बुला लेना। संग-साथ खिलाना अब ढोंग लगता है हमें, निरा पाखंड। उसको दुख देने का हमें हक ही क्या था ? जो हो चुका है उस पर लीपा-पोती करने से तो कुछ होगा नहीं, फिर स्वाँग करने का क्या फायदा देवगढ़वारी ?"

सुने-सुनाए को फिर सुना।

पहले कक्को के मुख से सुना था, अब बऊ की जुबानी।

"बात वही है कि मन्दा, दादा कहते हैं, मकरन्द के माता-पिता नहीं मानते तो न मानें पिरकास के कका जू और मताई तैयार हैं।"

"बऊ, काहे के लिए तैयार हैं ?" वह निरीह भाव से पूछ बैठी।

बऊ चुप्पी लगा गईं। दोहराने की हिम्मत नहीं हुई। अपना बोला वाक्य चुपके से निगल लिया। भीतर-ही-भीतर मसोसती रहीं जीभ को।

मन्दाकिनी बोली, "सिर्रिन हो गई हो तुम, कि सठिया गई हो ! तुमसे ऐसी उम्मीद नहीं थी बऊ..." पीछे से कराह उठी वह।

वे होंठों में बुदबुदा लीं, "तो समझ चुकी थीं बेटा तुम।" दो क्षण चुप रहकर एकाएक दृढ़ हो आईं बऊ।

" प्यार-प्रीति के चलते ही होते हैं क्या ब्याह ? हमारे गाँव-कसबों में स्वाँग-ठेठरों जैसा चलन है क्या ? गाँव-नाते से सब भइया-भतीजे लगते हैं, कका-ताऊ होते हैं, आसनाई की बात उठती ही कहाँ है ? जो उठती है तो बेजाँ मानी जाती है। वह तो तुम यहाँ पराए गाँव में थीं सो हमने तुम्हारी इच्छा ही ऊपर मानी।

" नहीं तो बेटा, जिधर मतारी-बाप ने ब्याह दिए उधर ही चले गए। इतने जिद्दियाने की क्या बात ?"

मन्दाकिनी मूक बनी बैठी रही। क्या दे बऊ की बातों का उत्तर ! किस तरह समझाए कि यह सीधा पथ नहीं है, दुर्गम राह है बऊ ! आरम्भ से अन्त तक काँटोंभरा रास्ता !

"पथरा न बनो बिन्नू, जवाब दो।"

"कोई जवाब नहीं है बऊ," उसने धीमे स्वर में बोल दिया।

वे तनिक गुर्राती-सी बोलीं, "मन्दा, हमारी तो समझ में नहीं आता, तुम्हें डपटें कि दुलराएँ, कोसें कि समझाएँ ? लो, तुम्हीं बता दो कोई गैल ? मकरन्द के पीछे क्या जनम-भर कुँआरी बैठी रहोगी ?"

दो क्षण ऐसे ही बीत गए। शायद बऊ घुटने लगी हैं।

वह गहरी उदासी में डूबी हुई बोली, "किसके लिए खोज रही हो गैल ? हमारा

सफर तो...'' वह हाथ से धोती के छोर को मसलती रही।

''तुम सूधें नहीं कह सकतीं ? जा बोली हमारी बुद्धि के बाहर है बिन्नू !''

''बऊ, यह कहो कि तुम समझना नहीं चाहती।''

''बोल तो सही तें। साफ-साफ बोल।''

'' बऊ !

'' बऊ, अब रह नहीं सकूँगी यहाँ। एक पल भी नहीं। टिक जाती, किसी तरह। रह ही रही थी, लेकिन अब नहीं। इनके ये इरादे हैं, तो बिल्कुल नहीं। अब तो यदि कभी ब्याह हुआ भी तो मकरन्द से ही होगा। यहाँ से चलो बऊ ! बस, चलो। किसी तरह निकल चलो बऊ। किसी चीज की तृष्णा, मोह-माया में न पड़ो। ''

''मन्दा, हमें काहे की तिसना ? बेटा, हमें कुछ नहीं चाहिए। तेरा बाप नहीं रहा तब से सारी मोह-माया काट डाली हमने। हमें तो बस तुम्हारी खुसी चाहिए बेटा...!'' बऊ रोने लगीं।

वह विकल हुई देखती रही।

''बिटिया, तें तो बीतरागिनी निकरी। तनक उमर में जोगिनों सरीखी बातें करने लगीं।''

''बऊ, मैं कहाँ भाग जाऊँ अब...? इस जगह से किस ठौर...किस कोने में मिलेगी, पाँवों के पंजों भर धरती, जहाँ मैं इन लोगों से दूर, बहुत दूर खड़ी रहूँ।''

बऊ ने अपनी धोती से मुख पोंछा, चश्मा ठीक किया और सीधी होकर बैठ गईं।

''दुखी जिन होना बेटा, अपने घर चलते हैं अब।''

''घर ! चलोगी बऊ ? कैसे ?''

''जैसे आए थे तैसे। अपने गनपत के संग,'' बऊ ने उसके लिए सिर पर हाथ धर दिया, बाल सहलाने लगीं।

''कका जू रोकेंगे तो नहीं ?'' उसका स्वर टूटा-सा था।

''अरे, जान लेंगे क्या कका जू ? कह देंगे, अबकी नहीं अगले साल की भी फसल लै लो। अपने पइसा की भरपाई कर लो तुम।''

सवेरे का कागा न बोला था।

बऊ ने चलने की तैयारी कर ली।

''मन्दा, बैसाख का महिना ठहरा। सूरज निकरते ही दोपहरी की सी घाम तपने लगेगी। उन्ना-कपड़ा समेट लिये न ?''

''बऊ, ऐसा है ही क्या, जिसे समेटने में देर लगे,'' वह गनपत कक्का के हाथ में अपनी छोटी सी बकसिया थमा रही थी।

गमन के लिए बैलगाड़ी उसी जगह आने लगी, जहाँ कभी पहले आकर रुकी थी। दादा के ऊपर निष्ठा और अटूट विश्वास लेकर उतरी थीं बऊ। मन्दाकिनी को याद है एक-एक दिन, एक-एक क्षण। जीवन की यात्रा के ये सात बरस सात पत्थरों की तरह गड़े हैं मन में ! अनमिट और अडिग।

जिसको खबर लगी, वह आ खड़ा हुआ दादा के द्वार पर।

गाँव में चर्चा है। आज बऊ अपने गाँव लौट रही हैं, अपनी धरती पर, जायदाद पर, अपनी बखरी में।

सब दादा का प्रताप है। श्यामली गाँव धन्य है कि ऐसा सन्त विराजा है इस भूमि पर।

मगर देखनेवालों को सन्देह होता है—

बऊ दुखी हैं या खुश ?

मन्दा की आँखों में सपने हैं या झाँइयाँ ?

गनपत के चेहरे से कुछ अनकहा-सा क्यों झर रहा है ?

पन्नी माते और चीफ साब तथा वहाँ जुड़े जन मौन हैं। हाथ जोड़े राम-राम, सीताराम करने की मुद्रा में।

मन्दाकिनी भाभी की छाती से लगकर फफक पड़ी। आँगन में सबने देखा। कुसुमा के तीखे बोल सबने सुने।

"जी छोटा न करो बिन्नू ! ये राच्छत लोग तुम्हारे जोग नहीं। इस कारावास से छूट चलीं, तुम्हें तो खुस होना चाहिए। अपनी बुद्धि से चलना बिन्नू। विवेक से काम करना। यहाँ तो स्वारथ में अन्धे हो रहे थे लोग। आँधरे आदमियों की गलतियों को घट में धरकर न हिरसना।"

"तुम आओगी न भाभी ?"

"जब टेरोगी, तभी चले आएँगे मन्दा ! हम किसी के मोहताज नहीं हैं। तुम्हारे संग-संग हैं। तुम्हारे मन से बँधा है हमारा हिरदय।"

तेरह

डाँग !

पहाड़ !

बेतवा !

सारे दृश्यों को हेरती-निहारती बऊ और मन्दाकिनी सोनपुरा में आ लगीं। बऊ ने पलकों को पटपटाया। ऐनक उतारकर आँचल से उसके शीशे पोंछे, नाक पर ठीक

तरह जमाकर इधर-उधर देखने लगीं।

मगर सारा कुछ बेचिन्हार ! अपरिचित ! अनपहचाना !

''मन्दा, हमारा चसमा खराब हो गया लगता है।''

''इतनी जल्दी ! अभी तो बनवाया था।''

'' बेटा, कुछ सूझता ही नहीं। लो, हम तो कब से यही सोच रहे हैं कि हमारा सोनपुरा आ गया। पर नहीं। जाने हमने कैसे समझ लिया ? मग़ज फिर तो नहीं गया हमारा ! आदमी परदेस में रहता है तो अपना गली-गाँव थोरे ही भूल जाता है।

'' रस्ता तो ठीक धरा था गनपत ? हमें तो लगता है, आज तुमने कोई दूसरी गैल धर ली। लो, मुँह अँधियारे चले थे और अब लों नहीं पहुँच पाए। तुम सूधें काहे नहीं चले ? ''

''सूधे ! काय हम टेढ़े चल रहे हैं का ?'' कहकर उन्होंने पैनियाँ से बैलों को हाँक लगाई।

''तो फिर इतेक देर ?'' बऊ ने नाक पर उँगली धरकर पूछा।

गनपत बोले, ''आ तो गया अपना गाँव। तुम्हें चिन्हार काहे नहीं पर रहीं ?''

''जे मसीनें ! धूरा-धंगड़ ! और जे चाय-पानी के खोका ! पागिल न बनाओ हमें। जैसे हम अपना गाँव पहचानते नहीं। कोरियाना आधा कोस पहले से दीखने लगता है। और लो, अस्पताल तो आँधरों को भी दिखाई पर जाय,'' असमंजस में डूबी बऊ ने धूल के कारण नाक पर पल्ला ढक लिया।

गनपत ने गर्दन मोड़कर पीछे देखा, धीमे से हँसे, ''असल बात जे है बऊ कि तुम श्यामली रहकर आई हो, सो सड़क-गोला की गैल याद रह गई है तुम्हें। कच्ची गैल भूल गई लगती हो। हाँ, अब क्या याद !''

''चल नासपरे ! श्यामली में क्या हम जनम काढ़ आए ? कहीं ऐसा था अपना गाँव ? पैंतालीस-पचास बरस रहे हैं यहाँ। भूल जाएँगे इस भूमि को ?'' उन्होंने धोती का पल्ला ठीक से ओढ़ा, नाक पर आया पसीना पोंछा और सधकर बैठ गई।

'' बऊ दिसा पहचानो। अपने बैनावाए खेत के ढिंग-ढिंग चल रहे हैं अब देखना पहाड़ के नेंचें से कढ़ते हैं कि नहीं।

'' आऽऽ आ ! तोऽ में ऽऽ ! हाँ-हाँ ! '' गाड़ी भागने लगी।

''गनपत, जे मसीनें काहे की गढ़ी हैं ?''

''गिट्टी-मुरम पीसने की। अपन श्यामली में थे तभी गढ़ गईं।''

''मुरम ! गिट्टी !'' उन्होंने अपनी धुँधलाती दृष्टि शून्य में गाड़ दी। मगर शून्य भी कहीं नहीं। चारों ओर बजरी, रेता और धूल के बवंडर ! नाक में रेत जबर्दस्ती घुसी जा रही है। धरती-आसमान रेत-ही-रेत से अटा हुआ...।

''गनपत, जे पहाड़ ?''

गनपत ने मन्दा को आवाज दी, "सो गईं बिटिया ? बऊ को समझाओ। किरेसर की मसीन लगी है। हमारी बात इनकी समझ में नहीं भर रही। तुम अरथा दो अच्छी तरह से।"

मन्दाकिनी जैसे सोते से जागी हो। वह सो नहीं रही, लेकिन यहाँ मौजूद भी नहीं। मन में उठते विचारों के मजमे में खोई है। सोचों की भीड़ में घिरी है। नर्मदा भाभी मायके से लौटेंगी तो सुनेंगी कि मन्दा...! गौरा बहू को दरोगिन ले गई है। रोटी बनाने को। गौरा बहू ने चिट्ठी डलवाई थी कि हमें नहीं रहना यहाँ। गौरा बहू रह जातीं तो मकरन्द की हिम्मत बँधी रहती। मकरन्द भी नहीं रह पा रहे वहाँ। उन्हें याद आती है सबकी।

"बेटा, क्या सोच रही हो ?" बऊ ने उसका घुटना हिलाया।

गनपत कक्का बोले, "समझा दो बिन्नू, बऊ को बता दो।"

वह सचेत होकर बोली, "कक्का, साँची कहें तो हमें भी पहचान में नहीं आ रहा गाँव। हाँ, अस्पताल दीखने लगा। अपना गाँव ही तो है बऊ !"

"बेटा, तें राई भरी गई थी, भूल गई होगी अबै तक," बऊ की बेचैन निगाह पहाड़ पर टिकी थी।

"हओ, इतने छोटे नहीं थे कि भूल जायँ।"

"बेटा, बिल्कुल ही धजा बदल गई है सोनपुरा की।"

गनपत बोले, "अच्छा बऊ, तुम कितेक दिनन में लौटीं ? सात बरस में न ? बऊ सात बरस तो बहुत लम्बा बखत है, आज-काल तो सात महिना में बहुत कुछ बदल जाता है। कहो, सात दिना में कुछ-से-कुछ हो जाय !"

मन्दाकिनी मुस्कुराकर बोली, "हाँ कक्का, जैसे तुम्हारे काले बाल सफ़ेद हो गए। बैला बूढ़े से हो गए।"

"बिटिया, जहाँ पारीछा बिजली-टेसन बन गया है, पहले वहाँ क्या था ? गाँव, जंगल और नद्दी। अब देखो कि गाँव-गाँव लट्टू झिलकते हैं। तेरौ कौल बऊ, रात के समय भी दिन जैसा परकास ! सूरज नारायन की धूप की-सी रोसनी।"

"हमें तो कबहुँ नहीं बताई तैने !"

"हम तो गोविन्दसिंह कका जू के संग गए थे। रात हो गई वहीं, तब देखा। वैसे झाँसी जाते बखत तुम भी कढ़ी हो वहाँ से। ध्यान नहीं दिया होगा। संकट, मारामारी और चलाचल में कहाँ सूझता था कुछ। और हम भी नहीं बता पाए, तुम कबहूँ सिमथर तो कबहूँ ओरछा बिरगवाँ..."

बीती बातों की परछाईं पड़ते ही बऊ के मन में दुःख छटपटाने लगा। गनपत ने देखा, अस्पताल की इमारत साफ दिखाई दे रही है।

" अपने खेत आ गए बऊ ! " गनपत ने गाड़ी रोक दी।

वे चुपचाप उतर पड़ीं। निगाह पसार-पसारकर देखने लगीं।

''गनपत !'' खेत की मेंड़ पर खड़ी होकर पुकारने लगीं।

''हाँ बऊ !''

''जे मसीन ! जे हमारे खेत में !'' मुख खोले देखने लगीं। जहाँ तक जालीदार ढाँचा कौवे की दुहरी चोंच की तरह मिट्टी में गड़ा था।

मशीन की लौहकाया पर बऊ की पुतलियाँ पछाड़ खाने लगीं। दिमाग में धुआँ-सा भर गया।

''जे अनरथ ! गनपत, हमसे बिना पूछे ही...!'' बऊ क्रोधित हो आईं।

मन्दाकिनी बऊ के पास आ गई, बोली, ''बऊ, तुमसे पूछा नहीं ? फिर कका जू से पूछा होगा। बिना पूछे किसी जगह पर कैसे कब्जा कर सकता है कोई ?''

गनपत धीरज देते हुए बोले, ''बऊ, जो बात होगी सो गाँव में पता पर जाएगी। चलो बैठो गाड़ी में। यहाँ करेजा छानने से कुछ होनेवाला नहीं।''

बऊ का मलाल थमता नहीं, ''लो, जे खेत तो अब खतम ! यहाँ तो गिट्टी-ही-गिट्टी डरीं। कच्ची मिट्टी कहाँ बची...पथरन में होत कहूँ फसल ?''

''ऐन तो बऊ, मूरखों ने पथरों में ही बीज छिड़क दिया है, नाज विरथा ही खोया न ! जे पथरों में ऊगे मरियल पौधा दे पाएँगे बाल-बूँट ?'' गनपत का स्वर उदास हो गया।

बऊ अधीर हैं। उनकी घायल आवाज जैसे घिसट-घिसटकर रेंग रही हो, '' खाली धरती देख कें किसान क्या, बिरमा तक का मन पापी हो जाता है। वो भी ऐसी माता की कोख में जीव सिरज देता है, जो जन ही न पाए।

'' ...फिर आदमी तो ठहरा उसी का बनाया पूतरा ! सौ गुनी अधिक गलतियाँ कर सकता है।

'' बेटा...बोने-उगाने की तिसना ही तो किसान का पसीना नहीं सूखने देती। और जे तिसना ही न रहे तो किसनगत जैसा तप कैसे हो ? फिर धरती पर पिरानी की जात सम्भव नहीं। ''

कातर स्वर में बोलते-बोलते बऊ गाँव से आ लगीं।

बैलगाड़ी सँकरी गलियों की ओर मोड़ ले गई।

उनकी निगाह कभी अस्पताल की दीवारों से टकराकर खंड-खंड होती हुई बेदम होने लगती, कभी क्रेशर की ओर देखकर पछड़ने लगती।

उन्हें चैन नहीं, ''गनपत, मसीन एक ही खेत में लगी कि सब खेतन में...?''

''क्या बता देवें बऊ ?'' वे चिन्ता में डूबे बैलों को हड़कना भूल गए। बैल अपनी स्वाभाविक गति से सात बरस पहले छोड़ी डगर पर बढ़े चले जा रहे थे, जैसे यहाँ से कभी गए न हों।

अजीब-सा विरोधाभास है।

बऊ के दुःख का ठीक उलटा।

मन्दाकिनी को अपने ऊपर ही आश्चर्य होने लगा, जहाँ अस्पताल की इमारत देखते ही बऊ की आँखों में फाँकें पड़ने लगीं, वहीं उन्हीं दीवारों से झाँकता हुआ कोई सुखद भविष्य, अव्यक्त अपनापन, बिछुड़ा सपना उसकी निजता से आ जुड़ा है।

पिता की समाधि है यह अस्पताल !

किसी की कसम है यह चारदीवारी।

किसी के वादों से बँधा है यह खालीपन। गाँव में, गलियों में, दीवारों पर, शून्य में मकरन्द का चेहरा झिलमिलाने लगा।

अनचाहे ही महीन-सी मधुर मुस्कुराहट उतर गई गहरे तक। स्वयं की सिरजी हुई अद्‌भुत स्निग्ध अनुभूति चलने लगी संग-संग। आगे चलते जाने का अनाम दुर्लभ सुख दे रही है अपनी बनाई गैल।

और अनकही आत्मीयता से लबालब मुग्ध निगाहों से देखने लगी वह गाँव की ओर।

अरे ! गाँव के भीतर तक आ गई और बेध्यानी में पता ही न चला कि बैलगाड़ी को पिछियाता हुआ बच्चों का चपल झुंड साथ-साथ चला आ रहा है।

बालक एक-दूसरे को कोहनी और कन्धों से धकियाते हुए पीछे-पीछे भाग रहे हैं और यथासम्भव उसी का परिचय शर्त बद-बदकर दे रहे हैं। अपनी ढीली निकरों को कमर से ऊपर खिसकाते हुए अधनंग छौने गाड़ी छूने की होड़ में लगे हैं।

उसने गाड़ी में बैठे-बैठे ही पुकारा, ''एऽऽ, इतै आओ।''

नन्हे धावकों में होड़ लग गई। जल्दी-से-जल्दी पहुँच गए उसके पास।

दो बच्चे प्रथम स्थान पर थे। उन्होंने सबसे पहले पकड़ा गाड़ी का लट्ठा।

मन्दाकिनी ने उल्टी उँगली से दोनों के सिरे में टोले मार दिए।

बच्चे झेंपकर पीछे हट गए। फिर मिलकर बोले, ''मन्दा जिज्जी ! मन्दा जिज्जी ! जिज्जी ऽ ऽ !''

वह खिलखिलाकर हँस पड़ी।

बऊ की गम्भीर मुद्रा एक क्षण को भंग हुई। बूढ़ी पुतलियाँ चपल हो उठीं।

''बऊ, ये जानते हैं हमें !'' मन्दाकिनी ने छोटी बच्ची की तरह चंचल होकर कहा।

'' लो, जानेंगे नहीं ? हम चले गए तो क्या अनपहचान हो गए ? अपनी मट्टी की माया अलग होती है बेटा ! मुख न दिखे तो भी क्या, गन्ध-चिन्हार से सूँघ लेता है आदमी। बोली-बानी से तुरत चीन्ह लेता है।

'' मतारियों ने बताया न होगा कि इस बखरी में महेन्द की मताई रहती थीं।

उनकी बिटिया मन्दाकिनी। आस जोरें होंगी कि एक दिन लौटेंगी बऊ। आएगी मन्दा। देसिया देस को ही जाता है।''

बऊ गली में पड़ते घरौंदों में उलझ गईं, ''लो, गाँव-भीतर तो कुछ नहीं बदला ! कच्ची भीतें, बदरंग खपरैलें ! केवल बाहर-बाहर ही गाड़ दी है मसीनरी ! ढहते घरों के लिए पक्की दीवारें नहीं जुटा पाए। डाँग-जंगलों में बसे गाँव की दिसा तो बस ऐसी रही, भोले बावरों को क्या सवाद ?''

वे द्वार पर उतरीं तो खड़ी रह गईं। चकित और अपरिचित-सी। अचरज-भरी निगाहों से ऐसे देख रहीं, जैसे गनपत और मन्दा से पूछ रही हों, पास खड़े बच्चों से दरियाफ्त कर रही हों कि यह बाखर हमारी ही है या किसी और की ! किसी दूसरे द्वार पर तो नहीं आन ठाड़े हुए हम ?

जर्जर और बदरंग किवाड़ों के ऊपर जंग खाए साँकल-कुन्दे में लाचार-सा ताला ! दाईं-बाईं ओर के चबूतरे फूटे हुए। कलई-पुँछी दीवारें और खस्ताहाल छतें। देखकर उनकी वाणी जड़-सी हो गई। चाहकर भी कोई शब्द न फूट पाया।

निःश्वास भरती हुई भीतर घुसीं। बदहवास चिरैया-सी लुटे-उजड़े घोंसले को टकटकी लगाए देखती रहीं।

गनपत ने बक्सा उठाकर आँगन में रख दिया।

खपरैलों में घर की भीतरी काया ढाँपने की क्षमता न बची थी। चिन्दियाती छतों में से कोठों के अन्तरंग हिस्सों में घुसकर ढीठ घाम निर्द्वन्द्व पसरी थी। बऊ का मन धधकने लगा। साँसें जलने लगीं।

''गनपत, उड़ी खपरैल में चार खपरे नहीं जोर पाया कोई ? गोविन्दसिंह तो कहते थे कि घर की मरम्मत में हजारों खर्च होते हैं। कभी लौटकर जाओगी बऊ तो वैसा ही पाओगी, जैसा छोड़कर आई थीं।...पर, उन्होंने तो ऐसे दुभाँत करी है जैसे पराया बालक हो। श्यामली में उनकी बखरी तो ऐसी बेनूर और जरजर नहीं।''

उपेक्षित पड़े घर को उन्होंने ऐसा देखा जैसे बहुत दिनों से बिछुड़ा बालक गन्दा और मैला हुआ सहमा-सिकुड़ा-सा खड़ा है। सुस्त और नाराज। अपनी माता से रूठा हुआ...

'' हम तो छाती से लगाकर रखते थे कि अपनी बाखर को। अरे, इसी के मोह से मुक्त नहीं हो पाए। कितनी रातों जगे हैं इस आँगन के विछोह में। लगता था, पलकों में पराए आसमान की तरइयाँ करकराती हैं, पिराती हैं आँखें।

'' साँची जानो गनपत, हमारी तो देह परी रही श्यामली में और आतमा भटकती रही सोनपुरा में। उसी बिराने गाँव में साँसें भी लीं तो लगा अपने गाँव से उड़ती आई है वह बयार, अबोध और भोरी बावरी-सी।

'' गाँव से रेसा-रेसा काटा हमारे भाग ने, हमारी तकदीर ने, पर तकदीर की माया

भी अलग है। बचा था कुछ अन्न-जल, लहनी थी यहाँ की मिट्टी, सो चले आए मन्दा के कहने पर।''

मन्दाकिनी ने साबुत बची अटारी के एक कोने में टीन का बक्सा और दरी में लिपटे कपड़े करीने से रख दिए।

शनील में विवर्ण बटुए में चाँदी के पाँच रुपयों की धरोहर बच रही थी, बऊ उन्हीं को टटोलती रहीं, छू-छूकर महसूस करती रहीं। फिर जतन से सँभालकर रख दिए।

अच्छा हुआ, वह मोहर नहीं लाईं, जो विकरम की बहू ने लौटा दी थी, देवगढ़वारी के पास रख आईं, नहीं तो उसे देख-देखकर जीना मुहाल हो जाता।

अपने ही घर में अजनबी। अपरिचित। पाँव उखड़ रहे हैं। मन्दाकिनी बोली, ''गनपत कक्का, सुगना को लिबा लाओ।'' स्वयं सफाई करने चल दी।

वे चल दिए। चबूतरे के पास ही पहुँचे होंगे कि बच्चों की भीड़ में से कोई बोला, ''गनपत कक्का, सुगना को टेरने जा रहे हो ? जे ठाड़ीं सुगना तो।'' बच्चे हँसने लगे। खूब हँसे।

गनपत कक्का अपनी गलती पर पर्दा डालते हुए बोले, ''गए थे तो बीता-भर हतीं ! लो, अब हमारे मूँड़ से ऊँची हो गईं।''

सुगना भीतर आई। खड़ी रही।

मन्दाकिनी घर की झाड़-बुहारी में व्यस्त हो गई। बऊ कह रही थीं, ''घैला में से पानी किंछ दो बिन्नू, धूरा दब जाएगी।''

मिट्टी और पानी की मिली-जुली गन्ध बऊ के मन में रहबास का-सा अहसास जगाने लगी।

गनपत कक्का बोले, ''लो, सुगना जे आ गईं, वे ठाड़ीं।''

मन्दाकिनी आँगन में आ गई, हाथ में बाल्टी थामे।

यह ! सुगना ! इतनी बड़ी हो गई ! बऊ तो कहती थीं, सुगना हमसे बहुत छोटी है।

ऐसी गोरी ! लम्बी पतली ! हरी धोती पहने। आँखों में मोटा काजल। गोल मुख। बड़ी-बड़ी आँखें !

''शरमाई-सी क्यों खड़ी हो ? पहचानती हो न सुगना ?''

वह मुस्कुरा पड़ी। हामी में सिर हिलाया, ''हाँ।'' गुलाबी होंठ और मोती-से दाँत !

बऊ बोलीं, ''लो जगेसरा खईस कें ऐसी बिटिया कहाँ से आ गई ? मतारी-बाप दोनों पर नहीं गई। बीता-भरी छोड़ गए थे और अब देख लो...!''

''लाओ जिज्जी, हम भर लाएँ पानी। झाड़ू भी लगा देंगे,'' उसकी महीन आवाज,

मन्दा विमुग्ध-सी सुनती रह गई।

गनपत बोले, "पानी पप्पू ले आएँगे। जे प्रधानजी के पप्पू हैं। देख तो कितेक लम्बे हो गए !"

बखरी में आदम जात के पाँव पड़े तो सूनी-सूनी गली इंसानी पगध्वनियों से हरी-भरी हो उठी। गलियारे के कगार पर मुँदे किवाड़ों की झिरियों से जनानी तरुण आँखों ने निहारा। नववधुओं ने द्वार खोले। वृद्धाएँ बऊ से मिलने-भेंटने आने लगीं।

बऊ और मन्दाकिनी की आमद से अँधेरी बखरी में रोशनी की लकीरें खिंच आईं। भाँय-भाँय करते सन्नाटे को मन्दा की चूड़ियाँ छन-छन बजती हुई तोड़ने लगीं। बिन कही लय-ध्वनि फैलने लगी।

मन्दा ने देखा, द्वारिका कक्का की कमर झुक गई है। भौंहों के इक्का-दुक्का बाल सफेद हो गए हैं। बऊ के पास पहुँचकर बोले, " कभी हम छिमा माँगने आए थे, गाँववासियों के कायरपन के लिए और जगेसर के कुवाक्यों के लिए। ऐसी आसा-उम्मेद नहीं थी मातौन, कि तुम सबको छिमा करती हुई सोनपुरा लौट आओगी। अपनी धरती का परताप ही समझो।

"मानस-मनिख की माया तो निराली है महेन्द की मताई ! देखो न, तुम्हारे आने से उजाड़ वीराने में बतकहों की तरंगें उठने लगीं।"

प्रधान काका की लम्बी मूँछें झक्क सफेद हो गई हैं। सिर पर आधे सूत लम्बे खिचड़ी बाल हैं। कुर्ता-पाजामा की जगह धोती-कुर्ता पहनने लगे हैं। बऊ के पास जमीन पर बैठते हुए बोले, "बऊ, अड़ौसी-पड़ौसी सब किरतज्ञ हैं। तुमने आकर उजड़ी गली बसा दी। अब तो लोग बैठते-बतियाते अफरते नहीं। कितेक चौल और रौनक हो गई है।"

बऊ का रोम-रोम प्रसन्न है। बखरी में चूल्हा जल उठा। अग्नि और धुआँ बसावट की निशानी है। मन्दा और सुगना भोजन की व्यवस्था में लगी हैं। बऊ हरषकर बताने लगीं, "दिनन का फेर खतम हुआ पिरधान लला ! आज रोटी की खसबोई से मोरी बाखर जिन्दा हो उठी।"

मन्दाकिनी को लगा, प्रधान काका कुछ कहते-कहते रह गए। उनकी आँखें उदास सी हो आईं। जैसे गले में कोई गोला-सा फँसा हो।

द्वारिका कक्का भी कुछ इस तरह ही। इतना पूछकर क्यों रह गए कि महेन्द की मताई, खेती क्या तुमने अपनी मरजी से...! मरजी से क्या ? खेती, खेती क्या ? पहेली-सी लगीं ये बातें। अबूझ-सा लगा उनका रवैया।

बऊ खेत और मशीनों का रोना रोती रहीं।

दूसरे दिन जगेसर कक्का सुगना को खोजते हुए चले आए।

''सीताराम, बऊ ! आ गईं लौटकर ?'' कहते हुए वे मसूड़े निकालकर हँसने लगे।

बहुत दुबले हो गए हैं जगेसर कक्का। चेहरे पर थकावट झलक रही है।

''सुगना है क्या बऊ यहाँ ?''

''हओ ऐन है। जगेसर, हमें आए तो दो दिना हो गए, तुम कहीं गए थे क्या ? दिखाने ही नहीं। सुभीता नहीं हुआ कि बऊ कों देख जाते।''

''सुभीता काहे नहीं, और जाना कहाँ था बऊ ! अपनी दवा-दारू लेने चले गए थे।''

द्वारिका कक्का बैठे कुछ देर देखते रहे उनकी ओर। फिर बोले, ''दवा कम दारू ज्यादा।'' कहकर वे हँस दिए।

जगेसर कक्का की मुखाकृति पर सहसा रोष छा गया। कमजोर चेहरे पर पतली लम्बी नाक तन गई। मुद्रा कठोर हो गई। चिढ़े-से बोले, ''तुम बूढ़े होकें हमसे मसखरी कर रहे हो ! मोंड़ी ऽऽ ! ओ सुगना ! चल घरै। तें तो यहीं की होकें रह गई।''

''काहे मोंड़ी के लाने क्या लडुआ लाए हो ? बनी रहने दो यहीं,'' द्वारिका कक्का बाज नहीं आए।

''द्वारिका कक्का, तुम इतेक सुभचिन्तकी कर रहे हो तो खुद ही करो बऊ की चाकरी,'' जगेसर ने क्रोधपूर्वक कहा।

बऊ बोलीं, ''हमें किसी से चाकरी नहीं करानी है भइया ! पर जगेसर, अपनी बानी में विष काहे घोरें फिरते हो ? नोंने कह देते। पर तुम नहीं बदलोगे।''

सुगना पिता की आवाज सुनते ही घर की ओर भाग गई। मन्दा रोकती ही रह गई रोटी खाने के लिए।

जगेसर बऊ के पास बैठ गए। कीचड़ लगी आँखों को मलते हुए बोले, ''राजी-खुसी रहीं बऊ ? चलो तुम लौट आईं अपने घरै। ऐन अच्छी भई।''

बऊ उनके मलिन वेश को टकटकी बाँधे देख़ती रहीं, ''नहा-सपर कर नहीं आए तुम ? माछी भिनक रही हैं।''

उन्होंने बऊ की बात पर ध्यान नहीं दिया, अपनी रौ में बोलने लगे, ''चलो, लौट आईं अपने घरै।''

''कितनी बेर कहोगे यह बात ?'' द्वारिका कक्का ने फिर टोका।

''बऊ हम बेर-बेर इसलिए कह रहे हैं कि अब घर ही तो रह गया है तुम्हारा। चलो घर रहा, घर ही सही। पर, अच्छा नहीं किया तुमने ! खेत ही बेंचकर केस लड़ना था तो पराए गाँव काहे को भागी गईं ? हमें तो अचरज इस बात का था, तुम इतेक बड़े घर की बेटी कि सुनते हैं तुम्हारे ब्याह में नाऊ, धोबी, चमार, बसोर तक के लाने सोने की मोहरें आई थीं। ससुर आज नों धरे होंगे सम्भार कें। और तुम ब्याह कें

भी कमजोर घर में नहीं आई। केस लड़वे के लाने खेत बेंचना पड़ा। जिमींदार सुभागसिंह के खानदान की ऐसी दुरदसा ! बऊ हम गल्त कैरए हैं ?" जगेसर की कौड़ी-सी आँखें बऊ के मुख पर जा टिकीं।

"हैं ऽ ऽ ! ! ! यह क्या कह रहे हो जगेसर ? खेत बेंचकें ! नहीं तो !" बऊ का आनन्द अनचाहे ही टुकड़े-टुकड़े होने लगा।

"सो पिरधान ने नहीं बताया तुम्हें, पर तुम्हें क्या, उसने तो किसी को नहीं बताया। हमारे जानें द्वारिका कक्का को भलें पता हो। हमें तो अभिलाखसिंह ने बताया था कि श्यामलीवाले गोविन्दसिंह कका जू ने तुम्हारे खेत..."

बऊ भौंचक ! मुख खोले रह गईं।

" बऊ, गोविन्दसिंह कका जू ने तुम्हारे खेत बेंच दिए। ब्लास्टिंग होते समय फसल का नुकसान होता है, सो उसका भी मुआवजा वसूल ले गए। अब क्या बचा है बऊ ? बब्बा का थान तक तो किरेसर के नीचे दब गया। तुम्हारा खेत क्या, पूरा पहाड़ सिरकारी हो गया।

" और सुनो कि प्रेम भी तुमसे कम नहीं निकली। उसका आदमी उसके हिस्से की जमीन बेंच गया।"

बऊ ने दोनों हाथों से कान मूँद लिये। बावरी-सी चिल्लाने लगीं, "बस लला, बस ! अब और नहीं। सुन लई हमने सब।" वेदना-भरी चीख-सी निकली बऊ के कंठ से।

फिर अवाक् हो गईं एकदम। जैसे वाणी को लकवा मार गया हो।

मन्दाकिनी बऊ की असामान्य-सी आवाज सुनकर उनकी ओर भागी।

"क्या हो गया बऊ ? बऊ ऽ ऽ!" बऊ बैठी रहीं जड़ और शिला की तरह निर्जीव बेजान-सी। कुछ देर में चेत आया तो उन्होंने हाथों की ऐसी मुद्रा बनाई जैसे कह रही हों कि सब कुछ लुट गया।

"क्या हुआ जगेसर कक्का ?" मन्दाकिनी हड़बड़ाई हुई जगेसर के आगे उकड़ूँ बैठ गई।

"वो क्या आज हुआ है ? सो तुम्हें नहीं पता ?"

बऊ की कराहती हुई आवाज उभरी, "बेटा...किस बखत लगाया अँगूठा ? अरे कब गए हम कचैरी ? दइया, कब हुआ बैनामा ? हमें तो कुच्छ नहीं मालुम !"

"कैसा बैनामा बऊ ? किसके नाम बैनामा ?" मन्दाकिनी ने बऊ के दोनों हाथ थाम लिये।

"तेरे बाप के दुसमन के नाम। अभिलाख के नाम। हमारी खेती का बैनामा हमारे हितू गोविन्दसिंह कर गए ! लूट लै गए बेटा हमारी जिन्दगानी। काढ़ लै गए जा देहरी के पिरान...!"

मन्दाकिनी हतप्रभ-सी देखती रह गई। बऊ को पकड़े हुए भौंचक-सी।

बऊ की झुर्री पड़ी आँखों के बीच जैसे दो चिनगारी रखी हों, दहक रही हैं पुतलियाँ। लपटों में घिरी हुई-सी बऊ काँपती हुई आवाज में बोलीं, " मन्दा, याद है कुछ ? हमने खेत के कागदों पर लगाई कभी अँगूठा-निशानी ? तैंने तो पढ़ा होगा बेटा !

" नहीं पढ़ा क्या ? तेरा पाँच किलास पढ़ना अकारथ गया मन्दा ! तें तो अनपढ़ कढ़ी...। हमारी छाती में अवा सुलग रहा है इस बखत ! धुआँ-ही-धुआँ भरा है भीतर, घुटन-ही-घुटन...किस विध चैन मिले अब ? " बऊ विलाप कर उठीं।

मन्दाकिनी की मुखमुद्रा धीरे-धीरे करुण हो आई। बऊ के अवसाद पर मन उमड़ने लगा। पर धीरे-धीरे जकड़ने लगीं भीतर की शिराएँ। कठोर होती गई मुख की कोमलता। कैसे समझाए बऊ को कि हम लाख तरह से यत्न करते तब भी धूर्तता से बच पाना सम्भव न था। असहाय-सी बोली, "बऊ, केस के समय बहुत से कागज थे, अँगूठा भी लगाया, क्या मालुम किस समय छल से..."

"बेटा...उनके पास हमारी गिरह कतरने की कैंची थी कि हमारी तकदीर की झोली में कोई छेद...। अब क्या कहें बेटा, आँधरे की तरह बेबस थे हम। लो, हमारे ही हाथों बँधवा ली हमारी जमापूँजी।"

मन्दाकिनी ने यथासम्भव धीरज दिया। अलट-पलटकर समझाती रही। हौसला बँधाती रही, मगर भीतर-ही-भीतर इंसानी जज्बों के लहूलुहान लोथड़े बिलबिलाने लगे और थक्का-थक्का पीने लगी दर्द को। बऊ कितनी आशा लेकर गई थीं। लगा था, उन बिरबों की छाँव तले पनप उठेगा जीवन। झुलसी हुई विरवारी में हरियाली छा जाएगी। कितना विपरीत सोच रही थीं बऊ...! कतई अनहोनी। पेड़ के नीचे पेड़ नहीं पनपता !

दोनों एक-दूसरे से अपरिचित-सी बेचिराग अँधियारे में बैठी रहीं। रात की सघन कालिमा पूरी तरह छा गई। पेड़ों पर बेचैन पक्षी चिचियाने लगे।

कुछ न सूझा तो बऊ गनपत कक्का पर बिगड़ पड़ीं, जो लालटेन रखने आए थे।

"अपने घर नहीं जाएगा ? अपने घर-परिवार का भी खयाल नहीं ? कितेक बड़ी पाप गठरिया धरनी है हमारे मूँड़ पर ? बाल-बच्चों से सराप दिबाएगा हमें ? जनी कोसेगी कि डुकरो यहाँ आकर भी पल्ला नहीं छोड़ रहीं !"

गनपत कक्का को विदा किया।

आज भूख थी न नींद। जो कुछ बनाया था, वह पड़ा रहा। खटिया पर करवट बदलती रहीं। आधी रात बीत गई। चैन न पड़ा तो मन्दाकिनी की ओर मुँह कर लिया, जो जाग रही थी। हिलने-डुलने के साथ चूड़ियाँ बज उठती थीं।

" बेटा, चोरी का दुःख डकैती से अधिक होता है। छल और बल का फरक रहता है दोनों में। सीना और पीठ का अन्तर। माँगा होता कि छीना होता गोविन्दसिंह ने, तो इतेक टीस न होती। लड़ने-बचने का मौका भी मिलता।

" ...पर तुमने तो औसर ही नहीं दिया गोविन्दसिंह ! रतन यादव से ज्यादा कायर कढ़े तुम ! उनसे दो हींसा कमजोर, डरपोक और छिदमी।"

अँधेरे में ही बऊ की काँपती निगाह पूरी बखरी को नाप आई, "क्या बचा है अब ? यह ढहती मड़इया और बीता-भरा वह खेत ! अब कोई नामलेवा, पानीदेवा नहीं ! कौन कहेगा कि यह सुभागसिंह माते की हवेली है, कि ये महेन्दसिंह के खेत हैं !" बऊ ने बेध्यानी में आज पहली बार पति का नाम अपनी जुबान से लेकर परम्परा को खंडित कर दिया। खयाल आया तो पछताती रहीं।

मन्दाकिनी से बऊ का दुखद संवाद न सुना जा रहा था। तनिक तीखी आवाज में बोली, "दोष किसका है ? हमारा ही न ? हम क्यों गए थे पराए गाँव ? क्यों नहीं लड़े अपनी धरती पर ?"

बऊ ठंडा श्वास भरती हुई सहमत हो गईं, "ठीक है बिटिया, पराधीन सपनेहुँ सुख नाँही।"

घर की दीवारों से लौन नहीं, भूख झड़ने लगी है।

मन्दाकिनी का मुख मुरझा गया।

बऊ ने रीते घैला-गगरी खखोल लिये। फिर एकालाप-सा कर उठीं, "बैठे-बैठे खाते हुए तो राजा-महाराजाओं के खजाने खाली हो जाते हैं। खत्ती-खास रिता जाते हैं। हमारी तो बिसात क्या ?"

उनकी अपने पेट की ऐंठती अँतड़ियाँ मन्दा की भूख की थाह देने लगीं।

मन्दाकिनी से बोलीं, "बाहर आँगन में सुगना की माँ बैठी है। इसके सामने कुछ जताना नहीं चाहते हम। फिर भी वह समझ रही है क्या कुछ ?"

"तें ठीक ही तो कहती है बेटा कि बऊ, तुम अपने हिस्से की लड़ाई दूसरों से लड़वा रही थीं, उसी की कीमत चुकानी पड़ी है। आपदाएँ ढकेल देने से खतम नहीं हो जातीं, कुछ देर को ओझल होती हैं बस और फिर दूनी भयानकता से..."

वे पुते चूल्हे की ओर बढ़ गईं। कंडे तोड़कर बेवजह सुलगाने लगीं।

जैसे ही सुगना की माँ उठकर गई, तुरन्त गनपत को भीतर बुलाया। चाँदी के पाँचों सिक्के धर दिए उनके हाथ पर।

"जाओ, बेंचकर आओ। और तुम न जाना दुकान पर। एरच में लोगों को पहचानते देर न लगेगी कि तुमने सिक्का कहाँ से... ।"

गनपत खड़े-खड़े हथेली पर धरे सिक्कों को देखते रहे।

वे बोलीं, "हम जानते हैं लला, उमर नहीं कटेगी इनसे, पर कुछ बखत तो फूटेगा ही।"

''मन्दा, तें नहा ली ! सुगना फूल ले आई। पप्पू अपने घर से दूध ले आया। और हम सोते रहे ! जगाया नहीं किसी ने ? इतेक लम्बी नींद !'' वे उठ बैठीं।

मन्दाकिनी हँसती हुई बऊ के पास आ गई, ''बऊ, अब भी बीधी हों क्या हानि-लाभ के चक्कर में ?''

वे उठीं, मुँह धोया, ऐनक लगाई, नाक पर कमानी ठीक से बिठाई, जैसे अब वे सब कुछ साफ देखना चाहती हैं। बहुत रह लीं भरम में, दूसरों के आसरे। भले भूखे-प्यासे सही पर अपने घोंसले में बसने का आत्मविश्वास बड़ा मजबूत होता है। पाँवों के नीचे की धरती का आधार सच और ठोस लगता है !

उन्होंने देखा, आँगन में आटे की गठरी रखी है। अन्न देवता को माथा नवाया।

नए सवेरे का आरम्भ शुभ-सात्त्विक लगा बऊ को। ओटलों और खपरैलों पर फैली चमकीली धूप भीतरी अँधेरे पर छा गई। पेड़ों पर नन्हे पखेरू चहक रहे हैं। धीमी हवा से नीम के नए हरियल लहरे झूल रहे हैं।

सब कुछ भूलकर नई शुरुआत के साथ नया हौसला कायम करने के यत्न में उठ खड़ी हुईं वे। नहा-धोकर सलीके से धोती बाँधी। गनपत से तुलसी का बिरवा मँगाया। रुपवाया और जल चढ़ाकर जा बैठीं मन्दाकिनी के निकट। उसकी पीठ पर हाथ फेरती हुई बोलीं, ''लो, आज हमें ऐसी चौपाई बाँचकर सुना दो जो सन्तोस और हिम्मत दे। बेटा, हर लो हमारा अगला-पिछला ताप !''

मन्दाकिनी मधुर आवाज में पढ़ने लगी :

'' जामवन्त कहँ सुनि हनुमन्ता। का चुप साधि रहे बलवन्ता ॥
'' कौन-सा काम कठिन जग माँहीं। जो नहिं होय तात तुम पाहीं ॥

'' बऊ, हमने एक किताब में पढ़ा था, जब तक मनुष्य आत्मरत रहता है, अपने दुःखों से नहीं उबर पाता। समष्टिगत प्रेम मानव को दुखों के गर्त से बाहर खींचता है।

'' समझ गईं बऊ ?

'' समझ गईं सुगना ? '' मन्दाकिनी ने दोनों से पूछा।

बऊ बावरी-सी मन्दा के मुख को देखने लगीं, सुगना सकुचाकर मुस्कुराने लगी।

पप्पू बोला, ''हम समझ गए। हमारी नौ की हिन्दी की किताब में है ऐसा ही पाठ।''

बऊ बोलीं, ''हम तो ठहरे मूरख-अज्ञान। किताबन की बोली नहीं आती हमारी समझ में। हमारे लाने तो अरथा दो बेटा !'' बऊ ध्यान लगाकर समझने की मुद्रा में बैठ गईं।

मन्दाकिनी का समझाना-अर्थाना सुनकर बऊ अभिभूत हुई हरष उठीं। चहकती हुई बोलीं, '' जे कौन-कौन से पिरबचन सींख गई है मन्दा ? तें तो पाँच किलास पढ़ी थी और झगड़ती थी कि बऊ, तुमने हमें ज्यादा काहे नहीं पढ़ने दिया ? हम भागवत

बाँचते।

"बेटा, कैसे सीख गईं रामायन-भागवत जू की सी बोली-बानी। पुजारी महाराज की तरह मन्तर बाँचना-बोलना ?"

वह हँसने लगी, "बऊ, श्यामली में और किया ही क्या था, बस इसी सबका अभ्यास करते रहे। कुसुमा भाभी को सुनाते तो थे।"

उनको एकाएक कुछ याद हो पड़ा और खड़ी हो गईं।

"लो, हम तो भूल ही गए, आज तो तुम निर्जला..."

"अरे, तुम चिन्ता न करो बऊ ! दोपहर बाद बच्चों से कैथ और जामुन मँगा लेंगे," वह क्षीण-सी हँसी हँस दी।

सुगना बोलीं, "मन्दा जिज्जी, हम अपने घर से ले आएँगे रोटी। हमारी अम्मा ने बना ली होंगी।"

बऊ ने झट से डपट दिया, "चल, जगेसर की मोंड़ी ! हमारे घर क्या नाज-पानी नहीं है? वे गनपत रात ही पिसा कें धर गए हैं गठरिया भर आटा।"

पप्पू कहने लगा, "बऊ, जे सुगना बड़ी आजी-पुरखिन बनती है... ।"

सुगना ने पप्पू को एक चपत लगा दी, "ते नहीं बनता सबका अजा-बब्बा !"

गाँव में चर्चा हो गई, मन्दा रामायण बाँचती है, स्कूल के मास्साब हारमोनियम बजाते हैं और मातादीन ढोलकी।

प्रधान काका कहते हैं, "वाह री बिटिया ! कोयल-सी कूकती है रामायन जू की चौपाई गाते समय। साच्छात सरसुती विराज गई हैं मोंड़ी के कंठ में। इन्दर लोक उतार देती है मन्दा।"

द्वारिका कक्का झुकी कमर से चले आते हैं आ बैठते हैं, भजन सुनने। कहते हैं, "देख लो गीत-संगीत की महिमा ! एक दिन भूत-पिरेतों का डेरा थी यह बखरी। दिन में भी डरते थे लोग इस गली से निकलते हुए।"

बखरी में वाद्य बज रहे हैं, कीर्तन गूँज रहा है, मन्दाकिनी की मधुर आवाज :

सखि आज दोपहरी में रामचन्द्र सीताजी के भवन विराज रहे।
मुख में पान, नैन में सुरमा, केसर-तिलक लगाय रहे।
माथे मुकुट, अंग पीताम्बर, हाथ में धनुष उठाय रहे।
सखि आज...

कैसी पूजा-अर्चना ?

कहाँ का आरती-वन्दन ?

दीपक जलाने को घी नहीं। अगरबत्ती के लिए पैसे नहीं। बऊ को फिर चिन्ता

सताने लगी। एकालाप करने लगीं वे, "लो आजकल चाँदी के पाँच रुपइया धेला-पावली की कीमत के हो गए ! पहले जमाने कहाँ हिरा गए मोरे राम, एक रुपया में लै लो गठरिया भरी चीजें, जो खाते-खरचते बड़ाएँ नहीं। बरततें छ्योंटें नहीं।"

कह ही रही थीं कि सुगना आ गई, "जिज्जी, ये अगरबत्ती ! हमने अपनी अम्मा से पइसा ले लिये थे। अम्मा कहती थीं, अब वे भी नैम से आया करेंगी रामायण सुनने।"

"सुगना..." मन्दाकिनी चकित-सी देखती रह गई।

...और बऊ ने अन्तिम गहना सोने का तावीज गनपत के हाथ पर धर दिया, "तुम अगरबत्ती ले अइयो गनपत। मोंड़ी आरती नहीं कर पाती। बाने खावे-पहरवे की अभिलाखा तो त्याग कर दी। अब भगवान-ध्यान की इच्छा बची है, सो भी पूरी नहीं हो पा रही।"

"बऊ !" डपटा गनपत ने, "बऊ, जे तबिजिया हम नहीं ले जाएँगे। सँभाल कें धरो। तुम्हारे कुलदेवता की फोटू बनी है जा पै। मन्दा की है जे तबिजिया।"

तब तक कोई बालक आ पहुँचा, बोला, "बऊ, तुम्हें एक आदमी टेर रहा है। बाहर खड़ा है।"

वे आधी बात छोड़कर बाहर आ गईं। गनपत हाथ में तावीज लिये संग-संग चले आए।

बऊ ने चश्मे में से दुरुस्त तरीके से देखा, "भइया, को हो ? कहाँ से आए हो ? हम तो तुम्हें चीन्ह ही नहीं पाए।"

मन्दा को आवाज दी, "बेटा, एक लोटा में पानी भरें लाओ। पाहुने प्यासे होंगे। और तुम बिराजो भइया।"

आगन्तुक पौर में बनी चबूतरेनुमा जगह पर उकड़ूँ बैठ गया। उसने अपनी साफिया से मुख पोंछा। घर की दीवारों को, किवाड़ों को, आँगन, पौर-द्वार को देखने लगा ध्यान से, हाथ में साफिया थामे-ही-थामे। फिर धीरे से बोला, "बऊ, संधरी से आए हैं हम। प्रेम भौजी ने भेजे हैं।"

"है ऽ ऽ!" पलक झपकते ही बऊ की त्यौरियाँ चढ़ गईं, "पिरैम ! हमसे क्या काम आन पड़ा पिरैम को ?"

"काम तौ कछू नहीं बऊ ! सुनी कि श्यामली से चली आई हो तुम और बिटिया। और इतै की हालियत...सो हमें पहुँचाया है भौजी ने राजी-खुसी लेवे के लाने। और जे रुपइया दिए हैं कि इस बखत..." पाहुने ने रुपयों की गाँठ बऊ के सामने धर दी।

बऊ का तन-बदन फुँक गया। रुपयों की गाँठ बिच्छू की तरह स्पर्श करते ही अलग फेंक दी। बोलीं, "लला, तुमसे तो हम क्या कहें ? कोई बैर नहीं है

तुम्हारा-हमारा।...पर उठाओ जे रुपइया ! उठा लो ! हम हाथ नहीं लगा सकते वा बेड़िनी के छुई चीज से।

"इतेक और कह देना हमारी ओर से कि जे भीख अपने जीजा रतना को दे या अपने मायके भिजवा दे, जिन कंजरों ने ऐसी बिटिया जाई है।

"मन्दा और बऊ को नहीं है तुम्हारे सदावरत की जरूरत। आयन्दा इतेक हिम्मत न करे। नहीं, हमसे बुरा न होगा फिर...।"

मन्दाकिनी की हथेली पर रखा पानी-भरा लोटा डिगुलाने लगा। इतना अपमान ! क्या कहेगा यह पाहुना कि ऐसी बेआबरू हैं अम्मा इस घर के लिए !

"कछू कलेऊ करें जाते लला," बऊ पाहुने को जातें देखकर पूछ उठीं।

आगन्तुक ने रुपए फेंटा में बाँधे और बिना पानी पिए ही चल दिया, "सीताराम बऊ !"

बऊ उच्छ्वासों से भरी भीतर घुसीं।

गनपत ने अपना ध्येय स्पष्ट कर दिया, "हमसे न कराओ जे महापाप। तुम्हारे देवता तुम ही बेंचो। हम मईदारी करेंगे, मजूरी। यहाँ नहीं करने दोगी तो उरई, कालपी, कोंच जाएँगे।"

बऊ रुआँसी हो उठीं, "गनपत, ज्यादा न सताओ हमें। पूजा-वन्दना भी तुम्हारे ही कन्धा छीलकें ? नरक में ठौर तो छोड़ो हमारे लाने।"

"तुमने हमें आन समझा है बऊ ! इतने दिन तुम्हारे संग रहे फिर भी नहीं चीन्ह पाईं ! हमें महेन्द नहीं समझा तुमने। वे होते तो इतना बचाव करतीं ? वे तुम्हारी आज्ञापालन न करते ?"

बऊ तुरन्त बोलीं, "न करते गनपत ! बिल्कुल न करते। आजकल कौन आज्ञापालन करता है ? श्यामली में नहीं देखी जे बात तुमने ? मानी किसी बेटा ने बाप की अज्ञा ?"

गनपत दो क्षण को चुप हो गए, कुछ सोचकर बोले, "हओ बऊ, मानी। मकरन्द ने मानी माता-पिता की बात ? मन्दा को तजकें नहीं चले गए ? नातर-पीढ़ियों तक चलता यह दोस कि दादा ने सोनपुरावाली मातौन की मदद खेती के लोभ में करी थी।"

बऊ का चेहरा व्यंग्यात्मक रूप से लापरवाह हो गया, सिर झटकते हुए कहने लगीं, "हओ, एक मकरन्द ! हजारों में एक ! दुनिया नहीं बदलें देते वे।"

"बऊ, राम भी एक ही हते और लखन भी एक।"

"गनपत, तुमसे नहीं जीत सकता कोई," बऊ ने तावीज वापस ले लिया।

मन्दाकिनी खड़ी सुन रही थी। बोली, "किसी को कोई जरूरत नहीं है कहीं आने-जाने की। हम खुद करेंगे अपना इन्तजाम।"

"सो कैसे ?" बऊ सपाट स्वर में बोलीं।

"अरे रामायण पढ़ेंगे। कीर्तन गाएँगे। आसपास के गाँवों से बुलउआ आने लगे हैं। खमा डिकौली, नरसिंहगढ़, गोंती-झवरा जाया करेंगे।"

"मीरासिन बनेगी तें ?"

"बऊ, मीरासिन बनना कोई बुरी बात नहीं," कहकर वह बाहर निकल गई।

वे कराहकर रह गईं, "लो गनपत, जई कमीबेसी रह गई थी, सो भई जा रही है पूरी। मोंड़ी गाँव-गाँव झाँझ-मजीरा बजाएगी।"

"तकदीर के फेर हैं बऊ," गनपत ने गहरा साँस लिया।

चौदह

मन्दाकिनी जब से इस बात की अर्जी देकर आई है कि हमारे गाँव के अस्पताल में डॉक्टर भेजा जाय, कोई-न-कोई राह चलते, गली नाँखते, पानी भरते घेर ही लेता है उसे, और फिर एक ही सवाल कि मन्दा, कब आएगा डाकधर ? एक आएगा या दो ? कम्पोटर भी आएगा। दवा-दारू भी ?

क्या बताएँ इन्हें ? ये तो समझ रहे थे, हम गए और संग लेकर आएँ डॉक्टर। एरच में मोटर से हमारे पीछे-पीछे उतरेगा कम्पाउंडर और संग उतरेगी दवा-दारू ! जैसे हमारी बात फत्ते खाँ का हुकुम हो।

प्रश्न फिर होता है, "तुम ता कह रही थीं कि अहलकारों ने, अफसरों ने कहा है कि आएगा डाकधर।"

लो, अब कैसे समझाए कि अफसर लोग साफ-साफ मना नहीं करते। समझनेवाले को ही समझनी होती है उनकी टालू बात। ज्यादा सवाल-जवाब भी नहीं कर सकते उनसे। काट-छाँट कर, नाप-तोलकर बोलना होता है। वरन् कमरे के बाहर कर देंगे फटकारकर।

नहीं तो क्या प्रधान काका को एक ही बात के लिए बीसियों बार जाना पड़ता !

बीस बार क्या, चालीस बार भी जाना पड़ेगा।

गाँववालों को तो ऐसी आतुर हुलहुली मची है और वहाँ हमारे जाने अर्जी का कागज अब तक भी छोटे बाबूजी की मेज पर धरा हो।

क्या जाने कब चेतेंगे सरकारी लोग ? चेतेंगे भी कि नहीं ? बाट जोहते महीनों बीत गए, उम्मीद की लकीर नहीं दिखाई दी। कोई आसार नहीं दिख रहे हमारी माँग पूरी होने के।

प्रधान काका जिला-शहर से लौटे तो उसने उत्सुकता से तुरन्त अर्जी की बाबत पूछा। लेकिन काका कुछ बोले नहीं। बैठका में बिछे तखत पर अपना झोला रखकर

पप्पू के हाथ से पानी-भरा लोटा ले लिया और पीने लगे।

वह उतावली निगाह से काका को देखती रही। वे मूढ़े पर ऐसे बैठने लगे जैसे बहुत थक गए हों। कुछ सोचते हुए बोले, ''अपना कागज तो सूत-भर भी अगाई नहीं सरका मन्दा ! अर्जी अभी तक छोटे बाबूजी की मेज पर धरी है !''

''क्या ? वे तो कह रहे थे कि...''

उसने मन में ठान ली, अब रोज-रोज जाना होगा। अपना कागज सरकवाने की खातिर कुछ दिन वहीं उपस्थित रहना होगा।

वह सम्बन्धित लोगों से मिली और उनसे भी, जिनको इस बात से कोई लेना-देना नहीं था। वे अपने नेत्र-सुख और बतरस की खातिर उससे बातें करते हैं, इसका अनुमान कई दिनों बाद हो सका उसे।

सी.एम.ओ. साहब के यहाँ से यह नई और कठिन बात पता लगी कि लखनऊ से होगा यह काम। वहीं होते हैं ऐसे निर्णय। यहाँ से तो बस अर्जी फॉरवर्ड होगी यानी कि आगे जाएगी। बाकी सब लखनऊ के बड़े दफ्तर में।

उसे झुँझलाहट होने लगी। लो, कागज आगे बढ़ाने में ही इतने दिन लग गए।

वह सुबह चार बजे उठ जाती, नहा-धोकर पूजा-अर्चना और फिर प्रधान काका के साथ एरच तक मीलों की पैदल यात्रा, कभी बैलगाड़ी से और फिर बस में झाँसी। सुबह से लेकर धूलभरी दोपहरी में और घमसभरी शाम तक वह प्रधानजी के साथ सी.एम.ओ. के ऑफिस के आगेवाले बरामदे में बैठी रहती, जैसे धरना देने का इरादा रखती हो। बाबुओं ने कई बार बताया है कि काम की राह काम होगा। फाइल की तरह फाइल चलेगी। उसकी समझ में न आया, फाइल की चलगत किसी विशेष तरह की होती है क्या ?

आते-आते लोग मुस्कुराकर देखते हैं। बतियाते जाते हैं परस्पर। पीछे मुड़कर फिर देखते हैं। तो वह समझ जाती है कि ये लोग उसी को, केवल उसी को लेकर बातें कर रहे हैं। भीतर बहुत कुछ तितर-बितर होता है, आक्रोश उठता है। देखती रह जाती है उन धूर्त आँखों को।

रोज शाम को घर लौटते समय निराशा की गठरी ढोकर ले जानी होती है। हाँफती हुई गाँव पहुँचती है और निढाल-सी दालान में बैठ जाती है।

अक्सर तो सी.एम.ओ. नहीं मिलते। कभी उनका टाइप करनेवाला नहीं होता तो कभी उनकी सील खो जाती है, और कभी वे अनेक महत्त्वपूर्ण कामों में व्यस्त होते हैं।

कमरे के भीतर लोग चाय पी रहे हैं। चुस्कियों के बीच एक कोई कहानी कह रहा है। आवाज बाहर तक स्पष्ट आ रही है।

''एक चिड़िया थी, जिसे कहीं से चने का दाना मिल गया। वह ठूँठ पर बैठ गई।

चोंच से दाना छूटकर ठूँठ में अटक गया। चिड़िया तुरन्त उड़ी और बढ़ई के पास जा पहुँची, बोली, 'ठूँठ काट दो।' बढ़ई ने मना कर दिया तो वह राजा के पास गई कि हे राजा, बढ़ई को सजा दो। राजा ने बढ़ई को सजा नहीं दी। वह चूहे के पास गई कि वह राजा के कपड़े काट दे। चूहा भी राजी नहीं हुआ तो वह बिल्ली के पास गई कि वह चूहे को खा ले। चिड़िया की औकात देखकर बिल्ली भी राजी नहीं हुई। तब वह कुत्ते के पास पहुँची कि वह बिल्ली को काटे। कुत्ता भी क्यों राजी होता ? तब वह लठिया के पास गई कि वह कुत्ते को मारे, मगर लठिया ने भी उसका कहा नहीं माना। बोली, 'नन्ही-सी चिड़िया, तेरे कहने से क्या मैं कुत्ते को मारने जाऊँगी !' वह पेड़ के पास गई कि पेड़, तुम लकड़ी मत देना, क्योंकि तुम्हारी लकड़ी से बनी लाठी ने अपना धरम नहीं निभाया। पेड़ बोला, 'जा चिड़िया ! तेरे कहने से क्या मैं लाठी बनाना बन्द कर दूँगा तो मेरा महत्त्व क्या रहेगा ?' बड़ी आशा लेकर वह हाथी के पास गई कि वह पेड़ उखाड़ दे, क्योंकि पेड़ भी अपनी गरिमा के अनुरूप काम नहीं कर रहा। हाथी बोला, 'तू जरा-सी चिड़िया, विशाल पेड़ को सीख दे रही है !' अन्त में वह चींटी के पास गई कि बहन, तू मेरी मदद कर, हाथी को मार। हाथी ने अपना धरम नहीं निभाया। चींटी सहर्ष चली और हाथी की सूँड़ में घुस गई। हाथी मर गया। चना ठूँठ में ही अटका रह गया।''

सच में ! हाथी मर जाएगा तब भी चना ठूँठ में ही अटका रह जाएगा ! वह सोच ही रही थी कि छोटे बाबूजी हँसते हुए आए और प्रधानजी से बोले, ''कहानी तो कहानी होती है प्रधानजी ! भला चना ठूँठ में क्यों अटका रह जाएगा ? आप तो चाय-पानी का जुगाड़ बिठाओ। फिर देखो, तुम्हारा कागज पतंग की तरह उड़ता चला जाएगा लखनऊ तक।''

चाय-पानी ! हैरत में पड़ गई मन्दाकिनी।

छोटे बाबूजी फुसफुसाते हुए बोले, ''अरे ! आप कैसे प्रधान हैं ? आप लोगों का अब तो लाखों रुपए पर कब्जा रहने लगा है। सरकार ने तमाम अधिकार सौंप दिए हैं आपको। पचास-पचीस खर्च नहीं कर सकते ? फिर आप कौन सा अपने लिए करेंगे, गाँव की जनता की भलाई का ही सोच रहे हो।''

प्रधान काका ने जेब से बीस रुपए निकाले। उसे लगा, रोक दे काका को। देखते ही छोटे बाबूजी की त्यौरियाँ चढ़ गईं। बोले, ''भिखारी को दे देना प्रधानजी ! सौ का पत्ता लगता है इस लेबिल पर। फाइल चढ़ने की सीढ़ियों के रेट नहीं मालूम करके आए, तो सुन लो, यह रेट बढ़ता जाएगा आगे तक। यानी सी.एम.ओ. तक। हम तो इसलिए बता रहे हैं कि धूप-गर्मी में आप महीनों से परेशान हो रहे हैं। साथ में यह लड़की... ।''

उस रात उसे नींद नहीं आई। बाबूजी की बातें कानों में गूँजती रहीं। साथ-साथ

सी.एम.ओ. का कहना भी याद आया, 'हम तो कोशिश कर रहे हैं, वरन् यह तो बड़े अस्पताल का मामला है। पी.एच.सी. की बात होती तो हमारी जिम्मेदारी थी।'

नहीं, ऐसे नहीं चलेगा। वह गोपालपुरा गई। खमा डिकौली, झखनवारा, गोंती आदि, लगभग पन्द्रह गाँवों में खबर करा दी कि प्रधान लोग गोपालपुरा के पंचायती चबूतरे पर जमा हो जाएँ। अस्पताल की बाबत बातें करनी हैं।

एक अर्जी फिर से लिखी गई, जिस पर गाँवों की जनसंख्या दर्ज की और प्रधानों के हस्ताक्षर कराए। अपनी परेशानियाँ लिखीं। बीमारी और मृत्यु का भयानक हवाला दिया।

"अबकी बार हम किसी ऑफिस में नहीं, सीधे राजा साब के पास भेजेंगे अपना प्रार्थना-पत्र। प्रधान काका और कायलेवाले महाराज इसे ले जाएँगे स्वयं अपने हाथों। राजा साब यहाँ के एम.एल.ए. हैं। मन्त्री हैं। प्रतिनिधि हैं। जिम्मेदार हैं। यह कहो कि माई-बाप हैं इस क्षेत्र के। कुछ-न-कुछ सोचेंगे अवश्य !"

अर्जी पहुँच गई, बिल्कुल पहुँच गई। उसे बड़ी उम्मीद बँधी। राजा साब ने खुद अपनी आँखों से देखी अर्जी। पढ़ी और समझी। बातें भी कीं इस बाबत। आश्वासन दिया। बेफिकर कर दिया प्रधान काका और महाराजजी को।

उसकी आँखें अँधियारे में सूरज तलाशने लगीं।

चमकीली धूप की रोशनी में गाँव जगमगाने लगे। मन्दाकिनी की कल्पना में खुल गया अस्पताल। दुख-दर्द-भरे दिन बीते और न जाने कौन-कौन से सुख उतार लिए उसने मानस-पटल पर।

तलाशते-तलाशते पथराने लगीं आँखें।

अकस्मात् फिर प्रकाश-सा कौंधा जब सुना कि ब्लॉक में चर्चा हो रही थी, सोनपुरा में डॉक्टर आने की...तहसील पर लोग कह रहे थे कि सोनपुरा का अस्पताल आबाद ! और उस दिन तो सच में ही उसकी आँखें झिलमिलाने लगीं जब बी.डी.ओ. साहब और सत्तारूढ़ दल के कुछ कार्यकर्ता स्वयं अस्पताल का हुलिया देखने आए।

मन्दाकिनी आसपास के गाँवों में भजन-कीर्तन के लिए दोगुने-चौगुने उत्साह से जाती है। वहाँ डॉक्टर आने की बातें नियमित रूप से आरती की तरह ही होती हैं।

गोंती के प्रधानजी तो किसान रैली में लखनऊ तक हो आए हैं। वहाँ भी उठी थी सोनपुरा की चर्चा। एक पल को तो चकित रह गए प्रधानजी कि लखनऊ जैसे बड़े शहर में सोनपुरा का जिकर !

मगर उस बातचीत का सार शुभ नहीं लगा उन्हें। गोपालपुरा की ठकुरायन को बताया और कौल धराया कि यह बात मन्दा से नहीं कहनी।

" एक नेतानुमा आदमी कह रहा था—अब आप ही लोग सोचें, गाँवों का कितना विकास किया है सरकार ने। लेकिन पेट नहीं भरता ग्रामीणों का। अल्लादीन का

चिराग माँगते हैं, वह कहाँ से लाए कोई। जैसे राजा साब के चुनाव क्षेत्र में एक गाँव है सोनपुरा। वहाँ तो साहब डॉक्टर की माँग हो रही है। बताओ, यह माँग है उचित ? ऐसा सवाल रखना जायज लगता है ? यह तो वही बात हुई कि बाँस की टाटी, गुजराती ताले ! गुजराती ताले कहाँ से लाएँ मन्त्रीजी ?

"हमारे सामने मन्दाकिनी का चेहरा मँडराने लगा। किन उम्मीदों में बँधी बैठी है नादान। किस आशा से जोह रही है डॉक्टर की बाट। किस कदर अस्पताल खुल जाने के सपने देखती है और दिखाती है।

"तब से हम अस्पताल की बाबत बातें नहीं करते। और न कभी पूछा कि डाकधर कब आएगा ? वैसे जानते हैं हम, मन्त्रियों की, नेताओं की और अफसरों की नजर के हेर-फेर पर टिका है सारा मामला। परन्तु मन्दा की आशा काटने का साहस नहीं जुटता हमसे।"

दिन गुजरने लगे। महीने बीतने लगे। साल...मन्दाकिनी के भीतर आशा-अभिलाषाओं के लहलहाते पौधे बेदम-से होकर मुरझाने लगे। कुछ सुनवाई नहीं हुई। प्रधान काका महाराजजी के संग लखनऊ तक हो आए। राजा साब का कहना भी नहीं माना गया। या महाराज की बात पर ही गौर नहीं किया राजा साब ने। फिर गुरुदेव उनके लिए किस बात को पूज्य हैं ? क्यों आदरणीय माने जाते हैं ?

या उसने ही मन में कोई कल्पतरु रोप लिया था अस्पताल का। मकरन्द अपने वादे-इरादों से उसके फलने-फूलने की आस जगा गए। और यहाँ...बिन पानी की पथरीली भूमि ! बेचने-खरीदने में माहिर लोग !

चुप-सी रहने लगी है मन्दाकिनी।

आँखें सूनी-सूनी। निगाह वीरान...

ज्यादा बोलती-बतियाती नहीं।

भजन-कीर्तन में जाना लगभग छोड़ चुकी है मन्दा। बुलाने पर भी नहीं आती। कहती है, गाने को मन नहीं होता, होता है तो भीतर हिलोर-सी उठती है।

बऊ डपटती हुई बोलीं, "आओगी-जाओगी नहीं तो यहीं घुरती रहो अस्पताल की फिकिर में। अरे, मन बदलेगा बोल-बतियाकें। चली जाओ, गोपालपुरा की ठकुराइन बाट हैरती होंगी।"

उमसभरी घाम है। तीखी किटकिटाती गर्मी ने बेहाल कर रखा है बऊ को। बादल का एक टुकड़ा भी नहीं। उन्होंने आकाश की ओर निगाहें उठा दीं। आषाढ़ मास में भीषण ताप। वे दो पल की छाँव जोह रही हैं कि स्यात आ जाए कोई बदरई।

बऊ पंखा झलते हुए पौर में आ बैठीं। अचानक आकाश में एक छोटा सा बादल

शीतल फाए की तरह तीखी धूप पर छा गया।

मिठू ने अपना झोला चौखट के सहारे लगे-चबूतरे पर टिकाया तो उन्हें कोई छाया सी मालूम हुई। पाँवों की आहट भी लगी द्वार पर।

उझककर देखा तो एक पल को अपनी निगाह पर विश्वास नहीं बँधा उन्हें। कहीं हमारी आँखें धोखा ही तो नहीं खा रहीं ? उन्होंने बिजना हाथ में लिये-ही-लिये फिर उझका। सुगना को आवाज दी, ''ओ मोंड़ी, देख तो द्वारे पर किसने टिकाया झोल्ला ! किसी के पाँवों की सरसराहट-सी सुनाई दी है हमें। स्यात कोई आया है हमारे यहाँ।''

''सीताराम, बऊ !''

मिठू ऐन सामने प्रकट हो गए।

''लो, तुम चीन्ह नहीं पा रहीं हमें ! इतेक जल्दी भूल गईं !''

''को है ? मिठुआ !''

मिठू हँसते हुए बोले, ''लो, अब अवाज मार कें जाँच रहीं। हओ बऊ, हम हैं मिठू। श्यामली के मिठुआ।''

घाम के कारण मिठू का गहरा साँवला रंग ताँबिया हो गया है। वे भीतर आकर बऊ के पास ही पौर में धरती पर उकड़ूँ बैठ गए।

बऊ अभिभूत-सी देखती रहीं। निहारती रहीं झुर्री पड़ी बूढ़ी आँखों से। फिर बोलीं, ''कैसे भूल परे लला ? हम तो अब भी जे ही समझ रहे हैं कि कहीं बर्राटे (सपने) में तो नहीं देख रहे तुम्हें !''

मिठू अब पालथी मारकर आराम से बैठ गए। जेब में से बीड़ी का बंडल निकाला। बीड़ी निकालकर बोले, ''भूल नहीं परे बऊ, दादा ने भेजे हैं। और न तुम सपना देख रहीं। सादृश्य बैठे हैं तुम्हारे सामने। लाओ, माचिस हो तो दैराखो।''

''सुगना ! ओ सुगना ! बेटा, कक्का के लाने दियासराई ले आ। और लोटा में पानी भी लएँ आओ। चटक घास में हलक सूख गया होगा,'' बऊ हुलसकर बोलीं, '' मिठू बेटा, हम तो समझ रहे थे कि श्यामली से अब क्या सम्बन्ध ? टूट गए सब रिस्ते-नाते। सात बरस की रिहायस...अब कुछ भी बाकी नहीं बचा ! कोई आया नहीं यहाँ, ढूँका तक नहीं जब-कबहुँ भी। पूछ ही जाते कि हम किस विध...! ऐसी क्या भूल हो परी हमसे ?

'' उम्मेद नहीं थी हमें कि कोई अब भूले-भटके भी आएगा। काहे से कि यहाँ आकें रही-सही भी हमारी समझ में आ गई कि श्यामली में पूरी तरह से अब गोविन्दसिंह का राज चल रहा है, '' बऊ ने अपनी हथेली ठोड़ी पर टिका ली। सोच में डूब गईं।

मिठू ने खतम होती बीड़ी का लम्बा कश लिया और उठकर उस ठूँठ को बाहर फेंक आए। कन्धे पर पड़ी साफिया से मुँह पर आया पसीना पोंछा और बोले, ''बऊ,

चल तो रहा है कका जू का राज। पर इतेक नहीं, जितना तुम समझ रही हो।''

सुगना पानी ले आई।

बऊ बताने लगीं, ''बेटा, जे हैं मिठू कक्का श्यामली वारे। और मिठू, जे सुगना, हमारी बिटिया।''

मिठू ने धरती छूकर इजहार किया कि सुगना के चरण स्पर्श कर रहे हैं वे।

बऊ आवभगत में जुट गईं। कभी कोठा में जातीं तो कभी ठाकुरद्वारे में। शक्कर और घी लाकर चूल्हे के पास रख दिया।

मिठू ने आवाज दी, ''बऊ, तुम कहाँ भगी फिर रही हो ? हमें नहीं खाना कुछ भी। कलेवा करके चले थे। मन्दा कहाँ गई ?''

'' बेटा, वे तो गोपालपुरा गई हैं आज ही। वहाँ की ठकुरायन के यहाँ रामायन जू का पाठ चल रहा है। भोर तक लौट आएँगी।

''और बेटा, रोटी नहीं खाओगे, सो काहे ? भूखे ही जाओगे लौटकर ? जे न समझना कि बऊ परेशान होंगी चूल्हा सुलगाने में। कोई दिक्कत नहीं लला। सुगना, बना चार पराँठे। जगेसर की मोंड़ी है यह। मन्दा के ठौर ही समझो। मताई कह गई है कि यहीं बऊ का कामधाम कर दिया कर। इसका बाप नहीं है ठीक-ठिकाने का। नास गए ने ऐमालों में फूँक डाला घर। ''

मिठू सुगना को कोमल निगाहों से देखने लगे, ''कैसी पुतरिया-सी मोंड़ी है !...बऊ, यहाँ तो आओ तुम। यहाँ बैठो हमारे पास।''

वे पास आ बैठीं तो वे मैले-से कपड़े में बँधी कोई चीज खोलने लगे। खोलकर जो कुछ निकला, बऊ के आगे रख दिया।

''रुपइया !'' बऊ भौंचक।

''हओ बऊ, रुपइया।''

''सो काहे को लला ?'' बऊ के होंठ खुल आए।

'' तुम्हारे लानें। और काहे को ! बऊ, जब से दादा ने सुनी है कि कका जू ने यहाँ की धरती...बस, तब से ही उन्हें चैन नहीं है। नींद नहीं, भूख नहीं। जे समझो कि चिन्ता में घुरे जा रहे हैं। कहते हैं, करेजा फुँकता है मिठू। धुआँ-ही-धुआँ भर गया है हमारे सीने में। जलन-ही-जलन है तन-मन में। बऊ किस विध...

'' बऊ दादा की दिसा न पूछो हमसे। हौल-सा बैठ गया है। जिस बखत सुना, तब तो गुम्म बैठे रहे दुपहर लों। हमें तो जे लगा कि अब बोलेंगे भी या नहीं ! लो धूप-ताप की भी खबर नहीं रही ! दुपहरिया-भर तखत पर बैठे-बैठे ही कढ़ गई। फिर बा के बाद मछरी की तरह तड़पने लगे।

''...और जे समझ लो कि जैसे ही कका जू दिखाने तो ऐसी तेजी से दौरे जैसे शरीर में देवता भर गए हों ! बखरी में धमाके भए। शेर की तरह दहाड़े कि काहे

हो गोविन्दसिंह, हमसे बिना बताए ही कर दिया हिसाब-किताब !

" कका जू तो ऐसे दिखा रहे थे जैसे उन्हें कुछ पता ही नहीं। अनजान से बोले, 'काहे का हिसाब ?'

" 'सोनपुरावाली मातौन को भिखारिन बनाने का हिसाब। उन्हें खानाबदोस करने का जोड़-तोड़।' दादा का पूरा शरीर काँपने लगा। साँसें ऐसे चलें जैसे कौनऊँ धौंकनी हो।

" फिर तो दोई तरफन से कहनी-अनकहनी भई ऐन कसकें। हम ही क्या, घर की जनी-मानसें समेत डरने लगीं कि लो, बुढ़ापे में दोई भइयन की कुटाई-पिटाई होती है क्या ? घूँघट-पर्दा की बात, वे बचावें भी कैसे ? तो भी कुसुमा बहू बीच में आ गईं। कक्को और हमने बीच-बिचाव किया। समझाया-बुझाया कि अब क्या बदला जाता है ? जो हो गया सो हो गया। छिमा करो दादा।

" दादा परे रहे अपने ऊपरवाले कोठा में। कहते रहे हमसे दिल को बैठानेवाली बातें। कराहते रहे अपनी भीतरी तकलीफ पर।

" कि मिठू, हमारे सगे भाई ने हमें बेईमान सिद्ध कर दिया। छली, कपटी और ढोंगी बनाकर छोड़ा। गाँव में ही नहीं, असपेर भर में। एरच से कालपी तक। श्यामली से झाँसी तक। नहीं-नहीं, मिठू, दसों दिशाओं में, आकाश से पाताल तक, रूख-पेड़ों और नदी-सागर तक, पहाड़-पर्वत तक हमें तो लगता है कि धरती के हर कोने में पिट रही है हमारी बेईमानी की डुगडुगी कि पंचमसिंह आदमी इंसान नहीं, डकैत है, ठग है, चोर-भड़िया है।

" बऊ, कका जू से जीत सकता है कोई ? दादा से कह रहे थे कि तुम्हें तो धरम-पुत्र जुधिष्टर बनने का सोंख है तो हम हतिनापुर कब तक हारते रहेंगे। और आखिरी बात यह है कि अब हमें न्यारे कर दों। बहौत रह लिए तुम्हारे माँझे।

" बऊ, तेरौ कौल, दादा पहले तो सन्न रह गए। बैठे रहे चुप्प। अन्त में बोले, 'गोबिन्दसिंह, तुम्हें अपना भाई कहते हुए अब हमें भी हिजों लगती है।' "

बऊ देखती रह गईं मिठू की ओर। उनका पोपला मुख खुल आया। फिर अस्त-व्यस्त-सी बेचैन, अधीर होकर बोलीं, "लो बोलो, इस कलजुग में क्या करे अकेला ईमानदार आदमी ? किस-किसके करेजा में धर दे अपना हिरदय और किस-किसके कुकरमों की भरपाई करता रहे।"

उन्होंने झुर्री पड़े होंठों को ऐसे चलाया जैसे कुछ कसैला चबा रही हों। चश्मे की कमानी को नाक पर साधा और मिठू की आँखों में देखते हुए बोलीं, " लला, तुम जे रुपइया धरो। बाँध लो गाँठ में। और जैसे लाए थे तैसे लौटा लै जाओ। हमारा इतना सन्देस अवस्स कह देना कि उन्होंने रुपइया दे दिए और हमने लै लिये। पंचमसिंह हमारे लिए पंचमसिंह हैं। श्यामली के मुखिया पंचमसिंह ! धरमातमा

पंचमसिंह ! ईमानदार और न्यायकारी पंचमसिंह। और हमेसा रहेंगे इसी तरह हमारे हिरदय में।

" हमें आज भी उन पर इतना ही भरोसा है, जितना उस बखत था, जब पहले दिन हमने श्यामली में पग धरा था।

" वे दिल में किसी तरह का मलाल न लावें, जी छोटा न करें। हमारी गुजर-बसर सब ईसुर-भगवान चला रहे हैं। भूखे नहीं मर रहे हम। "

मिठू देखते रहे। मन-ही-मन सराहते रहे बऊ के आदरभाव को, विश्वास और निष्ठा को। चलो, कोई तो है दादा को समझनेवाला। उनकी नीत को पहचाननेवाला।

दिन ढले तक मिठू को लौट जाना है।

वे चाहते थे कि मन्दाकिनी से मिलकर जाते, मगर नहीं रुक सकते, क्योंकि कल अपने लड़के को अस्पताल में दिखाने झाँसी जाना है उन्हें। कल का ही दिन दिया था डॉक्टर ने।

"बऊ, मन्दा तो मिलीं नहीं। उनसे कह देना कि दादा के लिए दो आँक काढ़ कें चिट्ठी डार देवें। राजी-खुसी हम दे देंगे। उनका मन थिर हो जाएगा।"

"गाँव में और सब कैसे हैं मिठू ?" बऊ ने उनके चलते-चलते अन्तिम सवाल पूछा।

मिठू ने दिन ढलने का खयाल नहीं किया और बैठ गए बताने।

" गाँव दिन-दिन बदल रहा है बऊ ! अब तो अलग-अलग पुरा और जुदा-जुदा पाल्टी। पिरधानी के लिए समझो कि कटन-मरन हो रही। पहलें निरविरोध हो जाता था चुनाव। अब तो हर गली में एक पिरधान खड़ा देख लो। जिन मोंड़न को जाँघिया बाँधने की तमीज नहीं, वे भी पिरधानी के उम्मेदवार ! पुराने लोगों में तो गिन-गिनकर खोट निकालते हैं।

" सौ बातों की एक बात, अब पिरधानी भी ससुर व्यापार हो गई है, जो ज्यादा-से-ज्यादा खरच सके सो बन जाओ पिरधान और फिर काट लो उसका चौगुना कि दस गुना पइसा। जे कहो बऊ कि बुद्धि-चतुरई के जमाने गए। अब तो कलदार कर रहा है राज। भरी जेब की महिमा है चारों तरफन।

" चीफ साब अलग मन खट्टा करें बैठे हैं। रंजिस की जर तो तुम्हारे सामने ही जम गई थी जब होरी के दिन बन्ने मास्साब की बिटियों के संग लड़कों ने बदफैली करी। वैसे खानदान ने कम रंगत नहीं दिखाई बऊ ! लगता है कि दसरथ जू अजुध्या पर राज नहीं, लंका में दिन काट रहे हैं। अपराधी से बने बैठे हैं दादा। अच्छी फजियत है ससुरी। कौन-कौन से छेद को ढाँपें-मूँदें।

" ऐसे ही कुसुम बहू के संग हुआ। उसका हिस्सा देने को तैयार नहीं कोई। पहले तो सबने हरीचन्द बनने के ढोंग भरे, पर बऊ, जायदाद बड़ी बुरी चीज है। बाँटते में करेजा धसक रहा है, कका जू का, यसपाल का, और तो और बिकरम

दरोगाजी का।

" आए दिन बिकरम दरोगा जू को श्यामली में देख लो। उन्हें कुछ ऐसा अन्दाज हो गया है कि दादा ने दे देवें अपना हिस्सा सो भोंरा की तरह चक्कर काटते रहते हैं। इर-फिरकर गाँव में ही झुके रहते हैं। अब बताओ कि कंस और उनमें क्या भेद है ? डुकरा की चौकसी बई तरीका से कर रहे हैं।

" अब दादा के मन में क्या है, यह तो वे ही जानें या फिर गाँव में मोदी लल्ला हैं, जिनसे वे अपने भीतर की बात कहते-बताते हैं।"

दोपहर के पहले ही मन्दाकिनी आ गई। फल-फूल और प्रसाद से लदी-फदी।

झोला चौके में रख दिया और हाथ-पाँव धोने जलघरा में चली गई। धूल चढ़ गई है देह पर।

नहाकर निकली और बोली, "लो बऊ, ये दस रुपए ! तुम्हारे लिए खाना भी भेजा है ठकुरायन ने।" दस का नोट उनकी हथेली पर रख दिया।

बऊ देखती रहीं उन रुपयों को।

मन्दाकिनी हँस पड़ी, "बऊ, नोट को ऐसे देख रही हो जैसे पहली बार देखा हो। और अछूत हो यह धन। थामे रहो कि फेंक दो। रहने दो या लौटवा दो !"

बऊ बोलीं, "बेटा, तुमने ठकुराइन से यह नहीं कही कि हम न तो बामन हैं और न पुजारी। अहीर की जात हैं। अहीरों को दान-पुन्न लेना सोभा नहीं देता। दछिना नहीं सोहती यादवों को।"

"कही बऊ ! ऐन कही। वे मानीं ही नहीं। बोलीं, 'हम बामन-अहीर कुछ नहीं जानते। तुम तो बिटिया हो, कन्या। बामन और पुजारी महाराज दोनों से अधिक पूज्य, अधिक मान्य। सीता, पार्वती और सरस्वती का रूप।' "

कहते-कहते मन्दाकिनी की आवाज कमजोर पड़ने लगी। ठकुराइन यह कहाँ जानती हैं कि कन्या की जिस परिभाषा को वे जानती हैं, मन्दाकिनी उसकी कसौटी पर खरी कहाँ उतरती है ? वह तो कब की भंग हो गई ! कैलास मास्टर के हाथों बिरगवाँ में। सचमुच उसे पैसे नहीं लेने चाहिए थे। नहीं, वह कन्या ही है। मन की पवित्रता पर टिका है कन्या का स्वरूप। देवी की शक्ति और सरस्वती का वरद हस्त। वह दृढ़ हो आई।

"बेटा, मिठू आए थे श्यामली से," बऊ ने मन्दाकिनी का ध्यान तोड़ दिया।

उसे लगा, शायद कोई भ्रम हुआ है। मिठू कक्का कहाँ से आ जाएँगे?

"बऊ ! तुमने कुछ कहा?"

बऊ अचरज से बोलीं, "लो, हम कह तो रहे हैं कि मिठू।" कहते हुए बऊ ने

दस का नोट मन्दाकिनी के हाथ पर रख दिया।

"मिठू कक्का !" उसकी आँखें जगमगाने लगीं, "कहाँ हैं ?"

"अब कहाँ धरे ? वे तो काल ही चले गए।"

पछताने लगी वह, "हमसे बिना मिले चले गए ! रोक लेतीं तुम ! रोका नहीं उन्हें ?"

"दादा की तबीयत ठिकाने नहीं रहती बेटा ! और कुछ अपना भी काम रहा होगा। सो रुके नहीं। वैसे रुकने का मन बना रहे थे।"

"क्या-क्या बता रहे थे ? कैसे हैं सब लोग ?" मन्दाकिनी की आतुरी चरम पर थी।

"यही कि सब न्यारे-न्यारे हो गए। और बताने को क्या धरा है ?" बऊ सरौता से सुपारी कतरने लगीं।

"और ?"

"और क्या ! दादा की चिन्ता-फिकर बता रहे थे। रुपइया लैकें आए थे। हमें काहे को लेनी थी काऊ की मदद। बहौत ले ली," कहकर बऊ देर तक चुप बैठी रहीं।

मन्दा ही बोली, "और कुछ नहीं बऊ ?"

"और कुछ नहीं," बऊ ने सिर हिला दिया।

कैसे पूछे, जो पूछना चाहती है। बऊ समझतीं नहीं या समझना नहीं चाहतीं। कुसुमा भाभी ने कुछ भी नहीं कहा, कोई खबर नहीं? मकरन्द का कोई सन्देश...कोई आया-गया नहीं इलाहाबाद से ? कोई चिट्ठी तो आई होगी श्यामली में। या उसके आने के बाद उसकी दास्तान खतम कर दी ! भूल गए सब लोग !

बरस बीत गए। ऐसे निठुर हो गए मकरन्द। डॉक्टरी में दाखिल होने का इम्तहान पास किया कि नहीं ? क्या कर रहे हैं इन दिनों? कभी आएँगे कि नहीं ? इतने सारे प्रश्नों का उत्तर मैं कहाँ से पाऊँ ? दो आखर ही लिख भेजते। आँखें फिरे पीछे तस्वीर धुँधली ही नहीं, ओझल भी हो जाती है। फिर मुझे प्रतीक्षा किसकी है ? उनके आने की अभिलाषा क्यों बँधी है ?

उसकी आशा मुरझाने लगी। सुस्त हो गई। उदास। बऊ निगाहें गाड़कर देखती हैं, मन्दा रुआँसी हो चली है, जैसे कुछ छटपटा रहा हो भीतर-ही-भीतर। श्यामली का नाम लेते ही क्या-क्या तो याद हो पड़ा मोंड़ी को ? हमारे जाने फिर यादें हरिया आईं ? फिर मलाल उमड़ने लगा ? नहीं तो आँखें इतेक विकल-बेचैन...बऊ की आँखों में करुणा उमड़ने लगी।

उठीं और शरबत का गिलास ले आईं, "पी लो बेटा, तसल्ली से पी लो।"

क्या होता जा रहा है मन्दा को ?

क्यों खोई-खोई रहती है ? क्यों नहीं बोलती-बतियाती ? बऊ अटकलें लगाती हैं। सुगना से पूछती हैं, ''गुम्म क्यों हो गई है मन्दा ? क्या दुःख लगा लिया बेटा उसने ? जा उमर ऐसे किलसने की है ?''

सुगना बड़ी-बड़ी आँखें झपकाती हुई बताने लगी, ''बऊ, स्कूल में मास्साब भी कह रहे थे कि अब मन्दा पहली तरह मन से कीर्तन नहीं गाती। पहली जैसी उमंग नहीं है। बैरागिनी-सी होती जा रही है। हमारे जाने जोगिन-बैरागिन न हो जाय। स्कूल में एक मोंड़ा ऐसे ही गुमसुम रहता था, साधू होकर भग गया।''

सुगना की बात पर बऊ पहले तो जड़-सी बैठी रहीं, फिर डाँटती हुई बोलीं, ''चल मोंड़ी। ऐसी कुभाखा न बोल। असगुनिया बातें करती है।''

'' लो, हमने तो पूछा भी कि जिज्जी जोगिन क्यों हो जाएँगी ?

'' वे कहने लगे, 'सुनती नहीं हो, मीरा के भजन गाते-गाते कैसा रुआँसा स्वर फूटता है। लगता है, कोई बियोगिनी रो रही है।' ''

कुछ देर बऊ अनसमझ-सी भावशून्य होकर बैठी रहीं, फिर कहने लगीं, ''कौन सी बोली बोल रही हैं तें। हमारी तो समझ में नहीं भर रही।''

''बोल नही रहे बऊ जे देखो, हम तो कापी पर लिखकर लाए हैं, मास्साब के कहे बोल।'' सुगना ने अपनी कापी का पन्ना बऊ के सामने रख दिया।

बऊ एकालाप करने लगीं, ''हमारी तो फजियत देखो, एक तरफन तो मोंड़ी सुन्न होती जा रही है और दूसरी ओर गाँव के लोग हमारे कान पर भोंरा की तरह भिनभिनाते हैं कि मोंड़ी का सगाई-सम्बन्ध करो। हाथ पीरे करकें विदा करो।

'' अब कैसे समझावें लोगन कों कि बिटिया किसी विध नहीं मानती। राजी ही होती तो श्यामली में एक से अनेक लरका थे। वहीं जबरन नहीं कर पाए हम।

'' एक रोग और लगा है कि सिरिन-सी अस्पताल में बैठी रहेगी। अकेली-अकेली डोलेगी। कोई रोग-हवा तो नहीं लगी इसे ?''

सुगना बताने लगी, '' बऊ, एक दिन मास्साब ने कहा था कि मन्दा, श्यामलीवालों का लड़का लौटकर नहीं आया तो ? जिन्दगी ऐसे ही काटनी है क्या ? क्यों वीतरागिनी हुई जा रही हो ? बऊ का ख्याल करो।

'' वे चुप हुई बहरी-सी बैठी रहीं। मास्साब ज्यादा पीछे पड़े तो कहने लगीं, 'क्या पता मास्साब, क्या होगा ? लगता है कि जोग ले लें। झंझटों से मुक्ति मिलेगी।' ''

बऊ की पुतलियाँ आँखों में जमी रह गईं। 'जोग' यह शब्द कहना चाहती थीं मगर जीभ को जैसे लकवा मार गया हो।

उसी समय पप्पू भी आ गया। इस बार नौवीं में फेल हो गया है पप्पू। सुगना ने बऊ को बता दिया।

बऊ कुछ चेतीं, बोलीं, "तेरा पढ़ने-लिखने में मन नहीं लगता। रेडियो सुनने में लगा रहता है।"

वह कुछ न बोला। चुपचाप बऊ के पास आकर बैठ गया।

सुगना ही बोली, "अब घर का बखर हाँका करेगा। दाँय चलाएगा।"

पप्पू ने तुरन्त जड़ दिया, "बखर काहे, टैक्टर चलाया करेंगे।"

पप्पू ने बऊ को अगली बात बताई, "पता है बऊ, क्या हुआ ?"

"क्या हो पड़ा बेटा ? मन्दा झर्राई हुई-सी क्यों आई है आज ?"

" बऊ, अभिलाखसिंह ने खूब गारी-मारी दई जिज्जी कों। वे उससे उलझ पड़ीं कि तुम बेईमान हो। दुश्चरित्र। गाँव-भर का अहित कर रहे हो। शराब पीते हो। जगेसर कक्का को बरगला रखा है।

" फिर क्या था, अभिलाख दुनिया-भर की सुनाने लगा। बोला, 'हओ, दुनिया जान रही है तुम्हारे भी चरित्तर। तब ही तो श्यामलीवालों ने तुम्हें काढ़ दिया अपने गाँव से। यहाँ बनी फिर रही हो पुजारिन। तमाम तरह के पाखंड करने लगीं। बड़ी बनी हो गरीब-परवर।

" 'जे मुँह और मसूर की दाल ! दरोगाजी के लड़का से ब्याह करने चली थीं। ऐसी तो नौकरानी नहीं रखेंगे वे। शीशा में सिकिल देख लो पैलें।' "

बऊ की नाक क्रोध के कारण फूलने-पचकने लगी। फुफकारती हुई गाली देने लगीं, " ठट्ठर बँधा अभिलाख ! महामाई परै इसके कुटुम पर ! एक तो हमारे खेत में पसरा बैठा है और बदजुबान बोलता है मोंड़ी से। अरे हओ ! जे कहो कि बिगड़ गया हमारा बखत, नहीं तो ऐसे सत्रह दरोगा ब्याह के लाने टक्कर मारते हमारी चौखट पर। और हम, हाँ नहीं भरते किसी भी तरह।

" मन्दा से कितनी बार कहा है हमने। कितनी बार समझाया है कि बिन्नू, उस पापी से न उलझना। दूर भाँय निकर गए। रस्ता छेंक दी। "

पप्पू ने फिर अपनी दलील धरी, "बऊ, हमारे पिताजी तो कै रए थे कि जिज्जी को उतै होकर नहीं निकलना चाहिए। पहाड़िया पर अभिलाख, और जे सुगना बैठी हैं न, इनके पिताजी जगेसर कक्का और तमाम ठेकेदार सराब-मराब पिए बैठे रहते हैं।"

सुगना पप्पू को घूरने लगी, फिर चिढ़ाते हुए बोली, "कैसे कै रए, जे सुगना बैठी है ! बड़ा आया सुगना की शिकायत करनेवाला ! हमारे दद्दा सराब पीते हैं तो इसमें हमारा क्या दोस ? हमारी अम्मा तो उनके कारन खुद ही परेसान रहती हैं। मना करो तो मारपीट करने लगते हैं। तू आएगा फिर बचाने ?"

पप्पू ने बात बदल दी, "बऊ, तुमने देखा है अभिलाख ? क्या मूँछें हैं मलखान डाकू जैसी, बड़ी-बड़ी और गुच्छेदार। गोस खाता है सो गाल चमकते हैं पट्ठे के। बऊ, पहले पैंट पहनता था, अब तोंद पर चढ़ती ही नहीं, सो कुर्ता-पाजामा पहनता

है। पान चबाता है। ऐन गोरा है। पहलवान सरीखा।''

''हओ, पहलवान काहे ! गेंडा की तरह मुटिया रहा है,'' सुगना ने मुँह बिचका दिया। फिर अपने मोतियों जैसे दाँतों को चमकाकर हँस पड़ी।

बऊ बोलीं, ''अरे, हमें क्या बता रहे तुम ! महेन्द की चचेरी बहन के लरका हैं।''

मन्दाकिनी उसी ध्यान-मुद्रा में बैठी थी। बऊ पास आ बैठीं। वे उसके घुटने को हिलाकर बोलीं, '' बिन्नू, काहे को जलाती हो अपना करेजा ? बिरथाँ फूँक रही हो अपना तन-बदन। सूरत देखी है सीसा में ? रंग-रंग चुआती काया कंकाल कर ली है। देखों अपने हाथ ! कलाई की हड्डियाँ निकल आई हैं। नसें दिखने लगी हैं हथेली के ऊपर। आँखें अलग रोउती-सी। काजर न अंजन। न बालों की सुध।

'' जैसी अपनी गत कर ली है वैसी ही अपने ठाकुर जू की। बिना अस्नान के विराजे हैं भगवान जी। भोग-परसाद की जुगत-फिकिर नहीं करतीं तुम ? कैसी भगति कर रही हो ?''

बऊ की बातें सुनकर वह उठी और चुपचाप ठाकुरद्वारे की ओर चली गई। भोग लगाती हुई उदास स्वर में बोली, '' बऊ, हमने क्या-क्या सोचा था ! किस आस-विश्वास को लेकर लौटे थे श्यामली से ! अपने घर-गाँव का हौसला था हमें, मगर...

'' और न कुछ होने की उम्मीद है बऊ ! जैसे के तैसे ही रह गए ! अस्पताल यों ही वीरान-उजाड़ ! पीड़ा-दर्द से कराहते हुए गरीब-गुरबा लोग...

'' अँधेरा-ही-अँधेरा है बऊ ! एक तो अपने गाँव के आदमी ही हिम्मतवर नहीं, दूसरे सरकार बहरी है। तीसरे रावण-राज हो रहा है इस गाँव में। जगेसर और अभिलाखसिंह जैसे लोगों का बोलबाला है।''

बऊ मौन बैठी रहीं। ऐसे देखने लगीं, जैसे सब कुछ जानकर भी अनजान होने की मुद्रा बनाए हों।

मन्दाकिनी ने दीपक उजियार दिया। आरती गाने लगी।

बऊ प्रसाद लेकर प्रधानजी के घर की ओर चली गईं। रास्ते में एक ही बात आई उनके ध्यान में, न हो तो कायलेवाले महाराजजी को बुला लें। मन्दा का दुःख दिन-दिन बढ़ता जा रहा है। जोग-बैराग की बातें न सोचने लगे कहीं। दिल उखड़ गया है उसका। घर-गृहस्थी का नाम सुहाता नहीं। सच्ची बात तो यह है कि कई बार इरादा किया है उन्होंने, सोचा है कि कहें और समझाएँ कि बिटिया, अब अपना

घर-वार बसा। लेकिन उसका मुख देखते ही जड़ हो जाती है जीभ। नहीं फूटती बानी। न-कुछ उमर की मोंड़ी के सामने नासमझ-सी हो उठती हैं वे, जैसे मूरख हों !

''पप्पू ! ओ पप्पू !'' उन्होंने द्वार पर खड़े होकर आवाज दी, ''पप्पू ! है क्या दुल्हेन ?'' वे भीतर आ गईं।

प्रधानिन ने उनके पाँव छुए। आँगन में उनके बैठने को पीढ़ी डाल दी। न जाने क्यों बऊ की आँखें उमड़ आईं। लगा कि अभी जार-जार रो देंगी। कहाँ जाएँ इस लड़की की पीर को लेकर ! कहाँ रहें, जहाँ यह शान्ति से जी सके ! पहले बहू के मारी भागती फिरीं। फिर बिटिया के कारन छोड़ा श्यामली। अब यहाँ से भी दाना-पानी उठता है क्या ? फिर से छोड़नी पड़ेगी यह बसावट ? फिर होना पड़ेगा खानाबदोस ?

वे गिड़गिड़ा उठीं, ''दुल्हन, पप्पू हो तो कायले के मठ पर भेज दो। महाराज एक दिन के लिए यहाँ पधारें तो हम जस नहीं भूलेंगे उनका। मन्दा को सुबुद्धि दें। बहौत घबड़ाती है मोंड़ी।''

प्रधानिन ने वहीं, उनके पास पटरा बिछा लिया, उस पर बैठते हुए बोलीं, ''तुम चिन्ता न करो बऊ ! हम आज ही पप्पू को भेज देंगे। लिवा लाएगा संग। खबर कर देंगे कि महेन्द्रसिंह की बिटिया मन्दा भजन-कीर्तन करती है। तुरन्त चले आएँगे महाराज। बड़े जसी-धरमातमा साधू ठहरे। काहे आपको क्या मालुम नहीं है उनके बारे में।''

बऊ ने स्वीकृति में सिर हिलाया, जैसे सब कुछ जानती हों, आदि से अन्त तक।

'' ये कह रहे थे कि कल उनके चेला आनेवाले हैं—भिरगुदेव। तुम कहो तो उनके हाथ दे देंगे सन्देस।

'' बऊ, कोई बात नहीं है। इस अन्यायी गाँव के दुःख को उसने अपने जी से लगा लिया है। अस्पताल के बारे में सुनाई नहीं हुई, सो हो गई है दुखी। बताओ, मोंड़ी तो इतना सोचती है और इस गाँव के नालायक आदमी उसका हौसला तोड़ते हैं। होरी में जाने दे इनकी हारी-बीमारी को। उसे क्या पड़ी जो कलेस लगा लिया है अपने जी कों। एक तो श्यामली से ही गठरिया भरी पीर बाँध लाई थी, ऊपर से इस गाँव के दुःख। बऊ, तुम इनसे कहो, लरका देख देंगे सादी जोग। सो करो बिटिया के हाथ पीरे। नोंने अपने घर जाय। उनन्तर करे तुम्हें। ''

ऐन एकादशी के दिन आए महाराज।

मन्दाकिनी ने व्रत रखा है।

सोनपुरावाले अभिभूत हैं। धनभाग जो महाराज पधारे।

बऊ ने बखरी लिपवा ली। सुगना मुँह अँधेरे से ही उठकर आ गई। उसने लकड़ी की चौकी पर आसन बिछा दिया। ठाकुरद्वारे में नई गंगाजली, कलशे में पानी, केले के पत्ते, आम के पत्ते रख दिए। मन्दाकिनी ने प्रसाद बनाया है।

थाली में घी का दीपक उजियाराकर वह महाराज के पास ले आई। चरण छूकर प्रणाम किया। महाराज के मुख पर मुस्कान का स्थायी भाव है। उन्होंने केश खोले हुए श्वेतवसना मन्दाकिनी के सिर पर हाथ धरकर आशीर्वाद दिया।

जोगिया वस्त्र पहने हुए हैं महाराज। तेजस्वी माथे पर चन्दन का त्रिपुंड। रुद्राक्ष की लम्बी माला। दाढ़ी-मूँछें और भवें झक्क सफेद। मन्दाकिनी भक्तिभाव से देख रही है महाराज को।

महाराज के दर्शनों को लोग जुटने लगे। स्त्रियाँ घूँघट काढ़े दालान में बिछे खेस पर बैठती जा रही हैं।

बऊ कहने लगीं, "लो, महाराज तुमसे बातें करने का औसर कहाँ से पाएँगे ? लोग तो छत्ते से छूटी माखियों की तरह उमड़ पड़े। ऐसे तो सब दिन लग जाएगा बातों-चीतों में। हमें ऐसी मालुम होती तो महाराज के बैठने का इन्तजाम ऊपर अटारी में कर देते।"

जगेसर उठे और बोले, "महाराज, मन्दा ब्याह नहीं करती, सो इसे समझाए जाओ। नहीं तो गाँव की और बिटिया भी करेंगी इसी की सेंग। सुनी है, जोगिन हो रही है।"

मन्दाकिनी घूरने लगी।

बऊ गुस्साती हुई बोली, "लला, अपनी बातें महाराज से अपने घर लिवा जाकर बूझो-बताओ। यहाँ हमारे बारे में जरूरत नहीं है बोलने की। तुमसे किसने कह दी, जोग-बैराग की ? हद है, तिल का ताड़ बनाते हैं लोग। बुलाए किसने थे तुम ?"

भीड़ में से कोई बोला, "बऊ, जगेसर का बुरा मान बैठीं ! जैसे जानती न हों इन्हें। तुम सान्ति राखो बऊ ! बकने दो।"

"लला, हम कै रए यहाँ न करें अंट-चमंट बातें। जगेसर क्या रोटी नहीं खाते, भुस खाते हैं ? मानुस नहीं, ढोर की जात हैं, जो सोच-समझकर नहीं बोले रहे !" बऊ की वाणी कठोर होती गई।

महाराज ने अपनी मुँदी आँखें खोंली। हाथ के इशारे से शान्त किया बऊ को।

तब तक प्रधानजी ने अपना प्रश्न रख दिया, "महाराज, श्यामलीवालों की धूर्तता सुन ली आपने। पंचमसिंह के सगे भाई हैं गोविन्दसिंह, और लो, वे हमें धोखे में रखकर जमीन बेंच गए। आपने कुछ समझाया नहीं दादा को। आपके मठ पर तो उनका आना-जाना होगा भंडारे-भोज में।"

महाराज इस बात पर भी उसी भाव से मुस्कुराए। हर तरह की बात का स्वागत

वे मुस्कुराकर ही करते हैं। फिर बोले, ''न्याय पुरुष को क्या समझाना ? तुम यह सोच सकते हो कि ऐसा छल उसकी जानकारी में हुआ होगा ?''

''काहे, अपने भइया से अलग हैं क्या वे ?''

''प्रधानजी, तुम ही अन्धे बने रहे। पूछताछ क्यों नहीं की ? रजिस्ट्रार को घूस देकर गोबिन्दसिंह ने बऊ को अपाहिज दिखाया है। अँगूठा लगवा लिया केस के कागजों में कागज मिलाकर। अब बताओ, कचेहरी में बैठा योग्य और जिम्मेदार व्यक्ति ही जब अपने पद की गरिमा नहीं रख सका तो गोबिन्दसिंह तो नितान्त अज्ञान थे। दुर्भाग्य तो यही रहा कि पंचमसिंह ने जो पहरेदार बिठाए थे, वे ही दलाल निकल गए।''

मन्दाकिनी झल्ला पड़ी, ''ये प्रधान काका भी न जाने क्यों गड़े मुर्दे उखाड़ने पर तुले हैं। महाराज, आप तो प्रवचन शुरू करो।''

महाराज ने बोलना प्रारम्भ किया, ''मानस-जनम बार-बार नहीं मिलता। देवयोनि से बड़ी है मनुष्य-योनि। प्रभामंडल के बीच सत्पुरुष बने रहना सरल है। सांसारिक पाप-पुण्य, सत्-असत्, ज्योति और अन्धकार से गुजरकर परमारथ करना कठिन तप है।''

बीच में प्रधानजी की ओर देखते हुए बोले, ''कर्त्तव्य तो तुम्हारा था, बऊ और बच्ची की रक्षा करते। गाँव को एक सूत में बाँधते। जुल्म के विरुद्ध खड़े होते। यदि अपने-आपको प्रतिकार के अयोग्य पाते तो प्रधान-पद का त्याग करते। उत्तरदायित्व किसी दूसरे को सौंपते। योग्य होने का भ्रम पाले रहे या पद की लिप्सा में पड़े रहे।''

प्रधानजी विनीत भाव से बोले, ''महाराज, हमारे गाँव में कभी आपसी टंटा नहीं हुआ। वह तो न जाने कैसी कुघड़ी थी या पार्टियों की आपसी रंजिश, जिसके कारण महेन्द्रसिंह उस दंगे में मारे गए। बऊ आज भी यही माने बैठी हैं कि अभिलाखसिंह ने मरवाय़ा है उनके बेटे को। और इसी तरह प्रेम बहू का अपहरण रतन यादव करके ले गया या वह अपने आप उसके साथ चली गई। बस, बाहरी आदमी ही रहा है तबाही का कारण।''

महाराज ने हाथ का पंजा समझाने की मुद्रा में लहराया, ''मेल और संवेदना बड़ा ही शुभ लक्षण है। लेकिन साथ में आपदाओं से लड़ने का जुझारूपन भी तो चाहिए। बिना साहस की संवेदना रीढ़विहीन देह की तरह हुई।''

बोलते-बोलते महाराज का मुख गेरू के समान लाल हो गया। मन्दाकिनी ने पिरभू नाई से पिछौरा डलवाकर महाराज के ऊपर छाँह कर दी।

पढ़े-लिखे नहीं हैं महाराज, मगर विद्वान हैं। सन्त से भी ज्यादा सन्त।

वे भागवत, गीता बाँचते नहीं हैं। अधिकतर श्लोक कंठस्थ हैं उन्हें। केवल बोलकर सुनाते हैं। ज्यादा दिन नहीं हुए संन्यास लिये, केवल पन्द्रह वर्ष पहले कायले के मठ पर आए थे।

मन्दाकिनी बोली, ''महाराज, अब भागवत सुना दें।''

उन्होंने शंख बजाया। भागवत के प्रसंग सुनाने लगे। विभोर हो गए लोग। उठने का मन नहीं कर रहा था, लेकिन महाराज ने समय देखकर कथा का समापन किया। कमंडल से प्रजा पर छींटे मारे।

सुगना ने आरती के बाद प्रसाद बाँटा।

भोजन के बाद मन्दाकिनी और सुगना महाराज के निकट आ बैठीं। बऊ बोलीं, ''महाराज, हमारी दोनों मोंड़ियों को आशीर्वाद दो। अच्छा घर-वर पावें।''

न जाने क्या देखते रहे गुरुदेव ? दोनों की कपाल रेखाएँ पढ़ते हुए से कहने लगे, ''अत्यन्त साहसी हैं दोनों कन्याएँ। रानी लक्ष्मीबाई की तरह हौसलेवाली।

''जीवनयापन का क्या साधन है मातौन !'' महाराज ने पूछा।

बऊ महाराज की ओर को पंखा झलने लगीं, बोलीं, ''एक छोटा-सा खेत छोड़ दिया है गोविन्दसिंह ने। स्यात यह सोचकर कि डुकरो भीख न माँगें। सो ऐन अहसानमन्द हैं हम उनके।''

महाराज मन्दाकिनी से मुखातिब थे, ''तुम बताओ बिटिया, क्या चिन्ता है तुम्हें ? क्यों उद्विग्न रहती हो ?''

वह चुप बैठी रही।

महाराज ने दोबारा टोका, ''अपने मन की व्यथा कहो बेटी !''

वह सँभलकर बैठ गई, ''क्या बताएँ महाराज, आप समझ नहीं पाएँगे। यदि आप यहाँ रहते तब समझते यहाँ की समस्याएँ। आपसे तो कितनी बातें...पर क्या हो पाएगा अब ?''

''घबराते नहीं मन्दाकिनी ! क्या नहीं हो पाएगा ? सब कुछ होगा। जितना सम्भव होगा, कोशिश करेंगे। तुम क्या सोच रही हो, अस्पताल चलने, डॉक्टर आ जाने से मिट जाएँगे सारे दर्द ? आदमी हो जाएगा निरोग ? बिटिया, रुग्ण तो आदमी की आत्मा भी है, उसके निवारण की दवा कहाँ खोजोगी ? रोगी हमारी व्यवस्था है, उसे भी सँभालोगी ? क्षयग्रस्त हमारा समाज है, सुधारने का यत्न करोगी ?

''अर्जी पर गौर नहीं हुआ, तुम निराश हो बैठीं। माना कि हमारा संकल्प था अस्पताल, तुम्हारा प्रण था मकरन्द; लेकिन उसके आगे भी कुछ चुनौतियाँ हैं, जो तुम्हें इनसे भी ज्यादा विचलित कर रही हैं।''

मन्दाकिनी चुप बैठी रही। महाराज सब कुछ समझते हैं। सारी कथा मालूम है इनको। कौन सी पीड़ा साल रही है, यह भी जानते हैं।

वे पुनः समझाने लगे, ''राजकाज में तेजी लाना अपने हाथ की बात नहीं। वे लोग अपने तरीके से करते हैं हर काम। नौकरशाह और राजनेताओं के हाथ का खिलौना हो गया है हमारा जीवन। यहाँ प्रजातन्त्र नहीं, शोषणतन्त्र लागू है।

" हाँ, गाँव का जीता-जागता जीवन हमारे अपने हाथ में है। कच्ची मिट्टी की तरह मुलायम। इसे सँवारा जा सकता है। बार-बार गढ़ा जा सकता है। अनुपम रूप दिया जा सकता है। अपने अनुरूप ढाला जा सकता है।"

मन्दाकिनी के भीतर भरा मलाल गले तक आ गया। विह्वल होकर कहने लगी, " कैसे जिएँ महाराज? किसे सँवारें ? किसे गढ़ें ? दरार पड़ी अकाल की मिट्टी को नहीं गढ़ा जा सकता। नहीं सँवारा जा सकता। हमारी तरह क्रैशरों की हदबन्दी में आए किसान लोग अब मजदूर भी नहीं रहे। कंगाल और मुँह देखा हुए बैठे हैं। हमें मोह नहीं था जर-जमीन का, लेकिन अन्याय नहीं सहा जाता। कोई हमें कौड़ियों में ठग ले जाय, यह नहीं देखा जाता। बाहरी आदमी हमारी जमीन से पैसा खोद रहा है। हमारे पहाड़ की चट्टानों से धन काट रहा है और मूल लोग मजदूरी को भी तरस रहे हैं।

"लोकल मजदूर रखते नहीं ये लोग। डरते हैं, संगठन न बना लें। एक मिट्टी से जन्मे लोग एक होकर उनके विरुद्ध ही जेहाद न छेड़ दें। बस, यही एहतियात बरतते हुए ठेकेदारों ने भूखों के मुख की रोटी छीन ली।"

महाराज सीधे होकर बैठ गए, बोले, "हाँ, ठीक कहती हो, आक्रोशभरी भूखी निगाह बड़ी खूँखार होती है। जब उसे छल-बल से कुचल दिया जाता है तो दीनता का जन्म होता है या बगावत का। आक्रोश आद्योपरान्त बना रहता तो व्यापारी न ठहर पाता तुम्हारी धरती पर। लेकिन आवेश की जगह आत्मदया ने ले ली।"

"बस, यही दुर्भाग्य है विन्ध्य-निवासियों का कि अवसर देखते ही लूट ले जाते हैं लोग। ये टापते रह जाते हैं," वह उदास निगाह से देखने लगी महाराज की ओर।

"अब तुम भी छोड़ने की सोच रही हो इन्हें ?"

"हाँ !" धरती को नाखून से खरोंचती हुई बोली मन्दा।

"क्यों ?" महाराज के स्वर में चिन्ता थी।

"हमारी खोटी तकदीर यहाँ आकर भी हमें दगा दे गई। हम छोड़ने के लिए नहीं आए थे, लेकिन क्या करें ? हमारी तो आँखें फटी रह गईं उस दिन, जब अभिलाखसिंह ने हमसे जो मुँह में आया वही कहा और गाँव के कका-ताऊ, भइया-चाचा खड़े तमाशा देखते रहे। कुछ बेबस नजरों से इधर-उधर ताकने लगे, जैसे छिपने की जगह तलाश रहे हों।"

महाराज फिर स्थायी भाव से मुस्कुराने लगे, "बिटिया, तुम विवेकवती हो। तुम्हारी बुद्धि, तुम्हारी चातुरी प्रशंसनीय है, लेकिन इतना समझ लो, गरीब व्यक्ति दीन भी हो जाता है और निर्बल भी ! जुझारू क्षमता का क्षय होने के कारण सन्तोषी भी। ये लोग लड़ने-मरने का साहस गँवा बैठे हैं, बस जीना चाहते हैं किसी भी तरह।"

बऊ चकित सी देखने लगीं। महाराज ने क्या समझाई मन्दा ? लड़ने-मरने की बातें कर रही है ! हम पूछते हैं कि रामायन-भागवत पढ़ते-पढ़ते ऐसी बातें कितै से

भर गईं जा के मगज में ? यह नहीं सोचती कि हमें तो अपनी घड़ी गुजारनी है, सो हँसी-खुशी दिन काट लें।

''महाराज, इसको ब्याह-सादी की तो समझाए जाते। भरी भीड़ में हम असल बात तो दाबे ही रहे। जोग-जोग बर्राती है रात-दिन,'' बऊ ने कलेजा खोल दिया।

महाराज हँसने लगे, ''इसे आश्रम पर भेज देना एक दिन। समझा देंगे और बता देंगे कोई मार्ग। आप चिन्ता न करो मातौन !''

पन्द्रह

रबी की फसल कट चुकी। खलिहान क्रैशर के धूल-धंगड़ से बचाकर गाँव की पूर्वी दिशा में रखे जाते हैं। बऊ ने अपना खलिहान नहीं रखा। प्रधानजी के खलिहान में दाँय दिलवाकर बऊ ने अपने तीन-चार बोरी गेहूँ निकलवा लिये। वे गेहूँ की ढेरी को निर्निमेष देखती रहीं, ''किसी जमाने इतना तो हम कामवालों में बाँट दिया करते थे।'' कहकर मन्दाकिनी की ओर देखने लगीं। उसने निष्प्रभाव रहते हुए बोरियों को करीने से लगवा दिया। और वहीं खबर मिली कि महाराजजी के शिष्य भृगुदेव आ गए।

दृष्टि उठाकर देखा कि सामने चले आ रहे हैं।

हाँ, भृगुदेव ही तो हैं। साँवला रंग, मझोला कद, गेरुआ वस्त्र। मूँछें और दाढ़ी नहीं रखते भृगुदेव। बऊ उन्हें निमोंछिया साधु कहती हैं। उम्र लगभग बाईस साल।

उनसे पहले ही आ गई सुगना। हाँफ रही है। उन्हें तालाब पर आता देखते ही मन्दाकिनी के पास भागी थी। सुगना मुस्कुरा रही है ! हँस रही है। सुगना बहुत खुश है।

''जिज्जी, वे भृगुदेव ! चलो जल्दी घर।''

मन्दाकिनी भी खिल उठी। अब उसे आश्रम जाना होगा। तपोवन देखेगी। महाराज की तपोभूमि। कभी देखा नहीं सन्तों का मठ। केवल किताबों में पढ़ा है। विश्वामित्र का आश्रम। कण्व का आश्रम।

बऊ सहित चारों लोग साथ-साथ घर आ गए।

भृगुदेव अब तक तीन बार आ चुके हैं। तीन बार में वे घर के सदस्य की तरह हो गए हैं। पहले दिन आदर-सत्कार की जो औपचारिकताएँ बरती गई थीं, उनमें काफी कटौती हो चुकी है। उसी कटौती के चलते वह खटिया बिछाने भी नहीं गई। भृगुदेव ने पौर में से उठाकर स्वयं आँगन में डाल ली चारपाई।

वह हँसती हुई बोली, ''तुमने तो पलभर के लिए भी अपने-आपको मेहमान नहीं रहने दिया।''

सुगना पानी ले आई।

एक घूँट पीते ही बोले, ''खाली पानी ! देख रही हो, कितना पसीना बह रहा है ? ग्लूकोज कम हो जाएगा। शरबत ले आओ। नीबू हो तो निचोड़ लाना। चीनी और नमक भी डाल लाना। नहीं तो डिहाइड्रेशन हो जाएगा मुझे। प्राणों के लाले पड़ जाएँगे। फिर भृगुदेव के दर्शनों को तरसती रहना। समझीं सुगनादेवी !'' वे हँसने लगे।

''भृगुदेव, तुम संन्यासी हो या डॉक्टर ?'' मन्दाकनी मुस्कुराते हुए बोली।

पानी-भरा गिलास सुगना के हाथ में थमाते हुए कहने लगे, ''काहे की डॉक्टरी ? हम तो जनरल बातें बता रहे हैं। सबको ज्ञान होना चाहिए इतना। लगता है, तुम तो पूरी तरह फसल में उलझी हुई हो।''

वह सपाट स्वर में बोली, ''फसल काहे की ! हथेली-भर टुकड़े में चार बोरी गेहूँ हो गए हैं। खाने का खर्च चल जाएगा।''

उस दिन भृगुदेव ने वहीं विश्राम किया। बऊ ने भी धूप-ताप में जाने से रोका। दूसरे दिन सुबह-सवेरे ही उठ गए, बोले, ''पहाड़-गाँव तक हो आवें। काम बताया है गुरुदेव ने। लेकिन बिना नाश्ता करे हम नहीं जाएँगे। किसी बीमार को देखने जाना है। भूखे पेट इन्फैक्शन लग जाएगा। सो नाश्ता इज मस्ट।''

मन्दाकिनी हँस पड़ी, ''अपनी अँगरेजी तुम्हीं बोलो और तुम्हीं समझो। हमारी समझ में नहीं भर रही तुम्हारी बात।''

भृगुदेव अपने गेरुआ कुर्ते के बटन लगाते हुए हँसने लगे।

बऊ फिर रोकने लगीं। धूप-ताप में कहाँ जाएँगे भृगुदेव, आते-आते दोपहर चढ़ जाएगी। मन्दा के लिए फिर लू-लपट हो जाएगी।

''बेटा, आज बीमार को देख आओ। भुनसारे आसरम पर चले जाना। सीरे में चले जाओगे।''

उन्होंने करीने से अपने लम्बे घुँघराले बाल काढ़े। शीशे में मुख देखा। झोले में से निकालकर क्रीम हथेलियों पर रगड़कर मुख पर लगाई। झोला कन्धे पर डाल लिया।

''बऊ, आज ही जाना होगा हर हालत में, कल तो प्रवचन है अपने महाराजजी का। आसपास के गाँव जुड़ेंगे। भंडारा है उसके बाद। हाँ, वह तुम्हारी भोली बकरी कहाँ है ? शरबत बना देती हमारे लिए।''

''सुगना, देख तो भृगुदेव क्या कह रहे हैं ?'' बऊ पोपले मुख से हँसने लगीं।

''अरे, हम क्या कह रहे हैं ? इसे देखकर कोई भी बकरी ही कहेगा। कैसे निरीह स्वर में मिमियाती है !''

''हट्ट !'' सुगना किंचित् गुस्से से बोली।

मन्दाकिनी प्लास्टिक की लाल डुलिया में अपने धोती, ब्लाउज और पेटीकोट

करीने से रख रही थी। सहसा पूछ बैठी, "शारंगदेव क्यों नहीं आते ?"

"कितनी बार बुलाओगी शारंगदेव को ? पिछली एकादशी को तो आए ही थे तुम्हारे पास," वे खिसियाकर बोले।

"मेरे पास !" वह सुगना की ओर आश्चर्य से देखती रह गई। फिर हँस पड़ी। छेड़ने की दृष्टि से बोली, "तुम्हें तो जाना था सबेरे ही, अब तक क्यों पाँव गाड़े हो यहीं।"

उन्होंने अपने कन्धे से झोला उतारकर चारपाई पर टिका दिया। शिकायत-भरे स्वर में बोले, "बड़ी निर्दयी हो तुम ! गर्मी नहीं देख रहीं ? तन-बदन झुलसाने चले जायँ हम। जाओ सुगना, एक गिलास शरबत और ले आओ।"

वहाँ कोई न था। बऊ चौके में पराँठे सेंक रही थीं। मन्दाकिनी किसी किताब को पलट-पलटकर न जाने क्या खोजने में व्यस्त थी। सुगना शरबत का गिलास थमाने लगी।

हाथ से गिलास लेते हुए भृगुदेव भावुक हो उठे, पूछ बैठे, "सुगना, तुम तो नहीं चाहती होगी कि हम चले जायँ। चले जाएँगे तो तुम्हें अच्छा नहीं लगेगा कुछ, हम यह बात अच्छी तरह जानते हैं। बोलो, हम ठीक कह रहे हैं न ?"

"हैं ऽ ऽ ! हमें क्या पता ?" सुगना जैसे सोते से जागी हो।

भृगुदेव उदास हो उठे। दोपहर के भोजन के लिए मना कर दी।

मन्दाकिनी चलने को हुई तो सुगना अनुनय करने लगी, "हमें भी ले चलो जिज्जी ! हम अपनी अम्मा से पूछकर अभी आए।"

मन्दाकिनी से पहले भृगुदेव बोले, "हाँ-हाँ, चलो। हम रुके हैं। पूछना क्या है ? तुम तो अपनी माताजी से कहकर चली आओ।"

बऊ ने डपट दिया, "बाप देखा है ! जौहर कर देगा। कलह मचाएगा।"

भृगुदेव का मन कुन्द था।

साथ में गनपत कक्का भी चल रहे थे।

दक्खिनी बबूल और करौंदों के झाड़ों से निकलते हुए पाँव लहूलुहान होने लगे। जोग में जूते पहनना वर्जित है। गुरुदेव जैसी खड़ाऊँ पहनने से तो वे नंगे पाँवों भले।

"कैसा लगता है जोग ?" मन्दाकिनी पीछे चलती हुई पूछने लगी।

"बड़ी खुरदरी चीज !"

"क्यों ?"

"जीवन कटता नहीं, काटना पड़ता है।"

चलते-चलते अँधेरा घिर आया। मन्दाकिनी सँकरी पगडंडियों पर सँभल-सँभलकर चलने लगी। न जाने भृगुदेव को कैसे सूझती है गैल ?

" अब तुम यह सोच रही होगी कि भृगुदेव को कैसे सूझती है गैल ? अरे, यह

गैल तो आकाशगंगा की तरह उज्ज्वल और पवित्र मानी जा रही है आजकल। फैशन में आ गई है यह गोखुरुओं-भरी पगडंडी। इधायक-विधायक, मन्त्री-सन्त्री, अफसर-नेता जो देखो सो इधर को ही भागा चला आ रहा है, जैसे अपने महाराज के पास अल्लादीन का चिराग हो या खुल जा सिम-सिम कहते ही चमक उठेंगी भक्तों की तकदीरें !

" परसों ही तो पशु विभाग की मन्त्राणी आई थीं। कह गई हैं, सड़क-मार्ग बनवाकर इसे कानपुर-झाँसी हाइवे से जुड़वा देंगी। "

आश्रम का पवित्र पावन स्थल दीखने लगा। लट्टू की सुनहरी रोशनी में सफेद दीवारें झिलमिला रही हैं।

विशाल प्रांगण को पार करती हुई वह बरामदे में आ खड़ी हुई। सामने पंक्तिबद्ध चार कमरे बने हैं। उनके आगे लम्बा बरामदा। आँगन में बड़ा-सा तख्त पड़ा है।

आँगन में जमीन पर जाजिम बिछी हुई है जिस पर साधु लोग समूह बनाकर बैठे हैं। उसने नजरें घुमाईं, इक्का-दुक्का अकेला भी बैठा है पालथी मारे, चिलम पीता हुआ। आँखें नशीली हैं। जटाजूट मैले-से। आधे तन पर गेरुआ वस्त्र लिपटा है।

भृगुदेव बताने लगे, " यह जाजिम झाँसी के कलक्टर साहब ने भेजी थी। बेचारे भले आदमी हैं। महाराज के पास चार-पाँच चक्कर काट गए हैं कि राजा साब से कहकर उनका तबादला रुकवा दें।

" पीतल की टंकी कमिश्नरजी ने भेजी है। साथ में दो दर्जन थाली, दो दर्जन लोटा। महाराज बिगड़ रहे थे बेईमानों का दान हम नहीं लेंगे। वह तो कलक्टर साहब ने ही समझाया कि धर्म के लिए दिया गया उपहार अस्वीकार करके आप पाप के भागी न बनो। मन्दाकिनीजी, हमें तो लगता है कि जो सबसे ज्यादा पापी होता है, वही घोर धर्मभीरु भी होता है। गरीबों का खून चूसनेवाले बड़े-बड़े दान दिया करते हैं। धर्मशाला बनवाते हैं। अस्पताल में दान देते हैं, मन्दिर की स्थापना करते हैं। छल-कपट से रुपया न कमाते तो इस तरह के विशाल दान के योग्य हो पाते ? लेकिन वे जन्मजात व्यापारी यहाँ भी यश का व्यापार करने लगते हैं। उन्हें तो कमाना है। हर हाल में कमाई करनी है। "

शारंगदेव आ गए।

मन्दाकिनी ने पुलकित होकर प्रणाम किया।

भजन की स्वर-लहरी पूरे वातावरण में हवा के साथ-साथ बह रही है।

"कौन गा रहा है ?"

"अनूप जलोटा बैठा है इस टू इन वन में," भृगुदेव ने टेपरिकॉर्डर उठाकर उसे दिखा दिया।

महाराज आ गए। मन्दाकिनी ने चरण धोक लिये।

सौम्य मुख महाराज ने आशीर्वाद की मुद्रा में हाथ उठाया।

महाराज के साथ कुछ साधु खड़े हैं, जिनकी आँखें बल्ब के प्रकाश में रक्त-भरे कटोरों की तरह दीख रही हैं। उनकी दृष्टि भयावनी है। उनका हुलिया जंगलीपन लिये हुए है।

स्त्री तो यहाँ कोई भी नहीं ! भृगुदेव कहते हैं, आश्रम पर स्त्रियों का क्या काम ? मन चलायमान कर देती हैं पुरुष का। तपस्या भंग होने का भय रहता है। संन्यासियों का इतिहास उठाकर देख लो, नारी ही शत्रु रही है तप की; ब्रह्मचर्य की; साधना की।

वह गैल में चलते-चलते उलझ पड़ी थी भृगुदेव से कि मोम के बने हो क्या तुम ? स्त्री की आँच पाते ही पिघलने लगते हो ! तो फिर कैसा निग्रह करते हो ? कैसी साधना साधते हो ? कैसा योग...

''तुम तो मुझसे लड़ने लगीं मन्दा ! मैं तो कह रहा हूँ किताबों में लिखी हैं ये बातें। मानता हूँ कि निग्रह करते-करते ही मुट्ठी से फिसल जाता है नियन्त्रण। प्यासा आदमी मरीचिका तक को तो पानी समझ बैठता है। उसी तरह भूख को मारते-मारते पशु की तरह ही टूट पड़ता है भोज्य पर। भगवान बुद्ध के धर्म में क्या हुआ ? भिक्षुणियों ने नवजात शिशु कमंडल में रख-रखकर फेंके। आखिर कब तक मारते अपनी आदिम इच्छा को ? कब तक भींचे रहते प्राकृतिक क्रिया को ?'' भृगुदेव हँसते-हँसते गम्भीर हो गए।

मन्दाकिनी भृगुदेव के वचन सुनकर चकित सी तनिक मुस्कुराकर देखने लगी, जैसे पूछना चाहती हो कि इतना सब जान-समझकर भी क्यों आ गए हो संन्यास में ? तुम्हारी आदिम इच्छाओं का क्या होगा ?

खाने से लेकर सोने तक का प्रबन्ध भृगुदेव ने स्वयं किया। शारंगदेव या किसी अन्य को मन्दाकिनी के पास न फटकने दिया।

पास आकर पूछा, ''बोर तो नहीं हो रहीं तुम ?''

वह जोर से हँस पड़ी, ''नहीं हो रही बोर।''

''तुम अँगरेजी जानती हो ?'' वे धीरे से पूछ बैठे।

''थोड़ी सी,'' उसने शरारत से कहा।

एकाएक याद आ गए मकरन्द। एक-एक शब्द, शब्द का अर्थ बताया करते थे, फिर पूछते थे, जैसे किसी छोटे बच्चे को पढ़ा रहे हों।

वह उदास सी हो गई। मन कहीं और विचरने लगा। जैसे चिरपरिचित हवा ने बाँध लिया हो उसकी साँसों को, तन-मन को।

''तुम उदास क्यों हो गईं मन्दाकिनी ? अच्छा नहीं लग रहा ?''

चौंककर देखा मन्दा ने। निर्निमेष देखती रही भृगुदेव को। मूक और खोई हुई।

धीमे स्वर में बोली, ''भृगुदेव, अच्छा न लगता तो आती क्यों ? और फिर जो

कुछ अच्छा लगता है, वह न मिले तो ?''

''तुम तो पहेलियाँ बुझा रही हो। खाओ हमारी सौगन्ध कि अच्छा लग रहा है,'' मन्दाकिनी अनचाहे ही हँस पड़ी। सफेद दाँतों की आभा मद्धिम प्रकाश में बिजली की तरह कौंध गई। भृगुदेव ऐसे देखने लगे जैसे निछावर हुए जा रहे हों।

''भिरगू, तुम मरने की जल्दी में हो क्या ?'' लगभग फुसफुसाकर बोला उसने।

''अभी से सोना चाहती हो ?''

''हाँ, गुडनाइट।''

अबकी बार भृगुदेव हँस पड़े, ''ओर वाह।''

महाराज आ पहुँचे।

भृगुदेव तुरन्त सरक गए वहाँ से।

''बिटिया, कैसे हँस रही हो ? हाँ, यह भृगुदेव होगा। रोते हुओं को भी हँसा सकता है। यहाँ रहकर भी सांसारिक रसों में डूबा रहता। हमने भी मान लिया है कि यह नीरस भोजन का नमक है, जीवित रखता है जंगल में बने इस मठ को। प्राण फूँके रहता है काठ हुए संन्यासियों में...। बिटिया, विश्राम करना चाहोगी या कुछ बातें ?''

वह विनम्र होकर बोली, ''जैसा आप चाहें। बैठ जाइए महाराज !''

इतने में भृगुदेव अँगोछे की कुंडली बनाकर उसके ऊपर गरम दूध का पात्र रखकर ले आए।

महाराज हँसने लगे। मद्धिम प्रकाश में उनकी दाढ़ी हिलने लगी। आँखें चमकने लगीं और मुख दमकने लगा।

''भृगुदेवजी, आप अकेले ही हैं क्या आश्रम में ? शारंगदेव कहाँ हैं ? या आपने चलता कर दिया उन्हें? अब तो सब काम निबट गए। हम चाहते हैं, आप भी शयन करें। थक गए होंगे। मन्दा बिटिया की बहुत सेवा कर ली आपने।''

महाराज के दिए आदर-भाव का अर्थ समझकर भृगुदेव झेंप गए और चुपचाप अनिच्छा से शयन करने चले गए।

''बिटिया, मन्दाकिनी ! आज हम तुम्हें एक कहानी सुनाना चाहते हैं। संकटकाल की कहानी।''

महाराज पालथी मारकर चटाई पर बैठ गए। मन्दाकिनी आसन पर बैठी थी। गुरुदेव ने आख्यान आरम्भ किया :

'' यह उन दिनों की बात है जब पारीछा थर्मल प्लांट की योजना चल रही थी। योजना तो कब से चल रही होगी, यह कहो कि उन दिनों लागू हो रही थी।

'' बेतवा के किनारे बसे पारीछा गाँव में सरिया, मुरम, गिट्टी और पत्थर ट्रक भर-भरकर आने लगे। खेतों में होकर सड़कें बनाई जाने लगीं और उन सड़कों पर इंजनों का कर्णभेदी कोलाहल घरघराने लगा। फसलें ही नहीं, जैसे किसानों के कलेजे

रौंदे जाने लगे हों। छटपटाने लगा आसपास के गाँवों का किसान वर्ग।

" अखबारों में रोज समाचार छपता कि इस प्लांट से उत्तर प्रदेश और मध्य प्रदेश के सैकड़ों गाँवों को बिजली मिलेगी। सिंचाई के साधन उपलब्ध होंगे और मशीनों द्वारा खेती हो सकेगी।

" खुशहाली के इस सपने को साकार करने में जनता को भरपूर सहयोग देना चाहिए। बुन्देलखंड के विकास की यह अपूर्व घड़ी है। उज्ज्वल योजना की चर्चा मोंठ-चिरगाँव से लेकर ओरछा-टीकमगढ़ तक होती। उरई-जालौन से कोंच-कालपी तक।

" तुम कहोगी कि यह तो विकास का महापर्व था, आप संकट काल कहते हैं।

" महापर्व ही था बिटिया, किसी के लिए विकास का महापर्व तो किसी के लिए विनाश का महापर्व। पारीछा खुर्द जसौरा-खड़ेसर के विनाश का महापर्व ! जहाँ के निवासियों को अपनी भूमि से उखाड़ा जा रहा था। बेदखल किया जा रहा था, खदेड़ा जा रहा था।

" मुआवजे के नाम पर क्या मिलता है, सो तो तुम अच्छी तरह जानती हो। तुम्हारे गाँव के लोग मुआवजा पाए हुए बैठे हैं।

" ऐलान हो गया।

" सरकारी ऐलान की डौंड़ी पिटते ही गाँववालों की नींदें उड़ गईं। मगज मारा गया। विक्षिप्त बौराने-से देखते एक-दूसरे को। निगाह ऐसी जैसे पुतलियाँ सूख रही हों।

" दुविधा और दुश्चिन्ताएँ हरियाने लगीं। अलावों पर कंडे-लकड़ी के साथ आसपास बैठे किसानों के मन सुलगते रहते। कुछ समझ में न आता कि जमीन का रकबा सौंपकर जो मुट्ठी-भर कागज के नोट हाथ में आएँगे उनके द्वारा कैसे पेटों का पालन होगा ? जीवन किस आधार पर बीतेगा ? किस धरती पर जाकर बसेंगे यहाँ से उखड़कर ?

" कौन सा किसब करेंगे ? दुकान खोलेंगे या खोमचा लगाएँगे ? या कोई रेहड़ी ? सब्जी-भाजी बेचेंगे या जूतों की मरम्मत कि गोली-बिस्कुट की दुकान ? पीढ़ियों से चली आ रही किसानी छोड़कर कौन सा व्यापार चुनें ? निभा भी पाएँगे या नहीं ? कुछ सूझता न था। चतुर-से-चतुर बुद्धिमान किसान मतिभ्रम में पड़ा था।

" राजकाज का मामला। कहें भी तो किससे ? कौन सुनेगा गँवारू गुहार ? सुन भी लेगा तो कान नहीं धरेगा, ध्यान में नहीं लाएगा। फिर भी सरकार के लेखे अधपगलों ने सरकारी मुलाजिमों को जा खटकाया। खटकाते रहे। विनती-प्रार्थना करके सुनाते रहे अपने दुखड़े।

"...लेकिन वे पढ़े-लिखे अहलकार बहरे और गूँगे निकले। मौन होकर

नपाई-कुताई करते रहे। फाइलों पर फाइलें अदलते-बदलते रहे। तबाह होनेवालों को सिर्री समझकर रोने-कलपने दिया। गुहार-फरियाद पर रोक नहीं लगाई। विनती-प्रार्थना कर लेने दी। वे कतई मशीन की तरह अपना काम निबटाते रहे और लोग रो-धोकर निराश-हताश हो गए।

" पानी सिर के ऊपर आ गया।

" जब गुहार-पुकार भी नहीं सुनी जाती तो आदमी किसी भी तरह अपने बचाव में खड़ा हो जाता है। उचित-अनुचित, सही-गलत को ताक पर रखकर संघर्ष करने लगता है।

" सहसा अपना धैर्य त्यागकर उठ खड़े हुए टीकमसिंह। "

" टीकमसिंह !" दुहराया मन्दाकिनी ने।

" हाँ, टीकमसिंह ! ग्राम पारीछा के प्रधान थे टीकमसिंह। इलाके के लोगों के अनुसार ज्ञानी-ध्यानी टीकमसिंह। अखबार लिखते—शास्त्री और राजनीतिवेत्ता टीकमसिंह। लेकिन अपने लेखे—अनपढ़ और निरक्षर टीकमसिंह।

" बिटिया, वे झाँसी से अखबार मँगवाते और गाँव के छात्रों से पढ़वाकर सारे समाचार सुनते। फिर दिन-भर, रात-भर उन पर विचार करते।

" धीरे-धीरे राजनीतिबाज, अफसरों तथा बिचौलियों के दाँव-पेंच उनकी समझ में आ गए। पहचान गए हितू-मित्रों और शत्रुओं को। फिर क्या था, आह्वान किया अपने क्षेत्र के किसानों का। पुकारा एक-एक खेतिहर को, मजूदरों को और गाँव के वाशिन्दा पशुपालकों को। सबको एक सूत्र में बाँधा। किसी भी लालच से खबरदार किया। किसी भी लोभ में न पड़ने की सौगन्ध धरायी, कौल दिलाए।

" और वकील से मिलकर सरकार के विरुद्ध केस दायर कर दिया। "

"सरकार के विरुद्ध !" चौंककर बोली मन्दा।

" हाँ, सरकार के विरुद्ध। स्टे ऑर्डर भी ले लिया। काम रुकवा दिया। बिटिया, सरकार क्या नागरिकों से बड़ी होती है ? जनता से भारी नहीं होता राजतन्त्र।

" क्षेत्र की विधायक उस समय एक महिला थीं। अब भी हैं। उन्हीं के पास जा पहुँचे टीकमसिंह, बोले, ' हम सौभाग्यशाली हैं कि हमारी विधायक स्त्री हैं। माँ और शक्तिरूपा स्त्री बेईमान नहीं होती। भ्रष्ट नहीं होती। अन्याय नहीं करती। जिस प्रकार पुरुष ओछी और स्वार्थपरक चालाकियाँ करता है, औरत नहीं करती। माँ सन्तान को धोखा नहीं देती, बस इस आस-विश्वास पर आए हैं आपके पास।

" ' हम ही मिट्टी में मिल जाएँगे तो वोट माँगने किसके पास जाओगी ? जड़ों का नाश होने पर किस आधार पर खड़ी होओगी चुनाव में ? जन-जन उखड़ जाएगा तो कौन बचेगा आपको जिताने-हराने के लिए ? '

" उन महिला ने माँ की तरह ही सहयोग किया, सहारा दिया।

" ...फिर भी केस हार गए। आसपास के क्षेत्र में शोर हो गया कि टीकमसिंह हार गए।

" परन्तु वे केस ही तो हारे थे, हिम्मत नहीं हारे। गिरकर रोषभरे सिपाही की तरह दूने साहस से फिर उठे। और आक्रोश में आकर ईंटें, सीमेंट, लोहा, गिट्टी रातोरात नदी में पटकवा दिया। पटकवाते ही गए। फिर तो रोज का नियम बन गया। दिन में जितना आता, रात के समय सब जल-समाधि ले जाता।

" जमीन खुदने न देते। सरकारी कर्मचारी हैरान और परेशान !

" किसी तरह नहीं माने तो पुलिस आ गई और डटकर सख़्ती करने लगी। सिपाही कोने-कोने पर तैनात हो गए।

" गिरफ्तारियाँ हुईं। कुर्की-नीलामी पर बात आ गई।

" वे पीछे नहीं हटे। देहें बिछा दीं। रोम-रोम अर्पण कर दिया अपनी धरती बचाने की खातिर। आत्मबलिदान के लिए तैयार हो गए।

" दो विस्तृत प्रदेशों की प्रगति का सपना था सरकार का, सो पूरा तो होना ही होना था। ऐसा होता है कभी कि राजा सपना देखे और प्रजा के कारण सच न हो पाए। राजा का सपना जिद्दी होता है। कहते हैं न कि राजहठ पर किसी का वश नहीं।

" ...परन्तु साथ-ही-साथ यह टीकमसिंह का गाँव था, क्षेत्र था, जन्मभूमि, कर्मभूमि सब कुछ। एक ओर राजहठ थी तो दूसरी ओर जनहठ।

" आखिर कितनों को गिरफ्तार करती पुलिस ? कितने दिन हवालात में रखती ? सरकारी मुलाजिम वहाँ के मूल निवासियों से बैर करके किस खोह में सिर छिपाते ? काम को सरंजाम कैसे दिया जाता ? दो प्रदेशों के गाँवों में बिजली पहुँचाने का सपना कैसे पूरा होता ? दमन कितने दिन चल सकता है ?

" सरकार झुकने लगी। केस का परिणाम टीकमसिंह के पक्ष में आया। काम तो वे ही हुए जो सरकार चाहती थी, लेकिन हुए टीकमसिंह की शर्तों पर।

" जमीन बिकी, लेकिन चौगुनी कीमत पर।

" रोजगार मिला तो पारीछा थर्मल प्लांट के आसपास बसे गाँवों के निवासियों को।

" भराई-ढुलाई में प्रभावित क्षेत्र के ट्रैक्टर लगाए गए।

" फुटकर मजूदरी में उन्हीं गाँवों के लोगों को वरीयता दी गई, जो भुक्तभोगी थे।

" यहाँ तक कि इंजीनियर्स की रिहायशी कॉलोनी की रँगाई-पुताई का काम भी उन्हीं गाँवों के निवासियों को मिला। दूध की सप्लाई तक वहीं के पशुओं से होने लगी।"

महाराज बोलते जा रहे थे और मन्दाकिनी की कल्पना में उसका अपना सोनपुरा उतरता चला जा रहा था, जैसे वहीं घटित हो रहा हो सब कुछ।

महाराज हँसते हुए बोले, "बिटिया, टीकमसिंह की वेशभूषा देखकर अचरज करते थे लोग कि यह आदमी, घुटनों तक की मटमैली धोती, बिना बटन का कुर्ता, कन्धे पर मैला-सा पंचा, निहायत भोलाभाला किसान, सरकार से लड़ने चला है !" महाराज कहते हुए उठकर खड़े हो गए।

"बिटिया, तुम्हारी दीक्षा पूरी हुई। अब विश्राम करो।"

मन्दाकिनी जैसी की तैसी बैठी रही, जैसे महाराज का कहा हुआ पिछला वाक्य सुना ही नहीं हो। लग रहा था, भीतर टीकमसिंह प्रवेश कर गए हैं। जैसे बऊ कहती हैं कि किसी की काया में देवता भर जायँ तो उसमें दस आदमियों के बराबर बल आ जाता है।

उसने वहीं बैठे-बैठे संकल्प उठाया। मुझे तो किसी सरकार से भी नहीं लड़ना, किसी राजतन्त्र का विरोध नहीं करना, चन्द व्यापारियों के विरुद्ध ही तो आवाज उठानी है ! वह भी वे, जो परदेसी हैं हमारी भूमि पर। रात में देर तक सोचती-गुनती रही वह।

हल्का धुँधलका है। पखेरुओं के कलरव को सुनकर जाग पड़ी मन्दाकिनी। उठकर बैठ गई। सलेटी आसमान पर फीका सा चन्द्रमा। गुलमोहर और नीम की हरी पत्तियाँ हिल रही हैं। हवा का झोंका भीतर आया। यह समिधा जलने की सुगन्ध ! हवन हो रहा है।

वह उठकर विशाल आँगन में आ गई। लम्बा साँस खींचकर सुगन्धित धुआँ प्राणों में भर लेना चाहा।

हाँ ! महाराज का स्वर गूँज रहा है :

ओइम् भूर्भुवः स्वः अग्निः ऋषि पवमानः पांचजन्य
पुरोहितः तमीमहे महागयम् स्वाहा।
इदं अग्ने पवनाय इदन्नमम ॥

भृगुदेव आ गए। बोले, "शुभ प्रभात। जल्दी स्नान कर लो, हवन में नहीं बैठना ?"

"हाँ, अभी नहाकर आती हूँ। हवन में बैठकर फिर सोनपुरा चली जाऊँगी।"

"सो-न-पु-रा ! प्रवचन नहीं सुनोगी ? राजा साब भी आनेवाले हैं। तुम कह रही थीं न कि उनसे कुछ बातें..."

उसने जैसे बात सुनी ही न हो, बोली, "भृगुदेव, महाराज हर मन्त्र के बाद

इदन्नमम बोलते हैं क्या अर्थ है इसका ? जानते हो ?''

''यह मेरा नहीं। जो कुछ मैं अर्पण कर रहा हूँ यह मेरा नहीं,'' भृगुदेव हाथ उठाकर ऋषि वाणी में बोले।

''तो इदन्नमम।''

''कलेवा तो करके जाना देवि !'' वे हाथ जोड़कर खड़े हो गए।

''आज पूरणमासी है। व्रत है हमारा।''

दोपहर के पहले-पहले मन्दाकिनी सोनपुरा पहुँच गई।

गनपत कक्का को पीछे छोड़कर लपकते कदमों से बखरी के भीतरी घुसी तो एकदम ठिठक-सी रह गई, ''कौन है ?''

दादा बैठे हैं क्या ? या आज हम ज्यादा हुलस में भूले-भ्रमे से हो गए हैं ? क्योंकि जो राह यहाँ से जाते समय कँटीली-सी लगी थी, लौटते समय उसे पाँवों में पंख लगाकर फलाँगते आए हैं।

बऊ ने देख लिया, मन्दा आ गई। एकदम बोल पड़ीं, ''लो, आ गई तुम्हारी मन्दा। हम कह रहे थे न कि बस आई जाती है किसी भी छिन।''

दादा ! वह भौंचक सी खड़ी रह गई। फिर विकल-बावरी-सी उनकी पास जा पहुँची।

वे खटिया से उठकर खड़े हो गए, ''आ गईं बेटा !''

मन्दाकिनी छाती से लग गई। वे विह्वल से...सिर पर हाथ फेरते हुए लाड़ करने लगे, ''मन्दा ! मोरी पुतरिया ! बेटा, आज कितेक दिनन में हेर पाए तुम्हें। कहाँ हिरा गई थीं तुम ? आईं नहीं अपने दादा कों देखने ! हम तो सोचते थे कि मन्दा का एक बेर श्यामली अवस्स...''

वह उन्हें खटिया पर बिठाकर जिद्दियाए बच्चे की तरह मचलने लगी, अनेक छोटे-छोटे उपालम्भ। नन्हे-नन्हे ताने।

''आज याद आई होगी मन्दा की ? सोच लिया होगा कि मर गई मन्दा। मर जाने दो।''

''अरी मोरी बिटिया, कैसी-कैसी बुरई बातें सीख गई है तें ? बेटा, तुम्हारी कक्को कितऊँ जाने क्या सुनि आईं, तो हमसे बोलीं कि मन्दा तो जोगिन-बैरागिन भई जाती हैं। तुम देखने तक नहीं गए, यहीं बैठे रहो। हिम्मत नहीं बाँधी मोंड़ी की। भला रहे तो किसके बलबूते ? सो बिटिया, हम भगे चले आए। यहाँ तुम नहीं दिखानी और मातौन बोलीं कि बिन्नू तो महराज के आसरम गई हैं, तो समझ लो कि हमारी आँखों के सामने अँधेरा छा गया। प्रान कढ़ने लगे हमारे। ऐसा न कर बैठना मोरी

पुतरिया !'' दादा उसके सिर पर हाथ फेरते रहे।

मन्दाकिनी की नन्ही चपलता धीरे-धीरे विलीन हो गई। दादा की देह को गौर से देखने लगी। कितने दुबला गए हैं। दुख पा रहे हैं भीतर-ही-भीतर। किस-किसके हिस्से की दीमक लगी है उनकी आत्मा को। नहीं तो इतने दिनों में ऐसे बुढ़ा जाते। झुर्रियाँ मुरझा गई हैं चेहरे पर। एक बाल काला नहीं बचा सिर से मुख तक। हाथ-पाँव पहले के मुकाबले आधे नहीं रहे। ऐसे जर्जर।

वे बरजने लगे, '' तुम संन्यासी-तपसियों से दूर रहना बेटा। बऊ जीते-जी मर जाएँगी और हम मरत में, न जियत में।

'' मकरन्द के पास अब हम खुद जाना चाहते हैं। काहे से कि हमने कौल धरा था उन पर। उसी के चलते आज तक नहीं आए वे श्यामली। अब क्या वे बच्चा रहे हैं ? अपनी जिन्दगी का फैसला खुद ले सकते हैं। बहादुर हैं मकरन्द। अपनी मताई, अपने बाप की तरह डरपोक नहीं कि तनक डर दिखा और ले भगे अपने लरका कों।

'' और बेटा, अब तो खेती के लोभ-लालच का भी लांछन नहीं आ सकता उनके ऊपर। जिम्मेदार हो गए होंगे। आखिर को तो डाकधरी पढ़ रहे हैं।''

डाकधरी !

क्या बोला दादा ने ? यह चौकन्नी हो उठी।

फिर सन्देह हुआ, शायद हमने फिर गलत सुन लिया है। कल्पना में उतराते रहते हैं न ! श्यामली, दादा, मकरन्द, डॉक्टर, कुसुमा भाभी—ये कुछ शब्द हैं जो सोते-जागते बजते रहते हैं। हमारे कानों में।

''बिटिया, मकरन्द हुसियार विदवान होंगे, तभी न हो गए डाकधर !''

अनजाने ही मन्दाकिनी ने हाँ में सिर हिला दिया।

मकरन्द डॉक्टरी में पढ़ते हैं ! जरूर पढ़ते होंगे। दादा झूठ थोड़ेई कहेंगे।

उन्होंने खुद खबर क्यों नहीं की ? क्यों नहीं लिखी इतनी खुशी की चिट्ठी ? भूल गए क्या ? बहुत खुशी में बिसर गई मन्दा ?

मुख ऐसे मुरझा गया ज्यों उमड़ते-छलकते उत्साह, उमंग को किसी ने मुट्ठी में भींचकर मसल दिया हो।

अनमनी-सी सोचने लगी, बीहड़ गाँव के लिए जो वादा कर गए थे, उसी से डर गए मकरन्द ? आँखें चुरा रहे हैं ? अन्य डॉक्टरों की तरह उन्होंने भी राय बना ली है—जंगल-पहाड़ों की ओर न जाने की ? शहरों से दूर-दराज रहने की ? मन्दाकिनी को भूलने जाने की ? वादा करके मुकर जाने की ? पढ़े-लिखों का मुकम्मल रवैया अख्तियार कर लिया है मकरन्द ने...

वे क्या जानें कि उनका कौल, उनका वादा, एक सुदृढ़ ठोस आधार है मन्दाकिनी

के खड़े रहने का।

दादा बोले, "बिन्नू, कुसुमा ने कहलवाया है कि मन्दा को मकरन्द लला की डाकधरीवाली बात जरूर बता देवें दादा ! वह भी हमारे साथ इलाहाबाद जाएगी मकरन्द के पास।" कहकर वे देखते रहे कि बिटिया कुछ बोले, कुछ कहे इसके जवाब में...लेकिन उसका मासूम चेहरा विचित्र से रंग-अरंगों ने ढक लिया।

आँखें जलने लगीं। होंठ भिंच गए। चुप ही बनी रहती तो इसे मन्दा की सहमति ही समझ लेते वे। परन्तु वह भड़क उठी। धधकते स्वर में बोली, "आप क्यों जाओगे वहाँ ? किसलिए ? भीख माँगोगे उन लोगों से ? विनती करोगे, पाँव पकड़ोगे ? नहीं-नहीं ! कतई नहीं।" हाँफने लगी वह।

बऊ भीतर से कलेवा-पानी लेकर आईं तो स्तब्ध-सी खड़ी रह गईं।

सोलह

मन्दाकिनी की बखरी आश्रम हो गई !

जैसे महाराजजी का आश्रम।

जैसे कायले का मठ।

सब यही कहते हैं, देख-देखकर अभिभूत होते हैं।

पप्पू सुगना से कहता है, "मन्दा जिज्जी कायले के मठ से लौटकर आईं तो हमारे दद्दा को सुनाया वहाँ का हाल, वहाँ की रूपरेखा, वहाँ की विवस्था। और उनने सुना कि हमें धर टेरा।"

"और तुम गए होगे कान पर रेडियो धरकर !" सुगना धोती का छोर दाँतों तले दबाती हुई हँस पड़ी।

पप्पू खिसिया गया।

मन्दाकिनी दोनों का वार्तालाप सुनकर वहाँ आ गई, बोली, " पागल है पप्पू। काका के सामने लापरवाह तरीके से आया और आँखें ऐसे मटकाईं जैसे कह रहा हो कि बोलो, क्या काम है ? और मजे से रेडियो कान से सटाए गाना सुनता रहा। लो, काका को गुस्सा आ गया।

"बोले, 'तुम नौ फेल क्या पढ़े हो, अपने आपको जंटलमैन समझ रहे हो ! सनीमा के अंट-चमंट गाना सुन कें बिगरे जा रहे हो ! धरो इतै रेडियो।' "

सुगना भी मन्दाकिनी के संग जोर से हँस पड़ी। हँसते-हँसते बोली, "पप्पू, तुमने काका को यह नहीं बताया कि यह टू-इन-वन है और कितनी बैटरी फुँकती है इसमें !"

पप्पू घुटने सिकोड़े सपाट दृष्टि से देखता हुआ ठस्स बना बैठा रहा मन्दाकिनी के समक्ष।

वह सफाई देती हुई कहने लगी, "लो, हमने तो प्रधान काका से नाहीं करी थी पप्पू ! बिजली यहाँ है नहीं, बैटरी कब तक और कितनी फूँकेंगे ? लेकिन वे माने ही नहीं। कहने लगे, 'बिटिया, साँझ और भोर की आरती-मारती लगा दिया करना। पुन्न ही होगा। पप्पू तो लोफड़ भए जा रहे हैं।' "

सुगना अफसोस व्यक्त करते हुए बोली, "जिज्जी, किरेसर पर बिजली है और अपने यहाँ बिजली नहीं। होती तो सब दिन बजा सकते थे, रौनक रहती।"

मन्दाकिनी गहरा साँस लेकर रह गई।

बऊ ने टू-इन-वन देखा तो मन्दाकिनी के ऊपर गुस्सा हो पड़ीं, " मोंड़ी, तें काहे को ले आई पराई अमानत। और फिर जे तो पप्पू की ससरार से आया था। पिरधान लला का भी इस पर क्या हक्क ? लो, काल के दिना बहू चलाए (गौने) में आएगी तो जवाब माँगेगी कि कहाँ कर दिया हमारा रेडुआ ? लला, अपने जमाने लयें फिर रहे हैं। जान नहीं रहे कि आजकल भोरी-बाबरी बहुएँ नहीं आ रहीं, सास कों रस्ता बताउती हैं। कहो, ससुर के कान कतरने लगें !

" लो, मोंड़ा तो लिहाज-सरम में रह गया और पिरधान लला ने अपनी अकल से कछू सोची नहीं ! "

प्रभाती और सन्ध्या-वन्दना के लिए कैसेट लगा देती है मन्दाकिनी। अब जोग-बैराग की बातें नहीं करती।

...लेकिन बऊ फिर भी चैन में नहीं। बऊ के बूढ़े मुख पर गहरी लकीरें और माथे पर सलवट ही पड़ी रहती हैं। नाक सिकोड़कर वे किसी सोच में डूब जाती हैं और अवसर मिलते ही टटोलने लगती हैं मन्दाकिनी को, "हमारे जानें बिन्नू, तुम्हारी कुंडली में चैन की लकीरें नहीं हैं ! तुम्हारा मुख देखकर तो लगता है कि जितना बजन अपने करेजा पर तुम धरकर ले गई थीं उसे और भारी कर लाई हो। महाराज ने ज्ञान-गुन सिखाया कि गरूह गठरिया धर दी मोंड़ी के मूँड़ पर ! ऐसे टुकुर-टुकुर धरती ताईं हेरती रहती है जैसे साठ साल की बूढ़ी हो !"

बऊ सुगना से मुखातिब हुईं, "बेटा, तुम रामायन धरो टिकटी पर और सुनो संग वैठ के। मन बदलेगा। गाँव के जनी-मानस भी जुर आएँगे।"

सुगना ने बरामदे में चटाई बिछाकर टिकटी रखी और रेशमी कपड़ा डालकर उस पर रामायण सजा दी। दो-तीन आसन डाल दिए आसपास।

"लो, बाँचो मन्दा जिज्जी !"

वह चटाई पर आ बैठी। बरामदे में पुरानी जाजिम पड़ी रहती है, धीरे-धीरे उसी पर आकर बैठते गए लोग।

मन्दाकिनी रामायण के आगे बैठकर सोचने लगी, अब केवल चौपाई गाने के लिए नहीं बाँच सकती वह। सिर्फ मन बहलाने को नहीं सुना सकती रामायण। इन बाबरों को गा-सुनाकर समय नष्ट नहीं करना चाहती।

कुछ गुनें, कुछ सोचें, कुछ विचारें, कुछ करें तब तो सार्थक है बाँचना और सुनाना, वरन् अकारथ। तुलसीदास ने क्या गाने के लिए लिख दी थीं चौपाइयाँ, दोहे ? नहीं, ये तो उस विपत्ति-काल की कथा है जब धरम की हानि हो रही थी, जब असुरों का साम्राज्य था और जब राम को मनुज वेश धरने के लिए बाध्य होना पड़ा था, सज्जनों की पीर हरने के लिए जन्म लेना पड़ा था। अभिशप्त और त्रस्तों को उबारने के लिए मर्यादा पुरुषोत्तम का आदर्श अपनाया था।

हाँ, ऐसे ही समझाएगी वह। इसी तरह अर्थ करेगी। गाँव के ऊपर आई विपत्ति से जोड़कर बताएगी। आपसी खतरों की आहट बताकर चेताएगी, तब सोचेंगे, समझेंगे और सम्भवतः कोशिश भी करें। मन्दाकिनी का मन कोमल हो आया।

न बाँधें सेतु, न ढहावें लंकापुरी, न मारें रावण और मेघनाद, लेकिन इस तरह की इच्छा तो करें। विचारें तो सही। किसी प्रतिरोध की शुरुआत तो करें। 'अथ' लिखा जाय किसी विद्रोही अध्याय का। यही क्या कम होगा !

उसने रामायण बाँचनी आरम्भ कर दी।

सुनाती रही। अर्थाती रही और उनसे जोड़कर बताती रही।

अन्त में आरती गायी गई। प्रसाद ग्रहण किया और लोगों से कहा कि वे अब प्रधानजी के चबूतरे पर एकत्रित हो जाँय। महाराज का सन्देश हम वहीं आकर देंगे।

लोग जुटने लगे। जो रामायण सुनने नहीं आए थे वे भी पिरभू नाई के हाथ बुला लिए। यहाँ तक कि आसपास के गाँवों में भी पप्पू भेज दिया प्रधानजी ने।

सभा आरम्भ हुई।

आरम्भ प्रधानजी ने ही किया, ''किरेसरों के बारे में तो जानते ही हो। बस, उसी की बाबत कहना है कुछ। सो सुन लो मन्दा बिटिया से।''

लोगों में से कोई बोला, '' जान तो ऐन रहे हैं पिरधानजी, पर होता क्या है ? और ज्यादा जानकर करेंगे भी क्या ? अब तो अपनी जान बचाना ही रह गया है। हार-खेत में किसी के यहाँ मेहनत-मजदूरी मिल जाय तो आधा दिन ब्लास्टिंग के चक्कर में निकल जाता है। लो आधी दिहाड़ी काट लेता है किसान।

'' और बचते-बचते भी उसी ब्लास्टिंग में हो गई बलदेवा की मौत। पिरभुआ को तो भइया की मौत ने सिर्री-सा कर दिया है !''

मन्दाकिनी से न रहा गया। तमतमाती हुई बोली, '' आज तो तुम बड़ा शोक मना रहे हो। बलदेवा की मौत होने पर ही हम लड़े थे अभिलाख से।

'' तब तुम...तुम तो डरकर बकरी की तरह सिकुड़ गए। मिमिया भी नहीं पाए

खुलकर। जैसे अभिलाख आदमी नहीं, बाघ हो।''

सब चुप।

रामदास बोले, ''क्या करते बिटिया, क्या कहते और क्या बोलते ? जब जमीन के ऊपर से ही कब्जा हट गया तो किस दम पर बोलें ? पराई अमानत पर लड़नेवाले अब हम हैं कौन ? वहाँ चाहे ब्लास्टिंग के पथरा गिरें, चाहे परलय सरकै। और अपनी सुनेगा भी कौन ?''

'' कक्का, हम कब कह रहे हैं कि आप और हम हकदार हैं, लेकिन महाराज़ बता रहे थे कि हम बाशिन्दे तो हैं। मूल निवासी तो हैं। इसे तो कोई नहीं मेट सकता। कागज के कुछ नोट हथेली के बीच चाँपकर ही हम हो गए शहरी, कि व्यापारी ?

'' वे कहते हैं, हल-बखर ही श्राप दे गए। सो आज मजूरी को भी तरस गए अपन लोग।''

प्रधानजी बोले, ''ठीक तो है, जहाँ आदमी पैदा होता है, वहीं किसी कोने में नाल गाड़ी जाती है उसकी कि इस आँगुर-भर धरती में इस जीव की जड़ें हैं। फूलेंगी-फलेंगी। भले ही दुनिया के छोर पर चला जाय फिर भी नहीं भूली जाती अपनी भूमि, नाम और मिट्‌टी।''

द्वारिका कक्का ने समर्थन किया, ''सोरह आना सही है। जमीन बेंचनी पड़ी तो क्या नरा गड़ा कोना भी बेंच दिया ? जीने का हक्क भी बेंच डाला ? हाथ-पाँव चलाकर पसीना बहाकर दो रोटी कमाने की मोहलत तो सब किसी के लिए है, हाथ-पाँव तो कोई नहीं खरीद सकता। और हमें अपनी माटी पर ही खानाबदोस बनाने का अधिकार भी किसी को नहीं।''

मन्दाकिनी का गुस्सा, द्वारिका कक्का और प्रधानजी के तर्क सुने तो लोग चुप्पी लगाए बैठे रहे। सुनते रहे आगे की बातें, मन्दाकिनी के विचार, महाराजजी का सन्देश तथा टीकमसिंह की कहानी।

सुनते-सुनाते, विचारते-घोकते किसनगत का कुचला हुआ दर्प लोट-पीटकर खड़ा हो गया। धीरे-धीरे आत्माभिमान जागने लगा और चैतन्य हो आए सोनपुरा के लोग।

''ठीक है। हाँ, बिल्कुल ठीक। मन्दाकिनी बेटी ठीक कहती है। उचित ही सोच रही है। सुनो ध्यान से कि क्या-क्या तो गुनकर आई है।''

वह आगे बोली, ''हम तो योजना बना रहे थे, अस्पताल चालू करने की। महाराज की मदद-सहायता से भागदौड़ कर रहे थे। श्यामली से चलते समय यही संकल्प था हमारा। लेकिन नहीं पता था कि गाँव की सीमा पर दूसरी जंग छिड़ी मिलेगी।''

लोगों के कान खड़े हो गए। जंग ! कैसी जंग ? कौन कर रहा है जंग ? सौ-पचास कंठों से यही एक बात निकली।

''बेटा, गरीब और पइसावालों के बीच कैसी जंग ? राजा और रंक में कैसा

मुकाबला ?'' कोई वृद्ध बोला।

द्वारिका कक्का फिर उठ खड़े हुए। अपनी दुबली-पतली और नाटी काया को लगभग कँपाते हुए से बोले, ''तें तो आगे-आगे चल बेटा ! फिर हम सब तो चले आएँगे स्वतः ही। तेरी गैल ही तो चलना है हमें, कन्धे से कन्धा मिलाकर। पग के चिन पर पग धरकर।''

द्वारिका कक्का बोलते हैं तो उनके गले की नसें फूल जाती हैं। आवाज फटने लगती है। आँखें मिच-सी जाती हैं। लगता है, सारी ताकत जोड़कर बोल रहे हैं कक्का।

गाँव में हुई सभा की बात क्रैशर के मालिक उरई के बनियाँ तथा अभिलाखसिंह तक पहुँची तो वे खूब हँसे और फूँ-फाँ करके उड़ा दी, ''लो आज हो रही है चिन्ता। जमीन बेचने का मलाल इतने बरस बाद जागा है। वही बात हुई न कि साँप निकले पीछे लकीर पीटने आए हैं।''

इस सभा की चर्चा गोंती, डिकौली, खमा, झखनवारा, गोपालपुरा, नरसिंहगढ़ तक पहुँची। काहे से कि वहाँ के लोग भी शामिल हुए थे। उन गाँवों के प्रधानों ने मन्दाकिनी को अपने गाँव न्योत-न्योतकर बुलाया। सलाह-मशवरा किया। अन्तिम राय माँगी और आगे की कार्यवाही का रास्ता पूछा। टीकमसिंह की कहानी सुनी।

महाराज का दिया महामन्त्र हर गाँव के मुखियों ने, जागरूक मानसिकता के लोगों ने ताबीज की तरह सीने से चिपका लिया। मन्दाकिनी को आश्चर्य हुआ कि अब तक क्या कर रहे थे सब लोग ? ये भी यहीं थे, महाराज भी यहीं। यह क्यों नहीं आया किसी के मगज में कि कोई उपाय खोजें, नहीं मिलता तो ऋषियों से पूछें। नहीं तो इस शोषण का अन्त नहीं होनेवाला ! सदियों से खड़ा यह पुरखे-सा पहाड़ अपने नीचे बसे किसानों को ही खाने लगा ! गाँव में सुख-शान्ति से दो वक्त की रोटी खाते हुए लोग तबाह कर डाले ! चूल्हों की आग को बजरी डालकर बुझा दिया।

लोग समझ गए—आज नींव पड़ी है तो जड़ें जमती ही जाएँगी व्यापारियों की। पहाड़ क्या आज ही खत्म हुआ जाता है ? दो सौ साल में भी नहीं खुद पाएगा पूरा-का-पूरा। फिर तो आनेवाले दिनों में इन व्यापारियों की औलादें खाएँगी इस पहाड़ को और खून पिएँगी हमारे वारिसों का। जैसे आज हमारी छाती पर गिट्टी कुट रही है, कुटती रहेगी पीढ़ी-दर-पीढ़ी।

सो जागो रे जागो ! चेतो रे चेतो ! छोटे-बड़े, नन्हे-मुन्ने, बूढ़े-पुराने, नए जवानों के अलावा ढोर-चोंपे, परेवा-पंछी, नदी-ताल, पेड़-रूख, हवा-पानी यहाँ तक कि दसों दिशाओं को जागना होगा। बचने-बचाने को जूझना होगा। अमीर-गरीब, शत्रु-मित्र सबको शामिल होना होगा इस यज्ञ में। समय पड़े तो समिधा-सामंग्री भी बनना होगा। बात होम की है। बात आन्दोलन की है।

मन्दाकिनी ने सोना छोड़ दिया। आँखों में नींद की जगह क्रैशर मालिकों से सामना करने की युक्तियाँ क़रकरातीं, मन में संकल्प सरिया की तरह खड़ा हो जाता और इरादे पत्थर की शिला-से अडिग और अविचलित गड़े रहते।

"प्रधान काका आप, रामरतन कोरी, रामदास कक्का, मगन दरजी, पिरभू नाई, रामपरसाद कक्का और वे सब जिनके खेत गए हैं, और वे भी जिनके खेत नहीं गए, सब चलो पहाड़ की ओर।

"सब पहुँचो ठेकेदारों के पास। कतारें बाँध लो गाँव से पहाड़ तक।

"महाराजजी कहते हैं, संगठन में शक्ति होती है। मिलकर चलेंगे। फिर अपनी शर्तें धरेंगे।"

...लेकिन, व्यापारियों ने ठोकर मारकर परे फेंक दिया मन्दाकिनी का प्रस्ताव। साथ का मटमैला जनसमूह देखता रह गया आँखें फाड़े।

"पिरधानजी, हम सारे का टेंटुआ पकड़ लें अभी। कमीन का बच्चा। अपने आपको राजा समझे बैठा है," पिरभू तो भौंहें चढ़ाकर आगे बढ़ा।

प्रधानजी ने तुरन्त आँख का इशारा दिया कि गम खाओ अभी।

प्रधानजी भी खूब हैं। भगवान ने गलती से पैदा कर दिए अहीर की जात में वरन् इन्हें तो बामन-बानियाँ होना चाहिए था। नहीं तो इस बखत तो उबाल आया है खून में, उसके चलते नहीं सुनी जा रही उनकी मखौल। बताओ, यह भी कोई बात है? मन्दा को सुना-सुनाकर कह रहा है उरई का बानियाँ कि लो, कौआ भी हंस की चाल चलना सीख रहे हैं! जाहिल-गँवार कायदे पढ़-पढ़कर चले आ रहे हैं! कर लो तुम भी चार-छः दिन अपनी-सी। मलाल नहीं रहेगा। फिर अपने आप ठंडे हो जाओगे। बैठ जाओगे खुद ही। जाओ बिटिया मन्दाकिनी, अपने घर जाओ। तुम्हारी दादी घबराती होगी—च् च् च्!

अभिलाख तो सीधा आया तनकर और दहाड़ने लगा, "क्रैशर क्या आज लगा है? जब से कहाँ गई थी तू? आज लाई है यहाँ इन भूस्वामियों को दखल लेने। बड़ी आल्हा सुना रही है। यह तो वही बात हुई न कि पर मरी मइया, आसों आए आँसू।

"हम तो यह पूछते हैं कि क्रैशर की तरफ दौड़ने की बात कहाँ से भर गई तेरे मगज में? भजन-कीर्तन करती थी तें तो। मन-भर गया! साधू-संन्यासियों की संगत करके अफर गई बस!

"या मौज उड़ाने का कोई हीला नहीं दिखाई दिया उन मंगताओं के बीच, सो दौड़ पड़ी पइसावालों की ओर। हाँ, बिन पइसा सब सून!" अभिलाख व्यंग्यपूर्वक हँसा।

मन्दाकिनी भिड़ने की इच्छा से सर्वथा परे थी, विनीत स्वर में बोली, "अभिलाख भइया, हम किसी तरह की आल्हा नहीं बाँच रहे, न कानून पढ़कर आपका बिगाड़

करने की इच्छा से आए हैं। बस, इतना कर दो कि जिस जमीन पर जन्मे हैं, पले हैं, जिस धरती में हमारी जड़ें दबी हैं, उस पर केवल मजदूरी कर लें। बाहर के मजदूर भी तो रखते हो। इनमें फिर क्या बुराई है ?

"इंसानियत के नाते ही सोच लो, जिस धरती से तुम पैसा खुदवा रहे हो, उस पर हम पसीना बहा लें बस। बेघर होने से बच जाएँगे। अपनी जड़ों से जुड़े रहकर हरे-भरे बने रहेंगे इस गाँव के लोग।"

वे तनिक पास को आ गए। तनिक क्या बिल्कुल मन्दाकिनी के नजदीक, अपने भारी हाथ नचाते हुए बोले, "बहना, कैसी बातें कर रही हो ? तुम तो पली-बढ़ी हो श्यामली में, और ये लोग पूरी-पूरी कीमत वसूल चुके हैं। कलदार धरे हैं हमने हाथ पर गिनकर। तुम्हारे खेत की भी पाई-पाई दी है। भोले नहीं थे गोविन्दसिंह कका जू। नकद लेकर गए हैं। दान-भीख में नहीं ली हमने यह जमीन। श्यामली में माँगो अपना न्याय। वहीं अड़ें-जड़ें खोजो। यहाँ नहीं बचा तुम्हारा कुछ भी।

"और हम कमा रहे हैं, तो क्या मुफ्त में ? लाखों रुपइया खरचे हैं। अभी तक सरकारी 'लौन' चढ़ा है मूँड़ पर। किसी ससुर के बाप का नहीं खा रहे।"

मन्दाकिनी बेबस-सी खड़ी रही। सोचती रही, सच बात है, कमजोर दिल के आदमी में शेर कलेजा धर दिया जाय तो वह एकाएक दहाड़ नहीं सकता। यही हाल है यहाँ की प्रजा का। लोग चुप सुन रहे हैं।

उसने फिर समझाने की चेष्टा की, "आपकी जागीर नहीं छीन रहा कोई। केवल मजूदरी दे दो। दस-पाँच तुम रखोगे, दस-पाँच कोई और। इसी तरह सबके सब चिपक जाएँगे कहीं-न-कहीं। जमीन बिक गई, चलो बिक जाने दो, पर मईदारी का हक तो बनता ही है। उनका कौन सा रुक्का-पट्टा लिखा जाता है।"

वे बाँहें लम्बी कर-करके उछालने लगे। पाँव पटकने लगे, "अरी वाह री बिटिया ! ऐसी ही हितू थीं तो उसी बखत चली आतीं श्यामली से। धर देतीं अपनी नीत सबके सामने। लो, हम भी मान लेते तुम्हारी सलाह। इन्हीं को मजदूरी देते, बिल्कुल इन्हीं को। क्या नुकसान था, जमीन का मोल, रुपया न दे देते। जिन्दगी-भर की मजूरी। पीढ़ी-दर-पीढ़ी मजूरी।

"खेती में कौन से बिना जोते-बोए काट लेते थे फसल ?"

द्वारिका कक्का आगे बढ़े और मन्दा की बाँह पकड़कर पीछे खींच लाए, "चलो गाँव। रार जिन बढ़ाओ। समझीं नहीं इनकी बात ? इनका न्याय नहीं कहता कि गाँव के लोगों को काम दे दें। डरते हैं बेचारे कि कहीं इस तरह ही कभी इकट्ठे होकर चढ़ आए तो ? बेटा, इनके लिए तो वे ही ठीक हैं लल्तपुर के राउत, सहरिया, जो गूँगे होकर लगे रहते हैं, बहरे होकर सुनते रहते हैं इनकी कुफर भाखा।"

मन्दाकिनी को भी पता है कि क्रैशर मालिकों और ठेकेदारों ने लोगों को वाक्युद्ध

में परास्त करके वापस तो भेज दिया, लेकिन भीतर-ही-भीतर खलबली मच गई, नंगे बड़े परमेश्वर से। क्या भरोसा ? इस लड़की ने क्या-क्या सिखा दिया हो भूखे-नंगों को ? न जाने क्या कुपचित मचा डालें ? काम में विघ्न-बाधा डालने लगें ! कुछ भी कर सकते हैं।

और एक दिन वही हो पड़ा जिसके लिए उरई का बानियाँ डर गया था। पहले बोल-कुबोल, भाषा-कुभाषा ! और एकाएक अभिलाखसिंह गाली-गलौज पर उतर आए। फिर तो डटकर होने लगी तकरार और बात मारपीट तक आ गई।

अभिलाख ने आव देखा न ताव लपककर मन्दाकिनी के बाल पकड़कर झँझोड़ डाले। साली-हरामजादी कहकर गालियाँ दीं। बाँहें पकड़कर ऐंठ डालीं और जहाँ हाथ गया तहाँ...ठौर देखा न कुठौर ! टूट पड़ा भूखे भेड़िए की तरह।

फिर क्या था गाँव की भीड़ ने करेंट के तारों से लेकर जितने उर्जा-पुर्जा हाथ आए, जितने नट-बोल्टों तक पहुँच हो सकी, सबके सब उखाड़ डाले, खोल डाले, तोड़ डाले और उजाड़ डाला उसका डेरा। उसकी रखैल लीला राउतिन को मनमाने तौर पर पीटा।

आसपास के ठेकेदार जुड़ आए। बीच-बचाव किया। शान्त किया दोनों को।

मन्दाकिनी बुझे मन घर लौट आई।

बऊ ने सुना तो अपना कपाल ठोक लिया। मन्दाकिनी को कोसने लगीं और सई-संझा से बाहरी किवाड़ों का बेंड़ा लगाकर द्वार मूँदकर बैठ गईं।

''अब चली जाओ तुम ! हमारे पिरान कढ़ जायँ बिन्नू, पर तुम्हें नहीं कढ़ने देंगे हम बाहिर। बहौत कर लिया गिराम-उद्धार। ऐन परोपकार कर लिया तुमने।''

वह क्या कहे ? मारपीट से बचने के लिए पहले विनती-प्रार्थना, विनय-अनुनय से ही काम लिया मगर वह कलही माने तब न ! हर समय झरबेरी के पेड़ पर सवार रहता है। तो काँटों में ही खिचड़ेगा अधर्मी।

रात उतर आई। बऊ ने बहुत कहा, लेकिन कुछ भी न खाया मन्दा ने। पानी पीकर खाट पर ढह रही। सुगना रुआँसी-सी सिरहाने बैठी रही।

''सुगना ! क्या इसी तरह होता रहेगा ? हमारा भाग क्यों ऐसा है ? सुगना, तूने पारस देखा है ?''

सुगना ने उदास और भरी-भरी आँखों सिर हिला दिया, यानी 'नहीं'।

''पारस लोहे को भी कंचन कर देता है। सुगना, हमारे भाग में न जाने कौन सा सराप है कि जो सोचें, ठीक उसका उलटा होगा, विपरीत घटेगा। हमारा दुर्भाग्य कोई पारस नहीं बदल सकता...''

पिराती देह के बावजूद न जाने कब झपकी लग गई, न जाने कब सुगना चली गई।

भोर की बेला में वह हड़बड़ाकर उठ बैठी।

इधर-उधर देखा, कोई न था, सूनी बखरी ! आग की लपट-सी उठ रही है छाती में। जलन-ही-जलन मची है कलेजे में...

याद आया, एक सपना देखा है उसने। मकरन्द खड़े हैं, ऐन उसके सामने। वह आगे बढ़ी, छूना चाहती है उन्हें। आश्चर्य भी हुआ, वह छूना चाहती है ! हट्ट, मकरन्द छूने के लिए लालायित रहते थे हर समय, लेकिन आज...वे आगे-ही-आगे सरकते चले जा रहे हैं। ज्यों काई लगी चिकनी जगह पर फिसलते चले जा रहे हों ! वह भागती है पीछे-पीछे, यत्न करती है पकड़ने का, हाथ बढ़ाती है। मकरन्द पकड़ लेते हैं ? नहीं ! आँख खुल गई उसी समय।

वह हाँफने लगी।

बऊ बोलीं, ''मन्दा बेटा, तुम्हारी साँस काहे ऐसें चल रही ? जुर तो नहीं चढ़ि आया ? कहते हैं कि न उरझा करो राच्छत से। पर तुम मानती कहाँ हो। उठो, नहाओ-धोओ। आज संकरान्त है, एरचवारे पुजारीजी आते होंगे।''

वह नहाकर निकली। धोती कहीं दिखाई न दी। नंगी छाती पर भीगा हुआ धोती का पल्ला डाल लिया, बाल ऊपर को लपेटे हुए बरामदे में आ गई। देखा कि सुगना दराँती से आलू काट रही है।

''सुगना, धोती तो उठा लाओ भीतर से। ब्लाउज भी उसी के ऊपर रखा होगा। हमारी तो बुद्धि ही खराब हो गई है, कपड़े ले जाना भी भूल गए।''

सुगना एकटक देखती रही। आलू बीच में चिरा दराँती में ही फँसा रह गया, हाथ वहीं के वहीं रुक गए।

''जिज्जी, जे नील ! बाँहों पर इतने बड़े-बड़े काले धब्बे। और पसलियों की ऊँचाई पर जैसे किसी ने नाखूनों से मांस नोच लिया है। खून कढ़ रहा है जिज्जी ! पोंछ लो। हम पोंछ दें तुम कहो तो। लेट जाओ खटिया पर। जे क्या कल की लड़ाई में...?'' सुगना की आँखें करुणा से भर उठीं।

''चुप ! बऊ सुन लेंगी,'' उसने बरज दिया और होंठ ऐसे भींचे जैसे दर्द की तीव्र लहर दौड़ गई हो कटावों में।

सुगना नीम की छाल घिस लाई। मन्दाकिनी खटिया पर लेटी थी। ब्लाउज नहीं पहना गया। टीस तीखी थी। सुगना बोली, ''धोती का पल्ला हटाओ, नहीं तो छाल का लेप लगाएँगे कैसे ?''

मन्दाकिनी चुप लेटी रही। उसी तरह सीने पर धोती का झीना पल्ला ढके हुए।

सुगना ने वचन दिया, कौल धरा, ''जिज्जी, हम आँखें बन्द कर लेंगे, कुछ नहीं देखेंगे। बस, तुम तो हमारे हाथ को दुखती जगह पर धरती जाना।''

छाती पर जगह-जगह नीम की छाल का लेप लगाते समय सुगना बताती रही,

"रात हमारे दद्दा के पास आया था अभिलाख। अम्मा कह रही थीं, किरोध से काँप रहा था राच्छत। मोटे-मोटे होंठ फड़क रहे थे। मूँछें हिल रही थीं। वा की तो सब देह लौंकती है। साँसें इतेक तेज कि छाती के ऊपर की कमीज तक फड़फड़ा रही थी।

"अम्मा तो डर गईं कि नासमिटा कौनऊँ अजस न कर बैठे। जिज्जी, लठैत-लठैत कुछ बोल रहा था !"

वह देर तक लेटी ही रही। जब जाना कि घावों ने सोख लिया होगा नीम का सत्त, सो उठी और ठीक तरह से कपड़े पहनकर सुगना के साथ पूजा-अर्चना का विधि-विधान करने लगी।

भोग लगाया। प्रसाद बाँटा।

बऊ कलेवा के लिए आग्रह करने लगीं।

खाने की इच्छा नहीं है, दर्द हो रहा है। बाल काढ़े तो लटें कंघे में लिपटकर हाथ में आ गईं, जैसे उखड़ी ही धरी हों पहले से। सुगना हाय-हाय करने लगी।

वह कराहती-सी बोली, "सुगना, अब तो हम नहीं जा सकेंगे और न बऊ ही जाने देंगी। सोच रहे थे, अभिलाख तो है ही दुष्ट। उरई का बानियाँ भी उसने सिखा रखा है। नया क्रैशर लगा है न, उस पर जाते, शायद वे न्यायकारी मानुस हों।"

सुगना सलाह देने लगी, "कल चली जाना। अम्मा कह रही थीं, नए किरेसरवाले नहीं आते इन सराबियों के कहे में। सब उनको भइयाजी कहते हैं।"

बऊ लगभग चिंघाड़ उठीं, "भइयाजी हों चाहे काकाजी, या बापजी, हम कहते हैं कि तें नहीं जाना मन्दा। इस बबाल से दूर ही रहो बस। उस राच्छत को तो देख लिया। इन इन्धी-सिन्धियों का क्या भरोसा ! एक ही रुजगार करें हैं, सो एक-से ही होंगे। न कोई रत्ती कम, न तोला ज्यादा।"

वे दोनों चौंक पड़ीं। मन्दाकिनी फिर सहज भाव से बोली, "तुम फिकर न करो बऊ ! कुछ नहीं होगा।"

बऊ चिल्लाने लगीं, "तें जाकें तो देख ! हम तोर देंगे तोरे पाँव। नोंनें नहीं रहती। गाँव में क्या लरका-बिटिया नहीं हैं ? उनकी तरह काहे नहीं रहती तें ? काहे कों अतीचाल उठाए रहती है ? पूजा-अरचना में नहीं रमता तेरा ध्यान ? लड़ाई-भिड़ाई में कूद पड़ी है। घर बैठे नहीं आ जाएगा अभिलाख। तें छेड़ती है जाकर। नोंनें वाके तार-मार जुड़वा दै, कटवाकर फिंकवा आई है ! जगेसर हमें सब बता गए हैं।"

मन्दाकिनी सौगन्ध खाने लगी, "बऊ, तेरौ कोल, नहीं लड़ेंगे।"

बऊ पास आकर बोलीं, " साँची बता, तें गोपालपुरा कीर्तन करने गई थी या ठकुराइन को अपनी ही विद्या पढ़ाने। सुनते हैं, वह भी किरेसर बन्द करवा रही है। गोंती के पिरधानजी अलग भिड़ पड़े हैं ठेकेदारों से। मन्दा, जे छुतैली बीमारी न फैला गाँव-गाँव।

"आने दे महाराज कों, हम पूँछेंगे उनसे कि गुरु महाराज, मोंड़ी क्या पढ़ा-गुनाकर भेजी है। महाभारत मचवाओगे गाँव-गाँव," बऊ क्रोध में बोल रही थीं। पोपले मुख से जोश के कारण शब्द के बदले हवा निकल जाती।

मन्दाकिनी को हँसी आ गई।

सुगना अलग हँस पड़ी।

सुगना बोली, "अच्छा बऊ, छोड़ो। नहीं जा रही कहीं।"

बऊ को शान्त करके पौर में बिठा दिया।

काफी समय बीत गया। सूरज बीच में पहुँचने लगा। मन्दा ने देखा, बऊ क्रोध त्याग चुकी हैं। अब अपनी स्थिति साफ कर ली जाय। धीरे से बोली, "बऊ, एक बात हमारी भी सुनो और समझो। यह बताओ कि गोपालपुरा की ठकुराइन नादान हैं ? अरे, वे हमारी अम्मा की उमर की हैं। या गोंती झखनवारा के प्रधान नहीं जानते कुछ ? बऊ, न्याय-अन्याय सब जानते हैं। हित-अनहित सब समझते हैं, बस अवसर की तलाश करते हैं सब। उचित मौका खोजना होता है।"

बऊ ने अपनी उँगलियाँ तेजी से नचाईं, "बेटा, हमें न भरमाओ। अपने गाँव में कितेक लोग लड़ रहे थे न्याय के लानें ? सब चुप बैठे थे। सान्त। वो तो तुमने ही पत्थर मारा है ठहरे हुए जल में।"

" ठीक है बऊ, हमने ही मारा सही। लेकिन यह तो मानोगी कि हर एक गाँव में दस-पाँच आदमी पढ़े-लिखे होते हैं, बुद्धिमान कहलाते हैं, जो जानते हैं चालाक-चतुरों के दाँव-पेंच, मिठबोलाओं के कपट-झूठ। उन बुद्धिमानों का अनुसरण ही करता है पूरा गाँव। जो वे आँखों पर परदा डाल बैठे रहें, लोगों को भरमाये रहें तो यह उनका ठग रूप है।

" और यदि बेबसी में चुप बने भी रहें तो अवसर आते ही चेतेंगे जरूर। अब ठकुराइन चेत रही हैं। गोंती के प्रधानजी जागरूकता दिखा रहे हैं तो इसमें हमारा क्या दोष और क्या जस ? "

उसी समय द्वारिका कक्का आ गए। पौर में ऐसे हल्के से घुस आए जैसे नंगे पाँव किसी बच्चे ने प्रवेश किया हो। भीतर आकर देखा, दादी-नातिन की बहस चल रही है।

वे फटती हुई और जनाना आवाज में बोले, "आज तो ऊँचे-ऊँचे संवादों में उलझी हो महेन्द की मताई ! बिटिया को कुछ सिखा रही हो या सीख रही हो ?"

बऊ की कठोर मुद्रा नरम पड़ गई। सिकुड़े हुए होंठों को मुस्कुराहट में फैलाती हुई बोलीं, "बूढ़े सुग्गा नहीं पढ़ते। आओ, बैठो। गला कैसें फट रहा है ?"

"अब क्या बताएँ ? पप्पू बोला, कक्का, नारे लगाना सीख लो। तभी सुनी जाएगी तुम्हारी बात। हमने झाँसी में देखा है, लोग बात-बात पर नारे लगाते हैं। सो

महेन्द की बाई, उतै तो अभिलाख तो लड़-भिड़कर आए और इतै कस-कसकर नारे लगाए। गरे की जा हालियत हो गई।''

मन्दाकिनी हँस पड़ी। हँसती रही।

सुगना को तो ऐसी हँसी आई जो रोके से न रुके। मन्दाकिनी ने आँखें तरेरीं, इशारे दिए, मगर वह कहाँ माने, पेट पकड़कर हँस-हँसकर दुहरी होने लगी।

अब कक्का भी बन्द नहीं होते बोलने से। सुगना चुप हो तो कैसे हो ? वह कक्का को बीच में टोकती हुई बोली, ''तुम भी कक्का ! पप्पू मूरख के कहे में आ गए ! अकेले अभिलाखसिंह को सुनाने के लिए नारे बोलोगे ! अरे, नारे तो वहाँ बोले जाते हैं, जहाँ कागज-पत्तरों पर लिखी बात की सालों-बरसों सुनवाई नहीं होती। नेता, मन्त्री, अफसर बहरे हो जाते हैं। अभिलाख तो तड़ातड़ जवाब देता है।''

कक्का अब की बार नहीं बोले। सुगना की हँसी का आशय समझ गए। उन्होंने केवल सिर स्वीकृति में हिलाकर ही मन्दाकिनी की बात का समर्थन कर दिया।

उसने अवसर ताड़ा, बऊ को मनाती हुई बोली, ''हम कक्का के संग जाएँगें फिर तो नहीं रहेगी तुम्हें चिन्ता ?''

बऊ ने एक नजर कक्का की ओर देखा और कहने लगी, ''चिरइया-भरी जान है द्वारिका लला में। अभिलाखसिंह से जीत लेंगे ?''

कक्का सुनते ही ऐसे देखने लगे जैसे बऊ की अकल पर तरस खा रहे हों। अचरज हो रहा हो कि उनकी शक्ति पर मातौन को भरोसा नहीं !

अपनी उसी नारी-आवाज में पूरे जोर से उपालम्भ देने लगे, ''अपनी बेर तो बड़ी हिम्मित दिखाई थी महेन्द की बाई ! मोंड़ी की बेर काहे को काँपती हो ? अरे, नातिन तो तुम्हारी ही है !'' कहते-कहते उनके गले की नसें फूल गईं। खाँसी का धसका-सा लगा और सुगना को फिर हँसी का दौरा पड़ गया।

कक्का की ओर देखा, वे कुपित निगाहों से घूर रहे थे, सुगना हँसी रोकने में असमर्थ हुई कोठे में घुस गई।

कक्का के संग जाते-जाते मन्दाकिनी कह गई, ''सुगना, पूरी हँसी हँस चुको तो बऊ को शरबत बनाकर दे देना। गर्मी है।''

भइयाजी।

भइयाजी, नमस्ते !

हाँ, ऐसे ही कहेगी। हाथ जोड़कर विनीत स्वर में अभिवादन करेगी। मन्दाकिनी ने कई बार यह बात दोहरा ली।

लड़ाई-भिड़ाई से लाभ नहीं। ऊँचा बोलने से बात बिगड़ जाती है। तोल-नापकर

मुँह से शब्द निकालने हैं। कम बोलने का ज़्यादा असर होता है। कुत्ते के भौंकने और शेर के दहाड़ने में अन्तर होता है न ? होता है। आवृत्तियों का ही अन्तर है, जो एक को बेअसर और दूसरे को प्रभावशाली बना देता है।

अपने साथ आए लोगों को भी दृष्टान्त देकर यह बात समझा दी, ''भइयाजी कुछ भी कहते रहें, कुछ भी बोलने की जरूरत नहीं है। गरमी से काम नहीं लेना है।''

पहाड़ के पीछे को पड़ती है भइयाजीवाली मशीन। पहाड़ की परिक्रमा करके वे लोग उस स्थान पर आ पहुँचे जहाँ नीम और गुलमोहर के पेड़ों का झुरमुट है। निगाह उठाकर देखो तो पत्ता-पत्ता धूल में अटा है। सामने एक बरामदा है ईंटों का और उसके भीतर बड़ा सा कमरा खुला दीख रहा है।

वैसे तो देखा है भइयाजी को, मगर दूर से आते-आते। संवाद का अवसर नहीं बना अभी तक।

वे कुर्सी-मेज डाल बरामदे में ही बैठे कुछ लिखते हुए मिल गए। चालीस की अवस्था होगी। सफेद कुर्ता-पाजामा पहने हुए हैं। सिर पर नीली धारीवाला तौलिया पड़ा है। इकहरा बदन। रंग गोरा ही कहा जाएगा।

उनके पास ही एक स्टूल पड़ा है, जिस पर एक साँवले रंग का मोटे होंठवाला आदमी बैठा है। उसी ने उन्हें टहोका।

भइया ने सिर ऊपर उठाया। एक पल देखते रहे। अजनबी दृष्टि से निहारते रहे, जैसे पूछ रहे हों कि किस प्रयोजन से खड़े हैं आप लोग ?

उत्सुकता कुछ ढीली पड़ी, जैसे समझ गए हों कि अभिलाखसिंह से लड़ती हुई यह फौज अब उनके मैदान में आ डटी है। अनचाहे ही उनका सिर चुनौती की सी मुद्रा में हिल गया।

परन्तु वे तुरन्त सँभल गए। पैन मेज पर रखकर हाथ जोड़ दिए।

''भइयाजी, नमस्ते।'' अति विनयी भाव से कहा उसने। बिल्कुल उसी तरह जिस तरह से अभ्यास किया था।

''आओ। आओ। आओ बैठो मन्दाकिनी बहन !''

वह असमंजस में पड़ गई, अभी कुछ दिन पहले ही काम आरम्भ किया है। उसे जानते हैं नाम से ?

''ऐऽऽ, उठो तो।'' पास बैठे आदमी को भइयाजी ने उठा दिया और उसके लिए जगह खाली कर दी।

''बिराजो बहन ! ओ छोटू, चाय लेकर आ।''

वह बैठते-बैठते उठ पड़ी।

''नहीं, चाय नहीं। हम आपके पास एक काम से आए हैं।''

''चाय भी पी लो और काम भी कहो,'' वे हँसते हुए बोले।

"शायद आप समझ भी गए हों। हमारे संग ये सब..." उसने पीछे खड़े लोगों की ओर संकेत किया।

भइयाजी ने पैन उठा लिया। उसके पिछले भाग को दाँत से काटने-सा लगे, "समझ भी गए और नहीं भी समझे। क्या मालूम हम कुछ गलत ही जान बैठे हों !"

मन्दाकिनी ने चारों ओर नजरें दौड़ाईं। इधर-उधर देखा, फिर पूछने लगी, "मजूर नहीं हैं आपके क्रैशर पर ?"

"हाँ, हैं क्यों नहीं। मजूरों के बिना मशीन कैसे चलेगी ?"

"उनके डेरा-टपरिया तो नहीं दीख रहे ?"

भइयाजी ने पैन मेज पर रख दिया। छोटू के हाथ से चाय ले ली और उसके सामने रखते हुए बोले, "तुमने अपना काम नहीं बताया ? झिझक क्यों गईं ?"

ठीक है, काम भी बता देगी। वे जल्दी ही उसके आने का आशय जानना चाहते हैं और काम की बातें करके जल्दी रवाना भी कर देना चाहते होंगे, तभी तो अपनी बातों को नहीं कुरेदने दे रहे। अपना काम बोलो और चलते बनो।

"भइयाजी, असल में काम क्या, समस्या है। वही मजदूरी की समस्या। उसी के लिए आए हैं आपके पास। हम थोड़े में ही बताए देते हैं आपको। मजदूरी तो गाँव में, प्रधान काका की योजनाओं के तहत भी मिल जाती है, मगर स्थायी तो कुछ भी नहीं, खेत-मेत चले जाने के कारण बेरोजगार कुछ ज्यादा ही..."

भइयाजी हँस पड़े।

मन्दाकिनी भौंचक-सी देखती रह गई। अरे, ये हँसे क्यों ? उसने हँसने की बात तो नहीं कही। यह खोखली-सी हँसी उसके भीतर हूक-सी उठा रही है। उपहास उड़ा रहे हैं क्या ? अभिलाख से लड़ाई होने का मखौल ? या कोई रहस्य छिपा है इस हँसी में ? बड़ी अशुभ है यह बेढंगी मुस्कुराहट।

वह चुप बैठी रही, बैठे-बैठे देर हो गई। लो, यह अच्छा तरीका है टालने का। उत्तर न अनुत्तर ! सबसे भली 'चुप'। एक ने लड़-भिड़कर लौटा दिया, छोटे ठेकेदारों ने समझा-बुझाकर और ये शान्ति के सहारे फेर देंगे हमें। गँवई और शहरी चलन में यही तो अन्तर होता है, लक्ष्य एक ही, तरीका भिन्न। शालीन और सभ्य ढंग की टालमटोल को खुद ही समझ ले मन्दाकिनी। यह मनाही नहीं, मनाही का संकेत है।

चाय खत्म हो चुकी। वह खाली गिलास पर हाथ फेरती रही। पलटकर देखा, साथियों का समूह मेहनत की याचना में कुछ आशाजनक जान लेने को बेताब-सा दिखा। उनकी निगाहें चुभने लगीं। विचलित हुई सी बोली, "भइयाजी, क्या आज्ञा है हमारे लिए ?"

वे फिर भी सोचते ही रहे। बदलाव के तौर पर पैन से मेज पर ठुक-ठुक करने लगे। उसे लगा, कोई बात है उनके भीतर, जिसे वे नाप-जोख रहे हैं भीतर-ही-भीतर।

या ठोक-पीटकर सही आकार दे रहे हैं, जिससे फिट बैठ जाय सारे तर्क-वितर्कों पर।

लगा कि वे कुछ बोलनेवाले हैं। मन्दाकिनी सँभलकर बैठ गई।

उन्होंने समझाने का लहजा अख्तियार किया, "बहन, सच्ची बात कहेंगे हम, बुरा मत मानना। और बुरा लगे तो माफ करना।"

मन्दाकिनी का गला सूखने लगा इतना ही सुनकर। क्या कहने जा रहे हैं भइयाजी ? हम तो बड़ी उम्मीद बाँधकर आए थे इनके पास। इनकी बड़ाई सुनी थी, सो हौसला किया था हमने, लेकिन यहाँ आकर...इनका रवैया देखकर...

बोल पड़े भइयाजी, "बहन, सच बात तो यह है कि जिस तरह की मजदूरी तुम माँग रही हो, हमारे क्रैशर पर उस तरह का काम है ही नहीं। डबल प्लांट की मशीन है, काम तेजी से होता है। हमारे पास इतना बखत कहाँ धरा है कि फुटकर मजदूरों के चक्कर में बँधे रहें। दिन-रात मगजपच्ची करें। अपन तो सीधे ट्रैक्टरवालों को ठेका दे देते हैं। आगे का काम उनका रहता है। वे चाहे जहाँ से जुटावें मजदूर। हमें तो केवल काम पूरा चाहिए।"

वह हतप्रभ-सी रह गई। देखती रही भइयाजी की ओर। केवल बात-व्यवहार के सीधे हैं भइयाजी ! मदद-सहायता-सद्भाव में शून्य। कथनी ही मीठी है, करनी पर मिठास चढ़ाएँगे तो हानि का डर लगता है उन्हें। हो सकता है, अपनी मालिक बिरादरी से भी भय मान रहे हों। क्रैशर संस्कृति में जीना है उन्हें, तो फिर यहाँ जमे अन्य लोगों की तरह ही आचरण करना पड़ेगा। यही क्या कम है कि वाणी में विनम्रता है।

बाहर खड़े द्वारिका कक्का ने भी सुन ली थी भइयाजी की बात। वे उसके पास आ गए, तनिक आक्रोश से बोले, "समझ गईं बेटा ! भइयाजी क्या करें हमारे-तुम्हारे लिए, जब वे आदमियों की बात सोच ही नहीं सकते। वे तो केवल मशीनों की बातें-चीतें जानते हैं, तो कैसे सुलझावें समिस्या ? ऐन चाह रहे हों तो भी नहीं कर सकते कोई गौर।"

"हम तो इतेक कर सकते हैं कि किसी ट्रैक्टरवाले से बात कराए देते हैं, या आप कर लो," भइयाजी ने दो टूक कह दी।

द्वारिका कक्का की आँखों में अब क्रोध था न शान्ति, सपाट-सी निगाह डालते हुए बोले, "भइयाजी, तुम क्या समझते हो, हमने ट्रैक्टर वारेन से बात न करी होगी ? सबसे पहले तो उनसे ही पूछी थी, पर अभिलाख के मारे काँपते हैं सारे। कहते थे, वो हमारा ट्रैक्टर तोड़ देगा। रोज के पहिए पंचर कराएगा। कहाँ धरे फिरेंगे रोज-रोज। लो, हम तो रोज एरच ही बैठे रहेंगे ट्रैक्टर लेकर। माल कब ढोएँगे !"

मन्दाकिनी उठने का मन बनाने लगी, मगर उठी नहीं। बोली, "हो सकता है, आपके कहने से कोई राजी हो जाय, लेकिन बात बनेगी नहीं भइयाजी ! रोज किस-किस के आगे गिड़गिड़ाएँगे हम लोग। स्थायी साधन तो आप ही जैसे लोग जुटा

सकते हैं।''

वे पैन पर पोला चढ़ाते हुए चूड़ी कसने लगे, ''अब बोलो, हम क्या करें? और तुम भी क्या कर सकती हो ? तुम्हारे संगी-साथियों के तन पर तो चिथड़े साबुत नहीं हैं, ट्रैक्टर की बात सोचना तो ऐसे ही हुई जैसे रहें भिसौरों में और सिंहलद्वीप के सपने देखें।'' कहकर भइयाजी हल्के से हँस दिए।

न जाने उसे क्या हुआ ? एकाएक क्या सोच डाला ? कि कोई देवता आन विराजे मगज में। सुनकर लोग मुँह बाये रह गए, जब स्टूल से उठते हुए बोली, ''भइयाजी, खेतिहर किसान ही रहे हैं हम लोग। ट्रैक्टर की सार भी जानते हैं। आदमी ही जुटाता है मशीनरी। मशीनरी आदमी से बड़ी नहीं होती। आप यह बताओ कि हमारा ट्रैक्टर लगाओगे अपने पहाड़ पर ? अभिलाख का भय तो नहीं सताएगा ?''

भइयाजी इस बार जोर से हँसे, ''बहन, तुम तो नाराज हो गईं। हम तो चाहते हैं कि ईश्वर की कृपा से तुम एक नहीं चार ट्रैक्टर खरीदो। हम लगाएँगे। लगाएँगे क्यों नहीं, कोई बैर थोड़ेई है तुमसे !''

उसने भइयाजी की ओर देखा, जैसे कह रही हो कि अब हम भी तुम्हारी हिम्मत का इम्तहान लेंगे। कक्का की ओर चलने का इशारा किया और आगे बढ़ गई। धूल-अटे नीम के नीचे तक आई थी कि हल्की सी आवाज सुनाई दी। भइयाजी कह रहे थे, ''न नौ मन तेल होगा न, राधा नाचेगी।''

मन हुआ कि पलट पड़े। लौटकर मुँह पर मार दे कि नौ मन तेल भी लाएँगे और राधा को भी नचाएँगे, खियाराम सिन्धी।

दिन-भर सोच में बीता। मस्तिष्क के तार-तार खुलने गले। ट्रैक्टर कितना भारी नाम है ! उसके पीछे ट्राली ! सारा गाँव भी चाहे तो नहीं खींच पाएगा इतने वजनी-बोझिल रोजगार को...

क्यों कह आई ? किस ताव में आकर निकल गया मुँह से? आ गया न अहीरपन ? बनियों की माँद में जाकर अहीरपने से दहाड़ोगी मन्दा, तो यही होगा। अपनी ही दहाड़ से थरथराकर गिर पड़ोगी मुँह के बल।

भइयाजी ऐसे ही नहीं हँसे थे। सिन्धी जात, व्यापार की नस-नस परखे हुए बैठे होंगे। हमारी योजना पर हँसते न तो क्या करते ? उनकी हँसी अशुभ नहीं, असात्त्विक नहीं, वास्तविक थी। मनसूबों से पूरे नहीं होते सपने। न दहाड़-ललकार से ठोसपन आता कही हुई बात में...

फिर किस आधार पर कह आई ? मुआवजे के बल पर ? जाकर खखोलो तो सही मन्दा, खँगारो घर-घर, गाँठ-मुठी। गृहस्थ के होम की लपटें बड़ी भूखी होती हैं,

जितना डालो उतना ही कम। समिधा जुटाते-जुटाते ही उम्र स्वाहा ! फिर ये तो किसानों के घर ठहरे, जहाँ रीति-रिवाजों और परम्पराओं के चलते शादी-ब्यांह, पछ-चीकटें, आवन-पावन, जनम-मरण, ऋण-ब्याज में ही चुक जाती है जिन्दगानी !

सबेरा होते ही द्वारिका कक्का से सलाह करने बैठ गई। वे भी चौंके, रात-भर सोई नहीं है मन्दा। आँखें लाल हैं। मुँह पर थकान के चिह्न ! बाल भी अस्तव्यस्त-से।

"कक्का, जो कुछ बचा हो इन लोगों के पास, इकट्ठा करें। गहना-गुरिया भी माँगना होगा। सब कुछ...देखें कोई देता भी है या नहीं ?"

" अरे, देंगे काहे नहीं बेटा ! तुम क्या अपने लाने माँग रही हो ? एकता तो हर तरह से करनी है। खाली गाल बजाने से काम तो नहीं चलेगा। शरीर से, मन से, पइसा-टका से, कहते हैं न कि तन-मन-धन से जुटता है संगठन और तब ही होता है सफल। मन में सच्ची इच्छा होती है तो पूरी भी होती है बिटिया ! तुम संकोच जिन करो। सब अपने आप देंगे। जनी-मानसें क्या जानती नहीं हैं कि मन्दा काहे के लाने माँग रही है ? देंगी, देंगी काहे नहीं ? तुम्हारी हथेरी-बस भर खाली नहीं लौटने देंगी। इतेक तो हम दावे के साथ कह सकते हैं।

" सबको अहसास है इस बात का कि हम समय चूके हैं। ससुर अज्ञानी सोते रहे आज तलक। हमने तो चलाई भी चरचा, पर सुनी ही नहीं किसी ने। कह दिया कि जे बित्ते-भर भइया लड़ने जाएँगे सिरकार-दरबार से ! अरे कोसिस करते तो क्या न हो जाता ! इसमें बित्ते-भर और छः फुटा आदमी में क्या फरक ?

" पर क्या बिगड़ा है अभी भी ? जब जागो तभी सबेरा है। आज से ही सुरू करते हैं। प्रधान को ले लेंगे संग। तुम नहा-धोकर भगवान की पूजा-अरचना करके चली आओ।"

अचरज है ! आश्चर्य् ! प्रधानजी को विश्वास नहीं बँध रहा है कि मन्दा घर-घर डोल रही है ! हथेली फैला रही है भिखारिनों की तरह। झोली पसारे है द्वार-द्वार !

और लोग डाल भी रहे हैं। नोटों का तो अकाल है गाँव में, मगर जीवन-भर की बचाई-खुचाई, सेंती-जोड़ी हुई पूँजी छोटे-मोटे गहने-गुरियों के रूप में धरी है किसी-किसी के पास, जिसे भूखे रहकर, आधे बदन पहनकर भी नहीं बेचा उनके रखवालों ने। मुँदरी, नथ, तिदाना, लड़लड़ी ! चूरा-पाजेब, करधनी तक। बचे हैं जनी-मानसों के पास, बचे हैं। स्त्री में सेंतने की कितनी बड़ी क्षमता होती है, देखते हैं प्रधानजी, चौंकते हैं द्वारिका कक्का और चकित है मन्दाकिनी।

पिरभुआ नाई का घर आ गया। पिरभुआ की बाई को टेरा द्वारिका कक्का ने। मगर नहीं सुनतीं डुकइया। शायद सुनेंगी भी नहीं। पहाड़ से बैर है नाइन बऊ को। इसी पहाड़ की ब्लास्टिंग में बड़ा बेटा खोया है उन्होंने। इसी पहाड़ की तलहटी में लहलहाता तीन बीघे का इकलौता खेत गया उनका। ये दो पहाड़-से दुःख कुचले बैठे

हैं पिरभुआ की बाई का कलेजा। तब से उधर जाती तो क्या, हेरती भी नहीं। सिर्रिन-सी हो गई हैं पिरभुआ की बाई ! सोच रहे हैं प्रधानजी। जान रहे हैं द्वारिका कक्का और समझती है मन्दाकिनी।

''सुगना ! ओ पप्पू ! देखकर तो आओ, नाइन बऊ भीतर हैं भी कि नहीं ? पिरभू एरच भेजा है हमने,'' प्रधानजी ने बच्चों को भीतर भेज दिया।

बच्चे भीतर पहुँचे ही थे कि देखते रह गए। पिरभुआ की बाई तो धूल में अटी भीत खोदने में लगी हैं ! खुरपी और फरुआ से ढहा रही हैं घर की दीवार। सफेद बालों में धूल की परतें जमी हैं। साँवले मुख पर पड़ी झुर्रियों में धूल ही धूल ! नाक के अन्दर भी धूल चमक रही है। हाथ पकड़ लिया पप्पू ने।

''नाइन बऊ, जे क्या कर रहीं तुम ! बाहर दद्‌दा टेर रहे हैं। मन्दा जिज्जी आई हैं तुम्हारे पास। भीत काहे को फोड़े दे रही हो ?''

हाथ झटक दिया पिरभुआ की बाई ने और उसी तरह फिर लग गईं खोदने में। हाँफ रही हैं वे, मगर रुक नहीं रहीं। और अन्त में जब उठीं तो देखता रह गया पप्पू। ऐसी चमक तो उसकी आँखों में किसी ने बहुत दिनों से नहीं देखी। क्या खुशी है नाइन बऊ को ? क्या मिल गया उन्हें? सचमुच की सिर्रिन हो गईं क्या पिरभू की मताई ? घिसे हुए दाँत चमकाकर हँस रही हैं डुकइया !

सुगना ने पकड़ ली। पिरभू की बाई कहीं गिर न पड़ें। अजब-सी हालत हो रही है। सारी भीत फोड़ डाली।

नहीं, पूरे होश में हैं वह। सजग होती हुई-सी पहुँची मन्दाकिनी के पास। प्रधानजी और द्वारिका कक्का के सामने घूँघट-सा ओढ़ लिया। और न जाने किस सदी की वे मोहरें, जिनमें सोने से अधिक मिट्‌टी की मात्रा है, मन्दाकिनी के हाथ पर रख दीं।

''बेटा, धरो ये। बड़ी मुसीबत में मिली हैं। हमारे ससुर कों तुम्हारे अजा के पिता ने दो मोहरें दैई थीं, जब अपने बेटा कों ब्याह कें लाए थे, जब तुम्हारी बऊ दुल्हन बनकें जा देहरी पै उतरी थीं। नातर नाऊ की जात में मोहरें कहाँ धरीं ?''

हाथ काँप गया मन्दाकिनी का।

पिरभू की बाई भाँप गईं क्या ? भावुक होकर बोलीं, ''सरवस लै लो हमारा, पर एक बार पिरभुआ कों इस पहाड़ की छाती पर टैक्टर लैंकें चढ़ जाने दो। फिर तो अपना रस्ता खुद बना लेगा मोरा बच्चा। इस पहाड़ पर चढ़कें कमाकें लाएगा, उस दिना हम समझ लेंगे कि आज हमारा मरा बेटा जिन्दा हो गया। आज हमारा तीन बीघा खेत बहुर आया। बेटा, सबको कुछ-न-कुछ मिला था खेत के बदले, पर हमें एक पाई नहीं दी किसी ने। नाऊ-नेगी की जात, वैसे ही दाब लिया। धौंस देकर छीन लिया ! फिर भरमाए रहे कि आज देंगे, काल देंगे। पर आज नों कुछ नहीं...

“ मन्दा बिटिया, नाऊ का काम हजामत बनाना, बार छोलना है। वामें कौनऊँ कमी नहीं है आज भी। अपना किसब न होता तो भूखों मर जाते ! पर नीच कौम कहलानेवाले लोग हमेस से जे इच्छूया करते आए हैं कि उन पर भी किसान की तरह खेत हों। जोतें-बोएँ। बैलों की रास पकरें। हर-बखर हाँकें। वह हक्क तो छिन गया !

“ अब तो हमारे लाने यही तीनों लोकों का सुख है, जो तुम कर रही हो। सो लै लो बेटा। अरे, हम क्या दै रए हैं, कुच्छ नहीं...” कहते-कहते पिरभुआ की बाई की आँखें भर आईं। झुर्री पड़ा साँवला मुख कातर हो उठा।

सूरज की धूप में मन्दाकिनी के हाथ पर रखी मोहरों में से सुनहरी किरणें फूटने लगीं। जगमग हो उठा सारा वातावरण।

फिर क्या था, मरदों को पीछे छोड़कर औरतें आगे आ गईं। जिस पर जो था—बाली, मुँदरी, पेंजना, लच्छा—सब धर दिए।

मन्दाकिनी देखती है कि सेंगा-सेंगी में वे मायके भागी गईं, जिनके पास कुछ भी नहीं था। वे पीछे रहीं तो ट्रैक्टर में उनका हिस्सा नहीं पड़ेगा। सो कैसे हो सकता है ? भाइयों से, पिताओं से, माताओं से यहाँ तक कि भौजाइयों से उधार-सुधार, दबाया-छिपाया माँग लाईं। पाँच सौ, हजार, सौ, दो सौ जो कुछ बना, वही। अपढ़ और चिथड़ों में लिपटी औरतें किस तरह लगी हैं इस यज्ञ की तैयारी में पिरभुआ की बाई ने कहाँ आकर कन्धा साध लिया उसका ! एकता और सहकारिता की प्रमुख हो गईं नाइन बऊ। मन्दा को गौरव है अपने गाँव की औरतों पर।

सब बिका। सब बेचा।

कुछ एरच में। कुछ उरई में। सुनारों की चाँदी हो गई। टाँका-बट्टा कटा। आधे-पौने दाम मिले। लेकिन क्या करें ? आगे कोई रास्ता भी तो नहीं। कहते हैं न कि सुनार अपनी माँ का मीत नहीं होता। उसे भी नहीं बख्शता।

सारा कुछ बिक-बिकाकर, रुपए-पैसे जो मिले थे उन्हें भी मिलाकर जोड़ा, पूरे सैंतीस हजार तीन सौ सोलह रुपए।

ट्रैक्टर का भाव क्या लेना ? सबको पता है, सब जानते हैं। नए की तो बात सोचना आकाशकुसुम तोड़ना है। पुराने की बात करती है मन्दा। प्रधानजी भी जानते हैं और मन्दा भी कि पुराना ट्रैक्टर पैंसठ या सत्तर हजार से कम में नहीं आनेवाला।

आ भी जाएगा। बताते हैं द्वारिका कक्का, गनपत कक्का, रामदास, रामरतन कोरी सबका एक ही विचार है, पुराना ट्रैक्टर पचास हजार में भी आ जाएगा, लेकिन हर तीसरे दिन होगा खराब, टूटेंगे पुर्जे और ठुकेंगे पइसा। फायदे से ज्यादा नुकसान हो जाएगा।

“नहीं, ऐसा तो हो जो लाभ दे,” मन्दाकिनी ने स्पष्ट कह दिया।

कह तो दिया, लेकिन जानती है वह भी, सैंतीस हजार में तो ऐसा आए न वैसा। अधबीच लटकी है वह। सोच में पड़े हैं संग के लोग।

नींद नहीं आती उसे। सोते द्वारिका कक्का भी नहीं हैं। और चिन्ता प्रधानजी को भी लग गई है। अपनी ओर से कितनी मदद कर सकते हैं वे ? क्या दे सकते हैं ? उनके अकेले के हाथ में तो नहीं सभी कुछ।

बस, उत्कंठा रह गई है तो औरतों के मन में। वे नहीं समझ पा रहीं इस बात को, उन्हें तो इतना ही पता है कि उनका दिया सर्वस्व अभी लाया ट्रैक्टर। एक धुन सी लगी है मन में। शुभस्य शीघ्रम् होने की आतुरता बेचैन करे है उनको।

अब क्या हो ? कौन सा उपाय कारगर होगा ? कौन सी जुगति आगे ढकेलेगी उसके संकल्प को ? होंगे टीकमसिंह ! ले लिए होंगे ट्रैक्टर ! गरम लोहे पर घन मारकर तो कोई भी मोड़ सकता है। ठंडा होने पर लचकाकर दिखाए कोई ! मुआवजा मिलते ही एकत्र कर लिया होगा उन्होंने। तभी के तभी चेत गए थे वे। मगर यहाँ...छलनी लेकर छान डाला सारा गाँव। सारी ताकत लगा दी तब जाकर सैंतीस हजार !

''कक्का, अब क्या करें ?''

द्वारिका कक्का चुप बैठे रहे। क्या बोलें-बताएँ बिटिया को ! कोई गैल सूझ ही नहीं रही।

''कक्का, हम कायले वाले महाराज के पास जाएँ ? वे ही बता सकते हैं कोई उपाय। हमारा तो दिमाग काम नहीं कर रहा अब।''

कक्का को एकाएक कुछ याद आ गया। और उसी समय कुछ कौंधा मन्दाकिनी के भीतर। तभी तो दालान की धरती पर बैठे-बैठे दोनों की आँखें एक ही चमक से चमकीं।

''क्या सोचा कक्का ?''

''कुछ तुमने भी सोच लिया है बेटा !''

''हाँ कक्का, प्रधान काका के पास जवाहर रोजगार योजना के रुपए आए हैं मंजूर होकर।''

द्वारिका कक्का ने जमीन पर हथेली मारी, '' लो बेटा, ठीक जई बात आई है हमारे भी मगज में। तुम्हारी ही सोची, सोच लई हमने भी। वे रुपइया भी तो मजदूरन के मदद के लाने आते हैं। गाँव के विकास के लिए ही है वह धन। अरे, गाँव के लोगों का विकास, सो गाँव का विकास। एक बेर रस्ता मिल जाय फिर तो अपने आप विघन-बाधाओं का सामना कर लेंगे।

'' हमारी समझ में तो यह आ रही है मन्दा कि तुम्हारी संगत में रहकर हमारी बूढ़ी बुद्धि, जो अब तक जंग खाई पड़ी थी, धारदार होती जा रही है। नातर कितै

मारी गई थी वा समय हमारी अकल, जब विकास निगम का किरेसर आया था। तब ही बढ़ लिए होते आगे। कर लिया होता हौसला। पर कहाँ, इससे अगाई कुछ सोच ही नहीं पाए कि सिरकार-दरबार से परजा नहीं लड़ सकती। किसी विध सम्भव नहीं !

" सोई बस दब गए। एक बार दबे सो अनेक बार । लो, फिर तो अपनी-अपनी लाठी लेकर हाँकते आए छोटे-मोटे ठेकेदार तक और देखते रहे हम विवस से। "

गाँव में हल्ला हो गया, प्रधानजी मन्दा को जवाहर रोजगार योजना के रुपइया देनेवाले हैं। सो बस आया जाता है ट्रैक्टर। फिर काहे की मजूरी सब मालिक हो जाएँगे। भइयाजी ने कह ही दिया है कि ले आओ ट्रैक्टर और लग जाओ ढुलाई पर।

बात तो बड़ी सीधी है, पर सीधी उँगलियों कभी घी कढ़ता है क्या ? द्वारिका कक्का को पता है यह बात। कल के दिन तमाम तरह के हिसाब-किताब होंगे। मीन-मेख निकाली जाएगी। अपनी पकी उम्र के चलते जानते हैं वे। अभी तो होंस फूल है ट्रैक्टर आने की। देखे हुए सपने को सच करने की उतावली है।

उन्होंने मन्दाकिनी के घर बैठकर सारी बात समझा दी, " बेटा, आज तो सलाह सूत है। मान लो कि प्रधान ने पइसा लगा दिया, कुछ अपना जोड़-गाँठ करके खर्च कर लिया। यहाँ तक तो ठीक है, पर हो सकता है कि आमदनी आते ही लोगों की आँखें बदलें। विचार एक-दूसरे के खिलाफ पड़ें। माया बड़ी बुरी चीज है बेटा, और सुख उससे भी बुरी चीज। आदमी बिखरता है तो माया के मद में या सुख की अति में। विपता बुरी अवस्स है, पर जोड़ती है आदमी को। सो बिटिया, भरे पेट के दुखों के लिए भी तैयार हो जाओ, वे बड़े खतरनाक होते हैं।

" हिसाब अच्छा रहता है। सफाई और ईमानदारी राखने के लिए जोड़-बाकी की सही-सही साफ-साफ लकीरें बनाओ।

" पहले तो यही सोचो कि ट्रैक्टर नाम किसके होगा ?"

मन्दाकिनी सुनते-सुनते उलझन में पड़ गई। उलझा दिया कक्का ने तो। सूत न कपास कोरिया के लट्ठमलट्ठ। क्या तै करें अभी से ? किस चीज का हिसाब लगाएँ ?

वह अनमने भाव से बोली, " कक्का, हमें न पूछो-बताओ। पन्द्रह सदस्य हो, सो अपने आप कर लो फैसला।

" नाम भी तुम्हारे ही होगा, इसलिए कि तुम निरापद हो। बाल न बच्चा और कोई भी हक-अधिकार जतानेवाला नहीं है तुम्हारे आगे-पीछे। हिसाब-किताब भी तुम्हीं देखोगे।"

द्वारिका कक्का उछले, "ना बेटा ना। अभी न करो यह फैसला। पहले सबको बुला लो। पिरधान को भी रहना चाहिए हमारे बीच, तब कहना-बताना ये बातें। देखें लोग सहमत होते भी हैं या नहीं। काहे से कि ट्रैक्टर आने के बाद गोहच नहीं मचना चाहिए, कहीं सक-सन्देह में आकर घिनापन मचाएँ।"

सभा शाम के पाँच बजे थी और प्रधानजी के चबूतरे पर ही।

प्रधानजी को अचरजभरी चिन्ता थी कि लो, हम तो रुपइया की जुगत कर पाते हैं या नहीं, और द्वारिका भइया आ गए हिस्सा-बाँट की बातें करने !

पिरभू नाई ने बोलने का जिम्मा ले लिया। पिरभू स्पष्ट और समझाकर बोल सकता है। पिरभू कठोर और कड़वा भी बोल जाय तो लोग बुरा नहीं मानते। वह दिल का बुरा नहीं है। किसी का अहित नहीं चाहता। मुँह में राम बगल में ईंट रखनेवालों को खरी सुना सकता है। सबका एक मन है पिरभू को लेकर।

"लो बोलो, सब जने अपनी-अपनी राय जताओ कि मान लो ट्रैक्टर आ गया, लिखत-पढ़त हो रही है और लाल रंग का ट्रैक्टर खड़ा है ऐन तुम्हारी आँखों के सामने, जिसमें तुम्हारा पइसा भी लगा है और कर्ज भी चुकाना है। उसके कागज पर बताओ, सबों के नाम चढ़ेंगे या किसी एक का ? यानी कि कागज पर मालिक एक होगा कि सबके सब ?"

लोगों में खुसुर-फुसुर मच गई। प्रधानजी मुस्कुराते-से बारी-बारी सबकी ओर निगाह फेंकते रहे।

पिरभू बोला, "ऐन सलाह कर लो। चाहो तो कल फिर जुड़ लेना इसी जगह।"

मगन दर्जी ने रामरतन के कान में कुछ बोला और टहोक दिया कि वह खड़ा होकर बोले।

रामरतन उठा, अपनी सिकुड़ी हुई कमीज पीछे से सीधी की। आत्मविश्वास से वहाँ जुड़े लोगों को देखा। उनकी आँखों की भाषा समझी और बोला, " प्रधानजी, विसवास पर होते हैं इस तरह के काम। भोपाल में हमारे जीजा हैं। बता रहे थे, जिस कारखाने में काम करते हैं उसके मालिक चार हैं। मिल-बाँटकर हिस्सा रख लेते हैं। जैसी आमदनी होती है उसी के हिसाब से बँटवारा हो जाता है। सलाह-सूत से ही चला सकते हैं साझेदारी से काम। जिसे विसवास न हो वह अभी अलग हो जाय।

" ट्रैक्टर में तो दो हजार रुपइया रोज की आमदनी भी होगी और दो सौ रुपइया रोज की भी। नफा-नुकसान तो साझेदारों को ही सहना होता है। "

रामरतन बैठ गया। उसने मगन दर्जी को उठा दिया कुछ कहने के लिए, " प्रधानजी, हमने कुछ तो सलाह-सूत किया ही होगा। मन्दा ने इतनी भाग-दौड़ करी

है, राह दिखाई है, पहाड़ के ठेकेदारों से टक्कर ली है, इसका मोल क्या है हमारे पास ? इसमें पूछने की क्या बात है ? मन्दा क्या भागी जा रही है ट्रैक्टर को लेकर ?

" आप चाहो न चाहो, हम सब चाहते हैं कि ट्रैक्टर मन्दा के नाम कर दिया जाए। आखिर हमारी जनी-मानसों ने कुछ भरोसा करके ही अपना कील-काँटा, गहना-गुरिया धरा होगा मन्दा के हाथ पर।"

मन्दाकिनी चौंक गई। चौंक क्या गई, लगभग बिदक गई, "नहीं, हमारे नाम कतई नहीं। इसलिए कि गाँव में कोई कुछ भी कह सकता है। अभिलाख ही कल के दिन बहका दे कि मन्दा..."

बीच में ही टोक दिया प्रधानजी ने, "तुम इतेक ओछी बात कैसे सोच गईं बेटा ? अपना गहना, जमापूँजी बेचकर तुम्हारे हाथ पर धरते समय किसी ने कुछ सोचा ? किसी ने कुछ कहा ? क्या पन्द्रह जनों के नाम चढ़ेंगे किताब-कागजों पर ? अगर इतेक ही विसवास नहीं है तो बढ़ ही काहे को रहे हैं आगे ? जैसे पहले रहते थे, रहें। अविसवास का सपोला पालेंगे तो साँप बन जाएगा एक दिन और डसेगा इन्हीं लोगों को। विस फैलेगा इन्हीं की जिन्दगानी में।"

" नहीं कका ! ऐसा मत कहो। समझो हमारी मजबूरी। आप जानते हो, किस-किसकी आँख का काँटा हैं हम। इसके नुकीलेपन को हमारे ही खिलाफ इस्तेमाल करेंगे लोग। यही औजार बनेगा उनका। सो हमारी विनती है कि ट्रैक्टर अगर आए तो द्वारिका कक्का के नाम हो।

" रही बात रुपइया और जेवर की, सो एक लिस्ट बना लो कि किसका कितना लगा, उसी हिसाब से भुगतान होता जाएगा। सर्वसम्मति से पूछकर नाम लिखते जाओ। काम चलता है तो सबसे पहले किसका रुपया पटाया जाय, यह भी लिख लो। जवाहर रोजगार योजना से पैसा मिलता है तो उसमें तो सबका भाग बराबर होगा।"

कानी के ब्याह को सौ जोखे।

यही सोच रही है मन्दाकिनी। बऊ की कही कहावत याद आ गई उसे। पिरभू नाई कहता आया है कि जगेसर ने ऐलान कर दिया कि अगर प्रधान ने जवाहर रोजगार योजना का पइसा मन्दा को दिया तो जेल जाएगा प्रधान। रिपोर्ट जगेसर खुद करके आएँगे। ब्लौक में बी.डी.ओ. को बताएँगे। हँसी-खेल समझ रखा है सरकारी पइसा का खर्च करना, या प्रधान के बाप का माल है ?

वह माथे पर बल डाले दो क्षण देखती रही पिरभू की ओर, फिर बोली, "पिरभू, जगेसर कक्का के दिमाग में इतनी बातें आ सकती हैं ? वे दारू के नशा में आधे

पगलाए से तो रहते हैं।''

पिरभू पहली उँगली उठाकर कुछ कहने को ऐसे तैयार हुआ जैसे मन्दाकिनी के संकेत को समझ गया हो, बोला, '' जे बात ! मन्दा, सोई तो हम कहें कि अधमिची आँखों और धुँधआते मगज़ से जगेसर ने ये बातें सोचीं तो सोचीं कैसे ?

'' यह तो उनके महाराजाधिराज दारू के सोरस अभिलाखसिंह की बानी गूँजी है उनके मुख से। उसी को लगा होगा डंक। तिलमिलाता हुआ फिरा होगा इतै-उतै। कैसे गले उतारे कि हम जैसे दीन-गरीब भी ट्रैक्टर लेने का सपना देख रहे हैं !''

द्वारिका कक्का बऊ के दालान में चुप बैठे थे। अभी तक टुकुर-टुकुर देख रहे थे धँसी हुई आँखों से मन्दाकिनी की ओर, अचानक ही म्यान में से निकल पड़े, नारी-स्वर में गले की नसें फुलाते हुए बोले, ''साँची है उसकी चिन्ता। सोचता है आज ये, तो काल को राउत आएँगे इसी गैल पर। फिर क्या होगा ? खियाराम सिन्धी का तो बड़ा कारोबार है सो ट्रैक्टर लगाता है अपनी मसीन पर। अभिलाख का काम तो बिना फुटकर मजदूरों के चलना नहीं। फिर क्या सतना-सरगुजा जाएगा मजूर खोजने ? वह तो सोच रहा होगा कि मन्दा मिले तो उसकी घिची मरोड़ दे। लो, रोज-रोज का टंटा खतम।''

तीनों जने प्रधानजी के घर की ओर चल दिए।

बैठक में पड़े मूढ़ों पर बैठ गए द्वारिका कक्का और प्रधानजी। पिरभू बैठ गया चौखट के पास धरती पर। मन्दाकिनी भी वहीं धरती पर बैठने लगी कि पप्पू भागकर दो पटरे उठा लाया भीतर से, जो बारी-बारी पिरभू और मन्दाकिनी के नीचे रख दिए।

प्रधानजी से सारी बातें ज्यों-की-त्यों बता दीं। पप्पू ने आँखों देखा हाल सुनाया, ''अभिलाख पहाड़ पर दहाड़ रहा था कि वो बीजुरी कागों को हंस बनाना चाहती है, सो आसान नहीं है। हमारे संग भी पहाड़ के तमाम ठेकेदार हैं। खियाराम सिन्धी को छठी का दूध याद दिला देंगे। साला नई-नई विद्या पढ़ाता है रोज-रोज। ट्रैक्टर-ट्रक से नीचे बात नहीं करता ! डबल प्लांट क्या लगा लिया है, अपने समान गिन नहीं रहा किसी को।''

सब सुन-गुनकर प्रधानजी स्थितप्रज्ञ-से बैठे रहे, मुख से कोई प्रतिक्रिया जाहिर नहीं की।

पिरभू आँखें फैलाकर देखता रहा जैसे उसे सन्देह हो रहा हो प्रधान की श्रवणेन्द्रिय पर। वे तो ऐसे लग रहे हैं जैसे मन-ही-मन हँस रहे हों। इतेक गम्भीर बात पर प्रधानजी को हँसी सूझ रही है।

वह डपटता सा बोला, ''कछु ध्यान में धरी कि नहीं ? लो, हम तो जेल-कैद की बातें कर रहे हैं और तुम्हें मुस्क्याना सूझ रहा है ! मन्दा भी खूब समझ गई है कि तुम्हारे इसी सुभाय के कारन सदा लुटा-पिटा है गाँव।''

प्रधानजी फिर भी निष्प्रभाव ! निस्संग निगाह से देखते हुए बीड़ी जलाने लगे।

पिरभू फिर झल्लाया, "और दिन होता तो तुम काँपने लगते। आज हुआ क्या है ? आज तो हमें लगता है कि देहरे बब्बा ने खुद ही बिसराम ले लिया है तुम्हारी देह में। सो ऐन निस्फिरकर हो गए हो तुम ? रोने की जगह हँस रहे हो? हमारे तो सब मंसूबे डूबे जा रहे हैं !"

प्रधानजी बीड़ी पीते रहे, फिर नितान्त लापरवाह तरीके से बीड़ी का टोंटा बुझाकर बाहर फेंक दिया। असमय सफेद हो आई मूँछों पर हाथ फेरा और अपना मूढ़ा तनिक आगे को खिसका लिया। वे मन्दाकिनी और द्वारिका कक्का के कतई निकट आ गए।

उनके पास मुँह ले जाकर मन्द स्वर में बोले, " ध्यान से सुन लो और समझ लो कि आयन्दा बहकावे में न आओ।

" रपोट की बाबत तो जे समझ लो कि ऐन सोंक से करि आवें जगेसर या गाँव-भर। हम धमकियों से कबहूँ नहीं डराने। मन्दा बिटिया, इतेक और जान लो कि इस काम को हम अकेले नहीं कर सकते। पंचायत सेकेटरी और हम दोनों मिलकर दस्तखत करेंगे तब निकलेगा बैंक से पइसा। और साल-भर की कार्य-योजना के अनुसार होगा खर्च। हँसी-ठट्ठा नहीं है सरकारी काम।

" कार्य-योजना भी हम अकेले नहीं बनाते। सब सदस्यों की राय से बनती है, तुम भी जानती हो यह बात। द्वारिका भइया तो भुसा में लट्ठ घालते हैं कि पइसा मजूरों के लिए आया है, सो दै राखो।

" कैसे दै राखें ? किसी अकेले के लिए तो क्या, सरकारी तौर पर भी खर्च करने को नहीं दे सकते हम। यह तो गिराम-विकास के कामों में ही खर्च करना पड़ेगा।" कहकर प्रधानजी ने पीठ मूढ़े की टेक पर टिका दी और दोनों हाथों की उँगलियाँ एक-दूसरे में फँसाकर सिर के पीछे लगाकर आराम की मुद्रा में बैठ गए।

मन्दाकिनी उनकी ओर गम्भीरता से देखती रही। पिरभू जमीन में से उठाया हुआ तिनका दाँत से कुतरता रहा और द्वारिका कक्का अपनी लघु काया के चलते मूढ़े पर बैठने की कई-कई मुद्राएँ बदलते रहे।

कानी के ब्याह को सौ जोखे नहीं, एक हजार जोखिम ! एक लाख...गहरा श्वास लेकर रह गई वह।

प्रधानजी का विधिवचन फिर आरम्भ हुआ, " सो भइया, हम मूरख-सर्री नहीं हैं बिना सोचे-समझे कर डालें काम। इन खलों की चालबाजियाँ खूब पहचानते हैं हम।

" पंचयात सेकेटरी से बात करी थी कि भइया, करवा दो कछु मदद। इन लोगों का काम चल जाएगा सो बस लौटा देंगे। वह बोला, प्रधानजी, उसमें हमारा हिस्सा क्या होगा ? परसेंट क्या होगी ? बीस प्रतिशत से कम नहीं लेंगे।

" लो कर लो खेती, बो लो चना ! बीस रुपया सैकड़ा तो बीच में वे ही हड़प जाएँगे। सो भइया, छोड़ दिया हमने वह विचार। भलें दिन देर लग जाय, काम करेंगे कायदे से।

" इन ससुर सरकारी आदमियों पर तो हम कतई भरोसा नहीं रखते। सबकी मिली-भगत रहती है। प्रधान की घिची (गर्दन) पर कटारी धरकर भरते हैं अपनी जेबें। गिद्ध-चील की सी निगाह रहती है इनकी, जैसे इनके बाप की तिजोरी से आया हो गाँववालों के लिए पइसा।

" पंचायत सेकेटरी महा हरामी आदमी है। हमसे खार खाए रहता है। नहीं तो भला गाँव में कैसे फैल गई यह बात ? किसी ने बताई ही होगी जगेसर को ? हमने तो अकेले ही सलाह करी थी जा सेकेटरी के बच्चा से।

" लो अब जे महामुनि आ.ई.एस. से शिकायत करेगा। हमारे खिलाफ कान भरेगा और वह भागेगा चैकिन करने।

" ऐन भागे। जब करना ही नहीं, तो डर काहे का ?

" बेटा, तुम तो समझ रही हो कि हम तुम्हें पइसा दै नहीं रहे, बताओ, कैसें दै देवें ? चक्काबू में फँसे हैं हम।

" पर तुम चिन्ता न करो, हम निकालेंगे कौनऊँ उपाय। अब हथेली पर राई पलक झपकते ही तो नहीं जम जाती ? "

पिरभू ने जो मन्दाकिनी और द्वारिका कक्का से कहा, वह बऊ की समझ में कतई नहीं आया। वैसे समझना भी नहीं चाहतीं बऊ। उन्हें अहलकार, सरकारी पइसा, सरकार की हर चीज से डर लगता है।

पिरभू बोला, "कक्का, अब क्या करें ? इतने धन को गाँव में रखना ठीक नहीं। चरचा फैल गई है गाँव-भर में। भड़िया लग सकते हैं। डाका पड़ सकता है। गाँव में भेदियों की कमी नहीं।"

मन्दा बोली, "हाँ, बात तो सही है। प्रधान काका ने तो कह ही दिया है कि देर लगेगी तुम्हारी मदद करने में। अभी तो जुगत विचारेंगे। हमें तो लगता है, हमें महाराज के पास ही जाना पड़ेगा। वे ही बताएँगे कोई रास्ता।"

द्वारिका कक्का ने अपना छोटा सा सिर हिलाकर समर्थन किया, " काहे नहीं, महाराज के पास तो लोग घरू समस्या तक लेकर जाते हैं। कहने को तो वे साधू-संन्यासी हैं, पर आदमी की भलाई के सारे साधनों का ज्ञान है उन्हें। जोगी-जती होके गृहस्थों का कल्याण करने में लगे रहते हैं अपने कायलेवाले महाराज।

" सो फिकिर-चिन्ता न करो बेटा, भगवान सब भली करेंगे। सुबुद्धि उपजी है

तो सुफल ही देगी।"

मन्दाकिनी को आज एरच जाना है। पप्पू से रात ही कह दिया कि पचफैरा लेकर संग में चले। पिरभू नांई, रामरतन कोरी, रामदास कक्का, रामपरसाद कक्का तथा मगन दर्जी साथ जाएँगे।

द्वारिका कक्का का मन है कि वे भी चलें, गनपत कक्का भी जाना चाहते हैं, मगर रामरतन ने कह दिया कि तुम लोग चार फुटिया जीव, देह में मछरा-भरी जान है, क्या करोगे वहाँ जाकर ? रुपइया तो मन्दा के नाम जमा होना है और सुरक्षा में हमें ले जाना है। तुम्हारी निगाई-चलाई फालतू में हो, सो यहीं रहो। निगाह रखो कि अभिलाख और जगेसर कोई उपद्रव न खड़ा करें।

चालीस दिन के लिए दस प्रतिशत ब्याज पर बैंक में डाल दिया रुपया। जो चालीस दिन में भी प्रधानजी कुछ न कर पाए तो चालीस दिन के लिए और बढ़वा देंगे मियाद। कितने खुश हुए हैं बैंकवाले साहब, इतने कि जैसे ग्रामीण लोग उनके ही घर-कुनबा के हों। कितनी अच्छी तरह करी हैं बातें। कैसे विधि-विधान से समझाया मन्दा को। साथ आए लोग अभिभूत हैं। काश दरोगा, तहसील के लोग, सहकारी समिति के उधार बाँटनेवाले जन भी इसी तरह मृदुभाषी होते। न मालूम क्यों मीठा नहीं बोलते ? गाँववालों को देखते ही झल्लाने-डाँटने लगते हैं।

यही बात रामदास ने मगन दर्जी से कही। मगन शहरी आदमियों के राग-रँवैए जानता है। पोस्ट ऑफिस भी कई बार गया है, बोला, "जमा करते समय ऐसे ही मिठबोला बनते हैं बैंक के लोग, पोस्ट ऑफिस के बाबू। आँखें मींचकर, पीठ पर हाथ फेरकर कर लेंगे जमा। मगर निकालने आओगे तब देखोगे, इन्हीं बाबू लोगों की आवाज खुरदरी हो उठेगी। दस तरह की संका उठाएँगे। तरह-तरह की जाँच करेंगे। दस्तखत बार-बार कराकर देखेंगे। जैसे रुपया अपना नहीं, इनका ले रहे हों।"

न जाने क्यों मगन दर्जी की बातें अटपटी सी लगीं संग आए लोगों को। पर क्या मालूम सच ही कह रहा हो, इसने तो जमा किए हैं और निकाले हैं रुपइया।

इस सबमें लगे-लगे तीन महीने बीत गए। समय कितनी तेज गति से भाग रहा है, मन्दाकिनी जान नहीं पाई कि दो पूरणमासी बीत चुकीं। चेत तब आया जब गोपालपुरा का नाई उसके पास आया ठकुराइन का सन्देश लेकर।

कहलवाया है कि बिन्नू ने पूजा-ध्यान छोड़ दिया क्या ? हर महीने रामायण का अखंड पाठ गोपालपुरा में होता है, यह भी खयाल नहीं किया ? ऐसा तो पहली बार हुआ है।

जैसे मन्दाकिनी सोते से जागी हो। हाँ, क्यों भूल गई वह ? ऐसी रम गई

निन्यानवे के चक्कर में। एकाएक उसे हँसी आ गई और पहली बार यह भी लगा जैसे वह महीनों से हँसी नहीं थी।

अब इस नाई से वह क्या कहे, क्या बताए कि यहाँ दूसरा ही पूजा-ध्यान चल रहा है।

वह तो महाराज ने बचा लिया। बता दिया प्रधान काका को कि मानव-दिवस मनाओ। तालाब खुदवाओ, भूमि कटाव पर बँधिया बनवाओ और बीस-बीस आदमियों को पचीस दिन तक लगाए रहो। पाँच सौ मानव-दिवस हो गए। तुम तो प्रधानजी, तीस हजार तक दे सकते हो इस तरह। इतनी पावर है तुम्हें।

लो, रचनात्मक कार्य भी हो गया और मन्दाकिनी बिटिया की समस्या भी हल हो गई। न कोई उधार, न ब्याज।

मन्दाकिनी के हर्ष-आनन्द का ओर-छोर नहीं !

सुगना तितली की तरह उड़ी फिर रही है। पप्पू ने चुपके से टेपरिकॉर्डर ले लिया और फ़िल्मी गीत का कैसेट लगा दिया। जोर-जोर से बज उठा :

हम मेहनतकश, इस दुनिया से जब अपना हिस्सा माँगेंगे।
इक बाग नहीं, एक शहर नहीं, हम सारी दुनिया माँगेंगे॥

बच्चे नाचने लगे। बच्चे तालियाँ बजाने लगे। गाँव के बच्चे ही नहीं क्रैशर के बच्चे भी आ गए हैं मन्दाकिनी के साथ। भइयाजी को बुलाने गई थी। राउतों के बच्चे हो लिए साथ कि जिज्जी का ट्रेक्टर आ गया, पूजा होगी। परसाद मिलेगा।

मगर बऊ सुस्त है।

इस आनन्द की बेला में बऊ अनमनी हैं ? चिन्तित सी हो उठी मन्दाकिनी। पूजा की थाली सजाकर एक ओर रख दी और बऊ के गले में बाँहें डाल दीं, "बऊ, तुम क्यों उदास हो? आज तो कितनी-कितनी खुशी का दिन है। कितने-कितने उल्लास का बऊ !

"नहीं बताओगी ?"

वे चुप बैठी रहीं।

"देखो बऊ, नहीं बताओगी तो मैं नहीं जाऊँगी बाहर। कहो तो सही, क्या हुआ ? मैंने कुछ गलती की है ? या भूल में कोई दुख दिया है तुम्हें ? बऊ, तुम्हें हमारा कौल, मार लो, पीट लो, मगर..."

बऊ फूट पड़ीं।

"बेटा, मारने-पीटने से कुछ बनता होता तो हम वह भी करते, पर अब तो हम बिबस-लाचार हो गए हैं। तुम कितनी ही भलाई करो लोगों के संग, पर बेटा, मुँह

तो नहीं पकड़ लोगी किसी का।

"अबै तला के पास से ही कढ़े हम, को जाने कहाँ-कहाँ के आदमी बैठारें हैं जगेसर। अपन तो हमें देखकर घर में घुस गया और वे बोलने लगे बद बोल। कहते हैं कि सरकारी अहलक़ारों में चल निकली है मन्दा। ब्याह काहे को करेगी, ब्याह होगा तो मौज-मस्ती पर अंकुस न लगेगा। अभी तक पंजीरी-परसाद पर चल रहा था आनन्द का जीवन और अब ट्रैक्टर पर चढ़कर चलेगी नेतिन।

"ठठरी बँधे कोई होंठ बिचकावे तो कोई आँख मारे। बदफैलों की चौकड़ी जमाए रहता है नासमिटा जगेसर। और हरामियों को मन्दा ही मिलती है चरचा के लानें !

"हमारी तकदीर ही खोटी न होती तो क्या मोंड़ी ऐसें फिरती ? संग की बिटियों के ब्याह चलाए तो क्या वे लरकौरी हो गईं।" बऊ कराहकर रह गईं। क्रोध के कारण खड़ी लकीरों-भरे होंठ डोरीदार बटुए की तरह भिंच गए।

मन्दाकिनी ने हाथ में थाली ली। हथेली पर टिकाकर बोली, "उठो ! तुम भी बऊ ! वे नादान, मूरख लोग। कहाँ के क्या, पहाड़ के ही ठेकेदार होंगे। कहने दो। मत सुना करो। मत निकला करो उस गैल।"

बऊ रुआँसी हो आईं, "मन्दा, बहुत कर लिया यह काम। अब छोड़ बेटा ! एक लरका बताया है नरसिंहगढ़ के प्रधानजी ने, लाम की नौकरी करता है सो कुँआरा मिल गया, नहीं तो अपनी अहीरों की जात में छब्बीस-सत्ताईस बरस के लरका कहाँ धरे कुँआरे ? कम-से-कम अपने इलाके में तो नहीं मिलेंगे।"

मन्दाकिनी ने बऊ को हाथ पकड़कर उठा लिया, "अच्छा, लो पकड़ो थाली। सुगना परसाद लेकर चल रही है, उसके साथ चली जाओ। हम चलते हैं। प्रधान काका हमारी बाट देख रहे होंगे।"

बऊ ने ट्रैक्टर देखा तो पिछली व्यथा भूल सी गईं। विभोर हुई पूछने लगीं, "तुम लोगों में से कौन चलाकर लाया रे इसको ?"

"बऊ, रामरतन। और आधे रास्ता पिरभू।"

रामदास आगे बढ़ आए, बोले, "बऊ, टिराली नहीं देखी तुमने ?"

ट्राली से लगे कुछ बच्चे खड़े थे—मैले-कुचैले। बऊ ने मन्दा की ओर ऐसे देखा, जैसे पूछ रही हों कि यह खेरीज खाता कहाँ से आ गया ?

सुगना बोली, "बऊ, किरेसर के बच्चे हैं। जिज्जी के संग चले आए हैं। परसाद के लाहक में खड़े हैं। जिज्जी इनको स्कूल में दाखिल कराने के लिए ले आई हैं।"

प्रधान काकी लोटे में जल भरे खड़ी हैं, बोलीं, "मन्दा, जे बच्चा मजूरी नहीं करते मताई-बाप के संग ? इनके तो बिटिया, पैदा पीछे होते हैं, काम-धन्धे की पहले सोचने लगते हैं बाप-मताई।"

''मजूरी तो नहीं, बेगार करते हैं काकी। दिन-भर छिटकी हुई गिट्टी बीनते रहते हैं। बदले में किसी ने दस पैसे हथेली पर रख दिए तो बड़ी बात। एकाध रोटी दे देते हैं ठेकेदार लोग। जो तनिक बड़े हैं वे शराब के ठेके से बोतल-मोतल लाने, नमकीन और बीड़ी-माचिस की व्यवस्था करने में लगे रहते हैं। दारू के लिए गिलास और मग धोते रहते हैं। नहीं करते तो पिटते हैं। सो सोचा है कि स्कूल में रहेंगे तो इन सब बातों से कुछ समय को तो बचे ही रहेंगे।''

इस प्रफुल्लता की वेला में उसका मन कसैला हो उठा।

सब आ गए ? उसने निगाह भरकर चारों ओर देखा। सभी थे—रामदास, रामरतन, मगन दर्जी, द्वारिका कक्का, पिरभू नाई, प्रधान काका और गाँव के तमाम जने। सबकी काकियाँ, बच्चे।

नहीं हैं तो गनपत कक्का।

वे अब तक नहीं आए, न जाने किधर को निकल गए मजूरी करने। उरई, कालपी या जालौन कि कानपुर ही चले गए सीधे।

बऊ और प्रधान काकी ने ट्रैक्टर की ऐसे पूजा की जैसे पालकी में से बहू उतारने के पहले की जाती है। उसी हौंस-हुलस से। उनके बाद सबने पूजा। प्रधान काका ने परसाद बाँट दिया। बच्चे हँसते-मुस्कुराते खाने लगे।

रामदास ने ट्रैक्टर को गेंदा के फूलों की माला पहना दी। रामरतन ने एक तरफ को काला चुटीला बाँध दिया। पिरभू ने लिख दिया—बुरी नजरवाले तेरा मुँह काला। मगर दर्जी बोला, ''सामने लिख दो—'सोनपुरा का राजा'।''

प्रधान काका बोले, ''नहीं, ये वाहियात बातें न लिखो। केवल एक वाक्य लिख दो—'श्री लक्ष्मी जू सदा सहाय करें'।''

घर लौटते-लौटते गनपत कक्का और याद आने लगे उसे।

''बऊ, अबकी बार गनपत कक्का...कोई चिट्ठी न पत्री ! उनकी बिटिया रोज आती है पूछने। क्या जवाब दे कोई ?''

''चिट्ठी !''

बऊ को याद हो पड़ा, एक चिट्ठी आई है। वे तो तब अपना रोना-धोना लेकर बैठ गईं। मोंड़ी को बता ही नहीं पाईं कि चिट्ठी आई है।

''मन्दा, सुगना से पूछना उसने चिट्ठी कहाँ धरी ? पप्पू दे गए थे हमें। हमारे जानें ठाकुर जू के सिंहासन में देख लो, वहीं धर गई होगी।''

सुगना आई तो भागकर वह लिफाफा ले आई, लो, यह है।''

यह ! वह उलट-पलटकर देखने लगी।

निगाहें गड़ा-गड़ाकर देखने लगी।

किसकी हो सकती है ? यह लिखावट किसकी ? पीछे भेजनेवाले का कोई

अता-पता नहीं !

पत्र सावधानी से खोला।

खोलकर कागज की तह हटाईं।

आरम्भ नहीं, पहले अन्त देखा। आखिर या लिखने-भेजनेवाला है कौन ? ऐसी लिखाई किस जाने-पहचाने की हो सकती है ?

नाम पर ठहर गईं आँखें।

जमकर रह गईं पुतलियाँ।

सच !

मकरन्द !

उँगलियाँ काँपने लगीं। पोरें कम्पन के कारण कागज को थाम नहीं, पा रहीं। धड़कन धड़क-धड़ककर कंठ तक भर आई और जैसे अपने ही कान चिपके हों सीने पर, ऐसी स्पष्ट ध्वनि हृदय धड़कने की !

मकरन्द, याद आती है मन्दा !

तुम्हें याद रह गई मन्दाकिनी !

मैं तो समझ रही थी कि तुम भूल बैठे...

पत्र पढ़ना आरम्भ किया तो रुक-रुककर, ठहर-ठहरकर पढ़ा एक-एक शब्द। कंजूस वणिक की तरह खर्च कर रही है मकरन्द के लिखे अक्षरों को और जुगाली करती अल्हड़ बछिया की तरह चुभला रही है बार-बार हर एक वाक्य को। कोई अर्थ रह न जाए हृदय के बाहर। कहीं खत्म न हो जाए यह इबारत। कहीं अन्त न आ जाए इस आख्यान का। उसी कागज की नाव पर बैठी अतल विरह-सागर को पार करने में लगी है मन्दाकिनी :

प्रिय मन्दा,

तुम सोचोगी आज इतने दिनों बाद। अब तक कैसे रहा, कैसे जिया, क्या लिखूँ ? जानती होगी तुम भी। घायल की गति समझने में तुम्हें देर भी क्योंकर लगेगी ? अम्मा को अब तक यही शिकायत है कि मैं किताबों में सिर गाड़े रहता हूँ। एकान्त कमरे में बन्द हो जाता हूँ।

तुम्हें भी कितनी-कितनी शिकायतें होंगी मुझसे। लेकिन मुझे कोई शिकायत नहीं है मन्दा तुमसे। तुम्हारा ही सपना था कि मैं डॉक्टर बनूँ। यों तो अम्मा-पापा को भी बहुत गर्व है कि उनका बेटा डॉक्टर हो गया।

पापा ने पार्टी दी थी उस समय। बहुत बड़ा जश्न मनाया था। अपने साथियों और अफसरों को जोड़ा था। बड़ी हलचल रही। लेकिन मैं...मैं सुन्न-सपाट-सा ही बना रहा, न मालूम क्यों ?

पापा बहुत बिगड़े। कारण मैं नहीं बता सका। अम्मा अक्सर झुँझलाती हैं कि अब तो तू श्यामली जाने की भी जिद-हठ नहीं करता !

किससे करूँ जिद ?

अम्मा से ? जो केवल अपनी इच्छा या अपने अभिमान के चलते मुझे खींच लाईं श्यामली से ? पापा, केवल अभिनय करते हैं कि दादा का लिहाज-सम्मान कर रहे हैं। आदर ही करते तो अम्मा के विरोध न खड़े हो जाते ? आश्चर्य तो यही है कि माता-पिता के नाम पर सब कुछ विपरीत करके भी शुभचिन्तक का खिताब पाए हुए हैं। मुझे बड़ी खीझ होती है।

तुम्हारे साथ बऊ तो हैं। भले गँवई-ग्रामीण सही, मगर अधकचरी नहीं हैं वे। जो कहती हैं, उसे निबाहती भी हैं। यहाँ तो एक ओर मेरी हर इच्छा को पूर्ण करने के लिए मुझे स्वतन्त्र छोड़ने का दम भरते हैं, दूसरी ओर उचित-अनुचित, मेल-बेमेल के दायरे बाँधते हैं। ये लोग पुरानी रूढ़ियों और नई सभ्यता की चालाकी के तहत चला रहे हैं अपने आपको। जो इनका स्वार्थ साधने के लिए उपयुक्त पुर्जा बैठता है, उसे तुरन्त फिट कर लेते हैं।

कोई माता ऐसी होगी जो सन्तान को दुःख पहुँचाने के लिए ही दुखद प्रसंग दोहराए।

नहीं तो मुझसे ही क्यों पढ़वाई वह चिट्ठी ? श्यामली से तुम्हारे सदा को चले जानेवाली चिट्ठी ! एक दुसह्य विवरण !

गीता नहीं पढ़ सकती थी क्या ?

या पापा अनपढ़ थे ?

पढ़ते-पढ़ते कंठ सूख गया मन्दा ! जीभ जड़ हो गई !

कई दिनों तक बहुत बेचैन रहा। क्यों है मेरे साथ यह दिक्कत कि भूल नहीं पाता मैं। बीते हुए कल को लादे फिरता हूँ कन्धों पर। यादों को ढोना सबसे बड़ी विडम्बना है मन्दा।

या फिर क्यों नहीं अड़ गया था उसी समय ? क्यों मानता चला गया अपने जीवन पर थोपे हुए निर्णयों को ? तुमने भी कायर समझा होगा मुझे। निहायत डरपोक ! कापुरुष !

...लेकिन उस समय उम्र का ऐसा मोड़ था जिस पर सोचने-समझने की बुद्धि स्थिर होकर खड़ी नहीं रह सकी। इस हद तक जुड़ाव है तुमसे, कहाँ मालूम था ? मिट्टी के खिलौनों की तरह चल रही थी हमारी दोस्ती। टूटना, फिर जुड़ना। महज गीली मिट्टी से रचा था जीवन, जिधर चाहो मोड़ लो। उसी मिट्टी पर बने चिह्न जब सूखे, परिपक्व हुए तो स्मृति बनकर सालने लगे।

तुम्हें भी नहीं लगा कि वह दो साथियों के बिछुड़ने की पीड़ा थी ? तुम्हारे

संग-साथ बिना अधीर और व्याकुल मैं...मुझसे अलग हो जाने पर दुखित, रोती हुई तुम...! मिलन-बिछोह का सही अर्थ कहाँ समझ पाए थे तब तक ? नहीं तो क्या ऐसा होता ? और यह भी पता नहीं था अन्तराल इतना लम्बा...दूरी योजनों की !

यह यात्रा किसी दिन मंजिल पर पहुँच पाए यही प्रार्थना करना मन्दा !

आश्चर्य होता है, जितनी दूर होता गया, तुम उतनी ही समीप आती गईं। जुड़ाव इतना न होता तो अलग होने की पीड़ा इस कदर न सालती। सपने देखे ही होंगे, तभी तो कुछ बिखरता है टूट-टूट कर...

अम्मा नहीं चाहती थीं कि मैं डॉक्टर बनूँ।

पापा ने हमेशा समझाया कि मैं पुलिस ज्वाइन करूँ।

शायद उन्हें उम्मीद नहीं थी कि मैं इतनी मेहनत कर सकता हूँ। अपनी इच्छा जताई तो कहने लगे, 'अच्छा, तुम डॉक्टर बनना ही चाहते हो तो डोनेशन दे देंगे। सलैक्ट होना बहुत मुश्किल है, क्योंकि तुम गाँव में पढ़े हो।'

डोनेशन तुम नहीं जानती होगी। यहाँ शिक्षा और चिकित्सा की देह पर यह भारी कोढ़ की तरह फैला है। डोनेशन वह पैसा जो रात-दिन, सर्दी-गर्मी में कमाई गई मेहनत के मुकाबले ज्यादा भारी बैठे। यह अमीरों की बैसाखी है। उनकी सन्तान इसी के बल चलकर योग्य और विद्वान होने की सनद पा लेती है।

ये घटिया चालबाजियाँ ही कहलाएँगी जो हमारे मेहनती वर्ग के पाँवों पर कुल्हाड़ी मार-मारकर उन्हें अपंग बना रही हैं, ताकि वह धड़ाम से गिरे और ढेर हो जाए।

मन मर जाता है मन्दा ! गाँव में एक तरह का शोषण-दोहन तो शहर में दूसरी तरह की पैंतरेबाजी। गिरना सबको है, क्योंकि गिराने में अपने देश का समृद्ध तबका पूरी ताकत से जुटा है।

जानता हूँ कि श्रम की उपेक्षा हो रही है। किस बल पर खड़ा हो आदमी ? लेकिन न जाने मेरे भीतर कौन ललकारता है मुझे ? कौन चुनौती देता है कि मैं पागल विक्षिप्तों की तरह पढ़ाई में जुट जाता हूँ ?

मैं तुम्हें कितने पत्र लिखे। जवाब नहीं आया।

सम्भवतः तुम तक पहुँचे ही नहीं होंगे। यह बहाना सहारा है मेरा। अपने आपको बहलाने का सम्बल।

कुसुमा काकी की चिट्ठी आई थी तुम्हारे बारे में। मिठू कक्का भी आए थे श्यामली से। गाँव की बातें बताते रहे, जिद करते रहे कि डॉक्टर बनकर श्यामली में इलाज करूँ। जिस मिट्टी में पनपा हूँ वहाँ के लोगों को जीवनदान दूँ। निरोग करूँ।

दलील देने लगे कि मकरन्द भइया, यह तो उसी तरह की बात हुई जैसे हम अपने गाँव-गिराम को तजकर शहरू लोगों के लिए रमतूला बजावें। बताओ, वे कदर

जानेंगे हमारी ? पहचानेंगे कि हम कौन हैं, कहाँ के हैं ?

उनकी बात भी ठीक है।

लेकिन इसके बाद एम.डी. की तैयारी करनी है।

एक अरसा हो गया, तुम्हें देखा नहीं।

सुना है, पूजा-अर्चना, लार्ज स्केल पर करने लगी हो। मिलने का छोटा सा वरदान नहीं माँगतीं मन्दा ?

मैं तो संसारी रहा न संत ही हो पाया। तुम्हारी छवि आँखों में रहती है।

सदा तुम्हारा ही

मकरन्द

पत्र पढ़कर वह खड़ी नहीं रह सकी। वहीं बैठ गई दालान में।

लगा कि इलाहाबाद से पैदल सफर करके आ रही है।

मकरन्द, तुम डॉक्टर !

और मैं ग्रामीण मन्दाकिनी !

पुजारिन ! मीरासिन ! मजदूरिन !

सोचा नहीं था कि तुम इतने दुखित ! ऐसे अधीर ! कुसुमा भाभी ठीक ही कहती थीं, 'किसी को तुम्हारी कितनी याद आती है, यह अपने हिरदय से पूछो बिन्नू ! टटोलो अपना कलेजा।'

तुम्हारी बेचैनी, तुम्हारा प्यार ही जीवित रखे है मुझे। उसी प्रेम की दिव्य दृष्टि तुम्हारा दर्शन, तुम्हारा परस कराती है दिन-रात। कोरा-कागज भी भेजते तो मैं पढ़ लेती हरफ-हरफ। समझ लेती एक-एक भाव। आज भी समझ रही हूँ, स्याही से उकेरकर लिखा है वह भी और लिखावट के भीतर बह रहा है वह भी। जीवन के अँधेरों में उजली लकीर की तरह प्रकाशमान हो तुम। निपट अकेली के साथ-साथ रहते हो, हर पल, हर स्थान पर।

बऊ परात पकड़े मुख जोह रही हैं।

उसके मुख पर आते-जाते, अदलते-बदलते भावों को पढ़ने की कोशिश कर रही हैं। कैसी लीन है बिटिया, जैसे किसी दूसरे लोक में उतर गई हो। आनन्द के सागर में समाई हो। ऐसे ही क्यों नहीं रहती तें मन्दा ?

"बेटा, कौन की चिट्ठी है ? कहाँ से आई है ?" बऊ ने हुलसकर पूछा।

"इलाहाबाद से," उसने लिफाफा दोनों हथेलियों के बीच दाब लिया।

"अरे साँची ! मकरन्द की है ? क्या लिखा है ?" बऊ उत्सुकता और खुशी से झिलमिला उठीं।

"कुछ नहीं," वह धीमे से बोली।

"आए नोंनें रह। इतेक बड़े कागद में कुछ नहीं लिखा ?" बऊ ने उँगलियाँ

लहराईं।

सुगना हँसने लगी, "साँची कहना जिज्जी, हमारा कौल खाकर, कुछ नहीं लिखा ?"

"धत् !" सुगना के सिर पर चपत जड़ दी मन्दाकिनी ने।

रात में बड़ी देर तक नींद नहीं आई। देह रससिक्त-सी रही। श्यामली में बिताए दिन चंचल पखेरुओं की तरह डैने फड़फड़ाने लगे। उनींदीं रातें आँखों में विचरने लगीं। देर तक पढ़ते थे मकरन्द। बीच में पानी पीने उठते थे। ऊपरवाली खिड़की में से सब कुछ दिखाई देता था भीतर का। वह चकोर की तरह निहारती रहती थी ऊपर को।

स्वतः ही कपोल पर हाथ जा पहुँचा। हाँ, पानी धरने गई थी, कक्को ने ही भेजी थी। इसी बाएँ गाल पर मकरन्द ने...गीलापन आज भी ज्यों-का-त्यों हो जैसे।

वह फाग का दिन। मोदी लल्ला का दरवाजा ! चौखट के बीच से होली खेलनेवालों की भीड़ निकल रही थी, वह वहीं फँस गई बीच द्वार में। आगे मकरन्द खड़े थे, छाती पर जानबूझकर बनाया गया किसी की पीठ का दबाव...। भीड़ से बचाती हुई उनकी दोनों बाँहें उसके इर्द-गिर्द ! वह फाग के दिन का मीठा दर्द आज भी कसकता है कलेजे में !

'मकरन्द, मुझमें सामर्थ्य नहीं थी, साहस भी नहीं था कि मैं तुम्हारे वियोग में मर जाती। केवल जीती रही। तुम्हारी यादें जीने की इच्छा जगाती रहीं मेरे भीतर। और वही इच्छा बटोरती रही तुम्हारी खुशी, हर्ष-उल्लास। तुम्हारे आगे बढ़ने की कामना। डोर से डोर बँधती चली गई। तुम्हारा परस, तुम्हारी चितवन, छुअन, तुम्हारी साँसों की सुगन्ध, तुम्हारे प्रेम का अनहद नाद ! कितनी निधियाँ हैं मेरे पास !

'मैं अर्थवती हूँ। मेरे मकरन्द याद करते हैं मुझे। जीवन में इस तरह किसी का होना विकट अँधेरे में जगमगाती लौ का काम करता है। पथ उजियारता है। और मुझे क्या चाहिए मकरन्द ?'

पत्र जैसे नन्हा पखेरू हो। बहुत सँभालकर तकिए के नीचे रख लिया और यह सोचती हुई सो गई कि कल पहली बार ट्रैक्टर जाएगा क्रैशर पर।

कल वह अस्पताल में दीप धरेगी।

सत्रह

मन्दाकिनी की दिनचर्या में अन्तर ही नहीं आया, यह कहो कि जीवन-क्रम बदलने लगा है। क्रैशर पर ट्रैक्टर क्या लगाया रोज की ड्यूटी हो गई है, वहाँ रोज सवेरे

जाना। भराई-ढुलाई की खेपों का हिसाब लगाकर भइयाजी का देना होता है। छोटी गिट्टी, बड़ी गिट्टी और बजरी का अलग-अलग रेट, तो कभी सोलिंग की ढुलाई का हिसाब करना और ट्रैक्टर के डीजल, मोबिल ऑयल, उर्जा-पुर्जा का प्रबन्ध करवाना। इसी सबमें सुबह से शाम हो जाती है। दिन चिरइया की तरह फुर्र हो जाता है।

गोपालपुरा की ठकुरायन, गोंती के प्रधानजी, नरसिंहगढ़ के सरपंच सभा में, कीर्तन-भजन में कई बार बुला चुके हैं, वह नहीं पहुँच पाई। अब तो यहाँ तक खबर कराई है कि मन्दा क्या पूजा-ध्यान-अर्चना छोड़कर मायाजाल में बिंध गई है ?

सच में ! बिंध गए हैं हम मायाजाल में। इसी कारण आरम्भ में ही रामरतन कोरी से कह दिया था कि भइया, पाँच किलास तो तुम भी पढ़े हो, जोड़-बाकी, गुणा-भाग लगा सकते हो, खेपें गिन सकते हो और हिसाब जोड़कर भइयाजी को बता सकते हो।

...लेकिन एक स्वर हो गए द्वारिका कक्का, प्रधान काका, रामदास, राम परसाद कक्का और सबसे ज्यादा पिरभू ! हरगिज-हरगिज नहीं माने कि हम पहाड़ से मुक्ति पा लें।

द्वारिका कक्का गले की नसें फुला-फुलाकर जनानी आवाज में बोलने लगे, “ बेटा, तुमने अपनी हरी-भरी काया धूप-ताप में सुरति खोकर भाग-भागकर कंकाल कर ली। दिन में चैन और रातों की नींदें बिसार दीं। अब कहती हो कि तुम सब कमा खाओ। बाँटो-चूँटो।

“ ना-ना ! ऐसा नहीं होगा। हम लोग क्या माटी के पुतरा हैं? जानते-समझते नहीं, सो ऐसा अधरम करेंगे ? ”

वह झुँझला उठी, “ कक्का, पहलें तो तुम अस्पताल जाओ। उरई दिखाकर आओ। तुम्हारी भाँस क्यों बैठ गई है। इतने दिनों में कोई सुधार ही नहीं हुआ। हमें तो डर लगता है, कहीं कुछ...

“ और हम यह सब इसलिए करना चाहते हैं कि हमारा भजन-कीर्तन छूटा जा रहा है। ऐसा भरमजाल फैल गया है कि निरबरना कठिन होता जा रहा है। ”

कक्का फिर अपनी उसी महीन भाँस में बोले, “ लो, खुद ही तो कहती थी कि कक्का, हम तो मजबूरी में कर रहे हैं यह सब, नहीं तो अहीर की बेटी को दान-दछिना पर जीवन-निरवाह करना चाहिए क्या ? उसे तो मेहनत सोहती है। मेहनत और पसीना ही उसकी पूँजी होती है।

“ और बेटा, इसलिए भी जरूरी है कि इस राच्छत अभिलाख की आँख में जो सूअर का बाल उगा है वह न जाने कब पटाएगा ?

“ उस दिन कुछ बात थी ? बैठे-बिठाए ही पंगा लेता है कि नहीं ? अरे, अपने आदमी भेजकर टैक्टर में करवा दिया पंचर। पिरभू को रास्ते में रोककर स्टीरिंग तोड़ने लगा उसका लठैत बलरमा।

“ वह समझता है हम डर-धमक जाएँगे या भय मान रहे हैं, सो उसका भरम ठहरा। साँची बात तो यह हम लड़ने-भिड़ने का इरादा रखते ही नहीं हैं सो पिरभुआ ने एरच जाकर चुपचाप बनवा लिये टूब-टायर और सम्भरवा लिया स्टीरिंग। नातर पिरभू चूकनेवाला था ? वह उसी नाइन बऊ का पूत ठहरा जो बड़े-से-बड़ा त्याग कर सकती थी। कोई भी बलिदान दे सकती थी। हम तनक सैनकार देते सो उखार लाता ससुर की मूँछें।

“ भइयाजी को खुद अहसास है कि अभिलाख के साथ-साथ छोटे-मोटे ठेकेदारों की छाती में भी फफोले पड़ते हैं इस टैक्टर को देखकर। ऐसी निगाह से तकेंगे जैसे पेट में दर्द होता हो, आँखें पिराती हों। पिराएँगी ही आँखें। जरूर, और नींद भी उड़ेगी रातों की। उनकी आशंका झूठी नहीं है। किसी दिन साँची न हो जाय, साकार होकर सामने न आ जाय। अभिलाख कहता है, किसी दिन हमारे राउतों को न बरगला दे यह महाकाली। उन्हें भी न पाठ पढ़ाने लगे अपने पाँवों ठाड़े होने का। बस, इसी कारण यह टैक्टर हमें शत्रु-समान दीखता है। खतरे की घंटी लगती है। पर हम भी कर देंगे इस घंटी की अवाज सुन्न।

“ भइयाजी कुछ नहीं बोलते, चुप सुनते रहते हैं। हल्के छोटे ठेकेदार, जिनकी औकात भइयाजी के मुकाबले चींटों के समान भी नहीं है, ऐसे देखते हैं जैसे भसम कर देंगे उन्हें। तबाह करके माटी में मिला देंगे।

“ अपनी औकात नहीं देखते कि कहाँ तो डबल प्लांट की मसीन, रकबों जमीन, दो हींसा पहाड़ और कहाँ उनकी बीताभरी खदैनियाँ ! बैर ऐसे मान रहे हैं जैसे भइयाजी उनसे भी गए-गुजरे हों।

“ पर भइयाजी ठहरे निकासू आदमी। वे हर सार जानते हैं व्यापार की। जे ससुर क्या खाकर पा सकते हैं उन्हें। वे तो ऐसी विद्या जानते हैं कि साँप भी मर जाय और लाठी भी नहीं टूटे। वह विद्या है भइयाजी की मीठी कि अति मीठी बानी। अभिलाख को भाई साहब कहकर बुलाते हैं। ऐसा स्वागत-सम्मान करते हैं जैसे उनके किरेसर पर कायलेवाले सतपुरुस महाराज आए हो। हर बात में हाँ में हाँ। चाय-पानी, बीड़ी-सिगरेट।”

यह सब बताकर द्वारिका कक्का मन्दाकिनी के मुख की ओर ऐसे देखने लगे जैसे पूछ रहे हों कि हमने जो कहा है, सत्य ही कहा है न ?

हाँ, सत्य कहा है। सोलह आना सही। मन्दाकिनी क्या जानती नहीं है भइयाजी को ? वाह रे भइयाजी ! जिस तरह व्यापार में घाटे का सौदा नहीं करते, उसी तरह जीवन की चटकीली ज्योति पर कुसंस्कारों की छाया नहीं आने देते। लोगों का यह मानना कि बिना बेईमानी के व्यापार में लाभ नहीं हो सकता, धोकर धर देते हैं भइयाजी। लाभ भी और मुख उजला भी। ठगी और झूठ के बल पर कहीं चलते हैं

कारोबार ? आदमी की साख की कीमत आदमी से बढ़कर होती है। तबाह वे ही होते हैं जो आग पर काठ की हाँड़ी चढ़ाते हैं।

पिरभू को पता है और ऐन सबको बताया उसने कि गिट्टी के भाव को लेकर भइयाजी से कैसी तू-तड़ाक की अभिलाख ने। माँ-बहन की गालियों पर आ गया बेबात ही। पर भइयाजी की हिम्मत को हम दाद देते हैं कि शान्त ही बने रहे। गिट्टी के रेट में एक पैसा तक न बढ़ाया। बिक्री तो फिर अपढारी उन्हीं की अधिक होगी। दादागीरी से नहीं डरते वे। वे कहते हैं, सिन्धी का बेटा डरा तो मरा !

जड़ से उखड़े हुए हम सिन्धी लोग किसी भी जगह जमना जानते हैं। आबोहवा और जगह-जमीन का फरक नहीं पड़ता हम पर। एक बार न जमें तो सूख जाएँगी जड़ें, अनुपयुक्त हो जाएँगे सदा को।

हाँ, अनुपयुक्त हो जाएँगे। वे ही क्या, कोई भी हो सकता है अनुपयुक्त। सीख लेनी चाहिए उनसे।

अन्तिम खेप रजिस्टर में दर्ज करके उठना ही चाहती थी मन्दाकिनी। आज अन्य दिनों की अपेक्षा देर हो गई है। बऊ चिन्ता करती होंगी। हिसाब और जोड़ना है। रामरतन के आगे रजिस्टर सरका दिया उसने। पाँच सौ दस रुपए होते हैं। रामरतन ने सपाट दृष्टि से देखा।

''मन्दा, गेहूँ ढोने में ज्यादा फायदा है। चालीस क्विंटल दिन-भर में निकाल दो तो पूरे दो हजार सूधे। ज्यादा-से-ज्यादा दो सौ साठ का डीजल और पचास रुपए का मोबिल आयल। सत्रह सौ फिर भी बचे।''

मन्दाकिनी खड़ी हो गई। धोती पर से बजरी झाड़ती हुई बोली, ''गेहूँ कितने दिन ढो लोगे। चैत-भर ही न ! क्रैशर की अपनी बात अलग ही है। बारह महीने चलता रहता है काम। खाली तो नहीं खड़ा रहता ट्रैक्टर। बेकार तो नहीं बैठे रहते लोग।'' काम चलता है तो जीवन चलने का अहसास रहता है। साँसें चलने की अनुभूति होती है। संसार क्रियाशील और चराचर लगता है।

लो आ गया पिरभू ! भट्-भट् करता हुआ ट्रैक्टर ले आया रिताकर। पिरभू ड्राइवर की सीट पर बैठा कैसा सोहता है। देखकर हुलस उठती है मन्दा। पिरभू की बाई की अन्तिम साध थी कि पिरभुआ ट्रैक्टर पर बैठकर एक बार पहाड़ पर चढ़ जाय। लो चढ़ गया पिरभू की बाई ! अब हेर लो अपने बेटे को। स्वर्ग में बैठी हेरो। तुमने तो प्रतीक्षा ही नहीं की। झट तोड़ ली साँसों की डोरी। ऐसी जल्दी क्यों हुई इस दुनिया से जाने की ? केवल हमारा हौसला जीवित रखने को साँसें रोके बैठी थीं तुम। द्वारिका कक्का कहते हैं, पागल आदमी ज्यादा दिन जिन्दा नहीं रहता। तुम पगली थीं नाइन बऊ ? पगली न होतीं तो जीवन-भर सेंती-बचाई अमानत हमें न सौंप देतीं ! हम तुम्हें क्या सौंपें नाइन बऊ ? हाँ, जब तक इस पहाड़ पर इस तरह ट्रैक्टर

चलेंगे, मजदूर अपने पाँवों खड़े होंगे, तुम्हें याद करेंगे। तुम मरकर भी जीवित रहोगी हमारे भीतर।

पहाड़ से लौटकर क्या आई है मन्दाकिनी, अनेक सवाल बाँध लाई है अपने छोर में। राउतों की टपरियाँ किसने नहीं देखीं ? गाँव के जन-बच्चा ने देखी हैं पहाड़ के आसपास बनी टपरियाँ। पहले-पहल तो लोग चौंके थे उनके घरों को देखकर, जैसे वह चौंकी थी। ढाई फुट ऊँचाई की दीवारें, धान के पयाल से छबी और गोबर से लिपी ढलवाँ छतें। द्वार इतने सँकरे कि आदमी लेट-बैठकर ही अन्दर प्रवेश कर पाए। यह पूछो कि इतनी नीची छत के नीचे क्यों है तुम्हारा वास तो मैले मुख हँस देंगे। फिर बड़े उल्लास से कहेंगे, ''हमारी घुमन्तू जात घर बनाकर नहीं रहती। ऊँची छत से डर लगता है हमें, कहीं ऊपर गिर पड़े तो ?'' चार-छः फटे चिथड़े लटके रहते हैं सूखने के लिए। अलमोनियम के दो-चार फूटे-पिचके बर्तन रखे रहते हैं बाहर बने हर चूल्हे के पास। यह सब तो तब से ही देखती आ रही है जब से नरसिंहगढ़-गोपालपुरा भजन-कीर्तन के लिए आती-जाती है। ऐन रास्ते में ही तो पड़ती हैं ये बौनी बस्तियाँ।

धूलि-धूसरित मजदूर राम-राम, सीता-राम भी करते हैं उससे।

और मन्दाकिनी भी यथावत् उत्तर देती है उनके अभिवादन का।

परिचय-चिन्हार और जानकारी केवल इतनी-भर थी कि ये क्रैशर पर लगे फुटकर मजूदर ललितपुर जिले के अन्दरूनी भागों से आए राउत-सहारिया जाति के हैं। ललितपुर ही क्यों, सागर, गुना, टीकमगढ़, छतरपुर आदि जिलों के वन प्रान्तों के बाशिन्दा हैं ये लोग और यहाँ सोलिंग (मोटा पत्थर) तोड़ने का काम करते हैं। पहाड़ फोड़कर रोटी कमाते हैं।

...लेकिन आज ?

आज दिन डूब गया था। मजदूर लौटने लगे वसीलों की ओर। देर होने के कारण वह लपकते कदमों से आगे बढ़ रही थी कि उसका ध्यान भंग हुआ। आगे-आगे लछो राउतिन परबतिया को पकड़कर टपरियों की ओर ले जा रही है। एक मन हुआ कि पूछ ले, क्यों ढहनाकर चल रहा है परबतिया ? लेकिन घिरती आती रात के कारण उनको पीछे छोड़कर आगे बढ़ गई। लछों ने अँधेरे में भी पहचान लिया, तुरन्त बोली, ''ओ मताई ! मन्दा जिज्जी ! ऐन रात कर लई आज तो। गम खाओ, रुको। इन्हें टपरिया पर बैठारकर हम छोड़ आएँगे तुम्हें गाँव। अकेली न जइयो रात कें।''

वह रुक गई। साथ तो क्या जाएगी, हाँ, पूछकर तो देखे, क्या हो गया परबतिया को ?

लछो ने पति को टपरिया के द्वार से लगाकर एक ओर को बिठा दिया। वह खड़ी रही। लछो टपरिया के भीतर अन्दाजे से कुछ टटोलने लगी। बाहर निकली

तो हाथ में ढिबरी थी। वह हिलाने लगी। तेल की अन्तिम बूँद भी सूख चुकी थी सम्भवतः।

बाहर बैठा परबतिया जोर-जोर से हाँफने लगा। सीने में साँसें धौंकनी की तरह चल रही थीं। लछो कातर स्वर में बताने लगी, " इनकी साँस नहीं जुर रही जिज्जी ! का करें हम भी, एरच के डाकधर को पाँच-छः बेर दिखा आए हैं। बीस कलदार धर आते हैं हर बार। फायदा नहीं परता जिज्जी। कहो तो एक ही बात सुना देगा कि धूरा-धंगर में काम मत करो। डस्ट से फेंफरे खराब होते हैं।

"जिज्जी, कछू भी खराब होतो रहे, काम तो हर हालियत में करना परेगा। नातर खाएँगे कहाँ से ? मालिकजी जब जास्ती काम करा लेते हैं तो बस इनका हाल ऐसा ही देख लो।"

लछो भीतर जाकर शायद कनस्तर टटोलने लगी। टीन बजने की आवाज आ रही थी। तली तक थाह लिया। उसका हाथ खाली टीन से ही टकराता रहा।

वह माथा पकड़कर बैठ गई। चन्द्रमा की जुन्हाई में उनकी मुद्रा और परबतिया का बेहाल होना साफ दिख रहा था।

"लो जिज्जी, हम तो बेध्यानी में जे समेत भूल गए कि आटा तो आज क्या, परसों से नहीं है घर में। और हम हैं कि खखोले जा रहे हैं कनस्तरी !" लछो ने अपने माथे पर हथेली मारी।

सामनेवाली टपरिया में चूल्हा जलता देखकर लछो अचानक उठ बैठी। ललकती हुई निगाहों से देखती रही। फिर बोली, "चलो जिज्जी, तुम्हें छोड़ आवें।"

वह कुछ बोलती तब तक परबतिया की उखड़ती हुई साँस ने भीषण रूप धारण कर लिया। लछो पीठ सहलाने लगी और उसे सहारा देकर धरती में ही बैठ गई।

"घबराओ जिन। पानी पी लो। सान्ति आ जाएगी," उसने पति के मुख से पानी-भरा लोटा लगा दिया।

तीन-चार घूँट ही निगले होंगे कि परबतिया रुआँसा हो आया। हाँफता हुआ बोला, "लछो, भूखे पेट पानी भी नहीं सुहा रहा। कड़वा लगता है। मिचली-सी उठ रही है भीतर से।"

"अच्छा ! अच्छा, तो तुम तनक टिके रहना भींत के सहारे, हम रतिया के पास..."

लछो सामने की टपरिया में जा पहुँची। और वह उसके पीछे-पीछे चल दी, बिना सोचे, बिना समझे। बरौनी-भ्रमी-सी।

"रतिया, दो मुट्ठी आटा दै राख। देख, तेरे जेठ...वे बैठे रती। साँस नहीं थम रही। रोटी के दो कौर पेट में जाते तो स्यात कछू सान्ति..."

चूल्हे में जलती आग की लपटों का उजाला था। रती के मुख पर लछो की

अन्तर्वेदना तमतमाने लगी। क्या कहे लछो जिज्जी से ? क्या बताए उन्हें कि...अन्त में कहना ही पड़ा, " तुम चूल्हे में जलती आग देखकर आई होगी जिज्जी ! पर रोटी के सपने कहाँ ? हम तो चेंच-करमेंथा (चारे की पत्तियाँ) उबेल रहे हैं। निमक डार कें बच्चन कों खुबा देंगे। नातर सारी रात रोते रहेंगे नासमिटे।

" परतीत न हो तो देख लो पतलेई " रती ने हरे साग की खदबदाती पतीली का मुख लछो के सामने खोल दिया और गाली देने लगी क्रैशर के मालिक अभिलाखसिंह को, "जा ठठरी बँधे मालिक के राज में कोई खा सकत भरपेट रोटी ? लो, महिना-भर से गोड़ कुचला धरा है हमारे धनी (पति) का। भारी बोल्डर गिर गया गोड़े पर। इतेक निरदई है कि पट्टी करवाने को एक पइसा तक नहीं देता," रती ने जलती लपटों की रोशनी में पति का घाव दिखा दिया।

"हम अकेले क्या-क्या करें जिज्जी ? रोटी पूरी करें कि ऐलाज..."

इतने में ही तो पप्पू की आवाज सुनाई दे गई उसे। टेर तो रहा है उसका नाम लेकर। वह उठकर तेज कदमों में चल दी।

सामने ही पप्पू के साथ आती हुई बऊ दिखाई पड़ीं।

"मन्दा ! ओ मन्दा ! इतेक रात हो गई। तुम्हें किरेसर से अबै तक फुरसत नहीं मिली ? हमारा जी सरग में न टाँगा करो बेटा !"

वह चुपचाप बऊ के साथ चलती रही। बऊ क्या कह रही हैं, क्या समझा रही हैं, कुछ भी नहीं सुनाई दे रहा उसे। उसकी निगाह के सामने तो परबतिया की उखड़ती साँसें, रती के धनी के पाँव में फैला विषाक्त घाव, लछो की खड़खड़ाती खाली कनस्तरी, चूल्हे पर चढ़ी पतीली में उबलता करमेंथा साकार है।

रात के समय लालटेन के उजियारे में बऊ ने थाली परसकर सामने धरी थी, उसे जुठारने का मन नहीं हुआ। पानी पीकर खटिया में जा ढही।

रात में देर तक वही सब कुछ करकराता रहा आँखों में। झपकी लगी तो कुछ इसी तरह का सपना आया, लछो कह रही है, जिज्जी, हमारा तो सब भाग-भरोसे है। आदमी की जे हालियत ! और बच्चा, बच्चा भी हारी-बीमारी हो ऐसे ही छोड़ जाते हैं ईसुर-भरोसे ! साँझ को लौटकर आवें तो कहो मरा मिले। रोटी से ज्यादा किसी चीज की कीमत नहीं है हमारी विवस जिन्दगानी में...

लम्बी रात मुश्किल से कटी।

भोर का धुँधलका होते ही वह उठ बैठी। लछो के पास जाय वह ? परबतिया उसी तरह होगा ? खाँस रहा होगा, खाँसते-खाँसते बेहाल...जल्दी-जल्दी नित्य के काम निबटाए। नहाई-धोई। पूजा-प्रार्थना का समय छोटा पड़ता लगा, वह बऊ से कहकर

निकल गई पहाड़ पर।

बऊ उसे पिछियाती हुई तेज चलने लगीं, लेकिन कहाँ पकड़ पाईं उसे, चिल्लाती रह गईं, "मन्दा, तें तो कहती थी, बऊ, अस्पताल की सफइयत करइयो, और अब देख लो कि..."

मन्दाकिनी को लछो टपरिया में नहीं मिली।

परबतिया कहीं नहीं दीखा। एक नन्हा बालक बाँस की बनी पिरिया (डलिया) में गूदड़ों पर लेटा पाँव का अँगूठा चूस रहा था।

वह खदान पर आ गई, जहाँ लछो गेंती और घन चला रही थी। परबतिया मोटा पत्थर सरका रहा था।

लछो की हालत अच्छी नहीं है। आँखों के सफेद शीशों पर लाल रक्त-सा फैला है। माथा चढ़ा हुआ है।

मन्दाकिनी को देखते ही पास और नजदीक चली आई। पास आकर बैठ गई दो पल के लिए। बैठ क्या गई, उसने ही बिठा ली यह कहकर कि साँस जुड़ा लो घड़ी-भर को।

" सारी रात नहीं सो पाए जिज्जी ! भट्टिन बाँधा जुर चढ़ि आया इन्हें। तो तलफते रहे रात-भर। झपकी लगी तो भोर के टैम। लो, खदान में भी नहीं पहुँच पाए टैम से।

" हम तो नहीं पहुँच पाए और मालिकजी आन पहुँचे। ठाड़े हो गए ऐन हमारी टपरिया के द्वारे। हमें तो लगा कि हमारी देह में कम्पन फैल गई है। तेरौ कौल, डरन के मारे घिग्घी-सी बँध गई।

" वे चिल्याने नरयाने, नहीं वैसे तो सान्ति से ही बोले हमसे कि 'लछो, जगा तो सही परबतिया कों।'

" 'मालिकजी, जुर चढ़ा है। सोए नहीं रात-भर सो...' जिज्जी, इतेक बात हमारे मुख से बड़ी मुस्किल से कढ़ी।

" वे कहने लगे, 'जुर चढ़ा है सो ? पइसा फँसा पड़ा है, उसके लिए क्या करें हम ? सोलिंग नहीं होगा तो मसीन में क्या पिसेगा ? जगा जल्दी, एक ट्रक सोलिंग निकालेगा।'

" आय दइया ! मालिकजी को नाही करवे की हिम्मित जाने कैसे तो पर गई। आग लगे मोरी जुबान कों ! दाता से मोंबाद करन लगी ! ऐन फटकारा अपने-आपको।

" लाचार विवस हो गए हम। सोचते तो रहे कि खाँसी उखर परी तो ? साँस किसी विध न थमी तो ? पर जिज्जी, कह नहीं पाए कछू भी।

" मालिकजी हमारी बेबसी कितनी समझे, कितनी नहीं, सो नहीं कह सकते हम

तुमसे। उनने अपने कारे रंग के बैग में से सफेद रंग की बोतल निकारी और हमें पकरा दी।

" जाते हुए बोले, 'परबतिया कों पिबा दै जल्दी और तें भी पी लै। ताकत आ जाएगी और जल्दी चले आओ। खदान में काम पड़ा है।'

" वे तो चले गए, और हम निराट बिजूका की तरह हेरते रहे 'अद्धा' कों। सोचते रहे कि हारी-बीमारी में कैसें दै सकत ? आँतें न फट जाएँगी ! टपरिया- झुपड़िया में उतारी गई सराब कितनी जोर का नसा देती है, झेल पाएगा ? पचा लेगा ? कैसें दै देवे बिस अपने ही हाथों...

" जिज्जी, पापी पेट बुरी चीज है। यह देह से न लगा होता तो आदमी सन्त-धरमातमा होता। निखालस सतजुगी। बस, भूख से नहीं जीत पाए हम। कल की आसा में हारी-बीमारी का भी खयाल बिसरा दिया और दोनों जने एक साँस में घूँटकर चले आए काम पर !"

वह क्या कहे लछो से ? लगता है, आवाज कंठ में फँस गई है। या कुछ कहने को ही नहीं है उसके पास ? बीमारियों से निदान का आश्वासन दे सकती है या क्रैशर-मालिकों से मुक्ति का वचन ? शायद कुछ भी नहीं...

लछो मुख जोहती रही उसका। कुछ सुनने की प्रतीक्षा में बैठी रही तब तक, जब तक मालिक आता न दिखाई दे गया। और देखते ही घायल मेढ़की-सी सरक गई फिर उसी खदान में। परबतिया ने घन उठा लिया। पिघलते रहे दिन-भर काम में।

"अभिलाख का हुकुम है, अपने मजदूरों के लिए, ऐलान कर दिया है कि कोई भी राउतमन्दा से बातें न करे। ट्रैक्टरवाले मजदूरों से हेल-मेल न बढ़ाए। खियाराम सिन्धी के क्रैशर की तरफ न जाए," कहकर भइयाजी हँसने लगे।

मन्दाकिनी हिसाब जोड़ने-घटाने में उलझी है। उसने सुना ही नहीं, भइयाजी क्या कह रहे हैं। उनके सामने ही मेज पर लिखती रही।

पिरभू हाथ में ट्रैक्टर की चाबी लिये वहीं खड़ा है। सुनकर वह न हँसा, न उदास हुआ। सोचता रहा कुछ देर। फिर बोला, " राउतों का मन्दा को क्या करना है ? ऐन ऐलान खेंचे रहें। चाहें परकोटा खिंचा देवें ई तरफ से, सो हमारी हवा भी नहीं लगे राउतों को।

" हम सब समझते हैं, भइयाजी अभिलाख के लच्छिन-औगुन क्यों बढ़ते जा रहे हैं, मगज काहे को उल्टी ही बातें सोचता है, ससुरा दिन-रातों रहता है लीला के चंगुल में। रउतिन और क्या पाठ पढ़ाएगी। और फिर अपने भीतर झाँक लिया होगा उसने, दीवारें हिलती लगी होंगी, सो डर रहा है यहाँ की हवा-बयार से भी।

" जब ईमान-धरम मिट जाता है तब ऐसा ही ढुलमुल हो जाता है आदमी। उसे साफ रस्ता नहीं सुझाई देता। अपने साथ न्याय कर पाता है न दूसरों के साथ।

अभिलाख ने अपनी खास स्त्री को तो धोखे देने से बख्सा ही नहीं। लो, उसकी जगह लीला राउतिन को राखें हैं। कुकरम नहीं है यह, या अधरम नहीं है ?

" साला अहीर की जात होकर पुखरिया में मुँह मार रहा है तो गन्दा ही खाएगा। वह अघोरिन ही सुनाकर आई है यह हुकुम। राउतों पर राज चला रही है ताड़का। किसी दिन अपनी जात के हाथों ही कुटेगी। रहती है न बन-सँवरकर, नटनी की तरह, मेंट देंगे छिनक में !

" काली मइया पान का बीड़ा चबाती हुई हमसे कहने आई थी, धौंस दे रही थी कि तुम्हारा ट्रैक्टर न बिकवा दिया तो हमारे मालिक का नाम अभिलाख नहीं। कुतिया कहीं की।"

मन्दाकिनी चुपचाप सुन रही थी अब तक। देखा कि पिरभू तो भाषा का अतिक्रमण करता जा रहा है, तनिक ऊँचे स्वर में डपटा, "चुप भी रहो अब। उसके कहे का असर क्यों ले रहे हो ?"

शैतान के बारे में सोचो और शैतान सामने।

हाँ, लौटते समय अभिलाख बीच रास्ते में अंगद का-सा पाँव गाड़े खड़ा मिल गया। लीला संग खड़ी है।

मन्दाकिनी चौंक पड़ी।

वह पगडंडी पर खड़ी हो गई।

अभिलाख घूरता रहा, कमर पर दोनों हाथ धरे देखता रहा क्रोध से, "काहे मोंड़ी, दिमाक तो दुरुस्त है न तेरा ?

वह चुप।

"ठेके की बोतलें तोड़ने की बात कह रही थी तू ? ठेका हटवाने की कह रही थी और काहे को बैठती है हमारे मजूरों के पास ? हम तो नहीं बोलते तेरे चेले-चमचों से।"

"क्या कहना चाहते हो तुम ?" वह सीधी तनकर खड़ी हो गई।

"यह मत सोचना कि हमें पता नहीं लगतीं तेरी योजनाएँ। तू साँस भी लेगी तो उसकी भी खबर आ जाएगी हम तक। और अपने मताई-दद्दा का हश्र तो तू जानती होगी। सुना दिया होगा डुकरो ने। बस, इतना ही समझाने आए थे हम।"

वह चकित सी देखने लगी। मुखमुद्रा कठोर हो गई। लीला राउतिन खड़ी-खड़ी पान चबा रही थी। छपकोंदार धोती पहने काली लम्बी औरत लाल होंठ किए भयानक लगी उसे। फिर सपाट निगाह से देखती रही मन्दाकिनी, जैसे कोई असर न ले रही हो अभिलाख की दाँत पीसती हुई बातों का।

धीरे से बोली, ''रास्ता छोड़ो।''

''रस्ता छेंके कौन खड़ा है ? ऐन निकल जा, पर इतना समझ लेना कि हमारे कारबार में उन्नीस-बीस हुआ तो...''

''तो क्या करोगे तुम ! क्या कर सकते हो ? अभिलाख, बऊ ने मताई-बाप का हश्र सुना नहीं दिया, गुना भी दिया है। तुम सही-सलामत क्रैशर चलाते रहो, बस इस बात के लिए ठाकुर जू से भजन माँगते रहना,'' वह सिर झटककर रास्ता काटती हुई आगे बढ़ गई।

अबकी बार ट्रैक्टर की कमाई का बाँट कुछ दूसरी तरह से किया। रामदास की बिटिया की शादी है, उसके हिसाब में ज्यादा डालने होंगे। सबसे पूछ लिया मन्दाकिनी ने। सबकी रजामन्दी ले ली। अगले महीनों में थोड़ा-थोड़ा करके कट जाएँगे रुपए। चुक जाएँगे। ब्याह निपट जाए अच्छी तरह।

उसकी बात क्या, सबकी बात है यह। सब आदमी एकमत होकर मानते हैं इस बात को कि जरूरत-आवश्यकता सबको पड़ती है। फिर रामदास की बिटिया सो सबकी बिटिया समान।

बस, यही भावना बनी रहे, ऐसा ही हेलमेल, ऐसी ही सद्मति। यही चाहती है मन्दाकिनी, यही समझाती है बार-बार, बिखरोगे तो टूट जाओगे, हार जाओगे। मित्रता बाहर से नहीं, भीतर से पैदा होती है, उजली लकीर की तरह ज्योतिवान। मन विशाल और बृहद् बनता है मित्र-भाव से। जीवन के ऊबड़-खाबड़ रास्ते स्वयं सुगम होते जाते हैं सहयोग से, संगठन से। अकेला, रामदास, अकेला पिरभू, अकेला रामरतन नहीं उठा सकता था ट्रैक्टर के मूल्य का भार। मिलजुलकर ही बना लिया एक हीला और आज ! प्रसन्न है मन्दाकिनी। प्रफुल्लित है उसका अन्तर्मन।

दो दिन अवकाश मिला उसे। रामदास और अन्य बिटिया के ब्याह के प्रबन्ध में उलझे हैं। प्रधान काका ने शादी की रूपरेखा बना दी है कि कौन सा मिठिया आएगा, कहाँ से गेहूँ लिया जाएगा, साग-सब्जी की व्यवस्था कैसे होगी। दही-मठा कहाँ से जुड़ेगा। बऊ और प्रधान काकी भी शामिल हैं ब्याह के समायोजन में।

पहले दिन ही मन्दाकिनी गोंती हो आई। दूसरे दिन तो ब्याह में उपस्थित रहना होगा।

प्रधानजी के यहाँ अन्य गाँवों के लोग जुड़े थे। गोपालपुरा की ठकुराइन भी आई थीं। नरसिंहगढ़ के सरपंचजी भी।

ठकुराइन बताती रहीं, ''हम तुम्हारी एक-एक बात सुन रहे हैं और गाँठ में बाँध रहे हैं। जो तुमने किया है, वह हम क्यों नहीं कर सकते ? अवश्य करेंगे। तुम्हारे संकट

से न हमारा संकट अलग है और न समाधान जुदा।''

देखती है मन्दाकिनी, गौर से देखती है उनका मुख। गौरवर्ण के प्रौढ़ मुख पर अपूर्व-सी आभा है। जैसे नए विहान की ओर बढ़ते हुए उनका मुख दमक रहा हो ! ऐसे जीवट की कामना तो की थी मन्दाकिनी ने, लेकिन कल्पना नहीं की थी कि अन्य गाँव भी उसके अभियान का इस कदर स्वागत करेंगे। ग्रामीण औरतें इस हिम्मत से सामने आ जाएँगी और जबर-पैसेवाले लोगों से भिड़ने-जूझने को आगे बढ़ चलेंगी।

बातें क्रैशर की ही क्या, विभिन्न मुद्दों पर हुईं, पोस्ट ऑफिस से लेकर स्कूल, सड़क और फिर अस्पताल तक आ पहुँचीं। नरसिंहगढ़ के सरपंचजी कहने लगे, ''इस अन्धेर को क्या करें कि सड़क के आसपास के गाँवों में दो-दो स्कूल और अपने दूर-दराजी गाँव मीलों पर एक स्कूल के लिए तरसते हैं।''

गोंती के प्रधानजी चिन्तित से बोले, '' ऐन रुपया भेज रही है सरकार, पर यह नहीं देखती कि वह रुपया कहाँ लग रहा है। अपनी सुविधा अनुसार खर्च कर रहे हैं लोग। मन्त्री, एम.एल.ए. भी उन्हीं की मदद-सहायता करते हैं, जिनसे ज्यादा वोट दिलाने का आश्वासन मिलता है उन्हें।

'' अबकी बार हम भी ऐन चेतन्त हैं। वे बेईमानी से नहीं चूक रहे तो हम ईमानदारी से क्यों चूकें। देखते हैं, ये कितनी चालाकी चलते हैं हमारे साथ। अपनी आँखों देखकर आए हैं हम। मबूसा गए थे, रिश्तेदारी है हमारी। वहाँ एक स्कूल होते हुए भी उसके बराबर में दूसरा बन गया। हमने पूछा, भइया, तुम्हारे गाँव में यह दूसरा स्कूल ? बोले, पहला खारिज कर दिया ओवरसियर ने और प्रधानजी ने। अब यह मिलीभगत ही तो ऐसा अन्धेर कर रही है सो ऐन उजागर है। कहनेवालों ने भी हमें बता दिया कि पन्द्रह प्रतिसत कमीसन लिया है ओवरसियर ने। कुछ ऊपर भी पहुँचाया होगा, ऊपरवालों ने और ऊपर। और एम.एल.ए. जी के लिए सत-प्रतिसत वोट।

'' अरे, हम तो यह कहते हैं कि हमारे वोट क्या कड़वे लगते हैं जो उनके बदले सुविधा नहीं देते हमें ! कड़वे हैं तो अब कड़वे ही रहेंगे। आ जाओ लो मैदान में। ''

''हाँ, ठीक है, बिल्कुल ठीक। कड़वे-कसैले ही होंगे हम लोग, तभी तो हमारे गाँव तक आने का साधन केवल बैलगाड़ी ही बच रहता है। पूरे पच्चीस किलोमीटर तक सड़क नहीं। चिट्ठी-पत्री का साधन नहीं। हफ्ते में दो दिन भी डाकिया नहीं आता। आए भी कैसे, चलते-चलते साइकिल भी दगा दे जाती है कँटीली झाड़ियों के बीच। अखबार कभी-कभार मिल जाय तो लगता नहीं कि अपने देश की बाबत पढ़ रहे हैं हम। अपने आसपास तो ऐसा कुछ नहीं ?'' मन्दाकिनी बोलते-बोलते उत्तेजित हो उठी। क्रोधित हो गई।

ठकुराइन बोलीं, ''आसपास बहुत कुछ है मन्दा ! कितना कुछ तो है ! क्रैशर है,

ठेकेदार हैं, सराब के ठेके हैं, पाथर-सिलाएँ हैं, धूल-धंगड़ है, अन्याय है, सोसन है। बेईमानी है। बहुत कुछ है।''

हाँ, शोषण है ! याद करती है मन्दाकिनी, किस-किसको बचाएगी शोषण से ? हिल जाता है उसका आत्मविश्वास। दहलने लगती है आत्मा और छटपटाने लगता है अपना वजूद। क्रैशर पर जाने के लिए निकली थी कि चलते-चलते ठिठक पड़ी।

ये ! इतने लोग ! तालाब पर क्या कर रहे हैं ? कीचड़ में क्यों सने हैं? क्या खोज रहे हैं पानी के भीतर धोती के दोनों छोरों को पकड़कर, धोती फैलाकर ?

इधर-उधर देखने लगी, फिर आगे को चल दी। खोज रहे होंगे कुछ, शायद मछली पकड़ रहे हों। मगर यह एक मेला-सा।

वह आगे बढ़ती चली जा रही थी।

''मन्दा जिज्जी ! ओ मन्दा जिज्जी ! अए तनक रुको तो।''

बाएँ को देखा। अवधा राउतिन जामुनी रंग की मैली सी धोती पहने एक बालक-दूल्हे का हाथ पकड़े हुए तेजी से उसी की ओर बढ़ी आ रही थी। वह जितने निकट दिखाई देती गई, अवधा लगभग भागने की गति पर आ गई। बालक उसी तेजी से पिछियाने लगा अवधा को।

वह हाँफती हुई सी रुकी। तेज साँसों के बीच ही बोली, ''लला, पाँव पर लो जिज्जी के। आसिरवाद लै लो।''

सात-आठ बरस का बच्चा उसके पाँवों पर झुक आया।

उसने प्यार से बच्चे के कन्धे थपथपाए, सिर पर हाथ फेरा, ''दूल्हा हो तुम तो !''

''हओ जिज्जी, दूल्हा है। हमारा दामाद। बलदेव,'' अवधा ने अपनी गुदनाभरी बाँहें बच्चे की गर्दन के गिर्द डाल दीं। साँवले होंठ पर सफेद दाँत फैल गए। अवधा विभोर सी देखने लगी।

लट्ठे के छोटे से पाजामे पर नीली पॉपलीन की कमीज। सिर पर चमकीली हरी, लाल और सुनहरी पन्नियों का छोटा सा मौर। कमर में लाल साफिया से बँधी लकड़ी की बित्ते-भरी तलवार। पाँवों में ललितपुरी पनइयाँ। आँखों में मोटा-मोटा काजल लगा था। माथे पर चमकनी टिकुली और पाँवों में महावर। देखकर जोर से मुस्कुरा पड़ी मन्दाकिनी।

दूल्हे को छेड़ने की गरज से बोली, ''तुम तो ऐन सजे हो लला ! की ने सजाए ?''

बच्चा चटाक से बोला, ''हमारी बाई ने। जिज्जी ने। भौजाई ने।'' कहकर शरमा गया और अवधा की धोती की तिन्नी में लिपटने लगा।

वह खिलखिलाकर हँस पड़ी, फिर बोली, ''ऐन सिखाकर भेजे हो कि ससुरार में चट से ऊतर देना।'' वह आगे छेड़ने लगी, ''अपनी बाई को नचने के लिए नहीं ले

आए ?''

बच्चा शरमा गया। नीची नजरें करके नन्हे-नन्हे दाँतों से हँसते हुए बोला, ''हट्ट !''

''बाई नहीं ले आए तो जिज्जी कों ले आते।''

बलदेव ने अवधा की धोती का कोना मुँह में दे लिया और नीचे देखकर मुस्कुराता रहा।

अवधा जोर से हँसते हुए बोली, ''ऊतर दो लला ! जिज्जी तुम्हें छेड़ रही हैं। नाते में सारी लगती हैं तुम्हारी। कह दो कि जिज्जी, तुम हो तो नहीं नचवे के लाने।''

उसने बलदेव के गाल पर प्यार कर लिया। तालाब की ओर निगाह गई तो देखा कि कुछ नंग-धड़ंग बच्चे किनारे पर छोटी-छोटी लकड़ियों की ढेरियाँ बना रहे हैं। स्याह रंग के तीन-चार लड़के फैलाई हुई धोतियों के दोनों किनारे थामे हुए पानी में से निकल आए। धरती पर कुछ उरकाने लगे और फिर तालाब में उतर गए।

''मछली मार रहे हैं ये ? इस तालाब में मछली हैं ? हमारे जाने तो हैं नहीं।''

अवधा उदास हो गई। कहाँ से बताए अपनी कथा ? कहाँ से आरम्भ करे ? कहाँ अन्त ? निगाह कातर हो आई, '' अब क्या बतावें जिज्जी ? हमारे भाग का खोटापन है कि मालिकजी की किरपा ! अभिलाख सिंह के किरेसर के मजूर हैं हम।

'' जे घरी न देखें, बस इसी कारन से चार महिना पहले बता दई थी कि लागत जेठ हमारी मोंड़ी का ब्याह है। मालिकजी, महनत चाहे जितेक करा लो, हमारी बिटिया की सादी में मदद करना जी।

'' जिज्जी, रात-दिन का भेद तियाग दिया हमने। लू-लपट और जलती दुपहरिया में पथरा टोरे हमने। रात के बखत चार-चार टिरक की जाँगा आठ-आठ टिरक की लदाई करीं। हारी-बैमारी तक में टपरिया में बैठना-सोना गुनाह समान समझा। और न इतेक दिन नया पइसा माँगा, चाहे हमें चेंच-करमेंथा उबेलकें खाना पड़ा।

'' सुदकरा (पीली चिट्ठी) दिखाया तो ब्याह से आठ दिन पहले रुपइया देवे की बात कही थी।

'' पइसा माँगे तो मालिकजी कहने लगे कि चार दिना पहले लै लिओ।

'' पर नहीं दिए जिज्जी।

'' हारकें सिरीदेवी के बाप ने मालिकजी के पाँव पकर लिये कि अब तो दै राखो माई-बाप, बरात तो काल ही आ रही। लज्जा राख दो हमारी।

'' वे बोले, 'तुम्हें कौन हलवाई बैठाना है। खुद ही बनाओगे खाना-पीना। भोर ही दे देंगे। मुनीमजी के हाथों भिजवा देंगे।'

'' सो देख लो कि पतलेई हड़िया धरें अब लों बैठे रहे, कोऊ नहीं आया। कम्पनी में देखन गए, वहाँ भी सूनर डरी।

" जे बखत हो गया।

" दूर गाँव की बरात है जिज्जी ! भूखे-प्यासे होंगे। बड़े तो रह भी लें, बच्चा भी आए हैं, सो तलफ उठे हैं भूखन के मारें।

" हार कें अपने समधी से ही कहनी परी कि चलो, अपन तला पर चलते हैं। कुछ मछरी-अछरी, जीव-जन्त पकरेंगे और आप पाहुनों की सेवा-खुसामत करेंगे।

" सो मछरी तो नहीं है जा तला में। केकड़े-मेकड़े जो भी मिलें, पकाना-खाना है। कुछ मसूर और कोधों धरे थे, वे भूँज-भाँज लिये। हमारे जाने इतने जनों के लायक मिला न होगा कुछ, सो दिन डूबे नों घराती-बराती सब उरे हैं तला में। " अवधा की लाचार आँखें शून्य में अटक गईं।

मन्दाकिनी की निगाह बलदेव का सामना नहीं कर पा रही थी। उसके गाँव का पाहुना नन्हा मासूम भूख से कुम्हलाया खड़ा है।

अवधा जैसे फिर चेत पड़ी, "जिज्जी, हम भील की जात, शिकार के धनी माने जाते थे। ब्याह-बरात में बड़ी रौनक लगती थी हम औरों के यहाँ। सिरकार ने जंगलन से काढ़ के कुत्ता की दर के कर दए। अहादुरी-बहादुरी सब धर दी एक कनाएँ। अब तो महनत-मसक्कत के बाद भी भूखे के भूखे।"

वह सहमत थी अवधा की बात से, पूरी तरह सहमत। वन्य जातियों के भोलेपन को भुना रहे हैं शहरी तथा ग्रामीण चालाक लोग। वे इन धूर्त और वाचालों में कैसे विचरें ?

"जिज्जी, नेग में एक रुपइया तक नहीं धर पाए अपने दामाद के हाथ पर। चावल-तन्दुल तक नहीं। बस, कोधों के कुछ दाने और समधी के हाथ अपनी बिटिया के संग एक आम का पत्ता थमा दिया," कहते-कहते अवधा के कोए भर आए।

उसे वहाँ खड़ी देखकर कुछ बच्चे और जुट आए। साथ ही अवधा को सूचित भी किया कि भोजन तैयार है।

अवधा बोली, "हओ, चलते हैं अभी। तुम तनक सिरीदेवी को टेर दो। कहिओ, जिज्जी ठाड़ी हैं, उनके चरन छू जाय।"

दुल्हन सामने खड़ी हो गई। सात वर्षीया सिरीदेवी। लाल घाघरा और उसी रंग का नन्हा-सा ब्लाउज पहने हुए। लाल धागे में बँधा चाँदी का तावीज गले में लटक रहा था। पाँवों में एक लड़ की पायलें। हल्दी लगे छोटे-छोटे हाथों में कचारा (काली चूड़ी), उनके साथ ही चाँदी के एक-एक बारीक कंगन। नाक में छिंगुली के छल्ले भरी सोने की नथ।

उसकी उदास निगाहें जगमगाने लगीं।

" जिज्जी, सिरीदेवी के ससुर ने चढ़ाए में कमी नहीं राखी। बड़े हिरदै के हैं हमारे नातेदार। समझते हैं हमारी मजबूरी-परेसानी। का दै सकत जिज्जी हम, बस

इतेक ही कि बलदेव लला की उमर में हम दोऊ आदमियन की उमर मिला दे भगवान।

'' आप किरपा करकें हमारी भी फरियाद पौंचा दो सिरकार-दरबार तक। सही मजूरी और रहने के ठौर का वसीला हो जाय बस।''

''फरियाद !'' मन्दाकिनी की छाती में घूँसे की तरह लगा यह शब्द, ''कौन सुनेगा फरियाद ? कौन सुनता है फरियादें ?''

''जिज्जी, उनही से कर दो विनती, जिनसे तुमने ट्रैक्टर के लाने...''

उसको हँसी आ गई। हँसी के साथ ही रोने का मन होने लगा और उफनने लगी, ''तुम लोग गूँगे-बहरे से लगे रहते हो काम में। क्यों नहीं माँगते अपनी पगार, अपना हक, अधिकार ? ये नहीं देते तो क्यों करते हो काम ? छोड़ क्यों नहीं देते अभिलाख का क्रैशर ?''

अवधा की पलकें खुली रह गईं।

'' काम छोड़ दें जिज्जी ! मालिक से लड़ाई-झगड़ा करें ! फिर कौन राखेगा हमें अपने काम पर ? कोई नहीं लगाएगा अपने यहाँ मजूरी पर। मालिक लोग मजूरों के कारण बैर नहीं करेंगे आपुसदारी में। ऐन बुरी लगती रहे कोई बात, मुख से नहीं कहेंगे एक-दूसरे से।

'' फिर जिज्जी, सोनपुरा के मजूरों के पीठ पीछे तो तुम हो, हमरा हिमायती कौन बैठा है यहाँ ?

'' तुम तो नैम-धरम बरतती हो जिज्जी, पूजा-पाठ करती हो। राम जी-लछमन जी को पूजती हो। तुम्हारे लिए हममें और सोनपुरा के आदमियों में क्या अन्तर ? जिज्जी, रामजी की तरह ही लेखो, तो शिबरी मइया की तरह हमारा भी कलियान हो जाए। उसी के बंस के ठहरे हम भी।'' अवधा आँचल पसारकर याचना करने लगी।

वह क्या समझाए ? कौन सी राह बता दे इनको ?

''अवधा, तुम लोग अपने ललितपुर, सागर, गुना के गाँवों में लौट क्यों नहीं जाते ? क्यों खानाबदोस की तरह बेघर हुए घूमते हो ? यहाँ भी तो कुछ करते ही होगे।''

''करते थे। ऐन काम करते थे। लकड़ी काटने का काम था हमारा। जंगल सिरकारी हो गए तब तक भी करते रहे। ठेकेदारों के यहाँ मजूरी करी हमने। पेड़ काटने की मजूरी।''

एकाएक अवधा की आवाज कमजोर पड़ गई, '' पर, काहे की मजूरी जिज्जी ! चोरी कहो, भड़ियायी ! ठेकेदार हमसे भड़ियायी ही करवाते थे। ठेका तो लें पचीस पेड़ों का और कटावें हमसे पचास पेड़। जो पकरे जायँ तो हम जेहल में। जमानत करवाने तक न जावें ठेकेदार। जे और कह दें, हम नहीं जानते इन्हें, छिपकें काट रहे होंगे।

"जिज्जी, बाल-बच्चा भूखे मरते रहें। कोई पुछउआ नहीं फिर। पूछें तो जनी-मानसों को, उन्हें बुलावें रात-बिरात। अब बताओ, कैसे काटते जिन्दगानी ?

"ठेकेदार-व्यापारियों की तो यही रिवाज हो गया है कि नफा हो तो खुद धरो, नुकसान हो तो मजूर के सिर। निठोर यह भी नहीं कहते कि सैकड़ों-हजारों कमाए हैं, तुम दो रुपइया जास्ती ही लै लो।"

वह बुत की तरह खड़ी रही। अवधा का बुलउआ फिर आ गया। और वह घर की ओर चल दी।

रास्ते-भर लगता रहा, जैसे वह अवधा की दो कातर आँखें, बलदेव और सिरीदेवी की भूखी चितवन अपनी पीठ पर चिपका लाई है। रात में कितनी सोई, कितनी नहीं, उसे नहीं, उसे नहीं पता। लगा कि पल-पल पर झपकी खुलती रही है। सो आँखें करकराने लगी हैं।

भोर का कागा बोला किसी वृक्ष पर ! वह उठ बैठी। ज़ल्दी-जल्दी नहाना-धोना कर लिया। पूजा की वेला हुई। ठाकुरद्वारे में हाथ जोड़ते हुए काँपने लगे हाथ। क्या पूजे, क्या माँगे ?

बऊ से कुछ रुपए माँग लिये, सिरीदेवी के छोर में बाँधने के लिए। पहाड़ पर भले रहते हों, वह बिटिया तो इसी गाँव की हुई। रिवाज के हिवाब से छोर में बाँधना चाहिए कुछ।

तभी रामदास आ पहुँचा। ट्रक लदवाकर आया था। ढुलाई की पर्ची पकड़ाने लगा। हाँफता हुआ बोला, "मन्दा, ग़जब हो गया ! हैजा फैल गया मजूरों में। कोई जहीरीला जन्तु खा गए वे।"

हैजा !

वह अवसन्न सी खड़ी थी। फिर रामदास के साथ ही तेज गति से चल दी। पहुँचकर देखा तो आँखों के आगे अँधेरा छा गया।

कलवाली बरात पटसन के पौधों की तरह बिछी पड़ी है। लोग तड़प रहे हैं। कुचले हुए केंचुओं की तरह बिलबिला रहे हैं। कुछ ऐसी लस्त-पस्त देहें, जिनसे बिलबिलाने का सत्त भी नहीं बचा !

दस्त ! उल्टी ! मूर्छा ! बीमारी और मौत के शिकंजे में जकड़ा कलवाला उत्सवी समूह।

वह घबराकर वहीं धरती पर बैठ गई। दोनों हाथों में अपना सिर थाम लिया। अब ? एरच ले जाना होगा इन्हें? निगाह दाहिने हाथ को गई तो मूर्च्छा आने लगी उसे—ठीक सामने सिरीदेवी और बलदेव बिखरे पड़े थे—मृत ! अवधा की आँखें पथराई हुई...निर्जीव बुत-सी...

अठारह

जगेसर कक्का की कहानी मन्दाकिनी ने क्या, सबने सुनी है। सुनी क्या, देखी है अपनी आँखों, और तभी से सबकी आँखों से उतर गए हैं जगेसर। गाँव के लोग उनसे कम ही वास्ता रखते हैं, और वे गाँव की बातों में उतनी ही पाँवघुसाई करते हैं।

तपेदिक के मरीज हैं जगेसर। रोग उखड़ता-दबता रहता है। कभी-कभी भीषण स्थिति आ जाती है। एक बार को तो यह लगा था कि अब बस कुछ ही दिनों के मेहमान हैं। परलोक जाने से कोई रोक नहीं पाएगा उन्हें। भला हो भुवाली अस्पताल का कि तीन-चार महीने दाखिल रहकर, चलने-फिरने लायक होकर लौट आए अपने घर। गाँव के लिए उनका स्वस्थ होना कैसा रहा, यह तो गाँव के लोग ही जानें। बहरहाल घर-घर में चर्चित है उनकी यह कहानी।

कहानी कहे जाने की कुछ शर्तें हैं, कुछ बन्दिशें हैं। श्रोताओं के कुछ वर्ग हैं। हर एक नहीं सुन सकता इसे। प्रत्येक नहीं सुना सकता हर किसी को। जैसे बाप-बेटी एक साथ बैठकर नहीं सुन पाएँगे, भाई-बहन चुप हो जाएँगे और एक धीमे से सरक जाएगा। माँ-बेटा नहीं करेंगे इसके ऊपर कोई टिप्पणी। इस कथा को कहते हुए सावधानी से देखना पड़ता है कि श्रोता और वक्ता परस्पर किस नाते से बँधे हैं।

किस्सा यों था, एक दिन भोर की बेला में जगेसर अपने आँगन में खटिया पर बैठे थे। उनके हाथ में गरम दूध का गिलास था, जिसे पीते-पीते वे पसीने से तर हो उठे थे। कुछ ग्रीष्म का ताप और कुछ दूध की गर्मी, कमजोर देह के चलते घबराहट होने लगी उन्हें। खजूर का बिजना हाथ में लिये हवा झल रहे थे।

पत्नी का स्वर चौके में से उभरा, ''अहिल्या, तु चपिया लैकें आ गई। अबै मठा की तो कोई जुगत नहीं करी हमने।''

जगेसर ने बैठे-बैठे ही बाहर को उझका, लो भोर से ही कौन आ गया ?

दरवाजे की चौखट से लगी चौदह-पन्द्रह वर्षीया साँवली राउतिन लड़की खड़ी है, जो उनकी पत्नी से कह रही है, ''मातौन भौजी, हम भवाँ लेंगे मठा। तुम रोटी निपटाओ पहले।'' कहती हुई वह चपिया थामे आँगन में आ गई। चपिया जमीन पर रख दी और स्वयं भी उसी जगह बैठ गई। चपिया के मुँह को उँगलियों से ढाँप-ढाँपकर कोई खेल-सा खेलने लगी।

उन्होंने निगाहें गाड़कर देखा। लड़की आँखें झुकाए बैठी है। चेहरा सुगढ़ है, देह नाजुक। चाँदी की बाली कानों में झूल रही हैं। हाथ में लाल रंग की चूड़ियाँ। आँखों में काजल लगा है। उनकी ओर देखा तो उन्हें लगा, बड़ी-बड़ी अमिया की फाँकें हैं उसकी आँखें। नाक सुतवाँ नुकीली, जिसमें लौंग पहन रखी है। साँवले मुख पर होंठ लाल !

वे अपनी दवा लेने जाना चाहते थे, मगर उठकर नहीं गए। आँखें सायास उसकी देह पर फिसलती रहीं, जैसे आँखों से ही छू रहे हों उसे। पलकों से सहला रहे हों। धीरे-धीरे आँखों में सरोवर बन गया, जिसमें अहिल्या का सम्पूर्ण तन कोमल कमल-सा उतराने लगा। लाल कमल। सफेद कमल। गुलाबी...कमल ही कमल खिलने लगे आँखों में। अहिल्या की देह के कमल !

पत्नी के संग मथनी की गेंती पकड़कर मठा भवाने लगी अहिल्या। वे कौतूहलपूर्वक देखते रहे। वह दोनों ओर से फिरकी मारती है तो अंग-अंग कच्ची डाल सा लचक जाता है। यह बाँहों से रस्सी खींच रही है या असमय गदराई देह को झटके दे-देकर जान-बूझकर हिला...!

स्वर्ग की सीढ़ियाँ उतरने लगे जगेसर। आँखों में अहिल्या समा गई। मन में अहिल्या विचर रही थी। उनकी लोभी दृष्टि रेंगती हुई अहिल्या के कटिस्थल पर जा चिपकी जोंक की तरह। लीस की तरह। ईमानदारी से नजर को छुड़ाने के यत्न किए, मगर असफल रहे !

जगेसर ने कनखियों से पत्नी को देखा, तो सहसा वे हड़बड़ा उठे। वह तो आँखों से बिच्छू का-सा डंक मार रही है। तिलमिलाकर आँखें नीची कर लीं। उठकर बैठका में चले आए और चुपचाप खटिया पर लेटे रहे।

पड़े-पड़े पुरुष रचनेवाली भैमाता को सरापते रहे, 'मइया ! इतना कमजोर बनाया हमारी पुरिख जाति को ! मन बौरा जाता है नारी को देखते ही।'

लेकिन औरत...उसका शरीर जितना नाजुक, उतना ही बलवान। जितना लचीला, उतना ही मारक।

यह कैसी दूरबीन धर दी हमारी आँखों की पुतलियों में कि मटमैली मोटी धुतिया में से भी अहिल्या का समूचा तन-बदन हमें दीख रहा है ! सलूका में ढका-मुँदा सरकसी यौवन...

यह तो भला हुआ वे उठ आए। जो कुछ देर और टिके रहते तो...

...लेकिन क्या छिपा ? आँखों से टपकती लार का लिजलिजा गीलापन पत्नी ने भाँप ही लिया।

जगेसर के मन में फिर भी अपराध-बोध नहीं उपजा। वे मुक्त मन रहे। खुले घोड़े की तरह बेलगाम होकर विचरने लगे। मनसूबे जोड़ने लगे।

अहिल्या मठा लेकर द्वार से निकली और जीभ फिसल गई, "इतै आओ अहिल्या !"

लड़की तुरन्त रुक गई, लौटकर बोली, "का है माते ?" वह कन्धे के सहारे हथेली पर मठाभरी चपिया जमाए बैठका में आ गई उनके पास।

"किस पहाड़िया का काम करती हो ?"

"जितै भी मजूरी मिल जाय माते।"

"रहती कहाँ हो ?"

"गनेसी दद्दा की टपरिया में।"

"रोज काहे नहीं आतीं मठा लेने ?"

वह कुछ न बोली। शरारत-भरी लजीली मुस्कुराहट छोड़ती हुई अपने रास्ते पर बढ़ गई।

जवाब में उनके होंठों पर आसंग की उद्दाम कामना में कई वाक्य मचलने लगे, जिन्हें वे मन में उठती तरंगों के बीच तैराने लगे।

फिर तो वह घड़ी और वह महूरत, मन-प्राण से पहाड़िया पर विचरने लगे जगेसर ! अहिल्या के आगे-पीछे, दाएँ-बाएँ उपस्थित रहता उनका वजूद। सोच भी था और डर भी। गनेसी दद्दा अहिल्या की माँ तुलसिन को स्त्री करके राखे हुए हैं, और अहिल्या को धरम बेटी मानते हैं। गनेसी दद्दा से कैसे निपटेंगे वे ? गाँव के ही आदमी ठहरे। पहाड़ पर ठेकेदार। आपसदारी का मामला ठहरा। खाने-पीने का साथ रहता है मौका-अवसर पर।

उन्होंने मन की रासें कसीं। अहिल्या के सम्मोहन से मुक्त होने की जुगत खोजते रहे। मगर फल कुछ भी न निकला। जाल में बिंधे कुरंग की तरह उलझते ही चले गए। लाचार हो गए तो लिहाज त्याग दिया, शरम छोड़ दी, मुलाहिजा किनारे रख दिया और पहाड़-पहाड़ बर्राने लगे।

छोटा भाई चकित रह गया। सुगना की माँ ने पति को पागल-सिर्री समझा। कहती भी रही, "बौरा गए क्या ? हमें पहाड़ का क्या करना है ?"

लेकिन जगेसर ने ठान लिया कि चाहे खेती बिक जाय, घर-द्वार दाँव पर लग जाय, पहाड़िया खरीदकर मानेंगे।

सुगना की माँ ने उनके इरादों का पक्कापन पहचाना तो खुद पागल-सी हो उठी। प्रधानजी के पास भागी कि वे समझावें उसके पति को, खेत बेचकर पथरा खरीदने जा रहे हैं।

जगेसर चुप बैठे पत्नी को निरीह निगाह से देखते और सोचते कि कैसे बताएँ इस नासमझ औरत को कि पहाड़िया क्यों खरीदना चाहते हैं वे ! यह भी नहीं जता सकते कि पत्थर नहीं, अपने जलते हुए कलेजे के लिए ठंडे पानी की चन्द बूँदें खरीद रहे हैं।

अहिल्या रोज आती, रोज जाती। कभी मठा लेने तो कभी दाल-दलिया बनवाने। गोबर-कूड़े में पत्नी की मदद के लिए। वे अभिभूत हो उठते, एकटक निहारते रहते। अहिल्या मुस्कुराती तो निछावर हो जाते, सम्भवतः आँखों की बोली समझती है यह हरी मिर्च-सी लड़की।

उसके जाते ही उदास हो उठते, क्या अर्थ है इस आने-जाने का ? रोज-रोज छलनेवाली मरीचिका छोड़ जाती है, जिसे वे पिछियाते रह जाते हैं, दौड़ते रहते हैं। और विवस-लाचार-से नीत-अनीत को विचारते हुए खड़े रह जाते हैं।

अन्त में सुगना की माँ हार गई और वे पहाड़िया खरीदकर ही मानें।

सुगना की अम्मा रोती रही, बच्चों की सौगन्ध धरी। उनके भाई ने न्यारे होने की धमकी दी, लेकिन सब अकारथ। व्यर्थ। जगेसर के लेखे यह संसार बेमानी हो गया।

जगेसर जब पहाड़िया पर पहुँचे और अहिल्या को बुलाया तो तुलसिन ने कड़ा विरोध किया। फटकारकर कह दिया, "घर-गिरिस्ती में पूछ लई ? काल के दिना मातौन मायके से बाप-भइया को ले आएगी। महाभारत मचेगा हिना। हमारी मोंड़ी का पल्ला छोड़ो ठेकेदार। कौन सी तुमारी ब्याहता है, सो आ गए लैवे। हमें देख लो, कितनी भुगतना भुगती है गनेसी के संगै। मोंड़ी को नहीं डारेंगे हम वई रस्ता पर।"

...लेकिन अहिल्या नहीं मानी। जगेसर का प्रेम माँ की नसीहत से भारी लगा उसे।

नई टपरिया बनवाई जगेसर ने।

वे पहले दिन ही लाल रंग की साड़ी और उसी रंग का रेशमी ब्लाउज बनवा लाए। सुनहरी गोट लगवाने का मन था, लेकिन अहिल्या की चिकनी देह में जरी चुभ जाने की आशंका से विचार त्याग दिया।

अहिल्या राजरानी थी। वह जो माँगे वही हाजिर, जो चाहे वही पूरन।

जगेसर पूरे दिन टपरिया से न निकलते। शराब पीना उनके मित्र अभिलाख ने सिखा ही दिया था। सुरा और सुन्दरी दोनों के मद में डूबे अहिल्या के नयनों से नयन जोड़े, अंग-से-अंग मिलाए, उसका साथ करते रहे।

पहाड़िया का काम, सोलिंग की नपाई-भराई सब एक छोकरे को सौंपकर स्वच्छन्द विचरने लगे।

बड़ा सा पत्थर डलवा दिया। मोमजामा डालकर आड़ कर दी। रंगीन साबुनदानी में महकउआ बट्टी रख दी। यहाँ नहाएगी अहिल्या। तेल, पाउडर, क्रीम से टपरिया गमका दी। कंघा-शीशा अलग। खाने-पीने को मीठा-नमकीन सब कुछ।

सुगना की माँ रो-रोकर बेजार हो गई। हाल तो आते नहीं, आते तो नशे में धुत मार-पीटकर चले जाते। भाई ने भी खूब पीट लिया जगेसर को, मगर परिणाम वही ढाक के तीन पात।

भूल गए कि वे चार बच्चों के पिता हैं। वे तो दूल्हा की तरह बैठे रहते, जैसे अहिल्या की डोली कल ही लाए हैं। अहिल्या की माँ को भी बेरहमी से कोसते जो

उसे वक्त-बेवक्त बुला ले जाती।

गोश्त का सालन, प्याज और रोटी–अहिल्या थाली परोस लाई। वे पटरा पर बैठकर जीमने लगे। अहिल्या उन पर बिजना झलने लगी। जगेसर को लगता कि वह इस बखत मातौन बन गई है, ठेकेदारिन, और वह भी मानिनी पत्नी के से गरूर से बोलती, "तुम काहे छोड़ि आए घर ? हमारे लाने इतेक तियाग ! ठेकेदार..." आगे कुछ न कहकर केवल देखती रहती जगेसर की ओर।

"सिर्री हो गए हम ! तेरौ कौल पागिल ! तुम कौन सा मन्तर जानती हो ? बोलो तो ! हमें नहीं बताओगी वो जादू-टौना ?" खाते-खाते एक हाथ से अहिल्या की ठोड़ी उठाकर, खाने की थाली छोड़ आगे बढ़ आए। डूब गए उसकी बाँहों में।

निछावर हो गई वह। जगेसर के होंठों से फूल-से बोल झड़ने लगे, "लीला की खातिर अभिलाख नहीं हो गए घर से बेघर। उनने नहीं छोड़ दिया कुटम-परिवार ? कि तुलसिन के लिए गनेसी दद्दा ने नहीं छोड़ा सर्वस्स ?"

अहिल्या बौरा गई, ज्यों धतूरे का असर हो रहा हो उसके ऊपर।

उन्हीं दिनों जगेसर का छोटा भाई सुगना की माँ ने सिखा-पढ़ाकर भेज दिया पहाड़ पर। वह अहिल्या को अकेली पाकर पीट-पाटकर धर गया। तमाम गालियाँ दीं, आक्षेप लगाए, अनकहनी कही, "भट्टी, छोत ! तेरे दूध के दाँत नहीं उखरे अबै, और घात मारी चार बच्चन के बाप पर ! जान निकार कें धर देंगे हम तोरी।"

साँझ ढले वे बाजार से लौटे तो सन्न रह गए। हल्की साँवली काया में नीले-नीले धब्बे ! इतना मारा है ! कसाई हो गया क्या ?

अनबोल बैठी रही अहिल्या। ऐसे देखती रही जैसे ललकार रही हो। मौन मुख पर सैकड़ों शिकायतें। वे आहत-अपमानित-से सरकते-सरकते उसके पास आए। बाँहों में भरकर अहिल्या को छाती से लगा लिया। वह नन्ही बच्ची की भाँति बिलखती रही।

रात-भर गरम पानी में कपड़ा भिगो-भिगोकर सेंकते रहे चोटों को।

"ठेकेदार, तुम छोड़ क्यों नहीं देते हमें ?" अहिल्या विलाप कर उठी।

वे होंठों पर झुक आए, "छोड़ दें ! तुम्हें छोड़कर जिएँगे कैसे ? बोलो, किस विध रहेंगे जिन्दा...?"

गनेसी दद्दा और तुलसिन ने सुना तो वे भागे चले आए। तुलसिन बिफर पड़ी, "कहो ठेकेदार, हमने का कही थी ?"

जगेसर तुलसिन के अपराधी बने बैठे रहे।

एक दिन अचानक, एकदम से चिल्लाने लगे वे। गन्दी, भद्दी गालियों की बौछार कर डाली और बालों से घसीट लिया अहिल्या को, "साली, हराम की औलाद ! देख हमारी बाँहें। हमारे हाथ ! हमारे होंठ ! जे बीमारी कितै से आई ? कौन से यार ने दिया है जे रोग ? तेरे कित्ते खसम...दूध पियतन ही सीख लिया सब कुछ..."

अहिल्या रोना भूल गई। आँसूभरी आँखें अपलक। उनकी बाँहों पर लाल-लाल चकत्ते ! होंठों पर छाले।

"ओ दइया !" काँप गई वह।

थरथराती हुई बोली, "पहले दिन ही रोका था ठेकेदार कि देह को हाथ मत..." जानती थी कि रोग न जाने कब फूट पड़े। कब लग जाय।

...पर कहाँ माने ? उलटा अहिल्या को ही बरज दिया, "रोको मत, जनम-जनम का पियासा हूँ।"

विरोध-प्रतिरोध का स्वर रोज-रोज निरस्त होता रहा।

वे पुनः चिंघाड़ पड़े, "बोलती नहीं अब ! पाथर बनी बैठी है ! नखराती तो ऐसे थी, जैसे अखेल कुँआरी हो। अनछुई के से ढोंग भरती थी छछूँदर।"

उन पर जनून चढ़ा था पीटने का। खिचड़ने जोग भी नहीं छोड़ेगा क्या ? जहाँ मन आया वहीं करते रहे आघात। राउतों की बस्ती से दूर बनी टपरिया में कोई बचाने-छुड़ाने भी नहीं आ पाया। जब खुद ही थक गए तो लात का भरपूर भारी प्रहार करके अलग हो गए, "रंडी जात ! निकर यहाँ से !"

अहिल्या उनकी टाँगों से लिपट गई, "ठेकेदार, सुनो, सुनो तो..."

बात अधूरी ही रह गई। वे टपरिया के बाहर हो गए। पहाड़िया से सारे नाते-रिश्ते तोड़ दिए।

कुछ दिन बाद अपनी पहाड़िया अभिलाख को बेच दी जगेसर ने।

जब बेचने की बात करने पहाड़ पर गए थे तब तुलसिन मिल पड़ी। पहले तो विनती की, प्रार्थना की, ठेकेदार जगेसर के पाँव पकड़े, अपनी व्यथा सुनाई।

" तुम पहाड़िया बेंच रहे हो ठेकेदार ! अहिल्या बहौत बीमार है। डाकघर को दिखाई-भराई है, पइसा लगा रहे हैं गुंजाइश भर।

" अरे हमारी तो बेबसी है ठेकेदार, हमें पेट के लाने दिन में ही पथरा नहीं तोड़ने पड़त, रात में देह भी...हमें बिना रौंदे-चीथे तुम्हारी बिरादरी के लोग पत्थरों से हाथ नहीं लगाने देते। बिटियाँ का करें, बूढ़ी मताई को, बाप को काम नहीं देता कोई. ..और जनी की जात मरद बिरोबर काम नहीं कर पाती सो सहद के छत्ता की तरह निचोरत हैं मालिक लोग...

" फिर ? हमारी बिटिया कैसे रहे कुँआरी ? कैसे रहें निरोग ? हम का जानें कि की ने दई जा बीमारी... "

तुलसिन रोती-कलपती रही। जगेसर पत्थर की चट्टान-से अविचल बने रहे। मोलभाव करते रहे। अभिलाख ने सवा लाख लगा दिए पहाड़िया के दाम। एक हजार एडवांस भी दे दिए।

चलने लगे जगेसर। अचानक तुलसिन को देवता से चढ़े। अपने बाल नोच डाले।

माथा फोड़ लिया और पागल की तरह भागकर जगेसर का गला पकड़ लिया, "ओ ठेकेदार ! बता...जे तौ बता, हमारी मोंड़ी ने तो तोय दै दई बीमारी ! लगा दऔ रोग ! पर अहिल्या कों...अहिल्या कों की ने लगा दई प्रानलेवा दिक ऽ ! की ने..." चीखते-चीखते रोने लगी तुलसिन और रोते-रोते जगेसर की छाती खरोंचती, कमीज फाड़ती हुई धरती में ढह पड़ी।

सारे राउत मजूर, ठेकेदार जुड़ गए वहाँ। समझाया-बुझाया। तुलसिन को टपरिया में पहुँचा दिया।

तब से जगेसर पहाड़ पर नहीं जाते। पहाड़ छोड़ दिया। ठेकेदारी त्याग दी, अहिल्या की खबर-सुधि नहीं ली भूले से भी। लेकिन उनकी छाती पर तुलसिन के नाखूनों के निशान आज भी होंगे।

हाँ, दो के साथ उन्होंने धोखा नहीं किया, उसी तरह मीत बने रहे जैसे पहले थे। उनमें एक हैं अभिलाख, दूसरी है दारू।

अभिलाख की दोस्ती और शराब का नशा संगी बन गया जगेसर का। अक्सर धुत रहते हैं शराब में। मगर गाँव में हर क्रियाकलाप पर उनींदी मुँदी आँखों से भी तीखी नजर रखते हैं।

मन्दाकिनी को अपने घर उनका आना कतई पसन्द नहीं। हालाँकि सुगना रहती है उसी के साथ, उसी के आसपास। वह काकी के कारण, सुगना के कारण। उसमें जगेसर का सुई की नोक-भर भी स्थान नहीं।

काकी कहती हैं कि आजमाए हुए का क्या आजमाना ? एक बार दिखा दिए अपने चरित्तर, सो समझ लिया हमने कि यह हमारा आदमी मालिक हितू-मीत कुछ भी नहीं। घर में रहता है। मालिकी छाँटता है। कुछ कहो तो हाथ-गोड़े तोड़ता है। वह तो करेगा ही। पुरिख प्रकृति में आता है यह। ईसुर-भगवान ने औरत को बल में काहे कमजोर बनाया ? शराब पीकर दूना बल आ जाता है नासिया में। हम तो कहते हैं कि इससे तो हम राँड़...कहते-कहते होंठ भींच लेती है काकी।

और अन्त में, "जा ठठरी बँधे से छोर-छुट्टी न पिरीत राग," कहती हुई उच्छ्‌वास भरकर रह जाती है।

मन्दाकिनी बऊ को हर बार हटकती है, "जगेसर कक्का को बखरी में न बिठाया करो।"

क्या करें बऊ ? सुगना को खोजने के बहाने कभी प्रसाद-पँजीरी की चाह बताकर चक्कर काट ही जाएँगे किसी तरह। वे कितना दुत्कारें ? कितना फटकारें ? बेशरम भी तो कोई नहीं हो सकता उनकी तरह।

"द्वार आया आदमी कुत्ता की तरह भगाया भी तो नहीं जाता बेटा !"

"बऊ, आदमी ही तो नहीं भगाया जाता, कुत्ता तो भगाना ही पड़ेगा। देखा नहीं,

जगेसर की आँखें कुत्ते जैसी ही हैं। गली के लावारिस कुत्ते की तरह ! न अपनी जाति का खूँखारपन, न पालतू होने का गर्व-गौरव। अभिलाख के आगे-पीछे दुम हिलाने की चापलूसी पुती रहती है निगाहों में।''

बऊ अपनी बात समझाती हैं, जो कतई निरर्थक लगती है उसे, ''ठाकुरद्वारे के दरसन करने आता है। बस, परसाद की जाचना रहती है उसकी।''

सुनकर वह अपनी धोती उतारने आँगन में बँधे तार की ओर बढ़ गई। दो क्षण चुप रही, फिर वहीं से जोर से बोली, ''झूठ ! बऊ, बिल्कुल झूठ ! वह आदमी ठाकुर-द्वारे में भगवान का दर्शन करने आएगा ?''

''बेटा कहता तो जे ही है कि बऊ, अब हम वो जगेसर नहीं रहे, जो पहाड़िया के दिनन में हते, पर हमारे मन की बात कोई चीन्हना-जानना नहीं चाहता। सुगना की मताई जे नहीं सोचती कि बीमार आदमी है हमारा। कुछ पूछो-बताओ तो खोंखिया कें पड़ती है। सो बऊ, हम ठाकुरद्वारे में चले आते हैं। ठाकुर जू तो सरब ज्ञानी हैं, वे जरूर चीन्हते होंगे हमारा हिया।''

मन्दाकिनी हँस पड़ी। आज उसे लगा, वह भी खोखली हँसी हँसना जानती है। बऊ ने ऐसे देखा कि कैसी रहस्यमय हँसी हँस रही है मोंड़ी !

''बऊ, उन्होंने कहा और तुमने मान लिया ! तुलसिन की मोंड़ी अहिल्यावाली कथा अपने मन में दोहरा लो बऊ ! और हमारे यहाँ जे कक्काजी अभिलाख के खुफिया बनकर आते हैं।''

उन्नीस

''बाँह फड़के बाईं, बीर मिले कै साईं।''

बऊ कहती हैं यह कहावत। कौन मिलनेवाला है ? भाई तो है ही नहीं, और मकरन्द...

सुगना कहती है, ''जिज्जी, तुम्हारी बाईं आँख फड़क रही है। देखना, कुछ शुभ होगा।''

क्या शुभ होगा ? न उसे पता, न सुगना बता सकती है।

पप्पू बता सकता है। उसने हल्के पीले रंग का लिफाफा लाकर मन्दाकिनी की ओर बढ़ाकर कहा, '' लो, हम ले आए शुभ। तुम औरें अभी बातें कर रही थीं न, तो हम सब सुन रहे थे।

'' मकरन्द की चिट्ठी है यह। न हो तो शर्त हार सकते हैं हम तुमसे। ''

''हट्ट शैतान !'' मन्दाकिनी ने चिट्ठी लेते समय पप्पू के सिर पर चपत जड़

दी। देखते ही समझ गई। लिखावट पहचान ली।

लिखावट ही क्या, वह तो महक से, रूप-रंग से भी पहचान सकती है। गाँवपुरा में कौन डालता है लिफाफा ? अन्तर्देशीय भी नई ब्याही लड़कियाँ ही डालती हैं अपने 'उनको'। बाकी सब तो पोस्टकॉर्ड ही डालते हैं, वह भी साल-छः महीने में, कि ब्याह-कारज, कि जन्म-मृत्यु पर।

खोला ही था कि सुगना शैतानी पर उतर आई। बार-बार चिट्ठी पर झुक आती। दाएँ-बाएँ से झाँकती। उसने कई बार हटोका दिया, मगर नहीं मानती। एकाग्रता से पढ़ने नहीं दे रही, गहरे उतरने नहीं देती। क्या ठाने बैठी है सुगना ?

वह खीझ उठी, "मकरन्द आ जाएँगे तब भी तू इसी तरह अड़ी रहेगी ! मिलने-मिलाने नहीं देगी ! खिचड़ी में कंकड़ !"

सुगना खिलल-खिलल हँस पड़ी, ज्यों मोतियों की लड़ी बिखर पड़ी हो।

मन्दाकिनी ने गहरा साँस लिया, चिट्ठी मोड़कर ब्लाउज के भीतर रख ली।

सुगना एकदम सावधान की मुद्रा में खड़ी हो गई। कान पकड़े, बोली, "पढ़ लो जिज्जी ! और ज्यादा एकान्त चाहिए तो अस्पताल की बिल्डिंग में चली जाओ। और भी अकेलापन तो हम किवाड़ें बन्द करके साँकल चढ़ा देंगे।"

वह हँसती हुई बोली, "तू वहाँ भी प्रकट हो पड़ेगी।"

चिट्ठी पढ़ने में तल्लीन हो गई।

'प्रिय मन्दा,

' कैसी हो ? तुम्हें बहुत याद करता हूँ, उतना ही तुम भी...? जानता हूँ, समय के अन्तराल में यादों के निशान गहरे होते चले जाते हैं। परछाइयाँ साकार होती रहती हैं। बेचैनी और अतीत की स्मृतियों से मिलकर जो लौ जलती है उसी के पारदर्शी उजियारे में चलता रहता है तन-मन।

' एम.डी. में दाखिला मिल गया है। डर रहा था, कहीं ऐसा न हो कि मेडीसिन में एम.डी. न मिले, लेकिन मिल गई। आदमी की कॉमन बीमारियों का विषय है यह।

' मेहनत तो की थी मैंने, लेकिन डर लगता था, यहाँ चलती राजनीति से। प्रोफेसरों की औलाद राज करती है यहाँ। उन्हीं के बेटे-बेटियों से खतरा रहता है। अन्धेर मचा रखा है इन लोगों ने। श्रम पर गुणा-भाग का कब्जा !

' हमारे कॉलेज के अस्पताल के सुपरिंटेंडेंट हैं डॉ. वर्मा। उनका बेटा संजय वर्मा डोनेशन से बंगलौर मेडीकल कॉलेज में गया था। ट्रांसफर कराकर तीसरी साल में यहाँ आ गया।

' मेहनत की आदत नहीं है उसे। मुझसे बहुत खार खाता है। अपने नम्बर बढ़वाता ही नहीं, मेरे दस नम्बर कम भी करा देता है कि किसी तरह मैं मैडिल न

ले पाऊँ। बस, इसी के कारण डर रहा था।

‘ मैं भी क्या ले बैठा ? तुम सोचोगी कैसा पत्र लिखा है, निखालस मैडीकल चिट्ठी ! मैं दिल्ली जाऊँगा अगले महीने। मेरे दोस्त की शादी है। डॉक्टर समीर की। मैंने टोका था उसे कि अभी से गृहस्थ के बन्धन !

‘ पता है क्या बोला ? कहता था कि साले, तुम तो कुँआरे ही मरोगे। इसलिए हमारी शादी से कुढ़ रहे हो। अपन ठहरे नॉर्मल आदमी और तुम मकरन्द, पूरे तथागत गौतम बुद्ध। कन्याएँ चक्कर काट-काटकर थक गईं, लौट गईं, आपने अपनी पवित्र दृष्टि नहीं फेरी उन पर। धातु पुरुषजी, तुम्हारा हृदय नहीं पिघला तो श्राप भी भोगो। आसानी से तुम्हारा ब्याह इस जनम होनेवाला नहीं ! ’

मन्दाकिनी पढ़ते-पढ़ते हँस पड़ी।

‘ मन्दा, एक लड़की थी मीनाक्षी। कुछ-कुछ तुम्हारे जैसी। अच्छी लगती थी मुझे। बातें करते समय तुम्हारी तरह ही आँखें झपकाती थी, होंठों की कुछ वैसी ही अदा ! मेरे आत्मीय व्यवहार को कुछ दूसरी तरह ही ले गई। सीधा शादी का प्रस्ताव धर दिया।

‘ उन दिनों मैं बड़ा परेशान रहा। तुम्हारा ध्यान आता तो अजीब सी स्थिति हो जाती।

‘ आँखें चुराता रहा उससे।

‘ समीर से ही कहा मैंने, ‘यार, पीछा छुड़वा दे इससे।’ वह कहाँ सुननेवाला था, उलटा मुझे ही डपटने लगा, बोला, ‘परमहंसजी, यह अपने पिता की इकलौती कन्या है। और कन्या के पिता की लाख रुपए महीने की प्रैक्टिस है। तुम्हारे साथ हम अधमों का भी तरन तारन हो जाएगा। सोने की मुर्गी सोने के अंडे देगी। उड़ने मत दे नादान ! दाना डाल’।’

मन्दाकिनी फिर हँस पड़ी।

सुगना बोली, ‘‘जिज्जी, इस चिट्ठी में क्या हँसी-ही-हँसी लिखी है ?’’

उसने पलकें उठाकर देखा जैसे कह रही हो, हँसी नहीं अनन्त उल्लास है इसमें।

‘ मन्दा, जीवन से विरक्ति जैसी हो गई है। अस्पताल और मरीजों के सिवा कुछ सोचता ही नहीं। अपने लिए क्या सोचूँ ?

‘ समीर हँसता है, कहता है, ‘मकरन्द, तेरी देह में किसी दिन दीमक लगी मिलेगी। गूढ़ ध्यान में खोया रहता है तू। ऐसा कर, वन-जंगल में निकल जा, जमकर तप कर। कामदेव प्रसन्न हुए तो किसी वनकन्या का इन्तजाम कर सकते हैं तेरे लिए। वो सूट भी करेगी तुम्हें डॉक्टर मुनि !’

‘ पता नहीं मन्दा, प्रतीक्षा क्यों अनन्त हो गई ?

‘ वैतरणी तटविहीन ! मैं और तुम दोनों मिलकर प्रार्थना करेंगे पार उतरने की।

‘ गाँव के अस्पताल में कोई डॉक्टर आया या नहीं ? लिखना। पता नीचे लिख रहा हूँ। बऊ को चरणस्पर्श !

तुम्हारा
मकरन्द’

पत्र पढ़ते-पढ़ते आह्लादित थी वह, सोचते-सोचते उदास हो गई और अन्त में रुआँसी हो उठी।

अस्पताल ! डॉक्टर ! यह सब तो एक ओर रह गए। अभी तो क्रैशर और सरकारी धोखाधड़ी से ही घिरे हैं। कोई दिशा, कोई किनारा ढूँढ़ने की कोशिश में हाथ-पाँव मार रहे हैं।

इस उदास होती घड़ी के एक पहर बाद फिर आँख फड़कना अपना रंग दिखाएगा, यह नहीं जानती थी मन्दाकिनी। धूप-छाँव की तरह आ रही हैं उदासी और खुशी !

नहीं तो कुसुमा भाभी कहाँ से आ जातीं ?

मिठू कक्का का बेटा हरी कुसुमा भाभी को संग लेकर आ गया।

श्यामलीवालों ने क्या सलाह कर ली है कि चिट्ठी से आदमी तक एक ही संग पहुँचें मन्दा के पास !

बऊ कहती हैं, ‘इसे कहते हैं संजोग। जिसके बारे में आदमी कभी सोचता तक नहीं, वह संजोग से घटित हो जाता है। संजोग से ही बिटिया-बेटा बिराने होते हैं। भगवान की यह लीला अपरम्पार है।’ बऊ संजोग में विश्वास करती हैं, तभी आशा नहीं तोड़तीं उसके ब्याह की। जहाँ जुड़ी होगी इसकी तकदीर, उसी हवा की तरह चली जाएगी बिटिया, अपढारी।

लम्बी काया दुबलाने के कारण कुछ और लम्बी लगने लगी हैं कुसुमा भाभी। गेहुँआ रंग बिल्कुल वैसा ही है, जैसा वह छोड़ आई थी। भाभी अपनी नीली पट्टी की हवाई चप्पल उतार ही रही थीं कि देहरी पर ही जा पहुँची वह और गहककर छाती से लग गई।

भाभी ने नाक तक ओढ़ा घूँघट ऊँचा किया और मन्दा का सिर-चूम लिया, “ऐन अच्छी तरह हो बिन्नू ?”

“भाभी, याद नहीं आई हमारी ?” वह छोटी बच्ची की तरह उनके सीने से लगी पूछ उठी।

“ याद तो बिन्नू, रोज-रोज क्या, पल-पल आई, छिन-छिन आई। तुम्हारा मुख हेरने को तरस गए मन्दा !

“ अब तक तो हम कितनी ही बेर हो जाते। पर क्या करें बिन्नू, अब हमारे

सिर आदमी और जनी दोनों के काम आन परे हैं।''

मन्दाकिनी की आँखें सहज हैं, नाक लाल हो उठी। भाभी की गुदना-भरी बाँह लपेटे है अपनी गर्दन के गिर्द और उनके कन्धे पर टिकाए है अपना सिर। भाभी के बदन में अनिर्वचनीय ऊष्मा है। भाभी के परस में स्निग्ध अपनापन है।

कुँवर गौर से देख रहा है। पाँच-छः साल का बच्चा पटर-पटर आँखें पटपटाकर मन्दाकिनी को चीन्हने का प्रयत्न कर रहा है।

उसने भाभी को छोड़ कुँवर के गाल थपथपा दिए, ''तुम क्या देख रहे हो कुँवर ? हमें न चीन्ह पाओगे। तुम्हारे यहाँ के सब भूल गए हमें। सबने बिसरा दिया। हम मन्दा जिज्जी !''

कुसुमा ने प्लास्टिक की हरी डलिया में से तौलिया निकाला, कुँवर का मुँह पोंछा और डाँटती हुई बोलीं, '' ओ बिजूका ! पाँव नहीं परे जिज्जी के ? चलो, पाँव परो। हौलू हो निराट।

'' बऊ नहीं दिखानी मन्दा ? ''

''प्रधान काका के घर गई हैं, बुलवाए लेते हैं। तुम बैठो तो सही,'' कहकर वह चटाई बिछाने में जुट गई। पानी ले आई, फिर शक्कर डालकर शरबत बना डाला।

''भाभी, परेशानी बहुत हुई होगी आने में। ताँगा मिल गया था ठीक-ठाक ?''

''मिल ही गया था बिन्नू ! बड़ी ऊबड़-खाबड़ रस्ता है ससुरी। पन्द्रह-बीस किलोमीटर ऊँचे-नीचे पर चलना पड़ा, घोड़ा भी हँफिया गया। ऊपर से कसके घाम पर रही है।''

'' क्या करें ? बड़ी दिक्कत है। कुँवर तो परेशान हो गया होगा। फिर तुम्हें आदत नहीं है। सड़क-किनारे के गाँवों में ऐसी परेशानी कहाँ ? अब तब भी गनीमत है। चौमासे में देखो तो गिलाव-कीचड़ ही पाओगी। पैदल तक नहीं चल सकता आदमी। चिकनी मिट्टी है सो पसेरी-भर चिपट जाती है। एक-एक पाँव में। जूता-चप्पल पहनकर चलो तो कहो, वे उसी में गड़े रह जाएँ। फिर चौमासे में जाता ही कौन है नदी के वा पार। पुल न पुलिया। देखा अधबना पुल। खम्भा खड़े हैं खाली। मन्त्रीजी से बीच में ही इस्तीफा ले लिया, नहीं तो पूरा हो जाता। कहते तो ऐसे ही हैं, राम जाने क्या होना था।

'' अभी तो नदी सूख रही है सो निकल जाते हैं ट्रक-ट्रैक्टर। नहीं तो तमाम चक्कर काटकर जाओ। ''

बऊ आ गईं। कुसुमा भाभी को देखकर अभिभूत हो उठीं, ''तुम तो दूबरी हो गईं कुसुमा !''

मन्दाकिनी हँस पड़ी, ''भाभी, बऊ लाड़ कर रही हैं। जिन्हें वे लाड़ करती हैं, वे उन्हें दुबले ही दिखाई देते हैं, भले ऐन हट्टे-कट्टे होकर आवें।''

कुसुमा भाभी और कुँवर ने चरण छूकर अभिवादन किया बऊ को। बऊ आशीषों से नवाजती रहीं माँ-बेटा को।

बऊ ने इधर-उधर देखा, "मन्दा, चाय-पानी कुछ नहीं ? भौजी को देखकर भूल बैठीं सब कुछ ! इतेक दूर से आ रही है, थक-हार गई होगी, मोंड़ा को भूख-प्यास लगी होगी। रोटी चढ़ाओ जल्दी।"

वह चाय थमाती हुई बोली, "बऊ, शरबत पिला दिया। अब चाय दे रहे हैं। तुम भी पी लो।"

बऊ चाय का लिगास थामती हुई चटाई पर बैठ गईं, "मन्दा, ठंडी-गरम तासीर का तो खयाल कर लेती। जुकाम-बुखार फैले हैं आजकाल। तुमने न-कुछ देर में पिवा डारे चाय और सरबत।"

चाय पीते हुए कुसुमा भाभी हँसने लगीं, "बिन्नू, तुम्हें अबै तक याद है हमारी चाय का स्वाद ! ऐन गिरिस्तिन हो गई हो। बिन्नू, अब तो घर बसाने की कुछ सोचो। काहे बऊ, है न साँची बात ?"

बऊ निरुत्तर और वह चुपचाप बैठी धरती खरोंचती रहीं।

देर तक कोई न बोला। बऊ, कुसुमा भाभी और वह तीनों मौन रहे। पौर में से कुँवर और हरी की आवाजें आ रही हैं, जो यहाँ थमी हवा के भारीपन को कुछ कम कर रही हैं।

कुसुमा भाभी उसके हाथ से मग लेते हुए बोलीं, "जी कलेस में न डारो बिन्नू ! हँसी-खुसी रहो।"

वह मग उठाकर खड़ी हो गई।

"भाभी, तुम नहाओगी ? नहा लो वहाँ, हैंड पाइप पर।"

कुसुमा भाभी ने डोलची में से धोती-ब्लाउज निकाल ली। मन्दाकिनी रसोई में बैठी सब कुछ गौर से देख रही थी। भाभी की सुतवाँ नाक और ठोड़ी पर गुदना की एक बिन्दी, नाक में सतबुँदिया लौंग, पतले होंठ। कहाँ से उतरी थीं भाभी ? कि तकदीर टेढ़ी थी उनकी, जो हमेशा त्याज्य रहीं और अब विधवा का रूप !

वह बाहर आ गई, खड़ी देखती रही। नहीं रहा गया तो पूछ बैठी, "भाभी, तुम सफेद कपड़े ही...आई हो तो सफेद पहनकर, अब नहाकर फिर सफेद !"

वे धोती चुनियाती हुई देखने लगीं उसकी ओर। छोटी-छोटी आँखों की पुतलियाँ थिर हो गईं दो पल को। निःश्वास भरकर बोलीं, "बिन्नू, यह तो हम नहीं कहेंगे कि किसके लिए पहनें। पहनता-ओढ़ता तो आदमी अपने ही लिए है। समझ लो कि मन नहीं करता पहनने का। दाऊ जू जोगिन नहीं कर गए हमें, हम ही त्याग बैठे हैं रंगीन

उन्ना-कपड़ा दाऊ जू के बिछोह में।''

भाभी होंठों से मुस्कुरा रही हैं। आँखों के भीतर पनीली परत घिर आई।

नहा-धोकर भाभी फिर चटाई पर आ बैठीं। कुँवर के कपड़े बदलते हुए बताने लगीं, ''इसका ही मुंडन करवाना था। सो बिन्नू हम चाहते थे कि एरच घाट पर तुम और बऊ उस बखत हमारे साथ रहो। आसीरबाद दो।''

''कुसुमा, घर से कोई नहीं आया संग ? जे तो मिठुआ का मोंड़ा हरी है,'' बऊ को अचरज था।

'' कौन आता ? दादा ठीक होते तो वे ही आते। सुनी नहीं तुमने, वे तो कब से बीमार हैं। कितना तो महाभारत मचा है बऊ ! उनकी बीमारी ही उनकी कैद हो गई।

'' हमारे कारन दादा बैरी हो गए घर-भर के।

'' बऊ, तुम्हारे सामने ही की तो बात है, कका जू हिस्सा देने को मान गए थे। अब नाटते हैं। नाटेंगे कैसे नहीं, कपूत जो चरचराटे मचाए हैं। कहते हैं कि यह न अब हमारी ब्याहता और न दाऊ जू के हिस्सा की मालिक। नाजायज सन्तान पैदा करके हक्क माँगने चली है।

'' कका जू हमसे बोले कि यशपाल के हिस्सा में से किरिया-दो किरिया लै लो गुजर-बसर के लानें। तुम्हारा बच्चा पल जाएगा।

''बऊ, उसी बखत थूक दिया हमने कि भीख-दान किसी और को देना। महनत-मजूरी करेंगे पर कुँवर को उस अन्यायी के खाते में नहीं डालेंगे।

'' इतेक बातें भईं सो दादा लड़े कका जू से। बोले, 'गोविन्दसिंह, तुम छाती पर धर ले जाना जायदाद। हमें पता है कि हम तो नहीं ले जाएँगे संग बाँधकर, सो हमें तो नहीं रोक सकता कोई।'

'' बस ! इतनी पर विकरमसिंह दरोगा जू को भिरम हो गया कि कहीं हमारा बाप अपना हिस्सा न छोड़ बैठे या किसी और रास्ते से न कर दे कटौती। सो परछाईं की तरह दादा के आसपास मँडराते रहते हैं।''

बऊ ठोड़ी पर उँगली टिकाए गौर से सुन रही थीं अब तक। अचानक हथेली मारकर बोलीं, ''विकरमसिंह तो सब तरह से समरथ हैं। उनके रहते दादा की भरपाई कर पाएँगे ? अब तो और बेबस-लाचार हो गए सो निधड़क रहें दरोगा जू। कोई नहीं बाँटे ले जा रहा उनकी जागीरें। और ऐन जानते हैं सब उनके कुटिल सुभाय को।''

कुसुमा भाभी ने बात जारी रखी, ''तो देख लो बऊ, दादा को अस्पताल तक नहीं जाने दिया दरोगा जू ने। बस, डाकधर को श्यामली में ही लिवा लावें और दिखा देवें। मोदी लल्ला मिलने-देखने आवें तो दूर ही दूर राखें उन्हें। हुई न यह कैद ?''

कहकर कुसुमा भाभी उदास हो गईं और देर तक उदास बैठी शून्य में देखती रहीं।

मन्दाकिनी ने बात पलट दी, "भाभी, तुलसी पर जल चढ़ा दिया ?"

कुसुमा भाभी ने धोती का पल्ला कन्धे पर अच्छी तरह सँभाला। सिर माथे तक ढाँपती हुई बोलीं, "ऐन चढ़ा दिया बिन्नू ! बखरी तो तीरथधाम-सी बना ली है। लो, अब काऊ मन्दिर-देवालय में जाने की जरूरत नहीं। फिर काहे के लाने भागती फिरी सन्त-महन्तों में, मठ-आसरम में ? मन्दा, जोग-बैराग की बातें...! बिन्नू, सुनते ही हमारे तो पिरान कढ़ने लगे।"

वह क्या कहे ? क्यों हो गई थी मानसिक रूप से इतनी कमजोर ? नहीं, कमजोर कहाँ, ज्यादा ही हिम्मत कर बैठी थी, नहीं तो जोगिन होना क्या आसान बात है ? होकर निभाना और भी कठिन। महाराजजी तो कमजोर नहीं।

जो भी हो, जिन्दगी कितनी दुखदायिनी है, जानती नहीं हैं क्या भाभी ? खूँखार जिनावर की तरह दाँत पैनाती हुई आगे बढ़ती है तो बचने का ठौर नहीं सूझता। और बचने का यत्न करते-करते लहूलुहान हो जाता है आदमी। फिर कौन-कौन से विचार नहीं आते, किन-किन हदों से नहीं गुजरता? आत्मदाह से लेकर असंसारी होने तक। घर-बार त्यागने से लेकर वन-वन भटकने तक।

भाभी उसके चेहरे पर आते-जाते रंगों को देखती रहीं। पढ़ती रहीं कि क्या सोच रही है मन्दा ? क्या धोक रही है ? ज्यादा छेड़ना ठीक नहीं रहेगा।

"मकरन्द की चिट्ठी-पत्री आती हैं बिन्नू ?"

वह घुटनों पर ठोड़ी टिकाए बैठी थी। केवल आँखों से जता दिया कि आती है।

"क्या-क्या लिखते हैं वे ?"

जो लिखा था, संक्षेप में बता दिया।

"बिन्नू, वे श्यामली तो आते नहीं हैं कि कुछ कह-सुन सकें। चिट्ठी में ही लिखवाया था कि विरथाँ है तुम्हारी पढ़ाई-लिखाई। काहे बात के डाकधर हो तुम ? मन्दा की पीर नहीं समझ पाए। मतारी की गऊसाला में बछेरू बने पिड़े रहे। कैसे समझदार हो कि अपने कन्धा जुआ धरने से कतराते हो।"

मन्दाकिनी चुप बैठी रही। क्या कहे वह ? क्या बताए ? दोषी कौन है ? कुछ समझ में नहीं आता। मकरन्द ज्यादा तप रहे हैं या वह ? वह अधिक दुखित है या मकरन्द ? कोई नहीं माप सकता, कोई नहीं बता सकता। कभी-कभी तो यही लगता है कि एक-दूसरे में रमे हुए, एक-दूसरे को याद कर-करके, जो भी कर रहे हैं, वह आराधना है, तपस्या है, पूजा है।

हँसते हुए बोली, "भाभी, मकरन्द तप कर रहे हैं।"

भाभी निःश्वास भरकर कहने लगीं, "तप तो तुम दोई जने कर रहे हो मन्दा !"

दोपहर को रामायण लेकर बैठ गई मन्दाकिनी।

"भाभी, क्रैशर पर जाने के कारण हम रामायण नहीं पढ़ पाते। लोग जुड़ते हैं तो सुगना सुना देती है पढ़के। सुगना को नहीं जानती होगी तुम। जगेसर कक्का की बेटी है। है तो हमसे छोटी, पर सखी-सहेली है हमारी।"

कुसुमा भाभी ने बताया, "ऐन जानते हैं। तुम श्यामली में भी जिकर करती थीं।"

रामायण को देखकर आँखें जुड़ाने लगीं कुसुमा भाभी की। विह्वल भाव से देखती रहीं, फिर कहने लगीं, "बिन्नू, याद हैं वे दिन ? गढ़ी में बिताए दिन ? जिन्दगानी की धरोहर हो गए। हते तो गिनती के पल-छिन, पर याद करते हैं तो पूरा एक जीवन लगता है। सम्पूरन जिन्दगी।" कुसुमा भाभी कहते-कहते न जाने कहाँ विचरने लगीं। उसी डाँग में। उसी छत पर उसी दालान में और उसी जुन्हाई में। दाऊ जू के आसपास...

निःश्वास भरकर बोलीं, " बिटिया, कुँवर को हम तुम्हारा ही मानते हैं। तुम्हारे संग तपोवनी में गए थे सो भगवान ने हमें यह दिया। नातर कहाँ से पा सकते थे हम यह वरदान ?

" बस, एक इच्छूया और है मन्दा कि तुम्हारा घर-बार बस जाय। रहते तो हम श्यामली में हैं, पर हमारा मन हरदम रहता है तुम्हारे संग। यह बताओ कि अब भी मकरन्द ही समाए हैं तुम्हारे मन में ? बिन्नू, और कहीं नहीं कर सकतीं ब्याह ? सो काहे ? ब्याह तो हुआ नहीं था, जो एक के पीछे ही बैठी रहो जिन्दगी-भर। कहते हैं न, कुँआरी कन्या सहस वर।

" अधूरा जीवन बड़ा दुखदायी होता है बिन्नू। "

मन्दाकिनी ने भाभी के घुटने पर हाथ रख दिया, जैसे उन्हें छूकर टटोल रही हो, पूछ रही हो कि ब्याह से ही पूरा होता है जीवन ? फिर मकरन्द ने भी तो नहीं रखा किसी को उसके स्थान पर। वह क्यों आत्मदया में जिए ? क्यों तरस की भागीदार बने ? अपनी इच्छा से ही तो चुना है जीवन का यह रूप।

केवल इतना बोली, "भाभी, मकरन्द भी तो..."

" वह तो मानते हैं हम। हमने खुद अपनी आँखों देखा है। दरोगिन को दिन-रात यही दुःख खाए जा रहा है कि लरका सादी नहीं करता।

" दरोगाजी अलग जो मन आई सो कह डालते हैं। बिन्नू, एकदार ही मिले तीनों—बाप, मतारी और बेटा, सो सुनते रहे हम दरोगिन का विलाप।

" दरोगिन जिज्जी को रात-भर नींद नहीं आई, हमें कराह-कराहकर सुनाती रहीं कि कुसुमा, सुन रही हो इनकी ? दबी-गढ़ी बातें खोदते हैं। बरसन संग रही जनी को तो आदमी मरे पीछे तेरहवीं तक याद नहीं रख पाता और हमारे मकरन्द बालपन में

संग खेले मोंड़ी-मोंड़न को नहीं भूले होंगे। कहते हैं कि तुम्हारे पूत के मन में मन्दा बसी है।

'' हमने भी समझा दिया उन्हें कि दरोगा की बातें चित मत धरो। पुलिस में रह-रहकर उनके कान कच्चे हो गए हैं। तुम जानो मुखबिरों में रहना, उनकी सुनना वैसा ही सोचना। ''

''भाभी, तुम क्रैशर पर चलोगी ? देखकर तो आओ, हमारे खेतों को हड़प गए क्रैशर। और वह अस्पताल भी दिखा देंगे जिसके कारण हम चले आए श्यामली से।''

भाभी मुस्कुराने लगीं मन्द-मन्द।

''बिन्नू, अस्पताल की बात भी थी और पिरकास से शादी न हो जाय यह डर भी था तुम्हें। साँची है न ? बऊ भी ऐन समझ गईं तुम्हारे मन की।''

वे अस्पताल की इमारत में पहुँच गईं। एक-एक कमरा दिखाया मन्दाकिनी ने। सारे किवाड़ खोल-खोलकर। कुँवर 'ओऽ ऽ ओ ऽ ऽ' करता हुआ गुँजाता रहा कमरों को।

वह सीढ़ियों पर बैठ गई कुसुमा के संग।

''भाभी, श्यामली में लोग कहते होंगे कि मकरन्द के जाने के बाद मन्दा का चित्त रमा नहीं गाँव में।''

''लोगों का क्या है बिन्नू ! जमाने की बात घट में धरोगी तो जिन्दगानी कैसे काटोगी ?''

''मिठू कक्का भी बता गए थे बऊ को श्यामली की बाबत। बड़ा दुःख हुआ हमें।''

''बस, यही बीमारी लगी है दादा को। हौल बैठ गया है गाँव की दिसा देखकर। कहाँ तक बज्जुर की छाती करे रहें ? अपने परिवार की तो जो गत भई कि बस...। कोई आदर-इज्जित की निगाह से नहीं चीन्हता। माँझे की विवस्था कुछ और ही होती है। पर गाँव को क्या करें, घर की तरह वहाँ भी फाँके पर गईं। लो, वा दिना दादा यहीं को आ रहे थे तैयार होकें, सो उसी बखत मच गया बबाल।''

मन्दाकिनी चकित-सी देखती रह गई।

''कैसा बबाल ?''

''दादा के भाग में अजस बदा है तो कोई क्या करे ? अपने चीफ साब के संगै ही हो गया फसाद, सो देख लो कि वे गाँव छोड़कर कढ़ गए।''

''कढ़ गए !'' भौचक रह गई वह।

''हओ। वे तो कब के चले गए।''

''सो क्यों ? कौन सा कारण बन पड़ा ? गाँव छोड़कर गए या त्याग कर ?'' एक साथ अनेक प्रश्न कर बैठी मन्दा।

कुसुमा भाभी ने माथे पर हाथ धर लिया, जैसे गहन शोक में डूब-उतरा रही हों। या कुछ कहते न बन रहा हो। अपने ही मुख से कैसे बखानें अपने गाँव की दुर्दशा। किस विधि कहें उस दिन की व्यथा-गाथा। आखिर को तो वे रहती-बसती गाँव में हैं। भारी कलेजा चाहिए अपनी धरती की कुचर्चा करने के लिए।

" बिन्नू, अति का ज्ञान भी दुखदायी होता है। ज्यादा पढ़ा-लिखा आदमी किस काम का ? हमारे जाने फसाद मचवाने में श्यामली के अन्दर पढ़े-लिखे आदमियों की ही माया रही है। उन्हीं की करामात ने रचाया महाभारत।

" सो साँची आग लगाई बहरा वकील ने। उसी ने लड़ाया गाँववालों को, नातर कोई क्या जाने सहरों की बातें? और जान भी जाएँ तो मार-काट नहीं मचाते आपस में !

" पर वो तो ठठरी बँधा रोज का अखबार लावे और पढ़-पढ़कर सुनावे। समझावे कि लो, अब बामन-बनियों के लड़कों-बच्चों को नहीं मिलेगी नौकरी-चाकरी। अब तो सिरकार यादव, कुर्मी, लोधों को देगी सर्वस। जैसे चमार-मैतरों को मिलती है।

" सो बस ! लोग भीतर-ही-भीतर सुलगे और फिर फट पड़े। एक-दूसरे से गुँथ गए। ऐन वारदातें भईं। जैसे ही वह सुनावे कि दिल्ली-ग्वालियर में लरका-बिटिया जल मरे। बस, पहले तो कहा-सुनी हो अपने गाँव में और फिर मारा-मारी।

" दादा ने पनइयाँ उठाईं और दौरे बहरा वकील के ऊपर, 'है ऽ ऽ...तुम्हारी ऐसी की तैसी ! हम जे चाहेंगे कि हमारे लरका को नौकरी मिल जाय और मोदी के रामपरसाद को न मिले ! पुजारी महाराज के जगदीस बिना रोजगार के रह जाएँ ! साले, चले जाना यहाँ से, नातर मारते-मारते खोपड़ी फोर देंगे।' "

"दइया ! भाभी, कौन है यह बहरा वकील ?" मन्दाकिनी की आँखें फैल गईं।

"अपने मोदी लल्ला का नातेदार।"

"रोकते नहीं लल्ला ?"

" ऐन रोका। नहीं रुका तो बोलचाल बन्द कर दी। बेसरम आदमी से कहाँ नों पेस जाय। उनके भतीजों के पास आता-जाता है।

" लल्ला नहीं रहते भतीजों में। वे तो नर्मदा और रामपरसाद के संग ही रहते हैं। परसाल मोदिन काकी नहीं रहीं सो लल्ला दुखी रहते हैं। आँधरी सही, थीं तो सहचरनी ही।

" बिन्नू, अच्छा किया जो रामपरसाद के नाम पहले ही पैंतीस बीघा का कागद कर दिया, नातर बड़ी फाजियत होनें थी लल्ला की। नर्मदा को श्यामली से कढ़ना पड़ता। भलें ढोरवारी बखरी मिली है, पर चैन में हैं वे लोग। कलहखाना नहीं है रात-दिन का।"

''भाभी, भतीजे काहे को बुला लिए लल्ला ने?''

'' बिन्नू, लल्ला को तो तुम जानती हो, सतजुगी जीव ठहरे। सोचते थे, कोई अन्यायी न कहे उन्हें। यह न बोले कि बाप-दादों की जमीन ससुरारियों के नाम कर दी। सो उन्होंने बराबर के चार हिस्से कर दिए।

'' उन्हें क्या पता था कि ऐसी रंजिश हो जाएगी कका-भतीजों में। बस, जई सनीचर छाया है घर-घर। इंच-इंच धरती पर लट्ठ तान रहा है आदमी।

'' धोबिन देखी थी तुमने ? दादा ने ही बसाया था उसे। घर दिया, चार बीघा जमीन अपने खेतों की दी और अब देख लो कि वे ही धोबिन नथू की टाँगन में घुसी फिर रही है, निर्लज्ज़ ! उसका मोंड़ा गद्दारी कर गया। इधर-से-उधर और उधर-से-इधर चुगली करता है, खबरें देता है, लेता है। यही काम है, उसका।

'' बिन्नू, जे भी कोई काम हुआ ? बस, इसी बात के रुपए खाता है दोनों तरफ़ से। साइकिल पर रेडियो टाँगकर ऐसे घूमेगा जैसे कहाँ का गुंडा है।

'' दलाल समझो। चुनाव के लिए बोट पटाता है। पाँच सौ रुपइया एक बोट के। तीन सौ-साढ़े तीन सौ में आदमी मान ही जाता है। बाकी अपनी जेब में डाल लेगा।''

मन्दाकिनी चौंककर देखने लगी। सँभलकर बैठ गई।

'बोटों की दलाली ! जो इन गाँवों तक आ गई यह छुतैली बीमारी तो फिर ? फिर कौन चलेगा कन्धे से कन्धा मिलाकर ? नरसिंहगढ़ के सरपंच और गोंती के प्रधानजी के आन्दोलन को कौन देगा सरंजाम ? आगे होनेवाले यज्ञ में कौन डालेगा आहुति? और कौन समझाएगा अज्ञानियों को जूझने का मर्म ?'

भाभी अपनी रौ में थीं।

''दादा ने कहा था कि स्कूल में एक बाथरूम होना चाहिए। पढ़नेवाली मोंड़ियन को पेसाब-मेसाब की दिक्कित रहती है। बस, किरिया-भर जगह चाहिए, पर कौन देता है, चुप लगा गए खेत के मालिक। मोदी के भतीजे। कहाँ लल्ला पूरी नर्सरी दिए देते थे स्कूल के लिए, पर अब तो लल्ला भी विवस हो गए। नर्सरी तो पराए मोंड़ों के नाम चली गई।''

''स्कूल में हेडमास्टर वे ही हैं जो हमारे सामने थे ?''

'' अरे काहे को ! वे तो कब के बदल गए। अब तो है एक सराबी-कबाबी। नासिया को तन-बदन की ही सुरत नहीं रहती, पढ़ाएगा क्या ? जे कुँवर बई स्कूल में बर्बाद हो रहे हैं। चाली हो गया यह लरका। तमाम गारी-मारी सीख गया है।

'' बिचारे छोटे मास्टर बच्चन को घेरे रहते हैं। दोपहर बाद वे चले जाते हैं मानीटर के ऊपर छोड़कें, काहे से कि उनको भी तो अपनी किसानी देखनी होती है। भैंसिया-बैलों का चारा-पत्ता।

" काहे की पढ़ाई-मढ़ाई। नकल कर आए और बैठे घरै। एक मोंड़ा इन्त्यान को जाता है तो संग में चार नकल करइया। अपने पिरकास तो अब्बल हैं नकल कराने में। नथू ने दुश्मनी छोड़ दी इसी कारन। उसके मोंड़ा को नकल कराने गए थे अपने पिरकास। पिछले तीन साल से करा रहे हैं, पर मोंड़ा है कि हरदार फैल ही कड़ जाता है।

"लो अब कें तो दद्दा ने बखर थमा दिया कि लला, कलम तुम्हारे हाथ के लानें छोटी पड़ती है।"

मन्दाकिनी हँस पड़ी।

लौटते-लौटते रात हो गई।

सुगना और बऊ उजियारा करे हुए बैठी हैं। ठाकुरद्वारे में घी का दीया जल रहा है। आरती करनी है मन्दाकिनी को। पप्पू भी चला आ रहा है आरती के लिए।

मन्दाकिनी ने परिचय कराया।

"हम कह रहे थे न, यह सुगना है और यह प्रधान काका का पप्पू।"

भाभी ने बारी-बारी दोनों की ओर देखा।

"सगे बहन-भइया-से लगते हैं दोई जने।"

मन्दाकिनी ने पप्पू से कहा, "तुम एरच के महाराज से कह आना, हम दोज के दिन आएँगे कुँवर का मुंडन करवाने।"

रात के खाने के बाद बऊ कुसुमा भाभी के पास आ गईं। भाभी खटिया से उतरकर नीचे चटाई पर बैठ गईं और बऊ को खटिया पर बिठा दिया। बऊ का हाथ सुपारी कतरते-कतरते रुक गया, जैसे कुछ याद हो आया हो।

"कुसुमा, चीफ साब काहे चले गए ? मन्दा कह रही थी..."

कुसुमा भाभी पाँव की उँगलियों को बेवजह तोड़ने-मरोड़ने लगीं, जैसे भीतर की शिराएँ ऐंठ रही हों वह दृश्य याद करके, कि टेढ़ा-मेढ़ा हुआ जा रहा हो अन्दर ख़िंचा श्यामली का ढाँचा।

"हओ बऊ, कढ़ तो गए चीफ साब। काढ़ दिए खोजियन ने।"

मन्दाकिनी भाभी को ढूँढ़ती हुई अटारी में आ गई।

"काहे काढ़ दिए कुसुमा ?" बऊ ने सुपारी मुख में डालते हुए पूछा।

" क्या बता दें बऊ ? उलटी ग्रह-दसा का कहाँ नों ब्यान करें ? सुनकर तुम्हें भी दुख होगा और हम भी फिर से बूड़ जाएँगे उन दुखदायिनी घड़ियों में।

" बऊ, कोई भी आदमी अपनी जगह, अपनी जड़ सहज नहीं छोड़ना चाहता। मर-खिपकर भी अपनी मिट्टी की चाहत रहती है मन में। पर उस गाँव में अन्धेर

तो देखो, माटी में मिल जाने की मोहलत नहीं दी चीफ साब को।

" यह समझ लो कि दिल्ली-ग्वालियर के मोंड़ी-मोड़ों का जलना-मरना सान्त नहीं हो पाया था कि रथजात्रा की खबरें रेडियो में आने लगीं। फिर क्या, हर आदमी कान धरे बैठा है धोबी के रेडियो पर। मोदी के भतीजों के पास कि अपने द्वारे। फिर तो जागरूक हो गया गाँव। एक-एक खबर को, समाचार को ऐसे सुनते आदमी जैसे इनको ही निवारन करना है हर समिस्या को। अजुध्याजी का समाचार रेडियो क्या, अखबार क्या और टेलीविजन जो मोंठ में लगा है, पूँछ में लगा है सब जगह आने लगा।

" फिर क्या, सब जगह आदमी के मुख से एक ही चर्चा सुन लो कि अजुध्याजी में पनमेसरी मस्जिद ढहाकें मन्दिर की अस्थापना होगी। रामजी, लछमनजी और सीता जी पधराई जाएँगी उस जगह।

" बड़े-बूढ़ों ने तो थूका भी कि कौन सिर्री हुआ है, जो पराई जगह अपने देवताओं को पधरा रहा है। अपने मन्दिरों में क्या जगह नहीं है ? पर उनकी सुनै कौन ? सुनै भी तो समझे कौन ! रेडियो, टेलीविजन के सुननेवाले अपने बड़े-बूढ़ों की बात सुनैंगे भला ?

" हल्ला मचा कि मस्जिद ढहाई सो मुसलमानों ने हिन्दुओं को मारा है, काटा है।

" चलो हम भी मारेंगे मुसलमान, काटेंगे उनके सिर, हाथ-पाँव। बस, जिसके हाथ में जो आया ले-लेकर निकल पड़े। नथू, पन्नी माते का मोंड़ा धनसिंह, अपने पिरकास लै-लै लट्ठ पहूँच गए चीफ साब के दुआरें। पल्ले पुरा के अर्जुन, भगवानसिंह, रामभरोसे हुनैं आ गए फरुआ लै-लै कें।

" चीफ साब के दरवाजे पर ऐन गारी-मारी दीं। अल्ला-खुदा को गरियाया। ऐन चीख-चिल्लाहट मची।

" पर बऊ, मुख से हरफ नहीं काढ़ा चीफ साब ने। किबाड़ बन्द करें भीतर बैठे रहे। सुनते रहे शोरगुल !

" लोग फरुबा से मस्जिद ढहाने लगे।

" मिठू ने गदबद दी सो पहौंचे दादा के पास। सारा किस्सा हाँफते-हाँफते पल-भर में सुना डाला।

" दादा कहाँ रुकनेवाले थे। तुरन्त भागे और फरुआ पकड़ लिया।

" पर लोग कहाँ माने। दादा को एक कनाएँ ढकेलकर लगे रहे गिराने में। और फिर आए तो दरवाजे की किबाड़ों पर टूट पड़े। बखरी के भीतर भाभीजान अम्माजान रोने लगीं। ऐन नरयाटे मचने लगो जैसे बकरियों का झुंड एक साथ कतल कर दिया हो किसी ने। उसी तरह को दिल हिलानेवाली चिल्लाहट।

" दादा एक-एक को पकड़कर खींचने लगे। नथू सीधे पड़ गए।

" 'दादा, तुम बड़े मुल्ला बन रहे हो। ये साले मुसलमान वहाँ अजुध्याजी में हिन्दुओं का खातमा कर रहे हैं। सहर-सहर आग लगा रहे हैं !'

" 'अरे ! तुम देखि आए हो वहाँ, जो ऐसा कसाईपना करने लगे। बधिक काहे हो गए तुम ! सुन क्यों नहीं रहे।' दादा विलाप-सा कर उठे।

" पर कौन किसकी सुने।

" दादा चिल्याते ही रह गए कि तुमने अपनी आँखन देखी है अजुध्या ? गए हो कबहुँ उस ओर ? फिर काहे को अधरमियों की बातें मान लीं ? तुम क्या जानो राजनीत की बातें ? निर्जीव रेडियो-अखबार के कहने पर जीते-जागते आदमी को तबाह करने काहे को आ गए ?

" वे नहीं माने बऊ !

" मन्दा, वे तो राच्छत का रूप धर गए। रावन और कंस हो उठे। चीफ साब की बखरी में उरबे के लाने पागिल हो उठे।

" देख रहे थे दादा। असहाय-से खड़े देखते रहे, जैसे चारों दिसाओं में हेर-हेरकर किसी ऐसे देवता को बुलाना चाह रहे हों जो इन असुरों का नास कर दे पर कहाँ ? कोई नहीं आया। कोई नहीं आगे बढ़ा। किबाड़ें टूट गईं।

" चारऊ तरफ से घिर आए दादा।

" घेर लिए चीफ साब।

" अब ? अब क्या करें ?

" सो कुछ न बनी, कुछ न सूझी तो बखरी की चौखट के आरपार लोट गए दादा और ऐसे चिल्याने लगे, जैसे मोतीझरा के आदमी को बाय हो जाती है। या सरीर में देवता भर आते हैं, सो आठ-आठ आदमी नहीं रोक पाते उसे। बूढ़े सरीर में इतेक बल !

" लो, अब आओ, और करो हमारा कतल ! चलाओ हमारी घिची पर आरी ! काढ़ो हमारे पिरान !...अरे पिरका ऽऽस ! घुसो हमारी लहास पर पाँव धरकर।...

" नहीं सुन रहे थे, जब तक नहीं सुन रहे थे। फिर तो पाला-सा पड़ गया अन्यायियों पर। सान्त हो गए और वापस लौटने लगे।

" बिन्नू तुम्हारे चीफ काका गरे से लिपड़ गए। जार-जार रो उठे।"

बऊ स्तब्ध-सी बैठी रह गईं, जैसे श्यामली में हुए उस एकतरफा युद्ध को अपनी आँखों देखा हो। मन्दाकिनी अपलक देखती रही कुसुमा भाभी की ओर आगे की बात जान लेने की जिज्ञासु नजर गड़ाए।

कुसुमा भाभी बहुत थकी हुई लगने लगीं, जैसे महाभारत का वर्णन करते-करते उनका गला सूख आया हो।

''बिन्नू पानी चाहिए हमें।''

बऊ मन्दा को डपटती हुई बोलीं, '' लो बेटा, जे होता है चतुराई का परनाम। बहुत मरी जाती हो कि बऊ, अपने गाँव के आदमी भोले-बाबरे हैं सो अभिलाख से ही दब जाते हैं, जगेसर की चालाकी में आ जाते हैं। सो नहीं बेटा, वे सब जानते हैं—धरम-अधरम, सत-असत, नीत-अनीत।

'' वे नहीं जानते हैं तो नई दुनिया की चालाकियाँ नहीं जानते। किसी के कहे में सहज नहीं आते। अपने पुरखों की भली बातों को घट में धरे हैं। नातर आज तुम्हारे संग नहीं होता सम्पूरन गाँव ? वे ही संस्कार तो जिन्दा हैं उनके भीतर।''

''भाभी, फिर ?'' मन्दाकिनी आगे की कथा जानने को आतुर थी।

'' फिर क्या, हल्ला सान्त हो गया। दिन पहली तरह बीतने लगे। लोग अपने कामधाम में लग गए। चीफ साब की बखरी में खाना-पीना, नहाना-धोना तो पहले की तरह चलने लगा, पर मन गिर गया उनका। बाहर निकलना, उठना-बैठना बन्द कर दिया उन्होंने। अपनी बखरी में ही बाहर फैली दुनिया समेट ली।

'' हम लोगों ने समझ लिया कि चलो घर में रहते हैं तो घर में ही सही, रहने दो इसी तरह। कम-से-कम कोई बद व्यवहार तो नहीं होता उनके संग।

'' ऐसा भी होता तो कितना अच्छा होता बिन्नू ! कुछ न बिगड़ता बऊ ! पर विथा का अन्त नहीं हुआ !

'' नमाज-बन्दगी को उस टूटी-फूटी मस्जिद में भी जा सकते थे। पर अपने गाँव के आदमियों की आँखों में तो सैतान बैठ गया। अल्ला-ईसुर की पवित्तर जगह राच्छतों ने गू-मूतों से भर दी। ठौर-ठौर गन्दगी। दुरगन्ध। घिनापन।

'' मिठू कक्का दादा को मस्जिद दिखाने ले गए तो आँखें फटी रह गईं उनकी। बेजान पूतरा-से ठाड़े रह गए और ऐसे ही ठाड़े रहे बिलात देर तक।

'' मिठू कक्का तो घबड़ा गए। कन्धा पकड़ कें दादा हिला डाले उनने। कहूँ ठाड़े ही ठाड़े दादा आँखें तो नहीं नटेर गए ?

'' चेते तो सही, पर बोले कुछ नहीं। मिठू का कन्धा पकड़कर उँगली से इसारा दिया कि हम चीफ साब की बखरी की तरफ जाना चाहते हैं।

'' जाकर आँखें झुकाकर ऐसे सोक में डूबे से बैठे रहे, जैसे किसी गमी में आए हों। दुःख में बराबर के भागीदार हों और अपराध के लिए पूरे-पूरे जिम्मेदार मान रहे हों अपने-आपको।

'' सिर उठाकर देखा भी तो ऐसे देखा, ज्यों कह रहे हों कि जितनी पनइयाँ देनी हों चीफ साब, जा मूँड़ में दै लो। झुका है तुम्हारे सामने। गाँव में तुम्हारे परम पिता का ऐसा घिरना-भरा अनादर हुआ है !''

कुसुमा भाभी कुछ देर के लिए चुप हो गईं। बऊ से रहा नहीं गया। बोलीं, "फिर बेटा ?"

" फिर क्या ? एक दिना की बात होती तो अन्त हो जाता नफरत का। रोज-रोज का सिलसिला चल निकला। पनका मेहतरानी से सफाई करा देते थे चीफ साब, सो नासमिटों ने उसको भी धमका दिया। सिखा-पढ़ा दिया कि तें हिन्दू होकें मुसलमान के घरै सफइयत न कर। जो करी तो देखना कि...

" सो डरन के मारे वो भी न आवै।

" बऊ, चीफ साब ने जहाँ नमाज-बन्दगी छोड़ी, वहीं गिला-सिकवा भी। पाथर की मूरत-से अपने महमानखाने में टिके रहते।

" हार-खेत की तरफ हम जावें तो उनकी बखरी के तरफ हेरा न जाता था। लगता कि उस घर में आदमी नहीं बेजुबान कबूतर बसते हैं, जो डर-भै के कारण पिंजड़े में बैठे काँप रहे हैं। चीफ साब की तरफ चितएँ तो कैसे ? उस दिन हमें लगा कि घूँघट-परदा अच्छी चीज है। आँखों को बेहया होने से तो बचा लेता है।

" अन्त में नहीं रहा गया हमसे तो खुलासा कह दिया कि ऐन पनका मेहतरानी को रोक लो तुम लोग, हमें रोको तो जानें ! हम करेंगे साफ-सफाई। उठाएँगे गू-मूत। आ जाओ सारा गाँव। मचाओ गलीचखाना। करो घिनापन।

" लो बऊ, हम तो भोर ही जा पहुँचे। झाड़-बुहार आए। धो-लीप आए। अगरबत्ती जला आए।

" घर के लोग बहुत बौखलाए। गारी-मारी बकने लगे। वे कका जू के पूत, हमारे पति परमेसुर तो आपे से बाहर हो गए। बोले, 'चीर कें दो कर देंगे हम तुझे।'

" हमने कहा, 'भूँकते हुए कुत्ता-कूकरों का थूथड़ा नहीं पकड़ते फिरेंगे हम। तुम्हें ईसुर-अल्ला का लिहाज नहीं है, फिर हम तो मामूली इंसान ही हैं। पर इतेक और सुन लो कि जो चीरकें दो करने आएगा तो रायफल से भूँज डारेंगे हम भी। भले पीछे फाँसी चढ़ जायँ। असल भड़रे (भाँडेर, जहाँ बागी होते हैं) ठहरे हम।'

" घर से तो जीत लिए बऊ हम, पर चीफ साब नहीं माने, बोले, 'यह सब शोभा नहीं देता माधोंपुरावाली दुल्हन ! हम तुम्हें भूल नहीं पाएँगे ताउम्र। अल्ला तुम्हें सौ गुनी दिलेरी बख्शे। साफ-सफइयत तो हम भी कर सकते थे, मगर हम रहना नहीं चाहते अब श्यामली में।' " इतना कहकर कुसुमा भाभी चुप हो गईं। लालटेन के उजियारे में आँखें गाड़े मौन बैठी रहीं।

सन्नाटे को तोड़ता हुआ हरी बोला, " बऊ, अपने जी का दुक्ख हम क्या कहें? कहने को तो कई-कई बेर कह लिया। जिस-तिस को सुना लेते हैं अभी भी। पर बऊ, कोई-कोई दुख ऐसा होता है जिसकी जड़ें सूखती नहीं ! हरे घाव की तरह लोंकता ही रहता है हर बखत।

" बऊ, बचपने के खेलों को कब तक नहीं भूलता आदमी ? इतेक बड़े हो गए, पर गरे में अटकी फाँस की नाईं अब भी कसकती हैं वे यादें। "

बऊ निःश्वास भरकर बोलीं, "बेटा, आदमी की क्या बिसात ? तीनहुँ लोकों के स्वामी भगवान किसन नहीं बिसार पाए गोकुल-बरसाना। कच्ची उमर में परी लकीरें नहीं मिटतीं। वे तो ऐसे ही होती हैं जैसे कच्ची माटी को कुम्हार काट-तरासकर सजा-सँवार देता है। तो, अवा की आग तक नहीं मिटा पाती वे निसान।"

" बऊ, हम अन्नो बाजी की चिट्ठियाँ लाते थे डाकखाने से और चीफ काका को खूब सता-हिरसाकर देते थे। वे हँसते और खूब हँसते। कभी रिसियाए नहीं हमारी शैतानी पर, उलटे काकी बेगम से ही कहते कि मीठे चावल खिलाओ हरिया को, तब देगा तुम्हारी बेटी की चिट्ठी।

" काकी चावल ले आतीं। हमें लढ़ियातीं, सिर पर हाथ फेरतीं। बऊ, हमें चावल की पीले रंग की तरह अच्छी लगती उनकी छुअन।

" चिट्ठी आना बन्द हो गया।

" बड़ा अचरज हुआ हमें। रोज जाते, रोज लौट आते। डाकिया का विश्वास न होता, लगता कि झूठ बोलने लगा है पोस्टमैन। बिना चिट्ठी लिये जाते तो भी उदास आँखों काकी मीठे चावल तामचीनी की पलेट में परोस लातीं। उसी तरह हाथ फेरतीं। बऊ, हमारा जी उमड़ने लगता आप-ही-आप। काकी की ओर देखा न जाता। चीफ काका से आँख न मिला पाते। झगड़े के कारण तो कोई चिट्ठी नहीं दाबता जा रहा या कोई दुश्मनीबस गायब कर रहा हो ? मन में तमाम तरह के विचार आते।

" एक दिन पूछ लिया, 'काका, अन्नो बाजी की चिट्ठी अब...'

" वे कुछ न बोले, केवल देखते रहे हमारी ओर।

" फिर पता है बऊ, क्या बोले ? बोले कि ' बेटा हरिया, अन्नो क्या करेगी अब खत डालकर ? हमने ही लिख भेजा है कि बिटिया, अब तुम अपने मायके श्यामली नहीं आ पाओगी। खतोकिताबत करके भी क्या होगा ?

" ' तुम...अपने बदनसीब बाप के लिए महोबा में ही ठहरने की कोई मामूली सी जगह तलाश देना।'

" हम तो अकबकाए-से रह गए बऊ । 'काका, तुम वहीं बसोगे ?'

" कराहते हुए से बोले चीफ काका, 'मौत तक पड़ाव तो डालना ही होगा। रहने और बसने में बड़ा फर्क होता है। एक बार बसावट उखड़ जाय तो ताउम्र नहीं बस पाता आदमी। रह भले ले खानाबदोस की तरह !' "

कुसुमा भाभी और मन्दा के साथ-साथ निःश्वास भरा। बऊ अपनी साँस रोके रहीं। इतने आदमियों का मौन शोक-असगुन माना जाता है !

कुसुमा भाभी भारी स्वर में बताने लगीं, ''बऊ, घर उजड़ गया। डेरा उखड़ गया। हम अम्मा बेगम के पाँव छूकर आसीरबाद लेने गए थे सो...'' आगे नहीं बोल पाईं कुसुमा भाभी।

बात की छूटी डोर हरी ने पकड़ ली, ''बऊ, हमसे सब सिर्री कहते हैं। हँसते हैं हमारे ऊपर कि मिठू का मोंड़ा पागिल हो गया। पर हम क्या करें बऊ...मन नहीं मानता, पोस्टमैनजी से अब भी दिन में एक बार जरूर पूछ लेते हैं कि डाकियाजी, अन्नो बाजी की कोई चिट्ठी ?''

कुसुमा भाभी बताने लगीं, '' चीफ साबवाली बखरी अपने कका जू के पास है। बन्ने साबवाला घर नथू ने दाब लिया सेंत-मेंत में। फिर तो लूट सी मची। दादा किस-किस को रोकते ?

'' बस, मस्जिदवाली जगह नहीं हथियाने दी किसी को। खुद साफ-सफइयत कराते हैं। दीपक हम ही जलाते हैं वहाँ रोज।

'' दादा कहते हैं, कुरान मँगाकर रख देंगे। सायद हमारा यार चीफ कभी लौटे, तो देखे तो सही कि हमारे हिरदय में वह आज भी बसता है।

'' लरका हँसी करते हैं, मखौल उड़ाते हैं। कहते हैं कि दादा मुल्ला हो गए। नमाज पढ़ना सीखेंगे।

'' ऐन बीमार हैं दादा, पर बऊ, मजाल है कि अगरबत्ती-धूप धरवाए बिना रोटी खा लें। तनिक देर होगी तो तुरन्त पूछेंगे, 'बहू, नहा-धो ली, मस्जिद में अगरबत्ती जला आई ?' ''

मन्दाकिनी का मन श्यामली में जा भटका। केस के दिनों में रही थी चीफ साब के घर। अम्माजान और चचीजान कैसा वैष्णवी खाना पकाती थीं। चूल्हा-चौका लीप-पोतकर काँसे की पतीली में बनाती थीं दाल-चावल। लोहे की कड़ाही में आलू-बैंगन का साक। अंडे-गोश्त खाना तो दूर, बात भी नहीं कर पाता था कोई। जिसे खाना हो चुपचाप बन्ने मास्साब के बावर्चीखाने में चले जाओ। छोटी चची के हिस्से में कर दिया था उन दिनों दोनों घरों का खाना-पकाना।

अन्नो बाजी ने साँप-सीढ़ी और लूडो खेलना सिखाया था। कैरम में इतना पक्का दिया था कि मकरन्द भी नहीं जीत पाते थे उससे।

निःश्वास भरकर रह गई मन्दाकिनी। क्यों मिलते हैं लोग ? क्यों हो जाते हैं घुलमिलकर एक कुटुम्ब-सरीखे और क्यों बिखर जाते हैं फिर यहाँ-वहाँ, आँधी में उड़े पत्तों की तरह...

भाभी सम्भवतः पढ़ नहीं पाईं उसकी मनःस्थिति को। भाँप नहीं सकीं कि मन्दा किस सोच में डूबी है, कि उसके भीतर यादों की भँवरदार नदी उफन रही है। अचानक बता बैठीं, ''बिन्नू, अपने बन्ने मास्साब भी नहीं रहे। हम कह रहे हैं न कि

श्यामली-मोंठ-चिरगाँव के आसपास रामनामी परलय हुई थी। सो लील गए बड़े-से-बड़े पहाड़ों को।''

''आँऽ ऽ !'' मन्दाकिनी कराहकर रह गई।

''बिटिया, दंगे-फसाद में ही किसी नासिया ने कर दिया उनका कतल। लहास तीन दिना पीछे मिली थी, जौरा के रस्ता में। चिन्हार नहीं पड़ रहे थे बन्ने मास्साब ! वो तो कुर्ता-पाजामा पहचान लिया मोंठ के काऊ मास्टर ने।''

बावरी-सी हो उठी मन्दाकिनी और पोपला मुख खुला रह गया बऊ का। न कुछ पूछा न कहा, ऐसे बैठी रह गईं जैसे अब आगे कुछ भी सुनने की शक्ति न बची हो। गले-गले तक भर आई करुणा।

भाभी के शोक-सन्देश अन्तहीन लगने लगे।

''बाहर बाट हो गए बिन्नू ! घर-बार खतम हो गया बन्ने मास्साब का ! बिटियों से गाँव के लड़कों ने तुम्हारे सामने ही छेड़खानी कर दी थी, सो मास्साब को इतेक गुस्सा आया कि श्यामली की खेती बेंच-बाँचकर मोंठ चले गए। वहीं बसने की सोच ली। मकान बनवाने की मंसा थी, पर पूरन नहीं होने दी कसाइयों ने। पाँचों मोंड़ियों में से एक की भी सादी नहीं कर पाए बिचारे !''

हरी पनारे के पास उकड़ूँ बैठा पानी पी रहा था। सुगना उसकी अंजली से लोटे में धार बाँधकर डाल रही थी जल। वार्तालाप को सुनकर हथेली मींड़ते हुए पास आ बैठा।

''भौजी, आज रात सोने की मंसा नहीं क्या ? रात में दिन करें बैठी हो। लालटेन बुझा दो।''

उसकी बात का किसी ने कोई जवाब नहीं दिया। जो भी उपस्थित थे अपने-अपने वृत्तों में कैद हों जैसे। कोई नहीं बोल रहा। इन बातों को सुनकर कई दुखदायी बातें याद आने लगती हैं, सो बदलना चाहा था यह मुद्दा, पलटनी चाही थी यह बात। मगर जब याद आ ही गई है तो कहकर ही हल्का करना पड़ेगा अपना। मन। दाबकर नहीं रख सकता उठते नश्तरों को। हरी बेबस हो आया।

'' भौजी, एक दिन मिली थी हमें। वो ऽ ऽ बन्ने मास्साब की सबसे बड़ी मोंड़ी।

'' बुरका ओढ़कें बस में बैठी थी, सो हम कैसे चीन्हते ? उसी ने अपनी आँखों के ऊपर से परदा उठाकर पुकारा, 'हरिया !'

'' लो, हम तो हैरान से देखते रह गए। चीन्ह ही नहीं पाए कुछ देर तक। एकदम दूबरी। पीरी मरियल-सी...। हमें देखकर बिब्बन की आँखन में अँसुआ भर आए। चेहरे की हड्डियों पर ढुलकने लगे। ''

मन्दा देख रही है, हरी का साँवला मुख उतना ही उदास हो उठा जितना वह बिब्बन का बता रहा है। होंठों पर उठती रेख नीचे झुक सी गई। धरती पर निगाह

गाड़े रहा कुछ देर।

''जी तो हमारा भी उमड़ने लगा भौजी ! उनके घर खेले-कूदे हैं। हमारा घर उनके घर के पास ही...मुसलमानों के घर के बाद ही तो सुरू होता है बसोर टोला।''

मन्दाकिनी की आँखों में फिर एक तस्वीर बन गई। जिसकी हमउम्र बिब्बन साकार खड़ी हो गई सामने। गोरी गदबदी, बड़ी-बड़ी आँखोंवाली। दो लम्बी-लम्बी चोटियाँ थीं उसकी। कुर्ता-गरारा पहनती थी। दुपट्टे में सितारे टँके रहते थे।

पहली बार मोंठ में मिली थी। जब उसके मुँह में छाले हो गए थे। दादा उसे अस्पताल में दिखाने ले गए थे।

बिब्बन ने पोस्ट ऑफिस के पास अपने पैसों से कुल्फी खिलाई थी, जिसे वह कठिनाई से खा पाई थी। कुल्फी को चचोरती हुई बिब्बन बोली थी, 'तुम्हारा नाम मन्दाकिनी है न ?'

उसने सिर हिलाकर स्वीकृति दी थी।

'तुम्हारा ब्याह होनेवाला है ? चच्ची कह रही थीं, मकरन्द भाई के साथ तुम्हारी शादी होगी।'

'हट्ट !' कहकर शरमा गई थी वह। कनखियों से बिब्बन के सुन्दर दुपट्टे को देखती रही थी।

'हमसे दोस्ती कर लो। तुम्हारी शादी में हम तुम्हारे हाथ पर मेहँदी लगा देंगे। चच्ची कह रही थीं, ब्याह में हम आया करेंगे तुम्हारे घर। हमने अन्नो बाजी को भी लगाई थी बेलबूटोंदार मेहँदी।'

वह सकुचा गई थी। हिम्मत करके शरारत से बोली थी, 'हमें तो आती ही नहीं मेहँदी लगानी। तुम्हारा ब्याह हो तो...'

'धत् !' बिब्बन ने उसकी बाँह पर चपत जड़ दी थी। शरमा गई थी बुरी तरह। गुलाब की तरह रंगत हो गई थी गालों की। सेब जैसे गालों में हँसते समय गड्ढे पड़े तो चकित रह गई थी वह। कितनी सुन्दर है बिब्बन !

ये सब बातें बऊ को बताई थीं उसने और पूछा था कि बिब्बन तस्वीर में बनी सीताजी जैसी सुन्दर क्यों है ? रहती तो वह भी इसी गाँव में है।

बऊ ने समझाया था, 'बेटा, मुसलमान की जात सुन्दर होती ही है। ऊपर से मास-गोस्त का खाना, सो अपार रूप चढ़ता है इन पर। कहते नहीं हैं कि मांस खाए मांस बढ़े, घी खाए खोपड़ा।'

बऊ पूछने लगीं कुसुमा भाभी से, ''बहू, अब उनकी गुजर-बसर ?''

मन्दाकिनी बोली, ''मास्टरनी हो गई होगी बिब्बन।''

''कहाँ बिन्नू ? कितऊँ नहीं हो गई मास्टरनी। उतेक पढ़ाया ही नहीं बाप ने। वे तो बस औलाद पैदा करने लगे रहे। जे नहीं सोची कि काल के दिन कोई बुरा

बखत आ जाय तो सामना किस बिध हो पाएगा। मास्टर होकें भी आँधरे निर्बुद्धि बने रहे बन्ने मास्साब। सो आज हो रही है कुदिसा।''

हरी न जाने क्यों कुँवर की उँगली पकड़कर वहाँ से उठ गया। देखती रही वह। नींद आ रही होगी।

कुसुमा भाभी नीचे का होंठ दाँतों से दबाए रहीं कुछ देर, फिर बोलीं, '' बिन्नू, पेट पापी होता है। हम तो यहाँ तक समझ गए हैं कि पेट की होरी बुझाने को आदमी अपना मांस तक खा जाता है।

''नहीं तो क्या बन्ने मास्साब की बिटियाँ, चीफ साब की भतीजी धन्धा कर लेतीं ?''

सुनकर बऊ की बूढ़ी आँखें झुर्रियों के भीतर कौड़ी की तरह खुली रह गईं। मन्दाकिनी को जैसे विश्वास नहीं हो रहा था। जैसे अभी कहेगी कि झूठ मत बोलो भाभी, हम नहीं मानते।

परन्तु बोल नहीं पाई कुछ कंठ में भरे रही अनहोनी को। छत के ऊपर बोझिल ठहरी हुई हवा की तरह भीतर से भभक रही थी, बस इतना ही सोच पाई, बिब्बन...मेहँदी की जरूरत न तुम्हें पड़ी, न मुझे।

''भाभी, किसी ने खबर-सुध नहीं ली ?''

'' कौन लेता खबर ? कौन करता मदद ? चीफ साब तो हमारे जाने आए थे देखने। संग नहीं ले जा सके। उनका अपना ही ठिकाना नहीं। बिटिया के घर नहीं बिठाना चाहते होंगे ले जाकर।

'' फिर स्कूलवालों पर भी मास्साब की पेंसल के रुपइया निकलते थे। पर इतने टब्बर का होता है इंसल-पिंसल से गुजारा ?

'' बऊ, दादा ने सुनी सो मोदी लल्ला के संग भगते गए। घर का पता-ठिकाना कुछ मालुम नहीं था। पूछते-पाँछते पहोंचे उस गँधेले मौहल्ले में। दादा तो अचरज में पड़ गए कि लो, बूढ़े हो गए हम श्यामली में रहते हुए, यह मौहल्ला आज देखा मोंठ का। यह नरक कहाँ छिपा था इस बस्ती में ? मुर्गी-मुर्गों के पंख डरे गली में। कहीं बकरा की मुड़ी। और फूटी भीतोंवाले घरों की टूटी-जर्जर किवाड़ों की झिरी से, कि फटे टाट के परदा के पीछे से चोंखी हुई सी जनी झाँक रहीं। बुला रहीं इशारे से। दादा और लल्ला नीची निगाहें करे चलते चले गए।

'' जब ऐन द्वार के सामने पहोंचे तो देखते ही सन्न रह गए दादा। जैसे चक्कर खाकें गिरते हों उसी जगह। दरवाजे से लगी अपने पिरकास की मोटरसाइकिल खड़ी थी। पहचान गए।

'' अब ? दादा आगे बढ़ें या पीछे कों भग परें ? मोदी लल्ला से कौन सा कारन बतावें लौट चलने का ? अन्त में लौट ही लिए। मोदी लल्ला अचम्भे में पड़े दादा के

पिछाईं-पिछाईं चलने लगे, 'ओ, पंचमसिंह को क्या हो पड़ा अचानक ? वहाँ से तो भगते आए थे देखवे के लानें।' ''

बातें करते-करते आधी रात बीत चुकी है। नींद तो जैसे आँखों के आसपास कहीं भी नहीं। बऊ उदास अनमनी सी उठीं और बोलीं, ''सो जाओ कुसुमा !''

मन्दाकिनी खेस-पिछौरा धरने लगी खटिया पर। भाभी की चारपाई से जोड़कर बिछा लिया अपना बिस्तर।

क्रैसर के बारे में अनेक बातें पूछती रहीं कुसुमा भाभी। अपनी परेशानियाँ-उपलब्धियाँ बताती रही मन्दाकिनी। अभिलाख का दलन-दोहन, जुल्म-सितम और जगेसर की धूर्तता का बखान करती रही उनके सामने।

फिर भी कुसुमा भाभी को सोनपुरा श्यामली के मुकाबले कई-कई गुना अच्छा लगा, '' देख लो बिन्नू, यह होती है एकता और फूट की बात। श्यामली का एक-एक घर अलग हो गया, चार बेटा तो चार चूल्हे। अपनी-अपनी ढपली अपना-अपना राग। यह समझ लो कि बर्बादी की कगार पर खड़ा श्यामली गाँव।

'' कहाँ सोनपुरा तबाह था। कोई गिनती नहीं थी कहीं भी। तुमने बाँधा तो फल-फूल रहा है। खुशी है बिन्नू हमें। तुम्हारे कायले वाले महाराज के पाँव पर लेवें, ऐन अच्छी सिच्छ्या दई तुम्हें।''

''भाभी, अपनी आँखों देख लेना। कौन सी आज ही लौटी जा रही हो ?'' मन्दाकिनी ने हाथ गह लिया कुसुमा का।

'' ऐन अपनी आँखों से हेर लेंगे। पर बिन्नू, तुम्हारी ही नजर से देखा है हमने जिन्दगी को। लौटेंगे तो हम जल्दी ही। काहे से कि दादा हमारी इन्तजारी करेंगे। कक्को भी तुम जानो बूढ़ी-बाढ़ी ठहरीं, अकेली नहीं उठा सकतीं पूरा काम।

'' यहाँ आकें तो हमें यह लगा कि मन्दा उस श्यामली में हम रहें कि नहीं ? बस, दादा के रहने तक है हमारा वास। लग रहा कि कक्को को लेकर चले जाएँ जहाँ मन आए तहाँ। तुम्हारी तरह ही अपनी जिन्दगी लगा दें किसी सुभ काम में।

'' पर बिन्नू, अपने मन में जो संकल्प की गाँठ बाँध राखी है, सो नहीं खोल पाएँगे स्यात हम भी।

'' अनजाने ही कि जानबूझकर, क्या मालुम कौन सी घरी में, दादा का पूरा-पूरा हिस्सा हथिया लिया हमने। निरद्वन्द्व कब्जे कर लिया।''

मन्दाकिनी लेटे से उठकर बैठ गई और हँस पड़ी।

''वाह भाभी ! खेत-जायदाद, घर-मकान तो कोई लेने नहीं देता, तुमने फिर कौन सा हिस्सा दाब लिया ?''

'' बिन्नू, जो किसी ने नहीं लिया। जिस पर कोई अपना हक नहीं जमा सका। जिसके सच्चे वारिस थे दरोगाजी। पढ़े-लिखे, जानकार-समझदार। और जिसे

सिरीकान्त भी लेकर चल सकते थे। पर बिन्नू, उस विरासत को किसी ने छुआ तक नहीं !

" मन्दा, दादा की जंग का हम पूरा-पूरा हिस्सा लेंगे। अपने नाम लिख लिया समूचा का समूचा।

" ताजिन्दगी दादा ने बेबस, लाचार और दीन-हीनों के लिए लड़ाई लड़ी है। बिटिया, हम तो उसी जागीर के वारिस बनना चाहते हैं। बस, उसी में अपना जीवन भरा-पूरा मानेंगे।

" दादा की इसी थाती के सहारे दाऊ जू की श्यामली में रहेंगे-बसेंगे जिन्दगी की अन्तिम घड़ी तक।"

बीस

क्रैशर से लौटकर आई तो हलक सूख रहा था। आज पूरे आठ दिन का हिसाब लगाया है। कुसुमा भाभी रहीं तब तक वह थोड़ी-बहुत देर ही बैठ पाई क्रैशर पर। रामरतन ही लिखता रहा खेपों की गिनती। हिसाब करना उसके लिए ही छूटा पड़ा था।

बऊ चेहरा देखते ही बोलीं, "लड़-भिड़कर आ रही हो क्या काऊ से ?"

"सुगना, पानी ले आओ जल्दी। हमें प्यास तेज लगी है।"

बऊ समझ गईं कि बेटा हमारे सवाल को उका रही है। जवाब नहीं बनेगा स्यात। जरूर जड्ड ली है किसी से।

"मन्दा, हमारी तरफ हेरो। आँखें उठाओ ऊपर।"

पलकें उठा दीं मन्दाकिनी ने। लाल आँखों में तलैया भरी हो जैसे। पुतलियाँ पानी में डूब रही हैं।

"क्या हो पड़ा बेटा ?"

वह पानी पीकर बोली, "क्या बता दे बऊ ? द्वारिका कक्का की भाँस बैठ गई है, यह तो मालूम है तुम्हें। भइयाजी कह रहे थे कि झाँसी दिखलाओ इन्हें। आवाज ज्यादा दिन तक न खुले तो कैंसर हो जाता है। हमारे जानें कैंसर न हो गया हो। काहे से कि कक्का का वजन घटता जा रहा है लगातार। भइयाजी ने ये ही लक्षण बताए। उनके पिताजी को भी ऐसे ही हुआ था। सो जानते हैं भइयाजी।"

बऊ को ऐसी आशा न थी कि मन्दाकिनी ऐसा कुछ सुना देगी। वे तो जान रही थीं, रार हुई होगी पहाड़ पर। किसी ने कुछ कह दिया होगा।

"बेटा, लै जाओ झाँसी। वा बिचारे कें है ही कौन ? कोई सगा न सम्बन्धी।"

"बऊ, बड़ा महँगा इलाज है," मन्दाकिनी ने आँखें फैलाकर कहा।

बऊ परेशान तो पहले ही थीं, झुँझलाकर बोलीं, " पहले दिखा तो आओ, आजकल तो तनक खाँसी-खुर्रा आया नहीं कि मान ली तपैदिक। जो कुछ भी न समझ में आवे तो कह दो कि हो गया कैंसर।

" हम तो कहते हैं कि काग बैठ गया है द्वारिका लला का। "

वे भी मानते हैं इस बात को। नहीं मानती तो मन्दा। असंयत होकर बोली, "बऊ, तुम-औरों के जमाने में यही तो होता था कि खाँसी-बुखार समझते-ही-समझते खटिया से लग जाता था आदमी और फिर घोर बीमारी में रिंज-रिंजकर परलोक को...कैंसर का तो पता ही नहीं लगता था।"

"हओ-हओ, बिन्नू, अब तुम तो हो गई हो खूब समझदार। हम तो अज्ञानी हैं। तुम्हारे मन में आवे तैसी करो।"

जानती है मन्दा, बऊ कक्का की रोगवाली बात पर नहीं, अवश्य किसी और बात पर उखड़ी हुई हैं।

उसी समय तीन-चार बच्चे भागते हुए चले आए। आकर द्वार के बीच में खड़े होकर इधर-उधर देखने लगे।

सुगना बोली, "क्या देख रहे हो ?"

"मन्दा जिज्जी कहाँ हैं सुगना जिज्जी ?" पाँच-छः वर्षीय एक बालक बोला।

मन्दाकिनी दालान के बाहर निकल आई। बच्चे खड़े हैं, सम्भवतः भागते हुए आए हैं, गिरते-पड़ते भी। घुटनों पर रेत चिपकी है। नन्हे बच्चे का घुटना छिल गया है। वह रोनी सूरत बनाए संयत भाव से खड़ा है।

एक बोला, "जिज्जी, तुम्हें...वहाँ...एक...जनी...।"

"तुम्हें एक जनी टेर रही है जिज्जी," दूसरा वाक्य साधकर बोला।

"जनी !"

"हओऽ ऽ," सारे बच्चे एक साथ बोले।

"काहे को टेर रही है, बताया नहीं ?"

"नहीं," बच्चों ने अपने-अपने सिर अस्वीकृति में एक साथ हिलाए।

"वे अस्पताल में बैठी हैं," एक ने साफ कहा।

"यहीं बुला लाते।"

"वे कौन आ रहीं," राजुल ने बताया।

"सुगना की अम्मा बोलीं कि राजुल, चले जाओ भगकें, मन्दा कों टेर लाओ," एक बालक ने आस्तीन से नाक पोंछते हुए बताया।

"और जे बिल्लू ! गिर गए हैं क्या ?" उदास, रुआँसे नन्हे बच्चे को उसने गोदी में उठा लिया।

"बिल्लू खूबई तेज दौड़ रहे थे जिज्जी, कि सबसे पहले पहुँचे तुम्हारे पास। सो

ठोकर खाकें गिर गए। ऐन रो रहे थे, तुम्हें देखकें चुप हो गए। और जे राजुल कै रए थे, जो आई हैं, वे मन्दा जिज्जी की अम्मा हैं।''

राजुल ने बाँह का हटोका दिया साथी बच्चे को।

''अम्मा ?''

मन्दाकिनी को अचरज हुआ। आ गईं। हम तो समझते थे, साहस करेंगी भी कि नहीं बऊ के डर से।

उसने फिर पूछा, ''कौन कह रहा था कि अम्मा हैं, बताओ तो राजुल ?''

''सब,'' राजुल ने छोटी-छोटी आँखें पटपटाईं।

वह बिल्लू को गोद में लेकर बच्चों के साथ चल दी। बऊ से बिना कुछ कहे, बिना बताए।

अच्छी-खासी भीड़-सी जुड़ी है अस्पताल पर। पुरुष, स्त्रियाँ और बच्चे। जैसे कोई तमाशा हो रहा हो वहाँ। भीड़ को चीरती हुई भीतर जा पहुँची वह, जहाँ अम्मा सुगना की अम्मा के पास बोरा बिछाए बैठी थीं। बिल्लू को गोद में से उतार दिया।

कानों में दो क्षण के दरमियान ही तमाम तरह की बातें आ गईं—लो, सालन में लौटी है। मतारी का करेजा है भाई। मिमता नहीं मरती किसी तरह।

—घर काहे नहीं गई, अब तो आबाद है देहरी !

—गाड़ी भरा शरीर था, जब यहाँ से गई थी। आज देख लो, मुरझा गई है महेन्द की, नहीं पिरैम बहू। कहनेवाले ने गलती करते हुए अपनी जीभ काट ली।

माँ नीचा सिर किए बैठी हैं। मुख पर नाक तक घूँघट खिंचा है। हाथ-पाँव धूसरित।

''अम्मा !'' वह खड़े-खड़े बेहिचक बोली।

''आवाज पर सिर उठाकर देखा प्रेम बहू ने। सुगना की माँ अनायास हुए परिवर्तन पर अभिभूत-सी हो उठीं—लो देख लो, अभी तक कैसी हारी-हारी सी बैठी थी ! दोषिनी, अपराधिनी की तरह। और गाँव के लोगों से ऐसे बच रही थी जैसे अजनबी जंगल के बीच वनैले जिनावरों में आ गई हो।

बिटिया को देखकर छाती जुड़ा गई। आँखें झिलमिला उठीं। पानी-पानी हो गया मन में जमा नुनखरापन।

मन्दा को ऐसे निहार रही हैं प्रेम बहू, जैसे धरती-आकाश, हवा-पानी, धूप-जुन्हाई को समेट रही हों अपने भीतर। पलक झपकते ही बदल गई माया।

बैठ गई मन्दाकिनी। माँ का घुटना पकड़कर बैठी रही।

प्रेम बहू बेटी की पीठ पर हाथ फेरती रहीं दुलार से।

''अम्मा, तुम यहाँ क्यों बैठी हो ? घर आ जातीं।''

कोई जवाब नहीं सूझा या दिया ही नहीं, कुछ नहीं कहा उत्तर में। हाथ मन्दाकिनी

की पीठ से उठकर उसके सिर को सहलाने लगा। घूँघट ऊपर सरका लिया। निगाह भरकर देखती रहीं मन्दाकिनी के मुख को, फिर बोलीं, "हम तो तुम्हें ही देखने चले आए थे बेटा !"

"तुम घर चलो अम्मा ! यहाँ बैठे रहने का क्या मतलब ?" माँ का घुटना हिलाया उसने।

सुगना की माँ बोलीं, " प्रेम, घरै जाओ नोंने। बिटिया कहा रही है। बात मानो।

" लै जाओ बिन्नू ! मताई कों पानी-मानी पिबाओ। खाना बनवाओ। भूखी होगी सबेरे की। बिलात देर से यहाँ घमस में बैठी है। गाँव के लोग और आ-जा रहे हैं। तमाम अंट-चमंट बातें सुनकर दिमाक खराब हो जाए आदमी का।"

"उठो अम्मा," मन्दाकिनी ने माँ का हाथ पकड़ लिया।

उन्होंने हाथ नहीं छुड़ाया, बोलीं, "अपनी बऊ से पूछ आईं बेटा ? ऐसा न हो कि..."

मन्दाकिनी ने हाथ पकड़कर उठा लिया माँ को, "तुम चलो तो सही। बऊ भगा थोड़ेई–देंगी ? फिर अब तक क्या उतना ही कोप रहा होगा। जितना तब..."

माँ झिझकती हुई-सी खड़ी थीं। कुछ कहना चाहती थीं, शायद कुछ कहा भी, जिसे उसने सुना ही नहीं, या सुनकर अनसुना कर दिया।

"अच्छा, तुम चलो हमारे पीछे-पीछे !"

सुगना की अम्मा ने मन्दाकिनी का ही समर्थन किया, "ठीक तो कह रही है बिटिया। बऊ के चरन छुओ माफी दै देंगी। खाली करेजा करें बैठी हैं बरसन से। और फिर न मानें अपनी बहू, मन्दा की मतारी तो हो ही तुम। इस नाते को तो बिरमा भी नहीं मेंट सकता।"

बऊ द्वार पर ही खड़ी मिलीं।

मन्दाकिनी ने अपने पीछे-पीछे आती अम्मा को देखा। अम्मा का मुख सफेद हो उठा। घबरा रही हैं क्या अम्मा ? नहीं तो उनकी रंगत क्यों उड़ गई ?

ज्यों-ज्यों घर की ओर बढ़ रही थी, धड़कन तो उसकी भी बढ़ने लगी। पाँवों में कम्पन जैसी लहर...लेकिन ऊपर का साहस बनाए रही वह। मुस्कुराती हुई बढ़ी और माँ को लेकर बऊ के पास आ गई। सीधा सामना होते ही आहत हो उठी। लगा कि दादी की धारदार निगाह चीरे डाल रही है उसे। पाँव किसी गतिरोधक से ठोकर खाकर लहूलुहान हो गए हैं। पीछे देखा, अम्मा ने घूँघट नीचा कर लिया है।

वह खड़ी रही। सोचती रही कि बऊ अब रास्ता छोड़ें, अब छोड़ें।

लेकिन नहीं...

बऊ की आँखों में घृणा घुमड़ रही है। दृढ़ होकर हठी की तरह चौखट के बीच में अड़ी हैं बऊ, जैसे कह रही हों कि इस द्वार से भीतर जाने को सबके लिए गैल

है, इस पथभ्रष्ट बहू को वे अपनी भीतें नहीं छूने देंगी।

मन्दाकिनी बऊ के निकट आ गई। अत्यन्त निकट। बहुत धीमे और विनम्र स्वर में बोली, " बऊ, आने दो अम्मा को। लोग देख रहे हैं। विरथाँ ही तमाशा होगा। घर में चलकर कह लेना जो भी कहना हो।

" तुम बुजुर्ग हो बऊ। हमारी पुरखा। दो पीढ़ी बड़ी। माफी दे दो। अम्मा की गलतियों को भूल जाओ इस समय। "

बऊ की घायल कोरें भीगी हुई थीं। पुतलियों के आसपास रक्त-सा जुड़ आया। लगा कि मन्दा के शब्दों ने हवा दे दी उन्हें, और जलती हुई निगाह से लपटें छूटने लगीं। नाक ऐसे तन गई, ज्यों चुनौती धरने की बेजा हिम्मत की हो किसी ने। होंठ इस तरह विद्रूप हो गए जैसे कच्चा करेला चबा लिया हो बऊ ने। झुर्रियों की गहराई ऐसी कि खाल को गहरे तक पैने औजार से खरोंच डाला है अजस ने। पीड़ा बह रही हो बऊ के रोम-रोम में...

वे छटपटाती सी विलाप करने लगीं, कोहनी तक हाथ जोड़कर बोलीं, " कुदिसा न करबाओ हमारी ! भीर जुरी है, कुछ तो बोलोगी बेटा, कुछ हम बोलेंगे तो तमासा ही तमासा बाकी रह जाएगा। भली चाहो तो लौट...

"...और जो बखरी में अपनी महतारी की ही अस्थापना करना चाहती हो तो हम नेठम निकरे जाते हैं। फिर हमारी छाया नहीं छुएगी इस बखरी कों। मुलकन जंगल-डाँग डरी है। बेतवा मइया की धारा है समावे कों।

" तुम खुदमुख्तार हो मन्दा ! बाखर छोड़ते हैं हम। "

मन्दाकिनी पीछे को पलट पड़ी। बोली, "अम्मा, लौट लो। अस्पताल में ही चलो। वहीं रहना होगा। सुगना, लिबा लाओ अम्मा को। हम सामान लेकर आते हैं।"

देहरी से माँ को लौटाकर मन उस बियाबान जंगल-सा असहाय और दयनीय हो उठा, जिसके हरे-भरे वृक्ष बलात् काट डाले गए हों। सायँ-सायँ करती उदासी कानों में सनसनाने लगी, आँखें बरबस ही उमड़ने लगीं।

तकिया-चादर समेटते समय मन में आया कि जिस द्वार पर इतना तिरस्कार मिला, वहाँ से कपड़े-लत्ते ही क्यों लेना ?

बऊ उसी कोठा में चली आईं। चुपचाप खड़ी देखती रहीं। उसने देखा तो चौंक पड़ी तकिया-चादर धरती पर छोड़ दिए।

बऊ की मुखमुद्रा नरम थी। आँखों में अग्नि की झार नहीं, ममत्व उमड़ने लगा। बोलीं, "बिन्नू, खाना बना चुके हैं हम। तुम सबेरे से भूखी फिर रही हो। ऊपर से आग लगी कलह। मुख जुठार लो।"

वह देखती रही बऊ को। लगा कि आँखें लबालब भर आई हैं। किसी भी समय बरसने लगेंगी। सीपी-सी आँखों में आँसू साधे खड़ी रही। बऊ की बात का उत्तर नहीं

सूझा, नहीं दिया। पलकें नहीं गिरने दीं पुतलियों पर।

बऊ ही अपनी स्थिति साफ करने लगीं, ''देखो बेटा, तुम हमारा खोट समझ रही हो, सो ऐन समझो, पर एक बात समझा दो हमें कि तुम हमारे ठौर पर होतीं तो क्या करतीं ?''

मन्दाकिनी को लगा, जैसे उसके भीतर कहने-सुनने की गुंजाइश है न शक्ति। और न कोई परिणाम ही निकलनेवाला है। वह वहीं धरती पर बैठ गई, निढाल और थकी हुई-सी। दोनों घुटनों पर सिर टिका लिया।

बऊ पास आ बैठीं। उनके मुख पर न अपराध-बोध था, न कोई ग्लानि और न पछतावा। सपाट और अक्खड़ दृष्टि से देख रही थीं बऊ।

उसने सिर सीधा किया और अनुनय करने लगी, ''बऊ, हम तुम्हारा खोट क्यों समझेंगे ? सारी कथा मालूम है। गलत मत समझो हमें।''

केवल दो वाक्य कहकर मौन हो गई मन्दा। शून्य में आँखें अटकाए घुटती रही भीतर-ही-भीतर...अम्मा एक रात के लिए ठहर जातीं तो क्या यह घर मैला हो जाता ? इस ठाकुरद्वारे में जगेसर कक्का को आने का हक है, तमाम भले-बुरों को शीश नबाने का अधिकार है, तो अम्मा क्यों अछूत हो गईं ? अम्मा ने ऐसा जघन्य पाप किया है ?

बऊ नहीं जानतीं क्या कि द्वार से तिरस्कार करके किसी को लौटा देना महापाप होता है। आगत का अपमान करना, पाहुने को अनादर देना ईश्वर का अनादर करना है। थोड़ी सी भी उदारता नहीं बरत पाईं। दो पीढ़ी बड़ी बुजुर्ग इतनी ओछी कैसे हो गईं ? झूठे, थोथे उसूलों के सीखचों में कैद हुई बऊ खूँखार तो होती गईं, सद्भाव नहीं बरत पाईं।

यह घर की मर्यादा तोड़ने पर क्रोध था या बेटे के अनन्य मोह से उपजा डाह ?

उसने पलकें उठाईं, देखा कि बऊ की भौंहें तनी हुई हैं और वे पसीना से भीगने लगी हैं। किस भट्ठी में तप रही हैं बऊ ?

बऊ ने दोनों घुटने सीधे कर लिए, उन्हें दोनों बाँहों के घेरे में बाँधकर बैठ गईं, समझाने की लय में बोलीं, '' राँड़-विधवा तो हम भी हुए थे बेटा ! और चढ़ती उमर में हुए थे। जनी के लाने आसनाई करनेवालों की कमी नहीं होती। पर हम जानते थे ऊँच-नीच। बात को परखने की बुद्धि नहीं खोई थी हमने। जाहिर थी यह बात कि उन दुष्टों की आँख हमारी देह और जायदाद पर थी।

'' तुम बच्चा हो हमारे लेखें, तुम्हें का-का बता देवें ? कैसे-कैसे कपटी-अन्यायियों को झेला है हमने। कैसे-कैसों से जड़्ड ली है। इतेक जिन्दगानी ऐसें ही नहीं काढ़ी। हँसी-खेल नहीं है विधवा जनी का इज्जित-आबरू से रहना, अपनी देहरी की नाक को सूधी रखना। ऐन भोगना भोगी हैं, पर मजाल है कि कोऊ उँगरिया उठा जाए।

" बई आबरू कों तुम्हारी मतारी ने राई-रेत...

" अरे, ऐन वे मीत हमें जान-पिरान से चाउते, धरती-आकास जोरते, तो भी हम टीकमगढ़ रियासत के मंसबदार अपने पिता रघुराजसिंह और मालिक धनी सुभागसिंह की परजाद में दाग न लगने देते।

" बिन्नू, वे जमाने तो सतियों के थे। कायदा से तो सती हो जाने चाहिए था, पर हमारी राह में महेन्द की कच्ची किलकार आ गई। बेद-पुरान में भी यही बताया है कि बाल-बच्चा की माता सती पाछें हैं, माता पहलें। और फिर अपने ससुर की, अपने पति की वंसबेल की चिन्ता। सो बिटिया, गद्दर उमर का हींसा, देह के तकाजे जरा डारे जई देहरी के होम कुंड में।

" अब तें ही बता, कैसे छुतैली कर देंवे अपनी जज्ञसाला कों ?

" तोरी मतारी ने अपने मस्तानेपन में कुछ न विचारा। हम पूछते हैं, काहे नहीं रही हमारी तरह ? अपनी ज्वानी कंटरौल नहीं कर पा रही थी तो सती-सावित्तरी के ढोंग काहे कों भरती रही ? हमारी देहरी कों झूठी काहे करती रही ? ज्वानी की हिलोर नहीं दबा पा रही थी तो देह जरा डारती।

" अब तुम्हें नहीं देख रही वो ? तुम्हारी उमर को नहीं हेर रही ? कोई और खरीखी होती तो नदिया-ताल में जा डूबती, पर वो है बेहया। अपना करिया मुख लै कें लो फिर आन ठाड़ी भई। फिर करवावे आ गई हमारी थुक्का-फजियत। "

मन्दाकिनी सुनती रही बऊ की बातें। देखती रही उनकी बनती, बिगड़ती, बिफरती मुद्राएँ। उसने न कोई सवाल किया, न उत्तर ही दिया और न कोई आवेग ही आने दिया मुख पर। व्यर्थ है सब। अपनी-अपनी जिन्दगी के अपने-अपने ढंग, फिर क्या दखल किसी का ? क्या कहना, क्या समझाना और क्या तर्क देना ?

क्या पता बऊ को यही दुःख हो कि वे विधवापन के लिए बनाए गए निषेधों को सहती-झेलती रहीं, अम्मा ने जिन्हें नकार दिया। जिन दैहिक सुखों को बऊ ने इच्छा या अनिच्छा से कुचला, उन्हीं को अम्मा ने जरूरी समझ लिया। उनका गम यह भी हो सकता है कि विधवापन के चलते सामाजिक विधान की भागीदार वे ही अकेली क्यों हुईं ? यह दंड उनकी बहू ने क्यों नहीं भोगा ? हवेली की मर्यादा की रक्षा में होम होने की सजा केवल उनके लिए और जायदाद का बँटवारा बराबर-बराबर ! यह कहाँ का न्याय है ?

सम्भवतः यही कुंठा चबा गई बऊ की उदारता को। अम्मा को फिर निष्कासन के सिवा और क्या दें ?

देखा कि बऊ उठकर चली गई हैं। शायद जलघरा में।

...लेकिन किस स्त्री में देह की भूख नहीं रहती ? विधवा होने पर क्या सूख जाते हैं स्रोत ? तू सच बता मन्दा, क्या तुझे नहीं वे इच्छाएँ, कामनाएँ, आकांक्षाएँ ? तू

भी तो अब तक कुँआरी...क्या तू सामान्य नहीं ? अपने-आपसे प्रश्न करती है मन्दाकिनी।

उत्तर में चुप है वह। स्वीकार न अस्वीकार। मगर नकारना भी नहीं चाहती आदिम इच्छाओं के होने को। नींद है, भय है, भूख है, उसी तरह चाह है। आवेग-संवेग हैं, तृप्ति की अबूझ कामना है, अनुभूत दैहिक तरंगें हैं। मनोभावों में जाग्रत उमंगें हैं, तभी तो मकरन्द हैं। एक आकार, एक इष्ट, एक प्यार, एक क्षमा, पाने के अदमित सपने ! सपनों को साकार करने की लगन। जैसे एक रेशे में दूसरा जुड़ता है और अनन्त डोर का निर्माण होता है, उसी तरह दैहिक-मानसिक तन्तुओं से बनता है जीवन।

बऊ खाना परसकर ला चुकी थीं। उन्होंने सामने रख दिया, " लो, खा लो कौर-दो कौर। हमारे कहे का बुरा लगा हो तो वापिस करो हमरी कथनी को। जी के लानें कलेस न बढ़ाओ बेटा ! भूखे पेट न रहो। हमारी-आतमा किलसती है।

" अच्छा, यह बताओ, क्या हम गलत कै रए हैं ? तुम तो रामायन बाँचती हो, भागवत सुनाती हो, पुरान पढ़ती हो। अपनी मरजाद त्यागना, अपनी देहरी छोड़ना आसान और मामूली बात है ?" कहकर बऊ ने थाली को बिजना से ढँक दिया।

क्या कहे मन्दाकिनी ? क्या बताए वह ? सही-गलत, उचित-अनुचित की परिभाषा किस तरह करे ? पुराणकथाओं को किस कसौटी पर कसे ? रामायण-महाभारत की हर बात का अन्धानुकरण उसके बस का नहीं...

वे सब पुरुष-प्रधान समाज के अवसरवादी प्रसंग हैं। एक ओर पतिव्रत धर्म की परिभाषा करता राम के साथ सीता का वनगमन, दूसरी ओर उसी निष्ठा को तोड़ता मर्यादा पुरुषोत्तम राम का सीता की अग्नि-परीक्षा लेना। सीता ने क्यों नहीं माँगा कोई सबूत कि हे भगवान कहे जानेवाले राम, तुम भी तो उस अवधि में मुझसे अलग रहे हो, अपने पवित्र रहने के साक्ष्य दो।

'सपनेहु तिन पर नारि न हेरी' कह देना अग्नि-परीक्षा जैसा कुन्दन सत्य नहीं था। बाद में प्रजा का प्रतिनिधि धोबी को मानकर सीता का निष्कासन ! तो क्या सीता अयोध्या की प्रजा में नहीं आती थीं ? या वे केवल दंड पाने के लिए जन्मी थीं और भूमि में समा जाना उनकी नियति थी ? सोचा बहुत कुछ। बोली केवल इतना ही, "रामायण में, महाभारत में, पुराणों में कौन सही था कौन गलत, क्या ग्रहण करने योग्य है क्या नहीं, यह तो अपने विवेक से देखो बऊ, परखो अपनी बुद्धि से।"

"हओ, ऐन परख लो बेटा, कुन्ती-द्रौपती की कथा तुमने ही सुनाई है अपने मुख से। हतिनापुर की मरजाद के लानें रानी कुन्ती ने क्या-क्या नहीं किया ? द्रौपती ने पाँचों पंडा वरन करे। बिन्नू, चौखट की मरजाद तरवार की धार से तीखी, पैनी होती है और उसके ऊपर इज्जित-आबरू वारे घरों की जनी-मानसों को चलना-ही-चलना

है,'' बऊ ने समझाने की मुद्रा में अपनी तर्जनी उठाई।

मन्दाकिनी ने साफ नकार दिया, '' नहीं बऊ, नहीं। हम नहीं मानते। माता सत्यवती का अपनी बहुओं को वंश चलाने की खातिर ऋषि व्यास के सामने नंगी अवस्था में खड़ी कर देना हम घोर अपराध मानते हैं। कुन्ती का परपुरुषों (इन्द्र, अग्नि, वरुण) से पुत्र प्राप्त करना केवल इसलिए कि वंश का नाश न हो जाए, कतई उचित नहीं और अर्जुन द्वारा स्वयंवर करके लाई गई द्रौपदी को अपने पाँचों पुत्रों में बाँट देना तुम्हें अच्छा लगा होगा बऊ, हमें तो एक औरत के प्रति दूसरी औरत का घोरतम अन्याय और कुकर्म लगा।

'' ...और द्रौपदी किसी निरीह और बेचारी स्त्री से भी ज्यादा दया की पात्र लगी हमें। दुर्योधन के एक अभद्र वाक्य पर उसने जो-जो प्रण ले डाले, वे नाटक के बनावटी संवाद लगे। यदि ऐसा ही था तो उसी दिन सास का विरोध क्यों नहीं किया ? क्यों नहीं कहा कि पाँच पतियों में मुझे बाँट देने का अमानुषिक निर्णय आपने क्यों लिया ? वापिस लो अपने वचन को।

'' शायद द्रौपदी यह भली-भाँति जानती थी बऊ कि माता अपने पुत्रों को रुष्ट नहीं करना चाहेंगी और इस इच्छा को तोड़ने का दुस्साहस वह भी नहीं जुटा सकती।

'' सो हम कहते हैं बऊ, पुरानी परम्पराओं की जो थोथी और दुखदायिनी नीति है, उसकी अन्धभक्ति न करो।

'' पुरुष-पूजा को मान-मर्यादा का नाम न दो। तुम उसी परम्परा को तो निभाने की कोशिश करती रहीं और उसी का फल है कि आज तक हमारे घर की स्थिति वही की वही है, और बुरी।''

बऊ निःशब्द बैठी रहीं। वह भी चुप हो गई।

बस, एक ही दुःख सालता रहा, बऊ अम्मा को माफ नहीं करेंगी। बऊ की जीवनधारा एक तरफ से बही तो अम्मा की दूसरी तरफ से। पुरुष-समाज के डर से बऊ ने जिस आदिम भूख को निर्ममता से मारा है उसके परिणामस्वरूप डाह का जन्म हुआ है। यदि बऊ ने वैधव्य अपने लिए जिया होता तो उन्हें अम्मा पर क्रोध आता, जिसकी जड़ों में क्षमा-भाव भी रहता है। डाह के चलते तो बदला ही लेंगी बऊ। अपमानित ही करेंगी। क्षमादान की आशा करना व्यर्थ है।

सोचने से क्या होता है ? किसी को भी सही स्थिति नहीं समझा पा रही। अन्त में वह बोली, '' मैं क्या करूँ बऊ ? खाना भी कैसे खाऊँ ? बुरी हैं, अच्छी हैं, ऊँच हैं, नीच हैं, मेरी तो वह माँ हैं। यह नाता तो उचित-अनुचित, मान-मर्यादा, अमीर-गरीब, रूप-कुरूप और हानि-लाभ के परे होता है।

'' तुम नाराज न होना। हम अम्मा का पक्ष हरगिज नहीं ले रहे। उनके

गैर-जिम्मेदार रवइए को सही सिद्ध नहीं कर रहे। तुम यही सोच लो कि अम्मा ने जो किया है उसके बदले भोगा भी कम नहीं है। समय की तुला पर होता जाता है हर फैसला, हर न्याय। तुम खाना खा लो, हम अभी जाएँगे अम्मा के पास।''

मन्दाकिनी ने अपनी थाली बऊ के आगे सरका दी और अपने हाथ से कौर तोड़कर खिलाने लगी।

अस्पताल में जाकर देखा, सुगना रोटी बना लाई है। कटोरदान और पानी का घैला रखा है एक कोने में। मन्दाकिनी बोली, '' अच्छा किया सुगना, बऊ तो बहुत क्रोध में हैं, रोटी का हीला नहीं था।

'' अम्मा, पहचानो इसे,'' उसने सुगना की गर्दन में अपनी बाँह डालकर उनके सामने उसे कर दिया।

वे देर तक देखती रहीं। महीन सी मुस्कुराहट फैलती रही होंठों पर। फिर आँखों में चिन्हार भरकर बोलीं, ''हमारे जानें जगेसर लला की बिटिया है। हमारे सामने तो बहुत छोटी थी, पर बाप की छवि है मुख पर। रंग भी गोरा है। मतारी तो साँवरी है।''

''तुम पहचान गईं अम्मा ?'' वह सारा कलुष भूलकर खिल पड़ी।

''बहनें-बहनें लगती हो दोई जनी। एक ही उनहार। तुमसे तो बिलात छोटी है, पर लम्बाई तुम्हारी जैसी है,'' कहते हुए उन्होंने सुगना को पास बिठा लिया। सिर पर हाथ फेरती रहीं, ''मोरी मन्दा को अकेली न छोड़ना बिटिया !''

रात को सुगना भी वहीं रुकी अस्पताल में। मन्दा जिज्जी के संग लेट गई।

अम्मा और वह देर तक बतियाती रहीं।

''हमने तो सुनी मन्दा कि विकरमसिंह अपना लरका संग लिबा ले गए। आज लों आने भी नहीं दिया श्यामली।''

मन्दाकिनी चुपचाप पड़ी रही, ज्यों उसने माँ की बात सुनी न हो।

''दरोगिन सम्बन्ध तोर गईं ! पर ऐसा कैसे हो सकता है ? बऊ ने कुछ कहा-सुना नहीं उनसे ? पूछतीं तो सही कि ऐसा उन्होंने कौन कारन से किया ? और फिर वे दादा का फैसला बदलनेवाली होती कौन हैं?''

वह निरुत्तर बनी रही।

माँ दोबारा-तिबारा अपनी जिज्ञासा दोहराने लगीं। झुँझला उठी मन्दाकिनी। अम्मा को पूरी कहानी सुना दे ! किस तरह बता दे कि दरोगिन ने क्यों दादा के वचन पर लाद दिया अपना निर्णय ? कि वे क्यों लिवा ले गए अपना बेटा ? कि मन्दा क्यों मंजूर नहीं थी उन्हें ?

अम्मा उत्तर दे सकती हैं क्या ? उन्होंने कितनी बातें बऊ की आज्ञा से कीं ?

कितने निर्णय सास की रजामन्दी से लिए ? और आज फिर आई हैं तो क्या पूछा-जाँचा था बऊ को ?

लेकिन वह बोली केवल इतना ही, "क्या पता क्यों ले गए ?"

भीतर उठता क्षोभ अम्मा की बातों में फिर बहने लगा, " बेटा, हमारे करे का ही कुफल है। पर तुम्हें क्यों दी सजा ? हम पुन्न-धरम भी कर रहे हैं तो भी नहीं सम्भर रहा कुछ। हम तो यह समझते हैं कि दुःख मिलने होते हैं तो बुद्धि भी भिरस्ट हो जाती है। जा को प्रभु दारुन दुःख देंही, ताकी मत पहले हर लेंही।

" मन्दा, हमें चैन नहीं है तब से। अब जाना बेटा कि सन्तान का दुःख, अपने दुख से कई-कई गुना बड़ा लगता है। इस पीर को सहना, आग के दरिया में डूबना है।"

गर्मियों का सूरज जल्दी ही चढ़ आया।

चटक घाम फैलने लगी। सुइयाँ चुभने लगीं देह में। देह में ही क्यों, मन में भी...लोग जुड़ने जो लगे अस्पताल पर। औरतें आने लगीं। जैसे नाटक के दृश्य अभी बचे हों। देखना बाकी हो। जैसे अम्मा जंगल का जिनावर हों, अचरज-कौतूहल से देखते हैं लोग, औरतें, फिर तरह-तरह के प्रश्न। उलटे-सीधे सवाल। दूसरे पति, उनसे पैदा बच्चों के बारे में मखौल उड़ा-उड़ाकर...

गाँव में छः-आठ ऐसे जोड़े हैं, जिन्होंने दूसरा विवाह किया है। माना कि पुरुष हैं, तो क्या अम्मा स्त्री होने के नाते दंड की, मखौल की, हेय दृष्टि की भागीदार हैं ? यदि ऐसा नहीं है तो उन पुरुषों से अटपटे प्रश्न क्यों नहीं पूछता कोई ? उन्हें क्यों नहीं निकाल देता घर से कोई ? उनकी निगाह नीची क्यों नहीं होती ? वे अस्पताल जैसी सार्वजनिक जगह में रात काटने को क्यों विवश नहीं किए जाते ?

जगेसर कक्का जैसे पुरुषों ने कमी नहीं छोड़ी। आए तो थे सुगना को खोजने के लिए आकर अम्मा के निकट बैठ गए। बोले, "प्रेम भौजी, मजे में हो ?"

बात का रुख पहचान गईं अम्मा। उनका घूँघट ऊँचा नहीं हो सका रिश्ते के देवर के सामने। मगर जगेसर कक्का की निगाह फिसलकर कहाँ से कहाँ पहुँचती रही अम्मा की देह पर, "सरीर तो भौजी, ज्यों की त्यों बना है ? लगता ही नहीं कि वहाँ जाकर तीन-चार बाल-बच्चा हो गए हैं तुम्हारे। क्या खिलाया-पिलाया है बुढ़ऊ ने ?"

अम्मा सिर झुकाए बैठी रहीं, अपने पाँव की बिछिएवाली उँगली को मरोड़ती हुई सुनती रहीं, उनकी अश्रव्य बातें। जैसे भीतर-ही-भीतर इँठ रही हो उनकी आत्मा।

"भौजी, उन भइया के पलहे बाल-बच्चा भी तो ज्वान होंगे ? ज्वान क्या लरकौरे हो गए होंगे। कम-बेस, उनके लरका के संग ही बनता था तुम्हारा जोड़ा। पर बुढ़ऊ

को क्या करें, उन्हें ही तुम मन भर गईं,'' जगेसर हो-हो करके हँसने लगे।

भभूका हो गई मन्दाकिनी। धधकने लगी भट्ठी की तरह। कैसे करे चुप इस शठ जात को ? मुख भींच दे या कॉलर पकड़कर फेंक दे अस्पताल के बाहर ?

वह क्रोध से बोली, ''कक्का, कक्का, जे हैं सुगना। लिबा जाओ और रस्ता लो अपने घर का। चलो यहाँ से।''

वे तो चले गए भुनभुनाते हुए, लेकिन अन्य ?

कोई बोला, ''बेचारा मगन तो बहौत रोया भौजी, तुम्हारे जाने के बाद।''

दूसरा बोला, ''रतन यादव की चाँदी हो गई, धरती के संग-संग उठा ले गया भौजी को।''

तीसरा, ''रतन ने इन बुढ़ऊ के ढिंग काहे को तबदला कर दिया भौजी का। मन भर गया होगा हमारे जानें।''

उद्विग्न हो उठी वह। परेशान। बेचैन। यह क्या हुआ इस गाँव को ? लगता नहीं कि उसके लिए जो गाँव उदार और सहयोगी हो चला है, अम्मा के लिए इतना निर्मम और कुभाखी ! ये लोग अज्ञानी हैं या धूर्त ?

अम्मा ने चोरी, डकैती और कतल से भी बड़ा अपराध किया है, जो हर निगाह कोड़े की तरह पड़ती है उन पर !

दोपहर कठिनाई से कटी।

वे आज्ञा माँगने लगीं, ''अब चलने दो बिटिया !''

''अरे, इतनी जल्दी ! तुम रुको अम्मा ! कहे-सुने पर गौर मत करो।''

'' ना मन्दा, ना। तुम यह न समझो कि इनके कहे का मलाल है हमें। जो हो चुका है, उसे ही अपनी बानी दे-देकर दोहरा रहे हैं लोग। हमारे लिए कोई नई बात नहीं। यह तो एक दिन होना ही था। बस, तुम मन मैला न करना।

'' रतनसिंह से हमारा वास्ता नहीं रहा। हेलमेल उसी दिन टूट गया, जब उसने हमारी जमीन बिकवा दी। हमें कैसे-कैसे मजबूर किया था, वह कथा तो रहने ही दो बिन्नू ! और बहुतेरे दुख हैं कहने-सुनने को।

'' खेती का पूरा-पूरा पइसा हड़प रहे थे। हमने कहा, चाहे पिरान कढ़ जाएँ, यह अमानत न देंगे किसी तरह। सोनपुरा की धरती हमारी-बिटिया की विरासत है, उसके पिता की जायदाद थी। मन्दा का हक्क बनता है उस पर, छूने नहीं देंगे किसी को।

'' पर बेटा, अकेले थे हम। और बेदम बूढ़ा वह, जिसके संग दोबारा बैठा दिए हम। सो बेईमान रतन से लड़-झगड़कर जितना ले पाए, उतना बचाए धरे हैं।

'' हमारी भी बददुआ लगी नासमिटे को। और करमों का फल आया उसके सामने। जैसा हमारे संग किया, वैसा ही छल अपने भतीजों के संग कर रहा था। अपने बड़े भइया की जमीन हड़पे बैठा था और भतीजों को बनाए था मजूर-महींदार।

" जब दोनों मोंड़ा स्याने हो गए, सो समझने लगे सब बातें। नाना-मामा से जा मिले और कर दिया ऐलान कि कक्का, अब अन्धेरगर्दी नहीं चलेगी। हम बिना पढ़े-लिखे सही, पर आँखें खुल गई हैं हमारी। मूरख की तरह बेगार नहीं करेंगे। बाँट दो हमारा खेत।

" लो जैसे ही वाने जानी कि मोंड़ा माननेवाले नहीं हैं, सोई मौका देखकर मोंड़ा गाँव में परी डकैती में फँसवा दिए।

" और बस लो, इतै तो वे हवालात कों गए, उतै मोंड़न के मामा ने बचावली से निकलते ही रतन यादव के गोड़ों पर रायफल दाग दी। कर दिया लुंज। अस्पताल भगा सो वहाँ डाकधरों ने गोड़े काट दिए। हमारे जानें अब तक नहीं आए अस्पताल से।

" जैसा बोया तैसा ही फल चाख रहे हैं।

" हम तो कहते हैं कि हे मेरे महादेव, मोरी महामाई, तुम सबसे बड़े देउता हो। सबके ऊपर। सबको एक आँख से हेरनेवाले। जैसा फल उसको दिया है, वैसा हर राच्छत को देना।"

अम्मा हाथ जोड़े ही बैठी रहीं देर तक। फिर सरक आईं उसके पास। जो झोला लाई थीं, उसे टटोलने लगीं। मैली-सी एक थैली निकाली, बड़ी सी, जिसमें रुपयों की गड्डियाँ थीं। सौ-सौ के नोट।

"बेटा, जे धरो तुम। पूरे पचास हजार हैं। तुम्हारे हैं, तुम्हारे पिता के। अपनी मरजी से खर्च कर लेना। सुनी है कि तुम जा अस्पताल कों चलावे की सोच रही हो। नेक काम है बेटा ! बाप अधूरा छोड़ गए हैं, तुम पूरा करवे की कोसस करो। किसी भी पुन्न में लगा लेना, पइसा तुम्हारा है। बस, हमें माफी दे देना मन्दा..."

अम्मा के होंठ काँप रहे थे, हाथ पसारते हुए उसकी हथेलियाँ थरथराने लगीं।

विदा करने एरच तक गई मन्दाकिनी। माँ की छाती से लगी तो सम्पूर्ण तन शीतल छाँव में उतरने लगा।

"मैं आऊँगी अम्मा !"

वे आँसू पोंछते हुए बोलीं, "हम बाट हेरें बेटा ?"

इक्कीस

बरसात !

बरसात देखी है मन्दाकिनी ने। क्रैशर पर बरसात होती है, मालिक और मजदूरों दोनों के लिए ही अशुभ ! बेकारी-भरी और हानिकारक।

खदानों में पानी भर जाता है, पत्थर नहीं टूटता। गिट्टी भीगकर भारी हो जाती है। बजरी बह जाती है।

बिक्री, खरीद सब खतम।

रुपए-पैसे की आमद को तरसती हैं आँखें।

मजदूरों के लिए और भी भयानक !

रात-भर टपरियों में से पानी उलीचते रहो। मोमजामा और लीपन को मिलाते-जोड़ते रहो। तब भी नहीं रुकता पानी। खेत और ताल, सब जगह जल-ही-जल। मानुस जान भी लें कि कहाँ है तालाब और कहाँ हैं खेत, बकरी नहीं जानतीं। मुर्गी नहीं समझ पातीं। उनके लिए पानी-पानी एक सा। जल ही जीवन, जल ही मरण।

...और रौउताने के बच्चे भी मुर्गियों की तरह ही जलसमाधि ले जाते हैं। कभी-कभी। बासन-बिलिया तालाब के पेट में जा पहुँचते हैं।

गाँव के मजदूर तो बसेरा करते हैं उन दिनों गाँव में, मगर आदिवासी राउत कहाँ ठिकाना पाएँ ? बरसते मेह में कहाँ चूल्हा जलावें ? सूखे ठौर का अकाल-ही-अकाल। सूखी लकड़ी के टोटे-ही-टोटे। भूख की ज्वाला है कि पेट के भीतर बुझाए नहीं बुझती !

लेकिन यह सचमुच की बारिश नहीं है।

झर-झर शोर करती गिट्टी बरस रही है मशीन में से।

मेह की तरह गिरती है, बड़ी गिट्टी, छोटी गिट्टी, उससे भी छोटी मिट्टी। बजरी, रेत।

ढूह लगे हैं चारों ओर। पहाड़ के आगे-पीछे पत्थर पिस रहा है।

पत्थरों और औजारों की आपसी टकराहट से फूटता है कनफोड़ को लाहल।

मिट्टी से बने ऊँचे बन्धा पर हाँफता हुआ-सा ट्रक चढ़ रहा है। ट्रक में गिट्टी लदवाने के लिए राउतिनें खड़ी हैं फरुआ-पिरिया लिये।

मन्दाकिनी धूल के मेह में से निकलती हुई आगे बढ़ गई। गर्द के बादल आज कुछ ज्यादा ही छाए हुए हैं। धूप की चमक धुँधली-सी पड़ गई है।

द्वारिका कक्का बैठे हैं, जहाँ नीम के नीचे मन्दाकिनी बैठा करती है कुर्सी पर। द्वारिका कक्का की आवाज जस-की-तस है। वे बोलते हैं तो अब हँसती नहीं है मन्दा, उदास हो जाती है।

उन्हें देखते ही वह भइयाजी के पास बढ़ गई। कक्का उनके संग ही गए थे अपना गला दिखाने।

भइयाजी भी मेज पर कागज फैलाए बैठे हैं। दूर से ही दीख गए मन्दाकिनी को। पास जाकर उसने प्रणाम किया।

भइयाजी उठ खड़े हुए अपनी कुर्सी से, "बिराजो मन्दा बहन ! आज धूल कुछ

ज्यादा ही है। शाम के समय आ जातीं तुम।''

वह धीमे से हँसी, ''भइयाजी, आदत बन गई है अब तो हमारी, आपकी ही तरह।''

''और बताओ, कामकाज ठीक तो चल रहा है ? ठाकुरद्वारे के क्या हाल हैं ? प्रसन्न तो हैं ठाकुर जू ?'' उन्होंने हाथ की पेंसिल कान के पीछे खोंस ली।

वह हँस पड़ी। साँवले मुख पर उजले दाँत मोतियों की तरह चमक उठे।

''ठाकुर जू का ही सहारा है। वे प्रसन्न नहीं रहेंगे तो कैसे होगी नैया पार ? सब प्रसन्न हैं भइयाजी। आप यह बताओ कि द्वारिका कक्का को झाँसी में दिखाया तो क्या बताया डॉक्टर ने ?'' वह चिन्ताकुल-सी देखने लगी।

''टैस्ट किए थे उनके गले के। लो रिपोर्टें। तुम्हारे द्वारिका कक्का सौ साल जिएँगे। खूब सेवा करना। आवाज खुलने की दवा ले आए हैं हम, दे देना,'' भइयाजी ने कागजों के साथ दवा भी पकड़ा दी, ''मन्दाकिनी, अब कक्का की फिकर तो छोड़ो अभिलाख के बारे में विचार करो। आजकल तो वे माथे पर त्योरियाँ चढ़ाए फिर रहे हैं। काहे को कर दिए परमवीरजी रुष्ट ? उनकी नीति के विरुद्ध कोई बात कह दी क्या ?''

'' हमारी बात उन्हें उलटी ही उलटी काहे को लगती है ? आप तो जानतें हो भइयाजी, उन्होंने यहाँ हमारे खिलाफ अच्छा-खासा प्रचार कर रखा है।...क्रैशर-मालिकों की मंडली को भड़काते रहते हैं कि सौ दुश्मनों की दुश्मन है मन्दा।

'' हम तो यह कहते हैं कि मजदूरों को सताकर क्या पाएँगे ? कायदे से तो उनकी दवा-दारू के पैसे अभिलाखसिंह को ही देने चाहिए। अभिलाखसिंह क्या, हर मालिक को देने चाहिए। ''

भइयाजी बीच में ही बोल पड़े, ''दवा के न सही, दारू के तो वे बेशक देते हैं। लो, वो देख लो सामने। उनकी मजूरिनी शराब, पी-पीकर नच रही हैं और वे शहंशाह बने लीला मलिका को बगल में बिठाए देख रहे हैं महफिले-रौनक। करामती आदमी ठहरे।''

मन्दाकिनी मौन बैठी रही। ऐसे देखने लगी भइयाजी की ओर, जैसे कह रही हो कि भूखों को नचाकर तुम लोग भी कर लो मनोरंजन। बटोर लो सुख ! यही तो दुर्भाग्य है ! पैसेवाले लोग यातना का भी मजाक बनाए बिना नहीं रहते।

भइयाजी अफसोस जाहिर करने लगे, '' क्या बताएँ ? हमें तो वे निराट मूरख घोषित करें हैं। करेंगे नहीं, उनकी तरह हम तो बीस रुपए का काम छः रुपए के 'अद्धे' में नहीं करवा सकते।

'' परन्तु उन राउतों को भी तो बुरी आदत पड़ गई है मन्दा ! अद्धा, पौआ दिखाओ और बेगार करवा लो। शराब देखते ही पागल हो जाते हैं। ''

वह तुनककर बोली, “ भइयाजी, यह आदत किसेन डाली ? आपकी बिरादरी ने ही न ? आदत नहीं डालते तो इनका शोषण कैसे करते ? खून कैसे चूसते ?

“ अभिलाख मिलें तो इतना अवश्य जतला देना कि अब हम लेबर आफीसर के पास जाएँगे ! वही कर ले जाएगा इनसे हिसाब।”

भइयाजी हँसे। बिना हँसी आए हुए ही खोखली हँसी।

मन्दाकिनी विचित्र दृष्टि से देखने लगी उनकी ओर।

“ क्या देखती हो मन्दाकिनी बहन, काम इतना सीधा और आसान नहीं है, जितना तुम सोच रही हो।

“ तुम्हारे कहने से ही क्या, लेबर आफीसर तो अपने-आप चला आएगा। मजदूरों की सुख-सुविधा देखने नहीं, उनके नाम की घुड़की देकर बसूलियाबी करने।

“ सो हम कहते हैं मन्दा बहन, इतनी मारामारी मचाकर क्यों समय और अपना स्वास्थ्य खराब करती हो ? अच्छा हो कि वीरान पड़ा अस्पताल चालू हो जाए। समस्या अपने-आप कट जाएगी ?”

मन्दाकिनी जैसे तैयार बैठी थी उत्तर देने को, “बिल्डिंग तो है ही. आप ही बुला दो कहीं से डॉक्टर। भइयाजी, डॉक्टर रोजिनदारी पर तो मिलता नहीं कि ले आवें हम। सरकार मेहरबानी-कृपा करती नहीं। आप लोग आगे आते तो हो सकता था कुछ। जितना हमारे पास होगा हम लगा देंगे, अकेली से तो नहीं हो पाएगा आर्थिक प्रबन्ध। सामूहिक काम है यह तो।”

“क्या करें मन्दा ? पहाड़ों पर लगी मशीनों के मालिक, जो अन्तगाँव में भी रह रहे हैं, वे तक तैयार हो जाते हैं, लेकिन अभिलाख और कुछ इनके ही हितू-मीत खलनायक का रूप धारण कर लेते हैं। फोड़ लेते हैं उन्हें भी। बना-बनाया काम बिगड़ा है कई बार। सब मिलकर पाँच हजार रुपए महीना भी दें तो आ जाएगा डॉक्टर। उसे रोकना-ठहराना तो अपने व्यवहार के ऊपर है,” भइयाजी इस प्रसंग को बदलते हुए हँसकर बोले, “मन्दाकिनी बहन, हम तो मुबारकबाद देना चाहते थे तुम्हें।” कहते समय उनकी आँखों में प्रशंसा के भाव और होंठों पर मुस्कान थिरकने लगी।

वह अपनी कलाई में पड़ी दो चूड़ियों को टटोलती हुई सहसा चौंकी, “काहे की मुबारक भइयाजी ?”

“काहे की ! लो, तुम दूसरा ट्रैक्टर खरीद रही हो और कहती हो, काहे की मुबारक ?”

वह हँसती हुई चूड़ियों से खेलती रही।

“आपको किसने बताया ?”

भइयाजी मेज पर रखे कागजों को करीने से रखते हुए बोले, “ इतनी बड़ी बातें छिपती नहीं हैं। फिर यह तो ऐसी बात है जो तुम्हारे दुश्मनों के पेट में पानी कर

रही है। और इसी कारण फैल भी रही है पूरे पहाड़ पर। हमसे तो एक राउत ही कहकर गया था। वह भी अभिलाख का मजूर। बुलाया होगा किसी काम से। नहीं, शायद लीला ने बुलाया था रात के समय। उसके द्वारा वह अपने माता-पिता के लिए रुपए भिजवाती है अभिलाख से छिपाकर। दे नहीं पाई थी कि तब तक अभिलाखजी आ पहुँचे सो राउत छिप गया पत्थरों के ढेर के पीछे, उनके कमरे के पिछवारे। बस, सुनता रहा, देखता रहा खिड़की में से।

"रात के समय आए जगेसर। आए तो भारी चिन्ता में थे। मुँह साफिया से ढक रखा था। लीला ने उन्हें आदर सहित बिठाया। अभिलाख का साथ देने को पीतल के चमकते गिलासों में दारू डालकर उन्हें परोस दी और खुद भी बैठ गई एक गिलास लेकर। जगेसर दो पल गिलास की ओर देखते रहे, फिर अभिलाख के साथ पीना आरम्भ कर दिया।

"अभिलाख हँसते हुए बोले, 'आज किसकी चुगली करने आए हो चुगलखोर महाराज ?'

"जगेसर की निगाह तीखी हो गई, कठोर स्वर में बोले, 'चाहे कोई कितना भी मातमी चेहरा बनाकर आए, तुम पर असर नहीं होता। अरे, इतनी रात गए क्या हम मामूली बात के लिए आए होंगे ? हम भी देखते हैं कि इस बात को तुम कैसे हँसी में उड़ाते हो ? और उड़ाओगे तो बैठे रहना अपनी मसीन को लेकर। राउत की कौम बड़ी हरामी कौम है। सारों के जी में जी दे दो, मीत नहीं हो सकते। जब भागना होगा एक संग भाग जाएँगे।'

"लीला बोली, 'जगेसर भइया, धीरे बोलो। कहीं कोई सुन-सुना ले तो बिरथाँ ही...'

"जगेसर स्टूल के ऊपर से उठे। बाहर को झाँका, बोले, 'इतै तो कानी चिरइया तक नहीं है। इतेक रात कें नहीं आनेवाला कोई।' जगेसर मुस्कुराने लगे। गड्ढों में धँसी आँखें चमकने लगीं, शायद दारू का असर आने लगा। बोले, 'हमारी बात तुम्हें इस बखत नहीं सुहाएगी, काहे से कि तुम्हारे सामने इस घड़ी लीला भौजी सजी-सँवरी डोल रही हैं ! पर इतेक सुन लो कि अब चींटी के भी पर निकल आए हैं। तुम्हारे राउत मजूर ट्रैक्टर लेने की सोच रहे हैं और उनको रुपइया-पइसा से पैवस्त करे हैं मन्दा बिटिया। तुम्हारे गले की फाँसी। अब मजूर नहीं रहेंगे तुम्हारे बस में। ऐन रिझाते फिरना उन्हें।'

"अभिलाख देखते रहे उनकी ओर, फिर जोर से हँसे और कहने लगे, 'जगेसर, अपनी बुद्धि तो तुमने बेच खाई, हमें तो न भरमाओ। ट्रैक्टर क्या बच्चों का खुनखुना है, जो हर कोई ले लेगा ! सपना-मपना तो नहीं देखा तुमने ? या लीला ने लाड़ से परोस दी है तुम्हें बिना पानी की ?'

" जगेसर दुखित-से हो आए। गिलास थामे बैठे रहे कुछ देर। फिर लीला से बोले, 'कमाल है भौजी ! हम तो इसे चेताने आए हैं और यह हमें मूरख समझ रहा है ! अपने दुसमन को नहीं चीन्हना चाहता है।'

" अभिलाख लापरवाही से हँसे और तखत पर पड़ा तकिया अपनी जाँघों पर रख लिया, बोले, 'गुस्सा मत करो जगेसर ! अकल से सोचो। मन्दा के पास कहाँ से आए रुपए ? सिन्धी के क्रैशर से अभी इतना नहीं कमा लिया कि दूसरा ट्रैक्टर खरीद ले और न उसकी कोई लाटरी खुली। हाँ, किसी यार ने निछावर कर दिया हो तो भले सम्भव है।' "

भइयाजी ने यह बात बताकर जैसे दाँत से अपनी जीभ काट ली हो, अपराधी-से देखते रह गए मन्दाकिनी की ओर।

वह निश्चिंत-सी बोली, "आप तो आगे कहिए भइया जी, वह नीच है, कुछ भी बोल सकता है, इसमें किसी का क्या दोष ?"

"नहीं मन्दा, जगेसर कितने ही दुष्ट प्रकृति के हों, राउत बता रहा था कि अभिलाख के मुख से ऐसे शब्द सुनकर उनका मुख भी एक बार को कसैला हो आया। लगा कि वे करुआहट पी रहे हैं। यह तो तुम्हें भी मालूम है कि पहाड़िया अभिलाख को बेंचकर जगेसर उनके गुलाम हो गए हैं। उनकी बात टाल नहीं सकते, टालेंगे तो पइसा नहीं निकलनेवाला।"

हँसने लगी मन्दाकिनी, "भइयाजी, जिसने एक बार बिकना आरम्भ कर दिया, फिर वह व्यापार का अन्त नहीं कर सकता। अभिलाख न होता तो जगेसर किसी और के हाथ बिक जाते। उनके लिए कोई अफसोस भी कहाँ तक करेगा ?"

" उन्होंने आगे बताया कि 'नहीं, उसकी माँ दे गई है। बैंक में जमा करके आई है, अभी आठ दिना पहले।'

" अभिलाख को जैसे क्रोध आया हो, जोर से बोले, 'माँ सौ दो सौ, पाँच सौ, हजार तक भी दे जाएगी। लाख तो नहीं दे देगी ?'

" 'पूरे पचास हजार।' जगेसर जैसे तैयार बैठे थे उत्तर देने के लिए। पाँचों उँगलियाँ ऐसे फैलाईं जैसे फौलादी पंजा दिखा रहे हों कि अब इससे बचना कठिन है।

" 'पचास !' जीभ रपटने लगी अभिलाख की।

" आधी रात से ज्यादा बीत गई उस दिन। उसी आधी रात के समय अभिलाख ने जगेसर को राउतों के पास भेजा और हुक्म दिया कि सबको जगाकर लाएँ।

" ऊँघते-सोते, कराहते-काँखते, खाँसते और ताड़ी में धुत हुए मजूरों का झुंड हाजिर हो गया उनके सामने। राउत कहते हैं कि जाते समय तरह-तरह की आशंकाएँ उठीं मन में और यह भी लगा कि अभिलाख के पास न जाकर इसी समय मन्दाकिनी

के पास चले चलें ! इस मालिक का क्या भरोसा, पुलिस में पकड़वा दे, या किसी अपराधी की खोज में पुलिस निकली हो और वह न मिला हो तो भी पुलिस आती है अभिलाख के पास कि वह एक-दो राउत गिरफ्तार करवा दे। बदले में कलदार धर ले। क्या मालुम ससुरी कौन सी विपता है ?

" अभिलाख ने अकड़कर कठोर वाणी में ऐलान किया कि यदि कोई राउत उस लड़की के सिखाए-पढ़ाए पर कान देगा तो क्रैशर की मशीन में पीस दूँगा सालो ! टपरियों में आग लगवा दूँगा। सोते हुए ही हो जाओगे भसम।

" लोग काँपने लगे। उनकी नजरें थरथराने लगीं, लेकिन उन्हें अपने होंठ भिंचे हुए महसूस हुए। मुट्ठियाँ कसने लगीं।

" बात गुबरैला ने सँभाली। वह शहरी भाषा में बोला, 'हम क्यों जाएँगे मालिक ? हमें तो मजूरी से काम। सो आपके चरनों में मिल ही रही है। फिर उनके तो अपने गाँव के ही आदमी काफी हैं। हम आपके नमक के संग हरामपना नहीं करेंगे।'

" मजूर आपस में फुसफुसाए, गुबरैला कैसा दोगली जुबान बोलना सीख गया है। इन्हीं से सीखा है, नातर प्रान कढ़ने पर भी झूठ नहीं बोल सकता था गुबरैला।

" राउत लौट गए। अभिलाख ने राहत की साँस ली और जगेसर की ओर ऐसा देखा, जैसा कह रहे हों कि जगेसर, तुम कहीं से झूठी बात सुन आए हो।

" जगेसर अपना गुस्सा रोक नहीं सके, नियन्त्रण करते-करते कह गए, 'भइया, इसमें तुम्हारा दोख नहीं, तुम्हारा स्वभाव ही ऐसा है, निरंकुस और जिद्दी। क्रोधित हो जाओ तो खून कर डालो आदमी का और जो मेहर बरसा दो तो सत्रह खून माफ।'

" अभिलाख की आँखें कठोर हो आईं, बोले, "ऐसे ही नहीं हो गए हम जिद्दी। न्याय से नहीं मिला तो छीनकर लेना अख्तियार कर लिया, चतुराई से हथियाना सीख लिया। नहीं तो आज के धूर्त जमाने में कैसे जिए आदमी ? भाँति-भाँति के औजार इस्तेमाल करने पड़ते हैं। नातर आज इतनी बड़ी मशीन के मालिक न होते हम। कहीं बासन-भाँड़े ही माँज रहे होते, कि ढोर चरा रहे होते। मताई-बाप ने तो फुआ की ओली में डालकर खानाबदोस कर ही दिया था हमें। यह नहीं सोचा कि यह लड़का पराई जमीन पर लड़ेगा कैसे ? फुआ के देवर-जेठों ने मार-मारकर भुरकस बना दिया देह का। फुआ के हिस्से की धरती लेने देते वे हमें ?

" 'और इतै मताई-बाप बड़े दो भइयों के नाम पर अपनी जायदाद लिखकर स्वर्ग सिधार गए। फिर भइयों ने यह नहीं सोचा कि यह भी उन्हीं माता-पिता से जायन्दा है, जिनकी विरासत हम दाबे बैठे हैं।

" 'भला हो उस विकास निगम के अधिकारी सक्सेना का, जिसने हमें अपना समझा। बरसों हमने उसकी सेवा करी, बस उसी का फल मिला हमें। पहाड़िया की

लीज हमारे नाम कराई, क्रैशर हमारे नाम लगाया उसने। काहे से कि रिश्वत की कमाई को वह अपने नाम नहीं दिखा सकता था। फिर हमारा भाग्य चेता कि सक्सेना की मौत हो गई। क्रैशर हमारे नाम पर था, सो उसके बीवी-बच्चे भी नहीं ले पाए।'

" जगेसर बोले, 'सक्सेना की मौत का पता नहीं चल पाया कि वे कैसे मरे। काहे से कि वे बीमारी से तो मरे नहीं थे।'

"अभिलाख ने पूरा गिलास एक साँस में चढ़ा लिया। मेज पर गिलास की पेंदी को मारते हुए बोले, 'बीमारी से मरता तो हम बूढ़े भी हो जाते तो क्रैशर हमारे हाथ नहीं आना था। अब क्रैशर हमारा और हमारे बाप का।' कहकर हो-हो करके हँसे अभिलाख।

" जगेसर चल दिए।

" उन्हें रोककर लड़खड़ाती आवाज में बोले, 'चिन्ता मत करना, वो काल-भैरवी जब भागवत बैठाएगी तब हम खुद देख लेंगे उनको और मजूरों को।' "

पूरे सात दिन की भागवत है। आठवें रोज भंडारा होगा।

पिरभू को कायले भेजा था मन्दाकिनी ने, परन्तु वह उलटे पाँवों लौट आया। बताता है कि महाराज को तो राजा साब घेरे फिर रहे हैं। कुछ चुनाव-उनाव का चक्कर लगता है, सो साधु-महात्मा सबसे ज्यादा, सहायक दीखते हैं राजा साब को। इनकी बात जनता मान लेती है। धरम के उपदेशों की तरह ग्रहण कर लेती है इनके कहे-सुने को।

"राजा साब ठहरे कुसल खिलाड़ी," पिरभू ठठाकर हँस पड़ा।

"चलो, तुम एरचवाले महाराज को बुला लाना। वे भी कायलेवाले महाराज की तरह मन्त्र बोलते हैं, अर्थाते हैं और बीच-बीच में बुन्देली में भी समझा देते हैं," मन्दाकिनी ने विकल्प निकाल लिया।

"पिरभू, इसके बाद तुम्हें आसपास के गाँवों में भी जाना पड़ेगा। खमा डिकौली, गोंती, झखनवारा, झवरा और भी गाँव हैं, कैसे निपटाओगे अकेले ? देखो, पहाड़ पर गुबरैला राउत हैं। हैं तो बुजुर्ग, मगर चले जाएँगे," लेकिन अचानक ही कुछ याद हो पड़ा उसे, "नहीं-नहीं, रहने दो। उन्हें दिहाड़ी छोड़नी पड़ेगी। कोई और प्रबन्ध हो जाएगा। पप्पू चला जाएगा। मोटरसाइकिल भइयाजी की ले जाएगा।"

"मोटरसाइकिल चल पाएगी पपुआ से ? गैल तो टेढ़ी-मेढ़ी है। गोड़े-मोड़े और टोर लाएँगे लाट साब," पिरभू चिन्ताभरे स्वर में कहने लगा।

"चलो किसी को पैदल या साइकिल से भेज दो। तुम्हीं देख लो," मन्दाकिनी ने पिरभू के ऊपर ही छोड़ दिया बुलाने का काम।

सुगना को बुलाया तो गुस्सा हो पड़े जगेसर। पप्पू को दुत्कार कर भगा दिया कि चलो यहाँ से। आइन्दा न आना। नहीं आएगी सुगना। हओ कर रही है वे जज्ञ।

काकी न जाने कहाँ से प्रकट हो पड़ीं। दुत्कार कर फटकार जड़ दी उन्होंने, ''तुम अपनी बोतल से काम राखते हो सो ऐन रखो। पूजा-पाठ का महातम समझते हो कुछ ? नहीं जानते तो दूसरों के लाने विघन काहे को डालते हो ? ठाकुर जू की सेवा रोककर पाप गठरिया न धरो मूँड़ पर। परलोक तो सुधार लो, सो नहीं सोचते। बऊ ठीक कहती थीं, 'जगेसर आज-काल गाँव में ही है, मोंड़ी को सात दिन तो क्या, सात घंटे को भी नहीं आने देगा हमारे घर। पीछे-पीछे लिबाने चला आता है। सराब पी-पी कें सनकी-बहमी हो गया है।' ''

मन्दाकिनी चकित-सी देखती रह गई। सुगना तितली की तरह उड़ी चली आ रही है ! सुगना ने सारा काम सँभाल लिया। आनन-फानन में निबटा रही है चूल्हे-चौके से लेकर पूजा का सामान जोड़ने तक का काम। मन्दाकिनी विभोर हुई देखती रही, ''सुगना, तू मेरा ही हिस्सा है क्या ? मेरे ही अस्तित्व का एक भाग ! नहीं तो इतने बन्धन-बाधाओं को तोड़कर तू क्यों भागी आती ? कौन सी डोर खींचती है तुझे ? मेरा मन भी तो नहीं लगता तेरे बिना।''

सुगना ने देखा, बाहर एक समूह आया है। कुछ लोग खड़े हैं द्वार के बाहर चौंतरे के पास। दालान की ओर देखा—मन्दा जिज्जी तो भागवत में बैठ गईं !

वह उसके पास आकर बोली, ''जिज्जी, क्रैशर के राउत आ गए। मिल लो जाकें।''

इधर पुजारी महाराज की वाणी गूँजने लगी बखरी में। गाँव के लोग जुड़ गए भागवत सुनने के लिए।

बऊ ने आवाज दी, ''सुगना, ओ सुगना, राउतों को भीतर ले आ। वे तो बाहर गली में ही बैठ गए !''

ध्यान में मुँदी आँखें खोलकर देखा मन्दाकिनी ने और राउत भीतर बुला लिए। पप्पू से कहा, ठीक से बिठा दें। फिर आँखें बन्द करके ध्यानमग्न-सी बैठ गई।

राउतिनें चकित ! भौचक !

''ओ मतारी, जे मन्दा जिज्जी की बखरी ! ठाकुरद्वारे में कौन-कौन से देउता पधारे हैं परमेसुरे ! जै रहे, जै रहे तुम्हारी महाराज,'' धरती धौंकने लगीं राउतिनें। हाथ जोड़कर बैठ गए राउत अलग को, एक तरफ छिटके हुए।

तुलसिन सबसे पीछे से आई है, उसकी आवाज भागवत में विघ्न उपस्थित करने लगी, ''देखियौ, केसे थार सजे हैं ! इन्दरासन उतार लिया है मन्दा जिज्जी ने ! रामदुहाई, अवधपुरी-जनकपुरी हो रही है बखरी।''

पुजारी महाराज ने प्रवचन रोक दिया, टोकते हुए बोले, ''भाई, सुनो, बातें पीछे

कर लेना। अभी तो भागवत सुनने आए हो तुम लोग। ध्यान से सुनो।''

चुप हो गए सब लोग और आँखें महाराज के ऊपर टिका दीं।

तुलसिन फिर फुसफुसाई, ''काहे हो गुबरैला बब्बा, तुम सपर नहाकें आए हो, कि ऐसे ही ?''

''ते कौन सी नहाकें आई होगी तुलसिन !'' गुबरैला दाढ़ी के सफेद तिनके जैसे बालों पर हाथ फेरते हुए बोला।

''नहाकें ही तो आए हैं, तब ही तो देर लग गई,'' तुलसिन हाथ जोड़कर, आँख मूँदकर ऐसे बैठ गई जैसे पूरे मन-कर्म से आई हो इस अनुष्ठान में।

पास बैठा साथी तम्बाकू खाए दाँतों से खीं-खीं करके हँसने लगा, ''देखो तो कैसी पुजारिन समझ रही हैं खुद कों ! तुलसिनियाँ, रहेगी तो तें राउतिन ही। हमारी जात की। तोय बामन नहीं कह देगा कोई।''

तुलसिन बेपरवाही से बोली, ''अरे न कहे कोई। पर सात दिना तक तो हमें बामन बनके ही रहना है। तें काहे कुढ़ रहा है। नहाते-सपरते हैं, भागवत सुनते हैं तो बामन ही हुए।''

कहनेवाले ने आँखें फैलाईं, ''हम काहे के लानें कुढ़ेंगे ? ऐन बामन-बानिया बन, चाहे ठाकुर बन। पर इतेक बता कि पथरा कौन तोरेगा ? और वे तोरे गनेसी दद्दा क्या चबाएँगे ? बुढ़ऊ को तें न मिलती तो मर जाता भूखा-पियासा। घरवाले तो तियाग बैठे वा कों।''

दूसरा बोला, ''तुलसिन न मिलती तो घरवाले ही काहे को तियागते ?''

चुप बैठ गए राउत। सुनने लगे ध्यान से, क्योंकि महाराज ने अभी फिर टोक दिया।

पाठ खतम हो गया। महाराज ने आरती करवाई।

सुगना परसाद बाँटने लगी। पँजीरी और कटे हुए केले हैं, दही-दूध मिलाकर चरणामृत बनाया है। सबको दोनों में रख-रखकर दिया जाने लगा।

तुलसिन मन्दाकिनी के पास आकर खड़ी हो गई।

''मन्दा जिज्जी, तुमरे देउता कौनऊं वरदान देते हों तो मोरी अहिल्या के लाने भी माँग लेना। भागवत महाराज जल्दी अच्छी कर दें मोरी बिटिया...उठकें ठाड़ी हो जाय बस।'' आँखें भर आईं तुलसिन की।

राउत घिर आए मन्दाकिनी के आसपास।

एक बोला, ''जिज्जी तुमने बुलवाया था हमें, भागवत जू सुनने। और हमने जो सुनी कि तुम दूसरा टैक्टर ! गुबरैला बब्बा से बातें-चीतें हो रही थीं।''

मन्दाकिनी शान्त भाव से बोली, ''दूसरे ट्रैक्टर की बात छोड़ो। हम तो यह पूछ रहे हैं कि जंगली झाड़ियों के फल, पशुओं का चारा और तला-पोखरों के जीव-जन्तु

ही खाने हैं तो हाड़ क्यों तोड़ते हो ? घन चला-चलाकर अपनी पसलियों को क्यों धुन रहे हो ? चेंच-करमेंथा खाकर जिओ और विषैले कीड़ा-मकोड़ा खाकर मर जाओ। इतनी सी ही है न तुम्हारी जिन्दगी की कहानी।''

राउतों का झुंड गूँगा बना नतमस्तक खड़ा रहा।

''बताओ, हम गलत कह रहे हैं ?''

''ना जिज्जी, ना ! तुम गलत काहे को बोलोगी ? पढ़ी-लिखी, ज्ञानिन-ध्यानिन होंके गलती कैसे कर सकती हो तुम ? हम तो जा कै रए कै समझी तुमने हमारी भाभई ? का कर देवें ? मालिक की नजर का फेर है। किसी पर कोप तो किसी पर घिरना, किसी पर दया-माया। अपना-अपना भाग। अपना-अपना मुकद्‌दर ! उनसे क्या कह सकते हैं हम ?''

''क्यों नहीं कह सकते ? मालिक ! काहे का मालिक ? होगा अपने क्रैशर का मालिक। अपनी पहाड़िया का पाँच साल के लिए मालिक। तुम्हारा मालिक क्यों हुआ ? वह भीख नहीं देता तुम्हें। न सदाव्रत लुटाता तुम्हारे लिए। उलटा तुम्हारी मेहनत का कर्जदार रहता है। कैसे चेताएँ तुम मूरखों को कि जैसे इनके पास क्रैशर हैं, पहाड़िया हैं, मशीनें हैं, किसानों के पास खेत हैं, अफसरों के पास उनकी पदवी है, मन्त्री-सन्त्रियों के पास उनकी गद्‌दी-कुर्सी है, उसी तरह तुम्हारे पास तुम्हारी मेहनत है, तुम्हारे हाथ-पाँव, तुम्हारा जीवट है। तुम उनकी तरह नहीं हो तो वे तुम्हारी तरह नहीं हैं। नहीं कर सकते हाड़तोड़, पसीना-बहाऊ मेहनत वे लोग। वह केवल तुम कर सकते हो। फिर क्यों घिघियाते हो इनके सामने ? क्यों बड़े मानते हो इन लोगों को ? विरथाँ ही दीन बने रहते हो ! इस तरह तौहीन न करो परिश्रम की।''

वे एक-दूसरे का मुख देखने लगे, जैसे सब समझ रहे हों, एक-एक बात पर गौर दे रहे हों। भागवत से भी बड़ा ज्ञान सुन रहे हों। उनके ही जीवन की रामायन बाँच रही हो मन्दा। कोटरों में धँसी आँखें चपल हो उठीं। होंठों पर आत्मविश्वास-सा जागा। और धीरे-धीरे खुलने लगा उनके भीतर का आदमी। मन्दाकिनी के रूबरू खड़ी कर दी अपनी आहत आत्मा।

गुबरैला ही आगे आया। दैन्य की अपेक्षा बुजुर्गों की समझदार मुद्रा धारण कर ली उसने। पूरे भरोसे से बताने लगा अपने भीतर की घुटन को, '' हमारी समझ में नहीं आ रहा कि तुमसे किस तरियाँ कहें बिटिया ! हमारे डेरों में औरतें हाहाकार मचा रही हैं। पर हम ही चुप्पी साधे हैं। गम खाए हैं।

'' मेहनत मजदूरी छोड़ो, खाना-पीना भूलो, पर इतेक भारी अतियाचार।

'' हमारी जनी-मानसें बेंची जाने लगी हैं अब। जिन्दे आदमियन का व्यौपार करने लगे हैं अभिलाख।

'' पिछले डेढ़ साल से होंठ सिए बैठे हैं हम, पर दिन-दिन बढ़ता ही जा रहा

है यह कुव्यौपार। मालिक की अगाई कैसे करें, कैसे रोके-बरजें उनको ?

" अचम्भा लगता होगा तुम्हें। जरूर लगता होगा, तभी तो तुम चौंक परीं। पर ये सोरह आना साँची बातें हैं बेटा ! हम भोग रहे हैं सो कह रहे हैं।

" किसनुआ बैमार गिर गया। जनी ने रात-दिन मेहनत करी। आदमी बिरोबर काम उठाया। क्या जाने क्या ओरियायी मालिक को, सो बोले, तुम्हारा काम दूसरी जगह लगा आते हैं, वहाँ मजूरी का रेट जास्ती है। औरत को भी आदमी के बिरोबर मिलती है दिहाड़ी। अपने बच्चा पाल लोगी। आदमी की दवा-दारू करा लोगी।

" गोपालपुरा के पहाड़ पर लगा राउत कहता है कि अभिलाखसिंह उज्जैन में बेंच आए थे बाय। पैंतीस सौ रुपइया में !

" कौन सहना चाहता है बिटिया, यह कहो कि सहना परता है। हम कितेकऊ हुसियार हो जायँ, इनकी चालाकी से पार नहीं पा सकते। इनकी बातों का असल सत्त नहीं निचोर सकते।

" अफसर की अगाई और घोड़ा की पिछाई कहाँ नों करे आदमी ? आगई काटी थी हमने, ऐन तो काटी थी, जब जंगलों से खदेरे गए थे। अपने पेड़-रूखों से जुदा कर दिया था हमें। जड़ों से काटकर फेंके तो मुरझाते हुए भी तीर, लाठी, बल्लम लैकें जूझ परे थे हम। हार नहीं मानी थी किसी तरियाँ। पर अन्त में क्या बना ? क्या मिला ? पुलिस ने मार-मारकर घुटने फोर दिए। भेजा चटनी बना दिया, बन्दूकों की बट से घिस-घिसकर। जो बचे थे, वे ठूँस दिए जेहल में। हमारी पैरोकारी किसी ने नहीं की। किसी ने नहीं गिने कि कितने भर गए ? कोई नहीं आया मदत-सहायता के लानें।

" सालों में सिरकारी हुकुम आया कि वन के बागी, बन्दी छोड़े जा रहे हैं, उनके नातेदार ले जावें आकें।

" जो मिले बिटिया, वे मरे में न जिन्दों में। क्या-क्या तो बैमारी व्याप गई। पेट सूज गए, जोर टूट गए, पेसाब की राह खून गिरे। निगवे चलवे से लाचार ! एक मन तो आया कि नरमदा, बेतवा मइया के हवाले कर दें उन अधजिन्दी लहासों को...

" न विसवास हो तो देखि आओ, कछू अबै भी बेतवा के किनारे डरे हैं, कछू नरमदा मइया के चरनों में कुढ़िया आदमियों के तरह डरे हैं। "

मन्दाकिनी अवसन्न-सी खड़ी रही। भीतर-ही-भीतर डूबती-उतराती रही। फिर बोली, " हम तुम्हारी बात पर यकीन करते हैं बाबा ! संग में यह भी भरोसा दिलाते हैं कि यहाँ अब ऐसा नहीं होना चाहिए। यहाँ न पुलिस है, न सरकारी मुलाजिम। यहाँ तो हम हैं। तुम हो। गाँव है। तुम्हारे ऊपर नहीं, तुम्हारे संग-संग। गाँव अन्धे-बहरे नहीं होते बाबा। सही मायनों में नजर-निगाहवाले और चेतन्त होते हैं।

देखेंगे, सुनेंगे, समझेंगे और आगे बढ़ चलेंगे तुम्हारे साथ-साथ।

'' सुनो बाबा, आज से आठवें दिन भंडारा है। आप सब लोग भोजन करने आना। हमारी ओर से निमन्त्रण है। हम जानते हैं आपकी वन-जाति को, भूखे मर जाओगे, घास-पात, जड़ें खाकर जिओगे लेकिन माँगकर नहीं खाओगे। बिना बुलाए भोजन के लिए नहीं आओगे।''

अनकहा कृतज्ञभाव फैल गया हड़ीले चेहरों पर। औरतों की नजरें मुस्कुराने लगीं। पेट से उठती खुशी रोम-रोम पर छा गई।

''जै रहे, जै रहे मन्दा बिटिया। तुम्हारी जै रहे।''

वह हँसती हुई बोली, ''बाबा, तुम ही देखना, ताड़ी-दारू पीकर कोई न आए।''

बरसात थमने का नाम न लेती थी।

मन्दाकिनी को चिन्ता थी कि भंडारे के दिन भी ऐसा ही झर लगा रहा तो कैसे सम्पन्न होगा सब ?

भोजन निबटाकर सोने की बेला हो चली। पप्पू अपने घर जाने को तैयार था। और बऊ कहने लगीं कि सुगना को भी छोड़ता जाए वह। अभी बादल थमा है सो जल्दी-जल्दी निकल जाए। इँधियारी घिरी है गलियों में। बिजली कड़क रही है।

अचानक किसी के दहाड़ने का कर्कश और क्रूर स्वर सुनाई दिया। बऊ ने, पप्पू ने, सुगना ने और मन्दाकिनी ने साँस रोककर सुना। ध्यान देकर समझा आवाज को। फिर एक-एक करके वे चारों बन्द किवाड़ों पर आ लगे। कान लगा दिए बाहर की ओर।

चिंघाड़ ज्यों-की-त्यों थी, ''ओ डुकरो ? निकर आओ बाहिर ! और निकार लाओ अपनी परम बीजुरी कों। आज हम देखें कि उनमें कितेक बलबूता है !''

बऊ सन्न रह गईं। आँखों में अचम्भा और दहशत जमने लगी। उन्हें अनुमान नहीं था कि अभिलाख रात के समय इस तरह....

मन्दाकिनी बोली, ''बऊ, किबाड़ें ने खोलना। चिल्लाने दो, बकने दो। वो पागल चोंपे की तरह भाग छूटा है। जैसे कटघरे से कोई जानवर निकल भागे।''

'' हमारे मजूरों को सिखाती है। भागवत गुना रही है। शह देती है। अरे, वे हमें नाहीं कर सकते हैं काम के लाने? कितेकऊ फूँक मारती रह तें, बाघ के आगें छिरिया नहीं दहाड़ सकती, उसे तो मिमियाना ही है।

'' अब कढ़ कें तो आ मोंड़ी ! कर हमसे बातें !''

पप्पू ने किवाड़ों में बने गोल छेद से देखा, लालटेन उठाए लीला खड़ी है। दो लोग और खड़े हैं अभिलाख के पीछे गुस्सैल मुद्रा बनाए हुए। उनके हाथ में टॉर्च हैं।

अभिलाख हाँफ-सा रहा है।

इधर-उधर से लोग जुड़ने लगे हैं दरवाजे पर। शान्त कर रहे हैं अभिलाख को।

"गम तो खाओ, काहे चिल्याते चले आए यहाँ ?" ये द्वारिका कक्का हैं। उन्हीं की महीन आवाज है।

जोर से उत्तर दिया अभिलाख ने, "चले आए ! आते न ? अँधेर नहीं देख रहे तुम बूढ़े होकें। मजूर तो हमारे और गुरमाता बन गई है बीता-भर की मोंड़ी। सुभचिन्तकी कर रही है कि उन्हें अपने कब्जे में लेने को स्वाँग भर रही है ? ढोंग कर रही है। मतारी ने सत्रह खसम करे हैं सो लूट लाई धन-माया और बई हराम की कमाई से बिटिया बन रही है पुन्निन-धर्मिन ! वो ही बात भई न कि नौ सौ मूसे खाय बिलइया हज्ज कों चली।"

धड़ाम से खुला दरवाजा। पप्पू और सुगना ने एकाएक लीला को दबोच लिया।

...और सीधे जाकर अभिलाख की गर्दन पकड़ ली मन्दाकिनी ने।

"क्या कहा ? कहना फिर ?"

अप्रत्याशित वार पर गिरते-गिरते बचा वह। वहाँ जुड़े लोग बीच-बिचाव करने लगे।

पप्पू बोला, "हम पचफैरा लाते हैं। जिज्जी, तुम इस गेंड़ा को जाने न देना। अभी भूनते हैं साले को और संग में सती कर देंगे इस चुड़ैल लीला को। सुगना, भागने न पाए ये राच्छसनी।"

अभिलाख चिल्लाया, "ओ बिलइया की औलाद ! हम तोसे कुछ नहीं कै रए। हमसे न उलझ। बन्दूक हमारे पास भी है, अभी खेल खतम कर देंगे। बाप तो मूत-मूत भरता है और तैं दिखा रहा है हैकड़ी !"

साथ आए दोनों लोग ठेकेदार थे। शान्तिपूर्वक समझाने लगे, " मन्दा, तुम गम खा जाओ। और अभिलाख, तुम तो बातें करने आए थे, जे लड़ालड़ी काहे के लाने करने बैठ गए ? मन्दा, हम तुम्हारे दरवाजे आए कबहुं ? पर सोचो तो ऐसे बरगलाओगी तो हम लोगन का क्या होगा ? हमारा काम तो बिल्कुल ही ठप्प हो जाएगा। मजूरों पर ही दारोमदार है हमारे व्यापार की। काहे से कि सोलिंग (मोटा पत्थर) तो मजूर ही निकालते हैं।

" और ऐसे टिरक-ट्रैक्टरों में हिस्सेदार राउत हो गए तो मजूरी कौन करेगा ? इतनी समझ लो बिन्नू कि ये सगे तुम्हारे भी नहीं होंगे। कमीन की जात ठहरी आखिर तो।"

मन्दाकिनी चुप खड़ी रही।

अभिलाख गरजा, " साले मजूरों को ही न फूँक दिया तो नाम अभिलाख नहीं। मरने-मारने से डर नहीं लगता हमें !"

दोनों ठेकेदारों ने फिर हड़का, ''अभिलाख, यार, तुम तो...''

''हाँ, तो मन्दा बिटिया, किरपा करें रहो। मजूरों को मजूर ही रहने दो।''

वह उनके चलते समय धीरे से बोली, ''आप लोगों को मजूर चाहिए होते तो भी गनीमत थी, पर तुम्हें तो बँधुआ बेगारी चाहिए।''

एकाएक गड़गड़ाहट-भरा धमाका-सा हुआ। लगा कि कहीं बिजली गिरी। अभिलाख लौट गया पहाड़ पर।

बऊ ने किवाड़ों को बन्द किया और बेंड़ा कसकर लगा दिया।

'तेरे मन कुछ और है, कर्ता के कुछ और।' यह कहावत कहा करते हैं भइयाजी और यही कहावत आज सत्य हो गई। अभिलाख तो सोच रहे थे कि राउतों को फूँक दें। बाँस रहे न बाँसुरी बजे, लेकिन यह तो उलटा ही हो पड़ा। बाँस भी रहा और बाँसुरी भी बजी।

जैसे ही राउतों को यह पता चला कि दो जनी गायब हो गई हैं तो चोट खाए नाग की तरह फुफकार उठे।

पहाड़ पर लोगों ने समझाया कि ग्वालियर-दतिया चली गई होंगी, या फिर मजूरी के लिए गुलारा-दिगारा के पहाड़ों पर।

राउत नहीं मानते। चिल्ला-चिल्लाकर कहते हैं कि अभिलाख ने बेंची हैं। कीमत बसूल कर लाए हैं हमारी औरतों की। खोटा व्यौपार करते हैं अभिलाखसिंह।

...और भोर भए ही वह हो पड़ा जैसा अभिलाख ने सपना न देखा होगा कभी। गाँव के लोग कल्पना न कर सकते होंगे जिसकी तथा राउतों को अभयदान देनेवाली मन्दाकिनी भी सुनकर स्तब्ध रह गई उस घड़ी, जब पप्पू ने आँखों देखा हाल सुनाया।

'' शिकार के धनी राउत, भील, सहारिया एक होकर चढ़ बैठे। चढ़ बैठे अभिलाख के कमरे पर। चढ़ बैठे लीला के ऊपर। गजब हो गया। गेंती, घन, कुदाली, फरुआ ले-लेकर आ गए। कर दिया आक्रमण।

'' अन्धेर करने का फल अभिलाख को आज चखा देंगे अच्छी तरह। दिखा देंगे कि हारते-हारते हम कितने बलवान हो गए हैं। कि सुलगते-सुलगते कितनी आग जमा हो गई है उनकी छाती में। कितने व्याकुल चील-गिद्ध फड़फड़ा रहे हैं उनकी बाँहों में।

'' लीला ने देखा तो दहल गई ! वह भागती हुई अभिलाखसिंह के पास पहुँची, किवाड़ों के भीतर जाने लगी। देर तक लम्बे उसाँस लेती रही किवाड़ों पर पीठ टिकाए हुए। अभिलाख अपनी दुनाली बन्दूक खोज रहे थे, जो मिल नहीं रही थी कहीं भी।

'' 'देखूँ तो आखिर माजरा क्या है ?' अभिलाख ने किवाड़ों की झिरी में आँखें

सटाने के लिए लीला को हटाना चाहा।

"लीला चिल्लाई, 'देख नहीं रहे, चारों ओर से टिड्डी दल की तरह राउत टूट रहे हैं। हमारे जानें आनगाँवों के पहाड़ों से भी बुला लिए हैं भील और सहारिया। ठट्ठर बँधों ने पहले से ही सोच राखी होगी मरने-मारने की। तुम जानते नहीं हमारी जात को, जब तक गुस्साते नहीं तब तक सहते रहते हैं सब कुछ, भले खाल छोल डारो उनकी। और जो किरोध आया तो परलय मचा देंगे। सो हम कहते हैं कि तुम...'

"वाक्य पूरा नहीं हो पाया, तूफान उमड़कर किवाड़ों तक आ पहुँचा। छत और दीवार पर चढ़ गए राउत। अभिलाख की आँखें फटी रह गईं।

"बाहर से चीखने-चिल्लाने की आवाजें—'लागो पथरा ! घालो डीला ! मारो घन ! चलाओ गेंती ! कतल कर दो हरामी का। फरुआ चलाओ रे...'

"खड़ाक् ! खड़ाक् ! खड़ाक् ! कमरे की किवाड़ें कच्ची लकड़ी की टम्परेरी। खिचिक-खिचिक टूट गईं। चौखट चरमराकर गिरनेवाली थी।

"लीला चूड़ी और पायल बजाती झन्न-झन्न अभिलाख के पास जा पहुँची। छाती से लग गई।

"लो किवाड़ें टूट गईं। चौंक पड़ी लीला। डर के मारे घिग्घी वँध गई उसकी।

"गाँव में खबर फैल गई है जिज्जी।"

पप्पू नरसिंहगढ़ से मोटरसाइकिल पर लौट रहा था। भंडारे के लिए कहने गया था। दौड़कर मन्दाकिनी के पास आया है। अन्त में बोला, "जिज्जी, चलो ! चलो तुम...राउत और अभिलाखसिंह...बहुत जोर से हो रही है लड़ाई। तेरी कौल जिज्जी !"

उसके हाथ में पकड़ा घी का दिबला काँपने लगा। गिर गया। औंधा पड़ा रह गया आँगन में। भगवान बिना आरती-भोग के विराजे रहे।

बऊ मन्दाकिनी को पिछियाती हुई भागीं। साँस नहीं थमी तो धीरे-धीरे चलने लगीं और अन्त में तालाब पर खड़ी रह गईं।

मारा-मारी मची है ! एक से गुथे हैं चार-चार ! सिर फूट रहे हैं। बाँहें टूट रही हैं।

मन्दाकिनी बीच युद्ध में आ पहुँची। बीच-बचाव करती रही। मगर कौन किसकी सुने? लीला पीट डाली राउतों ने। अपनी जात से छल करती है। अभिलाख बाहर आ गए। मजदूर देखते ही झपटे, कुदालियों और गेंतियों से मार-मारकर अधमरा कर दिया अभिलाख को।

लठैतों ने लखना और हरखू पर आक्रमण कर दिया। लाठी सिर पर दे मारी। भूमि पर लोटने लगे लखना और हरखू। कराह उठी उस जमीन से—"ओ मतारीऽऽ ! हाय दद्दा ! ओ बाई ऽ ऽ...!"

गूँजने लगी पूरी घाटी। हाय-हाय से भर गई। आर्तनाद से अटने लगी। हाहाकार मचने लगा।

बीच-बचाव की असफल चेष्टा में कई चोटें खा गई मन्दाकिनी। किसी ने पत्थर मारा निशाना बाँधकर। खून बह निकला माथे से। उसे घुमेर-सी आने लगी। माथा पकड़कर बैठ गई वहीं।

अभिलाख के लठैतों ने मोर्चा साध लिया। पटसन के पौधों की तरह बिछाने लगे आदमियों को।

तुलसिन पीछे से दौड़ी, चढ़ बैठी एक लठैत पर। गर्दन में मुख गाड़ दिया। नीचे-ऊपर के आगेवाले आठ दाँत घुप गए मांस में।

लठैत की चिंघाड़ फूट पड़ी, "ओ मताई ऽ ऽ..."

तुलसिन पिशाचिनी की तरह चीख रही है, "अपनी बेटी और बहन का बदला न काढ़ा तो असल राउतिन नहीं। खून पीऊँगी आज अभिलाख की छाती का। हरामी जगेसर का मीत ! जान लेकर छोड़ूँगी।"

कुत्ते भौंकने लगे। मुर्गियाँ कों-कों करती हुई दड़बों में दुबक गईं। कौओं ने भयंकर शोर मचा डाला।

कुछ ही देर में मसान का सा सन्नाटा छा गया वहाँ। रेता-बजरी में घिसते हुए घायल कल्हार रहे हैं। कुछ अचेत पड़े हैं, निर्जीव-से। कटी-फटी देहों से बहता खून, उसी में लिथड़े हुए लोग।

मन्दाकिनी के पाँवों में सत्त नहीं बचा कि खड़ी भी रह सके। बैठी-बैठी माथे में उठती टीसों को झेलने के प्रयास में होंठ भींचे हुए है। अपने पीठ पीछे कुछ घिसटता-सा अनुभव हुआ। कठिनाई से आँखें खोलकर देखा, परबतिया मैले-से कपड़े में चूना-सा कुछ लाया है।

गाँव के लोग आ गए।

वह सुन रही है बातें। पिरभू ने अभिलाख को पीटा है। रामदास घायल हो गया है। रामरतन सही-सलामत बच गया।

प्रधान काका उसके पास आ गए, बोले, "बेटा, घर चलो। तुम्हारी तबीयत..."

वह पत्थर की मूरत-सी बैठी रही, जड़ और संज्ञाशून्य। फिर भी अपने भीतर उठते विलाप को रोकना असम्भव लगने लगा। बेबस हूक उठ रही है...

कहाँ ले जाय अब घायलों को ? इन मरे-अधमरों को किस ओर...? एरच आठ मील ! एट चौदह मील ! उरई तीस और झाँसी साठ !

सूरज की रोशनी डूब चुकी है। अन्धकार घिरने लगा। रात में भटकना होगा इन्हें लादकर।

सहसा चेती मन्दाकिनी। अचानक होश आया, जो खून ज्यादा बह जाएगा फिर

तो बचना मुश्किल होगा। प्रधान काका, भइयाजी से कहे, ट्रैक्टर-ठिलिया जल्दी-से-जल्दी ले आवें यहाँ। जल्दी-से-जल्दी लाद लें और जल्दी-से-जल्दी ले चलें।

प्रधान काका से बोली तो उन्होंने भइयाजी की विवशता समझा दी, " भइयाजी की तो बाँह टूट गई है। लाठी का वार उन्हीं के ऊपर पड़ा बीच-बचाव करते समय। "घायलों को टॉली में रामरतन, मगन दर्जी भर लेंगे।"

पिरभू वहीं से चिल्लाया, "हमने अभिलाख का लठैत पकड़ रखा है और एक लठैत के ऊपर बैठी हैं तुलसिन और अवधा। इन्हें पहले पिड़वा (बन्द) दो काऊ कोठा में। पुलिस तो आज आने से रही।"

अभिलाख और लीला न जाने कहाँ अन्तर्धान हो गए।

पिरभू को अन्य लोगों के हवाले कर दिया प्रधानजी ने।

अन्य लोगों को पिरभू के हवाले कर दिया प्रधानजी ने।

ट्रॉली में घायलों को भरकर चल दी मन्दाकिनी। संग में प्रधानजी हो लिये।

कराहते, चीखते लोगों का काफिला चल पड़ा। निविड़ अन्धकार में, कहाँ-से-कहाँ तक जाना पड़ेगा, नहीं मालूम मन्दाकिनी को। वह अपना माथा पकड़े बैठी थी। खून का बहाव रुक चुका था।

क्या-क्या, कहाँ-कहाँ के खयाल आने लगे मन में।

एक चेहरा ! एक मुख !

आहत घायल यात्रा में एक लड़का याद आता रहा।

श्यामली में बहस के दौरान छोटी सी मन्दा !

हराने के फेर में उतने ही बड़े मकरन्द। मखौल उड़ाते हुए। चिढ़ाते हुए। खिलखिलाकर हँसते हुए।

मकरन्द से उसका संवाद...

'हमारे यहाँ अस्पताल है। बड़ा अस्पताल। हमारा अस्पताल।'

'कितने डॉक्टर, कितनी नर्सें, कम्पाउंडर हैं वहाँ ?'

मकरन्द के प्रश्न पर पराजित होने के खिसियानपट को छिपा न सकी वह।

'अरे वाह ! बिना डॉक्टर का अस्पताल ! बिना मरीज...' और हँसी का एक दौर। उपहास का लहजा ! पराजित करने का अमोघ अस्त्र !

'तुम ठीक तो कहते थे मकरन्द। ठीक ही तो हँसे थे। मैं क्यों बुरा मान गई ? क्यों भर आई थीं ये नादान आँखें ? यह अस्पताल तो आज भी उसी तरह...'

प्रधान काका कह रहे हैं, "हम जानते थे, एरच का डॉक्टर नहीं मिलेगा और यही होना है एट में। प्राइवेट के बस में नहीं आ पाएँगे इतने घायल। अस्पताल तो है नहीं वहाँ। उरई बीस मील है अभी।"

लखना ने प्राण त्याग दिए। गनपत कक्का ने प्राण उड़ जाने का संकेत दिया।

गनपत कक्का टॉर्च जलाकर देख लेते हैं बार-बार, जैसे जान रहे हों कि कुछ के ऊपर तो मौत मँडरा रही है।

रोनेवाला कोई न था। सबके सब शोक की पीकर कंठ में भरे हुए से चल रहे हैं।

उरई पहुँचते-पहुँचते तीन और सिरा गए।

मरहमपट्टी से जितने बचाए जा सके, बचे।

काली भोर के उगने तक मरे हुओं की स्त्रियाँ भी आ गईं। विलाप करने लगीं, और वह डूबने लगी उनके आर्तनाद में...

आज संकल्प काँपने लगा है उसका। आत्मा थरथरा रही है। अपराध सिर चढ़कर बोल रहा है, इस हत्याकांड की अपराधिनी है वह !

गाँव के निकट छोटे थाने पर दरोगाजी रोज नहीं आते। आते तो मन्दाकिनी के लिए सुविधा हो जाती। थोड़ा सा परिचय है। गोपालपुरा में मिले थे एक बार जब ठकुराइन के घर अखंड रामायण का पाठ था। उनके दूर के नातेदार होते हैं वे। भले और दयालु लगे।

अपने माथे पर पट्टी बँधवाकर जब वह एरच पहुँची तो पता चला कि वे बड़े थाने पर भी नहीं, कोंच गए हैं। राउतों को पकड़ ले गए उनके दीवानजी। पिरभू ने दोनों लठैत भी गिरफ्तार करा दिए।

वह प्रधानजी के संग भागी गई। दरोगाजी के बारे में पूछा तो सिपाहियों ने बताया कि वे एक हफ्ते की छुट्टी पर हैं। दीवान से अरज की तो वह बहरा-गूँगा हो गया। सिपाही बोले, 'दीवानजी आपकी प्रार्थना नहीं मान रहे। और इतनी जल्दी जमानत हो भी नहीं सकती।'

मन्दाकिनी के मन में कायलेवाले महाराज का ध्यान बार-बार आ रहा था और उन्हें याद करते ही वह अपनी रुलाई रोकने में असमर्थ हो उठती थी।

निराशा-हताशा के दरम्यान कायले सन्देश भेज दिया कि महाराज जैसे बैठे हों, तैसे चले आएँ।

"महाराज ज्वर से पीड़ित थे। दो दिन से कुछ खाया नहीं," यह सूचना सन्देश ले जानेवाले ने दी।

उसकी आशा टूटने लगी। लेकिन दूसरे दिन और तीसरे दिन वह गई थाने पर।

सन्ध्या समय महाराज को आते देख, दो-चार लोग मन्दाकिनी के पास दौड़ आए। जल्दी से उनके आगमन की खबर देने के लिए।

ज्यों ही द्वार के भीतर चरण धरा महाराज ने, मन्दाकिनी ऐसे रो उठी, जैसे उसके ही घर में हुई मौत के फेरे आए हों महाराज। चरण पकड़कर रोती रही देर तक।

लोग चकित हुए कि महाराज की आँखें भीगने लगीं। आपस में कहने-पूछने लगे, "जोगी जती भी रोते हैं कहीं ?"

महाराज से कुछ कहते नहीं बन रहा। आज कोई उपदेश न प्रवचन ! उनके माथे पर शोक की रेखाएँ हैं। उनके होंठ काँप रहे हैं। भव्य मुख का तेज कुंठित होने लगा है। मौन बैठे हैं चौकी के ऊपर। मन्दा के सिर पर हाथ फेरकर धीमे स्वर में बोले, "अपने-आपको कमजोर न करो बेटा ! जो हो गया उसके लिए दोषिणी तुम नहीं, सारा समाज, सारी व्यवस्था दोषी है।"

मन्दाकिनी थिर हुई कुछ।

लोग बताने लगे, " मन्दा तो सिर्रिन-सी हो गई हैं ! रोज थाने भागती हैं। दीवान ठहरा जालिम आदमी। सुनता नहीं कुछ भी। वहीं पेड़ तले बैठकर चली आती हैं।

" प्रधानजी की नहीं चली एक भी। जाने-चिन्हारे लोग गए असपेर के। किसी की नहीं सुनी कसाई ने। अब तो बस आप ही...आप ठहरे सन्त-महातमा, जोगी-जती। आपके संग तो आदर बरतेगा ही। आपकी तो राजा साब तक सुनते हैं, वह कौन खेत की मूली है। "

दूसरे दिन महाराज चले गए मन्दाकिनी के साथ।

गाँव के लोगों ने राहत की साँस ली कि लो, अब मानेगा। मानेगा नहीं तो अपनी नौकरी से हाथ धोएगा ? मामूली आदमी हैं महाराज? एमैले, मन्त्री तक लिहाज रखते हैं उनका।

लेकिन...नहीं माना दीवान। नहीं सुनी उसने महाराज की बात !

गाँव के लोग दाँतों तले उँगली दबाए रह गए। अन्धेर है रे अन्धेर ! अचम्भा है अचम्भा ! कलजुग है ! साधु-सन्त, गुनी-ज्ञानियों का निरादर ! एक माने में राजा साब की बात की अवज्ञा ! अपने बाल-बच्चों का खयाल भी भूल गया ! अगाई-पिछाई नहीं सोची मूरख ने !

प्रधानजी बोले, " अगाई-पिछाई...कि बो तो जो कुछ बोला, हम सुनकर सन्न रह गए। तुम लोग भी सुनोगे तो मानोगे नहीं। लो सुन लो।

" कमरा में हम, मन्दा और महाराजजी घुसे तो वह कुर्सी पर बैठा था। बैठा ही रहा। जमा रहा ज्यों-का-त्यों। पलकें उठाकर देखा तो सही, पर ढीठ की तरह देखता रहा। न चरण-रज ली महाराज की, न पालागन, राम-राम, सीताराम ही की !

" न आदर से बैठाया। नहीं पूछा कि किस कारन आज जोगी-सन्त पधारे हैं थाने पर ? हम तो समझ रहे थे, धनभाग मानेगा अपने और सिपाहियों को दौड़ाएगा सतकार के लिए, सो कुछ नहीं। महाराज के सामने ऐसे अकड़कर बैठा रहा, जैसे उसके सामने सन्त-महातमा न होकर कोई मजूर खड़ा हो या कोई अपराधी।

" हमारी समझ में नहीं आया कि इस सठ मूरख को हुआ क्या है? जानकर

तो कर नहीं सकता ऐसा व्योहार, इसका मगज तो नहीं फिर गया कायले के मठाधिराज को थाने पर देखकर ? या सिट्टी-पिट्टी गुम हो गई है ?

"ऐसा ही कुछ हुआ हो। होस में आ जाएगा। हमारी आँखें तो तब फटी रह गईं जब वह बेबात ही हँसने लगा। कुटिलता से बोला, 'कायलेवाले महाराज ! पारीछा के टीकमसिंह ! बहुरूपिया का अच्छा स्वाँग कर लेते हो। आज वकील बनकर आ गए ! जहाँ तक मेरा खयाल है, ठीक पहचान रहा हूँ न ? अरे भई, गलती भी हो सकती है, क्योंकि मैंने तो तुम्हारे बारे में केवल सुना है। तुम्हारे दुश्मनों के गाँव-टाँकोरी में ननिहाल है मेरी, ममाना।

"'क्या बात है तुम्हारी ! पारीछा बाँध बनते समय बड़ा ऊधम काटा था ! और अब यहाँ बाबा का भेस ! भई वाह ! लेकिन मेरे पिता सिपाही निहालसिंह को तुम भी नहीं भूले होगे। उन्हें तुमने तीन-चार दिन अपने ढोरों के कोठे में बन्द रखा था। दुनिया कितनी छोटी है ! पाप-पुण्य सब यहीं ! इस हाथ दे और उस हाथ ले। क्यों, तुम्हारी सन्त बुद्धि क्या कहती है इस बारे में ?'

"सुनकर दाँतों तले उँगली दबाए रह गए हम और हक्की-बक्की-सी ठाड़ी रह गई मन्दा।

"यह जो कह रहा है, सच कह रहा है, या हमारे कान ही सुन रहे हैं सपने की-सी अनहोनी बात !

"अनहोनी है तो महाराज काहे नहीं बोल रहे विरोध में ? चुपचाप काहे हो सुन रहे हैं अंट-चमंट बातें ?

"वह फिर बोला, 'क्यों, कैसे छोड़ आए पारीछा के आसपास जमी प्रभुसत्ता ? वहाँ तो तुम्हारे हजारों अन्धभक्त हैं, और धनी-मानी भी। जो पहले बखर हाँक-हाँककर पेट को अन्न तक मुसीबत से जुटा पाते थे, व्यापार में पइसा काट रहे हैं। मारुतियाँ चल रहे हैं ! जादू की छड़ी पकड़ा आए हो महात्माजी ! वैसे तुम्हारे पाखंड को कोई पहचान नहीं सकता कि तुम वो ही गुरूघंटाल हो। वो तो हम ही निकले तुम्हारी जनमपत्री जाननेवाले। हमें तो सब पता था कि तुम कायले के मठ पर भगवान बने हुए हो।' "

प्रधानजी बोले, "सुनकर हम तो अकबका गए। लो, यह दो टके का दीवान कहाँ-कहाँ की जड़ें खोद रहा है और महाराज गुम्म ठाड़े हैं। बदसलूकी पर भी वो ही सदा रहनेवाली मुस्कान विराज रही है उनके होंठों पर ! हमें बड़ा तेज गुस्सा आया उस बेराँ। महाराज बोले तो पूरी साँस ली हमने। सुनकर फिर भौचक हुए हम। महाराज बड़ी नेमाई और धीरज से बोल रहे थे—'दिवानजी, मैं टीकमसिंह हूँ। नाटता नहीं इस बात को न छुपाता। सच से कैसा परदा ? साधु होने का पिरयोजन भी ढोंग-पाखंड नहीं। सब समय के तकाजे हैं। वह समय था—लड़ने का, हक माँगने का

और फिर समय आया आनेवाली पीढ़ी के हाथ उस विरासत को सौंपने का। उस धरती के वारिसों को उनकी अमानत सँभालने का। आखिर कब तक एक ही आदमी सत्ता पकड़े बैठा रहेगा ? अच्छा किया दीवानजी, आपने ही खोल दी सारी बात। मेरे मन का बोझ उतर गया। रास्ता सुगम हो गया, नहीं तो इन लोगों के विश्वास को मैं तोड़ पाता भी कि नहीं ?'

" मन्दा की ओर देखा महाराज ने, जो अभी भी आँखें फैलाए, ठोढ़ी पर हाथ रखे सुनने में तल्लीन थी।

" हम तो समझ लो कि माटी के पूतरा हो गए। कुछ खबर ही नहीं रही। आखिर यह हुआ तो क्या हुआ ? अब तक हमें कोई पता काहे नहीं चल पाया ? किसी ने नहीं खोला यह राज !

" मन्दा महाराज का हाथ पकड़कर थाने से बाहर ले आई और बेखबरी में ही चले आए संग-संग हम भी।

" महाराज बोले, 'बेटा, कुछ कहने तो देती जमानत के बारे में। तुम तो कहने से पहले ही खींच लाई।'

" मन्दा महाराज को झिड़कती-सी बोली, 'आप सुन सकते हो उस दुष्ट की बातें। हमसे नहीं झेला जा रहा था आपका अपमान...'

" महाराज चेताने लगे मन्दा को, 'दरोगाजी को आ लेने दो। यह तुम्हारी नहीं सुनना चाहता। व्यर्थ ही परेशान कर रहा है तुम्हें।'

" वह रोस खाई-सी कहने लगी, 'दरोगाजी आठ दिन की छुट्टी और बढ़ा लें तो। राउतों को छुड़ाने की कोशिश तो करनी ही पड़ेगी।' "

लोग सुनकर एक-दूसरे की ओर देखने लगे, जैसे कह रहे हों कि प्रधानजी के सुनाए आख्यान पर विश्वास बँधते देर लगेगी। और विश्वास होगा भी कि नहीं...

सिपाहियों ने बता दिया, "दीवानजी, वह लड़की फिर बाहर बैठी है। निपटा क्यों नहीं देते ? राउत लोग दंगे भी क्या, मारपीट ही भले सहते रहें। और जो पकड़ना है तो आगे मौके आएँगे, फिर बाँध लाना।"

पेशी हुई उसकी।

दीवान हँसते हुए बोला, " आइए मन्दाकिनी देवी, आपको तो पूरा इलाका जानता-पहचानता है। इज्जत का सवाल है। अपनी सामर्थ्य का डंका बजाना है तुम्हें भी। चलो बजवाए देते हैं। हम ठहरे तुम्हारे हितैषी, भले तुम मानो न मानो। शुभचिन्तक न होते तो टीकमसिंह उर्फ कायलेवाले महाराज की बात मान जाते। था तो दुश्मन लेकिन जोगी का बाना पहने था, उसकी ही लाज रख लेते। हमारा क्या

बिगड़ता ? राउत तो छोड़ने ही हैं, यहाँ क्या सालों का अचार पड़ेगा ? सरकारी रोटी मुफ्त में ही तोड़ रहे हैं।

"लेकिन नहीं, इससे सारा श्रेय तुम्हारे श्री महाराज को चला जाता। समझ रही हो ? हमने तो निभा दिया अपना फर्ज, अब तुम्हें सोचना है।

"दो आदमी अभिलाखसिंह के भी हैं। तुम्हारे ही गाँव के मजदूर हैं वे भी। उनका मालिक भाग गया, लावारिस हैं बेचारे। उन्हें कौन छुड़ाएगा ? कैसी नेता हो तुम ? कैसी समाज-सेविका ? पक्षपात करती हो मजदूर-मजदूर में।

"वैसे पक्षपात करने की आदत है तुम्हारी..."

बात अधूरी ही रह गई कि प्रधान काका भीतर घुस आए। अपनी बात कहने लगे, "दीवानजी, अभिलाख के आदमियों की बात हम क्या जानें ? हम तो राउतों की जमानत दे सकते हैं। इन्होंने तो नहीं मारा किसी को ?"

दीवानजी ने डंडे से संकेत दिया कि प्रधानजी, बाहर चलिए कमरे से। फिर चिढ़कर बोला, "न्याय की बात यह है कि सबकी जमानत साथ होगी।"

मन्दाकिनी ने आगे कुछ नहीं सुनना चाहा। चुपचाप बाहर निकल आई और मायूस हुई गाँव लौट आई।

बऊ की गालियाँ निर्बाध रूप से चरखे की तरह चलती हैं। अब अपनी आस-उम्मीद कायम रहती नहीं देखती बऊ को। बिटिया का ढर्रा तो कतई बदल गया है। ब्याह-सादी के लिए उसकी जिन्दगी में कहाँ ठौर ? सुलगने लगती हैं बऊ और अपनी बची हुई जिन्दगी को अभिशाप बताती हैं। नहीं तो बुढ़ियात के अन्तिम छोर पर भी महाभारत और रक्तपात में डूबते देखतीं मन्दा को।

बऊ की कहनी-अनकहनी घूँटती रही वह। नीकंठ हो गई हो जैसे। मंदा उसी धुन में फिर चल दी थाने की ओर। इतना ढीठ और मक्कार सरकार का नुमाइन्दा ! जनता की सुरक्षा के लिए है कि उसे ज्यादा-से-ज्यादा सताने के लिए ! चोट पहुँचाने के लिए !

वाह रे प्रशासन ! छाती पर निर्द्वन्द्व आदमखोर छोड़ दिए हैं। कहाँ-कहाँ, किस-किससे बचे आदमी !

सिपाही अचरज में बोला, "लो, फिर आ गई मन्दाकिनी !"

दूसरा कहने लगा, "यार, तरस आता है इस लड़की पर। पराई पीर में प्रान दिए दे रही है ! आज काहे को आ गई ? दो दिन बाद तो दरोगाजी ही जाएँगे, तभी आ जाती। दीवान साला पत्थर भी नहीं, फैलाद का बना है। घिसे न पिघले !"

भीतर गई तो हँसकर स्वागत किया दीवान ने। सामने पड़ी कुर्सी की ओर इशारा किया, अर्थात् बैठ जाओ।

वह सपाट नजरों से देखती रही और किसी तरह कुर्सी पर टिक गई।

दीवान बदला हुआ था। नितान्त व्यक्तिगत भाव से धीमे स्वर में बोला, ''अब तो हम भी सोचने लगे हैं, बहुत हो गई अभिलाख के लठैतों की पक्षदारी। तुम्हारे आदमी दे देंगे तुम्हें। पाँवों में छाले पड़ गए होंगे। मुँह पर कालिमा छा गई है। काया मुरझाई-सी हो गई। चू चू चू, ज्यादती ही कर डाली हमने भी। औरत जात को इतना कष्ट ! चलो आ जाओ, बयान लिखा दो अपने। राउत तो साले रोते-चिल्लाते रहे, ठीक से बोले न बक्कारे। आ जाओ, वहाँ दीवारों के भी कान हैं। अभिलाख के आदमी उलटी-सीधी जड़ देंगे ऊपर।''

वह दीवान के पीछे चल दी।

वह चलते हुए बोला, ''मान गए तुम्हारे हिम्मत को। कोई और होती तुम्हारी जगह, तो राजा साब पर पहुँचती अभी तक। निर्भीक-निडर इसी को कहते हैं। अपने बलबूते काम करना। सुना है, दरोगाजी बहुत प्रसन्न हैं तुमसे ? बैठो इस कुर्सी पर।'' कहकर रजिस्टर निकाल दिया दीवान ने।

पन्ने पलटता हुआ बोला, ''हमसे क्यों बैर निभा रही हो ? देर लगा दी, इसलिए नाराज हो गईं ? अरे, हम माफी माँग लेंगे तुमसे।''

उठा और मुख पर झुक आया दीवान। होंठों पर होंठ धर दिए और हाथ कन्धे से नीचे...

तड़ाक् ! तड़ाक् ! तड़ाक् !

तीन थप्पड़ों की तीन हथगोलों की तरह आवाज गई बाहर।

महावतसिंह सिपाही दौड़ा आया।

दीवान गिरते-गिरते बचा, अप्रत्याशित प्रहार के कारण।

वह उठी और बोली, ''महावतसिंह, अब मैं तभी आऊँगी, जब दरोगाजी आ जाएँगे यहाँ। खबर करना भइया !''

मन्दाकिनी आँधी की तरह निकल गई थाने से।

बाईस

जगेसर पूरी तरह अभिलाख के चंगुल में रहकर भी इधर क्यों चले आते हैं, यह बऊ आज तक नहीं समझ पाईं। भगवान के दर्शन को आते हैं और चोर की तरह चौंकते हैं हर आहट पर। देखते हैं इधर-उधर।

लो, पूरी बेशरमाई धारण करके बखरी में घुस आए और आन बैठे खटिया पर। बऊ ने उधर नहीं देखा कि कौन आया, कौन बैठा। या जानकर भी अनजान बनी रहीं।

जगेसर अपनी खिचड़ी मूँछों पर हाथ फेरते हुए कड़ी निगाहों से देखने लगे बऊ की ओर, और एकलाप करने लगे, "ले, डुकरो तो चितै तक नहीं रहीं। अब क्या विरथाँ ही आए हैं यहाँ तक चलकर ? हमें मोंड़ी के रंग-ढंग तो नहीं हैं पसन्द, पर इनका क्या बिगाड़ा है हमने ?"

जल्दी ही उनका मन ऊब गया। जगह बदलने के इरादे से वे खटिया से उठे और दालान में चले आए। उकडूँ बैठ गए आकर और वहीं बैठे-बैठे जोर से बोले, "आज बऊ, तुम अकेली ही हो बाखर में ?"

बऊ ने बिना देखे ही उत्तर दे दिया, "और कितेक जने होते ?"

"तुम क्या कर रही हो उतै बैठीं ?"

"ना कछू !"

"लो, हम तो राजी-वाजी पूछ रहे हैं और तुम खोंखिया रही हो। ठाकुर जू की पूजा-वन्दना करते समय तो नेम से बोलो बऊ ! किरोध किस काम का ?" जगेसर ने इतनी बात कहकर सिर खम्भे के सहारे टिका दिया, आँखें मूँद लीं। जैसे घुमेर आ रही हो उन्हें। माथा पकड़कर बैठ गए। फिर माथे से हाथ हटाकर कुछ देर ध्यानस्थ-से आँखें मीचे ही बैठे रहे। फिर तनिक सचेत होकर बोले, "लो, हम तो सोच रहे थे कि चलो अबै पूजा में बीधी हैं डुकरो। खाली हो जाएँगी तब सही। बातों का क्या है, कभी कर लो। पर तुम तो नेठम अनबोल हो गईं !"

आँगन में किसी के पाँवों की सरसराहट-सी हुई। उन्होंने चौंककर आँखें खोल दीं। सिहरन दौड़ गई शरीर में, बुदबुदाने लगे, 'आ गई क्या भवानी ?'

'नहीं, यह तो पिरभू नाई है। यह कहाँ से टपक पड़ा ? यह भी मन्दा का छोटा-मोटा अवतार ही समझो।'

पिरभू तनिक नहीं सुहाता उन्हें। बेमतलब की बातें करके खिझाता रहेगा। सनका रहता है हरदम। छोटे-बड़े का लिहाज नहीं करता। वही किस्सा रहता है कि छोटे मुख बड़ी बात ! ब्लास्टिंग में जब से इसका भाई मरा है तब से यह और इसकी मताई दोई जने सिर्री-से हो गए थे। यह तो अंट-चमंट बकता है। हाँ, डुकइया नहीं थी इतनी। चलो, गई वह तो परमधाम को, पर इसे छोड़ गई बेनाथ का बैला करके।

वे भी जानते हैं यह बात और सारा गाँव भी कहता है पिरभू के बारे में कि इसके बड़े भाई की आतमा भर गई है इसकी देह में। एक तरह का भूत समझो इसे। कुर्ता-पाजामा पहनता था पहले, अब पंचा और कमीज पहनने लगा है, दूर से देखो तो लगेगा दुसमुस वही। बड़ा भाई !

जगेसर को अचानक न जाने क्या याद हो पड़ा कि क्रोध आ गया उन्हें। स्वर धीमा करके कहने लगे, 'साला नउआ ! हजामत छोलने में ध्यान नहीं लगाता, नेतागीरी बघारता है। मन्दा के कान भरता है। वह वैसे ही क्या काम करई है, ऊपर

से यह करेला और ! अब यही बात बऊ से कहें तो बुरी लग जाएगी उन्हें। काहे से कि पिरभुआ आजकल उनका खासमखास हो रहा है।'

जगेसर जो बुद-बुद बुदबुदा रहे थे, उसका अर्थ पिरभू ने समझ लिया। चीनी की गठरी आँगन में रखते हुए बोला, ''लेउ, जगेसर कक्का विराजे हैं यहाँ तो ! बड़े दिनन में दिखाई दिए ! कितै-कितै हो आए भूतपूर्व ठेकेदारजी ? देखि आए झाँसी-लसकर कि विन्दावन-भुआली। तुम्हारे तो जे ही तीरथधाम हैं।''

उन्होंने आँखें नहीं खोलीं, उसी मुद्रा में सिर टिकाए बैठे रहे और आँखें मूँदे पिरभू के प्रश्न का जवाब दे दिया, ''कितै-कितै क्या, हम तो अपनी दवा लेने गए थे भुआली। ऐलाज के लाने वहीं रुके रहे। आज भोर ही तो आए हैं। हओ, हमारे तो वे ही हैं तीरथ और तोरे पिंड कितै भरे जाएँगे ?''

पिरभू अपने कत्थई मसूड़े निकालकर जोर से हँस पड़ा। ''लेउ तुम तो ऐलाज ही करवाते रहे जगेसर महाराज, और इतै गजब हो गया !''

''गजब ! काहे का गजब ?'' वे घुटनों को बाँहों में बाँधे-बाँधे पिरभू की ओर घूम गए।

''लो, तुमने नहीं सुनी तो यह भी गजब ही समझो। वैसे तुम्हारी सूचना के लानें, तुम्हारे यार अभिलाखसिंह किरेसर छोड़ के भग गए हैं। काकी ने नहीं बताई ?''

उनकी निस्तेज आँखें अपने आप खुलने लगीं। पलकें तेजी से पटपटाई और सँभलकर बैठ गए।

''क्या कह रहा है रे पिरभुआ तें ?''

''कक्का, हमारी न मानो तो काकी से पूछ लिओ,'' पिरभू चीनी की गठरी खोलने लगा।

''काकी ! काकी मुँह से तो बोलती नहीं। बताएगी किस विध ?...भग गए ! भग कहाँ जाएँगे ? और काहे को भग जाएँगे ?''

''कक्का, अभिलाख पकड़े गए होते तो उनसे मिलने तुम्हें जेल जाना पड़ता। अब भी फाँसी होगी, कभी तो पकड़े जाएँगे। राउतों को मरवाया है उनने। उनके सिर खून का इल्जाम है, दफा तीन सौ दो।''

वे अवसन्न-से पिरभू का मुख देखते रह गए। मुँह पर भिनभिनाती मक्खी उड़ाना तक भूल गए।

'' नाऊ की औलाद, तें क्या बक रहा है ? इतना बड़ा राजपाट छोड़कर काहे को भग जाएगा कोई। वे क्यों राउतों को मरवाने लगे ? '' सेर की सौ मन न बनाए तो तें खबास ही किस बात का ? हमीं मिले हैं तुझे मस्खरी करने को। ''

पिरभू शक्कर भरना छोड़, हाथ जोड़कर बोला, ''जगेसर महाराज ! ओ भूतपूर्व ठेकेदारजी ! हम किस हिम्मत से करेंगे तुमसे मसखरी ? तुम ठहरे राजाओं के राजा।

परजा हैं हम मालिक।'' पिरभू फिर हँसने लगा।

वे बेध्यानी में फिर खो गए, फिर जोर से बोले, ''पिरभुआ की बात और कुत्ता की लात।''

''हमारे जाने जगेसर कक्का, आज ज्यादा छान ली है। आँखें नहीं खुल रहीं तुम्हारी,'' पिरभू ने शक्कर का कनस्तर भीतर कोठे में पहुँचा दिया।

कुछ देर तपस्वी की भाँति आँखें बन्द करके आसन जमाए रहे। भीतर-ही-भीतर गुनते-धोकते रहे जगेसर। परन्तु मन किसी विधि थिर नहीं ! उनका नशा छूमन्तर हो गया। सावधानी से सुनाने लगे, ''बऊ, इस खवास के बच्चे ने हमें बेचैन कर दिया। इसका सन्देश कानों को कोंचे डाल रहा है। सो आँखें न तो ठाकुरद्वारे पर जम पा रहीं और न अब यहाँ डटा जा रहा है। साला साँच-झूठ की मिलोनी करता रहता है।''

बऊ ने अपना दर्शन बताया, ''लला, बिना चिनगारी नहीं निकलता धुआँ। सेर न होता तो सौ मन कहाँ से बनाता पिरभू ? साँची कह रहा है। लो, सुगना की मातारी ने बताया नहीं !''

''तो बऊ, बस हम चलते हैं अब। परसाद-मरसाद फिर सही,'' वे पिरभू को पिछियाते हुए उठ लिये। जोर से आवाज मारी, ''ओ पिरभू, रुक। रुक तनक।'' निकट आ गए, ''अच्छा, साँची-साँची बता, कौन भगा सकता है उन्हें, इतेक दम किसके भीतर है ?''

पिरभू हाथ नचाता हुआ बोला, ''जगेसर कक्काजी, भगाने के लिए दम नहीं दिमाक चाहिए।''

सुनते ही उनका हृदय हिल गया। बोले, ''साँची ही कह रहा है तें ?'' उन्होंने हिम्मत नहीं टूटने दी पिरभू के सामने, '' तें तो ऐसे कह रहा है जैसे हमेशा को चले गए हों। आ जाएँगे दस-पाँच रोज में कि महिना खाँड़ में। आखिर जाएँगे कहाँ ?

'' लो हम उतै ही जा रहे हैं पहाड़ तरफ, सो सही-सही पूछेंगे। वह नहीं हैं, तो लीला होगी। उसे सब पता होगा। वह तो इतना कुछ जानती है, जितना अभिलाख की घरवाली न जानती होगी। और कौन जाने, आ पहुँचे हों अब तक,'' जगेसर के पीले चेहरे पर चिन्ता मँडराने लगी।

पिरभू फिर हँसा। अपने पूरे मसूड़े और बतीसों दाँत फाड़कर हँसा, ''वाह कक्का ! तुम अकलमन्द तो बहुत हो, पर भूले। लीला अपने अभिलाख के बिना रह सकती है भला ? सीता जू की तरह संग-संग निकर गई बनोवास कों। तुम जैसे रावणों के भरोसे नहीं रही यहाँ। आकरमन कर देते तो कौन सा हनुमान बचाता उसे ?''

वे चिढ़ गए। निगाह कड़ी करके देखने लगे पिरभू को। फिर अपने सीकिया हाथों को नचाकर कहने लगे, '' तें क्या समझता है, हम सिर्री हैं ? वेवकूफ हैं ? अरे उल्लू की औलाद, हम सब जानते हैं। सब समझ गए कि यह टंटा किसने करवाया होगा।

किसने दिखाई होगी यह करामात। बहुत नौटंकी होने लगी है, इस गाँव में।

'' मन्दा समझती है कि राउत-सहारियों को बगल में देकर बन जाएगी एमैले और तें मन्दा के तलुए चाटकर होना चाहता है लीडर।

'' अब आएगा खेल का मजा। अभिलाख से जड़ड ली है बिटिया ने। सो परनाम भी पा लेगी जल्दी ही। नेतागीरी करके क्या मिलता है, यह भी तो जान लेना चाहिए। बिलइया की जात क्या बाघ से जीत लेगी ?

'' रामायन-भागवत सब भुला देगा, और धरे रह जाएँगे पिरबचन उपदेस। माछी भिनक जाएँगी आसरम में।

'' काल की मोंड़ी सेंट नहीं रही किसी कों।

'' देखी-भाली लोमड़ी, गावै सरग-पताल,'' कहकर वे चल दिए।

पिरभू मुस्कुराया। सिर हिला-हिलाकर देखता रहा जगेसर को। फिर बोला, ''अरे जगेसर कक्का, देखी-भारी लोमड़ी, सरग-पताल नहीं गा रही, आसपास के गाँवों में बसे सारे मजदूर और किसान सरग-पताल गाने लगे हैं। जो गा नहीं रहे हो वो सिरफ तुम हो। तुम्हारी चुनरिया तो अभी अभिलाख के रंग में रँगी है। नातर देख लो आज के दिन गोपालपुरा, डिकौली, नरसिंहगढ़, गोंती, झबरा, झखनवारा, खमा तक, सब जागरूक हो गए हैं। अब तो समझो कि तुम सरीखे लुखरों के दिन...यों !'' पिरभू ने चटाक् से चुटकी बजा दी।

''ओ नाऊ के ! चल-चल !'' कहते हुए जगेसर पहाड़ की ओर चल दिए और ढहनाते हुए पहुँच गए अभिलाख के क्रेशर पर। भाँय-भाँय करती सुनसान चुप्पी देखकर दिल बैठने लगा उनका। चक्कर-से आने लगे। लगा कि यहीं कहीं बैठ जाएँ दो पल।

मशीनों के मुँह ऐसे झुके हैं, जैसे अपने मालिक की मालिकी खतम होने का मातम मना रही हों। जहाँ गिट्टी-बजरी के ऊँचे ढूह लगे रहते थे वहाँ सपाट मैदान पड़ा है। एकदम साफ हो जाना भी कैसा भयावना लगता है किसी समय। कहाँ धूल की चमक आँखों को नहीं सुहाती, पर धूल-गर्द ही क्रैशर की बसावट के लक्षण हैं। वे ही खतम हो गए तो क्या बचा यहाँ ?

जगेसर चलते चले गए उदास और पाँवों को लगभग घसीटते हुए। टपरियों में जा पहुँचे। टपरियाँ क्या, उजड़े अवशेष पड़े हैं। नाटी-नाटी भीतों का उठा हुआ अस्तित्व नहीं रह गया अब। छतें ढही पड़ी हैं। आदमी जाते हैं तो ऐसे ही उजड़ जाती है बसावट ! न जाने क्यों जगेसर को अथाह कष्ट होने लगा। हमेशा दुश्मनी से घूरते रहे राउतों की ओर। घृणा और नीची निगाह ही बरसाई उन पर, फिर भी मन चाह रहा है कि काश, वे होते। बसी होती यह बस्ती। होता उनका वजूद, तो कहीं अभिलाख के चिह्न भी मिल जाते।

एक-दो फूटे-पिचके बर्तन लुढ़क रहे थे इधर-उधर। हसरत-भरी नजर से देखते हुए वे भइयाजी के क्रैशर पर जा पहुँचे, जहाँ अभिलाख के क्रैशर का कोई-कोई मजदूर काम करता दीखा। उन्हें आशा-सी बँधी। वे लपके उसी ओर।

...लेकिन यह क्या ? मजूर ने घृणा से मुख फेर लिया उन्हें देखकर।

वे बुदबुदाए, 'लो यह क्या बताएगा। मुँह तो सीधा कर नहीं रहा। साला राउत जंगली।'

हारकर भइयाजी से ही पूछा, ''खियाराम, गनेसी दद्दा मिलेंगे अपनी टपरिया पर ?''

वे अपनी कुर्सी पर बैठे ही बैठे बोले, ''अवश्य मिलेंगे जगेसरजी। शोक मनाने आए थे क्या ?''

वे फिर बुदबुदाए, 'मसखरी करता है साला सिन्धी का बच्चा ! साँसा नाग तो जे ही है। यह न होता तो इतेक बढ़ जाती मन्दा ? मजूरों को इतना गरब-गुमान होता ? बन्दर के हाथ में उस्तरा पकड़ा दिया नालायक ने। बताओ, ट्रैक्टर के मालिक बना दिए भुक्खड़ ! रमरतना कोरी, नउआ, दर्जी टैक्टर लायक थे ?'

जगेसर सोच में डूबे हुए चले जा रहे थे कि पीछे से कोई बतलावन सुनाई दी, ''तुलसिन होगी तो खोपड़ी पर बाल नहीं बचने जगेसर कें।''

वे अचकचाकर वहीं रुक गए।

''भाई गनेसी और तुलसिन की ऐन निभीं, बुढ़ापे में पाल रही है गनेसी दद्दा को। नसा-पत्ता तक का इन्तजाम करती है। भले ही दिन-रात पत्थर तोड़ने पड़ें।''

तुलसिन का नाम सुनते ही जगेसर की देह में कम्पन की लहरें दौड़ने लगीं। कहीं मिल न पड़े चुड़ैल। वे वहीं रुके खड़े रहे कुछ देर।

''अरे जगेसर !'' गनेसी दद्दा ने दूर से ही पुकारा।

उन्होंने राहत की साँस ली। फिर पास जाकर बोले, ''दद्दा, तुम अकेले ही हो न ?''

''हाँ, तुम वहाँ काहे ठाड़े ? तुम घबराते क्यों हो ? तुलसिन तो एरच गई है।''

''दद्दा अभिलाख ?''

''भग गए वे तो ! आओ, तुम खटिया पर बैठो।''

वे बैठते-बैठते पूछ उठे, ''भग काहे गए दद्दा ?''

''काहे ! राउत नहीं मारे उनने ? ऐन अपने हाथ खून किया है हरखू राउत का। और दो-तीन रास्ता में मर गए !''

जगेसर का कलेजा हिल गया। घुटनों में सिर दे लिया घबराहट के कारण।

''जगेसर, तुलसिन...''

वाक्य पूरा नहीं हुआ कि जगेसर हड़बड़ाकर खड़े हो गए।

"कहाँ ? कितै है तुलसिन ?" उन्होंने फुर्ती से इधर-उधर देखा।

गनेसी दद्दा हँस पड़े ? "नहीं है यहाँ। तुम बैठो आराम से। तुलसिन क्या भूत-पिरेत है ? और ऐसे सुस्त क्यों हो तुम ? घाटे में तो नहीं रहे किसी तरह।"

"काहे दद्दा, घाटे में काहे नहीं रहे ?" उनके कमजोर पीले चेहरे पर करुणा उतर गई। जैसे रो देंगे अभी।

"अरे, पहाड़िया जितने में खरीदी थी, नफा लेकर ही बेंची," गनेसी अपने सिर पर बँधी साफिया कसने लगे।

जगेसर गहरा साँस भरते हुए बताने लगे, "बेंच तो ऐन दई दद्दा, पर रकम तो नहीं आई हाथ में। वह तो अभिलाख के पास ही..."

"तब नहीं लई थी तुमने ?"

"तब ! तब तो बस हजार रुपट्टी धरे थे हमारे हाथ पर। बोले, 'धरो यह एडवांस। गिट्टी की मन्दी चल रही है, जाड़े आते ही पटा दूँगा।' पूरे एक लाख पाँच हजार रह गए। किसी तरह उनका ठिकाना बताओ दद्दा ! हम तो पइसा पटाने के कारण सब गाँव से फ्रंट चल रहे हैं। पर हमें क्या पता था कि...स्वाहा हो जाएगा इस तरह सब !"

गनेसी दद्दा पीने-पिलाने की आवभगत में जुट गए।

दोनों पीते रहे। बातें करते रहे।

विदा करने दूर तक आए गनेसी दद्दा। चलते रहे साथ-साथ। रास्ते में जगेसर के अनभ्यस्त पाँवों को पत्थर की ठोकर लगी। वे गिरते-गिरते बचे। नीचे को देखा तो वही चौरस पत्थर, रंगीन साबुनदानी का टूटा टुकड़ा, औंधे मुँह लुढ़की हुई एक शीशी।

धुँधला नहीं, स्पष्ट-सा याद आने लगा कुछ, वे यहाँ, इसी जगह...और दस कदम चलते ही एक करुण-कातर स्वर बिखरने लगा आसपास। दर्द की मारी कराह टकराने लगी कानों से। वे ठिठक पड़े।

गनेसी बोले, "रुक काहे गए ? चलो। वह तो मोंड़ी है अहिल्या ! दिक्क की बीमारी है। देह गल चुकी, मौत बाकी है। पहाड़ से कठिन हो गई जिन्दगानी ! काटे नहीं कटती !" कहते-कहते गनेसी दद्दा का स्वर बुझ गया।

जगेसर ने कुत्ते की-सी चौकन्नी नजरों से इधर-उधर देखा, कराह उठने की दिशा को सूँघने लगे हों जैसे। बाएँ को निगाह पड़ी तो बेर-से काँपने लगे जगेसर।

तुलसिन !

वे तेज चाल से चलने लगे। तेज, और तेज, और भी तेज। अन्त में पागल विक्षिप्तों की तरह भागने लगे गाँव की विपरीत दिशा में...

तेईस

कई-कई गुना अधिक सम्माननीय और आदरणीय हो गए कायलेवाले महाराज, जब इलाके-भर के लोगों ने उनके संन्यास में टीकमसिंह का पौरुष जुड़ा देखा।

लो, सोने पर सुहागा !

हाँ, सोने पर सुहागा तो हो ही गई महाराज की छवि, जब जन-जन को पता पड़ा कि महाराज वे ही टीकमसिंह हैं, जिन्होंने पारीछा बाँध बँधते समय सरकार की नाक में दम कर दिया था। यह तो मालूम था कि महाराज पढ़े-लिखे नहीं हैं। लोगों ने समझ लिया था कि बालपन में कंठस्थ कर ली होगी रामायन जू। रट लिये होंगे संस्कृत के श्लोक...लेकिन यह तो अजूबा ही है कि अधबूढ़ेपन में महाराज ने अपनी बानी पर लिख लिए दोहे-चौपाई। खोद लिए हैं भागवत के अख्यान। यह भी किसी देवता का परताप होगा या महाराज के भाग्य में भैमाता ने लिख दिया होगा कि आधी उमर तो तुम्हारी जाएगी शूरता-वीरता में और आधी भगवान के ध्यान में। तुम आधे अहीर हो और आधे ब्राह्मण। या पूरे कृष्ण। सो ध्यान में ही रहते हैं महाराज। भगवत भजन करते हैं। आजकल विघ्न पड़ जाता है उस भजन में।

खुद महाराज कहते हैं अपने मुख से कि एमेले, एम.पी. और मन्त्री-सन्त्री चैन नहीं लगने देते हमें। अरे, हमारे पास क्या कोई जादू की छड़ी है या ज्योतिष जानते हैं हम, सो चमका देंगे उनके भाग्य का सितारा। कितनी भी कहो, नहीं मानते हैं इस बीहड़ जंगल में भी। कहते हैं, न चमकाओ भाग्य का सितारा, न घुमाओ जादू की छड़ी, वोट तो हैं तुम्हारे कब्जे में ! बस, दिलवाने की मेहरबानी कर दो। तुम्हारी आज्ञा कोई टाल सकता है इलाके में ? नहीं टाल सकता।

यह नहीं पता एमेलेजी को कि जनता-जनार्दन तो नहीं टाल सकती, मगर वह जालिम दीवान तो टाल सकता है। चली बात पर क्रोध आ जाता है महाराज को वरन् सदाबहारी मुस्कान तो रहती ही है उनके होठों पर।

दुविधा में है मन्दाकिनी ! महाराज आएँगे भी या नहीं ? कहीं कोई राजनेता ही न घेरे फिर रहा हो उन्हें।

पिछली बार भागवत के समापन के शुभ अवसर पर भी भंडारा नहीं हो सका, सो दीपावली के मौके पर रख लिया। साथ-संग में खाना-पीना है तो परव-त्यौहार ही सही।

पिछली बार भी न्योते थे गोंती-डिकौली के प्रधान, नरसिंहगढ़ के सरपंच, झबरा का ढुलकिया, झखनवारा का रामायनी—तमाम लोग, मगर क्या मालूम था कि फसाद ऐन भंडारे के आसपास ही हो पड़ेगा।

वे सब आए तो सही, मगर आए शोक मनाने। राउतों के फेरे के लिए।

गोपालपुरा की ठकुराइन भी तभी आई थीं। बऊ तो एक बार को उन्हें 'मन्दा की मतारी' समझ बैठीं। वैसा ही दिपदिपाता मुख, वैसी ही कंचन काया ! बऊ देर तक चबूतरे की ओर नहीं झाँकीं। असल बात पता लगी जब मिलने आईं।

वे सब आए और यथाशक्ति मदद-सहायता कर गए। गाँव का आदमी कितना दे सकता है, सौ-दो सौ ही उसके लिए बहुत है।

सो अबकी बार वह चाहती है कि सब हँसी-खुशी सोनपुरा आवें, मिल-बैठकर भोजन करें। अम्मा को न्योतने की इच्छा है, लेकिन बऊ... ? कोई लाभ नहीं कि वह आदर से निमन्त्रित करे और अम्मा अवज्ञा की सौगात बाँधकर विदा हों !

महाराज आए तो वह रूठे हुए बच्चे की तरह झगड़ पड़ी, "अभी क्यों आए ? न आते !"

महाराज मुस्कुराते रहे। मनाते रहे मन्दाकिनी को, "बिटिया, हमें संन्यासी कहना व्यर्थ है। हम तो गृहस्थों से भी ज्यादा उलझ गए हैं बन्धनों में। शारंगदेव हरिद्वार गए थे, किसी और पर आश्रम की जिम्मेदारी छोड़ते न बनी।"

"भृगुदेव तो थे, उनको सौंप आते।"

" सौंप तो आते बेटा, मगर अल्हड़ बछेड़ों के कन्धे पर जुआ रखते अभी हिचकिचाहट होती है। शारंगदेव समझदार हैं। वर्ष-दो वर्ष में ये भी हो जाएँगे। उस पगले भृगु को जानती हो तुम। तमाशे करता है। हम सन्
ध्या-वन्दना से उठे ही थे कि भागता हुआ आया। चरणपादुका आँगन में रख दीं। बोला, 'चलिए गुरुदेव ! सोनपुरा जाना है न आज ?'

" 'सो कैसे भई ?'

" 'शारंग आ गए। हम आपका झोला लेकर आते हैं।'

" हमने समझाया, 'शारंग आ गए हैं तो बैठने दो, जलपान कराओ उन्हें।' "

महाराज ने माथे से हाथ लगाया, जैसे वे अपना करम ठोक रहे हों, " बिटिया ! न जाने क्या दे आया खाने-पीने को, दो पल बाद ही फिर आ खड़ा हुआ हमारे सामने। बोला, 'गुरुदेव, जल भी दे आए और पान भी।'

" हम भीतर गए। देखा, जो साधु खा रहा था, वह तो ओरछा के मन्दिर के पुजारी का चेला था ! सो लताड़ा भृगु को।

" तो मासूम सूरत बनाकर बोला, 'हम क्या करें, हमें तो सब साधु एक-से लगते हैं। सबकी एक-सी यूनीफार्म, दाढ़ी, माला, भगवाँ वस्त्र।' "

"यूनीफार्म !" हँसने, लगी मन्दाकिनी।

" बात-बात पर अँगरेजी बोलता है। बहुत डाँटा-फटकारा। नहीं मानता ! हम

चलने लगे तो दूर तक सुनाई देता रहा उसका स्वर, चिल्लाता रहा कि 'गुरुदेव, हमें आप नहीं ले जा रहे न ! मत ले जाइए, लौटकर यहाँ हमें न पाओगे।'

" बिटिया, फिर भी हम उसी को चाबी देकर आए हैं भंडारघर की। "

बऊ ने महाराज के चरण धोए। सुगना जलपान ले आई।

महाराज मन्दाकिनी की ओर गौर से देखते रहे। घाव अब तक नहीं भरा। जख्म गहरा है माथे पर। समय लेगा।

"बिटिया, एरच जाती हो पट्टी करवाने ?"

"नहीं महाराज ! उरई के डॉक्टर ने कहा था, खुला रखो। बाहरी हवा लगने से जल्दी अच्छा होगा।"

मूढ़ा पर आराम से बिठा दिए महाराज। कायले से पैदल आए हैं थक गए होंगे। बैलगाड़ी या ट्रैक्टर में नहीं बैठते, केवल पैदल चलते हैं।

मन्दाकिनी ने दीपावली के व्यय और आमदनी का ब्योरेवार हिसाब समझाया। अनाज, चीनी, सब्जी की व्यवस्था गाँव में चन्दा डालकर की है। दूध-दही वे किसान पहुँचाएँगे जिनके घर गाय-भैंस दूध दे रही हैं। मिठाई का जिम्मा प्रधानजी और क्रैशरवाले भइयाजी पर डाला है।

महाराज मुस्कुराने लगे। मुख पर प्रशंसा-भाव हैं।

मन्दाकिनी को सहभोज का माहात्म्य बताने लगे, "मन्दा, सामूहिक भोज का आनन्द विशेष होता है। आदमी से आदमी का विभेद नहीं रहता। सामाजिक सद्भावना बढ़ती है। प्रयोजन भी सार्थक है। जो गरीब मेहनती परिश्रम करने के बाद भी परब-त्यौहार पर अच्छा भोजन नहीं जुटा पाते, जो साधु-संन्यासी हफ्तों व्रत-उपवास में निकाल देते हैं, ऐसे लोगों को वह भोजन कभी तो मिले, जिसे समृद्ध लोग रोज ग्रहण करते हैं।"

वह सहमति में सिर हिलाती रही, जैसे समझ गई हो कि भंडारे का अर्थ। जो वह समझती है, उससे ज्यादा गूढ़-गहन है। दायरा अधिक विस्तृत है। उत्साह की तरंग में बोली, "साग-सब्जी के लिए हल्दी, मिर्च; तस्मई के लिए चिरौंजी रामरतन कोरी दे रहा है महाराज ! उसकी ससुराल से खबर आई है कि वे भेजेंगे यह सब। वहाँ पैदा होती हैं ये चीजें। टीकमगढ़ के पास की है उसकी जनी।"

रात के भोजन के बाद सोने की तैयारी होने लगी। महाराज का बिस्तर प्रधानजी के बैठका में लगाया गया। बैठका में तख्त इसीलिए रहता है कोई शहरी, पढ़ा-लिखा या आदरणीय आए तो उसको सुविधापूर्वक यहाँ सुलाया जाए। मच्छरदानी भी तान देता है पप्पू। आमने-सामने की दीवारों में दो-दो खूँटी इसीलिए गड़वा ली हैं प्रधानजी ने।

अँधियारा पाख चल रहा है। आकाश में तारे चमक रहे हैं, धरती पर घना अँधेरा है। लोगों ने अपने-अपने घरों के किवाड़ मूँद लिए। बस, कुछ बैठे थे चबूतरों पर और कुछ जुड़े थे महाराज के आसपास।

एकदम चकरा गए लोग। चकरा नहीं गए अवसन्न-स्तब्ध रह गए। जो बैठा था, वह खड़ा हो गया। जो खड़ा था, वह ऐसे हेरने लगा जैसे जम गया हो वहीं का वहीं।

दो चमचमाती लाइटें आँखों को चौंधियाती हुई आगे बढ़ी चली आ रही थीं। दो ही क्यों, दो के पीछे और दो ! उन चारों के पीछे और दो, अर्थात् छः जलती हुई मशाल की तरह आँखें चमक रही हैं अँधेरे में !

आगे ही आगे बढ़ती आ रही है तेज घरघराहट ? जैसे कोई जलजला आ रहा हो, ''कोई ठेला-मोटर है क्या ?'' लोगों में से किसी ने कहा।

दूसरे ने प्रतिवाद किया, ''ठेला होता तो सीधी किरेसर की कच्ची रस्ता पर चला जाता और मोटर का यहाँ क्या काम। आज तक नहीं आई सोनपुरा गाँव में मोटर। तमाम भरेंतू मोटरें एरच से ही निकल जाती हैं।''

''जो भी हो, ट्रैक्टर तो यह लाजिमी नहीं है। उसकी भट्-भट् करती आवाज तो आदमी ही क्या, गाँव के चिरइया-परेवा तक पहचान लेते।''

''फिर कौन आ रहा है इस तरह धड़धड़ाता हुआ ?'' महाराज असमंजस में थे।

''डाकू !'' पप्पू बोला।

''हाँ, हो भी सकते हैं ! पिरभू ने समर्थन किया।

द्वारिका कक्का ने बात काट दी, '' नहीं, नहीं हो सकते। ऐसे नहीं आते डाकू। वे तो दिन बूड़े से ही छिप गए होते खेतों में खड़ी फसल के बीच, या किसी घटिया-बँधिया में। और जैसे ही एक पहर रात सरकती, परकट हो परते छत पर, दरवाजे पर, पेड़ों की डंगारों पर।

'' मगर इतना अवस्स है, जो भी आया है, डाकू-मड़ियों जैसा परयोजन ही लाया है। नातर जे बखत चुनता अपने आने का। दिन में आता और अमुई-समुई बातें करता। खुद दिखलाता अपना चेहरा और गाँव की जनता-जनर्दन के दर्शन भी करता।''

लाइटों की जलती आँखोंवाली दो जीपें प्रधानजी के घर के सामने आकर रुकीं। एक थोड़ा पीछे रह गई।

लोगों ने देखा कि वे तो रुकीं सो रुकीं, रात के समय हाहाकार-सा मच उठा है पुरा-भर में। पेड़ों पर बसेरा करते पक्षियों की नींद में खलल पड़ा सो वे फड़फड़ाकर चिचिया उठे। जीपों में से चार-पाँच बन्दूकधारी बूटों की आवाज से गली को ठकठकाते हुए क्या उतरे, ढोर-बछेऊ रम्भा-रम्भाकर खूँटा-जोरा तुड़ाने लगे !

''लो, आज आन पड़ी कोई विपता। फिर हुआ जाता है कोई कांड,'' कहते हुए

छिपने लगे लोग। कोई इस कोने तो कोई उस कोने।

महाराज बाहर चबूतरे पर निकल आए। मन्दाकिनी जो गाँव के बारे में बातें बता रही थी, हड़बड़ाई-सी सोचती हुई खड़ी रही महाराज के आगे।

पप्पू भीतर आ गया। पचफैरा बन्दूक उतार लाया खूँटी के ऊपर से। छोटे राजुल ने कारतूस की पेटी पकड़ ली।

प्रधानजी लड़कों की ओर भागे। फुसफुसाकर बोले, ''देखने तो दो कि कौन आया है ? ऐसे ही न दाग बैठना गोली। जवाबतलबी हो जाएगी कचहरी-थाने में।''

उन्होंने एक लालटेन के अलावा दूसरी भी जलवाकर मँगा ली।

महाराज ने जोर से आवाज मारी, ''कौन हो भाई ?...बोलते क्यों नहीं ? कौन स्थान से आना हुआ ?''

''राजा साब !''

सुनकर चकित रह गए महाराज। प्रधानजी और वहाँ खड़ी मन्दाकिनी।

प्रधानजी जैसे खुद से ही प्रश्न कर रहे हों, बुदबुदाने लगे, ''काहे को आए हैं राजा साब?''

'' कायलेवाले महाराज ठहरे हैं आज यहाँ। उन्हीं से मिलने आए हैं राजा साब,'' किसी का स्वर था।

तीन-चार लोगों के आगे-आगे सफेद कुर्ता-पाजामा पहने हुए टोपी धारण किए हुए नेता के वेश में एक व्यक्ति सामने चला आ रहा है। लालटेन की रोशनी में इतना ही दिखाई दिया।

महाराज चकित से देख रहे थे कि राजा साब सामने आ गए। महाराज के चरणों पर झुककर प्रणाम किया उन्होंने। उन्हीं का अनुसरण बाकी आगन्तुकों ने भी किया।

प्रधानजी तथा अन्य लोग कुर्सी-मूढ़ा जुटाने की व्यवस्था में लग गए। खटिया भीतर से निकालकर चबूतरे पर डाल दी। उस पर बिछा बिस्तर लपेटकर जमीन पर गिरा दिया।

''विराजो,'' महाराज ने सबकी ओर हाथ घुमाकर संकेत कर दिया।

मन्दाकिनी भीतर चली गई। आँगन में से ही देखती रही बाहर का दृश्य।

अपनी-अपनी राजकीय प्रतिष्ठा के अनुसार कुर्सी पर, मूढ़ों पर और खटिया पर बैठ गए आगन्तुक।

''सब मंगल तो है ?'' महाराज ने दोनों हाथ आशीर्वाद की मुद्रा में उठाये, ''कैसे कष्ट किया रात में ?''

''आपके दर्शन,'' राजा साब मुस्कुराते हुए बोले।

लालटेन की नारंगी रोशनी में राजा साब का युवा उम्र को लाँघता व्यक्तित्व भव्य लग रहा है। गौरवर्ण सुतवाँ नाक और होंठ तस्वीर में बने रामचन्द्रजी जैसे ! मुस्कुराते

हैं तो दाँतों की अनुपम छटा बिखर जाती है। इस गाँव में तो क्या, आसपास भी ऐसा कोई नहीं। एरच के पुजारी महाराज का लड़का कितना खूबसूरत माना जाता है, लेकिन निश्चित ही वह राजा साब के पाँवों की धोवन नहीं !

महाराज राजा साब के सामने मुस्कुराते हुए बैठे हैं, अपनी उसी स्थायी मुद्रा में, जिसमें वे हमेशा रहते हैं।

"राजाजी, सो तो खूब कृपा की आपने। परन्तु यहाँ तक आना... ?" आने का अभिप्राय जानना चाहते हैं महाराज।

"यहाँ तक आना ! यहाँ तो आना ही था हमें," राजा साब ने कुशलता से उत्तर दिया।

मन्दाकिनी खाने-पीने की व्यवस्था में प्रधानिन काकी के साथ लग गई। सबसे पहले चाय बनी। थके-हारे हैं लोग और भूखे भी।

ड्राइवर तथा सिपाहियों ने कहा है पप्पू से, "इस इलाके का दौरा करने निकले थे, सो सारा दिन लग गया भागते-भागते। धूल-गर्द के अलावा खाने को कुछ नहीं मिला कहीं। दस गाँवों में तो गए होंगे आज।

" वैसे भी राजा साब हाट-बाजार का नहीं खाते। उनके लिए पानी भी घर से बोतलों में भर लिया जाता है, वही पीते हैं। खतम हो जाए तो प्यासे रहते हैं। गाँव के कुओं, नदियों का पानी स्वास्थ के लिए ठीक नहीं रहता, ऐसा मानते हैं राजा साब के स्वास्थ्य-सलाहकार डॉक्टर।

" गोपालपुरा में तो भोजन की व्यवस्था भी थी। कोई ठकुराइन हैं वहाँ। बड़ी अच्छी हैं। छोटे-बड़े सबका खाना तैयार कराया उन्होंने। सबके लिए थालियाँ लगवायीं एक-सी...परन्तु हमारे राजा साब ने मुख नहीं जुठारा वहाँ !

" हुआ यह कि वहाँ उसी बखत दो-चार ऐसे लोग प्रकट हो पड़े, जो बिना सोचे-समझे बकने लगे कुछ का कुछ। यह भी नहीं ख्याल किया कि बात किससे कर रहे हैं। ऐसे बोलने लगे जैसे आपसदारी में बतिया रहे हों ! उचित-अनुचित, आदर-सम्मान का विचार ताक पर धरते हुए कह गए जो मन में आया सो।

" एक बोला, 'को हो ? राजा साब तुम ही हो ? धन्न भाग हैं हमारे और अहोभाग तुम्हारे भी कि बोट देवे के लाने ऐसे बमभोले लोग मिले। अरे, हम तो अपने इलाके के आदमियन कों ही धिक्कारते हैं कि ऐसा गऊ आदमी किस काम का, जो कसाई के अगाई भी माथा झुकाए ही रहे।

" ' निराट हौलू हैं हमारे पिरधान-सरपंच भी। आपके हुकुम की तामील ही करते रहते हैं। देख लो कि सोनपुरा में क्या-क्या नहीं हो गया। महाराज की कितनी बेइज्जती करी छोटे थाने के दीवान ने। वा मोंड़ी मन्दा से बदफैली करी वा राच्छत ने। सोई यहाँ हो रहा है जो सोनपुरा में...। वे ही मालिक, ठेकेदार, दीवान, सिपाही

जुलम ढा रहे हैं। काई ढूँकने-देखनेवाला नहीं। भले निरदोस आदमी जेल में जाँता चलाते-चलाते उमर बितावे।

" ' जे मसीनें ठुकवा दईं हमारी छाती पै। '

" दूसरा उठा, सो बड़बड़ाने लगा ज्यों पागल हो, 'ज्यादा काहे को कहें ! कहाँ तक अपने दुखड़े सुनाएँगे। बीसियों ताने-उराहने हैं। तमाम शिकवा-शिकायत। कहें-बताएँ तो उससे, जो हमारी सुने। फिर अमल करे। हक्थू !' थूक दिया उसने।

" 'सिरकारी लोगों से, नेताओं से और मन्तरी-सन्तरियों पर से अब हमारा विश्वास हट गया है, सो सौ बातों की एक बात कहे देते हैं, चाहे आज कहवा लो, चाहे कल कि अबकी बार हम बोट डालने जाएँगे ही नहीं। ऐन हमारे द्वारे पर मोंटर क्या, जहाज लगाए खड़े रहना ससुर जू !'

" तीसरा बोला, ' रीती पेटी उठेंगी तब अपढारे आ जाओगे काबू में। जान जाएँगे कि बहरे कान कर लेने पर क्या गुजरती है दूसरे पर।

" ' अरे सिर्री-पागल थोड़े ही हैं जो नाहक ही कागद पर मौहर ठोकने मील-दो मील भागते जायँ, बैठा दें तुम्हें राजगद्दी पै। तुम्हारी सान-सौकत बरकरार रखें। '

" बस मूड ऑफ हो गया राजा साब का। फिर पाँच-छः गाँवों का दौरा तो किया, लेकिन किया भारी मन से और बोझिल कदमों से।

" रुआँसे हो उठे। अन्त में तो यहाँ तक लगने लगा कि भाषण देते समय जनता के बीच ही न रो पड़ें वे। काहे से कि अबकी बार पहली-सी रेल-पेल जनता में भी नहीं थी। कोई मंच बना न शामियाना। ऐसे भगे फिर जैसे मास्टरों की कोई मीटिंग हो।

" विरोधी पार्टी तगड़ी पड़ रही है।

" सो भइया, राजा साब ने अन्न ग्रहण नहीं किया वहाँ का। जब राजा ने नहीं खाया तो प्रजा कैसे हाथ लगाए ? सो सबेरे से निर्जला ब्रत पर चल रहे हैं सारे लोग। ऐसी की तैसी इन क्षेत्रीय दौरों की। "

मन्दा गिलासों में चाय डालती हुई बोली, "लो पप्पू ! थाली में धरकर ले जाना गिलास। मूरख, इस पचफैरा को तो उतारो कन्धा से !"

उसने उझककर देखा, राजा साब और महाराज बैठका में आ गए हैं। एकान्त में बतिया रहे हैं।

'राजाजी, तुम इतने दुखित ! कुशल नहीं लग रहा हमें।' महाराज ने कहा।

राजा साब हँसे न उदास हुए, बीच की स्थिति में अटके हुए से चुप बैठे रहे। ज्यों सोच-समझ रहे हों भीतर-ही-भीतर या कोई रूपरेखा बना रहे हों कथोपकथन की। फिर आँखों में आश्चर्य का भाव उतारकर बोले, " चुनाव सिर पर है, और क्षेत्र का यह हाल ! जिस गाँव गए वहाँ एक ही जवाब मिला कि हम वोट नहीं देंगे। बहिष्कार

करेंगे चुनाव का ! बताओ आप ही, यह दुखित होने की बात नहीं है तो क्या खुश होने की है ?

" हम तो इस सोच में हैं कि चुनाव लड़ें या नहीं। पिछले दस साल से लड़ रहे हैं हम यहाँ से चुनाव। मध्यावधि मिलाकर लगातार तीन बार से जीत रहे हैं हम। अब किसी और क्षेत्र से खड़े हों तो किस बूते पर। और यहाँ से लड़ें तो किस भरोसे पर ?

" यहाँ का आदमी तो हाथ नहीं धरने दे रहा। खमा डिकौली, गोंती, नरसिंहगढ़, गोपालपुरा तमाम गाँवों का दौरा करके आ रहे हैं हम।

" गोपालपुरा में यह बताया कि अन्तिम निर्णय होता है सोनपुरा में। वहाँ मन्दाकिनी से मिल लेना आप। असल बात पता लग जाएगी।

" यह मन्दाकिनी कौन है ? कोई नेता या कार्यकर्ता है किसी पार्टी की ? या मजदूर यूनियन वगैरह से जुड़ी हुई कोई...? क्योंकि क्रैशर्स पर मजदूर भी काफी संख्या में हैं यहाँ। उनके वोटों पर भी काफी दारोमदार है। "

महाराज मुस्कुराते रहे उसी तरह, जैसे सरदी-गरमी, जाड़े-बरसात, सुख-दुख, लाभ-हानि के चलते महाराज की अक्षुण्ण मुस्कुराहट बरकरार रहती है। राजाजी छटपटा रहे हैं । पानी के अभाव में ज्यों रेत में पड़ी मछली तड़पती है ! आँखों में प्यास-ही-प्यास है। एक पूरा मरुस्थल ! जिसे केवल वोटों का आश्वासन तृप्त कर सकता है। महाराज की ओर चातक की तरह देख रहे हैं।

महाराज के होंठों पर वक्रता आ गई। मंगलमय मुस्कान का स्थान तिर्यक हँसी ने ले लिया। ऐसे बोलने लगे ज्यों शब्दों को कंजूसी से होंठों के बाहर निकाल रहे हों, " राजाजी, मन्दाकिनी इस गाँव की बेटी है। भूतपूर्व प्रधान महेन्द्रसिंह की पुत्री। आप नहीं उतरे थे इस क्षेत्र में तब तक, जब वे यहाँ बने अस्पताल के कारण शहीद हो गए।

" हमें तो लगता है, मन्दा इस गाँव की नहीं, इस क्षेत्र की भूमिसुता है, जो इस धरती की रग-रग को पहचानती है। जैसे यहाँ के आदमी की धड़कन से चलती हों उसकी साँसें।

" जरूर मिलिए उससे। यहाँ की जनता मानती है उसको। विश्वास करती है उस पर।

" हम जोगी-जतियों का क्या अनुभव ?"

राजा साब महाराज की ओर ऐसे देखने लगे, जैसे इस अप्रत्याशित बात की उम्मीद नहीं थी उन्हें। उन्होंने तो सोचा था, महाराज यही कहेंगे कि कल की छोकरी को क्या पता यहाँ की जनता के दुख-दर्द ? वह क्या जाने जीवन की आती-जाती लहरों के बारे में ? कौन मानेगा उसकी बातें-चीतें ? मजदूरों से उसका क्या सम्बन्ध ?

तुम पहले जमाने के राजपुत्र, अब के मन्त्री, क्या तुमसे अधिक माननीय हो जाएगी वह ? या हमसे अधिक जानेगी इन गाँवों को ?

लेकिन नहीं, महाराज ने बुलवा ली मन्दाकिनी।

"यह है मन्दाकिनी। कर लीजिए बातें। ...प्रधानजी को भी बुला लो, बिटिया !"

लोग चले आ रहे हैं। जिसने सुना, भाग छूटा आँखें मींड़ता हुआ। कहीं वह वंचित न रह जाय राजा साब को देखने से।

पप्पू बोला, "कक्का, आधी रात है अब। सभा कहाँ हो रही है ? राजा साब के दर्शन कहाँ ? वे तो परेशान हैं। गोपालपुरा के आदमी ठहरे ससुर लट्ठ-गँवार, सो न जाने क्या-क्या दे कहीं। जिज्जी भी बुरा मान रही हैं। यह बात भी कोई कहने की थी कि हम नहीं देंगे वोट। देने के बेराँ नहीं देते। ढोल काहे को पीट रहे हैं ?"

"ओ काका !" मन्दाकिनी ने बुलाया तो नहीं सुन पाए प्रधानजी। राजा साब के आने के कारण बावरे से हुए जा रहे हैं !

पप्पू उनका हाथ पकड़कर भीड़ के बीच से गुजारकर बैठका में ले आया। प्रधानजी राजा साब के सामने हाथ जोड़कर खड़े हो गए।

महाराज ने चेताया राजा साब को, क्यों चिन्ताओं के भँवर में डूबे हो। इन्हें पहचान लो। यह मन्दाकिनी और ये प्रधानजी। ये लोग बता सकते हैं आपकी समस्या का समाधान। हमारी तरफ न देखो। हम धर्म को राजनीति में नहीं डुबोना चाहते। पक्ष-विपक्ष पर प्रवचन करेंगे या मानव के चरित्र, मूल्य तथा सम्बन्धों की शुचिता पर ?

मन्दाकिनी मूढ़े पर बैठ गयी।

"बोलो बिटिया !" महाराज ने प्रोत्साहन दिया।

वह नहीं बोली। राजा साब ही बोले और तब तक बोलते रहे जब तक कि दिल की पूरी भड़ास न निकाल ली, " कितने मूर्ख हैं लोग ! गाँवों का रवइया देखकर हैरान हैं हम तो। तभी हमारा देश पिछड़ा हुआ है। अन्य राष्ट्रों की अपेक्षा बहुत पीछे। कारण, यहाँ बसे लोग ही हैं, जो अपने वोट की कीमत तक नहीं पहचानते। कहते हैं, वोट नहीं देंगे। न दें !

" वोट न देकर चुनाव तो नहीं रुकवा सकते। अपने मत से ही वंचित हो जाओगे। ईमानदारी की बात तो यह है कि वोट दो। किसी को भी दो। जिससे खुश हो उसे जिताओ, जिससे शिकायत हो उसे हराओ।

" अपनी नाराजगी दर्शाओ। हम किसलिए हैं ? और फिर यह भी सोचना चाहिए आप लोगों को कि कोई भी काम पूरा होने में समय लेता है। मोहलत तो देनी होगी। एक दिन में ही तो सारे क्षेत्र के दुखों का निवारण नहीं हो जाएगा ? " राजा साब ने देखा महाराज की ओर।

महाराज ने अपनी सफेद ऊन-सी दाढ़ी पर हाथ फेरा। पालथी में मुड़े घुटनों पर दोनों हाथ सीधे रख लिये, ज्यों वे किसी विशेष मुद्रा में आ गए हों।

"आप कारण तो पूछते वोट न डालने का," धीरे से बोले महाराज।

उन्होंने अपनी टोपी सिर से उतारकर खटिया पर रख दी। तनिक झल्लाए-से बोले, " सुना नहीं दिए आपको कारण। कारण गिनती में नहीं आ सकते ! पूछने बैठ जाते तो एक ही गाँव में शाम हो जाती। फिर गाँववालों को सन्तुष्ट कर सकता है कोई ? उनके तर्क-कुतर्क सुनो तो हँसी भी आए और रोने को भी जी अकुलाए।

" सरकार विकास लाती है, उन्हें विनाश लगता है। किसी का खेत, किसी का बाग, किसी की मेंड़, किसी का पेड़, किसी का ताल, किसी का घूरा, किसी की पोखर संकटों से घिरे हैं। हम क्या समझाएँ कि मूर्खो, इतनी छोटी-छोटी चीजों की परवाह की तो बड़ी-बड़ी प्रगति-योजनाएँ लागू कैसे होंगी ? परियोजनाओं का क्या होगा ? नई-नई तकनीकों को किस स्थान पर प्रयोग करेंगे ? देश आगे कैसे बढ़ेगा ?

" बिजली के उत्पादन को नहीं देखेंगे, अपनी किरिया-झुपड़िया के कारण रोते-कलपते फिरेंगे। कल-कारखानों की तुलना अपने मटमैले सपनों से करेंगे। बम्बा-गूल को लेकर बखेड़ा करेंगे। छोटी-छोटी पुलियाओं को चुनाव का मुद्दा बना रहे हैं। यह नहीं देख रहे कि बिजली न होती तो आज का किसान ट्यूबवैल की सुविधा ले सकता था ? खाद-बीज के कारखाने न होते तो उन्नत फसलों की बातें सोच सकता था ? " राजा साब बोलते-बोलते रुक गए।

महाराज ऐसे देखने लगे, जैसे अपने दिव्य चक्षुओं से राजा साब का अन्तर्मन खँगाल रहे हों।

मन्दाकिनी विनत हुई बैठी रही।

प्रधानजी हाथ जोड़े ही खड़े रहे।

महाराज फिर मुस्कुराए, "बिटिया, तुम भी कहो अपनी बात। फिर न जाने ये कब मिलें तुम्हें।" कहकर थोथी-सी हँसी हँस दिए महाराज।

वह धीमे से बोली, बोलते समय सिर पर पल्ला ठीक से ढका, " दरअसल आपको देखकर हम यही सोच रहे हैं कि इतने बड़े, महान आदमी हमारे गाँव में पधारे हैं, कुछ कहें कि न कहें पाहुनों से ? फिर आपसे कह भी दें तो हमारी समस्या आपको बड़ी छोटी लगेगी। लेकिन आपकी परियोजनाओं की तरह हमें तो बड़े लगते हैं अपने गाँव के छोटे-छोटे काम।

" यह हमारा अस्पताल...कोई डॉक्टर नहीं यहाँ, दवाएँ नहीं, हारी-बीमारी के निदान की कोई सुविधा नहीं। इस अस्पताल से तबाह ही हुए हैं हम और इस अस्पताल की झूठी आशा-उम्मीद ने अब तक जिताया है आपको।

" क्रैशरों ने पहाड़ काटकर उसके पत्थर ही नहीं पीसे, यहाँ के लोगों का जीवन

पीस डाला। राई-रेत कर दीं साँसें, " कहते-कहते उसे ऐसा लगा जैसे कुछ देर और बैठी रही तो रो देगी।

उठकर जाना चाहती थी, मगर मन कड़ा कर लिया। बैठी रही। आँखों ही आँखों में पीती रही आँसुओं को। टपकने नहीं दिए। क्यों टपकने दे ? कठिन घड़ी में भावुकता और आँसू की नहीं, हिम्मत-हौसले की कीमत होती है। फिर राजा साब कोई घरू-सम्बन्धी तो हैं नहीं, निर्लिप्त राजनेता हैं, जिन्हें सुख-दुख, प्रेम-घृणा, दया-करुणा, मोह-माया नहीं व्यापती। उन्हें वोट, कुर्सी, पद ऐसे दिखाई देते हैं, जैसे अर्जुन को चिड़िया की आँख।

हिम्मत बाँधकर बोली, " आप सोचते होंगे, यहाँ के लोगों का रुख ऐसा कैसे हुआ ? ऐसा भाव क्यों अपना बैठे ? सो भी हम आपको बताते हैं...असल में इस इलाके के गाँव शहर-कस्बों से दूर पड़ते हैं। दूर ही नहीं, बहुत दूर। सौदा-सुलफ की जरूरत तो गाँव से गाँव चीजें बदलकर पूरी कर लेते हैं, या कुछ दिन अपनी जरूरतों को काटकर भी गुजर कर लेते हैं। मन समझा लेते हैं कि जब गाड़ी-बैली का साधन मिलेगा तब हो आएँगे एरच, एट उरई।

" लेकिन हारी-बीमारी को क्या करें ? दर्द-पीर और मौत की छटपटाहट में तड़पता आदमी तो नहीं कर सकता इन्तजार। बरसात-भर बिना इलाज के नहीं पड़ा रह सकता गाँव में। ठेला-ट्रक भी बन्द हो जाता है तब तो। गारे और कीचड़ के कारण परेशान रहती है यहाँ की जनता।

" ...और फिर उरई-झाँसी तक जाने के लिए दस बार सोचना पड़ता है रोज-रोज। इतना किराया-भाड़ा, ऊपर से दवा और डॉक्टर की फीस ! किसके पास धरा है गाँव में ! बड़ी दिक्कत है राजा साबजी, बड़ी परेशानी ! क्रैशरों के कारण गाँवों में धूल ही धूल छाई रहती है। पहले के मुकाबले दमा, साँस, तपेदिक कई गुना अधिक फैल गए हैं। मजदूरों के ही नहीं, किसानों के शरीर भी हो गए हैं इन बीमारियों के घर।

" क्रैशर क्या आया, शराब का ठेका संग ले आया। सो तबाह हो रही हैं गृहस्थियाँ ! उजड़ रहे हैं बाल-बच्चे ! आदमी पी-पीकर बेसुध हुआ जा रहा है। आपकी पुलिस निहत्थों को ही करती है परेशान। बताइए, किससे कहें?

" सो हिसाब किताब सीख गए हैं ग्रामवासी। गणित लगा रहे हैं गँवई लोग। "

कुछ याद करती हुई फिर बोली, " ऐसा नहीं है कि कुछ भी न मिलता हो। हर वोटर को उसके वोट की कीमत धरते हैं आपके कार्यकर्ता। दो सौ, तीन सौ, चार सौ और पाँच सौ तक में निपटा लेते हैं सौदा। परन्तु चुनाव की अवधि तो बहुत लम्बी होती है ! पाँच साल तक की दवा-दारू, इलाज-उपचार के लिए काफी नहीं रहते चार सौ, पाँच सौ।

" सो क्या करें ? अबकी बार ठान लिया है कि हम 'कहे' की नहीं 'करे' की परतीत करेंगे। और अगर नहीं तो ऐन खाली उठा ले जावें पेटी आपके आदमी। वोट नहीं पड़ेगा एक भी !" कहकर मन्दाकिनी हल्के से मुस्कुरा दी और भीतर चली गई।

उसका मुस्कुराना देखते रह गए राजा साब। फिर महाराजजी से बोले, "कैसी जहरीली हँसी है लड़की की ! कमाल है, गाँव-गाँव नेता हुए जा रहे हैं लोग। पुरुष तो पुरुष इस लड़की की हिम्मत... ! न-कुछ उम्र में कैसी ऊँची-ऊँची बातें करती है।"

महाराज हँसने लगे। हँसते समय उनकी सफेद लम्बी दाढ़ी हिल रही थी। राजा साब से बोले, "आप तो सोच रहे होंगे कि इतनी बड़ी कन्याएँ तो हमारे आने पर स्वागत-गान में फूलों की माला हाथ में देकर अगवानी को खड़ी की जाती हैं !"

प्रधानिन काकी ने थालियों में खाना लगा दिया। वह और पप्पू परसने लगे। बऊ प्रसाद लेकर बैठी हुई हैं। मन्दाकिनी ने खाने के साथ ही रख दिया एक कटोरी में फिर छोटी चौकोर मेज पर रख दिया खाना, जो मूढ़ा और चारपाई के बीच में रखी थी और चबूतरे पर निकल आई। बतियाने लगी खड़ी होकर।

" राजा साब दिन में आते तो ठीक रहता। देखते तो सही कि पाँच साल में कितना बदल गया है यह गाँव। गाँववासी भी दर्शन कर लेते। जिन तेरह-चौदह साल के लड़के-लड़कियों ने इनको पहले देखा होगा कि न देखा होगा, वे अब अठारह के हो रहे हैं। वोटरों की उम्र में आ गए। चेहरे-मोहरे से पहचानते-चीन्हते तो सही।

" कागज पर बने चिह्न को चीन्हना कोई जानना नहीं हुआ। जब-तब क्या, अक्सर ही ये यहाँ के लोगों को ठेलों-ट्रकों में भरवाकर जब लखनऊ रैली में बुलाते हैं तो इनको भाषण देते हुए देखकर पहचान तो लेते कि ये हैं हमारे यहाँ के एम. एल.ए., मन्त्री। "

राजा साब चुपचाप खाना खा रहे हैं।

बीच-बीच में ऐसे देख रहे हैं जैसे मन्दाकिनी बातें नहीं कर रही, चाबुक मार रही है उन्हें। समय चुनाव का न होता तो यह चिड़िया-सी लड़की इतनी चें-चें न कर पाती।

उसी समय पप्पू आया, बहुत धीरे से बोला, "जिज्जी, तुम्हें बऊ टेर रही हैं भीतर।"

वह एक पल में पहुँच गई।

बऊ की त्यौरियाँ चढ़ी हुई हैं। बऊ झल्ला रही हैं। डपटती हुई बोलीं, "मन्दा, जुबान पै काबू नहीं है क्या बेटा ? सिरकार-दरबार, जिनसे सीधा मुख करके बात नहीं कर पाता आदमी, उनसे तें लड़ने बैठ गई ! राजा-महाराजन से बहस कर रही है !"

वह हँस पड़ी, "बऊ ! बऊ, हम लड़ नहीं रहे, गाँव की समस्या बता रहे हैं।"

बऊ ने चश्मा उतारकर आँखें धोती के छोर से पोंछीं और समझाते हुए कहने लगीं, "वे रिसा जाएँगे बिटिया । पहले ही क्या कम तबाही झेली है हमने ? को जाने मोरे महेन्द ने किसको गुस्सा कर दिया ? किसको रुसा दिया ? ऐसे ही ऐलकार जुरे थे वा दिन ...जानें मोंड़ा किनसे बुरें बोल गया... ?"

" अच्छा, रामदुहाई बऊ, अब नहीं बोलेंगे हम, " उसने होंठों पर उँगली धर ली।

जीपें रातोरात उल्टावाद लौट गईं। गाँव जागा रहा सब रात। लोग बतलाते रहे घरों में।

प्रभात की पौ फटने लगी। आसमान सलेटी और लाल हो गया।

बऊ ने आवाज दी, "मन्दा, जागो। भोर हो गई। प्रधान लला के घर जाकें यह तो देखो कि महाराज के नहाने-सपरने का इन्तजाम ठीक-ठाक है कि नहीं !"

वह हड़बड़ाकर उठ बैठी। आँखें मीचे ही बैठी रही कुछ देर। रात में बहुत देर हो गई, देर क्या, पूरी रात निकल ही गई समझो। भोर की होन में आँख लगी होगी, सो नींद झुकी है अब तक।

बऊ ने नहाने के इन्तजाम को लेकर फिर दुहराई अपनी बात। उसने बता दिया कि रात में ही रामदास कक्का को समझा दिया था कि कुइया पर जोरा-बाल्टी लेकर दिन निकलने से पहले ही पहुँच जायँ। सुगना रात में ही पूजा की थाली लगाकर रख आई होगी। राजुल फूल तोड़ लाया होगा। वह तो इसी मारे जल्दी सो गया था कि भोर आँख न खुली तो ?

वह स्वयं जल्दी से नहा-धोकर चल दी।

प्रातःकाल की स्वच्छ और उजली बेला है। सूरज नरम धूप बिखेरता हुआ उग आया। ओस के कारण रेत गीली-गीली है। हृदय में अटकी-फँसी बातें निकालकर हल्की-हल्की हो आई है वह। रात को जो संकोचरहित संवाद किया, उस पर वह स्वयं चकित है।

"पप्पू, महाराज अभी तक नहीं आए ? कहाँ निकल गए ?" प्रधानजी के चबूतरे पर आते ही पूछा उसने।

पप्पू ने साफ तौलिया कुएँ की जगत पर सूखी जगह खोजकर रख दिया। साबुनदानी में साबुन सजा दिया।

"हे मूरख ! महाराज साबुन से नहीं नहाते। भीतर ले जा अपनी महकउआ बट्टी। महाराज कहेंगे तो कुछ नहीं, पर खिन्न हो जाएँगे।"

लो, महाराज आ गए। प्रसन्न मन हैं वे।

बोले, "बिटिया, गाँव की परिक्रमा करके आए हैं हम। मन्दिर से ज्यादा पवित्र मानते हैं हम बस्ती को, जहाँ भगवान के रूप में आदमी का निवास है। पाँखी-परेबा दाना-दुनका चुनते हैं। पशु पलते हैं। उस परम पिता की माया का पसार है चारों ओर।"

सवेरे की हवा से उनका मुख दमकने लगा है। दाढ़ी सफेद चँवर की तरह लहरा रही है। सफेद भौहें निर्मल रूई की बनाई हुई-सी लगती हैं।

"इतनी देर कर दी ? कहाँ उलझ गए थे ?" टोका मन्दाकिनी ने। रामदास कक्का घर तक गए हैं किसी काम से। वह कुएँ की जगत पर चढ़ गई और पानी खींचने लगी महाराज के नहाने को।

महाराज ने कुर्ता उतारा। जनेऊ को कायदे से कन्धे पर डालते हुए बोले, " बिटिया, श्रद्धा-भाव स्वीकारते, चरण छुआते और आशीर्वाद देते-देते ही लौटने का समय हो गया।

" तुम्हारा गाँव तो चमक रहा है मन्दा ! आदमी की आँखें झिलमिला उठती हैं। "

वह चमत्कृत-सी बोली, " त्यौहार का अवसर है न ! जिससे जैसा बन पड़ा लीपपोत लिया। किसी ने गोबर से तो किसी ने पोतनी मिट्टी से। किसी-किसी ने सफेदी में नीला थोथा मिलाकर पोती है बखरी।

" इसी तरह किवाड़ें। तेल-पानी से चिकनी की हैं बहुतों ने और कोई-कोई उरई से रोगन तक ले आए सो ऐन रंगीन कर लिये हैं दरवाजे ! अपनी-अपनी सामर्थ्य के हिसाब से सजा-बजा लिये घर। "

"ठीक है, पुते तो भिन्न-भिन्न तरीकों से हैं, मगर चित्रकारी तो एक जैसी है सब भीतों पर। किसी एक हाथ का ही कमाल है।"

"महाराज, कुँवरसिंह ने। उसके परिवार में यही काम होता है। शादी-ब्याह, पर्व-त्यौहार आसपास गाँवों में बुलाते हैं लोग।"

महाराज गम्भीर हो गए। गम्भीर क्यों हो गए ? अभी तक तो ऐसे हुलस रहे थे ! यह अचानक क्या हुआ ? किस सोच में पड़ गए ?

वे धीमे स्वर में बोले, "अब लोक चित्रकलाएँ तो देखने को मिल जायँ, वही बहुत। कहाँ सूनी भीतें रखना असगुन माना जाता था, परन्तु अब कौन परवाह करता है। हस्तकला का लोप ही समझो। कहने को दिल्ली-लखनऊ में बुलाए जाते हैं लोक चित्रकला वाले लोग और हस्तकला वाले भी। लेकिन क्या मिलता है उन्हें और कितने जा पाते हैं वहाँ ? यहाँ ऐसे-ऐसे चित्रकार भूखे मरते हैं ! पता नहीं ये राजनेता या सरकार क्यों अँधेरे में रखती है इन्हें ?"

" महाराज, हमें तो अपनी दुश्मन दीखती है सरकार। जैसे तबाह करने पर तुली

हो। नहीं तो विन्ध्याचल की पहाड़ियों में बसे गाँवों में कैसे-कैसे तो कलाकार हैं ! नाचनेवाले ऐसे कि देखते रह जाओ।

" पहाड़, वन, नदियाँ, महुआ, बेर, करौंदी, चिरौंदी, हल्दी, अदरक—अरे, तमाम सम्पदा है। पर दुरभाग्य है हमारा कि हम नहीं बरत पाते ! दलालों के सुपुर्द हो जाती है हमारी सम्पत्ति। पहाड़ों की नीलामी, वनों की बोली तहस-नहस कर देती है माहौल को। पहाड़ टूट रहे हैं, वन कट रहे हैं। सुनसान, सपाट मैदानों में फड़फड़ाते डोल रहे हैं पंछी-परेवा !

" महाराज, आप काहे नहीं हो जाते चुनाव में खड़े। "

महाराज हँस पड़े। दाढ़ी कोमल पंखे की तरह हिलने लगी, "बिटिया, किसान से किसान-नेता बने, नेता से बैरागी, बैरागी से सन्त, अब तुम हमें साधु से राजा बनाना चाहती हो !"

"हाँ महाराज, इसलिए कि राजा साब राजकीय साजिश में लगे हुए हैं। ये अन्धे, बहरे और सुन्न आदमी हैं, हमदर्दीहीन इंसान। पाँचों इन्द्रियों को जगाये रखते हैं तो वोटों के समय। तब ही चेतते हैं हड़बड़ाकर !" मन्दाकिनी का मुख बोलते-बोलते ताम्बिया हो गया, ज्यों साँवली रंगत में सिन्दूर घुल गया हो। होंठ लाल हो उठे आवेश के कारण।

"प्रणाम गुरुदेव !"

शारंगदेव आ गए।

महाराज देखते रह गए। शारंग इतने घबराए हुए क्यों हैं ? उनका आशीर्वाद में उठा हाथ ज्यों का त्यों रह गया।

"महाराज, भृगु कल से आश्रम पर नहीं लौटा," शारंगदेव जो बात कहने के लिए भागते आए थे, बता दी और अपने हृदय पर लदा भारीपन उन्हें हल्का लगने लगा।

"नहीं लौटा ?" महाराज का मुख खुला रह गया।

"हाँ गुरुदेव ! वह तो अच्छा हुआ कि आपके आश्रम से निकलते ही हम लौट आए थे और भृगु को गए बहुत थोड़ा-सा समय बीता था तब तक।"

महाराज रोएँ कि हँसें ? 'तो क्या सच कह रहा था कि हमें न पाइए लौटकर ? क्या जाने क्यों तुनक जाता है ! बस, सब उसी की ओर ध्यान देते रहें। उसी को साथ लेकर जाएँ। उसको महत्त्व दें, तब तो ठीक बना रहेगा वरना सब उसके दुश्मन ! कौन सी कुढ़न दबी है मन में ?'

"और शारंग, चाबी-कुंजी ?"

शारंगदेव ने चाबी निकालकर महाराज के हाथ पर धर दी।

मन्दाकिनी ने जल्दी-जल्दी महाराज का सामान बटोरकर थैले में भर दिया, क्योंकि जल्दी ही जाना चाहते हैं महाराज।

फल, प्रसाद और एक जोड़ा कपड़े सुगना थाली में लिये खड़ी है। महाराज सूर्य-पूजन करा रहे हैं मन्दाकिनी को। सुगना और मन्दा दोनों अर्घ्य दे रही हैं। मन्त्र बोल रहे हैं महाराज। अन्त में शंख बजाकर पूजा का समापन किया।

बऊ कहने लगीं, "महाराज, मन्दा और सुगना दोनों के सिर पर हाथ धरकर सूरज नारायन के समुहीं आसीरवाद दे दो कि दोनों को चन्दा-सूरज-से वर मिलें। ऐसे ही निरमल, इतने ही तेजवान।"

महाराज ने मन्त्र पढ़े। कमंडल में से छींटे मारे दोनों पर।

सुगना हँसने लगी, जैसे गुलाब की पंखुड़ियों में मोती बिखेर दिए हों किसी ने।

दीपावली आ गई। चारों ओर जगमग है। लिपे-पुते घरों में प्रसन्न और उतावले बच्चे। पॉपलीन की कमीज, पाजामा में सजे-बजे। छोटी-छोटी गुड़िया-सी बिटियाँ रंग-बिरंगे फ्रॉक पहने हुए। छिगुली उँगली-सी पतली चोटी में रंग-बिरंगा रिबन। रंगीन पिन बालों में सितारों की तरह चमक रहे हैं। फ्रॉक की झोली में खीलें, बताशे।

लोग प्रमुदित और आनन्दित।

घरों में, गलियों में, धरती पर, आकाश में, सोनपुरा की दसों दिशाओं में दीपावली जगमगा उठी है, दिन के उजियारे में ही।

और—ढम ढमा ढम ! ढोल बजा।

टिन टिना टिन ! मंजीरे बोले।

टूऊँ टूऊँ टूऊँ। रमतूला बोला।

तुरही और मृदंग की मिली-जुली लय ! सुर ! ताल ! झूम रहे हैं लोग। गा रहे हैं गवइया और नाच रहे हैं नचइया !

"दिबरिया आ गए।"

"सच्ची जिज्जी, दिबरिया आ गए," मन्दाकिनी को खबर देने छोटे-छोटे बच्चे प्रतियोगी की तरह भागे। कोई गिरा, कोई फिसला, किसी के नए कपड़े सन गए धूल माटी में। किसी की कोहनी में खुर्सट लग गई। होंठ बिचकाकर उठ बैठा धरती पर गिरकर, और भागते-भागते सब पहुँचे मन्दाकिनी के पास।

"सच्ची ?" वह खिल उठी।

सबसे छोटा नन्हा, जिसके कपड़े धूल में सन गए थे, गोद में उठा लिया उसने। नन्हा दूधिया दाँत चमकाकर बोला, "जिज्जी, दिबलिया !"

घूँघट से झाँकती बहुएँ, कंदेला घालें बिटियाँ, बूढ़े, जवान सब घिर आए दिबरियों के इर्द-गिर्द।

गहरा साँवला रंग दिबरियों का। संख्या में लगभग सोलह। विन्ध्याचल में बसी

जनजातियों के लोग सुदूर गाँवों से आए हैं नाचने के लिए। सिर पर लाल-हरी पन्नी का मुकुट, सबसे ऊपर मोरपंख, गले में हरे-नीले मनकों की कई मालाएँ, कमर में कौड़ियों की करधनी।

सफेद धोती के फेंटे में आम के पत्ते खोंस रखे हैं। बैलों की सुरीली घंटियों का पट्टा करधनी के नीचे बँधा है। पाँवों में घुंघरू। साँवले चिकने, नंगे दमदार बदन। नाच रहे हैं। थिरक रहे हैं।

होऽऽ ! होऽऽ ! होऽऽ ! होऽऽऽऽ !

"कान पर हाथ धरकर क्यों गा रहे हैं जिज्जी ?" राजुल पूछने लगा।

"गले और कान का सम्बन्ध होता है आपस में," मन्दाकिनी ने बताया।

दिबारी माय ! लछमीऽऽ माय !

हो मोरे गनपत महाराऽऽऽज...

प्रधानजी और भइयाजी खड़े देख रहे हैं। दिबरियों ने उन्हें प्रणाम किया। सिर टेका चरणों में।

नाच जमने लगा। मोरपंख हिल रहे हैं। लोग डूबे हुए हैं रंग में। एक दिबरिया भागता हुआ आया और जा मिला थिरकते समूह में।

अरे औरत ! जनी ! सब अचम्भे से देखने लगे। दिबरियों में जनी नहीं नाचती मगर नाच रही है। अरे, यह जनी नहीं, आदमी ही है।

बऊ थाली में खील-बताशा-गुड़ धरकर ले आईं।

"बऊ, अब ही से कर दोगी विदा !" आसपास से शोर उठा।

"नचने दो। नचने दो," आवाजें आईं।

"अरे, गोड़े पिरा जाएँगे इनके। सबके द्वार नाचना है इन्हें। जिसके दरवाजे नहीं नाचेंगे वही नाराज। चलने दो आगे। चलो ठाकुरद्वारे में शीश टेक लो," बऊ ने ठाकुरद्वारे के पास खड़े होकर उनकी झोली में दक्षिणा डाल दी।

"जै हो मोरी दिवारी मइया। ऐसे ही आओ, भरी-पूरी फिसे सोनपुरा के गली-कूँचन में गोंती-डिकौली में, झवरा-झखनवारा में, नरसिंहगढ़ गोपालपुरा में, डुड़ीखमा में," बऊ ने गाँवों के लिए ऋद्धि-सिद्धि माँगी। सुख-शान्ति माँगी। धन-वैभव माँगा।

उधर भंडारे की दावत बैठ गई। लुचई सिंकने की महक उठ रही है, फैल रही है चारों ओर। साग-सब्जियों के छौंक-बघार महक रहे हैं भोर से। पतलें बिछी हैं। बोरों पर पंक्तिबद्ध लोग बैठे हैं। पानी के झींटे मारकर पत्तलों को शुद्ध कर रहे हैं।

परसइया आ गए। गाँव के नवयुवकों ने सागदान, रायतेदान सँभाल लिये। पप्पू के पास पूरियों की छबुलिया है। छोटे लड़कों को खाने का सामान नहीं दिया परसने के लिए। वे केवल पानी परस सकते हैं। राजुल ने गंगासागर लेकर पानी परसना चालू

कर दिया। एक बच्चा घर से जग ले आया और पानी परोसने लगा।

द्वारिका कक्का दौड़े, "अरे नहीं रे ! जग, मगों से नहीं परोसी जातीं पंगतें। पानी बगराओगे पातरों के ऊपर ? गंगासागर से धार बाँधकर कुल्हड़ों में पानी भरो।"

आलू की रसेदार सब्जी की माँग उठ रही है ज्यादा करके। अरई का साग तो पत्तल पर ठहरता ही नहीं। पानी की तरह बह रहा है।

"कहाँ के मिठिया हलवाई ले आए हैं द्वारिका कक्का !"

किसी ने बोला, "कोंच के।"

"कोंच के आदमी ऐसी ही साग-सब्जी खाते हैं क्या ? तभी कोंचवाली भौजी रोटी-तिरकारी नहीं बना पातीं सवाद की।"

सब हो-हो करके हँस पड़े।

"बैंगन का साग थोक में बन गया लगता है। उसका परसइया बिना माँगे ही हर बार चमचा-दो चमचा गिरा जाता है पत्तल पर।"

"हाँ, थोक में ही बना है। गोंती का काछी बैंगन लाया था, उसने अपनी बैंगन की 'बारी' कल ही उजाड़ी है। तमाम बैंगन निकले तो दे गया पुन्न खाते में।"

बूँदी के लड्डू गहने-जेवर की तरह सुरक्षित हैं। द्वारिका कक्का कुंडली मारे बैठे हैं वहाँ। हर पत्तल पर दो लड्डू के हिसाब से दे रहे हैं। बेईमानी का कोई काम नहीं। रामरतन घरों और आदमियों की लिस्ट बनाए हुए है। बड़ा हिसाबची है रामरतन। घरवाली के खाए बेरों की गुठलियों का भी हिसाब रखता है। तभी तो ट्रैक्टर का हिसाब मन्दाकिनी के न होने पर वही सँभालता है।

राउत-राउतिनें अंडी-बच्चा समेत आए हैं पंगत में। वे नहीं आईं, जिनके आदमी अभिलाखसिंह के संग हुए फसाद में नहीं रहे। शोक में बैठी हैं ये तीनों राउतिनें।

मन्दाकिनी ने उनका खाना बँधवाया। पिरभू नाई ने कटोरदानों में भर लिया सब सामान। सुगना रायता और लड्डू लेकर चल रही है।

तीनों पहाड़ की ओर चल दिए।

प्रधानजी, भइयाजी, द्वारिका कक्का, गनपत कक्का और गोपालपुरा की ठकुराइन बिना खाए ही हैं अब तक। मन्दाकिनी के साथ ही सबको खिलाकर खाएँगे। उधर बऊ, प्रधानिन काकी और सुगना की अम्मा भी भूखी बैठी हैं।

जाते-जाते कहने लगी मन्दाकिनी, "बऊ, कुछ मोमबत्तियाँ, कुछ पटाखे, रंगीन माचिस, फुलझड़ी रखी हैं झोला में। भइयाजी को पकड़ा देना। मजदूरों के बच्चों को बाँट देंगे। इस महँगाई के जमाने में भूल ही न जाएँ परब-त्यौहारों का चलन, इसी कारण हमने मँगा लिया था यह सामान।"

चौबीस

मन्दाकिनी को लगा, बच्चे झूठ बहका रहे हैं। या फिर कोई सपना है ? कि कोई कल्पना ?

वैसे राजुल भी कम शैतान नहीं ! झूठ-मूठ गढ़ सकता है तमाम बातें। क्या मालूम संग के बच्चों को भी सिखा लाया हो कि बताते समय हँसना नहीं। हँसोगे तो झूठ पकड़ा जाएगा। है तो दस साल का, चालाकी आती है इसे पप्पू से ज्यादा।

उसने डपटकर कहा, ''साँची कह रहे हो न ? देख लो राजुल, बात झूठी कढ़ी तो तुम्हारे कान उखाड़ लेंगे। हम खूब जानते हैं, तुम गप्पी हुए जा रहे हो आजकल। और कन्धा काहे को उचका रहे हो ?'' मन्दाकिनी ने राजुल के सिर पर चपत जड़ दी।

राजुल ने मुँह ऊँचा करके विश्वास दिलाया, ''जिज्जी, तैरौ कौल। वे खुद ही तो कह रहे हैं कि मन्दाकिनी देवी को बुला लाओ। कहना कि डाक्टर आए हैं।'' वह अपने छोटे कद पर तनकर खड़ा हो गया।

''जिज्जी, दो डाक्टर हैं,'' राजुल के पीछे खड़ा बच्चा बोला।

''हट्ट ! दूसरे तो कम्पोटरजी हैं,'' राजुल ने सुधारा उसकी गलती को और उसके सिर पर चपत मार दी। बच्चा झेंप गया।

''तुम्हें कैसे पता पड़ा कि दूसरे कम्पाउंडरजी हैं ?'' मन्दाकिनी ने फिर जाँचा।

''वे रामपरसादिन काकी से बता रहे थे।''

'पहुँच गईं रामपरसादिन काकी ? झाड़ू-माड़ू तो लगा दी होगी फिर,'' कहकर वह चप्पल पहनने लगी।

''अबै कितै ? वे तो ठाड़ीं-ठाड़ीं कह रही थीं कि हमारा गोड़ पिराता है लला, सो कोई दवाई बता दो,'' राजुल गहरी तन्मयता से बोला।

''लला कह रही थीं डाक्टर साहब से ?'' उसे रामपरसादिन काकी के गँवईपन पर झल्लाहट हो आई, बताओ, वहाँ कुर्सी न मूढ़ा। काकी ने झाड़ू-बुहारी तो करी नहीं, अपना गोड़ लेकर बैठ गईं। खड़े ही होंगे क्या अब तक ?

''राजुल, तुमसे इतेक नहीं बनी कि रामपरसादिन काकी से कहते, खटिया-चारपाई तो डाल देतीं वहाँ। तुम कौन से कम हो, बिजूका हो निराट,'' मन्दाकिनी के मन-हलचल मची हुई थी।

''डार तो दई। खटिया पर ही तो बैठे हैं। अब तुम चलो तो,'' राजुल झल्लाया-सा बोला।

उसे अब भी पूर्ण विश्वास नहीं हो पा रहा था कि राजुल और उसके साथी जो समाचार लेकर आए हैं, वह सच होगा। ऐसे तो वह कई बार सोच चुकी है कि कोई

डाक्टर आएगा और देखते ही बच्चे बुलाने घर की ओर दौड़े आएँगे, या कोई काका भइया कहता आएगा कि मन्दा, अपने गाँव में डाक्टर आ गया !

हमारे जाने श्यामलीवाला लड़का तो नहीं ? बऊ सोचेंगी यह।

लेकिन हुईं ये बातें सच ? आज तक नहीं ! रात में ही नहीं, दिन में भी आते हैं ऐसे सपने। या अपने ही सिरजे सब्जगाह में खो जाती है जानबूझकर !

वह लपकते कदमों से अस्पताल की ओर चली जा रही थी। आधे रास्ते तक तो कितना और भी सोच लिया।

बोली, ''राजुल, उन्होंने कुछ नाम बताया अपना ?''

''नहीं,'' राजुल ने 'नाही' में सिर हिला दिया।

कहीं मकरन्द ही तो नहीं ? मकरन्द ! सारे शरीर में एक पुलक फैल गई। रोमांचित हो आई। फिर अपनी बात को काट लिया मन-ही-मन। वे होते तो मन्दाकिनी देवी न कहते। वे होते तो अस्पताल पर क्यों बैठते ? वे होते तो दो क्यों होते ?

सहसा ध्यान पलटा, ''राजुल, तुम घर को लौटो। पप्पू हो तो कहना, झाड़ू और बाल्टी लेता आए या भिजवा दे किसी से। पप्पू न हो तो अपनी अम्मा से कह देना।''

राजुल नहीं गया। उसने अपने साथी को भेज दिया अपना प्रतिनिधि बनाकर। मन्दा जिज्जी की तरह ही हुकुम देकर।

बच्चों के बड़े से झुंड को साथ लेकर पहुँची मन्दाकिनी।

खटिया पर बैठे युवक को देखकर धड़कन जोर-जोर से चलने लगी। सीढ़ी पर पहला पाँव रखते ही कम्पन-सा लगा टाँगों में, कहीं मकरन्द ही तो...दूर से तो उसी तरह...

आगे बढ़ती गई। स्पष्ट होती गई तस्वीर, मकरन्द नहीं थे। वह तो पच्चीस-छब्बीस साल का, चश्मा लगाए हुए औसत कद-काठी का गेहुँआ रंगतवाला कोई अन्य डॉक्टर है। वह ध्यान से देखती है, नीली पैंट के साथ टमाटरी रंग का स्वेटर पहन रखा है। दूसरे करीब पैंतीस-चालीस साल के दुबले-से सज्जन हैं, जिन्होंने खाकी पैंट और किशमिशी रंग का स्वेटर पहना है। ये जरूर कम्पाउंडर होंगे। यह सब उसका अनुमान है, होने का इसका उलटा भी हो सकता है।

रामपरसादिन काकी उसकी ओर संकेत करके बोलीं, ''लला, तुम, बुला रहे थे न, सो जे ठाड़ीं मन्दा।''

राजुल बोला, ''मन्दाकिनी।''

दो क्षण को भौचक-सा देखता रह गया डॉक्टर।

कुछ चकित-से थे कम्पाउंडरजी।

''आप !'' नीली पैंटवाले उठकर खड़े हो गए। साथ ही उठे खाकी पैंटवाले।

दोनों ने हाथ जोड़कर अभिवादन किया।

"हमने तो सोचा था कि मन्दाकिनी देवी अच्छी उम्र..." संयत स्वर में बात अधूरी ही काट दी उसने, "बूढ़ी-बूड़ी होंगी।"

दोनों हँसने लगे। साथ में वह मुस्कुरा दी, बोली, "बस यही समझते हैं।"

मन्दाकिनी हाथ जोड़े हुए थी, उनकी नमस्कार के उत्तर में।

"मैं डॉक्टर इन्द्रनील। और ये हैं कम्पाउंडर रास बिहारी।"

अनुमान सही सिद्ध हुआ उसका। फिर भी कोई अन्धी आशा जीवित है भीतर। जो इस डॉक्टर के भीतर मकरन्द की खोज में लगी हुई है। काश, कोई चमत्कार हो जाय और इन्द्रनील मकरन्द का रूप धारण कर ले।

सहसा सचेत होती हुई कहने लगी, "हम अभी साफ कराए देते हैं। पहले खबर करी होती तो बिल्कुल चमकता मिलता कोना-कोना। और आपको लेने हम एरच ही पहुँच गए होते। नाव के रास्ते आए या गुरसराय होकर ?"

"गुरसराय होकर। अरजेंट ऑर्डर मिला था हमें। इसी कारण आपको सूचना नहीं दे पाए, वरना इनफॉर्म करे बिना नहीं आते," जेब से ऑर्डरशीट निकालकर डॉक्टर ने उसकी ओर बढ़ा दी।

उसने कागज थाम लिया। उलट-पलटकर देखा फिर लौटाते हुए सविनय बोली, "अँगरेजी नहीं पढ़ पाते हम।"

"ओ सॉरी !"

सॉरी का अर्थ जानती है मन्दाकिनी। यानी कि गलती की माफी। मरकन्द बोला करते थे, 'सॉरी, थैंक्यू, गुडनाइट, गुड मॉर्निंग !'

उसने देखा, गाँव के लोग चले आ रहे हैं। लो, अब जिसको खबर लगेगी, बावरे की तरह इधर को ही भागेगा, जैसे कोई तमाशा छूटा जा रहा हो देखे बिना। जिसके हाथ में फरुआ-तसला है, वह उसे ही थामे। जिसके सिर पर डलिया-पिरिया है, वह उसे सिर पर धरे। क्या आदमी, क्या जनी, बस चली आ रही हैं इधर ही। कपड़ों की गठरी धोने के लिए उठाए हुए हैं। तला पर जाने की बजाय अस्पताल पर आकर खड़ी हो गईं। देख रही हैं सिर्रिन की तरह।

डॉक्टर क्या कहते होंगे ? सोचते होंगे, हम क्या सर्कस के जानवर हैं या अजूबे जो इस गाँव के लोग...? पहले कभी डॉक्टर आया होगा, चला गया होगा इनके उजबकपने से तंग होकर। तमीज और बेतमीज में इन्हें फरक नहीं।

यह तो है नहीं कि तब आते जब नहा-धो लेते। साफ कपड़े पहने होते। कुछ दूध-दही लिये होते हाथों में। इतना कहाँ जानते हैं। भीतर-ही-भीतर तो सोच रहे होंगे कि डॉक्टर क्या देवता आ गया हमारे गाँव में। हमारा भगवान पधारा है यहाँ। अरे, ऐसे घेरोगे तो तुम्हारी भावना समझ पाएँगे डॉक्टर ? नहीं समझ पाएँगे और जो बुरा

मान गए तो उनके रुकने-ठहरने के आसार जीरो ! मकरन्द कहते थे, जीरो यानी कुछ भी नहीं, बिल्कुल खतम।

''राजुल, कह दो इन काका से, मैले कपड़ों को बदलकर आएँ या डॉक्टर के पास से हटें।''

राजुल ने काका से ही नहीं, दो-चार अन्यों के कान पर मुँह लगाकर यह बात सुना दी कि इस समय वे अपने घर जाएँ। मन्दा जिज्जी गुस्सा कर रही हैं।

राजुल को ऐसे देखा लोगों ने, जैसे कह रहे हों, ये बीज भरा मोंड़ा तो देखो, क्या-क्या हिदायतें दे रहा है ? हम क्या कुछ छुड़ाए लिये जा रहे हैं डाकधरजी के ऊपर से ?

मन्दाकिनी आगे बढ़ आई। उनकी नजर को ताड़कर बोली, ''इसमें गुस्सा होने की बात क्या है ? आप कुछ छुड़ा नहीं ले जा रहे डाक्टरजी से, पर इस तरह घिरकर दिक्क नहीं हो जाएँगे वे ? डॉक्टर लोग तो वैसे ही साफ शुद्ध हवा और सफइयतवाली जगह पसन्द करते हैं। अब तुम्हारे कपड़ा तो गन्धा रहे हैं। देखना ही है तो दूर भाँय देखो। एक-एक करके मिलो।''

अरे, कौन आज ही जा रहे हैं। तुम्हारी मेहरबानी न हुई तो टिक भी जाएँगे। डॉक्टर के आने की खबर होती तो एक सभा पहले ही कर लेते प्रधान के काका के चौंतरा पर। समझा-बुझाकर रखते इन लोगों को।

मन्दाकिनी ने जल्दी-जल्दी चबूतरा झाड़ दिया। रामपरसादिन काकी पानी की बाल्टी ले आईं और उसके हाथ से झाड़ू छीनने लगीं।

''लाओ, हमें दो, झार दें। बिना रहे-बसे तो बिन्नू ऐसे रहती है जगह। आज सफइयत करो, काल ज्यों-की-त्यों।''

''ऐन रहती है, पर इतना तो सोच लेतीं कि तुरन्त ही झाड़ डालतीं। अब तक तो दस बार झड़ चुका होता। तुम्हें भी काकी, अपने गोड़े की याद तो रह गई, झाड़ने को भूल गईं। लो, हम तुम्हें दस रुपइया महिना यहाँ झाड़ू लगाने के ही देते रहे हैं न ? बस, इसी कारन कि सफाई रहे। दिन फिरें तो शायद डॉक्टर आ जाएँ किसी दिन, तो सफाई मिले उनको। गन्दगी देखते ही न छड़क जाएँ।''

राजुल दोनों हाथों से शरबत का जग थामे हुए उसके पास आ गया।

''शरबत !'' वह चौंककर बोली।

उसी अवस्था में राजुल की बाँह पकड़कर एक कोने में ले गई।

''है ऽ ऽ मूरख ! सरदी में शरबत ले आया ! पागल, डॉक्टर लोगों को जल्दी जुकाम हो जाता है। जाओ जल्दी, चाय बनवा लाओ। इसे यहीं धर जाओ,'' उसने राजुल के हाथ से जग ले लिया।

राजुल जोर से बोला, ''जिज्जी, चाय पत्ती कौन है घर में।''

मन्दाकिनी ने होंठ पर उँगली रख दी, ''धीरे। इतेक जोर से काहे चिल्ला रहे ? जाओ, वऊ से माँग ले जाना पत्ती-चीनी सब कुछ। और काकी कोई काम कर रही हों तो सुगना को बुलाकर बनवा लेना। वैसे तुम सुगना को बुला ही ले जाना। अभी खाना भी तो बनाना होगा।''

लो, जिस बात के लिए डर रही थी वह हो पड़ी। डॉक्टर साहब ने सुन लिया सब कुछ ! मुस्कुरा पड़े और बोले, ''आप इतनी परेशान क्यों हो रही हैं ? गाँव में रहने की आदत है हमें। चाय नहीं है, तो न सही।''

वह झेंप गई। खड़ी-खड़ी देखती रही। डॉक्टर कितना अच्छा बोलते हैं। गाँव में रहे होंगे कभी। यह भी ठीक है। हमारे गाँववालों की भूलों का बुरा नहीं मानेंगे। जानते होंगे गँवइयों के चलन।

अलमारियाँ झाड़ने-पोंछने में उसने कुछ समझदार बच्चों को लगा दिया। कम्पाउंडरजी ने दवाइयों की पेटी खोल ली। सामान निकाल लिया। शीशियाँ, पैकेट, चिलमची, मोमजामा। बड़े-बड़े बंडल हैं। चोट पर बाँधनेवाली पट्टी है शायद। रुई भी बँधी है कागज में।

सुगना चाय लेकर आ गई।

''पहले आप दोनों चाय पी लेते,'' वह अनुरोध करने लगी।

सुगना जग में भरकर ही चाय लाई है। नीचे कपड़ा रख लिया है। ढक्कन की जगह प्लेट ढकी है। साथ में तीन-चार मग।

मन्दाकिनी जग को देखते ही बोली, ''केटली तो थी प्रधान काका के घर। फिर तुम यह जग...''

सुगना का हाथ जल रहा था। वह झुंझलाई हुई सी जग को नीचे धरते हुए कहने लगी, ''जे राजुल है न, लंगूर है पूरा। इसके कारण कुछ नहीं बचता। काकी कह रही थीं, अभी महिने-भर पहले ही फोड़ डाली। अतीचाल ठहरा !''

राजुल की चंचल आँखों में झेंप उतर आई और सुगना की बोली को लेकर क्रोध भी। इस तरह देखने लगा जैसे कह रहा हो कि फोड़ दी तो डॉक्टर साहब के सामने पूरी कथा कहने की क्या जरूरत थी। सुगना की बच्ची ! सबको बता दूँगा कि एक बार भृगुदेव को इसने अपने घर से लाकर लड्डू दिए थे। हमसे बोलती थी, बताना नहीं राजुल, हमारी अम्मा गुस्सा करेंगी। भड़ऊ कहीं की !

सारा अस्पताल दिखा दिया मन्दाकिनी ने। एक-एक कमरा, एक-एक अलमारी, गुसलखाना, संडास।

हैंड पाइप चालू हालत में है। भला हुआ की दीवाली के समय सुधरवा लिया था, नहीं तो हैंडिल-पिस्टन, उर्जा-पुर्जा सब गायब थे।

धरती पर पाँव नहीं पड़ रहे थे उसके। बावरी-सी हो गई है मन्दा ! पल में कुछ

याद हो पड़ता है, दूसरे पल भूल जाती है। राजा साब ने गौर किया है इसका मतलब ! सुनी है हमारी बात। असर होता है गाँववालों की बातों का।

वह मगों को उठाते हुए बोली, " हम रामपरसाद कक्का को भेजकर कल आसपास के गाँवों में खबर करा देंगे, सो उन्हें भी पता पड़ जाएगा कि सोनपुरा के अस्पताल में डॉक्टरजी, कम्पाउंडरजी आ गए हैं। दवा-गोली भी।

" आप हमारे गाँव के आदमियों की गलतियों का बुरा नहीं मानना। बिना पढ़े-लिखे ठहरे, पता नहीं है कि डॉक्टर लोगों से कैसे थोड़ी-थोड़ी बात धीमी आवाज में करी जाती है, " वह बूढ़ी पुरखा की तरह जिम्मेदारी लिये हुए थी।

डॉ. इन्द्रनील जोर से हँस पड़े।

राजुल को देखते ही याद हो आया, धोती के छोर से दो का नोट खोलकर देते हुए बोली, " जल्दी भग कें चले जाओ। कछियाने में से सब्जी लेते जाना। काकी और सुगना से कहना, खाना बनावें जल्दी। भूखे होंगे डॉक्टर साहब और कम्पाउंडरजी।

" और सुनो, लौटो, अच्छी तरह सुन लो, ज्यादा तेल-मिर्च न डाल दें साग-सब्जी में। और तुम पइसा सँभालकर ले जाना, कहीं गैल में ही गिरा जाओ। काहे से कि तुम्हारा ध्यान दशहरा से तीर-कमानों में लगा हुआ है। खेलते मत रह जाना कहीं। "

डॉ. इन्द्रनील बोले, "अरे, खाना तो हमारे कम्पाउंडरजी बना लेंगे। अभी भूख भी नहीं है।"

उसने कुछ नहीं सुना। अपनी ही रौ में बोलती जा रही थी, "लो, प्रधान काका भी आ गए। वे जो सामने चले आ रहे हैं न सफेद धोती-कुर्ता पहने हुए, ऊपर से सदरी पहन रखी है जिन्होंने, उनके दाईं तरफ द्वारिका कक्का हैं, वे दुबले-पतले और नाटे। और ये जो चौंतरा पर बैठे हैं, आपके आगे, गनपत कक्का हैं, हमारे पिता समान। और दूसरे जो हैं वे रामपरसाद कक्का। जो काकी झाड़ू लगा रही थीं न, गोड़ की दवा पूछ रही थीं, उन्हीं के कक्का।"

इन्द्रनील मुस्कुराते-मुस्कुराते हँस पड़े।

"कल हम आपको क्रैशर पर ले चलेंगे, पहाड़ के नीचे। आप देखेंगे, कैसी बीमारी फैली है वहाँ। कितनी जरूरत थी आपकी। आपने आकर कितने जस का काम किया है," कहकर वह चुप हो गई। उसे लगा, वह ज्यादा ही बोल रही है।

अँधेरा हो गया। ठंड बढ़ने लगी है। चारपाई भीतर ले ली।

पप्पू से गैसबत्ती (पेट्रोमैक्स) जलवाकर मँगवाई है।

कम्पाउंडरजी बोले, "बिजली तो यहाँ है। बल्ब वगैरह नहीं है क्या ? हम निकालते हैं।"

वह तिर्यक-सी हँसी हँस दी, "आपको भ्रम हुआ है। लट्ठा गड़े देखे होंगे। उनके

तार क्रैशरों की ओर जाते हैं। इधर नहीं...।" कुछ रुककर वह बोली, "अब हम जा रहे हैं। पप्पू लिवाने आएगा खाने के लिए। सोने का इंतजाम भी प्रधान काका के बैठका में है। आप लोग जल्दी चले आना, हम खाना परसवाते हैं चलकर।"

डॉक्टर प्रधानजी की बैठक में सोने को राजी नहीं हुए। अन्त में अस्पताल में ही दो आदमी सुला दिए बरामदे में। क्या मालूम रात के समय कोई जरूरत आन पड़े डॉक्टरजी को।

सोते समय मन्दाकिनी बोली, "बऊ, अपने गाँव में डॉक्टर साहब दोपहर ढले ही आ गए और तुम देखने ही नहीं आई।"

बऊ ने अपनी रजाई पाँवों पर डाल ली, ठीक करते हुए कहने लगी, " देख लेंगे बेटा ! जो रहेगा-रुकेगा तो देख ही लेंगे और जो दर्सन देकर लोप होना चाहता होगा तो दर्सन करके भी क्या करेंगे ?

" तुम बोलो, कैसा लगा तुम्हें ? नकचढ़ तो नहीं है ज्यादा ? नखरैला हुआ तो समझो कि विरथाँ की खुशी है यह। "

मन्दाकिनी चुप पड़ी रही।

कुछ देर बाद बऊ ने पूछा, "क्या आसार दिखाई देते हैं तुम्हें ? तुमने उनका मन नहीं लिया ? वैसे तो देखते ही जाँच लेता है आदमी कि कैसा लग रहा है उसे यहाँ आकें ? नाक-भौं तो नहीं सिकोड़ रहा ?"

उसने करवट बदल ली। सोचने लगी कि कुछ भी न उत्तर दे बऊ को। अब क्या पता कि ठहरेंगे या नहीं ? आज ही कैसे पक्की पटा लेते ? यही तो होगा कि नहीं रहना हुआ तो चुपचाप सरक जाएँगे कहीं तबादला लेकर।

बऊ समझाने लगीं, "चिन्ता-फिकिर न करो मन्दा, बस अपनी करनी में कसर न लगाना। सोनपुरा के आदमी भी कम सिर्री नहीं हैं। हमारे जाने बेटा, तुम पिरधान लला के चौंतरा पर एक दिन सभा जोर डारो, समझा दो कि कोई ऐसी बातचीत न करें जिसके कारण डाकधर को तकलीफ हो। बीमारी बता-बताकर लोग उनके कान न खाएँ। ऐसा न करें कि गैल-गली डाकधर मिला तो रामा-किसना तो पीछें, और धर पूछी अपनी बीमारी की बात। अस्पताल के सिवा बीमारी की बात करें ही नहीं। और यह भी जरूरी बात है कि दर्द-पीर तो रोग-बीमारी में होती ही है, अकेले अस्पताल में हाय-हाय न डकरावें। दवा खाते में नखरे न करें। गोली तुरन्त लील लेवें। कछू बेढंगे ऐसे होते हैं कि चार लोटा पानी के संगै गोली लीलवें दो तो पानी सटकते रहेंगे नोंने। गोली सेंगी की सेंगी मुख में सेंते रहेंगे। और पारहेज पूरा करें तो काहे को भागेगा डाकधर। हम भी सेवा-खुसामत राखेंगे खूब।"

मन्दाकिनी हँस पड़ी। बऊ को बड़ा अनुभव है मरीजों का।

डॉक्टर का सवेरा ग्रामीण है। खेत में बालिश्त भर-भर के गेहूँ के पौधे नन्हे छौनों की तरह खड़े हैं। मटर के पौधे नाजुक गिलहरी की तरह शैतान ! सरसों लम्बे कद की दुबली लड़की-सी बढ़कर खड़ी हो गई, पत्तों पर ओस के मोती थमे हैं। आसमान में सादगी-भरा सूरज है, ललामी लिये नारंगी गोले में चौंध तनिक भी नहीं। पेड़ों पर शैतान चिड़ियों का शोर मच रहा है, जैसे बहस कर रही हों किसी बात पर।

अन्य गाँवों में भी रहे हैं डॉ. इन्द्रनील, लेकिन इस गाँव का दृश्य कुछ निराला है ! वह लड़की ! मन्दाकिनी ! मन-ही-मन मुस्कुराने लगे डॉ. इन्द्रनील। सूरज को एक बार फिर देखा, ऊपर उठ आया है सिन्दूरी गोला। किरणें फैलने लगी हैं धरती पर।

शहर की अपेक्षा गाँव में आँख जल्दी खुल गई या अजनबी जगह का असर है ? बेड-टी का हीला नहीं। दूध के लिए रात में ही कह देना था।

''रासबिहारीजी, ब्लैक टी ही पिलाओ,'' डॉक्टर बोले।

कम्पाउंडरजी ने स्टोव निकाल लिया। तेल की बोलत पेटी में देख रहे थे। निकाली तो रीती। रास्ते में ही बिखर गया लगता है। गन्धा रहा है सारा सामान।

डॉ. इन्द्रनील पीछे की ओर चले गए और चारदीवारी से सटकर खड़े-खड़े देखने लगे, सामने तालाब है। ठंडे पानी में रूई के गोलों की तरह बतखें तैर रही हैं। बबूलों के झुरमुट में छोटे-छोटे सफेद और काले रंग के चितकबरे पिल्ले एक-दूसरे पर झपटने का खेल खेल रहे हैं। दूर पहाड़ की ताँबिया चट्टानें चमक रही हैं। डॉ. इन्द्रनील मन्त्रमुगध-से खड़े रहे।

''हम चाय ले आए हैं,'' पीठ पीछे से महीन आवाज आई।

मन्दाकिनी ! डॉक्टर ने चौंककर देखा।

हथेली पर लाल रंग के अँगोछे की कुंडली रखी है, उसके ऊपर चाय का लोटा, दूसरे हाथ में दो मग।

डॉ. इन्द्रनील संकोच से सिमटते से बोले, ''आप इतने सवेरे !''

''हम जानते हैं, शहरू लोग चाय पीते हैं, कुल्ला-दातुन से पहले,'' वह कमरे में आकर जमीन पर बैठ गई, कपड़े से लोटे को पकड़कर मगों में चाय उड़ेलने लगी।

''आज हम पप्पू से उसकी पढ़नेवाली मेज भिजवा देंगे यहाँ। आप लोगों को धरती पर बैठकर खाने की आदत नहीं होगी।''

डॉक्टर ने बिना कहे ही उसके आगे से मग उठा लिया। वह देखती रही पलभर। फिर दूसरा मग उठाकर कम्पाउंडरजी की ओर चल दी।

''तुमने अपने लिए चाय नहीं डाली ?'' सहसा साधिकार बोल गए डॉक्टर।

"हमें नहीं है आदत," वह हल्के से हँस दी।

"हम अकेले नहीं पिएँगे," डॉक्टर भीतर से शीशे का गिलास उठा लाए।

चाय का गिलास हाथ में थामे रही मन्दाकिनी। पीते नहीं बनी। ठंडे हाथों में गिलास की गर्माहट अच्छी लग रही थी। न जाने क्यों पुलक-सी भर उठी मन में। खिला-सा लग रहा है सवेरा। रेशमी-सी निकली है धूप। बदला हुआ लग रहा है अस्पताल।

वह धीमे से बोली, "नींद तो आ गई थी न ? हम तो सोते समय भी यही सोचते रहे कि तला के कारण बहुत मछरा होंगे यहाँ। साँझ को ही आग जलकार धुआँ करा देते तो आराम से सो जाते आप।"

"तुम इतनी चिन्ता करोगी तो कैसे होगा यहाँ रहना ?"

अकेली मन्दाकिनी ही क्या, पूरे गाँव का ध्यान डॉक्टर पर केन्द्रित है। लोग डॉक्टर की भाषा समझें न समझें, मन्दा के संकेत समझते हैं। आखिर तो रामायण-भागवत महाराज और पुजारी महाराज की तरह सुनाती-बाँचती है तो बुद्धिमती ही ठहरी, नहीं तो क्या खमा-डिकोली में पुजती ? गोपालपुरा और नरसिंहगढ़ के प्रधान-सरपंच उसकी बात मानते ? आदर-भाव बरतते ? मन्दा कहती है डॉक्टर देवदूत है हमारे गाँव का। हाँ, बिल्कुल है। बीमारी की जाँच करते हैं, दवा बाँटते हैं, दर्द-पीर हरते हैं। देवता से बड़े देवता हुए वे।

रात-बिरात नहीं सोचते डॉक्टर। अँधेरे-उजेरे का खयाल नहीं करते। आनगाँव से भी कोई बुलाने आए तो कम्पोटरजी के संग तुरन्त अपनी बकसिया लिवाकर चल देंगे। भरी नींद में किसी किसान को जगा दो, किसी मजूर को झकझोरो, तो एक-दो दिन उठ जाएगा। तीसरे दिन भी जाग सकता है। वह भी रोज-रोज अपनी नींद में खलल नहीं डालने देगा। मगर रोज-रोज नींद में खलल डालने देते हैं डॉक्टर। सोते नहीं हैं डॉक्टर !

मन्दाकिनी कहती है, जो डॉक्टरी पढ़ता है, वह बचपन से ही जागने की आदत डाल लेता है। लोग पूछते हैं कि तुम्हें कैसे पता है मन्दा ! कुछ नहीं बोलती वह, चुप पड़ जाती है। वह नहीं बताती कि मकरन्द रात में बहुत देर तक पढ़ते रहते थे। रात में नींद से जागकर चबूतरे पर निकल आती थी वह। खिड़की से देख भी लेते थे वे। हँसते थे, कहते थे, तुम क्यों जागती हो मेरे साथ-साथ ? तपस्या करती हो ?

जिनको डॉक्टर का नाम मालूम नहीं, वे यही कहते हैं कि...

पल्लेपुरा में तो खुलासा हो रही है बात कि डॉक्टर जरूर श्यामलीवाले दरोगाजी का लड़का है। पंचमसिंह का पोता। मन्दा से कौल कर गया था सो आकर ही माना।

मन्दाकिनी को रोक-रोककर गली-गैल, गाँव-नाते की भौजाइयाँ पूछने लगीं, ''साँची कहना बिन्नू, डाकधर श्यामलीवालों का लरका है ?''

''हट्ट !'' वह कहीं और देखने लगती है।

''छिपाए क्या छिप जाएगा मन्दा ? एक दिन तो खुल ही जाएगा यह भेद। बता दो नोंने,'' भाभियाँ हँसने-मुस्कुराने लगती हैं।

बऊ को गुस्सा आता इस बात पर। एक दिन चबूतरे पर खड़े होकर कुआँ पर पानी भरती औरतों को हाथ फेंक-फेंककर सुनाया कि हम काहे को छिपाएँगे ? हमारी मोंड़ी ने कोई चोरी-छिनरई नहीं करी। श्यामलीवाला लरका होता तो क्या हम धुतिया के छोर में बाँध लेते कि डिबिया में मूँद लेते ? आता तो सबके सामने करते हम।

मन्दाकिनी नौ बजे से ही चली जाती है क्रैशर पर। उसे तो अपने ट्रैक्टरों का हिसाब देखना पड़ता है। दो ट्रैक्टरों के कारण दोगुना काम हो गया है। अतः रामरतन को लिखा-पढ़ी के लिए अपने साथ रखती है वह।

दोपहर बाद डॉ. इन्द्रनील आते हैं पहाड़ पर। राउतों को देखने—उनकी बीमारियों का हाल जानने।

पनपने लगे हैं परबतिया, रती का आदमी और तमाम मजदूर, जो अपने रोग को लिये बैठे रहते थे। अभिलाख का क्रैशर बन्द है। पन्द्रह लोग दूसरे ट्रैक्टर पर लगे हैं। जल्दी-से-जल्दी पटाना चाहते हैं पइसा। मेहनत और ईमानदारी बरत रहे हैं अभी तो। दिन-रात जुटे रहना चाहते हैं।

''नहीं, इतना काम नहीं। केवल आठ घंटे करना चाहिए,'' डपटती है मन्दाकिनी। उनके खाने-पीने पर ध्यान देने को कहते हैं डॉक्टर इन्द्रनील। मन्दाकिनी से बहुत बातें बताते हैं डॉक्टर। बीमारी की बातें, स्थितियों की बातें रिपोर्ट की बातें...

क्रैशर्स के कारण पहाड़ पर अनहाइजीनिक कंडीशंस हैं। दमा-खाँसी, टी.बी., पीलिया और टाइफाइड डस्ट और गन्दे पानी के कारण इतनी जल्दी-जल्दी होता है यहाँ। धूल सबसे बड़ी दुश्मन है इन मजदूरों की। डस्ट दबाने के लिए पानी के फव्वारे लगाने चाहिए। पीने के पानी का समुचित प्रबन्ध होना चाहिए।

''मैं हैल्थ रिपोर्ट में लिखूँगा ये सब बातें। यहाँ की एक-एक समस्या का विवरण दूँगा। राजा साब हों या सरकार, निदान के उपाय करने पड़ेंगे।''

''निदान सरकार करेगी डॉक्टर साहब ?'' पूछा उसने।

''क्यों नहीं करेगी ? और फिर फव्वारे तो क्रैशर के मालिकों को ही लगाने हैं। इसमें सरकार क्या करे ?''

वह तुरन्त बोली, "पहल करे डॉक्टर साहब, पहल। सबसे पहले तो विकास निगम का ही क्रैशर लगा था, फव्वारे उन्हें ही लगाने हैं पहले।"

चुप हो गए इन्द्रनील।

गाँव में यह बात ओर से छोर तक फैल गई कि अब गए मशीनवालों के दिन। क्रैशरवाले डॉक्टर का कहना नहीं मानेंगे तो एक-एक को जेल हो जाएगी। इनकी एक-एक जालसाजी रपट में लिखेगा डॉक्टर। छोटे ठेकेदार जो सोलिंग (मोटा पत्थर) सप्लाई करते हैं, वे भी पकड़े जाएँगे। मजूरों की पगार में हेरा-फेरी करते हैं। और लो, शराब के ठेके तो आते ही हटवा दिए डॉक्टर ने। जो मजूर शराब पीता पकड़ा जाएगा उसको भी हवालात में भेज़ दिया जाएगा।

"जगेसर की खैर नहीं। अहिल्या के केस में अब तो समझो कि किसी दिन भी हथकड़ी डलवा देगा डॉक्टर।"

"और क्या पता कि मशीनें भी उखड़वा दे डॉक्टर ?"

मन्दाकिनी ने सुना तो वह खिलखिलाकर हँस पड़ी।...परन्तु उसी वेग से रोने का मन किया उसका। इन सिर्रियों को पूछो कि ऐसी बेसिर-पैर की काहे उड़ा रहे हैं ? बात क्या थी और बनाकर क्या से क्या कर दी ? डॉक्टर क्या सर्वशक्तिमान बनकर आए हैं कि चाहे जिसको उखाड़ फेंकेंगे !

जो मुहिम हम चला रहे हैं उसके बारे में सोचें-समझें, सो नहीं। एकदम मशीनें उखाड़ने के सपने देखने लगे। जेल-हवालात की बातें करने लगे। लो, अब जो साथ दे रहे थे, वे भी विमुख न हो जाएँ कहीं ? बिना सहयोग-सद्भाव और विश्वास के चलता है कोई आन्दोलन ?

उसने तुरन्त सभा की। समझाया सबको कि कृपा करके अफवाहें न फैलाएँ। एकता को नहीं तोड़े। अपना ही घाटा है इसमें।

आसपास के गाँवों में भी आदरणीय, पूजनीय और आत्मीय हो गए डॉक्टर इन्द्रनील। लोग अक्सर बातें करते हैं कि डॉक्टर को गुस्सा नहीं आता ? डॉक्टर को घिन नहीं लगती ? डॉक्टर थकता नहीं है ?

सहनशील हैं इन्द्रनील। दीन-दुखियों से हेल-मेल रखनेवाले, चुस्त और हँसमुख। बड़ी अच्छी सूरत है उनकी। जैसे रामचन्द्रजी-लछमनजी की फोटू होती है, उसी तरह की उनहार मारती है उनके चेहरे पर। छोटी मूँछों के नीचे लाल होंठ हैं। नाक उठी हुई। माथा ऊँचा। उजली रंगत। अच्छे कपड़े पहनते हैं। बड़ी, ऊँची जात के होंगे।

अस्पताल में खमा डिकौली, नरसिंहपुर, गोपालपुरा के मरीज हों या भलोटा-कुड़री और हाजीपुर तक के, सब एक ही भाव से सराहते हैं डॉक्टर को। उनका न्यौता

करते हैं। आते हैं तो सुदामा के तन्दुलों की तरह कोई उपहार बँधा रहता है साफिया के छोरे में।

हुसियार है डॉक्टर। तपेदिक, लकवा, खाँसी, गलघोंटा और टिटनेस के टीके पहले ही लगवा देता है। रोग व्यापेगा कहाँ से ? खसरे तक के टीके हैं उसके पास। पहले ये बातें जानता था कोई ?

नहीं जानता था। कोई नहीं समझता था ये बातें। डॉक्टर ने सबको समझा दी हैं। मन्दाकिनी तो समझो डॉक्टर की आधी डॉक्टरी पढ़ गई होगी।

मन्दाकिनी को मालूम है कि आज भी सोनपुरा में, कि गोंती डिकौली में, कि भलौटा कुड़री में, कि खमा नरसिंहगढ़ में किसी-न-किसी को ऐसा सपना आ जाता है कभी-कभी, बर्राटे में दिखाई पड़ता है कि डॉक्टर गया ! हाँ, गया !

लो, ऐसा भयावना सपना आया नहीं कि आदमी ने सोनपुरा की तरफ को गदबद दी नहीं। आएगा, फिर पूछेगा, अस्पताल की तरफ जाकर डॉक्टर के दर्शन पाकर अपने विश्वास को पक्का करेगा और अन्त में अपनी मूर्खता पर हँसता हुआ लौट जाएगा। अपने गाँव में किसी को सुनाएगा अपना डाक्टर-प्रेम, तो किसी से छुपाएगा अपना सिर्रीपना।

द्वारिका कक्का का नियम है, डॉक्टर से बोले बिना नहीं मानेंगे। एक वाक्य जरूर रहता है उनकी जुबान पर, ‘‘डाकधरजी, जो जरूरती चीज हो, उसके लिए झिझक छोड़कर कह देना। सौ ठौर से जुटाएँगे हम।’’

लोग हँसते हैं, वाह रे द्वारिका कक्का ! अपनी रोटी-पानी का तो ठिकाना नहीं, चले हैं डॉक्टरजी का प्रबन्ध करने।

प्रधानजी, अलग, ‘‘मन्दा बिटिया से पीछे कहना, पहले हमें बताना अपने मन की बात, आधी रात करेंगे कहीं से भी पूरी।’’

बऊ, गनपत कक्का, क्रैशरवाले भइयाजी, राउतों का बुजुर्ग गुबरैला। सबके सब पुटियाते-मनाते हैं डॉक्टर को।

बऊ ने एकान्त में बुलाए थे इन्द्रनील। पता नहीं क्यों, इन्द्रनील के घर में प्रवेश करते ही बऊ का कलेजा उमड़ने लगा। पीढ़ी डाल दी बैठने के लिए। स्वयं धरती पर बैठ गईं ! उनका घुटना छूते हुए बोलीं, ‘‘ तुम्हें नहीं मालूम बेटा, तुम कितना नेक काम कर रहे हो ! मन्दा को बचा लिया तुमने ! बाप की तरह बावरी-सिर्रिन है। ब्याह-सादी की तो सुनती नहीं पिरधान लला कितेकऊ घर बता चुके हैं, पर वो तो अपनी आन पर अड़ी है। सपना पाले थी अस्पताल का। सो चलो जे भी पूरा हुआ।

‘‘ तुम्हें हमारा कौल बेटा, साँची बताना, मन तो लग रहा है न ? जी उचाट हो

तो बेखटके यहाँ चले आना। घर है तुम्हारा।''

मन्दाकिनी ने डॉक्टर से ही सुना कि बऊ ने क्या-क्या कहा है उनसे। उसने सोचा, बस इतना ही ! बऊ के मन में तो और भी बहुत सवाल उठे होंगे, जैसे कि कौन जात हो, ब्याह हुआ है या नहीं। पूछना उचित नहीं लगा होगा उन्हें। डर गई होंगी कि क्या मालूम कुछ उलटा सोच बैठे डाकधर और भग देवे यहाँ से।

''जाओगे तो नहीं ?'' भइयाजी ने डॉ. इन्द्रनील को पहाड़ पर अपने ऑफिस में बिठाकर हँसते हुए पूछा था। चाय और भजिया खिलाई थी। खोखे में शीशे के शोकेस दिखाए, ''लो अब तो नहीं भरेगा धूल-धंगड़। हमने हिदायत दे दी है यहाँ पान-बीड़ीवालों तक को कि सब लोग माचिस-दियासलाई तक शीशे में बन्द करके रखें।''

डॉक्टर ने पकौड़ा मुख के पास ही रोक लिया। वे हँसने लगे, बोले, ''भइयाजी, हमें लगता है, लोग यहाँ की गन्दगी से बीमार नहीं होंगे, हमारी चिन्ता-फिक्र में सूख जाएँगे।''

दो दिन से खाना सुगना देने आ रही थी। उससे पहले पप्पू आता था। मन्दाकिनी नरसिंहगढ़ के सरपंचजी के पास गई हुई थी। उन्होंने लभेरा-भलौटा जाने के लिए बुलाया है। वहाँ के लोगों ने चन्दा डालकर नाले पर पुलिया बना ली है, सो उसी की खुशी में अखंड रामायण भी बिठाई थी। केवल एक दिन के लिए जा सकी मन्दाकिनी। ज्यादा समय देना कठिन है। पहाड़ पर काम छूटता है। कई दिनों का हिसाब-किताब, टूट-फूट तथा अन्य समस्याएँ जुड़ने लगती हैं। राउतों में अलग बाँट-बटवारा करना होता है पइसा-टका का।

आज डॉक्टर का खाना लेकर वह आई है।

''सुगना कहाँ गई ?'' डॉक्टर ने उसे देखते ही पूछा।

''मिली नहीं हमें, सो हम ही चले आए,'' वह खाना मेज पर रखकर कुर्सी पर बैठ गई।

डॉक्टर ने आज हल्के पीले रंग की कमीज पहन रखी है। किशमिशी रंग का पैंट है। कई दिनों बाद क्या, दो दिन बाद देखा है, लेकिन लग रहा है जैसे कितने दिन बीत गए उनको बिना देखे। अधिक गोरे लग रहे हैं डॉ. इन्द्रनील। वे अस्पतालों में डॉक्टरों की तरह सफेद कोट नहीं पहनते।

रजिस्टर भरने में व्यस्त हो गए वे। फिर काम पूरा करके पासवाली कुर्सी पर आ बैठे।

'' क्या सोच रही हो ? साड़ी के पल्ले को मरोड़ती हुई न जाने किस गहन सोच

में डूबी हो। यही कि डॉक्टर भाग न जाय ! इस गाँव के लोगों से पूछो कि भगोड़ा कौन, तो पल-भर नहीं लगाएँगे बताने में, तुरन्त बोलेंगे 'डॉक्टर'।

" तुम भी कहीं पूछनेवाली हो, जो बऊ ने, भइयाजी ने, प्रधानजी ने पूछा, और द्वारिका कक्का तो रोज ही पूछते हैं खैर।"

"हाँ," उसने गम्भीर मुद्रा में कहा।

डॉ. इन्द्रनील हँस पड़े, "इस बीमारी का भी वेक्सीन निकालना पड़ेगा। संक्रामक रोग की तरह फैल गया है यह तुम्हारे गाँव में।"

उसने ऐसे देखा, जैसे कहना चाहती हो कि नई बात क्या है इसमें ? ऐसा होता नहीं है क्या ? डॉक्टर भाग नहीं जाते सुदूर गाँवों से ? टिकते हैं कहीं ? शहरी सुविधाएँ कहाँ से जुटाएँ हम ग्रामीण ?

डॉ. इन्द्रनील भी गम्भीर हो गए, "नरसिंहगढ़ में ऐसी चर्चा चली होगी या लभेरा भलौटा में? नहीं तो तुम इतनी गमगीन न होतीं। बताओ, कहाँ चली थीं ?"

"तीनों गाँवों में," उसने सपाट स्वर में कह दिया।

" देखो मन्दा, सोच-फिकर करने से तो कुछ होगा नहीं। मुझे तो टिकना है। क्यों नहीं टिकूँगा ? तुम सबका इतना नेह-दुलार पाकर भी भाग जाऊँगा ?

" और चुनाव तक तो मैं चाहूँगा तब भी नहीं जा सकूँगा। राजा साब का ऑर्डर है। तुम निश्चिन्त रहो।"

"चुनाव तक ? बस, चुनाव तक ही ?"

"क्यों, चुनाव के अभी काफी दिन हैं। तब तक तो कितने रोगी अच्छे हो जाएँगे।"

"तो केवल चुनाव के लिए आए हैं आप ?" आवाज तीखी हो गई उसकी।

"अरे, इसमें दुखी होने की क्या बात है ? मेरा मतलब था, चुनाव तक तो अवश्य रुकना है। आगे भी रह सकता हूँ।"

वह आँखें झुकाए मेज को नाखूनों से खरोंचती रही, ज्यों नाखून जैसे कोमल हथियार से वह कठोर काठ को चीर देगी।

डॉ. इन्द्रनील किसी भी तरह समझाना चाहते थे मन्दाकिनी को।

"देखो, मैं चला भी गया तो दूसरा कोई आ जाएगा।"

वह तुनककर बोली, "क्या ठिकाना है, क्या गारंटी है ?"

दोनों मौन बैठे रहे कुछ देर, फिर बर्तन उठाकर चली गई मन्दाकिनी।

दूसरे दिन डॉ. इन्द्रनील अपने ही ऊपर कुपित होते हुए बोले, " मन्दा, मुझे पश्चात्ताप हुआ कि क्यों बताया सच-सच ? असल बात बयान करके क्या मिल गया ? कई बार भरम ही आदमी को जिन्दा रखता है। इच्छा-उछास, उमंग-तरंग सब जीवन के भ्रम ही हैं। सबको पता है, मौत भी आएगी। नष्ट हो जाएगा सब कुछ,

लेकिन इस कटु सत्य को छिपाकर, पर्दे में रखकर कितने उत्साह, उल्लास से पूरी जिजीविषा के साथ रहता है मनुष्य !

"मृत्यु जीवट को नहीं काटती, जीवट मृत्यु को काटता है।"

"तो फिर बना रहने देते इन नादानों का विश्वास," उसने दुखित स्वर में कहा।

वे दिलासा देने लगे, "मुझे रहना तो किसी गाँव में ही है, यहीं के लिए रिक्वेस्ट कर लूँगा। झूठ नहीं बोल पाया मैं, असल में राजा साब से वादा है मेरा कि मैं उनके चुनाव-क्षेत्र में जाकर रूरल मेडीकल हैल्प करूँगा। यानी ग्रामीण चिकित्सा में सहायता। तो ग्रामीण सर्विस के आधार पर वे मुझे प्रमोट करवाकर सी.एम.ओ. बनवा देंगे, जल्दी ही।"

मन्दाकिनी सूनी-सूनी निगाहों से देखती रही डॉक्टर को। आशा-आकांक्षाओं की कच्ची फसल उजड़ गई हो जैसे। खाली-खाली-सा हो गया भीतरी भराव। मगर डॉक्टर के प्रति, उनके सत्य के प्रति निष्ठा जाग उठी मन में। श्रद्धा हो आई अनन्त।

डॉ. इन्द्रनील के प्रसंग बदल दिया, "खाना नहीं खिलाओगी ? बताओ, क्या बना लाई ?"

कटोरदान खोलते हुए बोली, "क्या बनाएँ आपके लिए ? गँवई साग-पात के अलावा यहाँ और है ही क्या ? तला में से कमल ककड़ी मँगाई थी, मुरार। उसी की सब्जी है। क्या मालूम रुचेगी भी कि नहीं ?"

"पगली !" देखते रहे इन्द्रनील।

मन्दाकिनी को इन कटे-फटे क्षणों में अनचाहे ही जुड़ाव-सा लगने लगा। मकरन्द की तरह बोल रहे हैं डॉक्टर इन्द्रनील। या इन्द्रनील के रूप में कहीं मकरन्द उपस्थित रहते हैं ? या हमारी कल्पना ही लोप कर देती है वास्तविक स्थिति को ? सब कुछ जानते-समझते हुए भी मायाविनी दुनिया में प्रवेश करता चला जाता है आदमी। कैसी मरीचिका है ?

आँखें बन्द कर ले तो सच ही मान लेगी कि मकरन्द ही बोल रहे हैं इन्द्रनील की वाणी से। मकरन्द ही गाँव-गाँव, घर-घर मरीज देखते डोलते हैं, इन्द्रनील का रूप धरकर।

पच्चीस

प्रधान काका से मिलने आई थी मन्दाकिनी।

पप्पू ने नितान्त गोपनीय तरीके से उसके कान के पास मुख लाकर कहा, "जिज्जी, अभिलाख सुगना के घर आता है रात में।"

"हट्ट !"

"तेरौ कौल जिज्जी ! रामदुहाई। छिपकर आता है।"

"कौन कह रहा था ?"

"सुगना।"

"कहाँ मिली ?"

"खेत में चारा काट रही थी अपनी अम्मा के संग। उनकी आँख बची तो बोली, पप्पू, जिज्जी को बता देना कि अभिलाख..."

"वह आती क्यों नहीं अब ? हमें तो समय नहीं मिला, नहीं तो हम लिवा लाते उसे। पप्पू, कह देना, जिज्जी ने बुलाया है तुम्हें।"

"वह नहीं आएगी। कहती थी, जिज्जी के पास नहीं आऊँगी," पप्पू का चेहरा दृढ़ था।

"अरे आएगी क्यों नहीं !" मन्दाकिनी अचरज से देखने लगी।

"अभिलाख ने रोक लगाई है क्या ? काहे हो काकी, तुम्हें मिलीं सुगना की अम्मा ?"

प्रधानिन काकी बोरा बिछाकर पौर में मन्दाकिनी के पास ही बैठ गईं। फुसफुसाकर बोलीं, "क्या बता दें बेटा, मिली क्या, अपनी घड़ी चैन से नहीं काट पा रही बिचारी। कह रही थी, 'जगेसर सुगना का बाप नहीं, कसाई है। अभिलाख आता है, सो कढ़ने नहीं देता मोंड़ी को। डरता है कि सुगना मन्दा से न कह बैठे। मन्दा अभिलाख को जेल करा देगी।

" 'मन्दा क्या कराएगी, सबसे पहले तो हम ही करा दें। मन में यही आता है पप्पू की अम्मा ! लगता है कि चले जावें थाने और पकरवा देवें। पर हमारे रुपइया दाबे बैठा है नासिया। सुगना का बाप भी उसी रकम की उम्मेद में उलटा बिंधता ही चला जा रहा है ठठरी बँधे के जाल में। मूरख और कैसे होते हैं जिज्जी ? जब तो तुलसिन की मोंड़ी के पिछाईं हो गया सिर्री। अब दिखा रहा है हुसियारी, जैसे रुपइया पटा ही लेगा।

" 'साँची कहते हैं हम, इस आदमी के होने से तो हम विधवा राँड़ हो जाते तब अच्छा था।' कहते-कहते कंठ रुँध गया सुगना की मतारी का। दो क्षण बाद फिर बताने लगीं, 'और सुनो, जौन अभिलाख हमारा खेत-हार, सब चाट गया, उसी के चक्काबू में हमें पीसने की तैयारी हो रही है अब नए तौर से।

" 'कह रहा है कि अभिलाख कें मोंड़ा से सगाई कर दो सुगना की। हमने कहा, रन कर देंगे हम। मोंड़ी को उस नरकिया के घर में नहीं देंगे। मोंड़ा उसका ! काहे का मोंड़ा ? हओ खूब है मोंड़ा। वह भी तो उसी के मोंड़ा हुए, जो दो-तीन लीला ने जनमे हैं। उनसे भी कर देना अपनी मताई-बहनों की बछिया (बिना ब्याह ही बिदा)।

" 'जिज्जी, तुम्हारे पाँव परें, मन्दा को भेजना हमारे घर। पूछ तो जावें सुगना से, कि काहे नहीं निकरती घर से? क्या दुःख लगा है ? काहे को गुम्म होती जा रही है। बस, काम करेगी और खटिया में धर जाएगी।' "

मन्दाकिनी के बुलाने पर सुगना चली आई।

उसे देखती ही रह गई मन्दा। अभी दिन ही कितने हुए हैं ? पन्द्रह-बीस दिन में इतनी बदल गई ! दुबली क्यों हो गई ? रौनक उतर गई। खिली-खिली आँखें क्यों धँस गईं गड्ढे में ?

"सुगना !"

"हाँ।"

वह पास आकर बैठ गई, "बीमार हो गई है क्या ?"

"नहीं।"

"डॉक्टर साहब को दिखा देंगे। कोई तकलीफ रहती है तो बोल।"

"कोई तकलीफ नहीं है जिज्जी !" कहकर उदास आँखों से देखने लगी।

"फिर, जिज्जी के पास क्यों नहीं आती ? बखरी सूनी लगती है तेरे बिना। डॉ. इन्द्रनील बार-बार पूछते हैं। कहते हैं, 'सुगना नहीं आएगी तो हमारे लिए खाना कौन बनाएगा ? तुम तो क्रैशर पर रहती हो मन्दा !' "

वह सुन्न-सपाट ! ज्यों सुन ही नहीं रही हो कुछ।

मन्दाकिनी सोचने लगी, जरूर कोई सदमा लगा है इसे, वरना ऐसी कैसे हो जाती ? डॉक्टर साहब जरूर जानते होंगे ऐसे मर्ज। देखते ही पहचान जाएँगे या जाँच लेंगे।

"कक्का ने कुछ बोला है ? सगाई कर दी अभिलाख के लड़के से ?"

उसने स्वीकृति में सिर हिलाया और घुटनों में मुँह दे लिया।

मन्दाकिनी ने उसके कन्धों पर अपनी बाँह लपेट दी, "सिर्रिन, रोती काहे को है ? काकी नें नहीं रोका ?"

"अम्मा फाँसी लगा रही थीं रस्सी से। हमने ही रोका उन्हें। इसी कारन और नहीं निकल पाते जिज्जी ! अम्मा का क्या भरोसा कि कब...?" वह रोने लगी।

"स्कूल भी नहीं जाती ?"

"नहीं," केवल सिर हिलाकर बताया।

"भृगुदेव कहते थे, सुगना, पढ़ना जरूर। याद है ?"

भृगुदेव का नाम सुनते ही आँसुओं का सैलाब उमड़ पड़ा। हिचकियाँ बँध गईं।

मन्दाकिनी ने उसे सीने से चिपका लिया। स्वयं भी दुखित होकर टूटने लगी

भीतर-ही-भीतर। " क्या करूँ सुगना ! तुझे कहाँ जन्म दे दिया भगवान ने ! कौन से भीतरी कोने में छिपा दूँ तुझे ?

" अच्छा ऐसे कर, काकी को भी यहीं ले आ। छोटे दोनों भाइयों को भी। जो होगा देखा जाएगा। वहीं कौन से जगेसर कक्का तुम्हें कमाकर खिला रहे हैं। खेत जितना है, उतना काकी को ही कराना है। छोड़ दो वह घर। मैं देखती हूँ जगेसर कक्का को। कल ही रिपोर्ट करके आऊँगी थाने में। एरच जाऊँगी। वह कमीना दीवान तो सुनता नहीं, आजकल तो दरोगाजी हैं ड्यूटी पर। इन्हीं की लापरवाही से तुम्हारी छोटी बहन मरी थी। "

सुगना सुनती रही। आँसू पोंछ लिये। आँखें अंगार हो गईं। जलती हुई मशाल-सी नजर से देखा उसकी ओर।

"जिज्जी, वह घर छोड़ भी दें, तब भी क्या होना है ? तुम और परेसानी में पड़ जाओगी हमारे कारन। निकल ही आएगी कोई-न-कोई गैल।"

"कौन सी गैल निकल आएगी सुगना ?"

"अब देखते हैं कि कौन सी..."

अचरज में पड़ी देखती रह गई मन्दाकिनी। कल तक बच्चों की जैसी हरकतें करती थी, आज ऐसी बातें कर रही है, जैसे कितने लम्बे जीवन से गुजर गई हो। डॉ. इन्द्रनील दो दिन के लिए झाँसी गए हैं, लौट आएँ तो उन्हें दिखा जरूर देंगे इसे।

"तुम सुगना की जिन्दगी नास कर रहे हो, सो नहीं होने देंगे हम। चाहे परलय हो जाय। यह सुगना की मतारी कहती है हमसे। उसकी इतेक हिम्मत !" जगेसर ने बऊ को सुनाया था। आज फिर बऊ के पास चल दिए वे।

जगेसर की आँखों में दारू की धुन्ध है और देह रूगैल होकर दिन-दिन सूख रही है। जब वे अपने घर से निकले तो देखकर निकले थे कि रस्ता में कोई ऐसा-वैसा न मिल पड़े। लोग दिमाग खराब करने पर तुले रहते हैं। कुछ नहीं तो तुलसिन की मोंड़ी अहिल्या की बात कों ले पड़ेंगे।

वैसे सुना देते हैं जगेसर, "अब वो मरी है तो अपने रोग-बीमारी से मरी है। हमें काहे को सराप जाएगी और सराप गई तो सराप जाने दो। जे सतजुग है, सो लग जाएगा सीता जू का सराप ? सतमन्ती हती, सो देगी सराप ? पापी हैं लोग।" वे रास्तें-भर लोगों को गरियाते चलते हैं। उन्होंने पत्नी से भी बोला है कि अभिलाख के आने का तो किसी को पता ही नहीं, नहीं तो गाँव में एक से एक लम्पट हैं, पकरवा देंगे तुरन्त उसे, फिर जे काहे नहीं भरता तुम्हारे मगज में, न मोंड़ी की बुद्धि में। तुम शह पर धरे हो, नातार मोंड़ी बोल सकती थी कुछ।

वे बऊ की बखरी में घुस आए।

उन्होंने इधर-उधर देखा, केवल राजुल था। बोले, ''काहे राजु, बऊ है ?''

''हओ।''

''तो आज हम सुनाकर ही जाएँगे डुकरो को, अपनी बिगरैल मोंड़ी को बरज लैं। हमारी सुगना को भी छिनरई सिखा रही है,'' वे दालान में आ बैठे।

''आज कितै ?''

जगेसर ने प्रयत्नपूर्वक आँखें खोलीं। सिर, जो खम्भे से सटाए थे, सीधा किया, गौर से देखा, यह तो द्वारिका है। हम तो समझ रहे थे कि बऊ की आवाज है। वह खैयड़ भी संग आ गया। फिर इसकी बोली हमें बऊ की सी क्यों लगी ? हमारे जानें इसकी भाँस (आवाज) में सुधार नहीं होना, जनानी ही रह गई।

''कैसे भूल पड़े ?'' द्वारिका कक्का अपने टूटे हुए दाँत दिखाकर हँसते हुए पूछने लगे। हँसी उसी तरह की थी, जैसे कोई स्त्री हँस रही हो।

फुसफुसाए जगेसर, ''कौन बोले-बतियाए, जनी के औतार से ?''

''मन्दा तो यहाँ है नहीं, नरसिंहगढ़ गई है। कोई सभा थी वहाँ। अब तो तुम साँझ को ही आना। सुगना से नहीं पूछा था, सो यहाँ तक आने का कष्ट किया ?''

वे फिर बुदबुदाने लगे, ''हत्तेरे की, ये बूढ़ा कागा अपनी कायँ-कायँ करे ही जा रहा है। अरे कौन मिलने आया था उस हत्यारी से ? और हम आएँगे। हिंऽ ऽ ! हमें तो पता था कि डाकधर के संग गई है, तो अब तो साँझ तक क्या, कहो रात तक न आवे।

''बऊ तो हो गई हैं आँधरी और संग में बहरी भी, सो उन्हें तो दिखाई-सुनाई नहीं देते मोंड़ी के लच्छन। अब तुम नहीं चेत रहीं तो न चेतो, पर हमें तो मत घसीटो अपने संग कीचड़ में। हमारी मोंड़ी का पल्ला तो छोड़ो दादी-नातिन। हम भी मूरख हैं, काहे को चेताते हैं? जायँ होरी में !''

''कैसे आ गए जगेसर। तुम्हारी तो मन्दा से यों...'' द्वारिका कक्का ने दोनों उँगलियों का क्रॉस बनाया।

जगेसर उफनने लगे, तो दे ही दें तुमको उत्तर। और दोनों घुटने अपनी बाँहों में बाँधकर बैठ गए। व्यंग्यपूर्वक बोले, '' द्वारिका भइयाजी, न तो हम भूल परे हैं और न हमें मन्दा का डर लगता है। और न तुम्हारी तरह हम उस मोंड़ी के सदाबरत पर पल रहे हैं।

'' हम तो चले ही आए हैं बऊ के पास। बड़ी हैं, पुरखा हैं, अपनी। मतारी दाखिल। राई-भरी मोंड़ी का बुरा माना तो हो गया पूरा। घर-गाँव से नाता ही टूट जाएगा। ''

उन्होंने आवाज दी, ''बऊ, हमारी सुगना है क्या यहाँ ?''

आवाज मारने के एक नहीं, दो उद्देश्य हैं जगेसर के। एक तो सुगना की बाबत यह न लगे कि वह किसी तरह के कष्ट-मुसीबत में है। दूसरे, बऊ बाहर निकल आएँगी गुस्साकर। बऊ यह बात खूब जानती हैं। वे तल्ख आवाज में बोलीं, "ज़गेसरा ! हमसे पूछ रहे सुगना की ! तुम्हें नहीं पता कि तुमने वा के पाँवों में बेड़ी पहरा दी हैं। अन्यायी, काहे बात की सजा दे रहे हो वाकों ?"

जगेसर ऐसे देखते रह गए, जैसे कोई अनजानी बात सुन रहे हैं। ऐसे जताते रहे वे जैसे कुछ जानते ही न हों कि सुगना दुखी है, परेशान है। उन्होंने अपने हाथ-पाँवों पर बैठी मक्खियों को सहज भाव से उड़ाया। आत्मविश्वास से आगे को सरक आए। बऊ को संकेत दिया कि यहाँ आओ। धरती पर दो-तीन बार हथेली पटपटाई कि यहाँ बैठो हमारे पास।

बऊ आगे को बढ़ीं, पास आईं। जगेसर ने मुख खोला ही था कि बऊ दो कदम पीछे हट गईं। धोती का पल्ला नाक पर रख लिया।

"जगेसर, हम दूर भाँय सुनेंगे तुम्हारी बात। कहो, क्या कहने आए हो ?"

उन्होंने दोनों खड़े घुटनों पर उँगलियों से उँगलियाँ फैलाकर बाँहें कस लीं और बोले, "हम सुनाने-कहने तो आए हैं, पर हमें सक है कि तुम सुन भी पाओगी या नहीं।"

बऊ कठोर स्वर में बोलीं, "सुनने को क्या हम डराते हैं ? बोलो तुम।"

" तो सुनो, सुगना की माँ हमसे लड़ी है सारी रात की अभिलाख के मोंड़ा से नहीं होने देंगे अपनी बिटिया का ब्याह। कुछ कहते हैं तो भद्दी गाली-गुफ्तार करती है। गाली-गुफ्तार ही नहीं, हम पर हाथ...! बऊ, औरत की जात मर्द पर हाथ ! बदजुबान बोले ! मन तो ऐसा करता है कि डायन को फूँक दें हम। कुगैल चला रही है मोंड़ी कों। बऊ, बुरा मत मानना, मन्दा के संगै घूमने-फिरने दें तो अभिलाख एक मिलट नहीं रुकेगा। फौरन तोर देगा सम्बन्ध। फिर क्या कुँआरी बैठारे रहेगी ? या जोगिन-बाबिन करके काढ़ देगी घर से ?

" सुगना की मतारी को तो नहीं है लिहाज, पर बऊ, हमें तो बैठना पड़ता है चार आदमियों में। मुख दिखाना है बिरादरी-समाज में, असपेर भर में, नाते-रिश्तेदारी में।"

बऊ की भंगिमा वक्र हो गई, "सो काहे नहीं ? ऐन शर्तिया बात है कि तुम्हारे मुख को उजला ही उजला रहना चाहिए। जनी-मानसों का क्या ? बस, तुम्हारी झक्क सुपेद चादर पर कोई छींटा न डारै !"

बऊ ने माथे पर हाथ रख लिया, मन-ही-मन सोचने गुन रही थीं, सो कह दिया, "यह कैसी माया है मोरे रामजी ? कैसा अन्धेर ? कि जिनने बरबाद किया अपना आचार-व्यौहार, तबाह कर डाला घर-द्वार, वे ही कर रहे हैं नेम-आचरन की बातें !

इज्जित-आबरू के दावे !"

वे उठीं और अपने काम निपटाने लगीं। दूध की हँड़ियाँ-चपिया धोने पनारे पर बैठ गईं। जैसे सोच रही हों कि विरथाँ है बखत गँवाना।

कुछ देर तक वे आँखें मींचे ही बैठे रहे। टिके रहे खम्भे के सहारे।

बऊ धुले हुए बर्तन धूप में रखकर लौटीं तो देखा, जगेसर के ऊपर बेशुमार मक्खी भिनक रही हैं।

उनका मुख घृणा से सिकुड़ गया, "लला, हमारे जाने आज तुमने नहाया-सपरा भी नहीं। फिर यहाँ काहे को घुसके बैठ गए ?"

बऊ की आवाज पर उन्होंने भारी पलकें धीरे से खोलीं। फिर सिर के छोटे-छोटे खिचड़ी बालों पर हाथ फेरते हुए देखते रहे बऊ की ओर।

वे झल्ला उठीं, "जगेसर, हमने क्या कही तुमसे ? सुनी नहीं ? बहरा हो गए क्या ?"

बाँहों में घुटनों को भरे ज्यों-की-त्यों बैठे रहे जगेसर, जैसे उन्होंने कुछ सुना ही नहीं। या बऊ की बातें उनके लिए निरर्थक हैं।

बऊ ने फिर वही दोहराया तो तमतमा उठे, "तुम देख नहीं रहीं ? उतै घाम चढ़ आई है। घाम में तपते रहें हम ? नहा-सपर भी लेंगे। अभी कौन सा दिन बूड़ा जा रहा है। जो हम कहना चाहते हैं, वह तो तुम्हारे बूढ़े मगज में भरता नहीं। हाथ नहीं धरने देतीं तुम। लाओ, परसाद-मरसाद दै राखो। ठाकुर जू से हमारा क्या बैर !"

बऊ की त्यौरियाँ माथे पर जा चढ़ीं। निगाह कठोर हो गई। एक कागज के ऊपर पँजीरी धरकर पुड़िया बनाई और धोती से नाक मूँदती हुई आ गईं उनके पास, "लो, पकरो। परसाद खाकर ही क्या करोगे। हमारे जाने भोर से ही चिरनामिरत चढ़ा लिया है तुमने। भभका मार रहा है दूर से ही। ऐंगर आने की हिम्मत नहीं होती हमारी। अब इतेक और करो कि अपनी रस्ता देखो लला ! अपने घरै जाओ।"

निष्प्रभ-से बैठे रहे जगेसर। बैठे-बैठे प्रसाद की फंकी मारते रहे। जीभ को मुँह के भीतर घुमाते हुए बोले, "केला नहीं डाले बऊ ? हमारे पास तो एक भी टुकड़ा नहीं आया। या हमारे जाने तुमने हमें दिया नहीं। परसाद में तो दुभाँत नहीं करें चाहिए। लाओ, पानी पिवा दो। मुँह में चून-ही-चून भर गया है।"

बऊ ने झटपट लोटा उठाया और नाक मूँदे हुए ही पानी डाल दिया उनकी अँजुरी में।

वे डकार लेकर इधर-उधर देखने लगे।

बऊ दालान के दूसरे छोर पर थाली में चावल लेकर बीनने बैठ गईं।

वे चकित-से बोले, "लो, डुकइया को तो इतेक घिरना है कि दस-बारह हाथ दूर जाकर बैठी हमसे। वाह री डुकरो ! हमसे नफरत करके क्या पाओगी ? अपना पल्ला

नहीं देख रही कि कितेक दाग हैं उसमें।''

बऊ पूछने लगीं, ''अब क्या बर्राने लगे ?''

जगेसर उठकर थोड़े पास सरक आए। जोर से बोले, ''अबै तक तुम्हें साफ दिखाई देता है बऊ ?''

थाली में ही हाथ रोककर बऊ ने सिर ऊपर को उठाया, ''देख नहीं रहे कि हम चस्मा लगाए हैं ?''

''सोई तो हमने कही कि तुम्हें सूझता ही कहाँ है कुछ।''

पुनः कंकड़ बीनने में जुट गईं बऊ।

''बऊ, जो आँखें खोलकें देखतीं, पूरी रोसनी में हेरतीं तो देख भी अवस्स लेतीं। पर तुम तो अब आँधरी हो गईं, कोई क्या करे ? पर हमें तो अचम्भा यह है कि तुम हमें भी आँखें मूँदने को कहती हो, यह बेजाँ बात है,'' जगेसर का अलाप फिर चल निकला।

बऊ थाली में से चुने कंकड़ों को फेंककर जगेसर की ओर देखती रहीं, जैसे सोच रही हों किस मंसा से आया है आज यह यहाँ ? जैसी बातें कर रहा है, वह हल्की बातें तो हो नहीं सकतीं। या तो हमें दहलाने-डराने आया है, या अभिलाख के बारे में हम कुछ बक्कारें, कि हमें पता है या नहीं उसके आने-जाने का, यह समझना चाहता है।

''तुम्हें बड़बड़ाने की बुरी आदत पर गई है लला,'' बऊ नरम हो आईं।

''बड़बड़ा नहीं रहे, तुम्हें हुसियार कर रहे हैं कि ध्यान करो कुछ। सोचो-समझो और चेतो।''

''साँची ! अच्छा तो अब यह बताओ कि क्या सोचें, क्या समझें ?'' बऊ थाली घुटनों पर धरे देखने लगीं जगेसर की ओर।

''बऊ, तुम कहती हो तो बताते हैं। वैसे कहते-कहते कई बार रुक चुकी है हमारी जुबान। काहे से कि तुम बात उठते ही घुर्रा पड़ती हो।''

बऊ अप्रत्याशित रूप से मुस्कुरा उठीं, ''हओ, तुम जरूर डर जाओगे हमारे घुर्राबे से।''

तनिक और सरक आए जगेसर, ''बऊ, बात ही ऐसी है, डर लगता है। हमें ही नहीं तुम्हें भी लगेगा डर। अपढारी दहल जाओगी। थरथरा जाओगी।''

''अब बक्कारो तो कुछ,'' वे खीझी हुई-सी बोलीं।

''बक्कारें क्या ? अच्छी तरह से समझाकर कहते हैं हम तो कि अपार दुख हैं आगे। और हमें दुख इस बात का है बऊ, कि तुम्हारी जिन्दगानी काँटों में ही खिचड़ती रही। क्या दुख के लाने ही बनी हो तुम ?''

वे फिर चावल बीनने लगीं, 'जब ढंग की, काम की बात बोलेगा तब दे देंगे

कान। अबै तो वे हमारे लिए सोक मना रहे हैं। बताओ, अपनी तो माछी तक नहीं उड़ा पा रहे और हमारे कष्ट निवारने की चिन्ता कर रहे हैं।'

देखा कि जगेसर आँखें मूँदकर फिर टिक गए खम्भा के सहारे।

''तुम्हारी तबीतय नोंने नहीं है जगेसर। जाओ, सोइयो जाकें।''

वे सचेत हुए और आँखें खोल दीं। अधमुँदी पलकों में से देखते हुए बोले, ''घर भी चले जाएँगे। हम कौन से तुम्हारे यहाँ जिन्दगी काढ़ने आए हैं। बस, इतेक ही बतानी थी कि अभिलाख ऐसे ही नहीं छोड़ देगा मन्दा को। सो बऊ, समझा लेना बिटिया को कि सुगना को बहलाए-फुसलाए नहीं।''

बऊ देखती रह गईं उनकी ओर।

''सुगना से हमारा क्या मतलब भइया ? तुम्हारी बेटी ठहरी। पर इतेक जरूर है कि अन्याय करोगे तो सहन नहीं होगा। तुम्हारी ही सुगना क्या, किसी भी लरका-बिटिया के संग जोर-जुलम नहीं होने देगी मन्दा। इतेक तो हम जानते हैं और इसी कारन तुम्हें भी जताए दे रहे हैं। वैसे बैला नहीं छोरे अभिलाख के, मन्दा ने।''

जगेसर ठठाकर हँसे। जैसे किसी ने कागज की पोली पुंगी में हाथ मारा हो, ऐसी आवाज निकली उनकी हँसी में से।

''बड़ी सिर्रिन हो बऊ ! इतेक भोरी न बनो। तुम तो ऐसे दिखा रही हो जैसे कुछ जानती-समझती नहीं। बऊ, बैला नहीं छोरे, यह तो हम भी मानते हैं। हम तो कहते हैं कि बैला छोर लेती, वहाँ तक भी गनीमत थी। निठोर ने सूधी लात मारी है अभिलाख के पेट पर। सुगना की मताई और सुगना को भी सिखाकर रखती हमारे खिलाफ। बस, इसी मारे कि हम अभिलाख के यार मीत हैं। नहीं तो हमने ही कौन सी गाएँ मारी हैं जा मोंड़ी की।''

बऊ की उँगलियाँ अपनी ठोड़ी से चिपककर रह गईं। हैरत से देखती रह गईं, 'लो क्या-क्या अर्थ निकाल रहा है।'

''लला जगेसर, मन्दा ने न बैला छोरे और न उनके पेट पर लात मारी। तुम सूधी सी बात को घुमाओ-फिराओ नहीं, अभिलाख के करम ही लै डूबे उनें।''

जगेसर फिर हँसे, '' ऐन विचारती हो बऊ ! उनके करम क्या लेबर को सिखा-पढ़ा देंगे ? भड़का देंगे ? और मताई के रुपइया से दूसरा ट्रैक्टर लेकर अपने यहाँ लगा लेंगे ? कि पथरा-डीला घलवाएँगे ? मार-काट मचवाएँगे ? इतेक करम तो उनने पूरी जिन्दगानी भर में न करे होंगे बऊ।

'' हमें तो तुम यह बता दो कि अभिलाख मजूरों को तंग करते थे तो वो ससुर खियाराम सिन्धी क्या पालना झुला रहा है ? मन्दा क्या नरम गदेलों पंर सुला रही है ? मजूर काम नहीं करेंगे तो क्या राजगद्दी करेंगे ?

'' जे कहो कि सैतान खोपड़ी तुम्हारी लाड़ली ने गाँव में मचवा दिया महाभारत।

मजूर ही मरे, किसी का क्या गया ?"

बऊ थाली लेकर उठ खड़ी हुईं।

गुस्से से फुफकारती-सी बोलीं, "फिजूल की बातें जिन करो। नोंने अपने घरै जाओ। हमारे जाने आज तुम्हें ज्यादा चढ़ गई है।"

चौंक पड़े जगेसर, जैसे बऊ बिना सोचे-समझे बोल गई हों।

" अरे ! तुम्हें तो हमें देखते ही नसा दिखाई पड़ने लगता है। ऐन होस में हैं हम। ज्यादा कहाँ से चढ़ गई ? हम क्या भोर से ही पी आए ? और तुम तो हमारे लिए बड़ी-बुजुर्ग, हमारी पुरखा हो। तुम्हारे पास पी कें आते ?

"...पर जब तुम सही-सही देखतीं ही नहीं, तो सही-सही कहोगी कैसे ? तुम तो उन्हीं की तरह हो, जो पुजारी महाराज सुनाते हैं। क्या कहते हैं कि गान्धारी की तरह जो आँखों पर पट्टी बाँधे रहती थी। सो बऊ, तुम्हें दुनिया में अँधेरा दिखाई देता है।

" हमारे अच्छे करे को क्या देखोगी ? अपनी आँखों के सामने तुम्हें ज्वान-जहान मोंड़ी दिखाई नहीं दै रही। अन्धेर ही हुआ न ?

" पर तुम क्या सोच रही हो, तुम्हें दिखाई नहीं पड़ रहा तो क्या गाँव-भर अन्धा हो गया ? असपेर-भर नहीं जान रहा ? हमारी सुगना से तो मुलकन साल बड़ी है मन्दा। और तुम समझ रही हो वाय अखेल, बच्चा ! सो ब्याह न सादी। ऐसे ही छुट्टल।

" हमें अपनी तरह न समझना बऊ।"

बऊ उत्तेजित हो आईं, हाथ नचाते हुए बोलीं, "जे हमारी चिन्ता ठहरी। तुम्हारे पेट में पानी काहे को हो रहा है ?"

जगेसर ने उसी वेग से उत्तर दिया, "ना-ना-ना ! तुम भूलीं बऊ ! यहीं आकर भूलीं। वह तुम्हारी चिन्ता तो ऐन है, पर गाँव की इज्जत-आबरू का सवाल भी जुड़ा रहता है लरका-बिटिया के चरित्तर से। सो गाँव की मान-मरजाद का सवाल है।"

बऊ ने अपने हाथ का पंजा उलटा करके झटक दिया, "अए नोंने रहो जगेसर ! नानी के आगे ननिहाल की बातें। हम जानते थोड़े ही हैं गाँव-भर को। तुम्हें और तुम्हारी इज्जित-आबरू को।"

जगेसर ने सिर हिलाया, " हत्तेरे की ! नहीं समझीं हमारी बात का तन्त। अरे, हम तो जेही सलाह दै रहे हैं कि हाथ पीरे करके नोंने विदा करो। लरका-बिटिया अपने घर सोभा देत हैं। सो तुम भी निधड़क रहो और गाँव भी चैन की नींद सोवै।

" मोंड़ी एक न एक ऊधम धरे ही रहती है। खाली घर सैतान का अड्डा ! और तुम हो कि नोंन दिए गधा की तरह बिदक रही हो !"

बऊ की दुखती रग पर हाथ धरकर लाभ पा गए जगेसर।

बऊ की आवाज टूटने लगी, ''सादी-ब्याउ क्या जबरन कर देवें ?''

''जबरन काहे !'' कहकर जगेसर ने ऐसे आँखें मूँद लीं, जैसे उन्हें नींद आ रही हो। या आगे अब कुछ कहने की इच्छा नहीं है।

बऊ के भीतर भरा निकलवाने में सफल हो गए वे, सुनने के लिए बैठ गए कि डुकरो अब अपने-आप बोलेंगी, और वे मारेंगे उसी तपते लोहे पर घन।

''लला, वा के मन में सादी की बात भरती ही नहीं। हम तो सैकड़न बार मना चुके हैं, कोई असर नहीं बैठता।''

वे हल्के से हँस दिए, ''हम समझते हैं बऊ, तुम्हारी दिक्कित, मजबूरी, विवसता। पर बऊ, जे बात कहाँ तक सही मानती हो तुम कि वा ने नाहीं करी और तुमने मान लई। बऊ, बिना नाथ-पगहा की बछिया के लाने डर नहीं लगता तुम्हें ? न जाने को पेंड़ले ? न जाने को हांक ले जाए ? कौल खाकें कहो, जे बात सोचती हो कि नहीं ?''

जगेसर नितान्त अपनापन जताते हुए फिर बोले, '' गंगा सों बऊ, हमें भी बड़ा दुक्ख लगता है। अभिलाख कह रहा था कि मन्दा को उसकी मतारी की तरह ही न उठवा दिया तो असल बाप से पैदा न कहना। बनी है परपंचिन।

'' पिरधान की तरह हमें भी सिर्री समझ रखा होगा उसने। वह तो है ही हिजड़े-खसियों का खानदानी। मोंछ रहते हुए भी निर्मोछिया।''

जगेसर अभिलाख का सन्देश देकर बऊ के मुख पर आते-जाते भावों को देखते रहे। परखते रहे कि डुकरो क्या गुन रही होंगी इस बखत। और जान भी गए कि डुकइया गड्डमड्ड हो रही है भीतर-ही-भीतर। झुर्रियों में गहराई आ गई है और होंठ लाचारी की मुद्रा में खुल आए हैं। तुरन्त बोले, '' बऊ, अभिलाख क्या गलत कहता है ? पिरधान को समझाना चाहिए मन्दा को, बचाना चाहिए खतरनाक कामों से। सो खुद तो हो लेगा पाछें और मोंड़ी को ले लेगा अगाई।

'' और बऊ, अपने कायलेवाले महाराज की तो जसगाथा सुन ही ली होगी। अपना इलाका माने बैठा था उन्हें रिसी विस्वामित्र और वे निकले पारीछा के टीकमसिंह ! अपढ़-अज्ञानी ! लो धोक लो सन्त-महन्तों को। सन्त होता तो ऐसे खेल खेलता ! मन्दा को राजा साब के संगै पिरधान के बैठका में दो घंटा बन्द रखता !''

बऊ की देह में काँटे उग आए। क्या कह रहा है यह नसैला ? क्या-क्या नहीं कह दिया इसने ! कुछ लज्जा-लिहाज राखा ? मन तो ऐसा हो रहा है कि टाँग पकड़कर खींचती ले जाएँ और बाहर जाकर फेंक दें। पर क्रोध-कोप में कोई गुन ज्ञान नहीं है। भीतर की अगिन को सान्त करके सुनें इनके मंसूबे कि मोंड़ी के लानें जे राच्छत कैसे-कैसे चक्काबू (चक्रव्यूह) रच रहे हैं ?

बऊ ने अपने मुख की कड़वाहट भीतर को लील ली। शान्त भाव से पूछने लगीं,

''तुम्हें किते मिल गए अभिलाख ?''

जगेसर टाँग पसारकर बैठ चुके थे।

''हमें ? हम तो उनके गाँव गए थे।''

''हमने तो सुनी कि तुम्हारे घर दुक-छिपकें...रात के बखत आते-जाते हैं अभिलाख।''

अधमुँदी आँखें पूरी तरह खुल गईं जगेसर की। तिलमिलाकर बैठ गए सावधान की मुद्रा में। सुगना बता गई क्या ? या उसकी माँ ने कुछ...

''बऊ, तुम भी कम सिर्रिन नहीं हो। अंट-चमंट बातें सुन लेती हो। इतने कच्चे कान हैं तभी तो नहीं आती सच्ची-सच्ची बात तुम तक। वे हमारे घर काहे को आएँगे ? फिर हम बेटीवाले हैं। अभी तो हमें ही जाना है उनके द्वार। वैसे भी चैन से कहाँ रह पाते हैं वे ?''

बऊ ने सहज भाव से पूछ लिया, ''तुम्हारी पहाड़ियावाली रकम दे राखी ?''

जगेसर ने अपने माथे पर हाथ मारा, '' तुम भी बऊ, जानबूझकर बन रही हो अनजान, जैसे यह न जान रही हो कि बेचारा देना भी चाहे तो नहीं दे पाएगा। हम चीन्ह गए तुम्हारी भी मंसा, तफरी ले रही हो तुम बूढ़ी होंकें।

'' लो अपने लठैतों की जमानत नहीं करा पाया आज लों। दरोगा कर राखा है मन्दा ने अपने चंगुल में। चंगुल में न होता तो बेचारे दीवान् को मार-पीट के धर आती ?

'' दरोगाजी क्या, राजा साब और वे कायलेवाले टीकमसिंह महाराज हाथ धरें हैं बिटिया की पीठ पर, सो जो न करे वह थोड़ा ! वैसे पुलिस के कुत्ता तक को छिगुनी नुगरिया से छू सकता है कोई, अब देखना कि एक दिन चुनाव में...''

व्याकुल हो उठीं बऊ। बेचैन। कोई हो तो इस जगेसर को उठा कें इस घर धरियावे। दुष्ट, पापी...मोरी महामाई करें गाज गिरे इस पर। उनका कंठ रुँध सा आया, फिर भी बोलीं, '' तुम्हें भरमाया है अभिलाख ने। बिराने गाँव के आदमी की बात मान गए तुम। अपनी मोंड़ी का विसवास नहीं। तुम भी क्या करो ? स्वारथ ने आँधरे कर दए हो। पइसा पटाना है अपना, सो वह दिन को रात भी कहे तो मान लोगे। पर इतनी बताए देते हैं हम कि ब्याज उगाहने की चाह में मूल से भी हाथ धो बैठोगे। समझदार के लाने इसारा ही बहौत है।

'' चुनाव ही लड़ना होता तो पिरधान न बन जाती। सब गाँव ने कही। मोंड़ी नहीं अंगेजी। और साँची पूछो तो हम ही नहीं चाहते थे, काहे से कि हम अपने पूत को स्वाहा करके बैठे हैं, सो दूध के जरे छाछ फूँक रहे हैं।''

बऊ ने चश्मा उतारकर अपनी भीग आई आँखें पोंछ लीं।

जगेसर द्रवित-से हो आए, जैसे बऊ ने उनके भीतरी घाव को सहला दिया हो।

बऊ के पाँव को हाथ लगाते हुए बोले, '' दुखी नहीं होते बऊ ! हम क्या तुम्हें दुक्ख देने आए हैं ? हमारी मतारी से बढ़कर हो तुम।

'' ...पर हम झूठ नहीं बोल रहे हैं। मन्दा से खुस होकर ही तो राजा साब ने तुरन्त भेज दिया डाकधर। अस्पताल दवा-गोलियों से लैस कर दिया। मल्लिम-पट्टी हो रही है ऐलाज चल रहा है, सो पिट्ठू भी गुनावली गा रहे हैं। अब तो तुम भी सोचो कि यह बात खुशी की है या रंज की। ''

बऊ की नसों में तनाव आ गया और आँखों से चिनगारियाँ झरने लगीं, ''आग लगै वा अभिलाख की जीभ कों। वैसे जगेसर लला, तुम कौन से कम हो ? तुम्हारी भी पाप गठरिया बहौत भारी है। तुलसिन दिन-रात गारी दै रही है तुम्हें। मोंड़ी मर ही गई वा की।''

जगेसर ने अपने ऊपर बैठी मक्खियों पर हाथ दे मारा।

बऊ अपनी रौ में थीं, ''अभिलाख अपनी नहीं देखता ? वा कल्लू चुरैल लीला के पाछें सात पीढ़ी डुबो रहा है।''

'' बऊ, तुम तो गुस्सा गईं। अच्छा, एक न्याय की बात कहो, ब्याही जनी लीला की बिरोबर तियाग कर सकती थी ? तुम तो यह देखो कि कहाँ-कहाँ बीहड़-जंगल में नहीं भटकी लीला अभिलाख के संगै। डाँग में छिपाए फिर रही है वाय। ब्याही जनी तो टसुआ बहाई रहती घर बैठकर।

'' बऊ, कल्लू और गोरी क्या लाईं ? विपता की साथिन सो जनम की साथिन। अभिलाख का मन मिला है वा से। मन बड़ी चीज होत है बऊ ! मन की पिछाई आदमी बिका रहता है।

'' साँसी-साँसी बातें बता दें तो तुम्हें गुस्सा छूटने लगेगा। धीरज से कि सबुर करके सुनो तो बताबें !'' कहकर जगेसर ने आँखें मूँद लीं, जैसे बोलते-बोलते थक गए हैं वे।

''रहने दो लला, तुम अपने घरै जाकें सोओ अब,'' वे उठकर भीतर गईं।

जगेसर ने अपना मुख घुटनों के बीच गाड़ लिया। अचानक सिर सीधा करके बैठ गए, जैसे कुछ याद हो पड़ा हो, ''बऊ ! ओ बऊ ! कितै हो तुम ? छिन में ही लोप हो गईं।''

भीतर से आवाज आई, ''हमें कुछ नहीं सुनने हैं, तुम किरपा करो और अपने घरै जाओ।''

''बऊ, हम अधरमी सही, पर एक बात सुन लो। सच्चे प्रेम की कहानी सुनाते हैं तुम्हें। कहानी नहीं सच्ची बात।''

बऊ नहीं आईं।

जगेसर ने फिर भी कथा आरम्भ कर दी, जैसे कोई विक्षिप्त बुदबुदा रहा हो।

बऊ कोठा में बैठी सुन रही थीं।

" लीला के लाने अभिलाख पूरे मन से समरपन करे हैं। बऊ, जैसे सीता जू ने नहीं माँगा था सुवरन का हिरन, और भगवान रामजी दौड़े गए थे उसके पीछे-पीछे ! भूल गए अपना वनवासीपना।

" बस, ऐसे ही अभिलाख हो गया है लीला का गुलाम। मजूरिनों की बेंचा-बाँची और काहे के लाने करनें पड़ी। घर का खर्च, लीला का खर्च और किरेसर की किस्तें अकेले आदमी के बस की नहीं। रोज के उर्जे-पुर्जे भी टूटते हैं मसीन के। 'लौन' वाले अलग रोज की चिट्ठी भेजते हैं धमका-धमकाकर। उतै उन कलट्टरजी का भी तबादला हो गया जिन्हें लीला ने खुस...

" दूसरा कलट्टर आया है सो वो देख लो कि पहले का असल बैरी मालूम होता है, दुसमनी काढ़ रहा है अभिलाख से। सो व्यौपार राई-रेत हो गया। इतै मजूरों से टंटा हो पड़ा, सो मसीन ठप्प !

" वैसे बऊ, जे सब नास हुआ है मन्दा कारन। कुरकीवाले धमकी दे रहे हैं। जिनसे अडवांस लिया था, वे तो अपना माल माँगेंगे ही। बड़े व्यापारी ठहरे अभिलाख, सो दस-बीस और पचास-सौ की बात तो होती नहीं, हजार क्या, लाखों तक जाती है बात। कहाँ से पुजावे बिचारा ? गिट्टी देने का सवाल नहीं उठता, काहे से कि मसीन ने हिरकाँय गया तो समझो कि हवालात में।

"बऊ, ऐसा तो किसी ने न सोचा होगा कि महेन्द भइया की औलाद इतेक खोजिन कढ़ेगी।"

बऊ रोस की मारी बाहर निकल आईं।

" आ जाओ बऊ ! बैठो हमारे पास। अच्छा, तुम एक बात बताना हमें, महेन्द भइया मारे गए तब के बाद दरोगा-सिपाही आए गाँव में ? चाहे कोई मरा, चाहे कटा। ऐन प्रैभ भौजाई चली गई, तुम फिफियाती फिरीं। गुहार कर-करके कंठ सुखा लिया, पर मजाल है जो पुलिस को कुत्ता भी ढूँका हो सोनपुरा में। बऊ, चिरइया तक नहीं फटकी। हमें क्या याद नहीं है ?

" ...और अब ! जा, बीजाभरी, मोंड़ी के पीछे-पीछे बिल्ली के बच्चे की तरह चला आया छः फुटा दरोगा। तमाम सिपाही ! वा री जादूगरनी ! किरेसर पर गनेसी तक कह रहे थे यह बात कि भाई कमाल ही हो गया।

"बऊ ऐसे ही नहीं भागता कोई किसी के पीछे, सब गुड़ देखे के चींटा हैं।"

"मन्दाकिनी उनके आख्यान को कब से सुन रही है, इस बात का जगेसर को होश, न बऊ को खबर।

वह दामिनी-सी प्रकट हुई और प्रचंड आग-सी भड़क उठी। आँखों से लपटें छूट रही हैं। उनके पास आ खड़ी हुई।

"जगेसर कक्का ! चलो यहाँ से ! चलो उठो, उठो, इसी समय निकलो ! हम कह रहे हैं कि उठते हो कि नहीं ?" पूरे जोर से चीखी।

आँखें खोलकर देखा जगेसर ने और ढीठ तरीके से मुस्कुराने लगे।

उसी समय रामदास लकड़ियों का गट्ठर लेकर बाखर में घुसा।

मन्दाकिनी ने उसे वहीं रोक लिया, " कक्का, गट्ठर यहीं पटक दो। पौर में फिर लगा लेना लकड़ी। पहले एक काम करो, इनको ले जाओ यहाँ से। इनके घर पहुँचाकर आओ। काकी से कहना कि बैठका में बन्द कर दें इन्हें और खोलें नहीं।

" अपने ठाकुरद्वारे में ऊँच-नीच का भेद हम नहीं मानते, लेकिन शराबी, नसेड़ियों को हम घोर अछूत करके देखते हैं।"

रामदास ने अपने खुरदरे मैले हाथों को पटपटाकर झाड़ा और जोर से पुकारकर कहा, "जगेसर महाराज ! चलो यहाँ से। लो, चलो तो।"

बेअसर बैठे रहे वे। आँखें मूँद लीं। सिर खम्भे के सहारे टिका लिया।

"अब चलते हो कि औंघने लगे ?"

वे चुप।

रामदास ने साफिया की कुंडली एक ओर रख दी। जगेसर को झकझोरते हुए बोला, "लो देख लो, फिर हमको तुम्हें कंधइयाँ धरकर ले जाना पड़ेगा।" उनकी बाँह गह ली।

जगेसर ने आँखें मीचे ही मीचे हाथ झटका दिया रामदास का। क्रोध से काँप कर आँखें खोल दीं, बोले, "कोरी के, तेरी इतेक हिम्मित ! हमें हाथ लगाता है, बदजात !"

रामदास को इतना ही गुस्सा आ सकता था कि उठाकर फेंक देता उनकी मुट्ठी-भर हड्डियों की काया को, लेकिन शान्त ही रहा। बोला, "मन्दा, रामरतन को टेर तो दो। पाँवों तरफ से उठवा लेगा इन्हें।"

सुनकर जगेसर सन्न हो गए। अपनी औकात भूल रहा है यह जुलाहे का पूत ! हाथ तो लगाकर देखे हमसे।

उनके चीखने-चिल्लाने और हाथ-पाँव पटकने के बावजूद रामदास और रामरतन ने उन्हें मरे पशु की तरह टाँग लिया।

जगेसर की जीभ सीमा तोड़ने लगी, "जहाँ से आई है तें वे पिरधान-सरपंच क्या चिरनामिरित पीते हैं ? गलींच कहती है हमें ! बदबो कढ़ती है हमारी देह से। तें विराज तो रही है इन्दरासन पै। और तेरा डाकधर चलता है इन्दर देवता बनकें।"

मन्दाकिनी बऊ के ऊपर बरस पड़ी, "और बैठाओ इसे बखरी में ! सुन ली इस पापी की बोली ?"

बऊ ने अपना कपाल ठोक लिया। मन-ही-मन कोसने लगी खुद को। ठठरी

बँधे ने जा नहीं सोची कि बिटिया से क्या...

''बिन्नू, तुम अपना खून न जराओ। नसा में पागिल हो रहा है। जाकी नास हो जाय जाकी !''

जगेसर की बातों को चबाई हुई कड़वी ककड़ी की तरह उगल देना चाहती है मन्दाकिनी, जल्दी से थूक देना, लेकिन वे बातें क्या नरम ककड़ी थीं ? विषबुझी सलाखों की तरह कोंच रही हैं मन को। सोच में डूबी बैठी रही। अब कहाँ ? किसके पास ? किस जल में डुबो दें इस जलन को ? जाने-अनजाने कि पूरी तरह जानबूझकर अस्पताल की ओर मुड़ पड़ी।

ठिठकी भी कि जाए भी या नहीं ? किस तरह दिखाएगी डॉक्टर को भीतर पड़े फफोले ?

पर गली में से आला लटकाए चले आ रहे हैं डॉ. इन्द्रनील।

''मन्दा ! तुम खड़ी क्यों हो ? चलो, मैं तो आ ही रहा था।''

उसे लगा, वह जार-जार रो दे। चबूतरे पर चढ़ते ही रसोई में रासबिहारी खाना बनाते हुए दिखाई दिए। उसने अपनी पीड़ा को शिकायत का स्वर दे दिया, ''तो नहीं माने आप ? बोझ से आजाद कर दिया हमें। एक खाना ही तो था जिसके बहाने...'' आगे बोला नहीं गया उससे। गला भर आया, आँखें उमड़ने लगीं।

चौंकते से बोले डॉ. इन्द्रनील, ''कैसी बातें करती हो तुम ? इसमें इस तरह कटाव की बात तो कुछ भी नहीं। तुम क्रैशर पर बैठती हो पूरा दिन। बऊ को खाना बनाना पड़ेगा। सुगना भी नहीं आती-जाती अब तो। बैठो यहाँ, हमारे पास। आँखें लाल क्यों हैं ? रोई हो क्या ?''

मन्दाकिनी को हाथ पकड़कर अपने पास चारपाई पर बिठा लिया डॉ. इन्द्रनील ने। वह हारी-हारी-सी बैठी रही, अपनी दोनों हथेलियाँ घुटनों के बीच दबाकर। अपना संकल्प ही भीतरी मजबूत सतहों को तोड़ रहा हो जैसे। अभी-अभी ढह जाएगी दीवार ! पीछे खड़े रहनेवाले स्तम्भ की कैसी सख्त जरूरत महसूस होती है कभी-कभी। काश, कोई पीठ पर हाथ रखकर दिलासा देता कि थोथी बातों पर, झूठी अफवाहों पर ध्यान मत दो मन्दा ! अपने सोचे हुए पर भी किसी के समर्थन की जरूरत लगती है ऐसे समय, स्वयं को आश्वस्त करने के लिए।

वह उठकर भीतर चली गई। लौटी तो मुँह धोकर आई थी।

डॉ. इन्द्रनील गम्भीर थे, बोले, ''एक बात पूछूँ ?''

''पूछिए !''

''सुगना क्यों नहीं आती ?''

''उसके घर के हालात ठीक नहीं।''

''मन्दा, उनकी तबीयत ठीक नहीं।''

"क्या हुआ ?"

"यह तो मैं कुछ नहीं बता सकता। लेकिन एक दिन दिखाई पड़ गई थी तो लगा, कि उस दमकते चेहरे को क्या हुआ ? अजीब काला-सा चेहरा ! हालाँकि मुझे देखते ही वह पास के घर में घुस गई। बात नहीं कर पाया। सोचता हूँ, एक बार एक्जामिन, मतलब कि देख लूँ उसे।"

अपनी चिन्ता छोड़कर वह सुगना के सोच में डूब गई, "मैं उसे लाऊँगी आपके पास।"

रासबिहारी ने खाना परोस दिया।

वह उठकर चलने लगी।

"सुगना के घर चल दीं क्या ?" डॉक्टर ने पूछ लिया।

"नहीं। आज नहीं।"

"देखो, पूजा-वूजा करनी हो तो कर लो। ठाकुरजी यहाँ भी हैं। हमारे पं. रासबिहारीजी बिना घंटरिया टुनटुनाए भोजन नहीं करते। सो तुम जल्दी आ जाओ भगवान को निबटाकर। अकेले नहीं खाऊँगा मैं।"

सुनते ही कानों में मधुर सुरीली घंटियाँ बज उठीं। हलक के भीतर घुला जहर बिला गया न जाने कहाँ। डॉक्टर इन्द्रनील के बोल फूल से भी ज्यादा कोमल-शीतल लगे इन तपते क्षणों में।

...पर यह पानी की क्षणभंगुर बूँदें तपते तवे पर कितनी देर ठहरेंगी ? अपनी रीती जिन्दगानी और भटकती हुई प्रतीक्षा का कोई अन्त नहीं। पटाक्षेप नहीं।

वह सकुचाती-सी मेज के सहारे खटिया पर बैठी रही। खाती रही।

इन्द्रनील ने फिर टोका, "किस चिन्ता में हो ? या पचन-पाचन का पूरा खयाल रख रही हो ? इतनी देर में केवल एक रोटी चबा पाई हो।"

वह मुस्करा पड़ी और सोचने लगी—डाक्टर रोते हुए को हँसा सकते हैं। दुखियों को खुशी दे सकते हैं। ढहते हुए को उठा सकते हैं। उनमें हिम्मत-हौसला भी है और उत्साह-उल्लास भी।

"आप किसी मकरन्दसिंह को जानते हैं ?" महीनों से दबा हुआ प्रश्न न जाने कैसे छिटक गया ? इस समय मन उत्तेजित था या बेहद कमजोर ! दो ही स्थितियों में ऐसा हो जाता है। नियन्त्रण नहीं रह जाता अपने ऊपर।

"तुमने क्या नाम बोला ?" डॉ. इन्द्रनील ने दोबारा सुनना चाहा।

वह चुप रही।

डॉक्टर ने फिर पूछा।

"आप इलाहाबाद रहे हैं न ? वहाँ कोई डॉ. मकरन्दसिंह...?"

वे मुस्कुराने लगे।

उसे लगा, जरूर जानते होंगे।

डॉक्टर मुस्कुराते रहे कुछ देर। पढ़ते रहे मन्दाकिनी की आँखों को, जिनमें कभी संकोच-शर्म के भाव आते तो कभी जिज्ञासा के, तो कभी अनछुई स्निग्ध लकीरें !

"जानते हैं न ?"

"नहीं।"

मुख में जाता कौर होंठों के पास ही ठहर गया। निचला होंठ काटती हुई झेंपी-सी बैठी रही।

"मन्दा !" धीमे से बोले इन्द्रनील।

"हाँ।"

"वे तुम्हारे कौन हैं ?"

अब ! क्या बता दे ? कौन सा रिश्ता ? क्या सम्बन्ध ? कुछ न बोलकर अपने और इन्द्रनील के सामने से थाली उठाकर पनारे पर रखने चल दी। टोका नहीं डॉक्टर ने।

लौटकर आई तो फिर वही प्रश्न दोहरा दिया, "बताया नहीं तुमने ?"

जैसे कोई थे, कोई हैं, कोई रहेंगे। मगर सम्बन्ध का नाम काटते हुए बोली, "कोई नहीं।"

इन्द्रनील जिद्दी हो आए, "तो क्यों पूछ रही थीं ? यदि जानता होता तो ? यदि जानता हूँ तो ?"

"तो भी कुछ नहीं।"

"यानी कि ऐसे ही बेअर्थ पूछ रही थीं ? तुम न तो इतनी मूर्ख हो और न इतनी जिज्ञासु।"

वह चकित सी देखती रही। डॉक्टर ने छोटी सी बात को इतना कस लिया !

"असल में वे श्यामली के हैं। हमारे दूर के रिश्तेदार। बऊ की भतीजी के कुछ। बस, इसी कारण पूछ लिया।"

डॉक्टर के चेहरे का तनाव ढीला पड़ा तो बताने लगे, " तुम्हारे वे रिश्तेदार भी केंडीडेट थे यहाँ के लिए। तीन नाम थे राजा साब के पास—अजय वासवान, इन्द्रनील और मकरन्दसिंह।

"पता नहीं, उनकी नियुक्ति कहीं और हुई या यहाँ ज्वॉइन नहीं किया," सिर को हलके से झटका दिया डॉ. इन्द्रनील ने।

उसे पहले तो अचम्भा हुआ, ज्वाइन नहीं किया ? यानी कि यहाँ का चार्ज नहीं सँभाला। ऐसा कैसे हो सकता है ! लेकिन कहा भी कुछ नहीं जा सकता। सरकार में बेईमानी चलती है। मकरन्द कहाँ सहन करते हैं। उन्हें तो घृणा है इधर-उधर के जुगाड़ से। सिफारिश में विश्वास नहीं करते।

उसका मन हल्का हो गया, जैसे भारी घटा बरसकर रीत गई हो।

घर आई तो उस समय बऊ अँधेरी बखरी में रोशनी कर रही थीं। लालटेन का शीशा चटक गया है शायद, इसलिए कुप्पी जला रही हैं बऊ।

कुप्पी का प्रकाश फैल गया। बऊ देहरी में आ बैठीं। मन्दाकिनी का मुख जोहने लगीं। कुछ थाहती-सी बोलीं, ''ऐसे ही रहो बेटा, हँसी-खुशी। आज पूरे दिन चिन्ता रही है तुम्हारी। रात हो गई। अँधेरा घिर आया। जानबूझकर नहीं बुलाया था तुम्हें कि हमारे समझाने से सबर नहीं बँधेगा। काहे से कि कोई नई जुगत तो है नहीं हमारे पास, वे ही रोज-रोज के घिसे-पिटे बोल हैं बेटा...।''

वह क्षण-भर बऊ के मुख की निरीह सिकुड़नों को देखती रही। चश्मे के भीतर दबी आँखें और भी कितना कुछ बोल रही हैं। लढ़ियाकर बऊ के गले में बाँहें डाल दीं, ''बऊ, तुम ऐसे न सोचो, ऐसे न कहो। हम तो इस कारण तुम्हारे पास नहीं रुके कि तुम हमसे ज्यादा दुखी हो जाओगी।''

बऊ उठीं और कोठा में से एक पीला लिफाफा उठा लाईं।

''लो पकरो। यह चिट्ठी।''

''चिट्ठी ! किसकी है बऊ ?''

''हम क्या पढ़े-लिखे हैं बेटा ? बाँचो तुम ही।''

पता नहीं क्यों मन में हिलोर उठी है। मकरन्द का पत्र !

धड़कते दिल से खोलकर देखा। भेजनेवाले का नाम भृगुदेव !

उसे आश्चर्य हुआ, भृगुदेव ! आशा थी न उम्मीद। कभी-कभी बिना उम्मीद के मिल जाता है कोई प्रियजन ! इस तरह खुशी अलौकिक होती है। ऐसा ही लगा, मन की भीतरी सतहों पर हिलोरने लगी भृगुदेव की छवि।

'' प्रिय मन्दाकिनीजी !

'' आज बहुत दिनों बाद यह पत्र आपको लिखा। महाराज के आश्रम से भाग आया था। पता नहीं क्यों लगा कि डॉक्टरी के जिस कोर्स को अधूरा छोड़कर मैं भाग गया था, उस चुनौती को स्वीकार करूँ।

'' क्यों छोड़ आया था, इसकी कथा लम्बी है। फिर भी बतानी होगी।

'' कारण था अनुसूचित जाति। साथी हेय दृष्टि से देखते थे। बातें करते समय अभद्र सम्बोधनों का प्रयोग करते थे।

'' यद्यपि मुझे आरक्षण के तहत सीट नहीं मिली थी, मैंने तो सामान्य छात्रों में प्रतियोगिता के बल का प्रवेश पाया था। हरिजन होने का प्रमाणपत्र नहीं लगाया था।

'' असल में हरिजनों को देखते ही कॉलिज में और कॉलिज के बाहर लोग एक धारणा कायम कर लेते हैं कि निश्चित ही यह छात्र आरक्षण से आया है।...और फिर होती है अन्दरूनी बैर की शुरुआत, जिसमें उपेक्षा, ईर्ष्या, द्वेष और कुंठाएँ पनपने

लगती हैं।

'' मुझसे सहन नहीं हो सका तिरस्कार।

'' मैडिकल की पहली परीक्षा में ही जब मैं प्रथम आया तो उच्चवर्णी लड़के बैर मानने लगे। नीचा दिखाने की जुगत में लगे रहते। हमारे पुश्तैनी पेशे का घृणित रूप में बखान करते।

'' मेरे सामने पॉलिश के लिए जूतों का ढेर रख दिया जाता। होस्टल में रिवाज-सा चल पड़ा कि जो धोबी जाति से हो, कपड़े धुलाओ, कहार हो, बर्तन मँजवाओ और चमार हो तो...

'' शिकायत करने की बात कहता तो बुरी तरह पीटते।

'' मेरे प्रतिरोध करने पर एक लड़के ने मेरी उँगलियों पर ब्लेड चला दिया। मैं पीड़ा से चीखूँ उसके पहले मेरा मुँह भींच दिया।

'' वार्डन ने सुना तो वे दौड़े आए।

'' दुर्भाग्य से वे भी हमारी जाति के थे।

'' दंड के तौर पर अपराधी लड़के विरुद्ध कार्यवाही की तो कॉलिज में हड़ताल हो गई। वार्डन से माँफी मँगवाई गई।

'' यह न्याय-अन्याय की बात मेरी समझ से बाहर थी। जिस ग्रामीण इंटर कॉलिज से मैं पढ़कर आया था, वहाँ ऐसा भेदभाव कतई न था। हमारे अध्यापक किसी भी बुद्धिमान और परिश्रमी बालक को सिर-आँखों रखते।

'' शहर, जहाँ शिक्षा का प्रसार-प्रचार है, जहाँ प्रबुद्ध लोग रहते हैं, वहाँ इतना भेदभाव ! रात में बेचैन रहता। दिन में भी उखड़ा-उखड़ा सा फिरता। इसी तरह तिरस्कृत रहना है तो पढ़कर भी क्या होगा ? दलित दर्जे से एक भी सीढ़ी ऊपर चढ़ने की आज्ञा न अनपढ़ को है, न पढ़े-लिखों को।

'' विद्या, शिक्षा आदमी को पशु से अलग करती है, ज्ञान उसको ब्रह्म के पास पहुँचाता है तो फिर यहाँ अपवाद क्यों ?

'' शिक्षा का नतीजा तो मैंने देखा लिया था, और अपने-आप से अधिक वार्डन का अपमान मन को कोंचता रहता, जिन्हें मेरे कारण ऐसा निर्लज्ज दंड झेलना पड़ा। मेरे कारण या मनुस्मृति के कारण ? जहाँ शूद्रों को पढ़ने का अधिकार नहीं !

'' ...लेकिन गाँव के मास्साब ने तो यही सिखाया-बताया था कि गुरु की जाति का धर्म-कर्म केवल विद्यादान करना होता है अर्थात् सब तरफ से गुरु।

'' फिर उन अहंकारी लड़कों से क्यों क्षमा माँगी हमारे गुरुवर ने ?

'' मेरा मन उचाट हो आया। ऐसी संस्था में नहीं पढ़ूँगा मैं। दीन-दुखियों की सेवा-चिकित्सा की दीक्षा देनेवाले ये दीक्षालय दुमुँहे क्यों हैं ?

'' शिक्षा को छोड़कर किसी विद्वान के पास जाना चाहता था। सम्भवतः मेरे मन

में जमा आक्रोश कुछ कम हो जाए। भेद-विभेद का महाभारत शान्त हो जाए।

" महाराज शत-प्रतिशत खरे उतरे मेरी आशा-आकांक्षाओं की कसौटी पर।

" अपनी पैनी अन्तर्दृष्टि से पहचान गए कि मैं कहाँ से आहत हूँ। उन्होंने उस पिता की तरह प्यार की ऊष्मा दी जो अपने बच्चे जिद्दी बनाने की हद तक लढ़िया लेता है। मेरे मन की तमाम कुंठाएँ उनके स्नेह की उष्णता से पिघलकर बह गईं।

" आपको देखा तो मुझ भृगुदेव में पुराना हरिदास उभरने लगा और उभरते-उभरते पूरी तरह प्रकट हो आया। आपकी हिम्मत, आपके संकल्प हौसला देने लगे मुझे। मैं जब-जब आपसे मिलता, नई दिशा पुकारने लगती।

" आप बरसों से अस्पताल को बसाने की खातिर उजड़ती रहीं और मैं तनिक से उत्पीड़न को सहन नहीं कर सका ! अपने को धिक्कारता। बस, फिर एक निर्णय ले लिया कोर्स पूरा करने का। गुरुदेव मना तो नहीं करते, परन्तु मुझसे बहुत मोह था उन्हें। उनके सामने आश्रम छोड़ना कठिन पड़ता मेरे लिए भी।

" कॉलिज का हाल पहले से भी अधिक बुरा है। अब इस तरह की बातों का असर नहीं लेता मन पर।

" यह तो निश्चित है कि जब तक आरक्षण रहेगा, हमारी जातियों को उपेक्षा सहनी पड़ेगी और कुंठाएँ झेलनी होंगी।

" काश, वह दिन आए कि अनुसूचित जाति में आनेवाले छात्र आगे बढ़ें और अस्वीकार कर दें आरक्षण की बैसाखी को। वह हौसला आए हमारे भीतर कि इस हेय भीख से मुक्ति पाएँ। अपंग ही न बनी रहें आनेवाली पीढ़ियाँ। वोटों का व्यापार है यह। अपने मत के बदले में पाते हैं हम लड़खड़ाती हुई उपाधि, डिग्री, पद-प्रतिष्ठा।

" कोर्स पूरा होते ही आपके दर्शन करूँगा। मेरी सेवा आपके अस्पताल के काम आ सके, परम सौभाग्य मानूँगा। और हाँ, सुगना को प्यार कहना। बऊ को चरणस्पर्श। महाराज के लिए भी पत्र लिखा है।

आपका

भृगुदेव"

मन्दाकिनी ने पत्र कितनी-कितनी बार पढ़ा, कितनी-कितनी देर पढ़ा।

बऊ को बताया तो बऊ पोपले मुख से चहक उठीं, "भिरगु ! भिरगुआ ! भिरगुदेव ! डाकधर हो गया ! अब आएगा नासमिटा !" कहते-कहते लाड़भरी लकीरें छा गईं उनके बूढ़े मुख पर।

छब्बीस

पूरे सात दिन बाद लौटी है मन्दाकिनी। सेंधरी से।

सुगना का ध्यान पूरे समय बना रहा। जाते समय मिली थी। कमजोरी छाई थी चेहरे पर, लेकिन पहले से कुछ अच्छी दिखाई दे रही थी। देखते ही धीमे से हँसी। पास आकर खड़ी हो गई, बोली, "जिज्जी, तुम परेशान क्यों हो ? सब ठीक हो जाएगा। घर का रवइया तो कब से ऐसा चल रहा है, एकदम तो नहीं बदल जाएगा सब कुछ। फिर तुम्हारे ऊपर तो दूसरी कितनी जिम्मेदारियाँ हैं ! अपना गाँव छोड़ दूसरे गाँवों को देखती हो, विथाएँ सुनती हो। निरवारने में लगी रहती हो। हम कम-से-कम अपना ही वजन उठा लें। एक घर की ही आफत-विपत मिटा लें।"

देखती रह गई वह। सुगना के चेहरे पर आँखें गाड़कर यह पढ़ लेना चाहती थी कि तू इतनी बड़ी कब से हो गई ? बात-बात में खिलल-खिलल हँसनेवाली अल्हड़ लड़की में यह बदलाव किस घड़ी आन घुसा ? सोच-विचार करनेवाली औरत की तरह बोल रही है सुगना !

काकी ठीक ही कह रही थीं फिर, " मन्दा, आज हमारा इतना बड़ा बेटा होता तो लो इतेक खयाल करता भी कि नहीं ? मोंड़ी पानी-पानी हो जाती हैं हमें दुखी देखकर। नीचट करेजा की है हमारी बिटिया। हिम्मतवर। धीर बँधाती है हमारी। समझाती है कि अम्मा, अब हम बड़े हो गए हैं, तुम फिकर न करिओ। दद्दा को भी समझा लेंगे।

"पर हमें जा मोंड़ी की तरफ से एक खटका लगा रहता है कि अकेली-दुकेली परते ही जा उदास काहे हो जात है ? तुम पूछ तो देखिए मन्दा बिन्नू कि कौन से दुक्ख में फँसाए है अपनी जान ?"

सेंधरी से चलकर बस गुरसराय तक रुक गई थी। मन्दाकिनी ने खिड़की में से झाँका, सवारियाँ गठरिया-पुटरिया लेकर बस की ओर दौड़ रही हैं। ड्राइवर-कंडक्टर चाय की दुकान की ओर बढ़ गए।

मन्दाकिनी ने डुलिया में रखे झोले को देखा। उसका मुँह खोलकर भीतर झाँकने लगी। गुलाबी धोती के रंग की आभा बिखर रही है पूरे झोले में। संग में एक पोटली रखी है। उसने हाथ से स्पर्श करके अपने को आश्वस्त किया कि हाँ ठीक और सुरक्षित रखे हैं बीस हजार रुपए।

अम्मा पगली हैं ! निराट सिर्रिन हैं !

देखते ही भौंचक रह गई थीं। अपनी आँखों पर विश्वास नहीं हो पा रहा था उन्हें। या सचमुच सोचा ही न था कि मन्दा इस तरह आ खड़ी होगी घर की चौखट पर ! सेंधरी गाँव में। उनसे मिलने।

वह सामने खड़ी थी और अम्मा जड़-पत्थर-सी खड़ी रहीं। देखने के बाद भी देखती रहीं। अपलक। निश्चल। ठगी-ठगी-सी।

घर तक पहुँचानेवाला आदमी बताता रहा, ''तुम्हारी बिटिया आ गईं भौजी। घर तलास रही थीं, सो हम तुरन्त समझ गए कि यह तुम्हारी मन्दा।''

अम्मा गूँगी और बहरी। जो बोल रहा था, बता रहा था, उससे न कृतज्ञभाव, न धन्यवाद जैसा आखर ! कुछ देर के अन्तराल पर मूरत की जड़ आँखों से अँसुआ रिसने लगें मौन रुदन में डूबने लगीं अम्मा !

पहुँचानेवाला ही उस विह्वल सरोवर से अम्मा को निथारने में लगा था। बोला, '' बिटिया, अति की होंस फूल में बानी जम गई है भौजी की। कब से इन्तजारी थी तुम्हारी। रोज कहती थी कि कपूरे लला, तुम अपने चौंतरे पर बैठे रहते हो, हमारी बिन्नू आएँगी सो गली बता देना।

'' हम हँसते कि भौजी, सेंधरी क्या डिल्ली-बम्बई है सो हिरा जाएगी बिटिया। ''

वह सुन रही थी कपूरे कक्का की बातें और अम्मा अपनी मैली-सी धोती के पल्ले से आँखें पोंछतीं और चकोरी की तरह निहारने लगतीं उसे। फिर प्यार से बाँह गही और उसे भीतर लेकर चल दीं। प्लास्टिक की लाल डुलिया हाथ से ले ली। पलटकर कठिनता से बोल पाईं, ''लला, जस रहै तुम्हारा। महामाई सातऊ सुक्ख दे।'' कृतज्ञता से भीगे बोल भारी-भारी से और रुक-रुककर निकले।

...मगर उनके पाँव बहुत हल्के ! कभी आसन लातीं तो कभी चटाई। 'नहीं खटिया ! आहाँ, पिढ़ी ! नहीं वो मूढ़ा, जौन हमने चैरमैन के घर से मँगाकर रखा था।' एकालाप में डूबी थीं।

मूढ़ा डाल दिया। कन्धे पकड़कर बिठा दिया उसे। हँसने लगीं, ''बिटिया, बेर-बेर आ जाता था चैरमैन का मोंड़ा कि तुम्हारी मन्दा तो न जाने कब आएँगी, हमारा मूढ़ा दै राखो। लो हमने एक दिन टंटा ही काट दिया कि लो, धरो जे पइसा। अपनी बाई से कहियो कि दूसरा मूँढ़ा मँगा लेवें। जा तो हमारी मन्दा के लाने ही हैं।''

मन्दाकिनी हँसने लगी।

वे अपनी दो धुतियों की गदेली-सी बना लाईं, उसे उठाया और उसके नीचे रख दी। पीठ पर हाथ धरे रहीं। फिर बालों को सहलाने लगीं, ''बिन्नू, हार-थक गई होगी।''

तुरन्त तेज कदमों से आँगन में चली गईं, ज्यों कुछ याद आ गया हो।

वह अकेली बैठी थी। आँखें घर के निरीक्षण में जुट गईं। खपरैलदार कच्चा घर है। लिपा-पुता। खूँटी पर मामूली और मैले से कपड़े टँगे हैं। कोठे के एक कोने में मिट्टी के दो-तीन घड़े रखे हैं, दूसरे कोने में मैले चीकट-से ढक्कनदार दो कनस्तर। घड़ौंची के गगरी-घैला, अलगनी पर बिछावन की कथरी।

यह उन्हीं अम्मा का घर है, जो हमें पचास हजार रुपए सौंप आई थीं। अपने लिए जरूरत नहीं थी उन्हें ? या उस धन को अपना माना ही नहीं ?

अम्मा आ चुकी थीं। हाथ में परात थामे। घैला थामे। पानी परात में डालती हुई बोलीं, ''पाँव धुवा लो बेटा !''

पाँवों को अपने दोनों हाथों से ऐसा गहा, जैसे फूलों को अंजुरी में ले रही हों और परात में भरे पानी में डुबो दिया। वह 'नहीं-नहीं' करती रह गई।

वे झुकी-झुकी धोती रहीं। अपनी धोती के पल्ले से पोंछे और एक रुपए का सिक्का उस चरण-जल में डाल दिया।

''नाइन ले लेगी अपना नेग,'' वे बुदबुदा लीं।

''अम्मा !'' कहकर रह गई वह।

वे उठीं, उसके सिर पर हाथ रखकर बोलीं, ''मोरी पुतरिया, धन-भाग हमारे ! बिटिया, आज के दिन ससुरार से आउतीं तो हम नाइन से ही...पर हमारे खोटे करम कि...'' आँखें फिर बरस उठीं। धोती का खूँट फिर पलकों से जा लगा।

वह बैठी न रह पाई, उठी और माँ के कन्धे पर टिका दिया अपना सिर।

करुण स्वर में बोलती रहीं अम्मा, ''बिन्नू, आज देहरी तर गई। तपस्या पूरन हो गई हमारी। आँखें सुकारथ भई बिटिया ! सपने देखे थे तुम्हारे आवे के। अभिलाख। सँजोए रहे, भरम बाँधे थे हम, पर जे पक्का भरोसा नहीं था कि मोरी मन्दा माफी दे देगी !''

बस कब चल दी थी, मन्दाकिनी को पता ही न चला। एरच में आकर हिचकोले से रुकी तो उसकी तन्द्रा टूटी सवारियाँ उतरने लगीं। वह भी उतर गई और अपनी डुलिया लटकाए बढ़ चली ताँगे की ओर।

सवारियों के बीच ताँगे में भिंची बैठी है, लेकिन मन और देह अलग-अलग चल रहे हैं। विचार घोड़े के लयबद्ध टापों की तरह निरन्तर उठ-गिर रहे हैं। बऊ घबरा रही होंगी। गोपालपुरा की कहकर निकली थी। सेंधरी आने को केवल डॉ. इन्द्रनील जानते हैं। सोचा था कई दिनों से, अवसर ही नहीं बन पाया। अम्मा के दिए रुपए ट्रैक्टर में लगा दिए। राउतों ने अब तक बीस हजार चुका दिए हैं, उसी की सूचना अम्मा को देनी थी या माँ के पास आने की उत्कट इच्छा थी, नहीं मालूम उसे। वे तो कहती हैं कि वह धन तो हमने तुम्हें ही सौंप दिया बिटिया ! तो क्या ? हैं तो अब भी वे उन्हीं के। मदद मिल गई यही क्या कम है ? कोई और रास्ता न जाने कब तक निकल पाता ?

अम्मा तो निछावर हुई जा रही थीं, '' बेटा, तुम्हारी ही आँखें का नूर उजेरा भर रहा है हमारी आँखों में। परगास हो गया है मन में।

'' तुम तो बेटा, हमसे बड़ी भईं। उमर और पकी देह से क्या होता-जाता है,

असल चीज तो अकल और विवेक है। मति-सुमति है। त्याग परकाज है। उसी से झिलमिलाती है रोसनी, कटता है अँधेरा। जोतिवान हो उठता है मनिख। जे कहो कि आदमी इंसान बन जाता है।

"बहुत हो गईं भूलें। गारत कर ली जिन्दगानी। वा हाहाकार भरे माहौल में कुछ सूझा ही नहीं बिटिया ! अपनी हिरस की खातिर मनचाही गैल चल परे। कुत्ता-कूकरा की तरह तेरा-मेरा करके खोंखियाते रहे। जिनावर से भी बुरे बदकार हो गए हम...। मानस जनम विरथा सुखा डाला !

"मन में पहले से ही यह अलख जागा होता तो हम भी समझ लेते कि रोटी और देह से आगे भी कोई संसार है। परहित और दीन-धरम की भी कोई दुनिया है।

"अब भी देर नहीं मानते हम। आँखें खुले पाछे सबेरा है।"

अम्मा ने संकेत दिया कि बिन्नू, तुम जे रकम-रुपया लै कें काहे भगी आईं ? दूसरे पति परमारथ में उठा हाथ नहीं रोकते। दान-पुण्य का विरोध नहीं करते। उलटे आदर ही देते हैं उनकी पलटी हुई जीवनचर्या को। ये रतन यादव नहीं हैं, जो दूसरों को खोंट-खोंटकर खाएँ।

मन्दाकिनी दिन डूबे तक सोनपुरा आ गई। घर में कदम रखा। चप्पल उतारकर आँगन में आ गई। बऊ पहचान गईं, मन्दा के पाँवों की आहट है यह।

पप्पू ने दिबला में घी डालते हुए हाथ रोक लिया, "काहे बऊ, तुम तो ऐन पहचानी। साँची, मन्दा जिज्जी ही हैं।"

"बेटा, अपने लरका-बिटिया की बास आँधरे मताई-बाप भी पहचान लेते हैं। गुन लेते हैं कि वह भूखा है कि प्यासा है, सुखी है कि दुखी है।"

जब से सुगना ने आना-जाना कम किया है, आरती पप्पू की करवाता है। भले ही खेत में ट्रैक्टर चलाते-चलाते थक जाए। चाहे एरच से समान लाकर थका-माँदा लौटा हो, ठाकुरद्वारे की फिक्र हमेशा रहती है उसे। बऊ कहती हैं, पिछले जनम का सन्त है पप्पू।

दीया हाथ में लिए बऊ, आँगन में आ गईं।

"मन्दा ! बड़ी देर कर दी। इतेक दिना ! हमें तो भारी चिन्ता हो गई थी। लो, आज न आतीं तो हम भोर ही पप्पू कों पठाउते गोपालपुरा।"

उसने अपना झोला एक कोने में टिका दिया। कुछ देर यों ही सोच में पड़ी रही। अम्मा से मिलने को लेकर बऊ बखेड़ा खड़ा कर देंगी। बताना उचित न होगा। चुप ही बनी रहे तो ही ठीक है। वह दालान में धरती पर जा बैठी। पाँवों की बिवाई भीतर तक चिर गई हैं। रेत घुस गया है दरारों में। टीस उठ रही है। उठकर पनारे पर चली गई। पत्थर पर खड़ी होकर पानी डालने लगी। वहीं से पूछा, "बऊ, सुगना आई थी क्या हमारे पीछे ?"

पप्पू बोला, ''नहीं आई जिज्जी ! रोज हम ही कराते हैं आरती।''

बऊ ने टोका, ''हैऽ ऽ सिर्री ! ऐन तो आई थी। हाँ, आरती के बखत नहीं आ पाई। ऐन लड़ाई भई बाप से मताई की। वही बताती रही।''

बऊ से बिवाइयों के लिए तेल माँगने को ही थी कि वे श्यामली से आए मोदी लल्ला की कथा ले बैठीं।

'' लो अबकें तुम ऐन गोपालपुरा चली गईं। मोदी थे श्यामली से। तुम्हारी बाट हेर-हेर कें लौट गए। खूब इन्तजारी करी। एक दिना रुके भी। पर तुम बेटा, पूरे सात दिना लगाकें आई हो। अबकी बार गोपालपुरी की ठकुराइन ने ऐन रोकीं।

'' हमने तो जे पप्पू पठए थे गोपालपुरा, पर तुम मिली ही किते। ठकुराइन ने कह दई, वे तो भलौटा-झबरा तरफ निकर गई हैं। कहाँ नों पिछाई करे तुम्हारी कोई। ''

वह जस की तस बैठी रह गईं। पाँव की बिवाइयों पर हाथ धरे बऊ का मुख देखती रही। बऊ को जैसे सन्तोष नहीं हुआ इतना सुनाकर।

''अब तुम हमें क्या हेर रहीं ? पीछें मुड़कें भी देख लेते हैं कि अपने घरै कैसी क्या बीती ? कोई आफत-विपत, हँसी-खुसी घटी हो।''

बऊ ने थाली में दिबला उजियारकर रख दिया। पीतल की चमक पर सुनहरी रौशनी झिलमिलाने लगी। ठाकुरद्वारे में थाली रखकर बऊ कपड़े में बँधे कागज उठा लाईं।

'' लो, जे दै गए हैं मोदी और कह गए हैं कि मन्दा है अब इन कागदों की जिम्मेदार, मालिक। काल के दिना दादा न रहें या हमारी आँखें मिच जावें, तो हौसले से काढ़कर तो धर देगी कचेहरी में। लो, इतने बड़े घर में कुसुमा का कोई हितू नहीं दीखा हमें, सो हमें यहाँ तक भगना पड़ा। मिलने-भेंटने आते तो कुछ और बात होती मातौन ! अब तो हम अपने आने की बात भी उजागर नहीं करना चाहेंगे।

'' मन्दा, यह समझे कि ये कागद नहीं कुसुमा का हिस्सा हैं। माधोपुरावाली बहू की जायदाद। सो सम्भार कें ऐसी जगह धरो कि छीजें नहीं। हमने कैसे-कैसे वसियत करा पाई है, अब तुमसे क्या-क्या बतावें ? दादा को झाँसी तक नहीं जाने देते थे विकरमसिंह। जैसे कंस ने पिता की कैद कर दी थी, औरंगजेब ने बाप को जेल में डाल दिया था, बस वोई हाल किया उनके दरोगा बेटा ने। छोटे सिरीकान्त को भी भरमा लिया। को हते औरंगजेब ?''

बऊ आगे बोलीं, ''और बेटा, कुसुमा ने सन्देश भेजा है कि मन्दा श्यामली हो जावें, दरोगा-दरोगिनी श्यामली आए हैं इन दिनों। लरका के ब्याह-सादी के चक्कर में हैं। चक्कर में क्या चिन्ता-फिकर में हैं।''

मन्दाकिनी ने कपड़े में बँधे कागज खोल लिये। एक-एक फैलाकर दीये की लौ

में पढ़े। परम प्रसन्न हो उठी, भाभी को तीसरा हिस्सा ! "बऊ, दादा ने भाभी को तीसरा हिस्सा दिया है !"

बऊ को अचरज-ही-अचरज ! "लो, बेटों का हक्क छीनकर कोई दे सकता है किसी को ? ऐसी ही छाँह न होती तो कौन रखता उस बरगद जैसे पुरिख की मान-मर्जादा ? कौन याद करता श्यामली के पंचमसिंह को ?"

मन्दाकिनी ने कागजों को उसी तरह लपेटा और जाकर अपने हाथों जतन में बक्से में रख आई, जिसमें मकरन्द के पत्र रखे रहते हैं ताले में। सन्तोष की साँस लेकर बैठ गई।

बऊ ने दरोगा-दरोगिनवाली बात फिर दोहरा दी।

वह तनिक टेढ़ी सी होकर बोली, "बऊ, आए हैं तो आने दो। हम क्या करें ? हमारा क्या नाता है दरोगिन से ? क्या सम्बन्ध है दरोगाजी से। कुसुमा भाभी से मिलना होगा तब चले जाएँगे।" और चुपचाप अपनी फटी बिवाइयों में तेल भरती रही।

"तो जाने का बिचार नहीं है बिन्नू तुम्हारा ?"

वह मौन बैठी रही, जैसे कुछ सुना ही न हो। अन्त में बऊ की खातिर बोली, "आने-जाने की अभी क्या कह दें ? अपने ही कामों से फुर्सत नहीं है। क्रैशर पर नहीं गई आठ दिन से। रामरतन परेशान हो गया होगा। हिसाब देखेगा कि खेप कराएगा। काम के दिन हैं आजकाल।"

बऊ चिढ़ सी गईं, "जाओगी कहाँ से ? प्रधान-सरपंचों के संग गाँव-गाँव सभा-पंचायत करने से फुर्सत मिले तब न ! डोलने की आदत पर गई तुम्हें।"

"बऊ, जाना जरूरी न होता तो हम जाते ? चुनाव बहुत जल्दी ही है, सलाह-मशवरा करना है। पहाड़ों के मजदूरों के भी वोट हैं, उनसे बातें करनी हैं। और दो-चार गाँव छोड़कर हर गाँव में पहाड़ पर मशीनें लगी हैं। सो बस लो, हमें तो एक दिन भी खाली नहीं दीखता अब।

"हाँ, हम मोदी लल्ला से जरूर मिलना चाहते थे, यह बताने के लिए कि उनकी अमानत हमारे पास सुरक्षित है। कुसुमा भाभी से चाहे जब मिल लेंगे।

"चलो बऊ, आरती कर लो। तुम काहे को उदास हो गईं ?"

साँझ की आरती का समय हो गया। भगवान के सिंहासन के नीचे आरती की थाली और प्रसाद का कटोरा रख दिया बऊ ने।

आरती करके वह प्रसाद बाँटने लगी।

पप्पू ने अपना हाथ प्रसाद के लिए फैलाते समय कुछ कहना चाहा। उसने बरज दिया, "पहले भोग लो, बाद में कहना-सुनना।"

पप्पू बेचैन था। प्रसाद की फंकी मारकर जल्दी से पानी पी लिया और फिर आ

खड़ा हुआ उसके पास।

''हाँ, कहो पप्पू, नहीं पच रहीं पेट में बातें,'' वह हँसने लगी।

वह झेंपा नहीं, जैसे अक्सर शर्मिन्दा हो जाता है। उदास हो गया और बोला, ''जिज्जी, डॉक्टर साब तो चले गए !''

वह अपनी हथेली पर प्रसाद धरती हुई कहने लगी, ''चले गए तो क्या हुआ ? आ जाएँगे।''

पप्पू ऐसे देखने लगा, जैसे कह रहा हो, जिज्जी, तुमने ठीक से सुना नहीं शायद।

''अपने डॉक्टर इन्द्रनील बिल्कुल ही चले गए !''

''बिल्कुल ! बिल्कुल कहाँ चले गए ?'' उसके स्वर में दहशत शामिल हो गई।

बऊ अचरज से देखने लगीं उसकी ओर।

प्रसाद के खाली कटोरे को पनारे की ओर ले जाते हुए रुक गई और कहने लगीं, ''लो, तुम्हें नहीं पता बेटा ! असपेर के गाँवन में तो रई-सी फिर गई है। तुम गोपालपुरा नहीं गई थीं क्या ? फिर कहाँ गई थीं ? भलौटा गाँव का एक आदमी तो घंटों हमारे पास बैठ कें सोक मनाता रहा। और सोई गोंती झखनवारा के आदमी मलाल करते रहे द्वारिका लला के पास आकर। झबरा डुड़ी कुड़री तक पहुँच गई है खबर और तुम अबै तक बावस्ता नहीं हो पाई !''

उसने धीरे से दोबारा पूछा, ''कहाँ चले गए डॉक्टर ?''

पप्पू की आवाज गहरी हो गई, ज्यों कुएँ में से बोल रहा हो, ''तबादला हो गया उनका।''

वह मुँह खोले रह गई। फटी-फटी आँखों से देखती हुई...जैसे मान न रही हो पप्पू की बात को। 'असम्भव' कहने की-सी स्थिति उभरने लगी मुख पर। फिर बुदबुदाई, ''त-बा-द-ला !''

पप्पू फिर सूचना को बल देते हुए कहने लगा, ''हाँ हो गया तबादला। सच्ची जिज्जी, न मानो तो पूछ लो किसी से भी। ऐन कम्पाउंडरजी बता देंगे।'' पप्पू अपनी पैंट में हाथ डाले खड़ा रहा। बैठना भूल गया। मन्दाकिनी के साथ ही बुत-सा खड़ा रहा।

और वह 'तबादला' शब्द के चार अक्षरों के चार नुकीली धारदार भरकम चट्टानों से दबी जा रही है, कुचली जा रही है। अक्षर-अक्षर पीसने लगा उसे। काँपते हाथों में ठाकुर जू का भोग थरथराने लगा। टाँगों में खड़े रहने का बूता चुकने को आ गया। धरती पर ढह-सी पड़ी। पप्पू भी उद्विग्न हुआ पास आ बैठा।

असम्भव पर प्रतीति जमाने का यत्न करने में जुटी थी वह। हादसों में विश्वास एकदम तो नहीं हो जाते, फिर कैसे मान ले डॉ. इन्द्रनील के चले जाने की अनहोनी को...

ऐसी जल्दी क्या थी ? आ तो लेने देते हमें। इन्तजार नहीं किया डॉ. इन्द्रनील ने। रुके नहीं मन्दा के लिए ! केवल उन्हें ही तो बताया था कि वह गोपालपुरा से सेंधरी निकल जाएगी। अम्मा के रुपए चुकता करने हैं। भले वे लें, न लें, आदर तो रखना ही होगा पैसे सौंपकर। जाना जरूरी है, अम्मा इन्तजार भी करती होंगी।

खबर कर सकते थे डॉक्टर। बुलवा भी सकते थे पप्पू के हाथ। सम्भवतः प्रार्थना और विनती का समय भी न देना चाहते हों ! ऐसे उखड़ गए यहाँ से ? या रूठ गए ? कौन सी खता बन गई ? समझा तो जाते डॉक्टर इन्द्रनील...

उठकर प्रधानजी के घर जाने लगी। पप्पू साथ हो लिया।

बैठक का द्वार खोलकर उसे मूढ़े पर बिठा दिया पप्पू ने। प्रधान काका को टेरकर द्वारिका कक्का को लिवाने चला गया।

कैसा सयाना-समझदार हो गया है पप्पू इन दिनों। लड़कपन की लापरवाहियाँ न जाने कहाँ बिला गईं। बड़े-बूढ़ों की तरह खुद ही सोच-समझ लेता है !

प्रधान काका को देखते ही मन में हिलोर-सी उठी और पलकों में बूँदें उलझने लगीं। वह एकटक देखती रही काका की ओर, ज्यों पुतलियों पर सागर थमा हो।

वे लाचार से बोले, " बेटा, हम तो खुद ही इन्तजार कर रहे थे तुम्हारा। ऐन सेंधरी से भी तुम्हें लिबा लाते तो भी क्या होना था ?

" सरकारी हुकुम का कागज आदमी के मुकाबले हर हालत में भारी पड़ता है।

" यह नहीं कि हमने कुछ कही-सुनी नहीं। उनके जाने की सुनकर असपेर के आदमी और प्रधान आए थे। घर-घर में जान गए थे लोग। हम खुद उन्हें पहुँचाने एरच तक गए थे।

" रस्ता-भर अपनी लाचारी दिखाते रहे डॉक्टर। बिबस थे वे भी। नौकर-मुलाजिम ठहरे। अपनी पेस थोड़ेई जाती है हाकिम-हुक्काम पर। जब तबादला ही हो गया तो..." इतना ही कह पाए थे कि टोक दिया उसने।

" तबादला क्यों कहते हो काका ? सबसे कह दो, आसपास के गाँवों में खबर करा दो कि डॉक्टर नेठम ही चला गया ! बिल्कुल ! तबादला तो तब कहा जाता है, जब डॉक्टर के बदले दूसरा डॉक्टर आता है।

" ...और डॉक्टर बेबस नहीं थे काका, हम ही लाचार हैं। डॉक्टर को तो अपनी तरक्की... " उसने होंठ काट लिया, आगे बात नहीं कहनी चाही।

आजकल नींद और चैन जाता रहा है। मन बार-बार समझाने पर भी नहीं समझता। शान्ति न सन्तोष। बेकली का श्राप लग गया हो जैसे। रह-रहकर विचार आते-जाते हैं।

जिला अस्पताल जाना चाहिए ?

नहीं।

तो जिला कार्यालय ?

नहीं।

डॉक्टर इन्द्रनील के पास ?

अब कहीं भी नहीं... !

कम्पाउंडर रासबिहारी मौनी बाबा हो गए हैं इन दिनों। आते-जाते, चलते-चलाते लोग उनकी जान को पड़े रहते हैं। पट्टी बँधवाते, दवा लेते तमाम तरह के प्रश्न पूछते हैं, जैसे कब आएँगे डाकधर ? वे नहीं आएँगे तो कोई और आएगा ? वैसे चले काहे को गए ? मन नहीं लगा कि कोई ऊँच-नीच बोला ? स्यात सादी-ब्याह के चक्कर में होंगे। लो अधबूढ़े हो गए थे कुँआरे ही, ब्याह की बाबत कभी तो सोचना ही पड़ता है।

जितने मुख उतनी ही बातें।

क्या-क्या बताए रासबिहारी। किन-किन सवालों के उत्तर दे ? वैसे तर्कहीन बातें नहीं मानते अनपढ़ ग्रामीण भी। अब वे सयाने हो गए हैं। चतुर। एक मायने में बुद्धिमान। अनपढ़ हैं तो क्या मूर्ख भी बने रहेंगे ?

मन्दाकिनी नहीं रख पाई धीरज। रुआँसी होकर बोली, "आप तो मत धोखे में रखिए कम्पाउंडरजी। सच-बच बता दो कि डॉ. इन्द्रनील क्यों..."

उत्तर पाने को आतुर खड़ी है वह। कम्पाउंडरजी ने दवा निकालते हुए ऐसा संकेत किया कि बैठो दो घड़ी कुर्सी पर। मरीजों से निपट लें हम।

कम्पाउंडरजी ही स्वास्थ्य अधिकारी हैं अब। अर्जित ज्ञान के हिसाब से और बच रही दवाओं के अनुसार बुखार, खाँसी, जुकाम, दस्त का इलाज चला रहे हैं।

मरीजों से मुक्त होकर कुर्सी उसके पास को खींची और बैठ गए। गुनते रहे कुछ मन-ही-मन में। उसे लगा था रासबिहारी कहने की और न कहनेवाली बातों की छटनी में लगे हुए हैं।

क्या पता झुँझला भी रहे हों यह सोचकर कि डॉ. इन्द्रनील ने जाने से पहले दो-चार दिन की छुट्टी क्यों नहीं ले ली . .. लेते तो गाँववालों के ऊटपटाँग प्रश्नों को सुलझा जाते।

लेकिन वे सफाई देने की लय में बोले, " मन्दा, तुम्हीं बोलो, डॉक्टर क्या करते ? चुनाव नजदीक आ गया। राजा साब गाँव-गाँव फिर रहे हैं। उन्हीं का औडर मिला था कि चौबीस घंटे के भीतर सोनपुरा का चार्ज छोड़कर समथर के पास बेलवाँकला पहुँचो। जाना पड़ा। नाहीं तो नहीं कर सकते थे। हुकुमउदूली की गुंजाइश ही कहाँ थी ? राजा साब की आज्ञा टालना हँसी-खेल नहीं है। वे विधायक ही नहीं, प्रदेश के

मन्त्री हैं। आगे भी पद-प्रतिष्ठा बनाए रखने की हैसियत रखते हैं।

" फिर एक गाँव या दस-बीस गाँवों के बल पर नहीं साध सकते अपनी कुर्सी। उनकी भी मजबूरी ठहरी। थोक में तो डॉक्टर मिलते नहीं गाँवों के लिए।

" बस, इसी कारन चले गए डॉ. इन्द्रनील, वरना उन्हें क्या दुख था यहाँ ? क्यों जाना चाहते ? तुम लोग तो हाथोहाथ रख रहे थे।"

उसे लगा, ये बातें पहले भी सुनी हैं। डॉ. इन्द्रनील ने भी इसी तरह बताया था कुछ। हाँ, बताया तो था। शायद उसने ध्यान, अतिरिक्त ध्यान नहीं दिया था, गम्भीरता से नहीं लिया था उनके कहे को। नहीं तो समझ ही गई होती कि सरकारी मुलाजिम किसी का मातहत, हुकुमबरदार होता है, हमारा कुनबा-खानदानी नहीं।

हम ही हैं पगले ! निराट सिर्री ! कि बाहर से आए आदमी को अतिथि मानते-मानते अपना निजी मानने लगते हैं। मन से बँध जाते हैं उसके साथ। उसकी ड्यूटी को नेह-प्रीति समझने लगते हैं। और उसके करे को देवता का वरदान ! सो देवता मान बैठे डॉक्टर को। उनसे तो हमारे गाँव में बनी पत्थर के देहरे बब्बा की मढ़िया, महामाई का थान, महादेव का थान, महादेव की पिंडी भली, जो सर्दी-गर्मी, आँधी-तूफान, वर्षा-सूखा में हमारे संग-संग रहती हैं। वे देवता निर्जीव होकर भी हमें हौसला देते हैं, जड़ होकर भी वरदान देने की कूबत रखते हैं, शिला होकर भी हमारे तरन-तारन के प्रतीक हैं। इनके कौल भरकर हम सच को निबाहने का वादा करते हैं। तभी पीढ़ी-दर-पीढ़ी, साल-दर-साल, सदी-दर-सदी गुजरती जाती है, लेकिन उनके ऊपर से हमारा भरोसा नहीं डिगता।

भले यह अन्धविश्वासों पर टिकी आस्था हो, लेकिन इस आस्था के चलते हमारे विश्वास को कभी दगा देने की मंशा नहीं बनाई हमारे देवताओं ने। आदमी इन पत्थरों की बराबरी कहाँ कर सकता है ?

कम्पाउंडरजी कह रहे थे, "डॉक्टर साहब का तो यह हाल है कि एक अनार सौ बीमार। देखो, वहाँ भी कितने दिन ठहरते हैं ?"

वह उठकर चली आई। घर आकर मन मथती रही। राजा साब ने भरोसा दिया ही क्यों था ? जनता को कितने दिन बहला सकते हैं इस तरह ? जिन्हें पूरा नहीं कर पाते, क्यों करते हैं ऐसे वादे ? लुभाने-बहलाने को या बहकाने-फुसलाने को ?

वे तो पढ़े-लिखे आदमी हैं। जानते नहीं कि जुगनुओं से स्थायी प्रकाश नहीं होता। भले आसमान में चमकती बिजली जैसी बलवान चीज हो, मुकम्मल रोशनी दे सकती है क्या ? जनता के शुभचिन्तक होकर इतना नहीं समझे कि दीये की नन्ही लौ ही बहुत है अँधेरे के निवारण को, फिर बड़ी-बड़ी मशालों की बातें क्यों करें ? उन्हें किसके कन्धे पर धरेंगे ? कौन ढोएगा उनके वजन को ?

नरसिंहगढ़, खमा, डिकौली, गोपालपुरा, झबरा, झखनवारा से लेकर डुड़ी, कुड़री तक गई वह। डॉक्टर के चले जाने का दुःख महामारी की तरह फैला हुआ है। जो अच्छे-भले हैं, उनकी आशा मुरझा गई। जो बीमार हैं, वे अधमरे हो लिए। जो अधमरे, वे कगार पर...

गोंती के पंचायती चबूतरे पर ग्रामीणों ने घेर लिया उसे। क्या उत्तर दे उनकी बातों का, सटीक सवालों का, विनती-प्रार्थना का, अभी तक हुए सुख-आनन्द का...अँधेरे घिर आए भरी दोपहरी में। दीखती नहीं कोई आशा की किरण। मौन बनी बैठी रही मन्दाकिनी। अपनी ओर से कौन सा आश्वासन...?

विदा करने प्रधानजी दूर तक आए। उनके मुख पर झलकता दर्द घर आकर भी नहीं भूल पाई वह। कह रहे थे, "मौत को कोई रोक तो नहीं सकता, लेकिन लगता है कि टाल सकता है डॉक्टर। अकाल मौतें नहीं देखी जातीं मन्दा। छोटी-छोटी बीमारियों से मरते नहीं देखा जाता आदमी। डॉक्टर इन्द्रनील के जमाने में उन्हीं बीमारियों से उबरते देखे हैं लोग। अब देख लो कि मोतीझरा से गुजर गया धनराम का बेटा...बहू विधवा !"

बऊ ने तमाम बातें पूछीं, वह कुछ ने बोली, मौन ही बनी रही। जैसे वाणी न खोलने का प्रण ले रखा हो। वह जानती है, बऊ के सिर पर श्यामली सवार है। किसी तरह विवाह हो जाए, यही सपना देखती हैं बऊ। यही एक चाहना है उनकी। झूठे से भी कोई आशा-उम्मीद दिखे, उधर ही दौड़ने लगती हैं वे, मरीचिका के पीछे प्यासी हिरनी-सी !

चलो भ्रम टूट गया। उन तीनों प्रधानों की ग्राम-व्यथा के साथ-साथ ही खड़ा हो गया सोनपुरा भी।

गोंती, झबरा, झखनवारा--इन तीनों गाँवों में पिछले चुनाव के समय इसी तरह...इसी तरह तो ठगा था बोटरों को ! जैसे अस्पताल की बसावट पर धोखा खा गए हैं हम। हम क्या, पूरा इलाका।

गोंती में पिछले चुनावों के कुछ दिन पहले एकाएक बिजली की व्यवस्था का ऐलान हुआ। चटपट इंजीनियर, जूनियर इंजीनियर देवदूत की तरह उतरे कच्ची गलियों में। लोगों की निगाहें चमकने लगीं। गाँव नापा जाने लगा। इंच-इंच मापा गया कोना-कोना। निशान लगा दिए खूँट-खूँट पर। सौ-सौ फुट के फासले पर गड्ढे खोद डाले। खम्भे गाड़े जाने लगे। बीच में पेड़ आए, काट डाले। चबूतरा आया, फोड़ डाला। बाड़े-बखरी की भींतें आईं, ढहा दीं।

गरीबों ने गुहार-पुकार की। उजड़ने पर बिलबिलाए तो प्रधानजी ने ही समझा दिया कि मूरखो, बिजली जैसी प्रकाशमान चीज के आगे तुम्हारी भीत मड़इयों की क्या महत्ता ? गाँव को चमकदार होने दो, पेड़-रूख, भीत-चौंतरे तो फिर भी लग, बन

जाएँगे। हमारा श्रम तो हमारे पास है, परन्तु इन अहलकारों को नहीं पाएँगे फिर हम।

चुनाव गया, रौशनी गई ! फिर किसी के ध्यान में नहीं चमका वह गाँव। लोग अवाक् रह गए। आपस में क्या पूछें किसी से ? जानता ही कौन था कि क्यों आँखें फेर लीं अहलकारों ने ? क्यों विमुख हो गए नेता लोग, क्यों भूल गए कि हम प्रकाश के छलावे देने को खम्भे गाड़ आए थे, जिसकी एवज में मड़इयाँ ढहाई थीं, पेड़ काटे थे, हरियाली सुखा आए थे। उन ग्रामवासियों की आँखें जल-जलकर बुझ रही होंगी।

प्रधानजी सरकारी कार्यालयों में गए। अपनी गलती पूछी। गलती नहीं भी हुई, तब भी माफी माँगी पूरे गाँव की ओर से। विनती-प्रार्थना में झुके रहे। परिणाम इतना ही निकला कि आश्वासनों में कोताही नहीं बरती अहलकारों ने, न ऐमैलेजी ने। बार-बार भरोसा दिया कि तार और इंसूलेटर कम पड़ गए थे, आ जाने दो, सबसे पहले तुम्हारे गाँव में ही काम शुरू कर दिया जाएगा। अँधेरा दूर होगा। दिन देर ही तो है, अन्धेर नहीं। ऐसा ही विश्वास पाले रहे गोंती के निवासी। भीत-मड़इया भी नहीं उठाई इसी अन्देसे में कि अफसर लोग नाराज होकर चले न जाएँ। कोई नहीं आया।

हाँ, ऐसा नहीं हुआ कि कोई न आया हो, आए थे कुछ लोग। बिजली के लिए लगे खम्भे उखाड़ने आए थे। रोष आ गया ग्रामीणों को। मरने-मारने पर उतारू हो गए कि लो अन्धेर ही निकला। हम तो सर्दी, बारिश, धूप में उघड़ी जगह में किसी तरह गुजारा कर रहे हैं कि एक दिन...और ये हैं कि उखाड़े लिये जा रहे हैं हमारी आशा-अभिलाषा !

सरकारी लोग पुलिस ले आए। सिपाही बोले, ''सरकारी सम्पदा को हाथ लगाना अपराध है। गिरफ्तार करके थाने ले जाना पड़ेगा तुम लोगों को। क्यों फसाद पर तुले हो, राजी से मान जाओ। इनकी जरूरत दूसरे गाँव में है।''

यह तो हुई गोंती की बात।

लभेरा, भलौटा—दोनों गाँवों के प्रधान तमतमा रहे थे। बता रहे थे अपनी आपबीती।

'' डॉक्टर रहेगा-रुपेगा, इसमें हमें शक था मन्दा ! काहे से कि जे ही राजा साब हमसे दगा कर चुके हैं। इन्होंने ही पुलिया का ऐलान किया था। अपने भाषन में परजा जोड़कर क्या-क्या तो गप्प हाँकी थीं कि यह भूमि बन्दनीय है, सौभाग्यसालिनी है। तमाम बातें ! आनन-फानन में सर्वे हो गया। मजूर जुटने लगे। गाँव में पुल के सपने देखे जाने लगे। आदमी-डुबान नाले से निजात मिलेगी, यह सोचकर लोग गद्‌गद और बाग-बाग होने लगे, मन-ही-मन और बातचीत करके भी।

'' थी भी आनन्द-हर्ष की बात। वर्षा के दिनों में काम ठप्प हो जाता है। बैलगाड़ी जहाँ की तहाँ खड़ी रह जाती हैं। ट्रैक्टर-ठिलिया भी विवश-से खड़े रहते हैं वा पार। आदमी भी तैरना-पैरना जाने तो भली-भला, नहीं तो खड़े रहो।

" ...पर हमारा दुरभाग तो दस पेंड़ आगे चल रहा था। उसी बखत चुनाव हो गया। बोट गिर गए। जीतनेवाले जीत गए।

" उसके साथ ही मजूर-अहलकार न जाने कहाँ बिला गए ? आँखन नहीं दिखाने ! बाट हेरते-फेरते आँखें पिरा उठीं। धीरज जवाब दे गया। नाला जस-का-तस मुँह फाड़े पड़ा था।

" अफसरों के चक्कर काटे प्रधानजी ने। ऐन हा-हा खाई उनकी। अनुनय-विनय-भरी पुकार करी राजा साब से। सलाह करी कि गाँव के कुछ लोग मिलकर बड़े अफसर के चरन पकड़ लो।

" प्रधानजी गुस्सा हो गए यह बात सुनकर। बोले, 'सिर्री हैं हम कि पागल ! हाँ, मूरख ही हैं हम लोग। बोट दिया राजा को और पाँव-हाथ पकड़ते फिरें अफसरों के। ऐन लखनऊ तक दौड़ लिए हम। राजा साब की कोठी में दरबान ने घुसने तक नहीं दिया। बोला, नहीं मिल सकते तुम। बताओ, क्यों नहीं मिल सकते ? बोट लेने के लिए भाषण देने आते हैं, तब तो अपने मात-पिता, भाई-बन्धु, हितू-मित्र सब कुछ हमें ही मानने का दावा करते हैं। कहते हैं कि तुम हो तो हम हैं, यह देश है। फिर अब...?

" 'लूहर में जाए जे विनती-प्रार्थना,' आपे से बाहर होने लगे प्रधानजी।

" हार-झख मारकर चन्दा किया। जमीन-खेती की सामर्थ्य के हिसाब से पैसे उघाए और जैसी बनी तैसी पुलिया डाल ली। नाला पाट लिया।

" 'ऐसी की तैसी में जाएँ मन्त्री-ऐमैले। और होरी में जाएँ अहलकार-अफसर,' प्रधानजी बात-बात में ये दो वाक्य जरूर कह देते हैं।

" लो बाद में दिखाते फिरे पइसा।

" आज तो राजा साब यहाँ तक कहते हैं कि जनता की सुविधा के लिए हम अपनी गाँठ से लगाएँगे। हओ ! अब तो ऐन लगा देंगे !

" पर दरकार किसे है तुम्हारी ? कौन मुख जोह रहा है ?

" हमें भी गैल चलना आ गया है थोड़ा-बहुत। अब ससुर जू तुम हेरो हमारे मुख की ओर। बोटरों की तरफन चकवा की तरह चितैओ। हा-हा, विनती खाओ जात-कुजात की। तुम्हारा तो दीन न ईमान।"

सुगना को बुलाया उसने। बऊ और घर की जिम्मेदारी सौंपी। पूछा, "अब तो ठीक है न सब कुछ ? अभिलाख तो नहीं आता ? तुम परेशान तो नहीं ?"

शान्त थी सुगना, धीरजपूर्वक बोली, "तुम हमारी चिन्ता-फिकर बिल्कुल न करो। ज्यादा-से-ज्यादा अभिलाख के लड़के से ब्याह हो जाएगा। जरूरी तो नहीं कि वह भी

बाप की तरह...तुम ही तो कहती हो कि हिरण्यकश्यप के प्रह्लाद जन्मे थे और उग्रसेन के कंस।''

वह मुस्कुरा दी थी, ''आजकल पुराण पढ़ रही है क्या ?''

''जिज्जी, हम पढ़ नहीं, गुन रहे हैं,'' हल्के से हँस दी सुगना।

''भृगुदेव की चिट्ठी पढ़ ली होगी ?'' उसने छेड़ दिया।

सुगना बहुत उदास हो गई। इतनी कि उसको लगा कि व्यर्थ ही क्यों छेड़ दी यह बात।

उसके दौरे तेजी पकड़ने लगे। नरसिंहगढ़, खमा, डिकौली के अलावा पहाड़ों पर लगे क्रेशरों पर जाना होता है। प्रत्याशियों के कार्यकर्ता सौ-पचास रुपए या अद्धा-बोतल शराब दो-चार दिन लगातार पिलाकर भरमा ले जाएँगे उन्हें। गोपालपुरा की ठकुराइन को लेकर वह गाँव-गाँव गई, पहाड़ियों पर फिरती डोली। समझाया कि वोट नहीं देना है तुमको। लालच में नहीं आना है किसी भी तरह।

झबरा, झखनवारा, कुड़री, डुड़ी, हाजीपुर आदि गाँवों में सलाह-सूत करके गोपालपुरा में एक बड़ी बैठक की। विश्लेषण किया वोट की राजनीति का।

'' ये नेता लोग हमें जीवित आदमी नहीं, केवल बोट समझते हैं। हम सोचने-समझने का माद्दा रखनेवाले इंसान नहीं, इनकी निगाह में कागज पर ठुकी मोहर हैं।

'' सुख-दुख, लाभ-हानि, खुशी-गमी हमें नहीं व्यापती। हम तो इनके इस्तेमाल की चीज हैं, जिसे वे चाहे जब प्रयोग करें, चाहे जब खारिज कर दें।

'' मुँह देखा, नासमझ दीन-हीन हैं, चाहें तो भीख दें, चाहें तो हाथ खींच लें। वे गुड़ डालेंगे, हम चींटों की तरह इकट्ठे हो जाएँगे।

'' नहीं, यह नहीं होगा अब। यह धारणा सत्य नहीं होने देंगे।

'' बस, ये ही बातें तुममें से प्रत्येक को अपने गाँवों में हर एक को समझानी हैं।'' सर्वसम्मति से यही तय हो गया उस सभा में।

गोंती के प्रधानजी हँसते हुए बोले, ''मन्दा बिटिया, ये बातें मजूरों को, गरीबों को दृष्टान्त दे-देकर समझानी होंगी, जैसे अपने महाराज समझाते हैं। कुम्भ के मेले का वर्णन करते हैं कि ठग ने मुसाफिर के सामने पैसे फैला दिए—एक पैसे का सिक्का, पाँच पैसे का सिक्का, दस पैसे का सिक्का, बीस का, पचास का। चकाचौंध हो गया मुसाफिर बीनने लगा। लौटकर आया तो देखा, उसकी गठरी गायब है !''

महाराज !

महाराज की बहुत सी बातें याद आ गईं मन्दाकिनी को। वे कहते हैं, राजनीति का आदमी डाकू, चोर, ठग से भी ज्यादा खतरनाक हो जाता है, क्योंकि इनमें से भी

वह किसी एक का पेशा नहीं अपनाता ! समय-समय पर तीनों के हथकंडे इस्तेमाल करता है और अपने-आपको सबके सामने ऐसा साध-तोलकर परोसता है कि भूले से भी भ्रम न हो उसकी असलियत का।

एक ओर अपनी वाणी से चमत्कृत करते हैं लोगों को। दूसरी ओर कथनी और करनी को अलग-अलग करके रखते हैं।

वे स्वभाव से मधुर और स्वाभिमान से स्निग्ध होते हैं। आत्माभिमान को ठेस-चोट पहुँचानेवाली पानी की बूँदों को नहीं रुकने-ठहरने देते अपने मन पर। बोल, कुबोल, रिस-गुस्सा, मेहर-कृपा को तोल-जोखकर, देख-परखकर बाँटते हैं। वादे-इरादों में नीर-क्षीर का अन्तर रखते हैं। अवसर ही आधार होता है इनके हर कदम का।

वे भी क्या करें ? राजा बनने के लिए प्रजातन्त्र के चलते प्रजा का सेवक होने का स्वाँग भरना पड़ता है। उनकी विवशता है यह।

महाराज इन बैठकों में नहीं आए। उन्होंने अपने आश्रम के बाहर जाना त्याग दिया है। नेता-राजनेताओं के संग-साथ का एक तरह से बहिष्कार कर दिया है महाराज ने।

चुनाव के दिन।

उसके मन में तरह-तरह के विचार उठने लगे। समझा तो ऐन दिया है किसानों को, महीदारों को, मजूरों को, ब्राह्मणों को; बानियों को, लोधे, कुर्मी, यादवों को, चमार, कोरी, काछी, नाई और मेहतरों तक को। लेकिन एक सूत्र में, एक तन्त्र में बँधे रह पाएँगे सब ? जाति से आन जाति का, सवर्णों से अवर्णों का, आदमी से आदमी का, पुरा से पुरा का, गाँव से गाँव का, गाँवों से पहाड़ों का, राउतों से सहारियों का, सहारियों से भीलों का आपस में मतभेद नहीं होगा क्या ?

बड़ी बात है यह। सोचने की बात। समझने की बात।

मतभेद ही नहीं, लड़ाई-दंगे के भी आसार लगते हैं इस बात में। समझाना-बुझाना एक बात है, करके दिखाना दूसरी बात।

किष्किन्धा के बँदरा-भालू नहीं हैं ये लोग, और न हम लोग एकता में बाँधनेवाले भगवान की तरह महान, आदर्श मर्यादा पुरुषोत्तम राम।

सब उसी भाव से सम्पन्न हो, जिस संकल्प से उठाया है तो समझो कि दूना, तिगुना, चौगुना, बाहुबल, आत्मबल, जनबल भर जाएगा हमारे भीतर। इलाके भर में। जन-जन में।

लो जीपें दौड़ने लगीं।

जिन दीवारों पर चित्रकारी बनी थी, रूपसिंह ने लोक-चित्रकला को उकेरा था,

उन पर नारे लिख गए। चुनाव-चिह्न बना दिए गए। जिन्दाबाद, मुर्दाबाद अंकित कर दिया गया। रंग से पुत गईं भीतें।

आजकल सोनपुरा क्या, कोई गाँव नहीं लगता कि वह गाँव है। वहाँ शहरों की तरह ही नारे लिखे हैं, रेडियो बज रहा है। भोंपू बोल रहा है और जोर-जोर से चीख-चीखकर ऐलान हो रहा है। जीप गाड़ियों की भरमार है।

घरघराता शोर उठ रहा है, खेतों से, खलिहानों से, घूरों से, मेड़ों से, पगडंडियों से, दगड़े से, बम्बा, नदी से। जहाँ से देखो जीप गुजर जाती है धड़धड़ाती हुई। फटफट, मोटरसाइकिल दौड़ती हैं।

घटियों, बँधियों, पहाड़ों, पुलियों, बागों, झाड़ियों से होकर ऐसी निष्कंटक राह बन जाएगी, भौचक-से देखते हैं लोग।

दिन-रात शोर-ही-शोर।

सोने दिया न जागने दिया। बैठने दिया न लेटने दिया !

अजीब-सी स्थिति है। अधटँगा सा, लटका सा, भागता सा, रुकता सा, चलता सा या मुँह बाए ठगा सा दिखाई देता है गाँव का आदमी। मगर वे हैं कि कोई सुने न सुने, गुने न गुने, समझे न समझे, चिल्लाए चले जा रहे हैं, "राजा साब को बोट दो। जनता के सेवक—राजा साब। आपके फरमाबरदार—राजा साब ! उन्नति-प्रगति के पक्षधर—राजा साब ! राजा साब !"

दूसरा दूसरी तरह से—नाम का अन्तर, गुणगान वही। साथ में पहले की निन्दा—राजा साब चोर है, गली-गली में शोर है। तीसरा तीसरी तरह...

प्रचार खत्म हो गया। चीख-चिल्लाहट बन्द हो गई। गला फाड़कर दुखानेवाले अपना मेहनताना लेकर चम्पत हुए।

मोर्चा दूसरी मंडली ने सँभाल लिया।

पता लगा कि अधिकारी लोग चकित हैं।

कमाल है, इस गाँव के आदमी वोट देने ही नहीं आ रहे। लो, सुबह से दोपहर होने को आया, चिड़िया तक नहीं झाँकी चुनाव केन्द्र में। इस गाँव के आदमियों को कौन सा साँप सूँघ गया ?

अरे, आदमी तो दूर, कोई बच्चा तक नहीं आया, कि बिल्ले-झंडियों के लालच में ही आ जाए। दुखद आश्चर्य है भाई।

अधिकारी ही क्या, कार्यकर्ता-नेता लोगों को अजूबा-सा लग रहा था। गाँव के लोगों का रवैया। कहीं मसखरी तो नहीं कर रहे अब की बार यहाँ के लोग ?

दोपहर का सूरज ऐन सिर पर आ गया तो कार्यकर्ताओं से नहीं रहा गया। वे घर-घर गए। द्वार-द्वार बैठे। लोगों को बुलाया। समझाया।

परन्तु समझाए न समझाए सब बराबर। कोई नहीं पलटा। सुन-समझकर उलटे घरों में घुस गए। दरवाजे मूँद लिये।

ज्यों ही सूरज नीचे को ढला, जीपें, इस गाँव से उस गाँव, उस गाँव से पल्ले गाँव, पल्ले गाँव से अतल्ले गाँव और गाँव-गाँव कार्यकर्ताओं ने एक-दूसरे को यह खबर पहुँचा दी कि जल्दी जाकर झाँसी, उरई, समथर, मोठ जहाँ भी राजा साब मिलें, खबर करो कि पेटी खाली पड़ी हैं अब तक। सोनपुरा के आसपास का आदमी बोट नहीं दे रहा। अधिकारी लोग हाथ पर हाथ धरे बैठे हैं, मोहर पड़ी है, स्याही सूख रही है। कागज फड़फड़ा रहे हैं।

आनन-फानन में नेताओं से बड़े नेता पधार गए। लोगों को पुटियाया, समझाया कि यह क्या गजब करते हो ? राजा साब ने इन बीहड़ों के लिए क्या कुछ नहीं किया, लिहाज बरतो। उन लोगों को देखो, जिनको वोटरों ने कभी देखा तक नहीं, जो जेल में, भूतल में, आकाश में रहकर भी जीत जाते हैं। फिर राजा साब तो दिन में, रात में अपने पाँवों चलकर तुम्हारे गाँव तक आए थे। आएगा कोई मन्त्री इस उजाड़ वीरान में ? धूल-धंगड़ में ? काँटे-झाड़ियों में ?

गाँव के लोग सब कुछ सुनकर भी बहरे-गूँगे से बैठे रहे, जैसे मातम मना रहे हों, कि फेरे आए हों किसी की मौत पर।

एक नई बात यह हुई कि पप्पू जैसी उम्र के लड़कों ने गाँव-गाँव बैनर लगा दिए। दो-दो बाँस गाड़कर, द्वारिका कक्का और प्रधानजी के पुराने धोती-पंचों पर लाल स्याही से लिख दिया—'हम वोटों का बहिष्कार करते हैं। चुनाव का बहिष्कार करते हैं।'

अब समझनेवाले समझ जाओ कि हम न तो किसी को हितू मान रहे, न किसी को दुश्मन। सब एक ही थैली के चट्टे-बट्टे हो। ऐन जाँच लिया कई बार।

स्कूलों में, पंचायत भवनों में अधिकारी लोग बाट जोहते रहे, पेटियों और मतपत्र उड़ाते खड़खड़ाते रहे।

चाय और लजीज स्वादिष्ट भोजन ठंडा होता रहा।

अब क्या हो ? कैसे दिखाएँ अपने प्रभुओं को अपना मुख ? सरकारी वर्ग चिन्ता में डूब गया, "क्या कहेंगे राजा साब कि तुम लोग काहे के पढ़े-लिखे अफसर हो, जाहिल-गँवारों को, अज्ञानियों को नहीं फुसला, समझा पाए !"

लेकिन क्या करें ? इन बाबरों की बुद्धि में नहीं ठसता कि जीतनेवाला तो जीतेगा ही, इनके मुट्ठी-भर बोटों से क्या हुआ जाता है ? अपनी गद्दारी दिखाकर फिजूल में बैर मोल ले रहे हैं। पाँच साल तक कुचले जाते रहेंगे केंचुओं की तरह। चील-गिद्धों

के अलावा कोई नहीं आएगा यहाँ। साले मांस के लोथड़े।

पार्टी के कार्यकर्ताओं को इससे भी ज्यादा रोष आया। जोश में नोटों की गड्डियाँ खोल लीं। लो, किस समय काम आएगा फिर यह धन। बाँट दो।

राशन की तरह रुपए बाँटने की फेहरिश्त बना ली।

खबर करवा दी।

कोई नहीं आया। बस, जगेसर ही नहीं मानें, पाँच सौ में तय कर दिया अपना वोट। अपने साथ एक-दो का और आश्वासन दे आए।

सुगना के कान में भनक पड़ी तो जगेसर को कोठे में बन्द कर दिया उसने...।

भीतर से चीखते-चिल्लाते रहे। किवाड़ पीटते रहे। नहीं खोला द्वार।

लोग घरों से बाहर नहीं निकले।

लक्ष्मी का तिरस्कार।

राजा साब का अपमान।

अनहोनी हुई है अबकी बार।

साले दो कौड़ी के लोग।

भूखे-नंगे और गुमान गाड़ी भर।

इस तरह की गाली-गलौज देते हुए रुपयों को समेट लिया कार्यकर्ताओं ने। थैले में धरते हुए रामसजीवन त्रिपाठी नाम के नेता क्रोध से काँपने लगे।

पप्पू और राजुल बता रहे थे कि उनके होंठ, नाक, ठोड़ी सब कँपकँपा रहे थे और कह रहे थे कि ये हरामी हमको समझते क्या हैं ? इनके नाम के वोट हम मोहर ठोककर अभी भरते हैं पेटियों में। क्या कर लेंगे हमारा ? बेबिसात आदमी।

उन्हीं में से कोई एक बोला, ''ऐसा गजब न कर देना रामसजीव्रन त्रिपाठी। यहाँ पर कोई मन्दाकिनी नाम की लड़की है। महाकाली समझो। चुनाव कमिश्नर से लेकर उरई के अखबारों तक में पहुँचा दी है उसने खबर की कि हम वोटों का बहिष्कार करेंगे।''

चुनाव का पानी उतर चुका।

दूसरे दिन दस बजे होंगे उस समय।

जाड़े की धूप देर से निकली। सूरज में गर्मी नहीं थी। उसने घर का काम जल्दी-जल्दी निबटाने की कोशिश की।

बऊ आईं चूल्हे के पास, उसे रोटी बनाते हुए देखकर बोलीं, ''आज श्यामली की तैयारी है क्या ? काहे से कि तुम्हारे बोट-मोट-निपट गए अब तो।''

वह हँसने लगी, ''बऊ, तुम्हें सपने भी श्यामली के ही आते होंगे आजकल। साँची कहें तो रिसा नहीं जाना बऊ, हम तो गोपालपुरा जा रहे हैं आज। मोतीझरा

फैल गया है वहाँ। ठकुराइन ने एक आदमी भेजा है। सुगना के घर पूछ आना, उसकी तवीयत गड़बड़ रहती है। हम नहीं जा पा रहे। शाम को लौटकर देखेंगे।''

बऊ बोलीं, ''अकेली ही ?''

''नहीं, संग कम्पाउंडरजी जा रहे हैं।''

पप्पू वहीं खड़ा था, पूछ बैठा, ''जिज्जी, कम्पाउंडरजी इलाज कर लेंगे ?''

वह चुपचाप अपना सामान ठीक करती रही। चप्पल पहन लीं।

पप्पू की बात का उत्तर दिया, '' कैसा इलाज ? जो मर रहे हैं उनके लिए तो बस इलाज का नाटक ही नियामत है, इलाज कौन कर रहा है, कैसे हो रहा है, सब बेमानी है।

'' न सही डॉक्टर। कम्पाउंडरजी डॉक्टर के संग तो रहे हैं। इतना तो जानते होंगे कि मरीजों को क्या खाना है, क्या नहीं ? नहाना-धोना है कि नहीं ? लोकी-तुरइया में से कौन सा ज्यादा अच्छा रहेगा ? कौन सी दवा दी जाती है, इतना भी पता होगा। शीशी पर लिखी खुराक भी पहचानते हैं वे। सुई-इंजेक्शन लगा लेते हैं। कुछ नहीं से तो कुछ होना बेहतर ही है। ''

आगन्तुक को जल्दी थी, बोला, '' मन्दा, ठाकुराइन ने ट्रैक्टर भेजा है। तुम किसी से चलवाकर ले चलो। हम किरेसर पर ठेला पकड़कर एरच जाते हैं डाकधर के पास। एरचवाला न मिला तो आगे... ''

वह जाते-जाते बोल गई, ''बऊ, तुम हमारी बाट न हेरना। पूजा-आरती, खाना-पीना कर लेना। हमें देर हो सकती है।''

अस्पताल में जाकर देखा, कम्पाउंडर रासबिहारी अपना बैग बरामदे में रखकर कमरे का ताला बन्द कर रहे हैं। किवाड़ पर चिट चिपका दी–'रोगी शाम को देखे जाएँगे आज'।

उसने समझ लिया, वे सूचना उससे पहले ही पा गए होंगे।

उसने कम्पाउंडरजी से पूछा, ''ट्रैक्टर आप न चलाना चाहें तो पप्पू को बुला लें।''

कम्पाउंडरजी चुपचाप ड्राइवर की सीट पर जा बैठे। दुबले हाथ कुशलता से स्टीयरिंग साध रहे हैं। पतली-पतली टाँगें एक्सीलेटर को सावधानी से दबा-छोड़ रही हैं। ट्रैक्टर सधी हुई गति पकड़े हुए चल रहा है।

न जाने क्या मन में आया कि पूछ बैठी, ''चुनाव तो हो गया, अब आप कब चले जाएँगे कम्पाउंडरजी ?''

दो पल वे कुछ न बोले। फिर पीछे को सिर घुमाकर देखा उसकी ओर, और कहने लगे, ''कभी नहीं।'' और फिर चलाने लगे ट्रैक्टर, आगे देखते हुए।

''कभी नहीं ?''

"हाँ।"

"क्यों ?"

"हमें उन्नति-तरक्की की फिकर नहीं है। कम्पाउंडर ही तो रहना है। तबादला होगा तो नौकरी छोड़ देंगे। इन लोगों के इशारे पर कब तक नाचते रहें ? जितनी तनख्वाह मिलती है, इतना तो यहाँ रहकर भी मिल जाएगा। गुजर हो जाएगी।"

दोपहर उतरने को हो आई। कम्पाउंडरजी को डॉक्टर की तरह ही घेर लिया था लोगों ने। अपने-अपने दर्द, अपनी-अपनी बीमारी बताने से लेकर खाने-पीने तक का मशवरा करते रहे। इस घर से उस घर, उस घर से दूसरे घर, दूसरे घर से तीसरे घर, वह ठकुराइन के संग-संग दौड़ती रही। दवा खरीदने के लिए ठकुराइन ने चन्दा करके कोष बनाया है। कुछ रुपए उसके हाथ पर धर दिए, "कम्पाउंडरजी ले आएँगे मन्दा। कम-से-कम दवा के बारे में जानते तो हैं।"

अचानक एक बालक आया और बोला, "सोनपुरावाले पप्पू आए हैं, बुला रहे हैं मन्दा जिज्जी को।"

पप्पू ! क्यों आया है पप्पू ? बऊ ने भेजा है क्या उसे ? अब क्या काम आन पड़ा ?

वह तेज कदमों से आगे बढ़ ली। डॉ. इन्द्रनील तो नहीं आ गए ? या कोई श्यामली से ? या फिर राजा साब का ही कोई आदमी ? या कायलेवाले महाराज ?

पप्पू के पास पहुँचते ही उसके बदहवास चेहरे को देखकर घबरा गई वह।

क्या हुआ ? ऐसा लुटा-लुटा सा क्यों खड़ा है ? किसी ने मारा-पीटा है क्या ? बालों में रेत भरा है। फटफट भी धूल में...

उसे देखते ही पप्पू रोने लगा।

"अरे क्या हो गया ?" उसने पप्पू की आँखों पर रखा उसका हाथ खींचा।

लेकिन वह लगातार सुबकता रहा।

"बोलेगा कि नहीं ?" वह घबरा गई। भरी ठंड में पसीना-सा महसूस हुआ माथे पर। वह पप्पू की पीठ सहलाने लगी।

पप्पू लड़खड़ाती जुबान में बोला, "सुगना..."

"सुगना ! क्या हुआ सुगना को ?"

पप्पू छोटे-छोटे उसाँस लेते हुए हिचकियाँ लेने लगा। कम्पाउंडरजी आँखें फैलाकर देखते रहे। ठकुराइन लोटा भरकर पानी ला चुकी थीं जब तक।

" जिज्जी, सुगना ने अभिलाखसिंह की देह में चक्कू ही चक्कू मारे ! गोद डाला शरीर !

"अभिलाख मर गया !" पप्पू की छोटी-छोटी आँखों में बेशुमार पानी भरा है। रेख उठे होंठ कुछ मोटे हो आए और काँप रहे हैं।

मन्दाकिनी के होंठ खुले थे और पुतलियाँ थिर हुई पप्पू पर गड़ गईं। माथे की सलवटें सपाट हो चुकी थीं। उसे अपने आप ही लगा ऐसा कि जड़-सुन्न सी होती जा रही है।

वह बोलने की कोशिश कर रही थी कि उससे पहले ही पप्पू बोल पड़ा, "और, और सुगना ने अपनी देह पर मिट्टी का तेल किंछकर आग लगा ली। सुगना जल गई जिज्जी ! जल गई सुगना !"

"आँ ऽ ऽ ऽ !" उसकी चीख निकल गई। फिर घूरती रही शून्य में। लगा कि अब खड़ी नहीं रह सकेगी। घुमेर आ रही हैं। वहीं चबूतरे पर बैठ गई। आँखें मूँदकर बोली, "यह सब कैसे ? कैसे हो गया ऐसा ?"

पप्पू कठिनाई से बोल पाया, " बताती नहीं थी कि अभिलाख छिप-छिपकर आता है उसके घर। नाहीं करने पर भी नहीं मानता।

" सुगना ने बोला था जगेसर कक्का से कि दद्दा, रोक लो इसको, नातर एक दिन हम...

" वह कल रात को चार बजे आ धमका। आकें खूबई खूब सराब पी और वहीं सो गया पसरकें। सोता रहा। सूरज कढ़े तक नहीं उठा।

" सुगना उठी, उठाया चाकू और लगै पेट में, लगै छाती में, लगै बाँह पर। जहाँ भी मार पाई, मारा ! और बस, फिर अपन कों भी... "

जड़ हो गई वह। कंठ रुँध गया। हाथ-पाँव शिथिल। उठने-चलने की हिम्मत नहीं जुटा पा रही वह।

इस बीच कम्पाउंडरजी कई बार कह चुके हैं, "बैठने का समय नहीं है मन्दा ! चलो जल्दी।"

ट्रैक्टर तेजी से मुड़ा और पल-छिनों में गोपालपुरा का सीवान नाँख गए कम्पाउंडरजी। पप्पू मोटरसाइकिल पर साथ-साथ चल रहा है। रास्ते-भर देह की भीतरी नसों में आग-सी जलती रही। कड़वा धुआँ भरा रहा कंठ में।

घर के द्वार से आ लगी मन्दाकिनी।

संग आ गए कम्पाउंडरजी।

लोगों ने गैल छोड़ दी।

मूक और सन्तप्त भीड़ से होकर वह आँगन में आ गई जहाँ सुगना की अम्मा की चीखें भर रही हैं, जहाँ की हवा में चिरायँध फैल रही है। उसका कलेजा मुँह को आ गया।

कम्बल उठाकर दिखाया तो सुगना की देह...कत्थई फफोलों-भरी। बाल जले हुए

और चेहरा...अनपहचान !

"नहीं ऽ ऽ..." चीखी वह। करुण चीत्कार फैल गई बखरी में।

काँपती देह के चलते बदहवास-सी खड़ी रही किसी तरह। उसे लगा, उसकी ही देह पड़ी है आँगन में ! कीचड़-मिट्टी और पानी में लिथड़ी-सनी देह ! फफोलों-भरी देह ! जले बालों और विकृत चेहरेवाली देह !

कम्पाउंडरजी झुके थे उस काया पर। देख रहे थे, दिल धड़क रहा है या...नाड़ी चल रही है कि जम गई ? साँस चल रही है कि रुक गई ?

"टिटनैस का इंजेक्शन तुरन्त लग जाना चाहिए," कम्पाउंडरजी का सुझाव था।

किसी ने पप्पू को ही मोटरसाइकिल पर उरई भेज दिया, इंजेक्शन ले आने के लिए।

सुगना की अम्मा छाती पर हाथ मार-मारकर विलाप कर रही थीं। रोते-रोते गह लिया उसको। खींचकर अपने पास बिठा लिया और फिर, " बिटिया ! मन्दा...जे हरामी अभिलाख हमारी सुगना को अपने पूत के लानें ब्याह रहा था...कि कसाई अपने लानें ऽ ऽ...

" नरकिया ने कुँआरी मोंड़ी के संग...

" बिन्नू, गरभ रह गया ! छटपटाती फिरी मोरी सुगना ऽ ऽ...

" पर बहादुर कढ़ी मोरी बिटिया। राच्छत के पिरान काढ़ दिए !

" बिटिया, बच सके तो बचा लो मोरी सुगना कों। कौनऊँ जतन करो मन्दा ! बाप बैरी हो गया। नसैला ने तबाह कर डारे हम !"

माँ ने दीवार में सिर मारकर कपाल फोड़ लिया। बऊ ने डपटा काकी को कि पिरान काहे दए दे रहीं ? संग में रोती जा रही हैं बऊ।

सुगना के मरने-बचने को लेकर कई खयाल आए उस समय मन में उन खयालों ने चींथ डाला कलेजा। अपने मन पर काबू नहीं रख पाई। जार-जार रोती रही।

रोते-रोते ही सुगना को लेकर झाँसी की ओर भाग छूटी मन्दाकिनी।

कब दिन उगा ? कब रात हुई ? कौन सी तारीख है ? कौन सा दिन ? सुधि-बुधि भूली थी वह। सुगना की जली-गली देह के सिवा कुछ दिखाई नहीं देता था। हरदम दिल धड़कता रहता है, कहीं साँसों की डोर छोड़ न बैठे सुगना।

डॉक्टर आते ही वह चौकन्नी हो जाती है। उनके आगे-पीछे, दाएँ-बाएँ रहती है कि दो पल की मोहलत दें तो पूछे कि सुगना की हालत अब...

लेकिन नहीं बैठता मौका। नहीं मिलता अवसर। डॉक्टर हड़बड़ी में रहते हैं। भागते आते हैं, उसी गति से लौट जाते हैं। अधबीच तक पिछियाती रह जाती है।

अन्त में नर्स दवा का पर्चा पकड़ाकर चल देती है कि ये दवाइयाँ लानी हैं शाम तक, सेवेरे तक, दोपहर तक। बस।

इसी सोच में डूबी पिछौरा बिछा रही थी अस्पताल के बरांडे में कि प्रधान काका आ गए।

सवेरे दवा जल्दी चाहिए होगी, अभी खरीद लाए हैं। थमाते हुए बोले, ''बेटा, आज तुम सो लो। हम और जगेसर जाग लेंगे बारी-बारी। न हो तो काल सुगना की मतारी को बुला लेते हैं। बनी रहेगी तुम्हारे संग। वहीं कौन सी चैन से रह रही होगी। अच्छा, हम बाहर बैठे हैं। बेंच पर। तुम सो जाओ मन्दा !'' प्रधान काका चले गए इतना कहकर।

उसने बाहर की ओर झाँका, आसमान साफ नहीं है। चन्द्रमा और तारे धूमिल-से हो गए हैं। बल्ब की रोशनी पर ओस झर रही है। कोहरे का-सा रुख अख्तियार कर रही है हवा।

उसने आँखें मूँदकर सो जाना चाहा। सोकर आदमी बहुत कुछ भूल जाता है। नींद सारे सुखों से बड़ी नियामत है।

पिछौरा पर पाँव सीधे करके लेट गई। कंक्रीटी फर्श बर्फ की सिल-सा ठंडा और कठोर है। पलकें मीच लीं उसी पर पड़े-पड़े। बेचैन पुतलियाँ पलकों के बीच फड़फड़ाती रहीं।

अचानक किसी रोगी की कातर कराह चीर गई सन्नाटे को। वह चौंककर उठ बैठी। आसपास देखा। पास पड़ी बेंच पर कोई कम्बल ओढ़े सो रहा है। बिल्कुल मुर्दे की तरह ! यहाँ जीवित आदमी को देखकर भी मरे हुए का भ्रम होता है। हर घड़ी खौफनाक मृत्यु-भाव तारी रहता है मन पर। आसपास रोग-ही-रोग ! जैसे सारी दुनिया बीमार हो। लोग मरते चले जा रहे हों निरन्तर।

सामने निगाह गई तो सिस्टर दिखाई दी जो उसकी ओर को ही बढ़ी चली आ रही थी।

क्यों आ रही है ? आशंकाएँ चमगादड़ की तरह तड़तड़ाने लगीं। भय ने फिर ग्रस लिया भीतर की रोशनी को। आधी रात के समय रोगी के परिचारक के पास नर्स का आना क्या शुभ हो सकता है ?

नहीं। उसने समझाया अपने-आपको। बार-बार सहेजा मन को कि सुगना को अभी-अभी तो देखा था उसने। रूई में लिपटी हुई देह में हरकत थी। आँखें बन्द थीं, परन्तु चेहरे पर जिन्दगी के चिह्न थे। होंठों पर कम्पन।

''तुम्हारा नाम मन्दाकिनी है ?'' सिस्टर सफेद कोट की जेब में हाथ डाले ठीक उसके पास आ खड़ी हुई।

''हाँ,'' वह सिर हिलाकर स्वीकृति देती हुई उठ खड़ी हुई।

आने का आशय ? उसका कलेजा उलट-पलट होने लगा।

"तुमको कोई पूछ रहा था," छोटी उमर की सिस्टर मुस्कुराने लगी।

उसकी अधबीच अटकी साँस लौट आई।

"हमें ?" अचरज से कहा उसने।

"हाँ, बोलता था कि डॉक्टर है वह," सिस्टर एप्रिन की जेब टटोलने में लगी थी, "एक चिट दे गया था, न जाने कहाँ गई ?"

"हमारे गाँव में रहे हैं वे। वे ही होंगे सिस्टरजी। सुगना को देखने आए होंगे। देख गए या नहीं ?" उसने विनम्र स्वर में कहा।

सिस्टर कुछ सोचती हुई बोली, "इलाहाबाद से आया था। यही बता रहा था शायद।"

"इ-ला-हा-बा-द !" चौंकी वह।

सिस्टर बोली, "तुम्हारी तबीयत तो ठीक है ? मुँह सफेद क्यों पड़ गया ?"

"ठीक है," वह चेतन-सी बोली। दृढ़ होकर खड़ी रही।

"अभी देते हैं हम वह चिट।"

उसे लगा, गला कतई बन्द हो गया है। कोई गोला सा अटका है कंठ के भीतर। खँखारा धीरे से। फिर महीन स्वर में पूछा, "देखने में कैसे थे सिस्टरजी ?"

सिस्टर ने अपने माथे पर हाथ फेरते हुए याद करने का प्रयत्न किया।

"लम्बा था, गोरा। हैंडसम, सुन्दर। चश्मा लगाता था मेरे खयाल से। मूँछें थीं," सिस्टर के हाथ में पर्ची आ गई, जो उसने उसकी हथेली पर रख दी।

"डॉ. मकरन्द सिंह।"

"म-क-र-न्द !"

चलते-चलते सिस्टर बता गई, "कल सुबह कूँ आएगा।"

"कल सुबह !" धड़कन में नगाड़ों का शोर उठने लगा। दिल डूबने लगा हो जैसे, या दम निकलने लगा, ऐसा ही लग रहा है।

वह अप्रत्याशित आगत की कल्पना में डूबी थी। सिस्टर जी रूप बता गई थी, उसे साकार करने का प्रयत्न कर रही थी जो मकरन्द के बिछुड़े किशोर चेहरे में मिलकर गड़बड़ाया जा रहा था। सिस्टर का बताया हुआ चेहरा ?

अचानक बरामदे से कमरे तक भगदड़ मच गई।

डॉक्टर ! नर्सें ! कर्मचारी ! सब तेजी में ! हड़बंड़ी में !

कहाँ से प्रकट हो पड़े अचानक ?

चीं...ऽऽ-चींऽऽ, घिर्र-घिर्र का कर्कश शोर उठा चारों ओर। चिचियाहट कानों के

पर्दे फाड़ने लगी।

वह डर गई। विचारों, भावों का सिलसिला तितर-बितर हो गया। कल्पना छिन्न-भिन्न हो गई। मकरन्द खो गए उसी हड़बोंग में।

देखा कि सुगना के कमरे में...वह तेजी से भागी।

''काकाऽऽ ! ओ जगेसर कक्का !'' बाहर आकर झकझोर दिया दोनों को। दोनों उठ आए साथ ही।

वह धक् से रह गई।

सुगना !

सुगना के पास जुड़ा है जामवड़ा ! उसके ऊपर ही झुके हैं डॉक्टर, नर्सें, सारे यन्त्र ! तमाम नलियों से घिरी है सुगना। मुख पर टोपीनुमा कोई चीज...

और फिर...

धीरे-धीरे हट गए डॉक्टर ! नर्सों ने यन्त्र हटा लिये। नलियों से मुक्त कर दिया सुगना को। टोपीनुमा चीज खींच ली मुँह से। क्या यह अं...?

जगेसर कक्का उसके पाँव पकड़कर रोने लगे। सुगना का नाम लेकर डकरा उठे। प्रधान काका जगेसर कक्का को बाहर ले जाने लगे।

वह बाहर आकर बेंच पर बैठ गई। लगा कि चेहरे पर पुतलियाँ जल उठी हैं, आँसू, धुआँ हो रहे हैं ! साँसों में हाहाकार...भीतरी कोमल अंश गिद्ध-चील नोच-नोचकर खाए जा रहे हैं ! कैसी खोंटन मची है रेशे-रेशे में ?

उसके ध्यान को सहसा झटका लगा। कोई कह रहा है, ''कल मिलेगी लाश तो। पोस्टमार्टम होगा।''

तीनों जने शोक में समाए बाहर जा बैठे।

पप्पू।

पप्पू उसके पास बेंच पर बैठा है।

इसे किसने दी खबर ?

पप्पू के होंठ नीले ! थर-थर काँप रहा है ठंड के कारण। मोटी जाकेट पर ओस के ठंडे कण बर्फ की तरह चमक रहे हैं।

पप्पू जल्दबाजी और हड़बड़ाहट में बोल रहा है, ''सुगना की अम्मा को दीवान बाँध ले गया ! पिरभू को भी !''

प्रधान काका की शोक-बुझी आँखें अकस्मात् फैल गईं और लगा कि सुगना के विषय में कुछ भी बताते हुए उनकी जीभ तलुए से चिपकी रह गई।

केवल इतना बोल पाए, ''सो काहे ?''

पप्पू के दाँत किटकिटाहट में बजने लगते हैं।

पप्पू मफलर कानों पर लपेटते हुए बताने लगा, " दीवान कहता था, 'अकेली लड़की नहीं मार सकती थी अभिलाख को। इस औरत ने मारा है। अभिलाख की गर्दन पर काकी के हाथ के निशान मिले हैं।'

" और कहता था, ' बुलाओ हरामजाऽऽ...मन्दाकिनी को। मजदूर भड़काए, दंगा करवाया। अब कतल करा दिया।

" ' गदर मचा रखा है।

" ' उसका नेतापना निकालने आ रहे हैं दरोगाजी। मजा चखा देंगे। जब दफा 302 में...' "

" द्वारिका कक्का चीख पड़े, 'ओ दीवानजी, जुबान काबू में...'

" दीवान उठा और द्वारिका कक्का की गर्दन दबोचकर मुर्गी की तरह मरोड़ने लगा, मरोड़ता ही गया।

" गों-गों करते हुए द्वारिका कक्का उसकी बाँहों में झूल गए। गाँव के लोग दहले हुए खड़े थे।

" बऊ न जाने कहाँ से भगी चली आईं और द्वारिका कक्का के ऊपर ढह पड़ीं। चीखकर कहने लगीं, 'ओ दरोगा जीऽऽ ! हमसे पूछो, हम अभी बताते हैं कि हमारी बिटिया, हमारी मन्दा कहाँ...'

" बऊ इतना ही कह पाई होंगी कि पिरभू बाज की तरह झपटा और बऊ का मुँह भींच दिया, बेधड़क कहने लगा, 'बऊ तुम्हें हमारा कौल। गाँव-भर का कौल। देवताओं की सौगन्ध, जो मन्दा का पता बताओ। हमारी मतारी की आन राखो...हाँ-हाँ बऊ !'

" दीवान ने पिरभू को ढोर की तरह पीटा है। रामरतन कोरी ने भय नहीं माना। झपटकर दीवान का गला पकड़ लिया। उसी समय रामरतन के ऊपर तीन सिपाही कूदे और डंडों से पीटने लगे। हवाई फायर किए। दीवान चिल्लाया, 'नहीं मानते साले, बाँध लो इनको।'

" अम्मा ने हमें इसीलिए भेजा है कि मन्दा गाँव न आवें। "

मन्दाकिनी की चेतना बर्फ की तरह जमने लगी। बड़ा सा शून्य फैल गया निगाहों के आगे। चाहने पर भी देर तक वाणी नहीं फूटी। इधर प्रधान काका स्तब्ध !

पप्पू असहाय-सा बोला, "अब क्या करें दद्दा ?"

प्रधान काका भर्राई हुई आवाज में बोले, "लला, अपने दरोगा जू ?"

पप्पू एक पल को देखता रहा, ज्यों दुख में धँसता चला जा रहा हो। फिर बताया, " हम तो पहले एरच ही गए थे। अम्मा कह रही थीं कि दरोगा जू से गुहार-विनती करना। पूरी बात बताना। वे ऐसा अनरथ नहीं होने देंगे।

" थाने में जाकर देखा तो दूसरा ही दरोगा...

" लोग कह रहे थे, 'जल्लाद आदमी है। विनती-पुकार नहीं सुनता। ज्यादा कहोगे तो खाल खोलकर भुस भर देगा। बड़ा निकासू है। पहले दरोगाजी तो चौबीस घंटा के नोटिस पर तबादला कर दिए गए।' "

पप्पू किसी कारगर उपाय की जुगत में कभी मंदा की ओर देखता तो कभी अपने पिता की ओर।

पुराने और ताजा घावों की टीस को भींचे हुए मौन बैठी रही मन्दाकिनी !

पप्पू की बात जारी थी, " कम्पाउंडरजी कह रहे थे, काकी के हाथोंवाली रिपोर्ट फर्जी मालूम होती है। घूस देकर बनवाई है।

" दद्दा, यह बात तो किसी को पता नहीं थी कि अभिलाख अपने क्रैशर की कमाई नेता लोगों में लुटा रहा था। और दीवान ठहरा महाहरामी आदमी। "

उसकी कराह भीतर-ही-भीतर रिसती रही। तेजाबी झरना मांस-मज्जा में फँसी शिराओं को छलनी करता रहा। दीवान, दरोगा, सिपाही और अभिलाख के साथ कई अन्य अनकहे लोग काल्पनिक चौपायों में बदल गए, जो उसके कलेजे को बलात् खुरों से खूँदने में लगे।

पप्पू ने ध्यान भंग किया, "जिज्जी, सुगना तो ठीक है न?"

वह निःश्वासों के अन्धड़ में फँसी कुछ नहीं सुन पाई। केवल सुगना ! शब्द-बोध कानों में जीवित हो उठा। प्राणवान ! जैसे साँसें ले रहा हो उसके भीतर !

...और साथ ही अब तक का रोका हुआ बाँध ढहना आरम्भ हुआ तो ढहता ही चला गया। वह पप्पू के कन्धे पर सिर रखकर फूट पड़ी। खंड-खंडों में टूटती-बिखरती रही।

मन्दाकिनी ने बाहर की ओर झाँका।

कितनी लम्बी पड़ गई यह रात ! भोर हुई न उजियारा ! घनीभूत कालिमा के सुरसा मुख में समा गया है समय। कुहरे ने दिशाबोध ग्रस लिया। धुएँ की खौफनाक चादर पसरी है धरती से आसमान तक।

वह सूनी-सूनी आँखों से देखती रही, अभी गैल नहीं दीखेगी।

...लेकिन उस अँधियारे में विचित्र-सी परछाइयाँ दीख रही हैं उसे ! सुगना की जली देह। उसके जले बाल ! जीवित-अजीवित लम्बी पड़ती साँसें...

कारागार में कैद काकी...सिर पटकती बऊ ! पिरभू और रामरतन...द्वारिका कक्का...

गहरे उच्छ्वासों से डूबती हुई वह खड़ी न रह सकी। जहाँ पहले बैठी थी, उसी

जगह निढाल-सी आ बैठी। पाँवों का अंश सुत गया।

प्रधान काका माटी के पुतले की तरह जड़ और स्तब्ध हैं ! जगेसर कक्का की सीकिंया देह पर टिके जर्द चेहरे में धँसी धूमिल दो आँखें मैली कौड़ियों-सी खुली हैं।

पप्पू शून्य में न जाने क्या खोज रहा है ?

वह उठ खड़ी हुई। चप्पल पहन लीं।

प्रधान काका जैसे तन्द्रा से जागे हों, हड़बड़ाते हुए उठे और उसके पास आ गए। फिर धीरे से उसके कन्धे पर हाथ रखते हुए संयत स्वर में कहने लगे, ''बख़त का फेर है बेटा ! गाँव की ग्रह दसा में राहु-केतु बैठे हैं। अगिन नछत्तर में तप रही है अपनी धरती ! क्या जाने कौन ऊ देवता का कोप है या किसी पुरखा का सराप। नातर इतेक दुक्ख...'' कहते हुए वे बेंच के सहारे टिके खड़े रहे।

बोझिल मौन तना हुआ है। चुप्पी की बोझिल शिला किसी तरह...

वे फिर बोले, ''तुम्हारे मन की हालियत समझ रहे हैं हम। पर इस बेराँ दीवान दरोगा की अगाई काटना मुनासिब नहीं बिटिया ! कुघरी में धीरज नहीं छोड़ते। सो तुम्हारा जाना नहीं बनता किसी विध। हम पप्पू को भेजे देते हैं, असपेर के गाँवों में खबर कर देगा।''

वह चलने लगी।

विचलित हो गए प्रधान काका। शीघ्र ही पप्पू को जगेसर के पास बैठे रहने का इशारा देकर स्वयं पीछे-पीछे हो लिये।

लम्बे-लम्बे डग भरती बस-स्टैंड पर आ गई मन्दाकिनी।

शाल जिसे भूल आई थी, देते हुए प्रधानजी बोले, ''लो, ओढ़ लो। ठंड के कारन होंठ नीले पड़ गए हैं।''

फिर हाथ में उसकी डुलिया थामे हुए दो पल अन्धकूप में डूबे से खड़े रहे। अचानक बोले, ''मन्दा, तुम्हारे लानें वहाँ रौरव नरक तैयार है। हथकड़ी लिये बैठा होगा जल्लाद दरोगा ! दीवान !''

वह बहरी-गूँगी बनी नीचे की ओर देखती रही।

प्रधान काका छटपटाने की स्थिति में समाए करुण स्वर में बोले, '' बेटा, वह तो जरकें मर गई। देह से मुकत भई। पर तुम्हें सुलगत छोड़ गई...

'' इतेक हमारी सुने जाओ कि अकेली न पहुँच जाना थाने पर। गोंती के प्रधान जी को संग ले लेना। किरेसरवाले भइयाजी चले जाएँगे। और फिर हम पहुँचते हैं। बस, सुगना की मट्टी ठिकाने लग जाए। ''

बस का इंजन घरघराने लगा।

कर्कश ध्वनि से उसका ध्यान भंग हुआ। पाइप से निकलते काले धुएँ में खोने लगी निगाह की रोशनी...

बस की पहली सीढ़ी पर पाँव रखते ही मकरन्द का खयाल हो आया। आज ही तो...सिस्टर आज सुबह के लिए...

जाने के पहले कुछ कहना चाहती थी, लेकिन प्रधान काका की कातर छवि...उफ ! मुख फेर लिया मन्दाकिनी ने और झटके के साथ बस में चढ़ गई।

सीट पकड़कर खड़े रहने का उपक्रम करते समय अनायास ही आँखें शीशे के पार जा ठहरीं। चौंक पड़ी वह। धुन्ध को चीरती हुई एक छाया। कुहासे में से निकलती हुई परछाईं ! प्रकट होती एक आकृति ! मकरन्द !

निमिष-भर में निगाहों से होते हुए पाँचों इन्द्रियों में उतरते चले गए मकरन्द ! छवि साँसों के साथ आने-जाने लगी ! पाँवों में कम्पन भर गया।

सीट पर बैठ गई किसी तरह। बस सरकने लगी। पहियों ने गति पकड़ ली। मूक बनी बैठी रही मन्दा। लगा कि बहुत थक गई है। माथे में घुमेर उठ रही है। सिर बन्द खिड़की पर टिका दिया। आँखें मूँद लीं। अन्दरूनी चक्रवात में भँवरती रही।

रास्ते-भर बस रुकती-चलती रही। उसने पलकें नहीं खोलीं।

यात्रा-भर लगता रहा, साथ-साथ चल रहा है कोई !

ध्यानस्थ ही बैठी रही वह। कहीं आँखें खोलते ही ओझल...

भूले से देखने की नामालूम-सी कोशिश करने का साहस जोड़ा तो फिर वही छाया ! वही रूप ! जैसा सिस्टर ने बताया था...लम्बा, गोरा, चश्मा लगाए हुए। वस्त्रों की नीली आभा कौंधने लगी मन में।

उसने आँखें खोल दीं, खिड़की की ओर। सूरज चमक रहा है ! शीशे से छनती हुई सुनहरी धूप उसके मुख पर पड़ रही है। बस सरसों के हरे-पीले खेतों के पास से गुजर रही है।

सवारियों ने अपने थैले-झोले उठाए हैं, आहट ऐसी ही है।

एरच आ गया !

हाँ, छोटी-छोटी मैले थड़ेवाली दुकानों के पास धीमी होती हुई रुक गई बस।

वह उठी और चलने को हुई। दो सीढ़ी पार करके उतर पड़ी।

धरती पर पाँव रखते ही भीतर उठता ताप चरम सीमा पर आ गया। रोम-रोम में सुगना को लीलनेवाली लपटें प्रज्वलित हो उठीं। आँखें पसारकर देखा उसने। धरती-आकाश, वायु और जलपिंडों पर आग-ही-आग !

गहरे उच्छ्वासों के बीच तेज गति से चल दी मन्दाकिनी।

किसी की पदचाप अब भी उसके पीछे है।

●●●